# DAS ELISABETH-RÄTSEL

Rolf Sakulowski studierte an der Hochschule für Film und Fernsehen »Konrad Wolf« in Potsdam-Babelsberg. Seit mehr als fünfundzwanzig Jahren dreht der erfahrene Regisseur und Autor Filme im In- und Ausland. Daneben gibt er Filmseminare und arbeitet zu Themen polizeilicher Krisenintervention. www.sakulowski.com

Dieses Buch ist ein Roman. Handlungen und Personen sind frei erfunden. Ähnlichkeiten mit lebenden oder toten Personen sind nicht gewollt und rein zufällig.

ROLF SAKULOWSKI

# DAS ELISABETH-RÄTSEL

*Thüringen Krimi*

emons:

**Bibliografische Information der Deutschen Nationalbibliothek**
Die Deutsche Nationalbibliothek verzeichnet diese Publikation in der Deutschen Nationalbibliografie; detaillierte bibliografische Daten sind im Internet über http://dnb.d-nb.de abrufbar.

FSC www.fsc.org MIX Papier | Fördert gute Waldnutzung FSC® C083411


Umschlagmotiv: arcangel.com/Roy Bishop
Umschlaggestaltung: Nina Schäfer, nach einem Konzept von Leonardo Magrelli und Nina Schäfer
Umsetzung: Tobias Doetsch
Gestaltung Innenteil: DÜDE Satz und Grafik, Odenthal
Lektorat: Lothar Strüh
Druck und Bindung: CPI – Clausen & Bosse, Leck
Printed in Germany 2023
ISBN 978-3-7408-1942-2
Thüringen Krimi
Originalausgabe

Für meinen Vater

# Prolog

*Marburg, November 1231*

Wie wunderbar friedlich diese Nacht doch war. Und wie beängstigend das, was sie nun für sie bereithielt. Guda hüllte sich fester in ihren derben Stoffmantel und presste ihren Rücken gegen die kalten Steine der Stadtmauer. Die Mitternachtsglocke hatte längst geschlagen, und nur mit der Überzeugungskraft eines Tüchleins voll Groschen war es der jungen Frau und ihrem schweigsamen Begleiter gelungen, durch eine Seitenpforte des bewachten Nordtores aus der Stadt gelassen zu werden. Guda verharrte regungslos und ließ ihren Blick über das vor ihnen liegende Flusstal schweifen. Das Licht des Mondes tauchte die schneebedeckte Landschaft in einen kühlen Schimmer. Es war vollkommen windstill, und der Himmel stand voller Sterne, als wolle er einen funkelnden Baldachin über sie breiten. So schön, dachte Guda und legte den Kopf in den Nacken. Sie atmete tief durch. Nur noch diesen kurzen Moment …

»Guda?«, brachte sich ihr Begleiter ruhig, aber bestimmt in Erinnerung. »Wir müssen aufbrechen.«

»Ich weiß.« Die junge Frau nickte. Einen Augenblick zögerte sie noch, dann drückte sie sich von der Mauer ab und betrat den Weg, der hinunter ins Tal führte. Der abschüssige Steig mit seinen vom Frost erstarrten Schlammlöchern war tückisch und machte das Vorankommen schwer, aber mit jedem Schritt, den sie nun tat, gewann sie etwas mehr an Sicherheit. Während sie ihre Augen unablässig über den Boden wandern ließ, um nicht versehentlich vom Pfad abzuweichen, hörte sie dicht hinter sich die festen Stiefeltritte ihres Begleiters.

Richard, der wortkarge Eisenacher Adelsmann, hielt sich erst seit wenigen Tagen in Marburg auf, um verschiedene Handelsgeschäfte voranzutreiben. Guda dankte ihrem Schicksal, dass dieser zuverlässige Freund aus früheren Tagen gerade jetzt in der Gegend weilte. Sie wusste, dass sie sich in jeglicher Hinsicht auf ihn verlassen konnte. Und tatsächlich war er, ohne viele Fragen zu stellen, bereit gewesen, ihr in dieser Nacht zur Seite zu stehen. Die Gegenwart des hochgewachsenen Mannes half ihr, den Aufruhr zu unterdrücken, der sie schon seit Stunden in immer neuen Wellen durchflutete. Die Furcht vor dem, was bis zum Morgengrauen geschehen musste.

Je weiter sie hinabstiegen, desto deutlicher drang ein düsteres Rauschen an ihre Ohren. Guda wusste, dass es von der Lahn herrührte, dem Fluss, der sich in einem weiten Bogen durch das Tal zog. An seinen Ufern begann ein unwirtlicher Grund, durchsetzt von Sumpfstreifen und wilden Erlenwäldern. Wer die wenigen sicheren Wege nicht kannte, verlor sich schnell in einem Labyrinth aus Wasser und Gestrüpp. Die junge Frau hielt inne und lauschte. Eine Weile verharrte sie konzentriert, dann erschien ein Ausdruck der Erleichterung auf ihrem Gesicht. Da war ein gurgelndes Geräusch. Leise, aber unverkennbar. Ein helles Plätschern, das sich deutlich vom entfernten Flussrauschen abhob. »Dort vorn ist der Bach«, raunte Guda in Richtung ihres Begleiters. »Wir sind gleich da. Ab jetzt kein lautes Wort mehr, sonst hört man uns.«

»Sei unbesorgt«, gab Richard kaum vernehmbar zurück und versank wieder in Schweigen.

Guda setzte ihren Marsch fort, sicher, dass Richard ihr wie ein Schatten folgte. Das Plätschern wurde schnell lauter, und sie gelangten an eine schmale Steinbrücke, die einen etwa acht Fuß breiten Bach überspannte, ehe sich der Weg zwischen dicht stehenden Erlen verlor. Zügig überquerten sie den Wasserlauf und tauchten in den Wald ein. Die verästelten Baumkronen raubten einen Teil des Mondlichts, sodass sie wie von einem finsteren Tunnel verschluckt wurden. Aber schon nach einer kurzen Wegstrecke öffnete sich das Erlendickicht wieder, und vor ihnen breitete sich eine verschneite Lichtung aus.

Erneut blieb die junge Frau stehen und bedeutete Richard mit einer energischen Handbewegung, dasselbe zu tun. Misstrauisch ließ sie ihren Blick über die kleine Ansammlung von Gebäuden streifen, die sich in einiger Entfernung aus dem nächtlichen Dämmer schälten. Es waren einfache Bauten, errichtet aus Holz und Lehm. Dunkel und unscheinbar duckten sie sich an den winterlichen Boden. Nur eines der Häuser stach hervor. Es war größer als die anderen; ein langer Fachwerkbau mit einem steilen Schindeldach, der das Zentrum der Lichtung einnahm. Er schien menschenverlassen, aber Guda wusste, dass dieser Eindruck täuschte.

»Das ist das Hospital. Dort werden wir meine Herrin finden«, flüsterte sie Richard zu. Sie wartete noch eine Weile, und als sie sicher war, dass es niemanden gab, der sich auf einem nächtlichen Kontrollgang befand, gab sie ihrem Begleiter einen Wink und huschte hinüber zu dem langen Gebäude. Sofort verlangsamte sie ihre Schritte wieder und drückte sich gegen die raue Lehmwand. Sie nahm zwei tiefe Atemzüge, dann schob sie sich Stück für Stück weiter, bis sie eine kleine Tür erreichte. Bedachtsam streckte sie ihren rechten Arm aus und legte die Finger um die schmiedeeiserne Klinke. Das Metall fühlte sich kalt an, aber gleichzeitig erfüllte die Berührung Guda mit innerer Wärme. Wie oft war sie durch diese Pforte gegangen, in Zeiten, die glücklicher gewesen waren als diese? Guda umschloss die Klinke fester und drückte sie nach unten. Dann zog sie die Tür zwei Fußbreit auf und schlüpfte ins Innere des Gebäudes.

Sofort umfing sie fast vollkommene Finsternis. Für einen Moment stand sie still und vergegenwärtigte sich im Geiste die Aufteilung der Räume. Sie befand sich in der Kapelle des Hospitals. Links von ihr dehnte sich der Chorraum aus, in dem etwas weiter hinten der steinerne Altar stand. Rechter Hand lag der Krankensaal, der nur mit einem einfachen Bretterschirm von der Kapelle getrennt war. Jeden Morgen schob man die bewegliche Wand beiseite, sodass die Siechen und Kranken das Wort Gottes direkt in ihrer Mitte empfangen konnten. An den Abenden schloss man die Kapelle wieder, was Gudas Plan für diese Nacht begünstigte. Vorsichtig tastete sie sich bis zu der hölzernen Trennwand vor und achtete darauf, dass ihre Schritte keine verräterischen Geräusche verursachten.

Durch eine Ritze zwischen zwei Brettern spähte sie hinüber in den Krankensaal. Er war in ein schwaches rötliches Licht getaucht, das von der Glut eines gedrungenen Kamins herrührte. Die strohgefüllten Kiefernrahmen, die den Leidenden als Betten dienten, waren bis zum letzten Platz belegt. Leises Husten und Stöhnen mischte sich mit dem Rascheln unruhiger Körper, und der Odem von Hinfälligkeit und Schweiß hing in der Luft. Hier, in diesem einsamen Haus außerhalb der Stadtmauern, lagen die Ärmsten der Armen. Die Fiebernden, Verstümmelten und Aussätzigen, die nichts besaßen als den kläglichen Rest ihrer Lebenskraft. Keiner von ihnen hatte auch nur einen Heller in der Tasche, um einen Bader oder Arzt zu bezahlen.

Und selbst dieses letzte Refugium gäbe es nicht, hätte nicht Gudas Herrin vor drei Jahren auf all ihren persönlichen Besitz verzichtet, um das Hospital zu gründen und fortan nur noch Gott und den Verlorenen zu dienen. Mit unermüdlichem Eifer hatte sie sich dieser neuen Aufgabe angenommen. Geduldig in ihrer Fürsorge und erbarmungslos gegen sich selbst. Bis dann plötzlich …

Der Gedanke an ihre Herrin erinnerte Guda daran, dass sie nicht noch mehr Zeit verlieren durfte. Mit einem letzten Blick überzeugte sie sich, dass keiner der Kranken erwacht war. Und dass die betagte Schwester, die man für die Nachtwache eingeteilt hatte, auf der Bank neben dem Kamin in tiefen Schlaf versunken war. So wird sich mein Schicksal also jetzt erfüllen, dachte Guda, trat von der Holzwand zurück und drehte sich um. Wie eine undurchdringliche schwarze Höhle lag die Kapelle vor ihr. Die Tür nach draußen war wieder geschlossen, und das Säuseln verhaltener Atemzüge verriet ihr, dass Richard sich inzwischen ebenfalls im Raum befand.

Guda kauerte sich nieder und zog eine Laterne und eine Büchse mit Zunder und Feuersteinen unter ihrem Mantel hervor. Mit wenigen Handgriffen entzündete sie den Kienspan in der Leuchte. Danach spähte sie wachsam über ihre Schulter. Aus dem Krankensaal kamen keine verdächtigen Laute. Das Schlagen der Feuersteine hatte niemanden aufgeschreckt. Und der Schein der kleinen Flamme war zu schwach, um durch die Ritzen der Bretterwand nach nebenan zu dringen. Sie verstaute die Büchse wieder in ihrem Mantel. Dann stand sie auf und stellte die Laterne auf einem Wandsims ab. Wie eine gelbe Wolke floss das Licht in den Kapellenraum.

Guda sammelte sich und hob den Blick. Vor dem wuchtigen Altarblock, der sonst die Halle dominierte, stand ein grob gezimmerter Holztisch. Darauf ruhte die unbewegliche Gestalt einer Frau. Ihr schlanker Körper war in eine braune Decke gehüllt. Nur das blasse Gesicht lag frei. Es war das Gesicht einer Toten.

»Elisabeth«, flüsterte Guda mit erstickter Stimme. Obwohl sie gewusst hatte, was sie hier erwarten würde, konnte sie ihre Tränen nicht zurückhalten. Eine Weile stand sie wie versteinert da, dann fiel sie auf die Knie und versank in ein stilles Gebet. All ihre Kraft schien mit einem Male verloren, und eine tiefe Traurigkeit bemächtigte sich ihrer. Erst als sie Richards tröstende Hand auf ihrer Schulter spürte, richtete sie sich wieder auf. Wie benommen ging sie nach vorn zum Kopfende der Bahre, auf die man ihre Herrin gebettet hatte. Schweigend betrachtete sie die leblose Frau. Das Antlitz der Toten strahlte einen merkwürdigen Frieden aus, aber in ihren Zügen konnte Guda auch unendliche Erschöpfung erkennen. Ohne Unterlass hatte Elisabeth die Kranken in ihrem Hospital gepflegt, und dann war sie selbst einem tückischen Fieber anheimgefallen. Felsenschwer lastete die Erinnerung daran auf Gudas Seele. Eine Weile noch hatte es Hoffnung auf Heilung gegeben, doch mit der Zeit waren die Schübe immer heftiger geworden. Vor drei Tagen hatte Elisabeths Körper den Kampf gegen die Krankheit endgültig verloren.

»Wir dürfen nicht zaudern«, flüsterte Richard. »Lass uns beginnen.«

»Ja.« Guda nickte und zog ihre Schultern zusammen. Waren schon die letzten Tage bedrückend gewesen, so ließ die Aussicht auf das, was sie nun tun musste, ihr Gemüt vollends frösteln. Dennoch gab es nichts, was sie von ihrem Plan abbringen konnte. Elisabeth hatte sie im Angesicht ihres nahenden Endes so eindringlich darum gebeten, dass es keinen Zweifel geben konnte, wie ernst sie es gemeint hatte. Ihr ganzes bisheriges Leben lang hatte Guda ihrer Herrin glücklich und ergeben gedient. Nun würde sie Elisabeth auch diesen letzten Dienst erweisen.

Sie prüfte die Decke, in die die Tote gehüllt war. Man hatte sie wie einen Kokon zusammengenäht. Zügig begann Guda damit, die Fäden zu lösen. Das Garn bewahrte sie auf. Nachher wollte sie die Nähte wieder sorgfältig verschließen, um jeden Hinweis auf ihren nächtlichen Besuch zu verbergen. Sobald der nächste Morgen anbrach, würde man die Gründerin des Hospitals im Boden der Kapelle bestatten.

Als sie alle Fäden entfernt hatte, schlug Guda die Decke zur Seite. Auch im Tode trug Elisabeth den schmucklosen grauen Kittel, den sie vor drei Jahren als Zeichen ihrer Demut gewählt hatte. Nichts ließ erahnen, dass diese ausgezehrte junge Frau eine Königstochter war. Ohne die schützende Decke wirkte ihr zierlicher Körper noch zerbrechlicher. Mit ihren gerade einmal vierundzwanzig Jahren hätte sie noch nicht sterben dürfen, sinnierte Guda. Sie selbst war ja kaum ein Jahr älter.

Eine kurze Spanne ließ sie ihren Blick noch auf dem Gesicht der Toten ruhen. Schließlich ergriff sie Elisabeths Hand und drückte sie sanft. So, als wolle sie ihrer Herrin Mut spenden für das, was jetzt kam. Dann drehte sie sich zu ihrem Begleiter um und nickte ihm stumm zu. Mit ernster Miene zog Richard ein Messer unter seinem Mantel hervor, beugte sich über den Körper der Toten und machte den ersten Schnitt.

# 1

*Gegenwart*

Wie eine gleißende Welle flutete die Morgensonne durch die geöffneten Fenster, während gleichzeitig das dumpfe Lärmen der Erfurter Innenstadt in den Raum drang. Jonas schlug den Deckel seines Reisekoffers zurück und warf eine Lage staubiger T-Shirts und Jeans in den Wäschekorb. Versonnen schüttelte der Vierunddreißigjährige den Kopf. Unglaublich, wie schnell die letzten fünf Wochen vorübergerauscht waren. Mexiko. So bunt und faszinierend. Fremdartig und doch irgendwie vertraut. Die erste lange Auslandsreise mit Fenja, und das hieß etwas, denn sie führten nun schon seit zwölf Jahren eine aufregende und glückliche Beziehung. Gestern Abend waren sie zurückgekommen und todmüde ins Bett gefallen, bis sie der Wecker nach einer kurzen Nacht in den Alltag zurückgerufen hatte. Vor einer Stunde war Fenja in das Institut gefahren, in dem sie seit ihrem Geologiestudium arbeitete. Und ihm, der sich die Zeit freier einteilen konnte, seit er sich als Historiker selbstständig gemacht hatte, fiel nun das Ausräumen ihres Reisegepäcks zu.

Jonas schob seine zerknitterte Wetterjacke zur Seite und betrachtete die graue Pappschachtel, die darunter zum Vorschein kam. Vorsichtig hob er sie aus dem Koffer und setzte sie auf dem Wohnzimmertisch ab. Hoffentlich ist unser Fang heil geblieben, dachte er und fuhr sich mit der rechten Hand durch seine ungestümen rotblonden Haare. Nachdem er kurz nach ihrer Landung bei einem Blick durch das Flugzeugfenster Zeuge geworden war, mit welchem Gleichmut die Männer vom Bodenpersonal die Gepäckstücke auf den Transportwagen geworfen hatten, erwartete er nichts Gutes. Mit fatalistischer Neugier klappte er den Deckel der Schachtel nach oben.

»Schwein gehabt«, entfuhr es ihm unversehens, und er musste

grinsen. Der verrückte Vogel hatte den Ritt doch tatsächlich unbeschadet überstanden. Einmal von Mexico City bis in die Erfurter Altstadt. Jonas betrachtete die bemalte Tonfigur. Ein Tukan mit schwarzem Gefieder und einem gewaltigen bunten Schnabel, der fast genauso groß war wie der gesamte Rest seines Körpers.

Den Vogel hatte Jonas für den alten Gotthold mitgebracht, einen Mann, dem er einiges verdankte. Und der eine Schwäche für außergewöhnlichen Nippes besaß. Die Figur hatten sie zwei Tage vor ihrem Rückflug auf einem Straßenmarkt in Mexico City entdeckt. Hinter einer Reihe von Ständen, an denen stimmgewaltige Verkäufer ein Heer von aztekischen Götterfiguren und katholischen Heiligenbildern anpriesen, war ihnen ein etwa siebenjähriger Junge aufgefallen. Er hatte verloren neben einer Holzkiste gesessen, auf der ein kleiner tönerner Vogel stand. Offenbar hatte ihn der Junge selbst geformt und bemalt. Alles daran war irgendwie schief und unvollkommen. »Guck mal dort, der Tukan. Total niedlich«, flüsterte Fenja Jonas zu und blieb stehen.

*»Pueden comprar el pajarito«*, rief der Junge, als er ihre neugierigen Blicke bemerkte. Hastig setzte er hinzu: *»Les hago un buen precio!«*

»Er sagt, wir können das Vögelchen kaufen«, übersetzte Jonas, der in der Schule etwas Spanisch gelernt hatte, und schmunzelte. »Er will uns einen guten Preis machen.«

»Wäre das nicht was für Gotthold?«, meinte Fenja. »Du wolltest ihm doch sowieso etwas mitbringen.«

»Er würde das Ding lieben, da bin ich mir sicher.«

»Na dann …« Fenja knuffte ihren Freund ermunternd in den Arm, und Jonas erkundigte sich nach dem Preis.

*»Cincuenta pesos«*, antwortete der Junge und blickte ihn hoffnungsvoll an. Fünfzig Pesos. Etwas mehr als zweieinhalb Euro. Als Jonas nicht sofort reagierte, fragte er leise: *»Cuarenta?«* Vierzig?

»Ich gebe dir hundert«, erklärte Jonas auf Spanisch und

bot seine Hand wie zu einem wichtigen Geschäft. Überrascht schlug der Junge ein. Er ließ den Schein, den ihm Jonas reichte, schnell in seiner Hosentasche verschwinden. Dann setzte er die Figur behutsam in eine kleine Pappschachtel und hielt sie ihnen mit stolzer Miene entgegen. »*Su nombre azteca es Xochitenácatl.*«

»Sein aztekischer Name ist …«, begann Jonas zu übersetzen, doch bei dem letzten Wort verhaspelte er sich derart, dass er unter dem Gelächter der beiden anderen aufgeben musste.

So hatten sie den Vogel schließlich in ihr Hotel getragen, und nun stand er hier in Erfurt auf dem Wohnzimmertisch. Jonas beschloss, ihn dem alten Gotthold noch heute Vormittag vorbeizubringen. Er klappte die Schachtel zu, holte sich etwas Geschenkpapier aus der Küche und schlug sein Mitbringsel ein. Die nächste Stunde verbrachte er damit, seinen und Fenjas Koffer komplett zu leeren. Dann steckte er das Päckchen mit dem Tukan in seine Umhängetasche und verließ die Wohnung.

Vor der Haustür drängte sich eine Reisegruppe, die Augen fest auf einen hageren Stadtführer gerichtet und die Fotohandys in die Höhe gereckt. Ungeduldig suchte Jonas nach einer Lücke, durch die er den Touristen entkommen konnte. Die steten Besucherströme waren der Preis, den Jonas und Fenja dafür zahlten, dass ihre Wohnung direkt auf der Krämerbrücke lag – einem der berühmtesten Orte in der Erfurter Innenstadt. Die einhundertzwanzig Meter lange Flussbrücke war mit mehr als dreißig mittelalterlichen Fachwerkhäusern bebaut. Kleine Lädchen präsentierten eine bunte Mischung aus Kunsthandwerk, Antiquitäten und Leckereien, und Straßenmusiker zogen zusätzliches Publikum an. So verwandelte sich die gepflasterte Gasse, die zwischen den Häusern hindurchführte, mit schöner Regelmäßigkeit in einen menschlichen Mahlstrom.

Jonas murmelte eine Entschuldigung und zwängte sich an zwei korpulenten Mittfünfzigerinnen vorbei. Nach einem beherzten Slalom erreichte er das Ende der Brücke und bog in ein Gewirr aus engen Straßen ab. Nur wenig später gelangte er an den Parkplatz, auf dem sie vor fünf Wochen ihr Auto abgestellt hatten.

Der olivgrüne Geländewagen blitzte in der Vormittagssonne. Ein Land Rover, Baujahr 1987. Sie hatten den »Landy«, wie sie ihn liebevoll nannten, vor sechs Jahren einem älteren Ehepaar abgekauft. Fenja benötigte ein robustes und verlässliches Fahrzeug, denn als Geologin führte sie häufig Feldforschungen in schwer zugänglichem Terrain durch. Und Jonas nutzte den Wagen gern für seine Recherchetouren. Heute jedoch würde er nicht sehr weit fahren müssen. Gotthold wohnte in einem kleinen Häuschen am Rand der Stadt.

Der Berufsverkehr war längst abgeebbt, und wenn es keine unerwarteten Sperrungen gab, würde Jonas in weniger als zwanzig Minuten dort sein. Gut gelaunt setzte er sich ans Steuer, startete den Motor und lenkte den Land Rover auf die Straße.

Gemächlich bewegte sich Jonas in Richtung Süden. Im Stillen beglückwünschte er sich zu seinem Entschluss, die Fahrt zu Gotthold jetzt gleich zu erledigen. Denn neben seinem Mitbringsel gab es noch einen anderen Grund für den Besuch. Vor etwas mehr als zwei Wochen hatte ihn der alte Mann angerufen und um ein Treffen gebeten. Wegen eines Problems, das man nach seinen Worten nicht am Telefon lösen könne. Als Jonas erklärt hatte, dass er gerade nicht in Erfurt war, sondern im fast zehntausend Kilometer entfernten Mexiko, hatte Gotthold ihm das Versprechen abgenommen, nach der Rückkehr so bald wie möglich bei ihm vorbeizuschauen. Nun, das würde Jonas jetzt tun.

Er vermutete, dass es um irgendeine Behördenangelegenheit ging. Es wäre nicht das erste Mal, dass der Dreiundachtzigjährige an einem Antrag oder einer amtlichen Aufforderung verzweifelte. Vielleicht benötigte Gotthold aber auch Hilfe in seinem Haus, das er seit dem Tod seiner Frau allein bewohnte.

Jonas setzte den Blinker und bog in die Siedlung, in der das Ziel seiner Fahrt lag. Das Wohnviertel strahlte eine fast dörfliche Ruhe aus. Kleine Einfamilienhäuser schmückten sich mit idyllischen Vorgärten, es gab eine Spielwiese mit großen Bäumen, und die Straßen trugen die Namen von Dichtern und Schriftstellern. Langsam lenkte er den Land Rover auf den schmalen Fahrweg, der die Siedlung im Süden begrenzte. Dahinter begann der Steigerwald. Erfurts acht Quadratkilometer großer Stadtwald war Gottholds Lieblingsort. Hier ging er trotz seines hohen Alters jeden Morgen eine Stunde lang spazieren. Kein Wunder, fiel er doch von seinem Wohnquartier buchstäblich in die Natur. Jonas ließ den Geländewagen ausrollen und parkte ihn am moosbewachsenen Bürgersteig.

Gottholds Haus lag etwas zurückgesetzt von der Straße und versteckte sich zwischen Nadelbäumen und wild wuchernden Brombeersträuchern. Im Gegensatz zu den Nachbargrundstücken gab es hier weder sorgfältig geschnittene Hecken noch Blumenbeete. Wäre das Anwesen nicht von einem windschiefen Lattenzaun umgeben gewesen, hätte man es leicht für einen Teil des Waldes halten können. Als Jonas die Gartenpforte öffnete, stob eine Schar Sperlinge auf und wirbelte lärmend in die Wipfel der Bäume. Er sah ihnen lächelnd nach, dann betrat er das Grundstück und ging auf das kleine Giebelhaus zu.

Das Gebäude wirkte wie der Zeit entrückt. Tür und Fenster hatten schon lange keinen frischen Anstrich mehr gesehen, und über der ehemals weißen Fassade lag eine graugelbe Patina. Dennoch strahlte das Häuschen mit seinen verspielten Gauben und Fensterläden eine liebenswerte Behaglichkeit aus. Jonas trat vor die Haustür und drückte den Klingelknopf. Drinnen war ein leises Schellen zu hören. Eilig zog er die Schachtel mit dem Tukan aus der Umhängetasche und wartete darauf, dass Gotthold erschien. Doch das tat er nicht. Die Tür blieb zu, und keine Bewegung war zu hören. Auch nach dem zweiten und dritten Läuten nicht.

*Mist!* Jonas überlegte. Gotthold war sehr betagt, aber nicht taub. Außerdem war er neugierig. Die Klingel überhörte er normalerweise nicht. Machte er Besorgungen? Jetzt ärgerte sich Jonas, dass er nicht angerufen hatte, bevor er losgefahren war.

Aber das ließ sich nachträglich nicht mehr ändern. »Gotthold?«, rief er laut und drückte die Türklinke. Nicht abgeschlossen. Er öffnete die Tür und trat in den dämmrigen Flur. »Gotthold?«, rief er noch einmal. »Bist du da? Ich bin's, Jonas.«

Keine Reaktion.

Unschlüssig sah er sich um. Gotthold musste zu Hause sein, sonst hätte er abgeschlossen. Aber wo konnte er stecken? Und warum reagierte er nicht? Das war zumindest ungewöhnlich.

Die linke Zimmertür stand zwei Handbreit offen. Es war der Eingang zur Wohnstube, das wusste Jonas von seinen Besuchen hier. Er hob den Arm und klopfte gegen den Rahmen, erst zaghaft, dann kräftiger. Nichts. Zögerlich beugte er sich nach vorn und spähte in den Raum. »Gotthold, bist du hier?«

Er erhielt keine Antwort. Das Zimmer lag still und verwaist vor ihm. Jonas drehte sich wieder in den Flur um. Was sollte er tun? Inzwischen kam er sich wie ein Eindringling vor. Aber tief in seinem Inneren rumorte eine merkwürdige Unruhe. War Gotthold krank? Oder hatte er sich verletzt und benötigte Hilfe?

*Nein, Quatsch.* Er schüttelte den Kopf. Sicher war der Alte nur mal kurz aus dem Haus gegangen und befand sich irgendwo in der Nähe. Jonas wollte gerade nach draußen zurückkehren, da entdeckte er den hellen Streifen. Ein gelber Schimmer unter der Tür am Ende des Ganges. Er war leicht zu übersehen, aber wenn man ihn einmal entdeckt hatte, bestand kein Zweifel: Hinter dieser Tür brannte Licht.

Entschlossen schritt Jonas auf die schmale Pforte zu. Er wusste, dass sich dahinter eine Treppe verbarg, die in den Keller führte. Nun fühlte er sich doch ein wenig erleichtert. Dort unten also trieb sich Gotthold herum. Kein Wunder, dass er das Klingeln und Rufen überhört hatte.

Jonas öffnete die Tür. Während er die Steinstufen hinabstieg, räusperte er sich vernehmlich und sagte laut: »Keine Angst, Gotthold, hier kommt kein Gespenst. Ich bin's nur, Jonas.« Ohne eine Antwort abzuwarten, trat er in den Kellerraum. Und verharrte mitten in der Bewegung.

*Was zur Hölle …?*

Erbarmungslos brannten sich die Bilder in sein Hirn. Der schwarze Drehstuhl in der Mitte des Raumes. Der schmächtige Körper darauf, von blutigen Wunden übersät und in einer unnatürlichen Verrenkung erstarrt. Die tief ins Fleisch eingeschnittenen Plastikfesseln. Und schließlich das graubleiche Gesicht, dessen tote Augen ihm unverwandt entgegenglotzten. Nur mit Mühe erkannte Jonas in der verzerrten Fratze die vertrauten Züge des Mannes, den er besuchen wollte.

»Gotthold«, flüsterte er tonlos und schluckte. Eine Weile stand er reglos da. Dann tastete er wie in Trance nach seinem Telefon.

Obwohl Fenster und Schiebetür offen standen, hing die Mittagsluft unbewegt und drückend in der Fahrzeugkabine. Jonas wischte sich den Schweiß von der Stirn. Er saß auf der Rückbank des VW-Busses, mit dem die erste Streifenbesatzung eingetroffen war. Hier sollte er auf seine Befragung warten. Seit er den Notruf gewählt hatte, war fast eine Stunde vergangen. Jonas fühlte sich elend. Die taube Leere, die sich nach dem ersten Schock eingestellt hatte, füllte ihn vollkommen aus und ließ alles um ihn herum unwirklich erscheinen: die Polizeifahrzeuge, die die Straße belagerten; die Nachbarn, die hinter der Absperrung standen und ihre Hälse reckten; ja selbst die Sperlinge, die jedes Mal aufflogen, wenn einer der weiß gewandeten Kriminaltechniker über Gottholds Grundstück ging.

Der Beginn einer Mordermittlung war nicht neu für Jonas, schließlich hatte er schon mehrmals mit der Polizei zusammengearbeitet. Aber noch nie war das Opfer jemand gewesen, der ihm nahestand.

»Sie haben Herrn Enschütz gefunden?«, hörte er plötzlich eine brummige Stimme. Erschrocken riss er den Kopf herum. In der Tür des Kleinbusses stand ein untersetzter Mann mit hellblauem Hemd und Streifenkrawatte. Er mochte um die fünfzig sein und schaute freudlos drein.

»Ja.« Jonas nickte.

»Dann würde ich Sie jetzt bitten, mir einige Fragen zu beantworten«, erklärte der Mann und ließ sich auf der gegenüberliegenden Sitzbank nieder. »Hauptkommissar Oertel, Kriminalpolizeiinspektion Erfurt«, stellte er sich vor und zog einen kleinen Notizblock aus seiner Hemdtasche. »Und Sie heißen?«

»Jonas Wiesenburg.«

Als Jonas den Namen ausgesprochen hatte, verharrte der Kommissar für einen Augenblick und sah ihn prüfend an. So, als hätte ihm die Antwort aus irgendeinem Grund missfallen. Dann machte er eine Notiz und fuhr in geschäftsmäßigem Ton fort: »Ihre Adresse?«

»Ich wohne auf der Krämerbrücke.« Jonas nannte die Hausnummer. Wieder kritzelte sein Gegenüber einen entsprechenden Vermerk auf seinen Block.

»Nun, dann erzählen Sie mir mal, wie Sie Herrn Enschütz gefunden haben«, sagte der Polizist und lehnte sich zurück.

*Herrn Enschütz.* Aus dem Mund des Kommissars klang Gottholds Nachname merkwürdig fremd. Jonas wurde schmerzlich bewusst, dass es den sympathischen alten Mann, zu dem er heute Vormittag aufgebrochen war, nicht mehr gab. Dass er jetzt ein *Fall* war.

»Ich kam kurz vor elf hier an«, begann er. »Nachdem ich mein Auto geparkt hatte, bin ich zum Haus gegangen. Ich habe mehrmals geklingelt, aber es hat niemand aufgemacht.«

»Aha.« Der Kommissar sah auf. »Und dann?«

»Dann habe ich laut gerufen und probiert, ob die Haustür abgeschlossen ist. Das war sie nicht. Da bin ich reingegangen, in den Hausflur. Dort habe ich noch einmal gerufen, aber wieder umsonst.«

Der Kommissar zog die Brauen zusammen. »Machen Sie das immer so?«

»Was?«

»Einfach die Wohnung betreten, wenn niemand öffnet?«

»Ich war nicht in der Wohnung, ich war im Flur«, gab Jonas etwas ruppiger zurück als beabsichtigt. Der vorwurfsvolle Unterton, der im Einwurf des Kommissars mitgeschwungen hatte, ärgerte ihn. »Außerdem – der Mann ist dreiundachtzig. Ich dachte, er könnte vielleicht in Schwierigkeiten geraten sein.« Jonas senkte den Kopf und fügte leise hinzu. »War er ja auch …«

»Wie sind Sie denn darauf gekommen, ausgerechnet im Keller nachzusehen?«

»Mir ist aufgefallen, dass im Treppenabgang Licht brannte. Ich bin runter, weil ich dachte, Gotthold … Herr Enschütz werkelt dort herum und hat mich deshalb nicht kommen hören.« Jonas schwieg einen Moment. Schließlich fuhr er mit trockenem Mund fort. »Da habe ich ihn dann gesehen. Wie er da saß, auf dem Stuhl. Das war … grauenhaft.«

Oertel schrieb ein paar Zeilen auf seinen Notizblock. Dann fragte er: »Warum waren Sie überhaupt hier? Was wollten Sie von Herrn Enschütz?«

»Ich wollte ihm ein Geschenk vorbeibringen. Ein Reiseandenken aus Mexiko. Wir sind befreundet.«

»Sie waren in Mexiko?« Oertel beugte sich nach vorn.

»Ja. Fünf Wochen. Mit meiner Freundin.«

»Wann sind Sie zurückgekommen?«

»Gestern Abend.«

»Aha.« Der Kommissar schürzte die Lippen. »Ihre Freundin kann das bestätigen?«

»Ja, klar.« Der Mann denkt doch nicht etwa, ich hätte Gotthold umgebracht, überlegte Jonas. Zögernd erkundigte er sich: »Wissen Sie denn schon, wie lange Herr Enschütz da schon so … also, wie lange er schon tot sein könnte?«

Oertel ignorierte die Frage. »Ich brauche noch den Namen Ihrer Freundin. Und ihre Kontaktdaten.«

»Fenja Wolff. Die Adresse ist dieselbe wie bei mir.« Jonas diktierte dem Polizisten zusätzlich Fenjas Handynummer.

»Sie sagten, Sie waren mit Herrn Enschütz befreundet«, forschte der Beamte nach. »Seit wann kannten Sie ihn?«

»Seit ich mein Studium in Jena beendet habe und nach Erfurt

auf die Krämerbrücke gezogen bin.« Jonas rechnete still. »Das ist jetzt knapp acht Jahre her. Herr Enschütz hatte damals auf der Brücke einen kleinen Zeitungsladen. Dort haben wir uns kennengelernt und mit der Zeit angefreundet. Als er das Geschäft vor drei Jahren altersbedingt aufgeben musste, hat er mir die Räume als Büro überlassen. Wir sind in Kontakt geblieben und haben uns öfter gegenseitig besucht.«

»Dann kennen Sie also seine näheren Lebensumstände?«

»Ja, schon.«

»Ist er verheiratet?«

»Das war er. Seine Frau hieß Marianne. Sie ist vor dreißig Jahren an Krebs gestorben. Seitdem lebte er allein.«

»Keine neue Beziehung?«

»Nein. Er hat immer gesagt, dass niemand auf der Welt seine Marianne ersetzen könnte. Dass er lieber für sich bliebe.« Jonas stockte, als ihm bewusst wurde, dass Gotthold nun seiner Frau nachgefolgt war. Und auf welche Weise.

»Hat Herr Enschütz Kinder?«, fragte der Kommissar weiter.

»Nein. Er und seine Frau konnten keine bekommen. Er war deswegen sehr bekümmert. Jedenfalls hatte ich jedes Mal diesen Eindruck, wenn es auf das Thema zu sprechen kam.«

»Aha.« Der Kommissar schob die Unterlippe vor. »Gibt es sonst jemanden, den wir kontaktieren können? Andere Angehörige?«

»Soweit ich weiß, war da niemand mehr.«

»Kennen Sie jemanden, mit dem er Streit hatte? Leute, die ihn nicht mochten?«

»Streit?« Jonas schüttelte den Kopf. »Nein. Nicht dass ich wüsste. Er ist ... Er war eine außerordentlich liebenswürdige Person. Kein Mensch, dem man böse sein konnte.«

»Hmmm.« Schweigend machte der Kommissar noch ein paar Notizen. Dann schob er seinen Schreibblock zurück in die Brusttasche seines Hemdes und brummte: »Gut. Dann sind wir hier fertig. Sollten wir noch Fragen haben, melden wir uns bei Ihnen.« Er erhob sich und stieg aus dem Polizeibus.

»Warten Sie«, sagte Jonas schnell. »Wie geht es denn jetzt weiter?«

»Wie, weiter?«

»Was werden Sie unternehmen?«

»Nichts, worum Sie sich sorgen müssten. Wir machen unsere Arbeit.«

»Herr Oertel, ich möchte wissen, was mit Gotthold Enschütz passiert ist«, entgegnete Jonas und hob den Kopf. »Wenn ich dabei irgendwie helfen kann, dann würde ich das gerne tun.«

Oertel beugte sich noch einmal in die Kabine und sah Jonas an. »Wissen Sie was? Auf diesen Satz habe ich die ganze Zeit gewartet.«

»Wie bitte?« Jonas war verdutzt.

Im Gesicht des Beamten erschien wieder derselbe abschätzige Ausdruck wie vorhin, als Jonas seinen Namen genannt hatte. »Glauben Sie, ich weiß nicht, wer Sie sind? Die Hälfte meiner Dienststelle hat Ihre Bücher über historische Kriminalfälle gelesen. Und mir ist auch bekannt, dass Sie hin und wieder als Geschichtsberater für das Landeskriminalamt arbeiten. Aber um es ganz klar und deutlich zu sagen«, Oertel deutete mit dem Finger auf Gottholds Haus, »dieser Fall spielt im Hier und Jetzt. Sie sind ein Zeuge, das ist alles. Mehr gibt es nicht für Sie zu tun.« Damit drehte er sich um und schritt in Richtung Haus davon.

## 2

Jonas saß gedankenversunken in der Wohnstube, als er plötzlich das rasselnde Geräusch eines Schlüssels hörte, der im Schloss der Eingangstür gedreht wurde. *Fenja!* Er sprang auf und eilte hinaus in den Flur. Seine Freundin kam ihm entgegen, und wie immer fielen sie sich zur Begrüßung in die Arme. Dann stellte Fenja ihren kleinen Rucksack ab und blickte Jonas neugierig an. Mit ihren langen dunklen Haaren, ihrer schlanken Figur und dem hellgrünen Sommerkleid sah sie bezaubernd aus, aber in ihrer Miene lag ein Zug von Sorge.

»Ist irgendetwas passiert?«, erkundigte sie sich. »Ich habe vorhin so einen komischen Anruf bekommen. Ein Kommissar Oertel wollte wissen, ob wir zusammen in Mexiko waren und wann wir zurückgekommen sind.«

»Oh. Das ging ja schnell«, entgegnete Jonas etwas verwundert.

»Du weißt also, worum es geht? Der Kommissar wollte nämlich nicht damit rausrücken. Ziemlich knurriger Typ. Als ich ihn gefragt habe, warum er das mit Mexiko wissen will, hat er nur gesagt, dass er einen Sachverhalt überprüfen muss.« Fenja hob den Kopf. »Jonas, was für ein *Sachverhalt* ist das?«

Jonas holte tief Luft. »Gotthold ist tot«, sagte er leise. »Jemand hat ihn umgebracht.«

»Was?« Einen Moment herrschte Schweigen. Dann fragte Fenja: »Woher weißt du das?«

»Ich habe ihn gefunden. Heute früh. Ich bin zu ihm gefahren, um ihm sein Geschenk zu bringen.« Jonas verzog schmerzvoll das Gesicht. »Er war im Keller. An einen Stuhl gefesselt.«

»Ach du Scheiße.«

»Kann man so sagen.«

»Das tut mir leid.« Noch einmal umarmte Fenja ihn, diesmal lange und fest. Dann löste sie sich behutsam und sagte: »Komm, wir gehen erst mal rein. Da erzählst du mir alles in Ruhe.«

Sie wechselten vom Flur ins Wohnzimmer und nahmen in den zwei Ledersesseln Platz, die dort in einer behaglichen Sitzecke nebeneinanderstanden. Jonas berichtete, wie er am Vormittag an Gottholds Haus zuerst vergeblich geklingelt und gerufen hatte und schließlich im Keller auf die Leiche seines betagten Freundes gestoßen war.

Als er seine Schilderung beendet hatte, zog Fenja bedrückt die Schultern zusammen. »Der arme Gotthold! So ein Ende hat er nicht verdient.«

»Nein, wahrlich nicht.« Jonas presste die Lippen zusammen, und er dachte darüber nach, wie viel er Gotthold zu verdanken hatte.

Nach seinem Geschichtsstudium war Jonas auf die Idee gekommen, mit Hilfe historischer Akten jahrhundertealte unaufgeklärte Kriminalfälle zu lösen und Bücher darüber zu schreiben. Der Erfolg seiner ersten Publikationen hatte ihn bestärkt, diesen Weg weiter zu beschreiten. Aber erst Gotthold war darauf verfallen, daraus etwas Größeres zu machen. Er hatte Jonas ermuntert, eine eigene Agentur zu gründen. Eine »Detektei für historische Ermittlungen«, die kriminalistische Geschichtsrecherchen für Museen, Stiftungen und Behörden anbot. Außerdem war der wohlwollende Pensionär bei den Vermietern dafür eingetreten, dass Jonas die Räume seines vormaligen Zeitungsladens auf der Krämerbrücke erhielt – und damit einen Standort, der nicht besser für eine Geschichtsagentur geeignet sein konnte. Seither herrschte an Aufträgen kein Mangel.

»Gotthold hat es immer gut mit dir gemeint«, sagte Fenja, als hätte sie Jonas' Gedanken erraten. »Und er war freundlich zu allen.«

»Ja, zweifellos.«

»Ich verstehe das nicht. Wer bringt einen harmlosen alten Mann um? Und so brutal?«

»Darüber zerbreche ich mir schon den ganzen Nachmittag den Kopf«, erwiderte Jonas. »Dieses Bild werde ich nicht so schnell vergessen. Wie Gotthold da auf dem Stuhl saß, gefesselt und voller Wunden. Als hätte man ihn gezielt gefoltert. Das war keine spontane Tat.«

»Hat er dir wirklich nie etwas erzählt? Dass er mit irgendwem im Clinch lag? Dass es mal eine Auseinandersetzung gab?«

»Danach hat mich Oertel auch gefragt, als er meine Zeugenaussage aufgenommen hat. Aber ich konnte ihm nicht mehr sagen als jetzt dir – mir fällt niemand ein, mit dem Gotthold ein Problem gehabt hätte.«

Eine Weile schwiegen beide.

»Und der Anruf?«, fragte Fenja plötzlich.

»Welcher Anruf?« Jonas sah sie verständnislos an.

»Von Gotthold. Vor zweieinhalb Wochen. Als wir in Mexiko waren. Du hast damals gesagt, dass er dich dringend treffen wollte.«

»Ja, und …?« Das Telefonat hatte Jonas in seinem inneren Aufruhr komplett vergessen.

»Vielleicht hat er dich angerufen, weil er sich wegen irgendetwas Sorgen machte.« Fenja hob den Kopf. »Oder irgendwem.«

»Du meinst, er hat sich bedroht gefühlt?«

»Ist doch möglich.«

»Glaube ich nicht. Das hätte ich bemerkt.«

»Bist du dir sicher?«

»Ja.«

Nein, das war er nicht. Jetzt nicht mehr. Krampfhaft versuchte sich Jonas die Einzelheiten des Telefongesprächs in Erinnerung zu rufen. Ohne Zweifel hatte der alte Mann den Eindruck vermittelt, dass das Treffen mit Jonas dringlich war. Aber hieß das auch, dass er sich in ernsten Schwierigkeiten befand? Nachdem Jonas ihm mitgeteilt hatte, dass er sich in Mexiko aufhielt, war Gotthold für einige Sekunden still geblieben. Aus Enttäuschung? Vor Sorge? Schwer zu sagen. Und seine Stimme? Hatte Angst darin gelegen? Die Telefonverbindung war nicht die beste gewesen. Außerdem hatte Jonas vor dem Busbahnhof von Veracruz gestanden, umgeben von einer quirligen Menschenmenge. Nicht gerade die besten Voraussetzungen, um auf Zwischentöne zu achten.

»Fenja, ich weiß es einfach nicht«, räumte er nach einer Weile ein. »Es fällt mir schwer, das jetzt noch zu beurteilen. Damals hatte ich nicht den Eindruck, dass etwas nicht in Ordnung wäre.«

»Wenn sein Anliegen harmlos war, warum hat er dir am Telefon nicht gesagt, worum es ging?«

»Vielleicht wollte er uns im Urlaub damit nicht nerven, rücksichtsvoll, wie er immer war. Außerdem hat Gotthold ungern telefoniert, du kennst ihn ja. Vielleicht glaubte er auch, das Gespräch mit Mexiko würde ihn zu viel Gebühren kosten. Wer weiß?« Ratlos hob Jonas die Schultern. »Und außerdem, wäre er von jemandem bedroht worden, hätte er sich doch direkt an die Polizei gewandt. Und nicht an mich.«

»Stimmt. Das klingt logisch.« Fenja nickte. Dann drückte sie Jonas sanft den Arm. »Sorry, vergiss es einfach. Ich wollte dich nicht noch zusätzlich verunsichern. Du hast heute schon genug mitgemacht.« Sie lächelte ihm aufmunternd zu. »Vertraue einfach auf dein Gefühl. Nach dem Gespräch mit Gotthold hast du damals keinen Grund zur Sorge gesehen. Dann gab es bestimmt auch keinen, und der Anruf hat nichts mit dem Mord zu tun.«

»Ja, wahrscheinlich hast du recht.« Jonas lehnte sich zurück und versuchte, an etwas anderes zu denken. Aber der Zweifel hatte sich einmal in seinem Kopf festgesetzt, und er würde ihm keine Ruhe lassen. Das wusste Jonas.

In diesem Moment meldete sich sein Smartphone.

Die Lichter der Stadt waren bereits aufgeflammt, und der Abendverkehr quälte sich zäh durch Erfurts Straßen. Jonas saß am Steuer des Land Rovers und versuchte, nicht daran zu denken, was ihm bevorstand. Der Anruf, den er am Nachmittag erhalten hatte, war vom Landeskriminalamt gekommen. Von einer Frau, die er seit Langem kannte. Anne Vareel. Eine

Kommissarin, die ihn schon zweimal als Berater angeheuert hatte. Aber nun lagen die Dinge anders. Jetzt wollte sie ihn als Zeugen befragen, nachdem sie gerade zur leitenden Ermittlerin im Fall Gotthold Enschütz ernannt worden war. Vareel hatte darauf bestanden, diese Befragung am Tatort durchzuführen. Und sie hatte darum gebeten, dies noch heute Abend zu tun. Wie immer ließ die stringente LKA-Beamtin nichts anbrennen.

Als Jonas in die Straße einbog, in der das Anwesen des alten Mannes lag, kam es ihm vor wie ein Déjà-vu. Mit beklemmendem Beigeschmack. Denn diesmal wusste er, dass er zum Haus eines Toten fuhr.

Vor Gottholds Grundstück reihten sich noch immer ein halbes Duzend Polizeifahrzeuge aneinander. Jonas stellte den Land Rover hinter dem letzten Wagen ab und ging auf den Uniformierten zu, der seinen Posten am Gartentor bezogen hatte.

Der Polizist spähte ihm misstrauisch entgegen. Vermutlich hatte er heute schon etliche Schaulustige vertreiben müssen und war entsprechend genervt. Deshalb versuchte es Jonas mit einem entspannten Lächeln, was ihm angesichts der Umstände nur unvollständig gelang. »Hallo, mein Name ist Wiesenburg«, erklärte er. »Ich möchte zu Kommissarin Vareel. Sie erwartet mich.«

»Einen Moment bitte«, brummte der Beamte, griff nach seinem Funkgerät und gab Jonas' Namen weiter. »Die Kollegin kommt raus«, knarzte es nach einer Weile aus dem Gerät.

»Frau Vareel kommt gleich zu Ihnen«, wiederholte der Uniformierte unnötigerweise und verfiel wieder in stoisches Schweigen.

Jonas sah sich um. Die Sonne war schon vor einer Weile untergegangen, und die Dämmerung vertrieb gerade das letzte Leuchten vom gelbroten Abendhimmel. In der herannahenden Nacht erschienen die Bäume auf Gottholds Anwesen wie düstere Wächter, die den Zugang zu einem unseligen Ort abschirmten. Einzig das entfernte Haus erstrahlte im kalten Licht der

Flutscheinwerfer, die die Polizei für ihre Untersuchungen aufgestellt hatte.

Jonas hatte noch keine fünf Minuten gewartet, da trat die Kommissarin aus dem Gebäude und kam mit eiligen Schritten auf ihn zu. Das kurz geschnittene dunkelblonde Haar und der marineblaue Hosenanzug verliehen der Mittvierzigerin das Aussehen einer Geschäftsfrau, und ihr durchdringender Blick verriet eine wache Intelligenz.

»Jonas, schön, dass Sie kommen konnten«, begrüßte sie ihn und streckte ihm ihre Hand entgegen. »Es tut mir leid, dass der Grund für unser Wiedersehen ein so trauriger ist.«

»Ja, ich hätte mir auch einen angenehmeren Anlass gewünscht«, entgegnete Jonas und gab der LKA-Frau die Hand.

»Ich weiß, wie gut Sie Gotthold Enschütz kannten.« Anne Vareel sah Jonas mitfühlend an. »Ich kann mir vorstellen, wie Ihnen zumute ist.«

»Ja.« Jonas holte tief Luft. Dann fragte er: »Wie kann ich Ihnen denn helfen?«

»Sie haben dem Kollegen Oertel heute Mittag erzählt, dass Sie schon öfter bei Enschütz zu Besuch waren. Sie kennen also seine Wohnung.«

»Mehr oder weniger. Wir haben uns manchmal auf einen Kaffee hier getroffen.«

»Prima. Ich möchte nämlich, dass Sie sich jetzt noch einmal für uns umschauen. Dass Sie nachsehen, ob im Haus etwas Wichtiges fehlt. Oder ob Ihnen sonst irgendeine Veränderung auffällt.«

»Puh. Ich bin mir nicht sicher, ob ich dafür wirklich der Richtige bin. So genau kenne ich das Haus auch wieder nicht«, gab Jonas zu bedenken. Außerdem graute es ihm davor, noch einmal in das Gebäude zurückzukehren, in dem er vor nicht einmal zehn Stunden Gottholds Leiche gefunden hatte. Aber das sagte er nicht.

»Versuchen Sie es bitte«, beharrte die Kommissarin. »Gotthold Enschütz hat nach unseren bisherigen Informationen sehr zurückgezogen gelebt. Sie sind im Moment der Einzige, von dem wir glauben, dass er uns vielleicht weiterhelfen kann.«

»In Ordnung.« Jonas nickte still und sah hinüber zu dem kleinen Giebelhaus. »Dann bringen wir es hinter uns.«

»Danke.« Anne Vareel lächelte kurz, dann ging sie voran.

Auch das Innere des Hauses war hell erleuchtet, und die Türen zu den einzelnen Zimmern standen weit offen. Als Jonas das Foyer durchquerte, verstärkte sich das ungute Gefühl, das ihn schon auf seiner Fahrt hierher begleitet hatte.

Anne Vareel drehte sich zu ihm um. »Wir beginnen am besten im Wohnzimmer. Das hat die KT schon freigegeben«, sagte sie.

Jonas nickte, aber sein Blick wanderte wie automatisch ans Ende des Flurs. Hin zu der Tür, die zum Keller führte. Aus dem Treppenabgang schien kaltweißes Strahlerlicht in den Vorraum, und von unten drangen gedämpfte Stimmen herauf.

»Ist Gotthold noch … Ist er noch da unten?«, fragte Jonas.

Anne Vareel, die seinem Blick gefolgt war, schüttelte den Kopf. »Nein. Sie haben ihn heute Nachmittag nach Jena in die Rechtsmedizin gebracht. Die Kollegen sind jetzt dabei, die restlichen Spuren zu sichern.«

»Aha.« Jonas atmete erleichtert durch.

»Bitte.« Die Kommissarin deutete auf den Eingang zum Wohnzimmer. »Sehen Sie sich drinnen um. Und lassen Sie sich dabei Zeit. Achten Sie auf alles, was Ihnen vielleicht verändert vorkommt.«

Jonas trat in die quadratische Wohnstube und blieb stehen. Langsam ließ er seine Augen über die Einrichtung schweifen. Über den großen runden Tisch mit den geschwungenen Holzstühlen. Das ausladende Biedermeiersofa. Die düster-romantischen Ölgemälde, die allesamt thüringische Landschaften zeigten. Und schließlich die altertümliche Glasvitrine, in der Gottholds Nippes-Sammlung untergebracht war. Dicht an dicht drängten sich darin Porzellanfiguren, Schneekugeln, Keramiktiere und Zinnsoldaten. Originelle Stücke mischten sich mit haarsträubendem Kitsch. »Mein kleines Weltpanoptikum« hatte

Gotthold seine Sammlung immer genannt und dabei schelmisch gegrinst. Hier hätte auch der kleine mexikanische Tukan einen Platz gefunden, dachte Jonas betrübt. Inzwischen befand sich die Geschenkbox wieder bei ihnen zu Hause auf der Krämerbrücke, ungeöffnet und fürs Erste beiseitegestellt.

»Haben Sie etwas entdeckt?«, unterbrach die Kommissarin seine Gedanken.

»Nein, bisher noch nicht.« Jonas zuckte die Schultern. »Es ist alles an seinem Platz.« Er ging einige Schritte weiter und sah sich wieder um. Plötzlich blieb sein Blick an der polierten Deckfläche einer Kommode hängen. »Die Armbanduhr fehlt«, sagte er und zeigte auf eine flache Holzschale, die dort neben einem Fotorahmen mit dem Bild von Gottholds Frau stand. »Die hat immer dort gelegen. In der Schale.«

»Eine Armbanduhr? Hat er die nicht getragen?«

»Es war die Uhr seiner Frau Marianne. Nach ihrem Tod hat Gotthold sie zur Erinnerung behalten. ›So habe ich das Gefühl, Mariannchen ist immer noch bei mir und kommt jeden Moment zur Stubentür herein‹, hat er immer gesagt.«

»Können Sie die Uhr beschreiben?«

»Klein und rund. Goldfarbenes Gehäuse, braunes Lederband …« Jonas überlegte. Dann fügte er hinzu: »Sie hatte eine Gravur. Auf der Rückseite. Gotthold hat sie mir einmal gezeigt.«

»Erinnern Sie sich noch, was für eine Gravur das war?«

»Die Initialen ihrer beiden Vornamen. M und G. Und der Hochzeitstag. Das Datum habe ich vergessen.«

»Kein Problem. Das ist ja amtlich registriert«, meinte Anne Vareel und tippte eine Notiz in ihr Smartphone. »Fehlt sonst noch etwas? Fernseher, Hifi-Anlage? Vielleicht ein Laptop? Wir haben nichts Derartiges gefunden.«

»Kein Wunder. Gotthold besaß nichts von alledem. Da war er sehr altmodisch. Er hatte nur einen Plattenspieler, den er manchmal aus der Kommode geholt hat, und ein Kofferradio in der Küche. Außerdem ein Festnetztelefon.«

»Die Sachen haben wir gesehen. Das ist alles noch da.« Die Kommissarin schmunzelte freudlos.

»Dann weiß ich weiter nichts.« Jonas hob zögerlich die Schultern. Das Herumstöbern in Gottholds Heim bereitete ihm Unbehagen. Schließlich erkundigte er sich: »Sind wir fertig?«

»Noch nicht ganz.« Anne Vareel trat hinaus in den Flur. »Kommen Sie mit. Ich möchte Ihnen etwas zeigen.«

Ohne abzuwarten, ging sie ein Stück den Gang hinunter und bog dann in das Zimmer, das direkt an die Wohnstube angrenzte. Gottholds Bibliothek, wie Jonas wusste. Er folgte der Polizistin und betrat den Raum. Das Interieur wirkte schwer und dunkel, was an den riesigen Bücherregalen lag, die drei komplette Wände einnahmen. Gotthold hatte das Lesen geliebt, und so waren sämtliche Fächer dicht an dicht mit Bänden gefüllt.

Plötzlich hielt Jonas in der Bewegung inne. In der Mitte der rechten Regalfront klaffte eine ungefähr vierzig Zentimeter breite Lücke. Und auf dem Fußboden darunter entdeckte er mehrere wild übereinandergeworfene Bücher. Fragend blickte er zu Anne Vareel. »Das Durcheinander da unten – waren das Ihre Leute?«

»Nein, das haben wir exakt so vorgefunden.« Die Kommissarin deutete auf die Lücke im Regal. »In der Wand dahinter befindet sich ein Tresor. Die Bücher haben ihn ursprünglich verdeckt. Wussten Sie darüber Bescheid?«

»Nein. Davon hatte ich keine Ahnung«, antwortete Jonas verblüfft. Neugierig trat er näher. In der Mauer hinter dem Regal gewahrte er eine etwa zwanzig mal zwanzig Zentimeter große Stahltür mit Zahlenschloss. Sie war an der Außenseite mit der gleichen beigen Farbe gestrichen wie die Wand ringsum. In geschlossenem Zustand wäre sie selbst ohne den Schutz der Bücher kaum aufgefallen. Jetzt jedoch stand sie offen, und der Metallkasten im Mauerwerk schimmerte schwarz und leer. »Ein geheimer Tresor. Verrückt.« Er beugte sich vor. »So etwas hätte ich Gotthold gar nicht zugetraut.«

»Haben Sie irgendeine Idee, was er darin aufbewahrt haben könnte?«

»Überhaupt nicht.« Jonas schüttelte den Kopf und musterte das verborgene Metallfach. »Wie ausgeputzt. Der Mörder hat offensichtlich alles mitgenommen.«

»Das stimmt nicht ganz.« Anne Vareel verschwand im Flur und kehrte mit einem durchsichtigen Beweismittelbeutel zurück. »Das hier lag leer am Boden vor dem Tresor.«

Jonas betrachtete den Gegenstand in dem Beutel. Es handelte sich um ein kleines flaches Kästchen aus dunklem Holz. Seine Oberfläche war fleckig und abgegriffen, und nur mit Mühe konnte Jonas die Reste verschlungener Ornamente erahnen, die einmal den Deckel geschmückt hatten. »Die Schatulle ist alt«, stellte er fest.

»Deswegen hat sie der Täter vermutlich auch weggeworfen«, entgegnete die Kommissarin.

»Ich meine, *richtig alt*.« Jonas sah Anne Vareel an. »Mehrere hundert Jahre, würde ich sagen.«

»Wirklich?« Ungläubig hob sie das Kästchen vor ihre Augen. »Für mich sieht das aus wie eine ausgediente Zigarrenkiste. Der Täter dachte vermutlich das Gleiche. Aber Sie sind der Experte.«

»Die Färbung des Holzes, die Art der Verzierung … Das ist antik, ohne jeden Zweifel.« Jonas wiegte den Kopf. »Natürlich müsste man sich das noch einmal ganz genau ansehen. Am besten in einem Labor. Aber ich bin mir jetzt schon sicher – das hier stammt nicht aus unserer Zeit. Es würde mich brennend interessieren, was Gotthold darin aufbewahrt hat.«

»Uns auch, da können Sie sicher sein. Aber es hilft nichts. Der Täter hat es mitgenommen. Was auch immer es war.«

Einen Augenblick herrschte Stille.

»Denken Sie, deshalb wurde Gotthold so zugerichtet?«, fragte Jonas dann. »Weil der Mörder wissen wollte, wo der Tresor versteckt ist? Und der Inhalt dieses Kästchens? Das würde bedeuten, dass er vorher von dessen Existenz wusste.«

»Wir können nicht sagen, ob der Täter gezielt danach gesucht hat.« Die Kommissarin ließ die Hand mit dem Beweismittelbeutel sinken. »Vielleicht wollte er einfach nur wissen, wo Gotthold Enschütz seine Wertgegenstände aufbewahrte. Und als der das nicht freiwillig sagen wollte, hat es der Täter mit Gewalt aus ihm herausgepresst.« Sie hob die Schultern. »Oder die Täter.«

Noch einmal blitzte in Jonas' Kopf das Bild des geschundenen Toten auf. »Eins verstehe ich nicht«, sagte er ernst. »Warum war so viel Aufwand nötig, um Gotthold zum Reden zu bringen? Wieso musste man ihn erst in den Keller schaffen, an einen Stuhl fesseln und brutal quälen? Ein dreiundachtzigjähriges, schmächtiges Männchen.« Er wandte sich zu der Lücke im Regal um und betrachtete die gähnende Stahltür. »Was auch immer in diesem Tresor eingeschlossen war – es muss Gotthold enorm viel bedeutet haben, wenn er das Versteck erst unter schlimmsten Schmerzen preisgegeben hat.«

Anne Vareel schwieg, und Jonas spürte, dass sie über das Gesagte nachdachte. Für einen kurzen Moment überlegte er, ob er der Kommissarin von Gottholds Anruf in Mexiko berichten sollte, ließ es dann aber bleiben. Für einen Zusammenhang gab es keine konkreten Anhaltspunkte, und Anne Vareel hielt sich ausschließlich an Fakten, das wusste er von ihren früheren Begegnungen. Deshalb fragte er nur: »Haben Sie noch etwas für mich zu tun?«

»Gibt es hier noch Räume, die Ihnen von früheren Besuchen her vertraut sind?«, erkundigte sich die LKA-Frau.

»›Vertraut‹ ist übertrieben. Ich war ein paarmal in der Küche.« Er schmunzelte unbeholfen. »Und auf der Toilette.«

»Würden Sie dann bitte …?«

»Klar.« Jonas verließ die Bibliothek und sah sich in den beiden Räumen um. Dann kehrte er ins Foyer zurück, wo die Kommissarin auf ihn wartete. »Da ist nichts, was mir aufgefallen wäre«, berichtete er.

»In Ordnung.« Anne Vareel nickte langsam. »Dann sind wir hier fertig.«

»Ich kann also gehen?«

»So ist es.« Sie sah auf. »Danke, dass Sie bereit waren, uns zu helfen, Jonas.«

»Das war das Mindeste, was ich für Gotthold tun konnte.« Er gab der Kommissarin die Hand. »Wer auch immer ihm das angetan hat – ich hoffe, Sie kriegen ihn.« Damit drehte er sich um und ging zur Haustür.

»Eine Frage hätte ich doch noch«, hörte er die Kommissarin plötzlich sagen.

Er verharrte und drehte sich um. »Ja?«

»Sagt Ihnen der Name Volker Rudloff etwas?«

»Volker Rudloff? Nein.« Jonas schüttelte verdutzt den Kopf. »Den Namen habe ich noch nie gehört. Warum?«

»Ist nicht wichtig.« Anne Vareel winkte ab, und die Geste hatte etwas Endgültiges. »Kommen Sie gut nach Hause.«

Jonas öffnete die Tür und verließ das Haus. Als er durch den nachtschwarzen Garten zur Straße ging, sann er über die letzte Frage der Ermittlerin nach. Und darüber, ob sie vielleicht mehr über Gottholds Tod wusste, als sie ihm verraten hatte.

# 3

Die Bäume rauschten leise im Wind, und die Sonnenstrahlen, die durch ihre Kronen drangen, zeichneten tanzende Lichtflecken auf den Boden. Ein Hauch von Kühle mischte sich in das freundliche Septemberwetter und kündigte das nahende Ende des Sommers an. Jonas und Fenja gingen durch die weitläufige Parklandschaft des Erfurter Hauptfriedhofs. Drei Wochen waren verstrichen, seit Jonas Gottholds Leiche gefunden hatte. Heute würde man den Dreiundachtzigjährigen hier in einem anonymen Rasengrab beerdigen. Eine schlichte Bestattung ohne Trauerfeier und Zeremonie. So hatte es Gotthold schon vor Jahren bestimmt und sämtliche Auslagen im Voraus bezahlt. Anne Vareel war so freundlich gewesen und hatte Jonas über den Termin informiert, nachdem der Leichnam von der Staatsanwaltschaft freigegeben worden war.

»Ich glaube, da drüben ist es«, sagte Fenja und deutete nach rechts. Hinter einem Baumstreifen zeichneten sich drei eng beieinanderstehende Personen ab, die neben einem Bestattungsfahrzeug warteten.

»Ja, sieht so aus.« Jonas sah auf das Blumengesteck, das er im linken Arm hielt, und schluckte. In den letzten Tagen hatte er es geschafft, sich mit Arbeit abzulenken und die Gedanken an den Mord wenigstens zeitweise beiseitezuschieben. Aber jetzt war die bedrückende Erinnerung mit voller Wucht zurückgekehrt. »Dann gehen wir mal rüber.«

Jonas spürte, wie ihm Fenja ermutigend die Hand drückte. Sie bogen auf einen kleinen Weg ab, der zwischen den Bäumen hindurchführte, und hielten auf das schwarz glänzende Fahrzeug zu. Auf den letzten Metern kam ihnen eine etwa dreißigjährige Frau mit kurzen hennagefärbten Haaren entgegen. Sie trug ein anthrazitfarbenes Kostüm, und ihre Miene zeigte eine professionelle Ernsthaftigkeit.

»Frau Wolff und Herr Wiesenburg?«, fragte sie und gab ihnen, ohne eine Antwort abzuwarten, die Hand.

Jonas und Fenja nickten.

»Ich bin Frau Jugelt vom Beerdigungsinstitut Jugelt & Bunge.« Sie lächelte knapp. »Sie sind die beiden Bekannten von Herrn Enschütz, nicht wahr? Jemand von der Polizei hat Bescheid gesagt, dass Sie der Bestattung gern beiwohnen möchten. Mein herzliches Beileid.« Geschäftsmäßig setzte sie hinzu: »Wir würden dann auch gleich beginnen.«

»Kommt denn sonst niemand?«, erkundigte sich Jonas, der gesehen hatte, dass der Rest der Trauergemeinde lediglich aus zwei jungen Männern bestand, deren Bekleidung sie als Angestellte des Friedhofs auswies.

»Nein. Herr Enschütz hat für seinen Heimgang nur die Grundausstattung ohne Begleitung gewählt. Er hatte ja auch keine Angehörigen mehr.«

Jonas warf Fenja einen beklommenen Blick zu, während die Bestatterin zum offenen Heck des Leichenwagens ging und eine nachtblaue Urne heraushob. Dann schritt sie mit gemessenen Bewegungen in die Mitte der angrenzenden Wiesenfläche und blieb vor einer kleinen Grube stehen, deren Rand mit einer Kunstrasenmatte eingefasst war. Sie verharrte einige Sekunden reglos, dann senkte sie die Urne an zwei dünnen Drahtschnüren in das runde Erdloch hinab. Wieder ließ sie einige Sekunden verstreichen. Danach verbeugte sie sich, trat zur Seite und nickte Jonas und Fenja zu.

Jonas holte tief Luft. Zeit, Abschied zu nehmen.

Seite an Seite mit Fenja trat er vor das offene Urnengrab. Behutsam legte er das Blumengesteck daneben ab. Statt einer Trauerschleife hatten sie den kleinen mexikanischen Tukan daran befestigt. Jetzt leuchtete sein bunt bemalter Schnabel hell im Sonnenlicht.

Jonas schmunzelte bedrückt. Dann blickte er in den schmalen runden Schacht, auf dessen Grund die Urne stand. »Mach's gut, Gotthold«, murmelte er. »Was auch immer dir widerfahren ist, ich hoffe, jetzt findest du Ruhe. Danke für alles. Du warst ein toller Freund.«

Jonas griff in den kleinen Hügel mit schwarzer Erde, der etwas abseits des Grabes aufgeschüttet war, und warf eine Handvoll davon auf die Urne. Fenja tat es ihm nach. Dann blieben sie noch eine Weile still am Grab stehen.

Der Wind frischte auf und ließ die Grashalme der Wiese hin- und herwogen wie sanfte Wellen auf einem See, während aus den Kronen der umstehenden Bäume leises Vogelgezwitscher herüberdrang.

Gerade als Jonas zum Weg zurückkehren wollte, beugte sich Fenja dicht an sein Ohr und flüsterte: »Hat Anne Vareel dir gesagt, dass sie einen Kollegen aus dem Ermittlungsteam zur Beerdigung schicken will?«

»Nein.« Jonas zog die Brauen zusammen. »Wie kommst du jetzt darauf?«

»Weil dort drüben bei den hohen Büschen jemand steht und uns beobachtet.« Ohne hinzusehen, deutete sie nach rechts. »Ein Mann in dunklen Klamotten. Mit einer Kamera.«

Jonas beugte sich zurück und blickte in die angezeigte Richtung. Etwa sechzig Meter entfernt wogte eine dichte Buschgruppe im Wind. Aber er konnte beim besten Willen niemanden entdecken. Die Wiese neben den Büschen war leer.

»Da ist keiner«, sagte er leise. »Kann es sein, dass du dich getäuscht hast?«

Fenja drehte sich um und sah ebenfalls zu den Büschen. »Merkwürdig. Ich bin mir ganz sicher. Gerade stand dort noch jemand und hat uns fotografiert. Mit einem Teleobjektiv. Ein Mann.«

»Konntest du sein Gesicht erkennen?«

»Nein. War ja versteckt hinter der Kamera.«

»Jetzt ist er jedenfalls weg.« Jonas hob die Schultern. »Gut möglich, dass das LKA einen Mitarbeiter geschickt hat, um die Beerdigung zu observieren. Oder es ist jemand von der Presse gewesen.« Er schaute sich noch einmal sorgfältig um. »Wer auch immer das war – inzwischen wird derjenige gemerkt haben, dass hier nicht viel zu holen ist.«

»So wird es sein.« Fenja nickte. Dann senkte sie den Kopf in Richtung der Erdgrube. »Adieu, Gotthold.«

Sie verabschiedeten sich von der Bestatterin und gingen wieder auf dem Weg zurück, auf dem sie gekommen waren. An dem Baumstreifen blieben sie noch einmal stehen und blickten zurück. Der Bestattungswagen rollte gerade davon, und die beiden Friedhofsangestellten trotteten mit Schaufel und Rechen zur Grabstelle. Sie rollten die Kunstraseneinfassung zusammen und begannen damit, das Urnenloch mit Erde zuzuschütten. Jede ihrer Bewegungen verriet hundertfache Routine.

Ein einsames Bild, dachte Jonas.

»Lass uns gehen«, sagte er leise zu Fenja.

Hand in Hand und in Schweigen versunken, liefen sie bis zu dem nordöstlich gelegenen Hauptportal und verließen den Friedhof. Dann bestiegen sie eine Straßenbahn in Richtung Stadtzentrum. Der quirlige Betrieb in dem dicht besetzten Waggon, die durcheinanderrufenden Kinder und die mit Einkaufstaschen bepackten Erwachsenen, das Drängeln, Lachen, Schimpfen und Fluchen, all das empfand Jonas heute als angenehm. Es versprühte eine Atmosphäre der Normalität, und die war ihm nach dem stillen Abschied von Gotthold mehr als willkommen. Die Stadt mit ihrer Kraft und Lebendigkeit zog ihn und Fenja mit einer unprätentiösen Zwangsläufigkeit zurück ins Leben.

Die Fahrt dauerte nur etwas mehr als zehn Minuten. Sie stiegen am Domplatz aus und warfen einen Blick den Hügel hinauf, wo Dom und Severikirche mit ihren Türmen dem Himmel zustrebten. Das mächtige Gebäudeensemble thronte erhaben und gleichermaßen vertraut über den Dächern Erfurts. Ein unerschütterlicher Hort der Zeiten, der Gegenwart und ferne Vergangenheit ganz selbstverständlich vereint, dachte Jonas wie so oft, wenn er hier stand. Heute hatte dieser Gedanke etwas zutiefst Tröstliches. Eine Weile sogen sie die Wirkung des mächtigen Domberges in sich auf, dann ließen sie den Platz hinter sich und bogen in eine Straße, die weiter hinein in die historische Innenstadt führte. Nur ein paar Minuten später erreichten sie ihr Domizil auf der Krämerbrücke.

Als Jonas die bemalte Haustür aufgeschlossen hatte, die in den Treppenaufgang zu ihrer Wohnung führte, tippte Fenja ihn an und deutete auf den Briefkasten. Aus dem Schlitz ragte ein dicker Papierstapel. »Viel Post heute«, sagte sie.

»Viel Werbung«, entgegnete Jonas, der eine Reihe von Anzeigenblättern erkannte.

»Nicht nur.« Fenja öffnete den Kasten und fing die herausrutschende Papierflut auf. Dann sortierte sie die Werbezeitungen aus. Übrig blieben vier Briefe. »Alles Rechnungen«, murmelte sie, während sie die Absender überflog. Doch beim Blick auf den letzten Umschlag hielt sie überrascht inne. »Nein, halt. Das hier ist was Offizielles.« Sie sah fragend auf. »Vom Amtsgericht. Für dich.«

»Oh. Zeig mal her.« Jonas nahm den Brief und öffnete den Umschlag. Neugierig überflog er den Text auf den drei dünnen Papierblättern. »Gottholds Testament ist eröffnet worden«, erklärte er dann. »Das hier ist das Protokoll. Und eine Kopie seiner Verfügung.«

»Und?«

»Sein Erbe soll einer gemeinnützigen Stiftung zugutekommen, die sich um die Erhaltung der Krämerbrücke kümmert. Um die Pflege der alten Fachwerkbauten.« Jonas zuckte mit den Schultern. »Aber das wusste ich bereits. So hatte es Gotthold damals schon entschieden, als er seinen Laden aufgegeben hat.«

»Warum dann dieses Schreiben? Was hast du damit zu tun?«

»In seinem Testament gibt es zwei Ausnahmen. Dinge, die ich bekommen soll.«

»Aha.« Fenja hielt den Kopf schräg. »Das klingt jetzt aber spannend. Und worum handelt es sich dabei?«

»Ich habe keine Ahnung. Das Erste ist der Inhalt des Tresors in Gottholds Bibliothek. Genaueres wird hier nicht ausgeführt. Aber was immer es sein mag – der Mörder hat es mitgenommen.«

»Und das Zweite?«

»Ein versiegelter Brief.« Jonas blickte Fenja nachdenklich an. »Er ist bei einer Notarin hinterlegt.«

## 4

Schon als er in die Pflasterstraße bog, in der sein Ziel lag, spürte Jonas etwas von der gediegenen Noblesse des Quartiers. Hier, am südlichen Rand der Altstadt, schien der Trubel, der Erfurts Zentrum ansonsten erfüllte, wie ausgeblendet. Hinter schmiedeeisernen Zäunen und gepflegten Hecken reihten sich sorgfältig restaurierte Jugendstilvillen aneinander. Ab und zu blitzte zwischen den Grundstücken das ruhig dahinfließende Wasser des Flutgrabens hindurch, der die Gebäudekette wie ein gleichmütiger Freund begleitete.

Es war Dienstagmorgen. Am Tag zuvor hatte Jonas in dem Notariat angerufen, in dem laut Gottholds Testament ein Brief für ihn hinterlegt war. Der Bürovorsteher hatte ihm nach kurzer Rücksprache mit der Notarin für heute einen Termin angeboten. Und dieser Termin begann in weniger als zehn Minuten.

Jonas beschleunigte seine Schritte und ließ seine Augen über die Nummern an den Häuserwänden und Eingängen gleiten. Die gesuchte Adresse konnte nicht mehr weit sein. Mit jedem Meter wuchs die Unruhe in ihm. Eine Mischung aus Neugier und diffuser Besorgnis, die in ihm rumorte, seit er die Benachrichtigung vom Amtsgericht erhalten hatte. Wieder und wieder fragte er sich, was Gotthold ihm auf diese ungewöhnliche Weise zukommen lassen wollte.

Tatsächlich dauerte es nicht mehr lange, da entdeckte er auf einer Messingtafel an einem Torpfeiler die gesuchte Hausnummer. Unter den Ziffern prangte das Thüringer Landeswappen. Daneben ein nüchtern-sachlicher Schriftzug.

*Jennifer Lohmann. Notarin.*

Jonas betrat das Grundstück. Ein Kiesweg führte zwischen zwei Buchsbaumreihen auf eine weiß verputzte Villa zu, deren Fenster und Eingang mit verschnörkelten Sandsteinreliefs eingefasst waren. Links neben der dunkel gebeizten Holztür entdeckte er einen Klingelknopf. Er zog sein Smartphone aus der Tasche und überprüfte das Display. Drei Minuten vor dem verabredeten Termin. *Perfekt.*

Er steckte das Telefon zurück und drückte die Klingel. Ein tiefes Schnarren ertönte. Schnell drückte er die Tür auf und trat ein.

Er fand sich in einem großen, aber schlicht gehaltenen Vestibül wieder, von dem links und rechts Flure abgingen. Aus einer Zimmertür vis-à-vis kam ihm ein klein gewachsener Mann in makellosem grauem Anzug entgegen. Sein Alter war schwer zu schätzen, und seine Gesichtszüge strahlten eine fast aristokratische Würde aus.

»Herr Wiesenburg, nehme ich an. Guten Morgen. Ich bin Heinrich Zergiebel, der Bürovorsteher. Wir haben gestern miteinander telefoniert«, begrüßte ihn der Mann. »Kommen Sie am besten gleich mit. Ich bringe Sie zur Notarin.«

Er machte auf dem Absatz kehrt und bog nach links. Jonas folgte ihm durch einen kurzen Gang bis vor eine weiß lackierte Flügeltür.

»Einen Moment bitte«, sagte Zergiebel. Er hob die Hand, ließ sie einige Sekunden in der Luft verharren und klopfte dann zweimal kurz nacheinander gegen das Türblatt. Auf Jonas wirkte die Geste wie eine sorgsam einstudierte Darbietung.

»Bitte«, drang eine gedämpfte Frauenstimme heraus.

Der Bürovorsteher öffnete die Tür. »Herr Wiesenburg wäre dann da«, verkündete er.

»Danke, Heinrich. Schicken Sie ihn herein.«

Zergiebel drehte sich zu Jonas um und wies ins Innere des Zimmers. »Bitte.«

Jonas nickte dem Mann stumm zu und trat über die Schwelle. Während er hörte, wie hinter ihm behutsam die Tür geschlossen wurde, sah er sich um. Er befand sich in einem großflächigen Eckzimmer. Die beiden Außenwände waren von breiten Rundbogenfenstern durchbrochen. Gegenüber reihten sich anthrazitfarbene Büroschränke aneinander.

Das Zentrum des Raumes nahm ein moderner lichtgrauer Schreibtisch ein, hinter dem sich in diesem Moment eine schlanke Mittvierzigerin erhob. Sie trug ein elegant geschnittenes weinrotes Kostüm und eine weiße Bluse. Ihre schmalen Gesichtszüge wurden von halblangen blondierten Haaren gerahmt. »Guten Morgen. Mein Name ist Lohmann«, verkündete sie mit distanzierter Höflichkeit.

»Wiesenburg. Guten Morgen«, gab Jonas zurück.

»Bevor wir beginnen, möchte ich Sie bitten, sich auszuweisen«, forderte ihn die Notarin auf. »Nur dass alles seine Richtigkeit hat.«

»Ist klar.« Jonas zog seinen Personalausweis aus der Brieftasche und reichte ihn der Frau. Sorgfältig musterte sie das Plastikkärtchen. Dann setzte sie einige Eintragungen in ein Formblatt, das auf der Tischplatte bereitlag. »In Ordnung«, sagte sie schließlich, gab den Ausweis zurück und deutete auf einen Stahlrohrstuhl vor dem Schreibtisch. »Nehmen Sie gerne Platz.«

Jonas setzte sich, und auch die Notarin ließ sich in ihrem Bürosessel nieder.

»Sie sind wegen der Erbsache Gotthold Enschütz hier«, stellte sie in geschäftigem Ton fest, während sie eine dünne Aktenmappe aufschlug. »Die Unterlagen vom Amtsgericht habe ich erhalten. Nun geht es Ihnen vermutlich um das Dokument, welches der Erblasser hier hinterlegt hat, richtig?«

»Ja, das möchte ich abholen. Ich habe allerdings keine Ahnung, worum es sich dabei genau handelt. Sicher können Sie mir mehr dazu sagen.«

»Es ist ein verschlossener und versiegelter Umschlag. Herr Enschütz hat ihn am 6. August 2020 persönlich hier im Notariat hinterlegt, mit der Maßgabe, dass er bei Inkrafttreten seines Testaments an Sie auszuhändigen ist. Den Inhalt des Umschlags selbst kenne ich nicht. Herr Enschütz hat sich damals mehrmals versichern lassen, dass das Kuvert bis zur Übergabe an Sie ungeöffnet bleibt.«

»Hat er noch etwas dazu gesagt? Irgendeine Erklärung, warum er mir den Brief auf diese Weise hinterlassen hat?«

»Nein, darüber haben wir nicht gesprochen. Herrn Enschütz war lediglich daran gelegen, dass ausschließlich Sie den Brief erhalten. Und dass er bis dahin sicher verwahrt ist.«

»Nun gut.« Jonas nickte. Es gelang ihm nur schwer, seine Anspannung zu verbergen. »Dann können Sie mir den Brief jetzt geben.«

Die Notarin öffnete ein Schubfach ihres Schreibtisches und zog eine flache Dokumentenbox heraus. Mit einer gleitenden Bewegung setzte sie den Kasten vor Jonas auf die Tischplatte und hob den Deckel ab. »Bitte schön.«

Für einen Augenblick blieb Jonas reglos sitzen und fixierte den länglichen braunen Umschlag, der auf dem Boden des Kastens lag. Er besaß die Größe eines gewöhnlichen Briefes und war auch nicht besonders dick. Auf der Oberseite konnte Jonas seinen Namen und seine Adresse lesen. In den ebenmäßigen Tintenschwüngen erkannte er sofort Gottholds feingliedrige Handschrift.

Er griff in den Behälter und nahm den Brief heraus. Erst jetzt entdeckte er das dunkelrote Wachssiegel auf der Rückseite. Neugierig drehte er die steife Papierhülle in seinen Händen hin und her.

»Ich bekomme bitte noch eine Unterschrift, dass Sie das Dokument ordnungsgemäß erhalten haben«, brachte sich Lohmann in Erinnerung und schob Jonas ein Protokoll und einen Kugelschreiber über den Tisch.

»Natürlich.« Er nahm den Stift und setzte seinen Namen unter den knappen Text. »Noch etwas?«

»Sie können den Brief gerne hier bei uns lesen, wenn Sie nicht warten wollen, bis Sie zu Hause sind«, bot die Notarin an. »Wir haben nebenan ein Besprechungszimmer. Dort sind Sie ungestört.«

»Ja, das würde ich gerne in Anspruch nehmen.« Jonas stand auf. Jetzt konnte er es kaum erwarten, den Umschlag zu öffnen.

Jennifer Lohmann drückte einen unscheinbaren Knopf an der Seitenleiste ihres Schreibtischs. Nur Sekunden später öffnete sich die Tür, und Heinrich Zergiebel erschien im Raum.

»Geleiten Sie Herrn Wiesenburg bitte in das kleine Besprechungszimmer. Er möchte seine Dokumente gleich durchsehen«, sagte die Notarin zu ihrem Bürovorsteher. Dann drehte sie sich noch einmal zu Jonas um. »Nehmen Sie sich so viel Zeit zum Lesen, wie Sie benötigen. Wenn sich aus dem Inhalt des Briefes noch Fragen ergeben, können Sie sich gerne noch einmal an mich wenden. Ich bin hier in meinem Büro.«

»Danke.« Jonas nickte ihr zu. Dann folgte er Zergiebel hinaus in den Flur.

Der Bürovorsteher führte ihn in einen schmucklosen Raum auf der linken Seite des Ganges. Die Möblierung beschränkte sich auf einen einfachen Tisch, um den vier Bürostühle gruppiert waren. »Dort können Sie sich hinsetzten«, erklärte Zergiebel. »Wenn Sie fertig sind, rufen Sie einfach durch.« Er zeigte auf ein Wandtelefon. »Meine Durchwahl ist die 11.«

»Okay«, erwiderte Jonas und rückte sich einen Stuhl zurecht. Während er sich setzte, verschwand der Mann im grauen Anzug leise aus dem Zimmer und zog die Tür hinter sich ins Schloss.

Jonas legte den Umschlag vor sich auf den Tisch. Auf dem makellosen Hellgrau der Tischplatte wirkte das braune Papier mit dem Wachssiegel wie ein Fremdkörper. Was würde sein Inneres wohl bereithalten? Er zögerte noch einen kurzen Moment. Dann brach er das Siegel und öffnete das Kuvert.

Der Umschlag enthielt nur einen einzelnen Briefbogen. Behutsam faltete er ihn auseinander. Das Blatt war dicht beschrieben, und auch hier erkannte Jonas in den kunstvollen Zeilen die Handschrift des alten Gotthold. Schmerzhaft drang ihm ins Bewusstsein, dass es die Nachricht eines Toten war, die er gerade in seinen Händen hielt. Mit einer sachten Bewegung strich er den Bogen glatt. Dann straffte er sich und begann zu lesen.

*Mein lieber Jonas,*

*wenn Du auf diese Zeilen blickst, gibt es mich nicht mehr. Jedes Leben hat ein Ende, das haben wir zu akzeptieren. Was aber für immer bleibt, sind die Jahre unserer Freundschaft. Und meine Dankbarkeit. Zusammen mit Fenja hast Du mich auch dann nicht vergessen, als nach der Schließung meines geliebten Ladens Stille und Einsamkeit in meinen Alltag eingezogen sind. Ich habe unsere Gespräche immer sehr genossen. Genauso wie ich Deine Arbeit, Dein unermüdliches und mutiges Ringen um die Schätze unserer Geschichte, immer im Blick hatte. Du weißt, dass es mir und Marianne nicht vergönnt war, eigene Kinder zu bekommen. Auch wenn das Dich jetzt vielleicht überrascht – seit ich Dich kenne, habe ich in Dir den Sohn gesehen, den ich nie hatte. Deshalb vertraue ich Dir nun ein besonderes Erbe an. Ein Gut von äußerstem Wert. Ich bin nicht sein Besitzer, sondern nur sein Hüter. So wie viele Generationen meiner Ahnen.*
*Es ist ein Herz. Das Herz einer Heiligen. Einst schlug es in der Brust der Elisabeth von Thüringen. Jetzt ist es ihre kostbarste Reliquie.*
*Das Herz ist im 17. Jahrhundert, mehr als vierhundert Jahre nach Elisabeths Tod, durch ein dramatisches Ereignis in die Obhut meiner Vorfahren gelangt. Zusammen mit der Verpflichtung, über seine Existenz zu schweigen. Seitdem wurde das Geheimnis um seinen Aufbewahrungsort in meiner Familie von Geschlecht zu Geschlecht mit dem letzten Willen weitergegeben.*
*Wo sich die Reliquie tatsächlich befindet, ist mir nicht bekannt. Seit ehedem wird ihr Versteck nur in Form eines*

*Rätsels überliefert. Auf einer kleinen Silbertafel, die im Tresor meiner Bibliothek lagert. Diese Tafel gehört zu meinem Vermächtnis an Dich. Genauso wie der Schlüssel, den ich Dir damals zur Eröffnung Deiner Agentur geschenkt habe. Die beiden Gegenstände weisen den verborgenen Weg zu Elisabeths Herz. Sie sind der Schatz, den ich nun Dir und Deinen Nachkommen zu bewahren anvertraue. Um ganz sicherzugehen, befindet sich auf der Rückseite dieses Briefes eine Abschrift des Rätseltextes. So weiß ich alle Informationen verlässlich in Deiner Hand. In Deiner Verantwortung liegt es nun, das Geheimnis sicher in die Zukunft zu tragen.*
*Jonas, tief in meinem Inneren bin ich überzeugt, dass Du mich nicht enttäuschen wirst. Du bist ein würdiger Hüter des Herzens, so wie die vielen tapferen Frauen und Männer vor uns. Und sei nicht traurig meinetwegen. Mit diesen Zeilen habe ich meine Aufgabe erfüllt. Nun bin ich endlich wieder mit meinem Mariannchen vereint.*

*Dein Gotthold*

Jonas atmete tief aus und ließ das Blatt sinken. Er lehnte sich auf dem Stuhl zurück und starrte auf die Tintenzeilen, während zwei stille Tränen über sein Gesicht rannen. Was er da gerade gelesen hatte, wühlte ihn zutiefst auf und rief ein Durcheinander unterschiedlichster Gefühle in ihm hervor.

Zum einen war da eine große Traurigkeit. Dass ihn Gotthold insgeheim wie einen Sohn betrachtet hatte, dessen war er sich tatsächlich nicht bewusst gewesen. Dieses Eingeständnis holte die dramatischen Ereignisse um den Mord noch einmal mit aller Wucht hervor. Wie ein Tod nach dem Tod. Ein zweiter Abschied. Wie viel mehr, als Jonas klar gewesen war, hatte Gotthold die Freundschaft der letzten Jahre offenbar bedeutet. Und wie viele Worte würden nun für immer ungesagt bleiben.

Daneben empfand Jonas auch einen leisen Stolz. Eine Rührung darüber, dass Gotthold ihm mit seinem Vermächtnis eine Mission anvertraute, die bisher ausschließlich dessen Familie geleistet hatte. Jahrhundertelang. Über Generationen und Gesellschaftssysteme hinweg.

Aber dann erwachte der Zweifel. Die Ungewissheit über das Geheimnis selbst. Das Herz der heiligen Elisabeth. Jonas hatte noch nie von solch einer Reliquie gehört. Existierte sie wirklich? Und wenn ja, warum wurde ihre Existenz im Dunkeln gehalten?

Er griff noch einmal nach dem Brief und drehte das Blatt um. Der erwähnte Rätseltext bestand nur aus vier Zeilen und war in Latein verfasst. Jonas beherrschte die alte Sprache seit seinem Geschichtsstudium. Die Übertragung ins Deutsche bereitete ihm keine Probleme. Doch die Bedeutung des Textes blieb ihm trotzdem fremd. Übersetzt hieß es da:

*Wo auf Felsen die Liebe erblüht*
*und der Weg aus Leid geboren,*
*ruht das Geheimnis des wahren Herzens*
*gefangen im Körper eines Riesen.*

Ein merkwürdiges Rätsel, sinnierte Jonas. Poetisch und gleichermaßen schleierhaft. Gerade als er den mysteriösen Vierzeiler noch ein zweites Mal lesen wollte, klopfte es an der Tür, und ohne eine Antwort abzuwarten, trat der Bürovorsteher in den Raum. Instinktiv wendete Jonas den Briefbogen um, sodass der lateinische Text verdeckt war. Dann wischte er sich die Tränen aus dem Gesicht.

»Alles in Ordnung?«, erkundigte sich Zergiebel, dem Jonas' gerötete Augen offenbar nicht entgangen waren.

»Alles ist gut«, antwortete Jonas. »Ich bin gerade fertig mit dem Lesen.« Er faltete Gottholds Brief zusammen und schob ihn zurück in den Umschlag. Dann stand er auf. »Ich gehe jetzt auch los.«

»Keine Eile. Ich wollte Ihnen nur mitteilen, dass die Frau

Notarin gerade einen unerwarteten Außentermin hereinbekommen hat. Sie möchte wissen, ob Sie noch eine Frage haben.«

Eine Frage? Unzählige, dachte Jonas. Aber nicht eine einzige davon kann mir jemand hier in diesem Notariat beantworten.

»Nein, habe ich nicht«, sagte er deshalb. »Vielen Dank für das Angebot.«

»Schön. Dann teile ich das Frau Lohmann so mit. Ihnen wünsche ich alles Gute.« Zergiebel begleitete Jonas hinaus ins Foyer und verabschiedete sich. Dann wandte er sich um und schritt in Richtung seines Büros davon.

Jonas verließ die Villa und betrat die Pflasterstraße. Während er auf seinem Rückweg das noble Viertel am Flutgraben durchquerte, kam ihm ein Detail aus Gottholds Brief in den Sinn. Demnach war das Herz der heiligen Elisabeth einst durch ein dramatisches Ereignis in den Besitz der Familie Enschütz gelangt. Und nun hatte Jahrhunderte später der letzte Hüter der Familie sein Leben auf brutale Weise verloren. Welch eine merkwürdige Fügung, dachte Jonas. Fast so, als hätte das Schicksal ein Zeichen senden wollen.

# 5

*Jena, April 1670*

»Caroline, wie lange brauchst du denn noch? Du bist hier nicht angestellt, um dir die Zeit mit Bummeleien zu vertreiben«, hallte es scharf durch die Wohnstube. Caroline Dreissigacker zog die Kante der frisch gewaschenen und gestärkten Tischdecke schnell noch ein wenig nach, dann wandte sie sich um und senkte den Blick. »Entschuldigung, gnädige Frau. Ich bin hier oben gleich fertig.«

»Das möchte ich dir auch raten.« Sophia Rolfinck, die Hausherrin, stand im Türrahmen und schüttelte missbilligend den Kopf. »Der Herr Professor kann jeden Moment von der Vorlesung zurückkehren. Er erwartet pünktlich seinen Krug Bier, und zwar an einem sauber eingedeckten Tisch. Also beeil dich gefälligst und trödele hier nicht herum.«

»Jawohl, Gnädigste«, antwortete das Hausmädchen, aber da war die Frau des Professors schon mit rauschenden Rockschößen auf den Flur verschwunden.

Trotz ihrer gerade einmal zwanzig Jahre und ihres ungestümen Geistes bemühte sich Caroline redlich, eine gute Dienstmagd zu sein. Die Anstellung an der ehrwürdigen Universität, die sie seit etwas mehr als zwei Jahren bekleidete und die den Haushalt von Professor Werner Rolfinck einschloss, empfand sie als Glücksfall. Der einundsiebzigjährige Mediziner war ein gerechter und großmütiger Mann, und Caroline hatte sich in seinem Heim vom ersten Moment an wohlgefühlt. Auch wenn seine fünfundzwanzig Jahre jüngere Gemahlin ihr das Leben zuweilen schwer machte.

Noch einmal wandte sich das Hausmädchen dem Tisch zu, entschlossen, das frische Tuch vollends gerade zu ziehen und die letzten kleinen Falten auszustreichen. In der Tat liebte Werner

Rolfinck sein nachmittägliches Bier in einer perfekten Umgebung, da hatte seine Frau völlig recht, aber gerade deswegen war Caroline ja so lange damit beschäftigt gewesen, alles zur Zufriedenheit des Professors herzurichten. Und nicht, um zu bummeln, wie die Hausherrin es ihr gerade unterstellt hatte. Bei dem Gedanken daran entfuhr der jungen Frau ein missmutiger Seufzer.

»Sei nicht traurig, Caroline«, erklang plötzlich eine leise Stimme von der Tür. Ein schmächtiges Mädchen mit langen braunen Haaren trat in die Stube und lächelte sie an. »Mutter meint es nicht so. Sie will nur, dass Vater seine verdiente Pause erhält. Du weißt doch, wenn sie nicht darauf achtet, arbeitet er immer nur.«

»Du bist lieb, Maria.« Caroline strich dem Mädchen sacht über den Kopf. »Und du hast recht. Ich weiß es ja.« Immer wenn sie in das schmale, unschuldige Gesicht der Elfjährigen blickte, erinnerte sie sich daran, was man sich auf den Straßen erzählte: dass Werner und Sophia Rolfinck schon drei Kinder an heimtückische Krankheiten verloren hatten und dass ihnen nur noch zwei Töchter geblieben waren. Das Nesthäkchen Maria, das hier vor ihr stand, und die achtzehnjährige Anna, die schon geheiratet hatte und fortgezogen war. Über die drei toten Kinder wurde hier im Hause nie gesprochen. Vielleicht lag ein Teil von Sophia Rolfincks Strenge in diesem Verlust begründet, dachte Caroline. Sie durfte sich deren gelegentliche Tiraden wirklich nicht so zu Herzen nehmen.

»Soll ich dir ein Stück gedörrten Apfel mit Honig bringen, Maria?«, erkundigte sie sich, wissend, dass das Mädchen die Leckerei über alles liebte. »Ich bin nämlich eine Zauberin. Ich schmuggle das Stückchen so geschickt in deinen Mund, dass weder deine Mutter noch die alte Mathilde in der Küche etwas davon merken.« Sie zwinkerte dem Mädchen verschwörerisch zu.

»Au ja.« Marias Augen blitzten freudig auf. »Du musst aber –«

In diesem Moment ertönten im Untergeschoss ein halbes Duzend Schläge, die laut wie Kanonendonner durch das Gebäude hallten und Caroline jäh zusammenfahren ließen. Einen kurzen Augenblick herrschte gespenstische Stille. Dann hämmerte es erneut los, diesmal noch viel ungestümer.

»Das ist unten. Da schlägt jemand gegen die Tür«, wisperte Maria erschrocken. »Will uns jemand Böses?«

»Ich weiß nicht. Bleib hier oben. Ich sehe nach.« Caroline schob die Elfjährige in eine Zimmerecke und eilte in den Flur. Aus einem Nebengemach lugte die Hausherrin hervor. Ihr Gesicht war blass. »Wer kann das sein?«, flüsterte sie. Caroline zuckte mit den Schultern und ging weiter. Am Ende des Korridors verharrte sie, beugte sich vorsichtig um die Ecke und blickte den engen Treppenabgang hinab. Schemenhaft zeichnete sich am unteren Ende der Stiege die schwere Haustür ab.

In diesem Moment erschallte draußen ein Ruf. »Öffnet!« Wieder drei Schläge, schnell hintereinander. »Zu Hilfe! Der Professor ...«

Als Caroline die Stimme erkannte, ließ sie alle Vorsicht fahren, hob ihre enge Schürze an und setzte mit hastigen Schritten die Treppenstufen hinunter. Entschlossen zog sie den schweren Eisenriegel zur Seite und öffnete die Tür. Ein kühler Windschwall fegte ihr ins Gesicht und nahm ihr für einen Moment die Sicht. Doch dann erblickte sie Lorenz Enschütz, den schlanken Studenten aus der Medizinischen Fakultät. Der junge Mann hatte seinen Arm stützend um den Körper von Werner Rolfinck gelegt. Der Professor stand tief gebeugt auf der Türschwelle und konnte sich augenscheinlich nur noch mit größter Anstrengung auf den Beinen halten.

»Schnell, nach drinnen«, drängte der Student. »Der Professor ist verletzt.«

Wortlos trat Caroline an die andere Seite ihres Hausherrn, griff beherzt unter seinen Arm und half Lorenz, den gebeugten Mann in den Flur am Fuße der Treppe zu bugsieren. »Ins Arbeitszimmer«, entschied sie und drückte mit ihrem Fuß eine schmale Seitentür auf.

Der Raum, in den sie den Professor geleiteten, war düster. An den Wänden ringsum reihten sich Regale aneinander, die bis zur Decke mit Folianten und gläsernen Behältern gefüllt waren. Caroline wies auf einen wuchtigen Lehnstuhl, der neben einem ebenso massiven Tisch stand. »Dorthin!«

So behutsam, wie es sein schwerer Körper gestattete, ließen sie den Professor auf den Sitz gleiten. Als er sich mit einem Seufzer der Erleichterung zurücklehnte und den Kopf hob, durchfuhr Caroline ein Schrecken. Das Gesicht des Mediziners war von Blut überströmt, das aus einer schorfigen Wunde an seiner Stirn herabrann.

»Keine Bange, junge Dame. Kopfwunden neigen zu Aufschneiderei«, ließ sich der Verletzte zum ersten Mal selbst vernehmen. Ein schiefes Lächeln umspielte seinen Mund, wodurch sich sein verklebter Zwirbelbart ein wenig hob. »Viel Blut, aber nicht wirklich gefährlich. Einem alten Chirurgen kannst du ruhig Glauben schenken. Der Schaden an meinem Dickschädel ist ohne Zweifel geringer als der am Mantel unseres jungen Freundes hier.« Er ließ seine Pupillen in Richtung des Studenten rollen, dessen vornehmer Umhang von dunklen Flecken übersät war, konnte aber ein schmerzvolles Stöhnen nicht unterdrücken.

»Ich bin gleich zurück«, flüsterte Caroline. Sie drängte sich an dem Studenten vorbei und auch an Sophia Rolfinck, die gerade das Zimmer betrat und sich beim Anblick ihres Mannes erschrocken die Hände vors Gesicht schlug. Ohne weiter auf ihre Hausherrin zu achten, durchquerte Caroline den Flur, nahm eine Öllampe aus einer Wandnische neben der Tür und zündete sie an. »Mathilde«, rief sie in Richtung der Küche. »Der Professor ist verletzt. Ich brauche heißes Wasser und saubere Leinentücher. Beeil dich!«

Sie kehrte ins Arbeitszimmer zurück, stellte die Lampe auf den Tisch und drehte den Docht nach oben. Der Raum wurde von gelblichem Licht erfüllt. Im Schein der Flamme leuchtete das Blut auf Werner Rolfincks Kopf bedrohlich auf, aber seine Züge wirkten klar und ruhig.

»Mach dir keine Sorgen, Liebste«, raunte er seiner Frau zu, die kreidebleich und zusammengesunken auf einem Schemel neben ihm saß und aussah, als bräuchte sie selbst Hilfe. »Es ist alles halb so schlimm.«

Es dauerte nicht lange, da brachte die Köchin eine Schüssel mit dampfendem Wasser und einen Stapel weißer Tücher herein. Caroline und Lorenz begannen damit, die Stirnwunde und das Gesicht des Professors vorsichtig vom Blut zu säubern. Tupfend arbeiteten sie sich Stück für Stück voran. Der Mediziner ließ die Prozedur still über sich ergehen. Nur ab und zu zuckte er ein Stück zurück oder gab einen grunzenden Schmerzenslaut von sich.

»Die Verletzung … Wie ist das eigentlich geschehen?«, fragte Caroline leise.

»Der Pöbel hat ihn angegriffen«, antwortete Lorenz. »Vor der Universität. Als er nach unserer Vorlesung nach Hause gehen wollte. Nah herangetraut haben sie sich nicht, aber sie haben ihn von der anderen Seite der Straße auf das Unflätigste beschimpft. Und dann haben sie begonnen, Steine nach ihm zu werfen. Einer hat ihn an der Stirn getroffen. Als der Professor zu Boden gestürzt ist, sind sie weggelaufen. Zum Glück habe ich alles gesehen und konnte ihm zu Hilfe eilen.«

»Das ist schon das dritte Mal in zwei Wochen, dass man ihm nachgestellt hat. War es etwa schon wieder wegen …?« Caroline sprach nicht weiter, sondern blickte Lorenz nur ahnungsvoll an.

»Ja. Genau deshalb.« Er hielt kurz mit dem Tupfen inne. »Seit an der Universitätstafel angeschlagen ist, dass der Professor in der nächsten Woche wieder eine öffentliche Leichenzergliederung durchführen wird, rottet sich die Menge gegen ihn zusammen.«

»Diese Kleingeister mit ihrer erbärmlichen Angst«, presste Rolfinck unversehens hervor, und Caroline konnte spüren, dass sein Zorn für einen Moment seine Schmerzen überflügelte. »Nur weil diese Dummköpfe nicht das Geringste von der Wissenschaft verstehen, behandeln sie mich, als wäre ich der Leibhaftige. Sie verstehen nicht, dass den Kranken nur geholfen werden kann, wenn wir ihren Körper auch im Innersten verstehen.«

Der Einwurf hatte den Mediziner angestrengt, und ein Schwall frischen Blutes schlängelte sich aus seiner Wunde. Stöhnend sank er gegen die Rückenlehne des Sessels. Aber Caroline war sich fast sicher, in seinen Zügen nicht nur Erschöpfung, sondern auch Enttäuschung lesen zu können. Sie beeilte sich, die neuerliche Blutung mit ihrem Tuch aufzufangen, und auch Lorenz tupfte wieder ohne Unterlass weiter. Sophia Rolfinck tätschelte ihrem Mann beruhigend den Arm.

Eine Weile herrschte Schweigen.

Während sie sein Gesicht säuberte, dachte Caroline über die Worte des Professors nach. Seit sie in seinen Diensten stand, hatte er schon einige Male vor einem Publikum aus Studenten und Jenaer Honoratioren Leichenöffnungen durchgeführt. Seine Untersuchungen zur Natur des menschlichen Körpers waren unter Ärzten und Gelehrten hoch anerkannt, so hieß es jedenfalls, und auch, dass er einer der bedeutendsten Anatomen weit und breit sei. Das einfache Stadtvolk jedoch erschauderte bei der Vorstellung, was sich da von Zeit zu Zeit hinter den Mauern der Universität abspielte.

Caroline teilte diese Furcht nicht. Ihr Kontrakt mit der Lehranstalt beinhaltete auch die Aufgabe, die Räume der Medizinischen Fakultät zu reinigen und Dittrich, dem Anatomieknecht, bei der Vorbereitung der Kadaver zur Hand zu gehen. Ihr machte das nichts aus. Als Tochter eines Badergehilfen und einer Leichenwäscherin hatte sie schon als Kind mehr Kranke und Tote gesehen als mancher begüterte Medizinstudent.

»Das genügt. Die Wunde ist jetzt sauber genug«, unterbrach Lorenz die Stille. »Gib mir frisches Leinen. Ich werde einen Verband anlegen.«

»Jawohl.« Caroline nahm ein unbenutztes Tuch vom Tisch und riss es in zwei schmale Bahnen.

»Warten Sie, Enschütz. Machen Sie eine Kräuterpresse«, mischte sich der Professor ein, der an der Universität auch Botanik lehrte, und kniff dem Studenten sachte in den Arm. Dann zeigte er auf eine Stelle im Regal, wo ein mit purpurfarbenen Blütenblättern gefüllter Glaskolben stand. »Dort, von den Blüten. Das ist Lythrum salicaria. Blutweiderich. Er zieht die Adern zusammen und lässt den Blutfluss versiegen.«

»Sehr wohl, Professor.« Beflissen holte Lorenz das Behältnis herbei und streute ein Häufchen Blütenblätter auf einen kleinen Lappenrest. Dann schlug er die Ecken zusammen und legte den Umschlag auf Rolfincks Stirnwunde.

»Caroline, du musst mir helfen«, sagte er. »Drück vorsichtig auf das Päckchen. Und pass auf, dass es nicht verrutscht.«

Caroline nickte und legte zwei Finger ihrer rechten Hand auf den Stoff. Unterdessen begann Lorenz, die schmalen Leinenbinden um Rolfincks Kopf zu wickeln.

Tief in ihrem Inneren genoss Caroline diesen Moment. Die Handgriffe des jungen Mannes wirkten behutsam, fast zärtlich. Immer wenn seine Hand für einen winzigen Augenblick die ihre berührte, erfasste die Zwanzigjährige ein inneres Kribbeln, und ihr Herz begann, etwas schneller zu klopfen. Sie musste sich eingestehen, dass sie die Gegenwart des Studenten mit Aufregung erfüllte, seit sie Lorenz Enschütz vor fast einem Monat zum ersten Mal begegnet war.

Sie erinnerte sich noch, als wäre es gestern gewesen. Der Professor hatte ihr einen Abend freigegeben, und sie war zu einer Freundin gegangen, die sie seit ihrer Anstellung nur noch selten sah. Beim Plausch hatten sie die Zeit vergessen, und so war es schon später Abend gewesen, als sie den Rückweg zum Haus der Rolfincks angetreten hatte.

Den Umhang eng um die Schultern gezogen und den Kopf gesenkt, war Caroline durch die engen Gassen der Stadt geeilt, während das Quartier rings um sie von Gesang und unflätigem Gelächter widerhallte. Des Nachts gehörten die Straßen den Studenten, die lärmend und randalierend um die Häuser zogen und ihren bierseligen Übermut auslebten. »Gassieren gehen«, nannten sie das und machten sich damit bei den Bürgern der Stadt, die ansonsten ganz gut von ihrer Beherbergung und Verköstigung lebten, ein ums andere Mal verhasst. Und diesmal schien das Treiben besonders arg.

»Hey, du meine Schönheit«, geiferte plötzlich eine Männerstimme hinter Caroline, gefolgt von einem unflätigen Rülpsen. »Bleib stehen, du Blume der Nacht.«

»Wer die Blume ... pflückt, das sehen ... wir noch«, fiel eine zweite Stimme mit schwerer Zunge ein. »Wart auf uns, junge Maid.«

Caroline raffte den Umhang noch enger zusammen und beschleunigte ihre Schritte, doch schon hörte sie hinter sich ein Stakkato von Stiefeltritten über das Pflaster hämmern, und dann wurde sie an der Schulter gepackt und herumgerissen.

»Bleib stehen, wenn wir mit dir reden, Weib!«, blaffte die erste Stimme. »Wir sind Männer, die Respekt verdienen.«

Vor ihr standen zwei Burschen in langen Samtmänteln und federgeschmückten Kremphüten. Die beiden mochten kaum mehr als zwanzig Jahre alt sein, einer groß, der andere füllig. Studenten, da hatte Caroline keinen Zweifel, und ziemlich wohlhabende dazu. An ihren kunstvoll bestickten Schärpen hingen Degen, und ihre Lederstiefel trugen glänzende Sporenräder. Aber was in der feinen Tracht steckte, ließ Caroline angewidert zurückweichen. Die Gesichter der Männer waren aufgedunsen und mit Bartstoppeln übersät. Ihre Blicke wirkten stechend. Und aus ihren halb offenen Mündern wehte ein säuerlicher Gestank nach Bier herüber.

»Du wirst uns jetzt ein wenig Gesellschaft leisten. Ein bisschen Spaß bereiten. Das willst du doch auch, nicht wahr?« Der Dicke formte die Lippen zu einem Kreis.

»Ich bin schon vergeben. Mein Mann wohnt gleich dort drüben«, log Caroline und zeigte auf ein Fachwerkhaus mit vorspringenden Erkern. »Er erwartet mich in diesem Augenblick.«

»Er kann auch noch etwas länger warten«, schnaubte der Größere der beiden, ohne den Blick von ihr zu wenden.

»Oder er guckt aus dem Fenster und schaut zu, wie wir es dir besorgen«, tönte der Füllige grinsend und schob sich so dicht an Caroline heran, dass sein Bauch sie berührte.

»Lass mich in Ruhe«, fauchte sie und trat einen Schritt zur Seite, aber der Mann ergriff sie an den Oberarmen und drehte sie torkelnd in eine Gebäudenische. »Zier dich nicht so, du elendes Weib!«

»Nimm deine Hände weg, Fettsack!«, brüllte sie laut. »Sonst trete ich dir –«

Weiter kam sie nicht, denn der Mann presste ihr seine schwitzende Hand auf den Mund und drückte Caroline gegen die Hauswand. »Pass mal schön auf, du widerspenstige Hure, dir zeig ich's gleich.«

»Halt!«, schnitt da eine energische Stimme durch die Nacht. »Lass sofort die Frau los.«

Ihr Peiniger fuhr herum, und auch sein Kompagnon wandte ruckartig den Kopf.

In der Mitte der Gasse stand ein junger Mann. Er war groß und schlank. Mit seinem schwarzen Hut und in dem dunkelblauen Mantel verstrahlte er eine zurückhaltende Eleganz. »Gebt die Frau frei und geht eurer Wege«, verlangte er. In seiner rechten Hand blitzte ein Degen auf, der herausfordernd auf die zwei zudringlichen Studenten zielte.

Statt einer Antwort schubste der Beleibte Caroline zur Seite und griff nach der eigenen Klinge, aber in seiner Trunkenheit bekam er die Waffe nicht aus der ledernen Scheide gezogen.

Sein Freund war schneller, doch noch ehe er einen Streich ausführen konnte, zog ihm sein Gegenüber seinen Fechtstahl in einem kühnen Schwung über den Handrücken. Klirrend schlug der Degen des Studenten auf dem Gassenpflaster auf.

»Packt euch!«, rief der Bursche in dem blauen Mantel. Die beiden Trunkenbolde fluchten laut, aber dann wichen sie zurück und taumelten eilig von dannen, ohne Caroline auch nur eines Blickes zu würdigen. Als hätten sie nie etwas mit ihr zu schaffen gehabt.

Erleichtert atmete sie aus und sah ihren Beschützer genauer an. Er hatte ernste, aber freundliche Züge. Irgendwie kam ihr sein Gesicht bekannt vor, und nun erinnerte sie sich, dass sie ihn schon mehrmals an der Universität gesehen hatte. »Danke, dass du mir geholfen hast«, meinte sie. »Ich bin Caroline. Und du?«

»Lorenz Enschütz. Student der Medizin.«

»Diesen elendigen Halunken hast du es aber ganz schön gezeigt. Wie sie davongehoppelt sind ... wie bange Hasen.« Sie lächelte.

»Komm«, sagte der junge Mann nur. »Ich bringe dich nach Hause. Wo wohnst du?«

»Ich bin Dienstmagd bei Professor Rolfinck. Dort habe ich eine Kammer unter dem Dach.«

Er nickte. Der Name des Mediziners war ihm offenbar vertraut, und auch das Haus des Professors schien er zu kennen, denn er drehte sich kurzerhand um und schritt zielstrebig voran. Den ganzen Weg über schwieg er. Caroline hätte gern ein bisschen mehr über diesen ritterlichen Jungen erfahren, doch in seiner Eile wirkte er, als wolle er genau das vermeiden. Was sie nur noch neugieriger machte. Aber er hatte ihr gerade aus dem Schlamassel geholfen, und so respektierte sie die Stille. Als sie schließlich vor Rolfincks Tür standen, verbeugte sich ihr Beschützer knapp und ging ohne ein weiteres Wort davon. Kurz darauf hatte ihn die Dunkelheit verschluckt.

Am nächsten Tag war Caroline zu Dittrich gegangen und hatte sich über Lorenz Enschütz erkundigt. Von dem Anatomieknecht hatte sie erfahren, dass der Student der Sohn eines angesehenen Weimarer Hofrats war und zu den Besten seines Jahrgangs gehörte. Und dass er als ruhig, ja geradezu verschlossen galt. Mehr hatte Dittrich nicht über ihn zu sagen gewusst.

Noch zwei oder drei Male war Caroline Lorenz in der Universität begegnet. Er hatte sie immer gesehen, aber nie angesprochen. Und als einfache Bedienstete war sie nicht mutig genug gewesen, von sich aus auf den wohlgeborenen Studenten zuzugehen.

»Der Verband ist gleich fertig«, riss Lorenz sie aus ihren Gedanken. Langsam zog er die letzte Leinenbahn über Rolfincks Stirn.

Eine kurze Spanne lang forschte Caroline im Antlitz des jungen Mannes, ob bei ihm eine Regung zu erkennen war, die über die Konzentration auf die Wundversorgung hinausging. Ein schneller Seitenblick vielleicht. Ein sachtes Lächeln. Ein winziges Aufblitzen irgendeiner Art von Aufmerksamkeit für sie. Doch im flackernden Licht der Öllampe konnte sie nichts davon ausmachen.

»Du kannst deine Hand jetzt wegnehmen«, sagte er stattdessen. Enttäuscht trat Caroline einen Schritt zurück. Der besondere Moment war vorbei.

»Fühlt sich gut an, Enschütz. Vielleicht wird ja aus Ihnen doch noch ein passabler Mediziner«, meldete sich der Professor und grunzte zufrieden. Allmählich schien er seine gewohnte Kraft zurückzuerlangen.

»Wie fühlst du dich, Liebster?«, fragte Sophia Rolfinck und betrachtete den Verband am Kopf ihres Gemahls.

»Die Wunde ist gut versorgt, und die Schmerzen sind auszuhalten.« Der Professor schmunzelte verschmitzt. »Jetzt brauche ich nur noch mein Bier zum Nachmittag, und du hast deinen alten Zausel wieder.« Er blickte zu Lorenz auf. »Enschütz, seien Sie bedankt für Ihren Beistand. Aber jetzt sollten Sie auf Ihre Stube gehen und lernen. Dieses kleine Spektakel hier akzeptiere ich nicht als Ausflucht für eine schlechte Leistung.« Er ließ seinen Worten ein wohlmeinendes Nicken folgen.

»Jawohl, Herr Professor. Selbstverständlich«, beeilte sich der Student zu antworten. Er spülte eilig seine Hände in der Schüssel ab, schloss seinen Umhang und verneigte sich. »Herr Professor, gnädige Frau. Ich darf mich empfehlen.« Damit wandte er sich um. Nur wenig später hörte man die Haustür zuschlagen.

Betrübt senkte Caroline den Kopf. Kein Gruß für sie. Kein Blick. Lorenz war einfach verschwunden. Als wäre sie Luft.

»Caroline, träum nicht. Hilf dem Professor lieber auf«, schnarrte Sophia Rolfinck und erhob sich ebenfalls. Zusammen brachten sie den Mediziner auf die Beine.

»Ist ja gut, ist ja gut. Gehen kann ich alleine«, grummelte er, schüttelte sich und verließ das Arbeitszimmer, den Rücken durchgedrückt und sichtbar bemüht, eine halbwegs gute Figur zu machen.

»Ich bringe einen Krug Bier nach oben«, erbot sich Caroline rasch.

»Das macht Mathilde.« Rolfincks Frau zeigte mit gestrecktem Finger auf die Blutflecken und die rot durchfeuchteten Tücher, die rund um den Lehnstuhl über die Bodendielen verteilt waren. »Mach du den Unflat hier sauber. Damit hast du genügend zu tun.« Sie drehte sich um und folgte ihrem Gemahl zur Treppe. Gemächlich stiegen die beiden hinauf. Über das Arbeitszimmer senkte sich Stille.

Caroline sammelte die dreckigen Tücher zusammen und weichte sie in der Schüssel ein. Dann schleppte sie einen Holzeimer mit frischem Wasser aus der Küche heran und begann damit, die Dielen zu schrubben. Das Blut erwies sich als hartnäckig, aber da es noch nicht vollends eingetrocknet war, gelang es ihr nach und nach, die rotbraunen Flecken verschwinden zu lassen.

Als sie die letzte Lache in Angriff nahm, hörte sie Schritte, die sich zaghaft die Treppe herabbewegten. Sie blickte in den Flur und sah Rolfincks Tochter Maria herankommen. »Danke, dass du dich um Vater gekümmert hast«, sagte die Elfjährige, als sie an der Schwelle zum Arbeitszimmer stand. Mit großen Augen besah sie sich den verbliebenen Fleck auf dem Boden. »Er wird doch wieder gesund, oder?«

»Klar wird er wieder gesund. Da habe ich gar keinen Zweifel.

Das hier sieht viel schlimmer aus, als es ist.« Caroline schenkte Maria ein breites Lächeln. Es rührte sie, wie sich die Kleine um ihren Vater sorgte. Und dass sie sich als Einzige bei ihr bedankt hatte.

»Soll ich dir helfen?«, fragte Maria mit einem Mal und streckte ihre dünnen Arme vor. »Ich bin stärker, als du denkst. Und zu zweit geht es bestimmt viel schneller.«

Caroline schüttelte den Kopf. »Das ist freundlich von dir, Maria. Aber nein. Ich bin hier fast fertig. Sieh nur, der letzte blöde Fleck ist schon ganz klein, und gleich ist er ganz weg.« Caroline schrubbte jetzt übertrieben kräftig. Sie zweifelte nicht daran, dass es der Kleinen mit ihrer Offerte ernst war. Aber sie durfte sich von ihr keinesfalls helfen lassen. Nicht auszudenken, wenn die Hausherrin zufällig vorüberkäme und ihre Tochter beim Blutaufwischen sähe. Caroline hatte heute schon genug Schelte auf sich gezogen.

»Dann bleibe ich wenigstens bei dir«, verkündete Maria vergnügt und begann damit, im Hausflur herumzuhüpfen.

Es dauerte tatsächlich nicht mehr lange, da war der Boden von allem befreit, was an die Wundbehandlung erinnerte.

Gerade als Caroline die Schüssel mit den Tüchern nach draußen bringen wollte, ließ Maria im Flur ein erstauntes Juchzen vernehmen. Sie bückte sich in eine dunkle Ecke an der Tür, hob etwas vom Boden auf und betrachtete es neugierig. »Schau mal, Caroline. Ein Brief«, verkündete sie aufgeregt. »Den hat jemand unter der Haustür durchgeschoben.« Sie streckte Caroline aufgeregt ein kleines Stück Pergament entgegen, das mehrmals gefaltet war. »Das ist für dich.«

»Für mich? Unsinn.« Unwillkürlich wich Caroline einen Schritt zurück. »Ich bekomme keine Briefe.«

»Bekommst du wohl! Es steht ja drauf. ›Für Caroline‹. Hier gibt es nur eine Caroline. Und das bist du.«

Jetzt war auch die Zwanzigjährige neugierig geworden. Sie nahm das Pergamentstück und besah es sich. Da stand tatsächlich ihr Name.

»Mach es auf«, drängte Maria. Die Augen des Mädchens funkelten, als gälte es, ein Abenteuer zu bestehen.

Bedachtsam faltete Caroline das gelbbraune Blatt auseinander. Es war kaum mehr als handtellergroß. Nur wenige Zeilen standen darauf, in einer anmutig geschwungenen Federschrift.

»Und? Sag, worum geht es in dem Brief?« Maria hopste ungeduldig auf der Stelle.

Caroline zuckte mit den Schultern und schlug die Augen nieder. Bis auf ihren Namen vermochte sie weder etwas zu lesen noch zu schreiben. Da, wo sie herkam, besuchte man keine Schule, und es hatte auch niemand anderen gegeben, der ihr diese Kunst beigebracht hätte. Ganz im Gegensatz zu Maria, die von ihrem gelehrten Vater regelmäßig und liebevoll unterrichtet wurde.

»Liest du es mir vor?«, bat Caroline.

Die Elfjährige nickte heftig und nahm das Blatt an sich. Einen Moment lang wanderte ihr Blick angestrengt über die Worte, dann schmunzelte sie verschämt.

»Und? Was steht da?«, forschte Caroline ungeduldig nach.

»Bist du verliebt?«

»Was? Nein, Unsinn. Ich doch nicht! Wie kommst du auf so was?«

»Du schummelst.« Maria wedelte mit dem Zeigefinger. »Ich glaube, das ist von deinem Freund.«

»Ich habe keinen Freund.«

»Stimmt nicht. Das hier ist von ihm. Er heißt ›L‹.«

»Was?«

»Das steht unter dem Brief. Wie eine Unterschrift. Ein L mit einem Punkt.«

Carolines Herz begann wild zu pochen. L. Wie Lorenz. War er nach seinem hastigen Aufbruch zurückgekehrt, um ihr eine Botschaft zu bringen? Vertraulich, weil er vor dem Professor nicht offen zu sprechen gewagt hatte? War sie doch mehr für ihn als eine gewöhnliche Dienstmagd, die er nur wegen seines lauteren Wesens aus den Fängen zweier Raufbolde befreit hatte?

»Maria, jetzt lies schon«, brach es aus ihr heraus.

»Also, da steht geschrieben: ›Du hast meine Seele gefangen genommen, schon als ich Dich zum ersten Male sah. Seitdem ist all mein Sinnen und Trachten nur bei Dir. Kann ich auf eine Erwiderung hoffen? Ich warte morgen zur Mittagsstunde am Rathaus unter dem Hans.‹« Maria sah auf. »Dein Freund ist ganz schön nett. Ich glaube, ich mag ihn.«

»Ja. Ich glaube, ich auch.« Caroline schluckte. Lorenz wollte sie treffen. Am Marktplatz. Der »Hans« war ein geschnitzter Kopf an der Rathausuhr, der zu jeder vollen Stunde den Mund aufriss und seine Zunge herausstreckte. Der Treffpunkt zeugte von Witz. Das gefiel ihr.

»Wirst du denn hingehen?«, fragte das Mädchen.

»Weiß nicht. Vielleicht.« Caroline hielt den Kopf schief. »Das bleibt aber unter uns! Versprochen?«

»Versprochen!« Maria zwinkerte. Dann sagte sie: »Ich muss jetzt wieder nach oben. Nach Vater sehen.« Schon wirbelte sie herum und stob die Treppenstufen hinauf.

Caroline faltete das Pergament zusammen und ließ es in ihrem Schürzenaufschlag verschwinden. Dann trat sie zurück in das Arbeitszimmer des Professors, drehte die Öllampe herunter und lehnte sich gegen den Tisch. Sie konnte es kaum erwarten, dass der neue Tag anbrach.

# 6

*Gegenwart*

Das letzte Licht des Tages drang nur noch als milder blauer Schein durch das schmale Sprossenfenster und mischte sich mit dem Gelb der Wandleuchte zu einem behaglichen Farbenspiel. Jonas stand in der Küche ihrer Wohnung auf der Krämerbrücke und angelte sich eine Weinflasche von einem der freiliegenden Fachwerkbalken, die alle Zimmer durchzogen. Als Historiker liebte er das rustikale Heim. Auch wenn das Leben in den geschichtsträchtigen Brückenhäusern beengt und ohne jeden Luxus war.

Während er einen Korkenzieher hervorkramte und die Flasche öffnete, gingen seine Gedanken ein weiteres Mal zu dem Besuch im Notariat zurück. Seit dem Brechen des Siegels waren noch keine zwölf Stunden vergangen. Die eigentümliche Botschaft des alten Mannes hatte Jonas ratlos zurückgelassen, und seine Gefühle wechselten zwischen Aufruhr und Bedrücktheit. Er wusste, dass er sich dem, was ihm Gotthold da aufgeschrieben hatte, in irgendeiner Weise stellen musste. Was das am Ende bedeutete, konnte er im Moment noch nicht ermessen. Er musste sich dringend mit Fenja beraten.

Als sie vor einer halben Stunde von der Arbeit nach Hause gekommen war, hatte Jonas ihr erst von seinem Besuch im Notariat berichtet und dann Gottholds Brief gegeben. Jetzt saß sie nebenan im Wohnzimmer und studierte die Nachricht.

Jonas holte zwei bauchige Weingläser aus dem Küchenschrank. Die Flasche ließ ein sanftes Glucksen hören, als er den rubinroten Merlot einschenkte. Dann nahm er die Gläser und ging hinüber in die Wohnstube.

Fenja saß in einem der beiden antiken Ledersessel. Sie hatte den Blick noch immer auf den Papierbogen mit Gottholds feingliedriger Handschrift gerichtet. Jonas stellte die Weingläser leise auf dem kleinen runden Tisch ab, der zur Sitzgruppe gehörte, und ließ sich im zweiten Sessel nieder.

Nach einer kurzen Weile schob Fenja den Brief zur Seite und sah auf. In ihren Zügen lag eine Mischung aus Verblüffung und Unglauben. »Das Herz der heiligen Elisabeth? Gottholds Familie hat es über Jahrhunderte versteckt? Und jetzt hast du es geerbt?« Sie blies die Luft aus. »Das ist echt heftig.«

Jonas schwieg einige Sekunden. Dann sagte er: »Ich habe eine Aufgabe geerbt. Nicht das Herz.«

»Vorausgesetzt, es existiert wirklich.« Fenja lehnte sich zurück und runzelte die Stirn. »Ich finde das Ganze ziemlich bizarr. Denkst du denn, an der Geschichte ist etwas dran?«

»Ich weiß es nicht.« Jonas hob die Schultern. »Ich habe noch nie etwas von solch einer Reliquie gehört.«

»Meinst du, Gotthold hat dich veralbert? Als eine Art letzten Spaß? Ein augenzwinkernder Ulk für einen passionierten Historiker? Den Humor dafür hatte er.«

»Möglich wäre es.« Jonas blickte auf das Blatt Papier. »Aber je länger ich darüber nachdenke, desto weniger glaube ich es. Dieser ganze Aufwand mit dem Testament und der Notarin. Und die Innigkeit, mit der dieser Brief formuliert ist. Gottholds Eingeständnis, dass er mich wie einen Sohn betrachtet hat. Das klingt nicht nach einem Scherz. Irgendwie habe ich das Gefühl, dass er das alles verdammt ernst gemeint hat.«

»Und die heilige Elisabeth, von der das Herz angeblich stammt? Ihren Namen kennt man, klar. Aber hilf mir mal auf die Sprünge. Wer ist sie eigentlich genau?«

»Elisabeth hat im Mittelalter gelebt, im 13. Jahrhundert. Sie war die Landgräfin von Thüringen, die Ehefrau des Landgrafen Ludwig. Elisabeth galt als tiefgläubig und hat sich schon während ihrer Herrschaft für Arme und Kranke eingesetzt. Nach dem frühen Tod ihres Mannes gründete sie in Marburg ein Hospital. Dort hat sie dann als einfache Schwester bedürftige Patienten gepflegt, bis sie mit gerade einmal Mitte zwanzig starb. Im Prinzip ist es ihr immer um die Leute gegangen, die im Leben selber nichts besaßen. Deshalb wurde sie später auch heiliggesprochen.« Jonas sah auf. »Seither ist sie so etwas wie ein moralisches Vorbild. Ein Beispiel für Aufopferung und Nächstenliebe.«

»Jemand mit einem guten Herzen.«

»Ja, ohne Zweifel.«

»Und wenn es ihr echtes Herz wirklich gibt ...«

»... dann ist es eine unglaubliche Kostbarkeit. Ein großes Symbol. Für die katholische Kirche und weit darüber hinaus.«

»Aber das Herz befindet sich nach Gottholds Angaben in einem Versteck, und die Hüter haben über Jahrhunderte hinweg dafür gesorgt, dass es dort auch bleibt. Warum, wenn es solch eine Bedeutung hat?«

»Das kann ich dir nicht sagen.«

»Hmmm.« Fenja strich mit ihren Fingern wie in Gedanken über die Briefzeilen. Dann sagte sie: »Nehmen wir mal einen Moment lang an, alles, was Gotthold hier geschrieben hat, entspricht der Wahrheit. Das Herz existiert wirklich, und du sollst das Geheimnis um sein Versteck in Zukunft behüten und weitergeben. Warum hat er dich nicht früher eingeweiht und dir alles erklärt? Warum dieser Brief, den du erst nach seinem Tod erhalten durftest?«

»Vielleicht hatte Gotthold Angst, dass ich sein Anliegen ablehne. Indem er es mir als Testament hinterlässt, schafft er Tatsachen.« Jonas nickte in Richtung des Papiers. »So wie er es beschrieben hat, wurde die Aufgabe immer mit dem letzten Willen des jeweiligen Vorgängers an die nächste Generation weitergegeben. Der letzte Wille eines Menschen wird in aller Regel akzeptiert. Bis heute. Und früher sowieso. Dagegen zu verstoßen, war ein Sakrileg. Eine Sünde.«

»Eigentlich eine clevere Idee.« Fenja schmunzelte. »Ein Angebot, das man nicht ablehnen kann. So haben die Hüter die Verpflichtung zum Schutz des Herzens weitergegeben, ohne befürchten zu müssen, dass ihre Nachkommen sich der Aufgabe entledigen.«

Jonas nickte. »Eine Art Sicherheitskonzept. Anscheinend hat es jahrhundertelang funktioniert.«

»Und jetzt hast du den Job an der Backe.« Fenja zwinkerte Jonas zu und griff nach ihrem Weinglas. »Auf Gotthold. So langsam beginnt mir die Sache Spaß zu machen.«

»Auf Gotthold.« Jonas hob sein eigenes Glas, und sie stießen an. Dann tranken sie einen Schluck und schwiegen für eine Weile.

Inzwischen war es draußen vollkommen dunkel geworden. Die Fenster der Wohnstube blickten wie schwarze Bilder von der Wand, und die kleine Stehlampe in der Sitzecke zeichnete lange Möbelschatten auf den Boden. Jonas ging zu der Anrichte, die neben der Tür stand, und zündete die Kerzen auf einem dreiarmigen Leuchter an. Irgendwie passte es zu diesem Abend, fand er. Dann kehrte er in seinen Sessel zurück.

Fenja griff noch einmal nach Gottholds Brief und drehte ihn um. »Ist das das Rätsel?«, fragte sie und tippte mit dem Finger auf den lateinischen Vierzeiler.

Jonas nickte und trank noch einen Schluck Wein.

»Kannst du es mir übersetzen?«

»Klar.« Jonas schielte auf das Blatt und las: »Wo auf Felsen die Liebe erblüht und der Weg aus Leid geboren, ruht das Geheimnis des wahren Herzens gefangen im Körper eines Riesen.«

»Romantisch.« Fenja neigte den Kopf. »Liebe und Leid … große Worte.«

»Leider auch sehr allgemeine.«

»Immerhin, da ist von einem Felsen die Rede.«

»Felsen gibt es viele.«

Fenja lachte auf. »Dann der Riese. Gibt es hier in der Gegend Riesen?« Sie zog ein fragendes Gesicht. »Vielleicht Barbarossa? Im Kyffhäuser?«

»Nach der Legende hat Barbarossa einen langen Bart. Aber besonders riesig? Ich glaube, dafür ist er nicht bekannt.«

»Oder es ist eine große Statue gemeint. Ein Denkmal.«

»Möglich. Da kommen sicher eine ganze Menge in Frage.«

Jonas wiegte den Kopf. »Wir wissen ja nicht einmal, ob sich das Herz in Thüringen befindet.«

Fenja nippte an ihrem Wein und dachte nach. »Und was ist mit dem Schlüssel? Den dir Gotthold vor drei Jahren bei der Einweihung deines Büros geschenkt hat? Den erwähnt er doch auch.«

*Der Schlüssel.* Jonas besann sich noch genau, wie er in seinen Besitz gelangt war. An dem Abend, an dem er seine Detektei für historische Ermittlungen mit einer großen Feier eröffnet hatte, war Gotthold Enschütz Ehrengast gewesen. Immerhin hatte Jonas dem ehemaligen Ladenbesitzer die Idee zu seiner neuen Unternehmung zu verdanken gehabt, und auch die Räumlichkeiten.

Kurz bevor der alte Mann sich an jenem Abend verabschiedet hatte, war er noch einmal zu Jonas gekommen und hatte ihm einen antiken Schlüssel überreicht. »Das ist mein Geschenk«, hatte er gesagt. »Der Schlüssel hat schon ein paar Jährchen auf dem Buckel. Irgendwie hat er den Weg zu mir gefunden, als ich noch ein junger Spund war. Er hat mir immer Glück gebracht. Jetzt gehört er dir. Er soll dich daran erinnern, dass es immer eine Tür gibt, hinter der es weitergeht.« Und dann hatte er noch hinzugefügt. »Bei dir ist er gut aufgehoben, da bin ich mir sicher.« Damals hatte es auf Jonas so gewirkt, als wolle Gotthold ihm damit einen Talisman für sein Leben anvertrauen. Jonas war darüber sehr gerührt gewesen und hatte die Gabe des alten Mannes seitdem wie einen Schatz gehütet. Bis am heutigen Vormittag ein ganz neues Licht auf das Geschenk gefallen war.

»Wo ist der Schlüssel eigentlich? Hast du ihn noch unten in deinem Büro?«, unterbrach Fenja seine Gedanken.

»Nein. Ich habe ihn vorhin hoch in die Wohnung geholt. Warte.« Jonas stand auf und ging zu dem alten Schreibsekretär, der an der gegenüberliegenden Wand stand. Er zog eine der mit Intarsien geschmückten Schubladen auf, entnahm ihr einen dunkelroten Stoffwickel und kehrte damit zu Fenja zurück. Als er sich wieder gesetzt hatte, legte er den Wickel auf die

Tischplatte vor ihnen und schlug den Stoff zurück. Ein eiserner Schlüssel kam zum Vorschein. Er war etwa fünfzehn Zentimeter lang, grob geschmiedet und hatte eine stumpfe, schwärzliche Oberfläche. Sein Bart bestand aus mehreren unterschiedlich langen Quadern, und am hinteren Ende befand sich ein einfacher Ring. So archaisch, wie er aussah, musste der Schlüssel sehr alt sein.

Fenja nahm das eiserne Relikt in die Hand und drehte es bedächtig hin und her. »Ich habe mir das Teil bisher noch gar nicht richtig angeschaut«, meinte sie. »Sieht ein bisschen aus wie aus einem Märchenfilm. Der Schlüssel zu einer alten Schatzkammer. Oder zum verbotenen dreizehnten Zimmer.«

»Auf jeden Fall könnte er historisch aus der Zeit stammen, die Gotthold beschrieben hat.« Jonas fixierte das dunkle Metall. »Aber das hilft uns nicht wirklich weiter.«

Fenja legte den Schlüssel zurück auf den Tisch.

»Dann fassen wir mal zusammen«, sagte sie und hob den Kopf. »Wir haben ein Herz, dessen Versteck wir nicht kennen. Ein Rätsel, das wir nicht verstehen. Und einen Schlüssel, von dem wir nicht wissen, zu welchem Schloss er passt.« Fenjas Augen blitzten auf. »Das sind doch die besten Voraussetzungen für ein geniales Abenteuer, findest du nicht auch?«

Jonas musste grinsen. Er kannte und schätzte die ungebändigte Unternehmungslust seiner Freundin. Doch für ihn klang das alles sehr vage. Skeptisch hob er die Augenbrauen. »Ich weiß nicht …«

»Warte mal.« Fenja zog ihren Laptop von einer Ablage neben ihrem Sessel, stellte ihn auf den Tisch und klappte ihn auf. »Wenn du noch nichts vom Herzen der Elisabeth gehört hast, muss das ja nicht heißen, dass es keine Informationen darüber gibt. Vielleicht ist das Internet ja voll davon, und wir wissen es bloß nicht?«

»Glaube ich kaum. Gotthold hat doch geschrieben, dass die Hüter die Existenz des Herzens geheim gehalten haben.«

»Abwarten.« Vergnügt presste Fenja ihren Finger auf den

Startknopf, und der Computer fuhr hoch. »Ein Schuss ins Blaue hat schon so manches Wunder zutage gebracht.«

»Stimmt. Ein Versuch kostet nichts«, sagte Jonas und lehnte sich zurück. »Jetzt bin ich mal gespannt.«

Der Rechner surrte leise, während Fenja mit flinken Fingerbewegungen die Begriffe »Heilige Elisabeth«, »Reliquie« und »Herz« in die Suchmaske eingab und dann mit einem kühnen Schwung auf die Entertaste schlug.

Fast ohne Verzug erschienen die Resultate. Sie beugte sich über den Bildschirm und scrollte durch die Stichworte. »Puh, das nimmt ja gar kein Ende. Elisabeth ist ein echter Internet-Star. Biografien, Romane, Filme, Gemälde, Souvenirs ...«

»Reliquien auch?«

»Schon weniger.« Fenja scrollte noch etwas weiter nach unten. »Aber hier: ein Schädel der Elisabeth. Und Beinknochen. In Wien. In einem Kloster.« Konzentriert las sie weiter. »Da ist ein Arm. In Rheinland-Pfalz. In einer Schlosskapelle. Dann gibt es hier noch eine Rippe.« Sie schüttelte den Kopf. »Die Ärmste scheint überall verteilt zu sein.«

»Und das Herz?«

»Bisher noch nichts darüber.« Fenja arbeitete sich konzentriert durch die Suchergebnisse. Klickte hier und da in einen Text. Sprang in der Liste weiter. Und schwieg.

Mit jeder Minute verlor Jonas die Hoffnung, dass sie hier zu einem schnellen Ergebnis kommen würden. Es wäre auch zu schön gewesen, dachte er. Aber eigentlich war ja auch nicht zu erwarten, dass da einfach im Internet –

»Hier. Ich hab was!«, stieß Fenja plötzlich aufgeregt hervor. Sie klickte auf eine Zeile in der Ergebnisliste, und ein kurzer Text ploppte auf. »Das ist ein Presseartikel vom 15. September letzten Jahres«, erklärte sie. »Auf einer Online-Plattform. Eine Meldung aus Jena, aus der Universität.«

»Was?« Jonas beugte sich vor. »Zeig her.«

Fenja drehte den Laptop ein, sodass sie beide einen guten Blick auf den Bildschirm hatten. Die Meldung war knapp gehalten und unter der Rubrik »Sonstiges« erschienen. Angespannt las Jonas den Text.

*KRIMINALFALL UM HERZ DER HEILIGEN ELISABETH*

*Am gestrigen Mittwoch stellte Dr. Winfried Kobler von der Medizinischen Fakultät der Friedrich-Schiller-Universität Jena am Rande eines Presserundgangs durch die Anatomische Sammlung einen kuriosen Archivfund vor, der auf einen vertuschten Kriminalfall aus den Annalen der Lehranstalt verweist. Bei dem Dokument handelt es sich um ein internes Schreiben aus dem Jahre 1670. Darin bittet der bekannte Medizinprofessor Werner Rolfinck den damaligen Rektor Johann Arnold Friderici, auf die öffentliche Anzeige eines Tumults in den Räumen der Anatomie zu verzichten, bei dem es zwei Tote gegeben hatte. Dabei sei es um eine angebliche Herzreliquie der heiligen Elisabeth von Thüringen gegangen. Rolfinck begründet seine Bitte damit, den Ruf der Universität zu schützen. Das Corpus Delicti sei von einem vertrauenswürdigen Studenten namens Lorenz Enschütz in sichere Obhut genommen worden, mit dem Versprechen, es dauerhaft zu verbergen und über alles zu schweigen.*
*Auf Nachfrage wies Dr. Kobler darauf hin, dass der beschriebene Vorfall keinesfalls die Existenz einer echten Herzreliquie der Elisabeth belege, sondern nach seiner Auffassung in die seit dem Mittelalter weitverbreitete Gepflogenheit der Reliquienfälschungen einzuordnen sei. Das aufgefundene Dokument besäße jedoch durch die Erwähnung des bekannten Anatomen Rolfinck einen universitätsgeschichtlichen Wert.*

Jonas richtete sich auf und fuhr sich mit den Händen über das Gesicht. Er spürte, wie ihn eine flirrende Aufregung erfasste.

War in diesem kleinen Artikel etwa jenes »dramatische Ereignis« beschrieben, das Gotthold in seinem Brief erwähnt hatte? Der Moment, in dem Elisabeths Herz in den Besitz seiner Familie gelangt war? Im 17. Jahrhundert sollte das gewesen sein, das würde passen. Die Geheimniskrämerei auch. Und vor allem war da der Name: Lorenz Enschütz.

»Jonas, du bis ganz unruhig«, bemerkte Fenja. »Glaubst du, das hier ist der Beweis, dass Gottholds Geschichte wahr ist?«

»Keine Ahnung, Fenja.« Jonas atmete tief durch. »Aber, ja. Das ist zwar kein endgültiger Beweis. Aber es spricht einiges dafür. So viele Zufälle kann es gar nicht geben. Der Name, die Zeit, der vertuschte Kriminalfall. Und die Aussage, dass das Herz am Schluss bei diesem Lorenz Enschütz geblieben ist.«

»Aber Dr. Kobler hält die Reliquie offenbar für falsch.«

»Sein Statement besagt nicht, dass das Herz, um das es damals ging, eine Fälschung war. Er weist lediglich darauf hin, dass das Rolfinck-Dokument kein Beweis für seine Echtheit ist. Und dass es früher Usus war, falsche Reliquien herzustellen.«

»Er selbst scheint jedenfalls nicht von der Authentizität überzeugt zu sein. Sonst hätte er seine Entdeckung doch viel höher gehängt.« Fenja deutete auf den Bildschirm des Laptops. »Und die Presse ist seiner Einschätzung offenbar gefolgt. Außer diesem einen Online-Artikel ist niemand darauf angesprungen.«

»Ist ja auch nachvollziehbar. Für die Medien ist da nicht viel zu holen. Letzten Endes hat Kobler nur ein verstaubtes Verwaltungsschreiben aus dem 17. Jahrhundert präsentiert, in dem eine Reliquie erwähnt wird, für die es keine weiteren Belege gibt. Nicht gerade eine Sensation.« Jonas sah Fenja in die Augen. »Aber wir wissen es besser.«

»Weil wir Gottholds Brief haben.«

»Genau.« Er nickte langsam. »Alles zusammengenommen ergibt sich ein schlüssiges Bild. Und Gottholds Ahnen hätten bei der Weitergabe des Geheimnisses bestimmt nicht solch einen Aufwand getrieben, wenn es sich um eine wertlose Fälschung handeln würde.«

»Das heißt, wir beiden sind jetzt die Einzigen, die sich einigermaßen gewiss sind, dass es damals um das wahre Herz der heiligen Elisabeth ging. Und dass es auch heute noch irgendwo existiert.«

»Die Einzigen …« Für einen Moment schwieg Jonas. Dann meinte er: »Genau das ist die Frage.«

Fenja zog die Brauen zusammen. »Wie meinst du das?«

»Wenn wir den Artikel gefunden haben, dann haben das sicher auch andere. Oder ihn zufällig gelesen, als er erschienen ist.«

»Klar, logisch. Und? Du hast selber gesagt, dass die Meldung über ein verstaubtes Verwaltungsschreiben niemanden hinter dem Ofen hervorlockt.«

»Was ist, wenn es doch jemanden gibt, der die Sache anders sieht? Jemand, der aus einem Grund, den wir nicht kennen, davon überzeugt ist, dass das echte Herz der Elisabeth bis heute überdauert hat?« Jonas hob den Kopf. »Und der es um jeden Preis an sich bringen will.«

Fenja wurde blass. »Du denkst …«

»Der Mord an Gotthold. Die Folter vor seinem Tod. Der offene Tresor … Ich wette, in dem antiken Holzkästchen, das vor dem Stahlschrank lag, hat sich die Tafel mit dem Rätseltext befunden.«

»Und jetzt hat sie der Mörder«, stellte Fenja fest. »Aber das kann alles Zufall sein. Ein gewöhnlicher Raubüberfall. Der Täter war auf Wertgegenstände aus und hat die Tafel mitgenommen, weil sie aus Silber ist. Ohne zu ahnen, was er da eigentlich gefunden hat. Vielleicht ist sie schon längst verkauft oder eingeschmolzen.«

»Wieso hat er Gotthold dann so zugerichtet?«, fragte Jonas mit trockener Stimme. »Das sieht für mich nicht nach einem gewöhnlichen Raubüberfall aus. Und nachdem wir Gottholds Brief und diesen Artikel hier gelesen haben, mag ich irgendwie nicht mehr so recht an einen Zufall glauben.«

Fenja nickte gedankenverloren. Eine Weile sagte niemand etwas.

»Du weißt, was das heißt.« Jonas atmete tief durch.

Fenja blickte fragend auf.

»Ich muss zu Kommissarin Vareel gehen und ihr alles erzählen«, erklärte er. »Gotthold war mein Freund. Ich muss helfen, seinen Mörder zu finden.«

»Ja. So wie die Dinge stehen, wäre das zumindest eine Spur, die sie verfolgen könnte.« Fenja betrachtete Jonas und neigte den Kopf zur Seite. »Aber du siehst nicht gerade glücklich damit aus.«

»Gotthold hat mich in seinem Vermächtnis verpflichtet, das Geheimnis der Reliquie zu wahren. So wie die Generationen vor ihm. Er hat mir diesbezüglich vertraut.«

»Du fühlst dich an das Vermächtnis gebunden.«

»Ja, irgendwie schon. Es ist sein letzter Wille. Und vielleicht hat seine Tötung wirklich nichts damit zu tun.« Jonas schloss für einen Moment die Augen. Dann sagte er: »Aber da draußen läuft ein brutaler Mörder herum. Wenn es auch nur eine geringe Möglichkeit gibt, dass er Gotthold wegen des Herzens umgebracht hat, kann ich nicht einfach schweigen.«

# 7

Ein feiner Nieselregen stob Jonas ins Gesicht, als er am nächsten Morgen auf den mächtigen Gebäudekomplex des Landeskriminalamts zuging. Die weiß-grauen Blöcke in der Kranichfelder Straße verschmolzen mit dem milchigen Himmel zu einer tristen Wand. Jonas blieb stehen und richtete seinen Blick auf die spiegelnden Fensterbänder, hinter denen er gleich das jahrhundertealte Geheimnis der Reliquienhüter offenbaren würde. Das trostlose Wetter passte zu seiner Gemütslage. Er hatte die ganze Nacht schlecht geschlafen, war mehrmals aufgewacht und hatte seine Entscheidung wieder und wieder überdacht. Aber er war dabei geblieben. Er würde Anne Vareel von dem verborgenen Herzen erzählen. Jetzt fühlte er sich wie ein Verräter. Auch wenn er wusste, dass er das, was er vorhatte, auch für Gotthold tat.

Schließlich straffte er sich und schritt entschlossen auf den Besuchereingang zu. Ohne dass er sich hätte bemerkbar machen müssen, schwang die Automatiktür auf. Er betrat die Sicherheitsschleuse und wandte sich nach rechts, wo ihm hinter einer Trennscheibe die uniformierte Mitarbeiterin des Wachdienstes entgegenblickte.

»Hallo. Mein Name ist Wiesenburg«, erklärte er. »Ich habe vorhin telefonisch einen Termin bei Kommissarin Vareel vereinbart. Für neun Uhr. Sie erwartet mich.«

»Einen Moment, bitte«, schnarrte es aus der Wechselsprechanlage zurück.

Die Frau führte ein kurzes Telefonat, dann fischte sie einen Besucherausweis aus einer Karteibox und schob ihn in einer Metallschublade zu Jonas in die Schleuse. »Bitte sichtbar tragen«, sagte sie. »Frau Vareel holt Sie hier ab.«

»Ist gut. Danke.« Jonas zog seine Regenjacke aus, klemmte sich die Ausweiskarte an das Revers seines Sakkos und ging zum hinteren Ende des lindgrün gestrichenen Ganges. Es dauerte nur wenige Minuten, da ertönte ein lautes Schnappgeräusch, und die Innentür öffnete sich.

Anne Vareel trat ihm entgegen. »Hallo, Jonas. Willkommen in unseren heiligen Hallen«, begrüßte sie ihn und lächelte aufgeräumt.

»Hallo, Frau Vareel.« Jonas reichte der Kommissarin die Hand. »Danke, dass Sie so schnell einen Termin freigeschaufelt haben.«

»Für Sie immer, das wissen Sie doch. Kommen Sie.«

Anne Vareel führte Jonas durch grau gestrichene Flure bis zu einem Fahrstuhl. Gemeinsam fuhren sie in den zweiten Stock hinauf, dann dirigierte sie ihn in einen leer stehenden Besprechungsraum. »Kaffee ist dort drüben«, sagte sie und wies auf ein Tablett mit Tassen und einer Thermoskanne, das am Rande eines Konferenztisches stand. »Bedienen Sie sich schon mal selbst. Ich komme gleich zu Ihnen.« Damit verschwand sie aus dem Zimmer.

Jonas nahm sich eine Tasse vom Tablett, goss sich ein und setzte sich an die Längsseite des Tisches. Er musste nicht lange warten, da kehrte die Kommissarin zurück. In ihrer Hand hielt sie ein Ringbuch und einen Kugelschreiber. Sie ließ sich Jonas gegenüber nieder, platzierte das Notizbuch sorgsam vor sich auf der Tischplatte und schlug es auf. »Na, dann schießen Sie mal los«, meinte sie und sah Jonas erwartungsvoll an.

»Eine Sache vorweg.« Jonas schielte auf den Kugelschreiber in Vareels Hand. »Was ich Ihnen jetzt berichte, ist vertraulich. Eigentlich darf ich nicht darüber sprechen. Deswegen weiß ich nicht, ob …«

»Hmmm.« Die Kommissarin legte den Stift zur Seite und schlug das Heft zu. »Jetzt haben Sie mich noch neugieriger gemacht als schon am Telefon.« Sie lächelte wieder, aber diesmal lag in ihren Zügen auch eine Spur von Bestimmtheit. Als Jonas noch immer zögerte, fügte sie an: »Jonas, machen Sie sich keine Sorgen. Wir beide kennen uns lange genug. Zusammen haben wir den Gloriosa-Fall gelöst und den Heckenschützen vom Jägerstein gestellt. Das sollte als Vertrauensbasis ausreichen.« Sie sah ihn an. »Was auch immer Sie mir anvertrauen wollen, bleibt in diesen vier Wänden. Das verspreche ich Ihnen. Und sollten sich aus dem Gesagten Konsequenzen ergeben, entscheiden wir gemeinsam, wie es weitergeht. Ist das ein Deal?«

»In Ordnung.« Jonas nickte und holte tief Luft. »Es geht um den Mord. Etwa drei Wochen nachdem wir uns damals in Gottholds Haus gesehen haben, ist etwas passiert. Ich habe etwas erhalten. Etwas sehr Merkwürdiges.« Er hielt kurz inne, dann fing er an zu erzählen. Von dem Notariat und Gottholds emotionalem Brief. Von Elisabeths Herz, der Silbertafel, dem lateinischen Rätsel, dem Schlüssel. Und von dem Artikel aus der Jenaer Universität samt den Folgerungen, die er und Fenja daraus gezogen hatten.

Die Kommissarin hörte aufmerksam zu, ohne ihn auch nur ein einziges Mal zu unterbrechen.

Als er schließlich geendet hatte, blieb es einen Moment still im Raum.

»Okay. Sie haben recht. Das ist wirklich eine merkwürdige Geschichte«, sagte die Kommissarin schließlich. »Haben Sie den Brief bei sich?«

»Ja.« Jonas holte den Umschlag mit Gottholds Botschaft aus der Innentasche seines Sakkos und reichte ihn über den Tisch.

Anne Vareel betrachtete die braune Papierhülle von beiden Seiten. Dann zog sie den Brief heraus und las ihn aufmerksam durch. »Ich gehe davon aus, dass Sie Gottholds Schrift kennen und seine Nachricht für authentisch halten?«, wollte sie danach wissen.

»Ja. Es ist seine Handschrift, eindeutig. Und die Notarin hat mir versichert, dass niemand den Umschlag öffnen durfte, seit Gotthold ihn dort persönlich hinterlegt hat.«

»Gut.« Die Kommissarin schob den Brief wieder zurück

in das Kuvert und gab es Jonas zurück. »Dann lassen Sie mich kurz resümieren: Ihr väterlicher Freund behauptet, zu einer Reihe von Personen zu gehören, die seit dem 17. Jahrhundert eine kostbare Reliquie der heiligen Elisabeth beschützen. Diese sogenannten Hüter wissen selber nicht, wo sich die Reliquie befindet, sondern vererben immer nur das Wissen um ihre Existenz an die nächste Generation weiter. Dazu ein vierzeiliges Rätsel, mit dem man, wenn man es löst, zu dem Versteck findet. Außerdem ist da noch ein Schlüssel, den Sie in Verwahrung haben und der zum Auffinden des Herzens ebenfalls benötigt wird. Bis hierher korrekt?«

»Ja.«

»Und dann gibt es da noch einen Presseartikel über ein historisches Universitätsschreiben, in dem diese Reliquie Erwähnung findet. Und einen Studenten namens Lorenz Enschütz, der das gute Stück 1670 in Verwahrung genommen hat.« Die Kommissarin schob ihren Kugelschreiber langsam hin und her. »Ob die Reliquie tatsächlich echt ist, wird offiziell zumindest angezweifelt, aber Sie gehen aufgrund von Gottholds letztem Willen davon aus, dass es dieses Herz wirklich gibt. Und nun denken Sie, dass der Mord mit dieser ganzen Angelegenheit in Zusammenhang steht, richtig?«

Jonas nickte. »Es ist zumindest möglich, ja.«

»Gut. Bleiben wir mal bei Ihrer Theorie. Das würde bedeuten, eine Person XY hat nach dem Lesen des Artikels wie auch immer einen Zusammenhang zwischen dem historischen Lorenz Enschütz und dem heutigen Gotthold Enschütz hergestellt. Und dann ist sie zu ihrem Freund gegangen und hat die Silbertafel mit dem Rätseltext an sich gebracht, um damit das Herz zu finden.«

»Möglicherweise hat derjenige nicht erwartet, auf ein Rätsel zu stoßen. Vielleicht dachte er oder sie, Gotthold ist im Besitz der Reliquie selbst. Von einem Rätsel steht in dem Artikel nichts.«

»Dann hätte der Mörder Pech gehabt und stünde jetzt genauso bedröppelt da wie Sie. Mit einem verschwurbelten Vierzeiler und weiter nichts.«

»Und ohne von dem Schlüssel zu wissen«, ergänzte Jonas und lächelte freudlos.

»Falls Gotthold Enschütz nichts davon ausgeplaudert hat.«

»Ich glaube, von mir hat er seinem Peiniger nichts verraten und von dem Schlüssel auch nicht. Sonst hätte ich längst Besuch erhalten.«

»Vermutlich.« Anne Vareel lehnte sich zurück. »In Ordnung. So weit klingen Ihre Überlegungen einleuchtend.«

Eine Weile sagte niemand etwas.

Jonas trank einen Schluck Kaffee. Die Kommissarin war in Gedanken versunken. Er forschte in ihrem Gesicht, konnte aber nicht herauslesen, ob sie seine Darlegungen wirklich überzeugt hatten.

Schließlich fragte Vareel: »Wollen Sie meine Theorie zu der ganzen Sache hören, Jonas?«

»Ja, ähm … klar.« Er vermochte seine Anspannung nicht zu verbergen.

»Also, und jetzt verstehen Sie mich bitte nicht falsch – ich halte die ganze Geschichte für ziemlich abenteuerlich. Ein wenig weiß ich ja auch über Herrn Enschütz Bescheid. Er hatte sechzig Jahre lang seinen berühmten Zeitungsladen auf der Krämerbrücke. Eine halbe Ewigkeit. Jeder dort kannte ihn. Ein freundlicher und etwas verschrobener Kauz, mit dem man wunderbar herumfabulieren konnte. Er war ein Brücken-Original. Eine Marke. Das war sein Lebensinhalt.« Die Kommissarin lehnte sich nach vorn. »Und dann war er eines Tages alt und musste sein Geschäft aufgeben. Er ahnte, was kommen würde. Er wusste, wie schnelllebig die Welt ist. Es würde einsam um ihn werden. Sicher machte er sich da keine Illusionen. Die Menschen würden ihn rasch vergessen. Ihn und seine Geschichten.« Anne Vareel machte eine Pause.

»Ja? Und weiter?« Jonas schluckte.

»Halten Sie es nicht für möglich, Jonas, dass sich Ihr Freund alles nur ausgedacht hat? Das heilige Herz, das geheimnisvolle Rätsel? Ein sorgsam inszeniertes Mysterium mit allen Zutaten, die es dafür braucht. Er kannte Sie gut. Er konnte sich sicher sein, dass Sie seinen Brief ernst nehmen würden.«

»Ein Spiel?« Jonas dachte daran, dass Fenja in ihrer ersten Reaktion vermutet hatte, Gottholds hätte sich einen Scherz mit ihm erlaubt. Aber sie hatten diese Möglichkeit schnell wieder verworfen. »Warum sollte er das tun? Um mich zu diskreditieren?«

»Nein. Um Sie zu animieren, ihm einen letzten großen Gefallen zu tun. Den größten, den Sie ihm nach seinem Tod noch erweisen konnten – ihm ein Stück Ewigkeit zu verschaffen.«

»Sie denken –«

»Stellen Sie sich vor, es hätte diesen Mord nicht gegeben. Dann wäre sein Plan aufgegangen. Sie hätten das vermeintliche Rätsel um das Herz gewahrt und alles darangesetzt, es sicher in die Zukunft zu tragen. Und damit auch die Erinnerung an Gotthold.« Anne Vareel schmunzelte versonnen. »Eigentlich eine schöne Vorstellung.«

Eine Weile brachte Jonas nichts heraus. »Aber es hat den Mord gegeben«, meinte er dann. »Vor dem er gefesselt und misshandelt wurde.«

»Es gibt Zufälle.«

»Und der Jenaer Presseartikel? Den hätte er nicht inszenieren können. Und der bestätigt seine Geschichte.«

»War es nicht vielleicht umgekehrt? Was, wenn ihn der Artikel erst auf die Idee gebracht hat. Er hat ihn gelesen und ist an dem Studenten aus dem Jahr 1670 hängen geblieben, der lustigerweise den gleichen Nachnamen trägt wie er. Und dann hat er eine Geschichte darum gestrickt.«

»Das war ein Online-Artikel. Gotthold besaß weder einen Computer noch ein Smartphone.« Jonas hob die Hände. »Außerdem ist der Bericht erst im vergangenen Jahr erschienen. Das Testament hat Gotthold schon zwei Jahre früher gemacht. Wie soll das gehen?«

»Wer weiß? Vielleicht ist ihm das Dokument, auf das sich dieser Dr. Kobler bezieht, schon vor der Veröffentlichung untergekommen. Können Sie das ausschließen?«

»Nein. Das kann ich nicht.« Jonas spürte, wie ein taubes Gefühl in ihm aufstieg. Was, wenn die Kommissarin recht hatte? Wenn Gotthold ihn nur benutzen wollte?

»Haben Sie denn noch einen anderen Hinweis, dass die Geschichte Ihres Freundes stimmen könnte? Vielleicht eine Bemerkung, die er mal gemacht hat, als er noch lebte?«, fragte Anne Vareel. Offenbar war ihr seine aufkommende Enttäuschung nicht entgangen.

»Nein, ich wüsste nicht.« Jonas verfiel in Schweigen, doch plötzlich schoss ihm ein Gedanke durch den Kopf. »Doch, halt! Da gibt es etwas.« Er richtete sich auf. »Er hat mich angerufen. Zweieinhalb Wochen vor seinem Tod. Er wollte mich dringend treffen, am liebsten sofort. Aber Fenja und ich waren in Mexiko, und so musste ich ihn vertrösten. Er wirkte deswegen ziemlich geknickt, fast betroffen.«

»Hat er Ihnen erzählt, worum es ging?«

»Nein. Er sagte nur etwas von einem Problem, das man nicht am Telefon lösen könne.« Jonas seufzte. »Als wir wieder zurück in Erfurt waren, bin ich gleich am nächsten Tag zu ihm hingefahren. Und da habe ich ihn tot in seinem Keller gefunden. Den Rest kennen Sie.«

»Sie glauben, sein Anruf hatte mit der Reliquie zu tun?«

»Jetzt, im Nachhinein betrachtet, kann es doch sein.« Jonas hob die Schultern. »Vielleicht fühlte er sich deswegen bedroht.«

»Hmmm.« Anne Vareel stand auf, kippte das Fenster und holte sich einen Kaffee. Dann nahm sie wieder Platz und spielte gedankenverloren mit ihrem Kugelschreiber.

Jonas sah die Kommissarin an. »Sie glauben mir nicht.«

»Das habe ich nicht gesagt.« Sie erwiderte seinen Blick. »Die ganze Geschichte klingt nur nicht sehr wahrscheinlich, das müssen Sie zugeben.«

»Ja, vielleicht.« Jonas versuchte, seine Gedanken zu ordnen. Für ihn hatte bisher alles schlüssig gewirkt, zumindest bedenkenswert, sonst wäre er gar nicht hierher ins LKA gekommen. Noch einmal ließ er vorüberziehen, wie Anne Vareel reagiert hatte. Trotz ihrer Gegenargumente war sie nicht verletzend gewesen. Sie misstraute ihm nicht. Es war eher so, als wüsste sie es wirklich besser. Und das konnte nur eines bedeuten. Er sagte: »Sie haben den Täter schon, nicht wahr?«

Anne Vareel nickte sacht. »Bisher ist es offiziell nur ein Verdächtiger, aber wir sind uns ziemlich sicher, dass wir mit dem Mann richtigliegen. Und er hat nichts mit einer Reliquie zu tun.«

»Wer ist es?«

»Sie wissen, das darf ich Ihnen nicht sagen.«

»Bitte. Gotthold war mein Freund.«

Anne Vareel trank einen Schluck von ihrem Kaffee und ließ einige Sekunden verstreichen. »In Ordnung, Jonas«, meinte sie schließlich. »Um der alten Zeiten willen. Dann muss ich Sie jetzt um dieselbe Verschwiegenheit bitten wie Sie vorhin mich. Nichts von dem, was ich Ihnen jetzt gleich erzähle, darf diesen Raum verlassen. Sind wir uns da einig?«

»Vollkommen.« Jonas rutschte fahrig auf dem Stuhl nach vorn. Er konnte kaum erwarten zu erfahren, wer den liebenswerten alten Mann zu Tode gequält hatte. Und warum.

»Der Mann heißt Enrico Fankhänel«, begann die Kommissarin. »Ein Berufsverbrecher. Hat eine ganze Serie von Wohnungseinbrüchen auf dem Kerbholz, in Erfurt und anderen Städten. Vor zwei Wochen haben ihn die Kollegen erwischt. Als sie seinen Unterschlupf hochgenommen haben, war da unter dem beschlagnahmten Diebesgut auch die Armbanduhr von Marianne Enschütz. Mit den Initialen M und G und dem Hochzeitsdatum. Genau wie Sie es beschrieben hatten.« In Anne Vareel Miene blitzte Genugtuung auf. »Und wir haben in Gottholds Keller ein Haar von Fankhänel gefunden, mit einem eindeutigen DNA-Treffer. Bei seinen Raubzügen war der Kerl ziemlich vorsichtig, aber nicht vorsichtig genug. Die DNA ist unbestechlich. Da kommt er nicht mehr raus.«

»Hat er gestanden?«

»Nein, noch nicht. Den Einbruch gibt er zu. Aber er behauptet, mit dem Mord hätte er nichts zu schaffen.«

»So?« Jonas zog die Stirn kraus.

»Fankhänel will Gotthold Enschütz schon tot vorgefunden haben. Der Tresor wäre auch schon ausgeräumt gewesen. Um nicht ganz leer auszugehen, hätte er sich die Uhr gegriffen und wäre abgehauen.«

»Und der Inhalt des Tresors?«

»Den hat er wahrscheinlich schon verhökert.«

»Das heißt, Sie glauben seiner Version nicht?«

»Nein. Solche Ausreden hören wir ständig. Fankhänel ist ein abgebrühter Profi. Er gibt nur so viel zu, wie wir ihm gerade nachweisen können. Aber wir arbeiten auf Hochtouren, um die Beweiskette dicht zu kriegen. Wenn er denkt, er kommt mit den Morden davon, dann irrt er sich.«

Jonas fuhr auf. »Mit *den Morden*?« Er fixierte die Kommissarin. »Gibt es etwa noch mehr Opfer?«

»Oh.« Anne Vareel presste die Lippen zusammen. Für einen Moment schien sie sich über sich selbst zu ärgern, dann sagte sie: »Ja. Es gibt einen weiteren Fall. Etwa eine Woche bevor Sie Gotthold Enschütz gefunden haben, ist in Jena ein siebenundvierzigjähriger Handwerker getötet worden. Und zwar auf genau die gleiche Weise. Erst gefoltert, dann umgebracht. Wir gehen fest davon aus, dass der Täter auch in diesem Fall Enrico Fankhänel ist.«

»Das Opfer ... War das der Mann, nach dessen Namen Sie mich in Gottholds Haus gefragt haben? Dieser Volker Rudloff?«

»Ja«, gab Anne Vareel knapp zurück.

»Und in Jena gibt es auch DNA-Spuren von Ihrem Verdächtigen?«

»Dort nicht. Ich sagte ja, er war sehr vorsichtig. Aber die

Vorgehensweise ist identisch. Am Rest sind wir dran.« Die Kommissarin leerte ihre Kaffeetasse. »Apropos – jetzt muss ich auch wieder an meinen Schreibtisch zurück.« Sie erhob sich. »Ich bringe Sie noch nach unten.«

Auch Jonas stand auf. Während der Fahrt mit dem Fahrstuhl und des Marsches durch die Gänge herrschte Schweigen. Als sie den Ausgang erreicht hatten, blieb Jonas stehen und drehte sich zu Anne Vareel um. »Ich wusste nicht, dass Sie mit Ihren Ermittlungen schon so weit sind«, sagte er. »Es war nett, dass Sie mich trotzdem angehört haben.«

»Ich wäre eine schlechte Polizistin, wenn ich nicht jedem Hinweis folgen würde. Noch dazu, wenn er von Ihnen kommt. Sie wissen, dass ich Ihre Arbeit schätze. Auch die, die Sie für uns geleistet haben.« Sie lächelte ihm aufmunternd zu. »Aber ich glaube, diesmal kommen wir alleine klar.«

»Danke trotzdem.« Er holte tief Luft. »Machen Sie's gut.«

»Ja. Sie auch, Jonas.«

Sie reichten sich die Hand, und kurz darauf war Anne Vareel im Inneren des Gebäudes verschwunden. Jonas gab seinen Besucherausweis zurück, zog die Jacke über und trat hinaus auf die Straße. Das Wetter war nicht besser geworden. Der Wind hatte aufgefrischt und trieb den Regen in langen Schwaden über die Stadt.

Und auch Jonas' Stimmung hatte sich nicht wirklich aufgehellt. Während er das LKA-Gelände hinter sich ließ, presste er unbewusst seine rechte Hand auf die Brust, wo in der Sakkotasche unter der imprägnierten Jacke der Brief aus dem Notariat verborgen war. Gottholds mysteriöses Vermächtnis. Das dünne Blatt Papier hatte Jonas seit dem ersten Lesen ein Wechselbad der Gefühle beschert.

Und nun hatte Anne Vareel neue Zweifel angefacht, die tief in seinem Inneren rumorten. Sollte er sich in dem freundlichen alten Mann getäuscht haben? Hatte ihn Gotthold hinters Licht geführt? War Jonas einer Illusion aufgesessen?

Oder existierte das geheimnisvolle Herz doch?

Es gab nur einen Weg, das herauszufinden. Er musste ermitteln, ob Gotthold wirklich ein Nachkomme dieses Studenten aus dem 17. Jahrhundert war. Und er hatte auch schon eine Idee, wie sich das bewerkstelligen ließ.

# 8

Mit eiligen Schritten folgte Jonas der Marktstraße. Trotzdem kam er nur mühsam voran. Es war später Nachmittag. Der Bürgersteig quoll förmlich über vor Menschen, die unbeschwert bummelnd oder zielstrebig hastend durch Erfurts Innenstadt zogen. Sie zu überholen oder ihnen auszuweichen, glich einem Geschicklichkeitslauf. Doch als Bewohner des beliebten historischen Quartiers hatte er mittlerweile Übung darin.

Am fernen Ende der Straße quietschte eine Straßenbahn um die Ecke und gab den Blick auf den dahinterliegenden Domplatz frei. Der Mann, mit dem er sich verabredet hatte, betrieb dort eine der bekanntesten privaten Agenturen für Ahnenforschung. Als Genealoge durchkämmte er im Auftrag seiner zahlenden Kundschaft Kirchenbücher, Personenregister, Archive und elektronische Datenbanken, um Verwandtschaftsbeziehungen unterschiedlichster Art aufzuklären. Er fand Vorfahren, erstellte Familienstammbäume oder ermittelte Erben, und das rund um den Globus.

Jonas mochte den umtriebigen Unternehmer nicht besonders, aber er wusste, dass der Genealoge einer der Besten auf seinem Gebiet war. Ein Mann, der nicht aufgab, wenn er sich einmal in einen Fall verbissen hatte. Und genau so jemanden brauchte Jonas jetzt.

Als er den Domplatz erreichte, wandte er sich nach links und ging an einer Reihe von Fachwerkhäusern entlang, bis er zwischen kleinen Läden und Cafés auf eine mit Schnitzwerk verzierte Haustür stieß. Sein Blick fiel auf die blank geputzte Messingtafel daneben. »Moritz Stölzel«, stand da, »Agentur für Genealogie«. Hier war er richtig.

Er schlüpfte in den Hausflur und stieg die schmale Treppe bis in den obersten Stock hinauf. Auf der gesamten Etage gab es nur eine einzelne Tür. Ohne zu zögern, klopfte er an.

»Immer herein«, hörte er eine gedämpfte Stimme sagen. Er drückte die ziselierte Messingklinke nach unten und trat ein.

Das Zimmer war groß und nahm den gesamten vorderen Teil des Geschosses ein. Der Boden bestand aus breiten Holzdielen, und an der Decke verliefen mit Ornamenten versehene Balken. Drei nebeneinanderliegende Fenster boten eine imposante Aussicht auf Dom und Severikirche. Für einen Moment verharrten Jonas' Augen auf den sakralen Monumenten.

»Immer wieder beeindruckend, nicht wahr?«, ertönte es von rechts, und ein etwa vierzigjähriger Mann in Flanellhose und leuchtend weißem Hemd schlenderte heran. In seinem solariumgebräunten Gesicht erschien ein süffisantes Lächeln. »Welche Ehre, dass du mich mal in meiner bescheidenen Hütte besuchst.«

»Hallo, Moritz. Die Ehre ist ganz meinerseits«, entgegnete Jonas und lächelte betont gelassen zurück. »Wie ich sehe, bist du noch immer voll in deinem Element.« Er sah sich um. An den Wänden abseits der Fensterfront schimmerte eine goldgelbe Damast-Tapete. Darauf waren Hunderte kleiner Holzrahmen angeordnet, gefüllt mit uralten Porträtaufnahmen und Familienbildern. Ein Blicke-Meer in Sepia und Schwarz-Weiß, dem man sich nur schwer entziehen konnte. Wirklich clever, dachte Jonas. Das Dekor ließ Stölzels Empfangsraum erscheinen, als wären die Ahnen hier förmlich zu Hause und warteten nur auf ihre honorarpflichtige Erweckung.

»Na, nun rück mal raus mit der Sprache«, erkundigte sich Stölzel. »Was verschafft mir das Vergnügen deines Besuchs?«

»Ich möchte meinen Gefallen einlösen. Du erinnerst dich? Diese Sache damals mit dem Museumskatalog?«

»Jajaja, ich verstehe. Du musst nicht weiterreden.« In das selbstsichere Grinsen des Ahnenforschers mischte sich eine Spur Verlegenheit. Jonas hatte ihm vor einigen Jahren einmal bei einem Geschichtstext aus der Bredouille geholfen und ihn vor einer öffentlichen Blamage bewahrt. Seitdem stand Stölzel in seiner Schuld. »Was kann ich also für dich tun?«, fragte er.

»Es geht um eine Familienrecherche. Ich möchte wissen, ob

zwei Männer miteinander verwandt sind, die zu unterschiedlichen Zeiten gelebt haben.«

»Wie weit liegen sie auseinander?«

»Ungefähr dreihundertfünfzig Jahre. Einer ist gerade gestorben, der andere stammt aus dem 17. Jahrhundert.«

»Oh.« Stölzel sah auf. »Das wird aber eine Weile dauern.«

»Das ist mir klar.« Jonas seufzte. Er wusste, dass er keine Wunder erwarten konnte. Genealogische Nachforschungen waren aufwendig und nahmen viel Zeit in Anspruch. Je nach Aktenlage, Erfahrung und Glück mochte man schon nach einigen Wochen zu Ergebnissen kommen, aber es konnten auch Monate oder Jahre ins Land gehen, bis ein Familienstrang komplett aufgedröselt war. Und manchmal gelang es nie.

»Moritz, du bist der Spezialist«, meinte Jonas. »Und was man so hört, der Beste. Darauf vertraue ich jetzt einfach mal.«

»Wenn du das sagst, dann muss es wohl stimmen.« Stölzel hatte seine Nonchalance bereits zurückgewonnen und vollführte mit seinem rechten Arm eine einladende Geste. »Dann darf ich dich jetzt an meinen Arbeitsplatz bitten. Wir beginnen mit einem kleinen Interview. Du erzählst mir alles, was du über die fraglichen Personen weißt. Jahreszahlen, Berufe, Wohnorte. Je mehr Details du mir geben kannst, desto besser. Damit werde ich dann später arbeiten.«

»Okay.« Jonas nickte.

Sie gingen zur Stirnseite des Zimmers, wo ein eleganter Biedermeierschreibtisch stand. Die Hälfte der Tischplatte wurde von einem Computerbildschirm eingenommen. Mit einer sportlichen Drehung ließ sich Stölzel dahinter nieder und schob die Tastatur zurecht. »Setz dich«, sagte er und deutete auf einen zierlichen Stuhl, der vor dem Schreibtisch positioniert war.

Jonas nahm Platz und lehnte sich zurück.

»Dann starten wir mal.« Der Genealoge blickte Jonas unternehmungslustig an. »Zuerst brauche ich die vollständigen Namen der beiden Männer, um die es geht.« Stölzels Finger schoben sich über die Tastatur, wo sie abwartend verharrten.

»Der Name des Mannes, der kürzlich gestorben ist, lautet Gotthold Enschütz. Er war Erfurter«, erklärte Jonas. »Der mögliche Vorfahre hat 1670 an der Jenaer Universität studiert. Sein Name ist Lorenz Enschütz.« Er räusperte sich, dann fügte er hinzu: »Enschütz jeweils mit tz.«

Stille.

Moritz Stölzel bewegte sich keinen Millimeter. Weder schrieb er die Namen in den Computer, noch sagte er etwas. Es saß einfach nur reglos da und starrte ungläubig über den Schreibtisch herüber.

Jonas hob verwirrt den Kopf. »Moritz? Was guckst du so komisch?«

Stölzel ließ noch eine kurze Spanne verstreichen, dann sagte er: »Ich kann dir deine Frage jetzt sofort beantworten. Gotthold Enschütz ist der Nachkomme dieses Studenten.«

»Wie bitte?« Im Bauch von Jonas breitete sich ein unruhiges Kribbeln aus. »Sag das noch mal!«

»Gotthold Enschütz stammt von Lorenz Enschütz ab. In direkter Linie.«

»Aber wie zum Teufel willst du das so schnell wissen?«

»Gegenfrage: Woher hast du die Namen?«

»Gotthold war ein persönlicher Freund von mir. Und der Jenaer Student ...«, Jonas überlegte, wie er es am unverfänglichsten ausdrücken konnte, »... ist mir im Zusammenhang mit einer Recherche untergekommen.«

»Einer Recherche?« Stölzel hob die Augenbrauen. »Das ist nun wirklich interessant.«

»Wieso sagst du das?«

Der Genealoge beugte sich vor. »Weil du nicht der Einzige bist, der sich für die Nachkommen dieses Lorenz Enschütz interessiert.«

»Es hat noch jemand nachgefragt?«

»›Nachgefragt‹ ist ziemlich untertrieben. Das war ein ausgewachsener Auftrag, der mich mehrere Monate lang gut beschäftigt hat.«

»Und dein Auftraggeber wollte genau wie ich wissen, ob Gotthold und Lorenz miteinander verwandt sind?«

»Nein. Von Gotthold Enschütz wusste mein Klient nichts. Er hatte nur den Namen dieses Jenaer Studenten. Lorenz Enschütz. Meine Aufgabe bestand darin, möglichst alle Nachfahren von ihm zu finden. Nachfahren, die heute noch hier in der Gegend leben.« Stölzel hob die Hände. »Nicht ganz einfach, wie du dir vorstellen kannst. Für so einen Job musst du unendlich viele verstaubte Akten wälzen. Eine Sisyphosarbeit. Und je näher du der Gegenwart kommst, desto schwieriger wird es. Da rücken die Kirchenämter und Archive auf einmal nichts mehr raus. Labern was von Sperrfristen und Datenschutz.«

»Trotzdem hast du es geschafft.«

»Klar. Kennst mich ja.« Ein selbstgefälliges Grinsen huschte über Stölzels Gesicht. »Ich habe da so meine Tricks und Beziehungen.«

»So bist du also auf Gotthold gestoßen.«

»Ja. Auf Gotthold und die anderen.«

»Es gibt noch mehr?« Jonas richtete sich auf.

»Ich habe insgesamt fünf Nachkommen des Studenten ermitteln können. Sie heißen nicht alle Enschütz, über die Jahrhunderte kamen durch diverse Eheschließungen neue Nachnamen dazu. Aber alle fünf auf der Liste stammen in direkter Linie von diesem Lorenz Enschütz ab.«

»Kann ich die anderen auch erfahren?« Jonas gelang es nur schwer, seine Aufregung zu verbergen. »Die anderen vier Nachfahren?«

Der Genealoge zuckte mit den Schultern. »Klar, warum nicht? Die Arbeit ist einmal gemacht.« Er gab ein paar kurze Befehle auf seiner Computertastatur ein, dann las er die Namen vom Bildschirm ab: »Gotthold Enschütz, klar. Und dann haben wir da noch eine Franziska Enschütz in Apolda. Einen Rüdiger Benradt, wieder in Erfurt. Eine Irma Haberland in Seelingstädt. Und last, but not least einen Volker Rudloff in Jena.«

Jonas fuhr zusammen. *Volker Rudloff.* Den Namen kannte

er. Das war das zweite Mordopfer, von dem Anne Vareel gesprochen hatte.

»Was ist denn los? Du bist plötzlich ganz bleich geworden.« Stölzel fixierte Jonas mit einer Mischung aus Belustigung und Sorge.

»Der letzte Name. Volker Rudloff.« Jonas schluckte. Für einen kurzen Augenblick verspürte er den Impuls, Stölzel alles zu erzählen: dass sein Freund Gotthold nicht einfach gestorben, sondern ermordet worden war. Und dass diesen Volker Rudloff das gleiche Schicksal ereilt hatte. Doch dann biss er sich auf die Lippen. Von dem Mord an Gotthold musste der Genealoge nichts wissen. Und die Informationen von Anne Vareel durfte Jonas schon gar nicht ausplaudern. »Ich hatte mal einen Bekannten, der so ähnlich hieß«, log er und winkte schnell ab. »Ich war nur für einen Moment irritiert, als ich den Namen gehört habe. Eine Verwechslung, sorry.« Er hoffte, dass er beiläufig genug geklungen hatte.

»Ah … Na, dann ist ja gut«, gab Stölzel zurück. Er setzte ein breites Lächeln auf. »Dein Anliegen haben wir jedenfalls gelöst. Und das schneller als gedacht.«

»Kannst du mir die fünf Namen bitte aufschreiben? Die Nachkommen, die du ermittelt hast?«

»Ich schicke dir eine Mail mit der Liste. Gleich nachher. Versprochen.« Stölzel machte Anstalten, sich zu erheben.

»Warte«, sagte Jonas schnell. »Eine Frage habe ich noch.«

»Und die wäre?«

»Diese Nachforschung – wer hat die eigentlich in Auftrag gegeben?«

Stölzel schüttelte den Kopf. »Tut mir leid. Betriebsgeheimnis. Dir die Namen der Nachfahren zu geben, ist kein Problem, die hätte mit entsprechendem Aufwand auch jemand anderes herausbekommen können. Aber die Daten meiner Klienten sind tabu. Ich nehme an, das verstehst du.«

»Kannst du nicht für mich eine Ausnahme machen?«

»Diesbezüglich nicht.« Stölzel verschränkte die Arme.

»Aber etwas kannst du mir noch verraten: Wann hast du den Auftrag erhalten?«

»Das war fast genau vor einem Jahr. So Ende September.«

»Ende September?« Jonas rechnete im Kopf nach. Fenja hatte gesagt, der Online-Artikel über den Dokumentenfund von Dr. Kobler sei am 15. September erschienen. Und kaum zwei Wochen später hatte der unbekannte Klient Stölzel engagiert, um die Nachkommen von Lorenz Enschütz aufzustöbern. Schwer vorstellbar, dass da kein Zusammenhang bestand. »Und wann hast du den Auftrag abgeschlossen?«, hakte er nach.

»Im Juli dieses Jahres.« Der Agentur-Inhaber neigte den Kopf. »Warum willst du das eigentlich alles so genau wissen? Was ist das für eine Recherche, die du da machst?«

»Tut mir leid.« Jonas grinste. »Betriebsgeheimnis.«

»*Touché.*« Moritz Stölzel lachte schnaufend auf. Er schob die Tastatur zurück und erhob sich. »Einen Cognac zum Abschluss?«

Jonas wollte schon ablehnen, da kam ihm eine Idee. »Ja, sehr gern.«

Als der Genealoge einen kleinen Barschrank am anderen Ende des Raumes ansteuerte, trat Jonas an die Bilderwand hinter dem Schreibtisch. »Deine Fotosammlung ist wirklich beeindruckend«, sagte er laut. »Waren das alles echte Fälle von dir?«

»Manche ja. Die meisten Bilder sind aber vom Trödelmarkt. Muss ja keiner wissen«, kam es entfernt zurück.

Jonas blickte über die Schulter und sah, wie sich sein Gastgeber mit dem Rücken zu ihm über den Barschrank beugte. Ein dezentes Gläserklirren erklang. Rasch trat Jonas an den Schreibtisch und linste auf den Monitor des Computers. »Die Familienbilder gefallen mir am besten«, tönte er vernehmlich in den Raum, während seine Augen über den Bildschirm flogen. Und dann hatte er gefunden, was er suchte. Am oberen Rand des geöffneten Dokuments befand sich der Name der Datei. Er bestand aus drei Worten: »Auftrag Leonhardt Cordes«. Jonas prägte sich den Namen ein, danach wich er schnell zur Seite und richtete seine Aufmerksamkeit wieder auf die Bilderrahmen an der Wand. Es dauerte nicht lange, da hörte er die Schritte des Genealogen herannahen.

»Feiern wir das Leben!« Stölzel schob sich neben Jonas und reichte ihm einen bauchigen Cognacschwenker. Dann ließ er die gelbbraune Flüssigkeit in seinem eigenen Glas einen Moment lang kreisen und bemerkte: »Auf deinen Besuch, mein Lieber. Jetzt sind wir quitt.«

*»Santé«*, erwiderte Jonas. Sie stießen an.

Während sie den Cognac tranken, tauschten sie noch ein paar unverfängliche Höflichkeiten aus. Danach wandte sich Jonas zum Gehen. »Tschüss, Moritz. Danke für deine Hilfe«, sagte er und deutete eine kleine Verbeugung an.

»Jonas, mach's gut. Und viel Erfolg bei deiner Recherche, was auch immer das ist.« Der Ahnenforscher schmunzelte hintergründig.

Jonas verließ den opulenten Geschäftsraum, stieg die Treppe hinunter und trat hinaus auf den Domplatz. Während er in die quirlige Straße bog, die zurück in Richtung Krämerbrücke führte, ließ er die letzte halbe Stunde noch einmal Revue passieren.

Gotthold hatte nicht gelogen. Er war tatsächlich ein Nachkomme jenes Studenten, der im 17. Jahrhundert in Jena studiert hatte. Jetzt war Jonas davon überzeugt, dass auch der Rest des Vermächtnisses stimmte. Dass das Herz der heiligen Elisabeth tatsächlich existierte.

Und dann gab es da noch diese Liste. Fünf Nachfahren von Lorenz Enschütz hatte Moritz Stölzel ermittelt. Zwei von ihnen waren tot, ermordet im Abstand von wenigen Tagen. Das konnte kein Zufall sein. Irgendetwas Unheimliches ging hier vor. Jonas konnte sich nicht vorstellen, dass dafür ein einfacher Berufseinbrecher verantwortlich sein sollte. Er musste dringend mit Anne Vareel telefonieren.

# 9

Es war das gleiche Besprechungszimmer in dem weitläufigen Gebäudekomplex des Landeskriminalamts, das sie schon bei seinem letzten Besuch genutzt hatten. Aber als Jonas jetzt zusammen mit Anne Vareel den Raum betrat, warteten dort noch zwei weitere Ermittler. Daniel Kempfer, ein hochgewachsener, stiller Kommissar mit braunen Haaren und einem schmalen Gesicht, und der blonde Marc Schätzele, dessen durchtrainierter Körper daran erinnerte, dass er einige Zeit beim Mobilen Einsatzkommando gearbeitet hatte, bevor er in Vareels Abteilung gewechselt war. Beide Männer kannte Jonas schon aus seiner früheren Zusammenarbeit mit dem LKA. Dass die Kommissarin sie zu der heutigen Besprechung dazugebeten hatte, ließ ihn vermuten, dass sie seine neuesten Erkenntnisse sehr ernst nahm.

Nachdem er gestern aus der Agentur von Moritz Stölzel in seine Wohnung zurückgekehrt war, hatte Jonas Anne Vareel sofort angerufen und ihr in wenigen Sätzen umrissen, zu welchen Ergebnissen der Ahnenforscher gelangt war. Sie hatte ihm schweigend zugehört und ihn dann kurzerhand für den nächsten Morgen einbestellt.

Und jetzt war er hier.

»Hallo.« Jonas nickte Kempfer und Schätzele zu.

»Herr Wiesenburg, guten Morgen«, begrüßte ihn Kempfer betont sachlich.

»Na, Meister?« Marc Schätzele, mit dem Jonas schon einige gefährliche Situationen bestanden hatte, konnte sich ein Grinsen nicht verkneifen. »Wollen Sie mal wieder unsere Arbeit durcheinanderbringen?« Er gab Jonas einen freundschaftlichen Klaps gegen den Oberarm.

»Sorry, ich hab's mir nicht ausgesucht«, gab Jonas mit einem etwas angespannten Lächeln zurück.

Anne Vareel ließ sich an der Stirnseite des Konferenztischs

nieder, wo bereits einige Akten und ihr aufgeschlagenes Ringbuch lagen. Jonas und die beiden LKA-Männer setzten sich an den Längsseiten gegenüber. Nachdem das Scharren der Stuhlbeine verklungen war, trat eine gespannte Ruhe ein.

»Danke für euer Kommen«, begann die Kommissarin und ließ ihren Blick langsam durch die Runde schweifen. »Wir haben uns heute hier versammelt, weil Jonas in den letzten Tagen in den Besitz von einigen außergewöhnlichen Informationen gelangt ist. Informationen, die ein vollkommen neues Licht auf unseren aktuellen Fall werfen und die auch den Tatvorwurf gegen unseren bisherigen Hauptverdächtigen Enrico Fankhänel relativieren.«

Sie machte eine kurze Pause und ließ das Gesagte wirken. Dann fuhr sie fort. »Eines möchte ich vorwegnehmen: Was Jonas uns gleich erzählen wird, hört sich im ersten Moment ziemlich eigentümlich an, und ich gebe zu, dass ich der Geschichte anfangs wenig Bedeutung beigemessen habe. Aber gestern sind neue Fakten aufgetaucht, die der Sache eine gewisse Glaubhaftigkeit verleihen. Zumindest so weit, dass wir uns ernsthaft damit beschäftigen sollten.« Sie wandte sich zu Jonas um. »Ich weiß, dass ich Ihnen bei unserem letzten Treffen zugesichert habe, den Inhalt von Gottholds Brief vertraulich zu behandeln. Aber wenn das, worüber er geschrieben hat, tatsächlich ein Grund für seine Ermordung sein könnte, müssen wir die Angelegenheit ab jetzt offen in die Ermittlungen einbeziehen.«

»Ja. Das ist mir klar.« Jonas nickte langsam. Darauf war es von Anfang an hinausgelaufen, und in seinem Inneren hatte er das auch gewusst. Wenn er helfen wollte, Gottholds Mörder zu stellen, dann kam er mit Geheimniskrämerei nicht weiter. »Deswegen habe ich mich ja bei Ihnen gemeldet.«

»Prima, dass wir uns da einig sind.« Die Kommissarin lehnte sich zurück. »Nun, dann lassen Sie die Katze mal aus dem Sack.«

Jonas sah zu Kempfer und Schätzele hinüber, die ihm neugierig entgegenblickten. »Also … Es ist so«, begann er behutsam. »Gotthold Enschütz hat mir mit seinem Testament einen Brief hinterlassen. Darin formuliert er ein Vermächtnis. Und dieses Vermächtnis lässt darauf schließen, dass die Ursache für seinen Tod nicht in der Gegenwart liegt, sondern mehrere Jahrhunderte in der Vergangenheit.«

Er verharrte kurz, dann fasste er für die beiden Polizisten zusammen, von welchem Geheimnis er in Gottholds Brief erfahren hatte und wie er anschließend mit Fenja auf den Artikel aus Jena gestoßen war. Er berichtete von seinem Besuch bei Moritz Stölzel und erklärte, dass der Ahnenforscher Gottholds Verwandtschaft mit Lorenz Enschütz bestätigt hatte. Und dass auch Volker Rudloff, das andere Mordopfer, zu den Nachkommen des Studenten aus dem 17. Jahrhundert zählte.

Nachdem er geendet hatte, herrschte einen Moment lang Stille. Kempfer blickte unschlüssig zu Anne Vareel, während Schätzele mit verschränkten Armen und gesenktem Kopf auf seinem Stuhl saß und über das Gehörte nachzudenken schien.

»Danke, Jonas«, unterbrach die Kommissarin schließlich das Schweigen. Dann wandte sie sich an ihre beiden Kollegen. »Daniel, Marc – euer Eindruck von der Sache?«

Kempfer blies hörbar die Luft aus. »Das Herz der heiligen Elisabeth? Also, ich weiß nicht. Für mich klingt das wie verstaubter Kirchenkram. Und außerdem – kann das Teil nach so langer Zeit überhaupt noch existieren? Das müsste doch längst verwest sein.«

»Ich habe ein wenig recherchiert. Es gibt noch eine Reihe anderer Herzreliquien, die ähnlich alt sind«, entgegnete Jonas. »Demnach muss man damals schon einen Weg gefunden haben, menschliches Gewebe zu konservieren. Wie genau, da müsste man mal einen Experten fragen. Ich halte es jedoch durchaus für möglich, dass Elisabeths Herz bis heute überdauert hat.«

»Aber warum sollte jemand deswegen morden?«

»Weil diese Reliquie, wenn sie gefunden wird, einen unglaublichen Wert besitzt. Elisabeth ist eine Nationalheilige. Ihr Herz wäre ein einmaliger Schatz.«

»Finanziell, meinen Sie?«

»Das auf jeden Fall. Ich bin mir sicher, dass es Leute gibt, die dafür einen Haufen Geld bezahlen würden. Aber das Herz hätte auch einen enormen spirituellen Wert.« Jonas hob die Hände. »Es gibt mehrere Motive, die man sich für einen Täter vorstellen kann. Habgier. Oder auch fanatischen Glauben …«

»Na, prost Mahlzeit!« Kempfer schnaufte. »Wenn das alles so stimmt, dann stellt es unsere bisherige Ermittlung komplett auf den Kopf.«

Anne Vareel nickte. »Davon müssen wir ausgehen.«

»Das ist echt verrückt«, meinte Schätzele. »Und der Typ mit den Ahnen ist zuverlässig? Dieser Moritz Stölzel?«

»Ja«, antwortete Jonas. »Er ist ein Schlitzohr, aber seine fachliche Kompetenz steht außer Frage. Wenn er sagt, dass Gotthold, Rudloff und die drei anderen direkte Nachkommen von Lorenz Enschütz sind, dann ist das auch so.«

»Somit haben wir eine Verbindung zwischen unseren zwei Mordopfern«, warf die Kommissarin ein. »Auch wenn sich Gotthold Enschütz und Volker Rudloff wahrscheinlich persönlich nicht kannten. Zumindest weist bisher nichts darauf hin. Das haben wir überprüft.«

»Dann wussten sie vermutlich auch nicht, dass sie einen gemeinsamen Vorfahren haben«, bemerkte Kempfer.

»Vermutlich nicht.« Die Kommissarin schüttelte den Kopf.

»Jonas, können wir die Namen bitte noch mal haben? Von den restlichen Nachkommen?«, bat Schätzele.

»Klar.« Jonas griff in seine Umhängetasche, die neben ihm an einem Tischbein lehnte, und zog einen Computerausdruck heraus. Stölzel hatte Wort gehalten und ihm die Liste von Lorenz Enschütz' Nachfahren gleich gestern Nachmittag per E-Mail zukommen lassen. Bevor er sie weiterreichte, warf Jonas noch einmal einen Blick darauf.

*Gotthold Enschütz, Erfurt*
*Franziska Enschütz, Apolda*
*Rüdiger Benradt, Erfurt*

*Irma Haberland, Seelingstädt*
*Volker Rudloff, Jena*

Fünf Menschen mit einem Ahnen, dessen Schatten aus einer fernen Vergangenheit bis in die Gegenwart reichte. »Ich hoffe, die anderen auf der Liste sind nicht auch in Gefahr«, sagte Jonas und schob den Papierbogen zu Schätzele hinüber.

»Bisher sind uns keine verdächtigen Meldungen bekannt, aber wir werden die drei auf jeden Fall kontaktieren.« Schätzele studierte den Ausdruck. »Erfurt, Apolda, Seelingstädt. Alles Thüringen. Das sollte kein Problem sein.«

»Lasst uns das mal kurz rekapitulieren«, schaltete sich Kempfer ein. »Wir folgen jetzt also der Annahme, dass diese ominöse Elisabeth-Reliquie der wahre Grund für die Ermordung von Volker Rudloff und Gotthold Enschütz ist? Sehe ich das richtig?« Er schielte zu Anne Vareel hinüber.

»Es ist eine Arbeitshypothese«, antwortete sie. »Nicht mehr und nicht weniger. Legen wir diese einmal zugrunde, dann hat sich die Sache folgendermaßen abgespielt: Der Täter liest den Artikel über den Jenaer Studenten und das Herz von Elisabeth. Er geht davon aus, dass es sich um das echte Herz der Heiligen handelt und dass die wertvolle Reliquie im Besitz der Familie Enschütz verblieben ist. Eine Reliquie, die er unbedingt haben will. Also beauftragt er den Ahnenforscher Moritz Stölzel, die Nachkommen des damaligen Studenten zu ermitteln. Im Ergebnis erhält er eine Liste mit fünf Namen. Da er nicht weiß, in welcher Linie der Familie das Herz weitervererbt wurde, sucht er die potenziellen Besitzer nacheinander auf und befragt sie gewaltsam nach dessen Verbleib.«

Anne Vareel deutete auf den Computerausdruck, der vor Schätzele auf dem Tisch lag. »Er beginnt mit Volker Rudloff, vielleicht, weil der in Jena lebt, wo sein Vorfahr studiert hat. Aber Rudloff ist ahnungslos und stirbt umsonst. Bei Opfer Nummer zwei hat der Täter Erfolg. Gotthold Enschütz gesteht unter Schmerzen, dass er der Erbe des Herzens ist. Aber der

Angreifer erlebt eine böse Überraschung. Gotthold weiß nicht, wo sich das gute Stück befindet, denn dieses Wissen wurde nicht mitvererbt. Der Mörder erbeutet nur die Silbertafel mit einem Rätsel, das den Weg zu dem Versteck der Reliquie weist. Die Frage wäre jetzt – wie geht er damit um?«

Anne Vareel lehnte sich wieder zurück. Für einen Moment sagte niemand etwas.

»Jonas, Sie kennen den Rätseltext doch auch, aus diesem Brief, den Ihnen Gotthold Enschütz hinterlassen hat«, meinte Schätzele dann. »Glauben Sie, dass der Täter das Herz damit aufspüren könnte?«

»Das ist schwer zu sagen.« Jonas zuckte mit den Schultern. »Der lateinische Vierzeiler ist in einer weit zurückliegenden Epoche entstanden. Inzwischen haben sich viele Dinge verändert. Denkweisen, Bezeichnungen, örtliche Gegebenheiten. Man müsste sich sehr gründlich mit der Zeit beschäftigen, aus der das Rätsel stammt. Und hoffen, dass man die Hinweise von damals in die Gegenwart übersetzen kann.«

»Also keine einfache Angelegenheit.«

»Nein, keinesfalls. Dafür benötigt man Erfahrung mit historischen Recherchen. Und einen langen Atem.«

»Können Sie sich vorstellen, dass jemand von den verbliebenen Nachkommen dieses Studenten ebenfalls etwas von der Reliquie weiß? Oder vielleicht sogar ergänzende Instruktionen besitzt, um das Rätsel lösen zu können?«, erkundigte sich Kempfer.

»Das glaube ich nicht.« Jonas schüttelte den Kopf. »So, wie Gottholds Vermächtnis formuliert ist, gibt es keine weiteren Eingeweihten.«

»Fragt sich, ob der Täter das genauso sieht. Er kennt diesen Brief nicht«, warf Schätzele ein. Auf seiner Miene erschien ein sorgenvoller Zug. »Jedenfalls wäre es angeraten, die Leute auf Stölzels Liste zu warnen. Sicher ist sicher.«

Anne Vareel machte sich eine Notiz in ihr Ringbuch und hob den Blick. »Dann kommen wir jetzt zur Quizfrage des Tages: Wer ist der Auftraggeber von Moritz Stölzel?«

»Dazu sollten wir ihn schnellstens vernehmen«, meinte Kempfer.

»Das wird nicht nötig sein.« Jonas hatte sich das Sahnehäubchen seines Berichts bis zum Schluss aufgehoben. »Der Auftraggeber ist ein Mann namens Leonhardt Cordes.«

»Jonas, Sie überraschen mich immer wieder.« Die Kommissarin schien beeindruckt. »Hat Ihnen Stölzel das verraten?«

»Nicht direkt.« In Jonas' Augen blitzte eine Spur von Stolz auf. »Ich habe den Namen in seiner Computerdatei entdeckt.«

»Entdeckt?« Schätzele grinste.

»Sagen wir, ich habe einen glücklichen Moment genutzt«, erwiderte Jonas, wobei er sich selbst ein Schmunzeln nicht verkneifen konnte.

»Und wer ist dieser Leonhardt Cordes?«, fragte Kempfer.

»Ich weiß, wer er bis vor vier Jahren war«, antwortete Jonas. »Der Besitzer einer Privatbank, Bankhaus Cordes in München. Ein hartgesottener Finanzier. Aber dann hat er sich plötzlich von allen Geschäften zurückgezogen und die Bank verkauft. Warum, kann ich nicht sagen.«

Kempfer hob die Augenbrauen. »Woher haben Sie diese Information?«

»Aus dem Internet. Ich habe gestern Abend noch ein bisschen gegoogelt. Leider gibt es nichts darüber, was Cordes heute macht. Er ist komplett abgetaucht. Zumindest im Netz.«

»Mit dem Herrn sollten wir uns mal näher beschäftigen.« Anne Vareel machte sich einige weitere Notizen in ihr Ringbuch.

»Das heißt, Enrico Fankhänel ist raus?«, erkundigte sich Kempfer.

Die Kommissarin legte den Kugelschreiber zur Seite. »Zumindest gibt es jetzt eine mögliche Alternative, die seine Version der Ereignisse stützen würde. Nämlich, dass Gotthold Enschütz schon tot war, als Fankhänel bei ihm eingestiegen ist«, sagte sie. »Abgesehen davon läuft uns der Mann nicht weg. Wegen der Einbruchsserie bleibt er auf jeden Fall in Haft.«

»Aber dieser Cordes ist unser neuer Hauptverdächtiger?« Kempfer sah zwischen Anne Vareel und seinem blonden Kollegen hin und her.

Schätzele wiegte den Kopf. »Ich finde, damit sollten wir noch vorsichtig sein. Dass er die Nachkommen dieses Jenaer Studenten recherchieren ließ, macht ihn nicht automatisch zu einem Mörder.«

»Das stimmt natürlich«, räumte die Kommissarin ein. »Doch wir dürfen ihm getrost ein solides Interesse an der Reliquie unterstellen.«

»Zweifellos.« Schätzele streckte sich. »Dann schauen wir mal, wo wir Cordes auftreiben können.«

»Ja. Und das möglichst schnell.« Anne Vareel schlug ihr Ringbuch zu. Einen Moment lang schwieg die Kommissarin. Dann sagte sie: »Da wäre noch etwas. Etwas Wichtiges. Bislang speist sich unsere neue Hypothese lediglich aus einer Kette von Schlussfolgerungen. Plausibel, aber ohne wirklichen Beweis. Unsere ganze Theorie ist keinen Pfifferling wert, wenn wir sie nicht belegen können.« Sie nahm Jonas in den Blick. »Und zwar mit dem Gegenstand, um den sich dabei alles dreht.«

»Das Herz der Elisabeth.« Jonas atmete tief durch.

»Jawohl. Was Ihr Freund Gotthold und Volker Rudloff erleiden mussten – mittlerweile bin ich ebenso wie Sie davon überzeugt, dass die Reliquie der Schlüssel dazu ist.« Anne Vareels Stimme bekam einen eindringlichen Klang. »Und deshalb, Jonas, möchte ich, dass Sie wieder in unser Team kommen. Als historischer Berater. Tun Sie das, was Sie am besten können: Ermitteln Sie in der Vergangenheit. Lösen Sie das Rätsel. Und finden Sie dieses Herz!«

# 10

»Du sollst wieder für das LKA arbeiten?« Fenja blickte Jonas überrascht an. »Sie möchten, dass du für sie das Versteck von Elisabeths Herz ausfindig machst?«

»So sieht's aus.« Jonas stand vor dem Wohnzimmertisch, wo Fenja hinter ihrem Laptop saß und an einer geologischen Statistik arbeitete. Doch nachdem er ihr gerade das Ergebnis seines Besuchs im Landeskriminalamt mitgeteilt hatte, schienen Computer und Aufgabe für einen Moment vergessen.

»Das heißt, Anne Vareel hat dir plötzlich geglaubt?«, hakte sie nach. »Sie ist inzwischen auch überzeugt, dass Gottholds Ermordung mit seinem Vermächtnis zusammenhängt?«

»Ja. Und auch der Mord an diesem Handwerker aus Jena. Die Ergebnisse von Moritz Stölzel haben den Ausschlag gegeben. Zumindest zieht sie die Möglichkeit ernsthaft in Erwägung. Sie will die Ermittlungen jetzt darauf konzentrieren.« Jonas räusperte sich. »Und ich soll ihr den ultimativen Beleg dafür liefern. Indem ich ihr die Reliquie verschaffe.«

»Dann willst du das Geheimnis also endgültig lüften?«

»Ich hätte mir gewünscht, dass die Dinge anders laufen. Aber wenn wir Gottholds Tod aufklären wollen, bleibt nur dieser Weg.«

»Falls es überhaupt gelingt, das Herz zu finden. Du hast das der Kommissarin doch hoffentlich nicht versprochen?«

»Nein, natürlich nicht.«

»Jonas, ich kenne dich doch.«

»Ich habe ihr nur gesagt, dass ich mich bemühen werde.« Er hüstelte. »Ich befürchte allerdings, sie verlässt sich trotzdem darauf, dass ich es hinbekomme.«

»Puh.« Fenja lehnte sich zurück. »Das ist echt ein verzwickter Auftrag.«

»Ein Herz, dessen Versteck wir nicht kennen. Ein Rätsel, das wir nicht verstehen. Und ein Schlüssel, von dem wir nicht wissen, zu welchem Schloss er passt. Die besten Voraussetzungen für ein geniales Abenteuer.« Jonas hielt den Kopf schräg und grinste. »Weißt du noch, wer das gesagt hat?«

»Erwischt.« Fenja musste lachen.

»Siehst du? Dann lass uns die Sache gemeinsam angehen. Ich bin überzeugt, wir finden das Versteck.«

»Jonas, so gerne ich dabei sein würde, ich schaffe das nicht.« Fenja deutete auf ihren aufgeklappten Laptop, und ihre Miene verzog sich schmerzlich. »Da ist dieses neue Projekt unserer Institutsleitung. Ich muss in den nächsten drei Wochen ein riesiges Paket von Geodaten auswerten. Das heißt, unzählige Einzelpositionen sichten und beurteilen und dann daraus ein komplexes Gesamtbild erstellen. Ich weiß jetzt schon nicht mehr, wo mir der Kopf steht.«

»Ich werde keinen Erfolg haben, wenn du mir nicht wenigstens ein bisschen bei der Suche hilfst.« Jonas setzte ein herausforderndes Lächeln auf. »Du weißt doch, ohne dich bin ich nur ein lahmer Einäugiger. Ich brauche dich.«

Auch wenn er seine Bemerkung schelmisch verpackt hatte, meinte er sie vollkommen ernst. Als Historiker besaß er ein ausgeprägtes Talent dafür, aus düsteren Archiven und verstaubten Akten längst vergessene Lebensgeschichten wiederzuerwecken. Eine Gabe, die ihm schon oft geholfen hatte, Geschehnisse zu rekonstruieren, die seit Jahrhunderten im Dunkel der Geschichte ruhten. Fenja mit ihrem frischen und kritischen Geist war die unvoreingenommene Stimme der Gegenwart. Die perfekte Sparringspartnerin, um seine Gedankenschlüsse auf Ungereimtheiten abzuklopfen. Außerdem liebte sie es, in alten Gemäuern und wilden Landschaften auf Exkursion zu gehen. Jonas genoss jede ihrer gemeinsamen Unternehmungen. Zu zweit waren sie ein unschlagbares Team, fand er, und die Vergangenheit hatte schon mehr als einmal bewiesen, dass diese Einschätzung zutraf.

»Lass uns diesem Rätsel zusammen auf die Pelle rücken«,

versuchte er es noch einmal. »Ich garantiere auch dafür, dass es nicht so langweilig wird wie deine Geodaten.«

»Geodaten sind nicht langweilig. Ist nur ein bisschen viel Arbeit zurzeit.«

»Aber was ist das gegen das Herz einer Heiligen?«

Fenja musste schmunzeln, und Jonas war sich sicher, in ihren Augen ein unternehmungslustiges Blitzen wahrgenommen zu haben.

»Also? Wie sieht's aus? Bist du dabei?«, schob er nach.

»Na ja.« Fenja hob kapitulierend die Arme. »Ich kann mir zumindest einmal anhören, was du jetzt vorhast.«

»Prima. Dann auf in den Schrank!«

Gemeinsam verließen sie die Wohnung, stiegen die schmale Treppe hinunter und schlüpften hinaus auf die belebte Gasse der Krämerbrücke. Nur wenige Meter von der Haustür entfernt befand sich der Eingang zu Gottholds ehemaligem Laden. Jetzt prangte hier ein Schild mit den Worten »DETEKTEI WIESENBURG – HISTORISCHE ERMITTLUNGEN«.

Jonas schloss die Tür auf, und sie betraten den Empfangsraum. Vor der Eröffnung der Geschichts-Detektei hatten sie das Zimmer in ungezählten Arbeitsstunden hergerichtet. Seither verstrahlten freigelegte Fachwerkbalken, natürlicher Lehmputz und große Fotorahmen mit Abbildungen romantischer Burgen den dezenten Charme vergangener Zeiten.

Die hintere Wand nahm ein antiker Vitrinenschrank ein, der mit Büchern über Thüringen gefüllt war. Auf diesen Schrank gingen Jonas und Fenja jetzt zu. Ein erwartungsfrohes Leuchten huschte über Jonas' Gesicht, als er seinen Arm hob und den Finger auf eine Rosette an der Holzverkleidung des mondänen Möbels presste. Kaum hatte er die geschnitzte Blüte ein Stück nach hinten gedrückt, ertönte ein metallisches Rattern. Dann teilte sich die Vitrine wie von Geisterhand in zwei Hälften, die langsam nach links und rechts auseinanderglitten und den Durchgang zu einem weiteren Raum freigaben.

Wie jedes Mal, wenn er den verborgenen Mechanismus aktivierte, genoss Jonas den Moment. Die Geheimtür hatte er aus einem alten Gutshaus übernommen und hier einbauen lassen. Eigentlich war sie nichts weiter als eine kleine Historikermarotte; eine Spielerei, die seiner Begeisterung für alles Altertümliche und Mysteriöse geschuldet war. Dennoch kam ihm der Schutz, den das getarnte Portal dem dahinterliegenden Zimmer bot, durchaus gelegen. Denn dort befand sich das Allerheiligste seiner Detektei: die Recherchezentrale. Der Raum, den Fenja und er untereinander nur den »Schrank« nannten.

»Nach Ihnen, verehrte Dame.« Jonas zwinkerte Fenja zu, und sie passierten den Durchgang. Im Gegensatz zu dem klar gestalteten Empfangsraum herrschte in dem Arbeitsraum ein produktives Chaos. In Regalen und auf Fachwerkbalken drängten sich Nachschlagewerke und antike Folianten, die Wände waren mit Skizzen und alten Landkarten vollgehängt, und auf dem Boden stapelten sich Kästen voller vergilbter Dokumente. Selbst die Sitzflächen der drei englischen Ledersessel waren mit Packen altertümlicher Handschriften belegt.

Schon mehr als einmal hatte Fenja grinsend angemerkt, dass es Jonas' Rechercheraum locker mit dem Studierzimmer von Dr. Faust aufnehmen könne. Jonas hatte das stets als Kompliment genommen und die augenzwinkernde Kritik an der überbordenden Materialflut geflissentlich ignoriert. Denn allem hier wohnte eine Ordnung inne, auch wenn sie für Außenstehende nicht gleich ersichtlich war. Jedenfalls hatte Jonas noch nie länger als zehn Minuten nach etwas suchen müssen.

»Räum dir einen Sessel frei«, sagte er jetzt und ließ sich auf dem Drehschemel nieder, der vor seinem Arbeitstisch stand. Auf der breiten Holzplatte reihten sich ein Computer, ein Flachbettscanner und ein Laserdrucker aneinander – die einzigen Objekte im Raum, die nicht aus der Zeit gefallen schienen.

Während sich im Hintergrund die Geheimtür mit einem metallischen Rasseln wieder schloss, fuhr Jonas den Rechner hoch und rief einen neuen Projektordner auf. Er hatte sich angewöhnt, bei jedem seiner Aufträge eine elektronische Fallakte anzulegen, in der er alle Rechercheergebnisse sammelte. So konnte er Texte, Fotos und Gedankennotizen unkompliziert mit Querverweisen versehen und später leichter Zusammenhänge erkennen.

Als Erstes suchte er Gottholds Brief heraus und übertrug den lateinischen Originaltext des Rätsels in die Datei. Dann fügte er die deutsche Übersetzung hinzu. Als er fertig war, ließ er seine Augen noch einmal über die Zeilen wandern.

*Wo auf Felsen die Liebe erblüht*
*und der Weg aus Leid geboren,*
*ruht das Geheimnis des wahren Herzens*
*gefangen im Körper eines Riesen.*

»Wirklich nicht gerade viel, was wir da haben«, sagte er und drehte sich zu Fenja um. »Du hast völlig recht. Das ist eine ziemlich verzwickte Kiste.«

Fenja, die es sich inzwischen in einem der Sessel bequem gemacht hatte, nickte langsam. »Und wie willst du die Sache angehen?«, fragte sie.

»Ich denke, es hat wenig Sinn, einfach ins Blaue hinein zu raten. Zuerst sollten wir mehr darüber herausbekommen, wie das Rätsel überhaupt entstanden ist. Wenn wir die Hintergründe kennen, kommen wir vielleicht eher darauf, was die einzelnen Zeilen meinen könnten.«

»Also geht es um diesen Studenten aus Jena. Lorenz Enschütz.«

»Ja. Laut dem Online-Artikel hat er damals das Herz von Elisabeth in Obhut genommen und verborgen. Wahrscheinlich war er es, der sich das Rätsel hat einfallen lassen. Ich würde gerne wissen, wer er war und was aus ihm geworden ist. Bisher kennen wir nur seinen Namen, und wir wissen, dass er 1670 an der Jenaer Universität studiert hat. Höchstwahrscheinlich Medizin, denn die damaligen Ereignisse sollen sich in den Räumen der Anatomie abgespielt haben. Und der Professor, der den Brief an den Rektor verfasst hat, war Mediziner.«

»Klingt logisch.«

»Schauen wir mal, ob das Netz etwas über Lorenz Enschütz weiß.« Jonas tippte den Namen des Studenten in das Eingabefeld einer Suchmaschine. Dann drückte die Entertaste. Auf dem Bildschirm erschien nur ein einziger Eintrag. »Leider Fehlanzeige«, erklärte er. »Den Artikel kennen wir schon. Und mehr gibt's nicht.«

»Das fängt ja gut an.« Fenja runzelte die Stirn.

»Es wäre zu schön gewesen. Aber anscheinend ist er nie berühmt geworden. Jedenfalls nicht so sehr, dass sein Name überdauert hätte.« Jonas zuckte die Schultern. »Das ist Pech. Aber einen Versuch war es wert.«

»Und was ist mit dem Professor? Diesem Rolfinck?«, erkundigte sich Fenja. »Vielleicht findet sich wenigstens etwas über den.«

»Warte, ich schau gleich mal nach.« Jonas schrieb den Namen in die Eingabezeile und startete die Suche erneut. Diesmal füllte sich der komplette Monitor. »Über den Prof gibt es Etliches«, gab Jonas bekannt und überflog die Suchergebnisse. »Er hat ab 1629 in Jena gelehrt. Anatomie, Chirurgie, Botanik und Chemie. Scheint eine echte Koryphäe gewesen zu sein. Er war berühmt für seine Leichensektionen. Beziehungsweise berüchtigt. Die Leute fanden unheimlich, was er tat, und sie hatten Angst vor ihm.«

»Das wundert mich überhaupt nicht.« Fenja zog die Schultern zusammen. »Bei dem Gedanken, tote Menschen aufzuschneiden, bekomme ich sofort Gänsehaut. Für die Leute im 17. Jahrhundert muss es das pure Hexenwerk gewesen sein.«

»Wenn man den Einträgen hier glauben darf, hat er damit die Wissenschaft hierzulande ziemlich vorangebracht. Die Kenntnis über den menschlichen Körper. Er war einer der Vorreiter für die moderne Anatomie.«

»Und das in unserem beschaulichen Thüringen.«

»Ja. Verrückt, worauf man so stößt.« Jonas scrollte durch die Texte und kopierte die wichtigsten biografischen Daten des Professors in seine Recherchedatei.

»Dann haben wir jetzt also einen nahezu unbekannten Studenten. Einen berühmten Professor. Und diesen Artikel, nach dem die beiden im Jahre 1670 gemeinsam irgendetwas vertuscht haben, was mit Elisabeths Herz zu tun hat.« Fenja sah Jonas an. »Aber was damals genau passiert ist, davon haben wir immer noch keine Ahnung. Und über das Rätsel wissen wir auch nicht mehr.«

»Der Artikel war nur eine Zusammenfassung des Schreibens, das Rolfinck damals an seinen Rektor geschickt hat. Es wäre interessant, das Original zu lesen.«

»Wie hieß der Typ noch mal, der es im Uni-Archiv entdeckt hat?«

»Dr. Kobler. Von der Medizinischen Fakultät.« Jonas rief die Seite der Jenaer Universität auf. Es dauerte nicht lange, dann hatte er den entsprechenden Eintrag gefunden. »Kobler ist der Leiter der Anatomischen Sammlung. Außerdem ist er Professor für Anatomie.« Er grinste. »Also quasi ein moderner Rolfinck.«

»Toller Job.« Fenja verzog das Gesicht. »Und diese Sammlung? Worum handelt es sich dabei genau?«

»Dort werden menschliche Präparate aufbewahrt. In einer Art Ausstellung. Für die Ausbildung von Medizinstudenten.« Jonas warf einen Blick auf den Bildschirm. »An einzelnen Tagen ist sie sogar öffentlich zugänglich.«

»Nichts für mich.«

»Aber ich werde mir die Sache einmal anschauen.« Jonas sah auf seine Uhr. »Kurz vor halb drei. Ich könnte in der Fakultät anrufen. Vielleicht ist Kobler bereit, mich an einem der nächsten Tage zu empfangen.«

»Du willst dir Leichen ansehen?«

»Vorrangig geht es mir um das Rolfinck-Dokument. Und um das, was 1670 passiert ist.« Jonas hob die Schultern. »Aber es kann nichts schaden, noch etwas mehr über Anatomie zu wissen. Und vielleicht bringe ich sogar noch etwas über Lorenz Enschütz in Erfahrung.« Er nickte Fenja aufmunternd zu. »Möchtest du nicht doch mitkommen?«

»Selbst wenn ich wollte: Meine Geodaten sortieren sich nicht alleine.« Fenja richtete sich im Sessel auf. »Wo wir gerade dabei sind – ich muss wieder nach oben und weitermachen.« Sie erhob sich und drückte Jonas einen Kuss auf die Stirn. »Wenn wir auch noch nicht sehr weit gekommen sind, zumindest hast du jetzt einen Plan. Mach nicht mehr so lange. Wir sehen uns nachher.« Dann öffnete sie die Geheimtür und verschwand aus dem Recherchezimmer.

Jonas suchte sich die Telefonnummer von Dr. Koblers Vorzimmer heraus, dann rief er an und schilderte sein Anliegen. Nach zehn Minuten meldete sich die Sekretärin zurück. Kobler war bereit, ihn zu empfangen. Am kommenden Dienstag um zehn Uhr. In den Räumen der Anatomischen Sammlung.

Mit einem Anflug von Aufregung blickte Jonas auf Gottholds Brief, der noch immer neben der Tastatur des Computers lag. Er würde den Spuren des Vermächtnisses folgen. Dorthin, wo 1670 alles begonnen hatte.

## 11

*Jena, April 1670*

Caroline trat vor den kleinen Spiegel an der Wand ihrer Kammer. Ihre Finger zitterten ein wenig, als sie ihre welligen braunen Haare im Nacken zusammenraffte und mit einer einfachen Holzbrosche feststeckte. Erschrocken stellte sie fest, dass ihre Wangen und ihr Hals unnatürlich gerötet waren. Die Aufregung vor dem bevorstehenden Stelldichein stand ihr förmlich ins Gesicht geschrieben. Du musst dich beruhigen, ermahnte sie sich stumm. Und zwar schnell. Sonst werden dich alle auslachen.

Sie trat einen Schritt zurück und ließ die Augen prüfend über das Kleid wandern, das ihren schlanken Körper umhüllte. Es war das einzige, das sie besaß. Am Kragen war es mit einem Bündchen und zwei kleinen aufgestickten Blumen geschmückt. Darüber hinaus ließ der ungefärbte Leinenstoff jeden aufwendigen Zierrat vermissen. Trotzdem mochte sie das Kleid sehr, denn es hob sich wenigstens ein bisschen von der zweckmäßigen Strenge ihrer Mägdekittel ab. Normalerweise trug sie es nur während der Gottesdienste in der Kollegienkirche, zu denen sie Familie Rolfinck gelegentlich begleitete. Heute jedoch hatte sie sich nicht für Gott oder die Universitätsgemeinde herausgeputzt, sondern einzig und allein für Lorenz, den Studenten aus der Medizinischen Fakultät. Ihren Beschützer vor den aufdringlichen Zechbrüdern – und, wenn sie den gefühlvollen Worten in seiner Briefbotschaft glauben durfte, ihren heimlichen Verehrer.

Die Nachricht, die die kleine Maria gestern unter der Haustür gefunden hatte, war Caroline nicht mehr aus dem Kopf gegangen und hatte ihr eine unruhige Nacht beschert. Schon mit der ersten Morgendämmerung war sie vollkommen munter gewesen. Seither verspürte sie in ihrem Inneren ein erwartungsvolles Kribbeln. Lorenz wollte sie treffen. All seine bisherige

Zurückhaltung war nur seiner Lauterkeit und den Gepflogenheiten seines Standes geschuldet, das glaubte sie jetzt ganz sicher zu wissen. Nun würde er seine Gefühle für sie offenbaren.

»Caroline, du verliebtes Huhn, träum nicht herum, sonst wirst du die Gelegenheit noch verpassen«, raunte sie ihrem Spiegelbild mit gespielter Strenge zu und zog das Schleifenbündchen an ihrem Kragen gerade. Dann warf sie sich den derben Straßenumhang über, der ihren Aufputz vor den Augen der Hausherrin und ihrer neugierigen Köchin Mathilde verbergen sollte, ergriff einen geflochtenen Henkelkorb und verließ die Kammer.

Ganz langsam schlich sie die Treppe hinab, in der Hoffnung, unbemerkt bis zur Haustür zu gelangen. Doch die hölzernen Stufen knarzten unter ihren Schritten, als wollten sie sich über ihre Heimlichtuerei lustig machen. Noch bevor sie die Tür erreicht hatte, erscholl Mathildes krähende Stimme aus der Küche.

»Caroline, bist du das?« Die alte Köchin erschien im Hausflur und schnaufte missmutig. »Wo willst du denn hin?«

»Die Kerzen gehen zur Neige, und von dem Zunder ist auch nicht mehr viel im Haus«, antwortete Caroline so gleichmütig wie möglich und hob den Henkelkorb in die Höhe. »Ich gehe flugs hinunter zum Markt und hole einen neuen Vorrat.«

»Soso.« Mathilde schob ihre graue Haube nach hinten und wischte sich mit dem Ärmel über die schwitzende Stirn. »Da kannst du auch gleich einen Laib Brot mitbringen. Aber achte darauf, dass er nicht zu dunkel gebacken ist. Oder schon hart geworden. Nicht dass die Herrschaft es am Ende mir ankreidet.«

»Mach ich, Mathilde. Sei unbesorgt.« Caroline schenkte der Köchin ein breites Lächeln, aber die Alte winkte nur barsch ab und schlurfte zurück in die Küche.

Sofia Rolfinck schien von dem Gespräch nichts mitbekommen zu haben, jedenfalls ließ sich die Frau des Professors nicht blicken. Gut so, dachte Caroline. Der Mediziner selbst war nicht im Hause; trotz der Blessur an seinem Kopf hielt er schon wieder eine Vorlesung in der Universität.

Jetzt konnte sie endlich aufbrechen. Es wurde auch allerhöchste Zeit, denn die Mittagsstunde nahte bereits und damit der ersehnte Moment, an dem Lorenz sie am Rathaus erwartete.

Gerade als sie die Haustür öffnen wollte, ertönte hinter ihr ein verschämtes Glucksen. Ruckartig fuhr sie herum. In einer Nische neben der Treppe stand Maria. In den Augen der Elfjährigen blitzte es schalkhaft auf. »Caroline, gehst du jetzt zu deinem Liebsten?«, erkundigte sie sich wispernd.

»Pst! Sei doch leise!«, zischte Caroline. »Schleichst du mir etwa nach?« Dann musste sie schmunzeln. »Außerdem, er ist nicht mein Liebster.«

»Nein?« Maria kicherte.

»Nein.« Caroline schüttelte den Kopf. »Aber wer weiß? Vielleicht wird er es ja.« Sie hob den Finger in die Höhe. »Denk an unsere Abmachung. Kein Wort zu irgendjemandem.«

»Kein Wort.« Maria presste die Lippen zusammen und legte zum Zeichen ihrer Verschwiegenheit beide Handflächen darauf.

Caroline zwinkerte ihr zu. »Ich bin bald zurück«, flüsterte sie. Dann drehte sie sich um, öffnete die schwere Haustür und schob sich hinaus ins Freie.

Das Haus der Rolfincks stand dicht an der Stadtmauer; die Gasse zwischen dem hoch aufragenden Schutzbau und der Hauswand war kaum mehr als fünf Fuß breit. Ein kühler Luftzug wehte durch die enge Flucht, und obwohl die Sonne schien, herrschte hier unten ein bläulicher Dämmer. Caroline raffte ihren Mantel zusammen und wandte sich nach rechts. Nach ein paar Schritten bog sie in eine weitere Gasse, die hinüber zur Stadtkirche führte. Sie umrundete das riesige Kirchenschiff und schlängelte sich durch die Verkaufsplätze der Töpfer, die auf dem Hof neben dem Gotteshaus ein Meer aus Schüsseln, Tellern, Bechern und Krügen ausgebreitet hatten und ihr irdenes Gut in einem sich immerzu wiederholenden Singsang anpriesen.

Caroline mochte diesen Ort, oft verweilte sie hier und schwelgte mit den Augen in dem bunten Gemisch aus Formen, farbigen Glasuren und liebevoll aufgemalten Mustern. Heute jedoch hatte sie für die Kunst der Töpfer keinen Sinn. Eilig hielt sie auf einen nur etwas mehr als schulterbreiten Gang zu, der zwischen zwei Fachwerkhäusern hindurchführte. Für einen Moment tauchte sie in die düstere Enge der Gemäuerschlucht ein, doch schon nach einer kurzen Strecke trat sie wieder hinaus, und jetzt umgab sie helles Sonnenlicht. Sie stand auf dem Jenaer Marktplatz. Das Geviert aus prächtigen Bürgerhäusern strahlte die erhabene Würde von Wohlstand und Bedeutsamkeit aus. Hier residierten die Herrschaften, die dank der Universität und ihrer Studentenströme zu Ansehen und Vermögen gelangt waren: Verleger, Buchdrucker, Tuchhändler und Apotheker.

Caroline blieb stehen und blickte nach rechts, wo sich ganz am Ende der Häuserreihe ein massiges Steingebäude erhob. Das Rathaus. Es besaß zwei Dächer, deren spitze Hauben wie wetteifernde Zwillinge in den Himmel strebten. An einem kleinen Giebelaufbau war das Ziffernblatt einer Uhr angebracht. Darüber ragte ein bemalter Holzkopf mit einer eselsohrigen Haube aus der Wand.

»Da ist ja der gute Hans«, murmelte Caroline. Unter dem derb geschnittenen Gesicht wollte Lorenz warten, so hatte es in seinem Brief gestanden.

Ihre Augen wanderten zu den Zeigern der Uhr. Der kleinere von beiden wies bereits auf die Zwölf. Der größere verharrte ein kleines Stück davor. Gleich musste er weiterrücken, und die Glocke würde zur Mittagsstunde schlagen.

Schleunig lief Caroline wieder los, den Blick immer auf ihr Ziel gerichtet. Jetzt muss ich wirklich schnell sein, dachte sie. Lorenz sollte nicht den Eindruck gewinnen, sie wäre eine säumige Person. Oder, noch schlimmer, sie hätte seine Bitte um ein Treffen ausgeschlagen. Was, wenn er gleich wieder ginge?

Wie jeden Tag war der Platz mit einer wuseligen Menschenmenge gefüllt. Caroline hatte Mühe, sich ihren Weg durch die Flut von Leibern zu bahnen, die ihr entgegenströmten, und gleichzeitig den Tischen und Wagen der Markthändler auszuweichen.

»Pass doch auf, du ungehobeltes Gesindeweib!«, rief ihr eine rotgesichtige Matrone hinterher, die sie versehentlich angestoßen hatte. Einen Moment später erhielt sie von einem hageren Burschen selbst einen derben Knuff. Doch sie ließ sich nicht beirren. Mit kleinen Tänzelschritten arbeitete sie sich immer weiter voran. Gerade als sie die Ecke des Rathauses erreichte, ertönte ein heller Glockenschlag, und alle um sie herum blickten nach oben. Unwillkürlich legte auch Caroline den Kopf in den Nacken und richtete ihre Aufmerksamkeit auf den geschnitzten Hans.

Angetrieben von einer verborgenen Mechanik, öffnete sich der breite Mund des Holzgesichts. Kaum war der Kiefer ganz heruntergeklappt, zeigte sich eine wulstige scharlachrote Zunge und versah das Publikum mit stummem Spott.

Ein belustigtes Raunen ging durch die Menge. Die Freude über das erwartbare Schauspiel schien allgegenwärtig. Es gab Hochrufe auf den Hans, und einige der Geschmähten schnitten selbst Grimassen und grüßten den Holzkopf mit nicht minder derben Zungen zurück.

Zwölfmal ertönte der Glockenschlag, und genauso oft zog Hans seine hämische Fratze. Danach klappte der Mund wieder zu, und der Kopf versank in Bewegungslosigkeit, als wäre nichts gewesen. Schon begann sich die Menge zu zerstreuen. Die Vorstellung war vorüber.

Caroline nahm den Umhang von ihren Schultern und ließ die schäbige Robe in ihrem Korb verschwinden. Mit schnellen Bewegungen zog sie den Stoff ihres Kleides glatt. Dann trat sie ein paar Schritte nach vorn, bis sie genau unter der Rathausuhr stand.

Sie sah sich um. Lorenz musste hier irgendwo sein. Noch hatte sie ihn nicht entdeckt. Unruhig wandte sie den Kopf hin und her. Der Platz unter der Uhr hatte sich inzwischen fast gänzlich geleert. Sie blickte in die Gesichter der Vorübereilenden, doch die ersehnten Züge fand sie nicht darunter.

Caroline bemühte sich, den in ihrem Inneren emporsteigenden Verdruss zu unterdrücken. Vielleicht hatte sich Lorenz nur ein wenig verspätet. Noch war nicht allzu viel Zeit verstrichen. Er würde sicher gleich kommen. So harrte sie aus. Drehte sich zu allen Seiten. Suchte den Platz vor der mächtigen Außenmauer des Rathauses wieder und wieder ab.

Aber ihr Hoffen war vergebens. Lorenz kam nicht. Sie blieb allein.

Enttäuscht senkte Caroline den Kopf. Hatte sich der Student eine Narretei mit ihr erlaubt? Hatte er deshalb die Stelle unter dem hölzernen Hans gewählt? Wollte er sie vorführen und kam gleich mit einem Pulk spottender Kommilitonen um die Ecke? Oder war sie ihm einfach nicht so wichtig, wie sie sich erhofft hatte? Konnte er ihr Stelldichein über seinen Studien einfach vergessen haben?

»Eine schöne junge Dame, und so allein«, ertönte plötzlich eine fremde Stimme ganz dicht hinter Carolines Rücken. Sie schrak so sehr zusammen, dass sie um ein Haar ihren Weidenkorb fallen gelassen hätte. Wer immer es war, der da gesprochen hatte – derjenige musste sich wie ein Geist an sie herangepirscht haben. Langsam drehte sie sich um und hob den Blick.

Vor ihr stand ein hochgewachsener Mann. Er mochte um die dreißig Jahre alt sein. Seine Augen leuchteten wach, und ein wohlgeschnittener Spitzbart verlieh seinem Antlitz einen selbstbewussten Ausdruck. Auf dem Kopf trug er einen schwarzen Hut mit buschiger Feder, und auch sein mit kostbaren Bordüren besetzter Mantel glänzte in einem seidigen Schwarz. Alles an dem Fremden verstrahlte eine würdevolle Eleganz.

»Verzeiht.« Der Mann wich ein Stück zurück, als wäre ihm Carolines Bedrängnis unangenehm. »Ich wollte Euch nicht erschrecken.« Auf seinem Gesicht erschien ein feines Lächeln. »Ich hoffe, Verehrteste, Ihr nehmt meine Entschuldigung an.«

Caroline atmete tief durch. Langsam kehrte ihre Sicherheit zurück. »Da ist nichts, worüber Ihr Euch Sorgen zu machen braucht, edler Herr«, entgegnete sie. »Im Übrigen müsst Ihr mich verwechseln. Ich bin keine Dame von Rang. Nur eine einfache Magd.«

»Nimmt Euch das von Verehrung aus?« Der Fremde neigte den Kopf. »Da wo ich herkomme, sind Geist und Anmut stets der Bewunderung wert, gleich, in welchem Stande sie erblühen.«

»Eure Worte sind sehr freundlich.« Caroline strich sich verlegen über das Kragenbündchen ihres Kleides. »Doch selbst wenn Ihr Anmut an mir findet, so wisst Ihr doch nichts über meinen Geist. Ihr kennt mich nicht, genauso wenig, wie ich Euch kenne.«

»Verzeiht mir noch ein letztes Mal. Wie unhöflich von mir, mich noch nicht vorgestellt zu haben.« Der Mann nahm seinen Hut ab und schwenkte ihn mit einer ausladenden Armbewegung durch die Luft. »Philipp zur Linden. Ein demütiger Junker aus Eisenach.« Er verbeugte sich, dann setzte er seine Kopfbedeckung zurück auf sein wallendes Haar.

»Caroline Dreissigacker.« Caroline deutete einen Knicks an. »Ich besorge den Haushalt eines Professors. Außerdem bin ich Dienstmagd in der Medizinischen Fakultät unserer Universität.«

»Die gute Seele der Alma Mater also.« Der Junker nickte anerkennend. »Wie interessant. Wo mich meine Reise doch gerade deshalb in Eure schöne Stadt geführt hat, um etwas über Eure berühmte Lehranstalt zu lernen. Schon lange blicke ich zu ihren großen Denkern und Erforschern auf. Sich der Mehrung des Wissens zu verschreiben, ist in meinen Augen ein Dienst von höchster Ehrhaftigkeit.«

Caroline musste schmunzeln. »Ich mache dort nur sauber«, sagte sie und streckte wie zum Bedauern die Hände nach oben. Trotzdem weckten die Worte des Junkers auch ein wenig Stolz in ihr.

»Eure Bescheidenheit ehrt Euch. Aber lasst uns nicht über die Mühsal der Arbeit sprechen.« Er deutete hinaus auf die Mitte des Marktplatzes, wo rings um den großen Brunnen herausgeputzte Stadtbürger und Studenten unter der wärmenden

Mittagssonne auf und ab flanierten. »Darf ich Euch auf einen Spaziergang einladen? Der Tag ist zu schön, um im Schatten des Ratsgemäuers zu darben.«

»Ich weiß nicht …« Mit einem Male erinnerte sich Caroline, weswegen sie eigentlich hierhergekommen war. Erschrocken sah sie sich um. Während sie mit dem Adelsmann gesprochen hatte, war ihr Lorenz vollkommen aus dem Sinn geraten. Nun hielt sie erneut Ausschau nach ihm, konnte den Studenten jedoch noch immer nirgendwo entdecken.

»Ihr seid nicht allein hier?«, fragte der Junker, dem ihr unsteter Blick offenbar nicht entgangen war. In seine Züge mischte sich eine Spur von Bedauern. »Ich wollte Euch nicht bedrängen. Ich wusste nicht, dass Ihr –«

»Ich bin allein«, unterbrach ihn Caroline schnell, und sie legte alle Entschlossenheit in ihre Stimme, die sie aufbringen konnte. Die Enttäuschung darüber, dass Lorenz sie nach seinem gefühlsheischenden Brief so schmählich versetzt hatte, mischte sich mit einem aufkeimenden Gefühl von Neugier. Wenn ihr das Schicksal nun schon so unversehens diesen Eisenacher Edelmann vor die Füße gespült hatte, dann sollte sie seine respektvolle Einladung nicht abweisen. Ein Spaziergang über den Markt würde sie auf andere Gedanken bringen, und vielleicht konnte sie auf diese Weise etwas mehr über den so ritterlichen Junker erfahren.

»Ich begleite Euch gern, mein Herr«, sagte sie und legte den Kopf schräg. »Für eine kurze Runde. Mehr will ich nicht versprechen.«

»Der Herr dankt.« Zur Linden blinzelte Caroline zu und reichte ihr den Arm. Sie hakte sich bei ihm ein, und gemeinsam spazierten sie zum Marktbrunnen hinüber. Überall scharwenzelten hier wohlhabende Studenten herum, deren aus kostbaren Stoffen gefertigte Barette, Wämser und Pluderhosen im Sonnenlicht leuchteten. Dazwischen trugen Ratsherren und Kaufleute ihre pelzbesetzten Roben zur Schau, und hübsch ausstaffierte Damen führten gestenreiche Gespräche.

An der Seite des Junkers umrundete Caroline den Brunnen. Sie genoss jeden Schritt. Im Gegensatz zu ihrer Ankunft auf dem Markt war ihr Weg nun ganz und gar unverstellt; die Menschen rempelten sie nicht an, sondern machten großzügig Platz und grüßten freundlich. Welche Wunder doch ein Begleiter in edlem Tuch wirkt, dachte Caroline belustigt, während sie sich bemühte, ihren derben Weidenkorb so gut wie möglich hinter ihrem Rücken zu verbergen. So, als gehöre er gar nicht zu ihr.

Überhaupt fühlte sie sich plötzlich erstaunlich leicht. Zum ersten Mal verstand sie, warum die Stadtbürger den Jenaer Markt gelegentlich als ihre »gute Stube« bezeichneten. Jetzt, wo sie nicht mit verstockten Händlern um den Preis von Reisigbesen oder Lampenöl feilschen musste, sondern wie eine Edelfrau durch die bunte Menge wandelte, war die Mühsal ihres sonst so arbeitsreichen Tagwerks wie weggeblasen.

Philipp zur Linden erwies sich als unterhaltsamer Begleiter. Er erzählte von Eisenach, von der Wartburg hoch über der Stadt und von den Adelsfamilien, in deren Kreisen er verkehrte. Seine gewitzte Sprache beeindruckte Caroline, und auch die Aufmerksamkeit, die er ihr widmete. Nach einer Weile jedoch wurde sie unruhig. Sie dachte an Mathilde, die gewiss schon auf das Brot wartete, und an ihre Hausherrin, die sich bei der Köchin womöglich bereits nach dem Verbleib ihres Hausmädchens erkundigt hatte. Die Ausflucht, Kerzen und Zunder zu kaufen, begründete kein allzu langes Fernbleiben.

So blieb Caroline stehen und löste behutsam ihren Arm von dem des Junkers. »Vergebt mir, Herr, doch nun muss unsere schöne Plauderei enden. Habt Dank für Euer Geleit. Aber für mich ist es an der Zeit, zu gehen. Meine Herrschaft erwartet mich zurück.«

»Der Dank ist ganz auf meiner Seite. Eure Gegenwart lässt diese Stadt erst in wahrem Glanze leuchten.« Zur Linden deutete eine Verbeugung an.

»Ihr wisst, wie Ihr einem Frauenzimmer schmeichelt«, gab

Caroline zurück. Dann setzte sie schmunzelnd hinzu: »Auch wenn es nur ein gewöhnliches Hausmädchen ist.«

»Von Geist und Anmut sprach ich bereits.« Der Junker lächelte zurück. »Und, Caroline, bitte nennt mich nicht mehr Herr. Mein Name ist Philipp. Zwischen uns sollte das genügen.«

»Ist diese Vertraulichkeit Euer Abschiedsgeschenk ... Philipp?«, erkundigte sich Caroline spöttelnd.

»Muss es denn ein Abschied sein?« Ein Anflug von Kümmernis huschte über das Gesicht des Adelsmannes.

»Ich kehre zurück zu meinen Besen und Waschzubern. Und Ihr in Euer herrschaftliches Eisenach.« Caroline hob die Schultern. »Das würde ich wohl einen Abschied nennen.«

»Ein paar Tage bin ich noch hier, um mich ein wenig umzutun. Die Universität, Ihr wisst ... Lasst uns dieses erbauliche Gespräch fortsetzen. Ihr würdet mir damit einen Gefallen erweisen. Ich bin sicher, Ihr könnt mir mehr über die Geheimnisse dieser Stadt und ihrer Alma Mater berichten als manche langweilige Gesellschaftsdame.« Er hob den Arm und wies quer über den Platz, wo sich die prächtig verzierte Fassade eines Gasthauses abzeichnete. »Ich logiere in der ›Sonne‹. An ihrer Pforte könnt Ihr mich treffen. Morgen, zur selben Stunde, wenn Ihr mögt.«

»Philipp, versteht mich nicht falsch. Ich möchte gern.« Ein schmerzlicher Ton mischte sich in Carolines Stimme. »Aber ich stehe in Diensten. Ich habe Zweifel, dass es mir gelingt, freien Ausgang zu erhalten.«

»Ich bin sicher, an Einfallsreichtum mangelt es Euch nicht.« Philipp legte seine rechte Hand an seine Brust und neigte sein Haupt. »Und mir nicht an Hoffnung. Fräulein Caroline, ich harre Eurer Gunst und Gegenwart.« Ohne eine Erwiderung abzuwarten, drehte er sich um und schritt davon. Kurz darauf hatte die Menge die schwarz gewandete Gestalt verschluckt.

»Lebt wohl, Herr Philipp«, sagte Caroline leise. Noch eine kurze Weile schaute sie in die Richtung, in der ihr unerwarteter Begleiter verschwunden war. Dann senkte sie ihren Blick auf den Korb in ihrer Hand. Auf den abgetragenen Straßenumhang, der darin lag. Sie zog ihn heraus und warf ihn sich um. Als ihr Kleid unter dem groben Stoff verschwunden war, fühlte sie sich, als wäre sie aus einem märchenhaften Traum erwacht. Zurückverwandelt in die wirkliche Caroline. Eine einfache Dienstmagd, die von einem Studenten, der ihr Hoffnungen gemacht hatte, enttäuscht worden war. Und die für einen Moment in eine Welt geschaut hatte, in die sie nicht gehörte.

Sie wandte sich um und eilte in den Bereich des Marktes, in dem die Straßenhändler ihre Waren anboten. Dort kaufte sie Brot, Kerzen und Zunder. Bevor sie den Platz verließ, blickte sie noch einmal zur gegenüberliegenden Seite des Gebäudegevierts hinüber, wo sich die beeindruckende Fassade des Gasthauses »Zur Sonne« erhob. Dort würde Junker Philipp morgen auf sie warten.

Ein aufwühlendes Gefühl ergriff von Caroline Besitz.

Was sollte sie tun?

## 12

*Gegenwart*

Die Morgensonne tauchte die Innenstadt Jenas in ein hartes, kühles Licht. Jonas sah auf die Zeitanzeige seines Smartphones. Kurz vor zehn Uhr. Ein paar Minuten blieben ihm noch bis zu seinem verabredeten Treffen mit Dr. Kobler. Er steckte das Gerät zurück in seine Jackentasche und überquerte den Teichgraben, eine belebte Straße, die von hoch aufragenden Platanen gesäumt war. Vor ihm lag das Collegium Jenense, der älteste Teil der berühmten Jenaer Universität. Der historische Gebäudekomplex mit seinen versteckten Höfen und Durchgängen nahm ein ganzes Straßenkarree ein. In dem ehrwürdigen Quartier war die Alma Mater 1558 gegründet worden. Einige Lehrräume der Medizinischen Fakultät befanden sich bis zum heutigen Tage hier. Auch das Institut für Anatomie, zu dem er jetzt unterwegs war.

Jonas hatte nicht nach dem Weg fragen müssen, um das Collegium finden. Er kannte sich aus in der Stadt. Schließlich war auch er hier einmal Student gewesen. Allerdings befand sich sein eigener Fachbereich, das Historische Institut, einige Straßenzüge entfernt. Hinter die Mauern der Anatomie hatte er nie geblickt.

Nun, das würde sich jetzt ändern, sinnierte er, während er sich dem Domizil der Mediziner näherte. Die Platanen warfen ein Muster aus ziselierten Blätterschatten auf die hohe weiße Fassade. Jonas folgte dem gepflasterten Gehweg bis zu einem altertümlichen Sandsteinportal. Der Schriftzug über der Tür zeigte ihm, dass er den richtigen Eingang gefunden hatte. »Anatomisches Institut«, stand dort in goldenen Lettern.

Links neben dem Portal ragte eine schlanke Edelstahlsäule aus dem Boden, an deren oberen Ende Jonas das Bedienfeld einer Wechselsprechanlage entdeckte. Er drückte auf den Klingelknopf für das Sekretariat.

»Sie wünschen, bitte?«, kam es metallisch verzerrt aus einem kleinen runden Lautsprecher.

»Mein Name ist Wiesenburg. Ich habe einen Termin bei Dr. Kobler«, erklärte Jonas in Richtung der Säule. »Wir sind in der Anatomischen Sammlung verabredet.«

»Warten Sie bitte im Foyer«, quäkte die Antwort aus dem Gerät. Dann ertönte das Rasseln eines automatischen Türöffners.

Schnell zog Jonas die Tür auf und trat ins Innere des Gebäudes. Kühle Luft schlug ihm entgegen. Er befand sich in einem großen Vestibül. Als Erstes fielen ihm drei große Marmortafeln ins Auge, die an der Wand befestigt waren und auf denen reihenweise Namen prangten. Persönlichkeiten, die hier einst gelehrt hatten, wie die Überschrift erläuterte. Ganz oben entdeckte Jonas einen Namen, den er kannte. *Werner Rolfinck.* Dazu zwei Jahreszahlen. 1629 und 1673. Die Spanne seines Wirkens.

»Na, machen Sie sich mit unseren Altvorderen vertraut?«, ertönte plötzlich eine Stimme vom anderen Ende der Vorhalle.

Jonas drehte sich um. Ein kleiner, sehniger Mann kam auf ihn zugewieselt. Er mochte an die sechzig Jahre alt sein. Sein kreisrunder Kopf wurde von zwei schlohweißen Haarbüscheln flankiert. Aus dem Kragenausschnitt seines makellosen weißen Kittels leuchtete eine rote Fliege hervor.

»Ich, äh …«, begann Jonas etwas verdutzt. Der Auftritt hatte ihn überrascht.

»Der Historiker, nehme ich an«, meinte der Mann gut gelaunt und reichte Jonas die Hand. »Guten Morgen. Ich bin Dr. Kobler. Professor für Anatomie.«

»Wiesenburg. Hallo. Schön, dass es so schnell geklappt hat«, entgegnete Jonas, der sich schnell wieder in Griff hatte, und schlug ein.

Kobler neigte den Kopf zur Seite und musterte Jonas einen Moment lang. Dann sagte er: »Sie müssen entschuldigen. Ich habe einen älteren Herrn erwartet. ›Historiker‹ klingt immer so … historisch.« Ein schelmisches Grinsen huschte über sein Gesicht. »Und nun steht ein junger Bub vor mir. Sehr schön. Das Leben ist immer wieder überraschend.« Er zwinkerte vergnügt. »Genauso wie der Tod.«

Jonas fand den Mann auf Anhieb sympathisch. Er erinnerte sich daran, dass er einmal gehört hatte, Anatomen und Pathologen seien selten so schwermütig, wie ihr Handwerk vermuten ließ, sondern besäßen eine besondere Art von Humor. Zumindest auf Dr. Kobler schien das zuzutreffen.

»Aber nun zu Ihrem Anliegen«, sagte der Anatomieprofessor. »Sie möchten Erkundigungen für das Landeskriminalamt einziehen, hat mir meine Sekretärin gesagt. Warum interessiert sich denn die Polizei für unser Institut?«

»Es geht um diesen Online-Artikel vom letzten Jahr. Über das Herz der Elisabeth.«

»Ah, diese Sache. Verstehe. Und was ist daran so spannend? Ich meine, für die Polizei? Der Fall, der dort verhandelt wird, ist über dreihundertfünfzig Jahre alt.« Kobler griente spitzbübisch. »Schon ein wenig verjährt, möchte man meinen.«

»Der Artikel ist dem LKA im Zusammenhang mit einer aktuellen Untersuchung untergekommen. Allerdings nur ganz am Rande.« Jonas hatte sich vorgenommen, so wenig wie möglich Details über den Fall preiszugeben. So war es auch mit Kommissarin Vareel besprochen. »Es geht lediglich um ein paar geschichtliche Hintergrundinformationen. Nichts Spektakuläres«, erklärte er. Dann lächelte er und ergänzte: »Deswegen haben sie auch mich geschickt. Und nicht die Kavallerie.«

»Na, da schauen wir doch mal, wie wir beide den Ordnungshütern helfen können.« Kobler holte einen Schlüssel aus der Brusttasche seines Kittels und hielt ihn in die Höhe. »Waren Sie schon einmal in unserer Sammlung?«

»Nein. Bisher noch nicht.«

»Dann wird es Zeit. Kommen Sie.«

Er ging an Jonas vorbei und stoppte vor einer weißen Flügeltür an der rechten Seite des Foyers. Mit einer feierlichen Bewegung steckte er den Schlüssel ins Schloss, entriegelte es und zog die Türblätter weit auseinander. »Bitte schön.«

Jonas trat über die Schwelle. Vor ihm tat sich eine Flucht aus zwei großen, hintereinanderliegenden Sälen auf, die durch einen offen stehenden Durchlass verbunden waren. Die hallenartigen Räume mit ihren Säulen und Deckengewölben atmeten die Atmosphäre vergangener Jahrhunderte, und lange Reihen historischer Glasvitrinen verliehen ihnen einen musealen Charakter. Eine kunstvolle Beleuchtung ließ die pastellgelben Wände und die weißen Bogendecken in einem matten Schein erstrahlen.

Nur die Dinge, die sich hinter den Glasscheiben der Vitrinen abzeichneten, verwehrten sich dem Eindruck gediegener Beschaulichkeit.

»Darf ich?«, fragte Jonas und wies in die Tiefe des Raumes.

»Natürlich. Sehen Sie sich ruhig um«, entgegnete Kobler.

Langsam schritt Jonas an den Glasschränken entlang. Darin waren, mit kleinen Schildern beschriftet, konservierte Teile menschlicher Körper aufgereiht. Gliedmaßen mit freigelegten Muskeln und Gefäßen. Innere Organe. Schädel. In manchen Vitrinen standen noch größere Präparate. Geöffnete Torsos oder Skelette von Erwachsenen und Kindern. Einige der Ausstellungsstücke waren Nachbildungen: historische Wachsmoulagen, Gipsplastiken und Schnittmodelle. Aber die meisten Exponate entstammten Menschen, die wirklich einmal gelebt hatten.

»Und, was sagen Sie?«, fragte Kobler, als Jonas seinen Rundgang beendet hatte.

»Beeindruckend«, antwortete er und meinte es genau so. Die Ausstellung entfaltete eine merkwürdige Wirkung auf ihn. Sie war befremdlich, aber zugleich auch faszinierend. Die Stücke in den Vitrinen hatten für Jonas nichts Abstoßendes. Es war eher so, als wollten sie mit ihm sprechen und ihm etwas von den Geheimnissen seines eigenen Körpers verraten. Eine Welt zeigen, die er jeden Tag in sich trug und doch niemals sah. »Wann wurde die Sammlung angelegt?«, erkundigte er sich.

»Zu Beginn des 19. Jahrhunderts. Einige Stücke sind vermutlich älter, da man hin und wieder andere Sammlungen zugekauft hat.« In die Stimme des Anatomieprofessors mischte sich eine Spur von Stolz. »Dass wir hier so etwas Kostbares besitzen, ist übrigens auch dem guten alten Goethe zu verdanken. Er hat sich seinerzeit sehr für die Errichtung der Lehrsammlung eingesetzt.« Er deutete auf ein barockes Glasschränkchen, das herausgehoben auf einem karminroten Podest stand und in dessen Innerem kleine Tierskelette aufgebaut waren. »Der Geheimrat war den Wissenschaften sehr zugetan, auch der Anatomie. Das dort drin sind Präparate, die er selbst angefertigt hat.«

»Weit nach Rolfincks Zeit«, warf Jonas ein, um langsam wieder auf den Grund seines Besuches zu kommen.

»Ja. Rolfinck war ein Mann des 17. Jahrhunderts. Er hat die Anatomie hier im Hause zwar nicht begründet, aber er hat sie groß gemacht.« Kobler hob den Arm und zeigte auf das Deckengewölbe. »Und zwar genau über uns. Dort oben in der ersten Etage befand sich damals sein berühmtes Anatomisches Theater. Ein spezieller Hörsaal, in dem er vor den Augen seiner Studenten und prominenter Gäste die Leiber Hingerichteter seziert hat.« Er räusperte sich. »Die Etage wird noch immer von unserer Fakultät genutzt. Jetzt ist dort der Präparationssaal, in dem unsere Studierenden ihren praktischen Anatomieunterricht haben. Die Leichen kommen heutzutage natürlich von Körperspendern.«

Jonas schielte beklommen zur Decke hinauf.

»Kein Grund, bange zu sein. Die Toten sind friedlicher als die Lebenden«, sagte der Anatom, der Jonas' Unbehagen bemerkt zu haben schien. »Außerdem startet das neue Semester erst Anfang Oktober. Bis dahin stehen da oben nur leere Tische.« Kobler winkte ab. »Aber Sie sind ja wegen des Artikels gekommen. Wegen Rolfincks Brief.«

»Stimmt.« Jonas atmete aus, froh, nicht weiter ausgemalt zu bekommen, was in solch einem Präparationssaal alles passierte. »Kann ich ihn sehen? Den Brief?«

»Das Original wird im Universitätsarchiv verwahrt. Dort, wo ich es auch gefunden habe. Aber wir besitzen hier in der Sammlung eine Ablichtung.« Der Professor öffnete die Schublade eines Dokumentenschranks, der sich in einer Nische neben der Tür verbarg, und zog eine dünne Mappe heraus. »Hier ist sie.«

Jonas nahm die Mappe entgegen und schlug sie auf. Darin lag eine einzelne Farbkopie. Sie zeigte einen bräunlichen Papierbogen, der mit einer ausladenden Federschrift gefüllt war. Das Schreiben war in Kurrent abgefasst, einer alten Schriftart, die zu entziffern Jonas in seinem Studium zum Glück gelernt hatte. Konzentriert begann er zu lesen.

*Eure Magnifizenz, Rektor Johann Arnold Friderici,*

*wenn auch der Anlass meines Schreibens ein ausgesprochen misslicher ist, so gestattet mir doch, Euch über ein Ereignis in der von mir geleiteten Medizinischen Fakultät zu unterrichten. Am gestrigen Tage ist mir durch einen meiner Studenten von einem furchtbaren Aufruhr berichtet worden, der sich des Nachts zuvor in den Sälen unserer Anatomie zugetragen hat und dessen Zeuge er wurde. Anlass des Tumults war der Streit zweier fremder Eindringlinge um ein menschliches Herz, von dem sie behaupteten, es sei eine Reliquie der weithin bekannten und verehrten heiligen Elisabeth. Die Sache endete in einem Kampf, bei dem die beiden Subjekte einen gewaltsamen Tod fanden. Die Tragödie ist das unrühmliche Ende eines perfiden Komplotts, dessen Einzelheiten ich Euch ersparen möchte, welches aber geeignet ist, unsere Fakultät und damit die gesamte Universität in einen bösen Ruf zu bringen. Daher möchte ich nachdrücklichst empfehlen, den Casus weder vor den Amtmann zu bringen noch auf andere Weise öffentlich anzuzeigen.*

*Besagtes Herz übergab ich Lorenz Enschütz, dem zuvor*

*erwähnten Studenten, der das Corpus Delicti in sichere Obhut nahm und für jetzt und alle Zeiten zu verbergen geschworen hat, wobei er auch gelobte, über alles zu schweigen. Er besitzt mein vollkommenes Vertrauen. Die Leiber der beiden Dahingeschiedenen wird unser Anatomieknecht entfernen, ohne jedwedes Aufsehen zu erregen. Von Euch, Magnifizenz, erbitte ich lediglich den Segen für unsere ehrbare Diskretion.*

*Jena, im Jahre des Herrn 1670.*
*Mit vorzüglichster Hochachtung, Werner Rolfinck, Professor der Anatomie*

Jonas ließ die Mappe mit der Ablichtung des Briefes sinken. Still dachte er über das Gelesene nach.

»So richtig glücklich sehen Sie nicht aus, mein lieber Herr Wiesenburg«, ließ sich Kobler vernehmen, der mit unverhohlener Neugier in Jonas' Gesicht forschte. »Haben Sie sich mehr versprochen?«

»Ich weiß nicht.« Jonas zuckte mit den Schultern »Irgendwie schon. Ein paar zusätzliche Informationen, was damals wirklich passiert ist.«

»Rolfinck hat sich sicher mit Absicht auf wenige Andeutungen beschränkt. Sein ganzes Streben bestand ja darin, die Sache zu vertuschen. Da musste auch der Rektor nicht alle Details wissen.«

»Da ist von einem Komplott die Rede. Was könnte damit gemeint sein?«

»Na ja … Von einer Herzreliquie der Elisabeth ist in der Historie nichts bekannt. Plötzlich taucht sie auf.« Kobler hob die Augenbrauen. »Und zwar ausgerechnet in der Anatomie. Was denken Sie, warum sich die Sache gerade dort abgespielt hat? An einem Ort, wo menschliche Organe verfügbar waren und Experten, die sie zu konservieren verstanden?« Der Professor deutete auf die Mappe in Jonas' Hand. »Wenn Sie meine Meinung hören wollen, dann haben wir es hier mit einer klassischen Reliquienfälschung zu tun. Eine Praxis, die seit dem Mittelalter gang und gäbe war. Man konnte viel Geld damit verdienen. Je berühmter die Heiligen, von denen die Überreste angeblich stammten, desto besser. Wenn Rolfinck erfahren hat, dass jemand hinter seinem Rücken so ein betrügerisches Objekt geschaffen hat, dann würde er sicher zu verhindern versuchen, dass das publik wird. Die Jenaer Universität sah sich dem lutherischen Glauben verpflichtet, in dem Reliquienverehrung verpönt war. Doch die heilige Elisabeth selbst wurde auch von den Lutheranern verehrt. Eine falsche Reliquie von ihr herzustellen, käme einer Verhöhnung gleich. An einer seriösen Universität wäre das ein Skandal.« Kobler hob den Kopf. »Ich glaube, das Herz war solch eine Fälschung. Das habe ich bei dem Pressebesuch damals schon gesagt, und so steht es ja auch in dem Artikel.«

»Warum hätte Rolfinck Lorenz Enschütz beauftragen sollen, das Beweisstück zu verbergen? Ein wertloses Imitat? Das hätte man auch einfach entsorgen können.«

»Vielleicht war die Fälschung zu gut?« Kobler griente. Dann wurde er wieder ernst. »Möglicherweise war sich Rolfinck unsicher. Wollte sich absichern, falls die Sache irgendwann doch noch einmal auf den Tisch käme.«

»Vermutlich haben Sie recht«, entgegnete Jonas. Er erwähnte nicht, dass er Koblers Theorie für einen Irrtum hielt. Dass er längst überzeugt war, dass es sich bei der Reliquie um das echte Herz der Elisabeth handelte. Und dass er sich aufgemacht hatte, ihr Versteck zu finden. »Und außer diesem Brief?«, fragte er. »Haben Sie seit dem letzten Jahr noch weitere Dokumente gefunden, die auf die Ereignisse von 1670 Bezug nehmen?«

»Nein. Absolut nichts.« Kobler hob bedauernd die Hände. »Es sieht ganz so aus, als hätte Friderici damals Rolfincks Bitte entsprochen und die Sache unter der Decke gehalten. Verständlicherweise. Die Anatomie wurde seinerzeit wegen der Leichensektionen offen angefeindet. Da konnte man keinen zusätzlichen Ärger brauchen. Außerdem war der Rektor selbst Mediziner und noch dazu ein früherer Schüler von Rolfinck. Er fühlte sich dem großen Anatomen zweifellos verpflichtet.« Kobler atmete hörbar aus. »Zwei Jahre später ist Friderici gestorben. Und ein Jahr darauf Rolfinck. Spätestens dann war die Sache für immer erledigt.«

»Und Lorenz Enschütz? Ist über den irgendetwas bekannt?«

»Nicht viel. Ich bin der Sache einmal nachgegangen. Es gibt zwei Eintragungen in alten Matrikellisten. Demnach hat er sein Studium 1668 aufgenommen. Und 1673 erfolgte seine Promotion. Vermutlich hat er danach als Arzt gearbeitet, aber über seinen späteren Werdegang ist in den Universitätsakten nichts verzeichnet.«

»Hmmm.« Jonas senkte den Kopf.

»Aber etwas habe ich noch für Sie. Sein Stammbuch ist erhalten geblieben.«

»Sein Stammbuch?«

»Das waren kleine Heftchen, die die Studenten selbst geführt haben. Eine Art Poesiealbum, würde man heute vielleicht sagen. Darin sammelten sie Autogramme und kleine Widmungen von berühmten Persönlichkeiten, denen sie in ihrer Studienzeit begegnet sind oder bei denen sie Unterricht hatten. Meist waren das natürlich ihre Professoren. Die Einträge dienten den Studenten als Andenken an ihre Studienzeit und später auch als eine Art Referenz, bei welchen Koryphäen sie gelernt hatten.«

»Und wieso ist das Stammbuch von Lorenz Enschütz hier? Wenn es die Studenten doch als Andenken an ihr Studium mitgenommen haben?«

»Manchmal wurden solche Bücher von den Nachfahren der Besitzer den Lehranstalten zurückgegeben. Als Stiftung oder für einen Obolus. An vielen Universitäten gibt es kleine Sammlungen davon, schließlich sind sie wertvolle Zeitdokumente zum akademischen Leben.«

»Kann ich einmal hineinsehen? In das Stammbuch von Lorenz Enschütz?«

»Selbstverständlich. Kommen Sie.«

Der Anatomieprofessor führte ihn zu einer Tischvitrine, die Jonas bisher noch nicht beachtet hatte. Unter der Glasabdeckung lag ein aufgeschlagenes Büchlein. Es war dünn und sein Papier bereits vergilbt. Auf der oben liegenden Doppelseite prangte eine farbige Skizze. Sie zeigte eine Vorlesung in der Anatomie. Auf einem mehrstufigen runden Podest drängten sich in Roben und Dreispitze gekleidete Studenten, die allesamt zu einem Tisch in der Mitte des Rondells hinabblickten. Darauf lag ein nackter Körper mit abgetrennten Gliedmaßen, aus dessen Bauch wildes Gedärm hervorquoll. Hinter dem Tisch stand eine Gestalt in Mantel und Halskrause, die mit einem Zeigestock auf einen der abgeschnittenen Arme deutete.

Jonas schluckte. Obwohl es sich nur um eine Zeichnung handelte, wirkte die Szene auf ihn sehr lebendig. Beziehungsweise sehr tot, korrigierte er sich in Gedanken, als seine Augen noch einmal über die zergliederte Leiche streiften.

»Der Junge hatte Talent, nicht wahr?«, bemerkte Kobler unversehens und grinste verschmitzt. »Das gehörte damals einfach dazu. Die Studenten haben ihre Stammbücher mit selbst gezeichneten Erinnerungsbildchen versehen. Fotoapparate und Handys gab's ja noch nicht.« Er entriegelte die Vitrine und klappte die Abdeckung nach oben. »Blättern Sie es ruhig mal durch.«

Jonas beugte sich über die Vitrine und schlug die Seiten des Büchleins nacheinander um. Wie es Kobler zuvor beschrieben hatte, fanden sich zahlreiche Eintragungen darin, die offensichtlich von Professoren stammten. Manchmal war ihr Signum von einem kurzen Sinnspruch begleitet, auf anderen Blättern fand sich nur eine Unterschrift mit einem Titel darunter. Auch Werner Rolfinck hatte sich hier verewigt. Über seinem Namenszug stand eine Widmung: »Die Toten zeigen uns den Weg zum Leben. Lies in ihnen wie in einem Buch. Sprich mit ihnen wie mit einem Freund. Und gedenke ihrer wie eines Wohltäters.«

»Schöner Spruch«, murmelte Jonas.

»Zweifellos.« Der Anatomieprofessor nickte versonnen.

Zwischen den Texten entdeckte Jonas immer wieder kleine Zeichnungen, die den studentischen Alltag illustrierten. Vorlesungen. Tischrunden mit Bierhumpen. Fechtübungen. Aufmärsche zu Universitätsfeiern. Rundgänge in einem Botanischen Garten …

Dann endeten die Einträge. Die letzten Seiten waren leer. Jonas wollte das Büchlein schon zurücklegen, da entdeckte er ein Bild, das sich auf der inneren Umschlagseite befand. Es war eine einfache Skizze mit rotbrauner Tinte. Sie zeigte das flüchtig hingeworfene Porträt einer jungen Frau. Langes, welliges Haar umfloss ihre Schultern, und ihr Gesicht strahlte eine bemerkenswerte Anmut aus. Die Zeichnung wirkte nicht wie ein gestelltes Porträt. Eher wie eine ferne Beobachtung.

»Wissen Sie, wer dieses Mädchen ist?«, fragte Jonas.

»Nein. Es steht kein Name dabei«, antwortete Kobler. »Aber Lorenz Enschütz muss sie gemocht haben. So zauberhaft, wie er sie dargestellt hat.«

»Ja, das ist nicht zu übersehen.« Eine Weile lang betrachtete Jonas das Bildnis. Dann legte er das Stammbuch behutsam in die Vitrine zurück. »Darf ich ein paar Fotos machen?«

»Klar. Tun Sie sich keinen Zwang an.«

Jonas holte sein Smartphone hervor und fotografierte die Zeichnung des Mädchens. Als Nächstes Rolfincks Widmung. Und schließlich die Kopie des Schreibens an Rektor Friderici.

»Danke«, meinte er dann und schob sein Handy wieder zurück in die Tasche seiner Jacke.

»Keine Ursache.« Auf dem Gesicht des Anatomieprofessors erschien ein Strahlen. »Ich bin glücklich, wenn sich jemand für das Vorleben unserer Fakultät interessiert. Haben Sie noch weitere Fragen?«

»Nein. Im Moment fällt mir nichts ein.«

»Dann begleite ich Sie zurück ins Foyer.«

Während sie die Ausstellungshalle durchquerten, ließ Jonas den Blick noch einmal über die Präparate in den Vitrinen schweifen. »Eine Frage hätte ich doch noch«, sagte er und blieb stehen.

»Ja?« Kobler drehte sich zu ihm um.

»Mal ganz hypothetisch gesprochen – angenommen, es existiert wirklich solch eine Reliquie von Elisabeth. Könnte es sie heute noch geben? Ich habe schon von mehreren solcher Herzreliquien gelesen. Aber ein Organ aus dem 13. Jahrhundert? Ist das tatsächlich möglich? Technisch, meine ich?«

»Sie meinen, ob es sich so lange hält?«

»Genau.«

»Das hängt von den Bedingungen der Lagerung ab. Und den Fähigkeiten derer, die es damals präpariert haben. Möglich wäre es schon.«

»Fast achthundert Jahre. Das ist eine verdammt lange Zeit.«

»Es gibt Körper oder Körperteile, die sich viel länger erhalten haben. Denken Sie an die ägyptischen Mumien. Die inneren Organe wurden ihnen entnommen, aber die Herzen hat man oft in der Brusthöhle belassen.« In der Stimme des Anatomieprofessors lag ein begeisterter Unterton. »Natürlich besaßen die Menschen im Mittelalter nicht das Wissen der Ägypter, aber sie hatten eigene Methoden. Sie wussten, wie man Lebensmittel haltbar machen kann. Auch Fleisch. Indem man es in Salz einlegt und dem Gewebe die Feuchtigkeit entzieht.«

»So könnte man das Herz erhalten?«

»Wenn man die Prozedur gründlich betreibt, stoppt man die Verwesung. Natürlich schrumpft das Organ dabei, aber mit einer Füllung, beispielsweise aus Rosshaar oder Schafwolle, könnte man die Form einigermaßen bewahren. Doch Achtung!«

Kobler streckte den Zeigefinger in die Höhe, und für einen Augenblick kam sich Jonas vor, als säße er in einer Vorlesung des Anatomen. »Jetzt droht neues Ungemach. Käfer, Larven und Mikroben … Sie sind unersättlich und wollen das Fleisch aufknabbern. Wenn Sie ihnen Einhalt gebieten wollen, müssen Sie das Herz noch mit ätherischen Ölen und Balsamen bearbeiten. Das wirkt wie ein Gift und hält die Nimmersatte fern. Die

Menschen im Mittelalter wussten das, und die nötigen Essenzen besaßen sie auch. Nach ein paar hundert Jahren sieht so ein Herz natürlich nicht mehr taufrisch aus. Aber ein passabler Rest kann durchaus übrig bleiben. Genug, um ihn als Reliquie anzubeten. Wenn Sie auf so etwas stehen.«

»Stehe ich nicht.« Jonas lachte auf. »Aber danke für den Vortrag.«

»Immer gern. Sie sind nicht der Erste, der sich danach erkundigt.«

»Wie bitte?« Jonas machte große Augen.

»Im vergangenen Jahr hat ein Herr bei mir angerufen und mich über das Rolfinck-Schreiben ausgefragt. Und dann wollte er wissen, ob es dieses Herz heute immer noch geben könnte. Genau wie Sie gerade.« Er zwinkerte Jonas zu. »Allerdings schien der gute Mann ganz besessen von der Vorstellung, dass die Reliquie echt sein müsse. Er hat mich regelrecht drangsaliert.«

»Wann genau war das?«

»Zwei, drei Tage nachdem der Online-Artikel erschienen ist. So Mitte September.«

Jonas rechtete im Stillen nach. Ende September hatte der untergetauchte Bankier Leonhardt Cordes den Genealogen beauftragt, nach den Nachfahren von Lorenz Enschütz zu suchen. Hatte er vorher vielleicht bei Dr. Kobler vorgefühlt?

»Wissen Sie noch, wie der Mann hieß, der Sie angerufen hat?«, fragte Jonas angespannt.

»Lassen Sie mich überlegen. Es war irgendetwas mit W.« Kobler runzelte nachdenklich die Stirn und schwieg einige Sekunden lang. Dann sagte er: »Jetzt fällt es mir wieder ein. Er hieß Witte.«

»Sind Sie sich sicher?«

»Ja.« Der Anatomieprofessor nickte entschieden. »Sein Name war Gregor Witte.«

# 13

Jonas resümierte, was er in Erfahrung gebracht hatte. Ein neuer Name war aufgetaucht. Gregor Witte. Ein weiterer Mitspieler mit einem auffälligen Interesse an Elisabeths Herz. War es ihm ebenfalls gelungen, eine Verbindung zu Gotthold herzustellen? Hatte er es überhaupt versucht?

Und dann gab es da noch diese unbekannte junge Frau, die Lorenz Enschütz in seinem Stammbuch so einprägsam porträtiert hatte. Wer war sie? Hatte sie bei den Ereignissen von 1670 eine Rolle gespielt?

Über den Studenten selbst hatte Jonas nicht viel Neues herausbekommen. Nichts, woraus er einen konkreten Hinweis zur Lösung des Rätsels ableiten konnte.

Gedankenversunken trat er hinaus auf den Fußweg vor der Anatomie. Rasselnd fiel die Tür hinter ihm ins Schloss. Von den Scheiben der Busse und Straßenbahnen, die auf dem Teichgraben vorüberzogen, blitzten ihm harte Sonnenreflexe entgegen. Autos hupten. Fußgänger eilten an ihm vorbei, in lebhafte Gespräche vertieft. Hier draußen war nichts von der andächtigen Ruhe zu spüren, die in den Räumen der Sammlung geherrscht hatte. Der Takt des Alltags scherte sich nicht um die Toten.

Jonas fischte das Smartphone aus der Tasche seiner Jacke. Zuerst rief er bei Kommissarin Vareel an, konnte sie aber nicht erreichen. Er schickte ihr eine SMS mit dem Namen von Gregor Witte, zusammen mit dem Hinweis, dass sich der Mann bemerkenswert nachdrücklich nach der Herzreliquie erkundigt hatte. Dann wählte er die Nummer seines alten Geschichtsprofessors und Mentors Ludwig Degglinger. Der Akademiker war schon Ende siebzig, hielt aber immer noch gelegentlich Gastvorträge an der Jenaer Universität. Er wohnte nicht weit vom Sitz des Historischen Instituts entfernt und würde sicher Zeit für ein Schwätzchen haben. Vielleicht, so hoffte Jonas, konnte ihm der erfahrene Vergangenheitsforscher einen Tipp für seine weiteren Recherchen geben.

Tatsächlich ging der Professor sofort ans Telefon und war bereit, seinen ehemaligen Studenten dreißig Minuten später im Sekretariat des Instituts zu treffen.

Jonas wandte sich nach links und schlenderte los. Um die Zeit bis zu seiner Verabredung totzuschlagen, nahm er einen Umweg über den Marktplatz. Vor dem alten Rathaus blieb er stehen und blickte hinauf zu dem achteckigen Barockturm, der sich zwischen den beiden symmetrischen Dachstühlen erhob. An der Vorderseite des Turms prangte das Ziffernblatt einer Uhr. Darüber lugte ein hämisch blickender Holzkopf hervor, der von zwei Figuren flankiert wurde. Einem Engel. Und einem Pilger mit einem Stab, an dessen Ende eine Goldkugel angebracht war. Die Uhr zeigte kurz nach elf. Schade, dachte Jonas. Er hatte gerade den Schnapphans verpasst.

Zu jeder vollen Stunde schnappte der Holzkopf, sooft die Glocke schlug, nach der goldenen Kugel des Pilgers, wobei er unflätig die Zunge zeigte. Es war sein vorgegebenes Schicksal, die Kugel nie zu erwischen. Jonas wusste, dass es diese Sehenswürdigkeit schon Hunderte Jahre gab. Früher hatte sie lediglich aus dem höhnenden Haupt bestanden, bis im Jahre 1755 mit dem Neubau des Turmes Engel und Pilger dazugekommen waren. Da war aus dem »Hans« der »Schnapphans« geworden. Als Studenten hatten Jonas und seine Kommilitonen oft gemeinsam am Rathaus ausgeharrt, um das unterhaltsame Schauspiel zu genießen.

Mit einem Anflug von Melancholie verließ er den Markt und schlängelte sich durch eine Gasse, die nach Norden führte. Er umrundete die Stadtkirche und erreichte den Fürstengraben. Die Straße war nach dem Verteidigungsgraben benannt, der hier in früheren Zeiten zusammen mit der Stadtmauer entlanggeführt hatte. Heute gab es anstelle von Mauer und Graben eine Verkehrsader und einen schmalen Parkstreifen.

Jonas bog nach links. Bis zu seinem Ziel war es jetzt nicht

mehr weit. Eher zufällig streifte sein Blick eine Tafel, die an einer gelben Hausfassade hing. Und den Namen, der darauf stand: »Werner Rolfinck«. Die Plakette hatte er früher nie beachtet. Sie wies darauf hin, dass dies das Haus war, in dem der Gelehrte von 1629 bis 1673 gewohnt hatte.

Jonas trat einen Schritt zurück und betrachtete das Gebäude. Es handelte sich um ein erstaunlich kleines Domizil. Bescheiden duckte es sich hinter einen Baum mit ausladender Krone. Er versuchte sich vorzustellen, wie der Anatom hier mit würdiger Robe entlangflaniert war, den Kopf voller Pläne für seine nächste Vorlesung. Oder vielleicht für eine anstehende Sektion. Doch der dröhnende Verkehr auf dem Fürstengraben ließ das Gedankenbild verblassen, ehe es richtig entstanden war.

So setzte Jonas seinen Gang fort. Ein Stück weiter stoppte er erneut und sah an der hohen grauen Front eines Bürgerhauses hinauf. Er lächelte still. In dem Gebäude, das wie ein großes Wohnhaus anmutete, hatte sich einmal der Dreh- und Angelpunkt seines studentischen Lebens befunden.

Er stand vor dem Historischen Institut.

Ein kurzer Blick auf sein Handy zeigte ihm, dass die halbe Stunde Wartezeit bis zu dem Treffen mit seinem ehemaligen Professor gerade verstrichen war. Er öffnete die schwere braune Eingangstür und betrat den Flur. Acht Jahre war er nicht mehr hier gewesen, ging es ihm durch den Kopf. Seit er seinen Abschluss in Geschichte gemacht hatte. Das dämmrige Zwielicht des Treppenhauses und der Geruch nach Staub und Holz waren ihm sofort wieder vertraut. Mit schnellen Schritten stieg er die Stufen hinauf und durchquerte einen kurzen Gang, bis er vor der Tür des Sekretariats stand. Er verharrte einen winzigen Moment, dann klopfte er an.

»Ja bitte?«, hörte er eine vertraute Frauenstimme rufen.

Er trat ein. Auch hier hatte sich nichts geändert. Nicht die gediegene Büroeinrichtung und auch nicht das freundliche Strahlen von Kerstin Stubenrauch, der guten Seele des Instituts.

»Hallo, Jonas. Schön, dass Sie uns mal besuchen«, begrüßte

ihn die Mittfünfzigerin, die zu ihren aschblonden Haaren auch heute wieder eine ihrer extravagant gemusterten Blusen trug. »Geht es Ihnen gut?«

»Hallo, Frau Stubenrauch.« Er gab ihr die Hand. »Ja, es geht mir gut. Ich wohne jetzt in Erfurt. Zusammen mit Fenja, meiner Partnerin. Sie erinnern sich vielleicht noch an sie.«

»Natürlich! Die schicke Dunkelhaarige aus der Geologie. Sie beide waren damals Flurgespräch.« Die Sekretärin blinzelte ihm zu. »Ein verschworenes Paar. Unsterblich verliebt und etwas verrückt.«

»Ich denke, das sind wir immer noch.« Jonas schmunzelte verschämt.

»Grüßen Sie Fenja herzlich von mir.«

»Danke. Das tue ich gern.« Er nickte. »Ist denn Professor Degglinger schon da?«

»Er sitzt nebenan.« Kerstin Stubenrauch wies auf eine Tür neben ihrem Schreibtisch, von der Jonas wusste, dass sie in einen kleinen Besprechungsraum führte. »Seit zehn Minuten.«

»Oh. So lange schon?«

»Sie kennen ihn doch. Lieber zwei Stunden zu früh als eine Minute zu spät. Alte Schule eben.«

»Dann gehe ich lieber mal rüber.« Jonas winkte der Sekretärin zu und betrat das Besprechungszimmer.

Der emeritierte Professor saß an einem quadratischen Tisch und las in einem Buch. Wie stets trug er einen makellosen Anzug und ein Einstecktuch. Sein grau meliertes Haar war sorgfältig frisiert und sein Schnauzbart akkurat gestutzt.

Als er Jonas sah, legte er sein Buch zur Seite und erhob sich. »Mein lieber Jonas. Willkommen im Institut.«

»Hallo, Professor Degglinger.«

Sie schüttelten einander die Hände.

»Nehmen Sie doch bitte Platz«, bot Degglinger an, als hätte er noch immer sein Amt als Institutsleiter inne.

»Danke schön.« Jonas setzte sich, und auch der Professor ließ sich wieder nieder.

»Es ist sehr freundlich, dass Sie mich akademischen Saurier einmal besuchen.« Degglingers wache Augen richteten sich auf Jonas. »Was bringt Sie an Ihre alte Uni zurück?«

»Ich bin zur Recherche hier.«

»Drüben im Lesesaal?« Der Professor deutete aus dem Fenster, wo sich jenseits der Straße der moderne Bau der Universitätsbibliothek abzeichnete.

»Nein. Im Collegium Jenense. In der Anatomie.«

»Das klingt … speziell. Jetzt haben Sie mich wirklich neugierig gemacht.« Degglinger beugte sich vor. »Worum geht es denn bei Ihren Recherchen, wenn Sie mir die Frage gestatten?«

»Sie wissen doch, dass ich manchmal als Berater für das Landeskriminalamt arbeite. Bei Fällen, bei denen vermutet wird, dass sie einen historischen Bezug haben.«

»Ja, das ist mir bekannt.«

»Das hier ist so ein Fall.«

»Eine Kriminalermittlung also? Wie spannend!«

»Spannend, ja.« Jonas hob den Kopf. »Aber der Anlass ist ein trauriger.«

»Was meinen Sie damit?«

»Sie kennen doch Gotthold Enschütz. Den alten Ladenbesitzer von der Krämerbrücke, der mir seine Räume als Büro überlassen hat.«

»Natürlich. Wir waren ja vor drei Jahren zusammen zur Eröffnung Ihrer Detektei. Ich habe ihn damals zu Hause abgeholt und nach der Veranstaltung auch wieder zurückgefahren, erinnern Sie sich? Ein reizender Herr.«

»Gotthold ist tot.«

»Oh.« Degglinger runzelte die Stirn. »Das tut mir sehr leid.« Einige Sekunden schwieg er, dann setzte er hinzu: »Heißt das, der Fall, für den Sie recherchieren, hat etwas mit seinem Ableben zu tun?«

Jonas nickte. »Gotthold ist ermordet worden. Und es gibt Hinweise darauf, dass der Grund dafür eine alte Reliquie ist.«

»Eine Reliquie?« Das Antlitz des Professors zeugte jetzt von größter Aufmerksamkeit. »Können Sie mir sagen, worum es sich dabei genau handelt?«

»Ja, das kann ich.« Jonas hatte beschlossen, sich Degglinger zu offenbaren. Der Mann besaß sein hundertprozentiges Vertrauen. Als sein persönlicher Mentor hatte er ihm nicht nur die Faszination der Geschichtsforschung nahegebracht, sondern ihn auch vorbehaltlos unterstützt, als Fenja vor einigen Jahren in die Fänge eines skrupellosen Verbrechers geraten war und Jonas voller Verzweiflung versucht hatte, ihr Leben zu retten. Am Ende war es ihm gelungen, aber noch heute ergriff ihn ein beklemmendes Gefühl, wenn er sich an diese dramatischen Tage erinnerte.

»Gotthold hat mir bei einer Notarin einen Brief hinterlassen. Ein persönliches Vermächtnis«, begann Jonas. Dann erzählte er Degglinger von dem verborgenen Herzen. Von dem geheimnisvollen Rätsel, das zu seinem Versteck führen sollte. Von der Spur in die Jenaer Anatomie. Und schließlich von seinem Auftrag, dieses Herz zu finden.

»Eine faszinierende Aufgabe«, stellte der alte Geschichtsforscher fest, nachdem Jonas geendet hatte. Er fuhr sich mit seinen Fingern gedankenvoll über die Schläfen. Dann blickte er auf und sagte: »Wie ich Sie kenne, Jonas, haben Sie sich schon überlegt, auf welche Weise Sie die Sache angehen wollen.«

»Das habe ich.« Jonas hob die Schultern. »Aber im Moment bin ich mir nicht so sicher, ob ich damit wirklich weiterkomme.«

»Lassen Sie hören! Was ist Ihr Ansatz?«

»Ich gehe davon aus, dass ich das Rätsel nur lösen kann, wenn ich es im Kontext seines Entstehens betrachte.« Für einen Moment kam sich Jonas vor, als wäre er wieder Student und müsste seinem Professor die Herangehensweise für eine Seminararbeit vortragen. »Das heißt, ich muss herausfinden, wer Lorenz Enschütz war. Was er 1670 genau erlebt hat. Wie er dachte. Und welche Bedingungen zu seiner Zeit geherrscht haben.«

»Eine richtige Überlegung.«

»Das Problem ist nur, dass mir dieser Lorenz immer wieder durch die Finger gleitet. Bisher konnte ich nur herausbekommen, dass er von 1668 bis 1673 drüben im Collegium Medizin studiert hat, dass er offenbar ein Lieblingsschüler von diesem Rolfinck war und dass er augenscheinlich eine junge Frau bewundert hat.«

»Immerhin ...« Degglinger schmunzelte kaum merklich. »Das ist doch ein Anfang.«

»Aber ich benötige viel mehr. Das Bild ist noch völlig verschwommen.« Jonas blies resignierend die Luft aus. »Die Ausbeute an Fakten ist einfach zu dünn.«

Für eine Weile herrschte in dem kleinen Besprechungszimmer Schweigen. Jonas hing seinen Gedanken nach, und auch der Professor schien über das Gesagte nachzusinnen.

»Vielleicht sind es nicht die Fakten, die Sie weiterbringen«, murmelte Degglinger auf einmal in die Stille hinein.

»Wie meinen Sie das?« Jonas richtete sich auf. Diesen Tonfall seines ehemaligen Mentors kannte er. So hatte der sich immer angehört, wenn er seine Studenten auf etwas Wichtiges stoßen wollte.

»Sie haben es vorhin selbst gesagt, Jonas. Als Sie beschrieben haben, was Sie alles über Lorenz Enschütz herausfinden wollen.« Degglinger fixierte ihn. »Nämlich nicht nur, was er damals erlebt hat. Sondern auch, *wie er gedacht hat.*«

»Aber das ist das Allerschwierigste. Jedenfalls, solange ich so wenig über ihn weiß.«

»Sie wissen mehr über ihn, als Ihnen vielleicht bewusst ist.«

»Worauf wollen Sie hinaus?«

»Sie kennen die Aufgabe, vor der er damals stand.«

»Er musste das Herz verstecken.«

»Genau. So, dass es für lange Zeit sicher war.« Degglinger hob beide Hände und deutete damit auf Jonas. »Und nun, Jonas, stellen Sie sich einmal vor, das wäre *Ihre* Aufgabe. Lassen Sie uns ein kleines Gedankenexperiment machen. Sie leben im 17. Jahrhundert. Das Herz der heiligen Elisabeth steht vor Ihnen auf dem Tisch. Sie sind für seine Sicherheit verantwortlich.« Degglinger ließ eine kurze Pause, dann fragte er: »Was tun Sie, um diesen Schatz so gut zu verstecken, dass er zuverlässig geschützt ist? Und dass er dabei nicht versehentlich verloren geht.«

Jonas überlegte. Dann antwortete er: »Ich suche nach einem Versteck. Einem Ort, von dem ich überzeugt bin, dass er Sicherheit bietet. Dass er irgendwie markant ist. Und dass es ihn auch nach langer Zeit noch geben wird.«

»Gut. Die Wahl eines geeigneten Ortes. Das ist das Erste. Aber dann? Wie stellen Sie sicher, dass das Herz, sollte es eines fernen Tages erforderlich sein, auch wiedergefunden wird?«

»Ich denke mir eine verschlüsselte Nachricht aus. Ein Rätsel, das ich dann in einem sicheren Umfeld weitergebe. Genauso wie Lorenz in seiner Familie.«

»Und dieses Rätsel – wie gestalten Sie es?«, fragte Degglinger angespannt.

Jonas seufzte. »Hmmm. Ich müsste es auf jeden Fall so formulieren, dass es auch in ferner Zukunft noch gelöst werden kann. Die Fakten, auf denen es basiert, müssen dann immer noch zugänglich sein.«

»Genau! Das wäre die Bedingung.« Degglinger klopfte mit seiner Faust auf den Tisch. Seine Augen leuchteten. Das Denkspiel begeisterte ihn sichtlich. »Sie müssen einen Text erschaffen, der sich auf sicheres Wissen bezieht. Wissen, von dem Sie ausgehen können, dass es auch nach Jahrhunderten von den Menschen noch abrufbar ist.«

»Also darf ich nicht zu klein denken.« Jonas wiegte den Kopf. »Keine biografischen Daten von mir selbst. Keine Episoden aus meinem Leben. Denn ich bin nicht berühmt genug, dass diese Informationen in der Zukunft noch zuverlässig zu finden sind.«

»So sieht es aus.« Der Professor lehnte sich zurück. »Ich bin mir sicher, dass Ihr Lorenz Enschütz genau so gedacht hat.«

»Dann musste er für sein Rätsel ein Thema finden, das diese Bedingung erfüllt.« Eine kurze Spanne sann Jonas nach. Dann fiel es ihm wie Schuppen von den Augen. »Na klar! Er hat das Herz einer Heiligen versteckt. Zu seiner Zeit war sie schon weithin bekannt. Sie wurde überall verehrt. Das konnte er nutzen.« Jonas sah zu Degglinger. »Der Vierzeiler bezieht sich nicht auf Lorenz oder die Ereignisse von 1670, sondern auf Elisabeth selbst.«

»Ich denke, so könnte es sein.« Degglinger nickte gemessen, und über sein Gesicht huschte ein glückliches Leuchten. So, als wäre er mit seinem Schüler zufrieden.

Einen Moment lang ließ Jonas im Kopf die Worte des Rätseltextes Revue passieren. »Einfach wird es trotzdem nicht«, sagte er dann. »Ich kenne mich mit der heiligen Elisabeth nur wenig aus. Jedenfalls lange nicht so gut, dass mir zu Lorenz' mysteriösen Formulierungen irgendetwas einfällt.«

»Es hat ja auch niemand behauptet, dass es leicht werden würde.« Der Professor setzte eine vergnügte Miene auf. Seine Begeisterung für die knifflige Problemstellung schien ungebrochen.

Jonas schielte durch das Zimmerfenster hinüber zum Gebäude der Bibliothek. »Dann besorge ich mir am besten ein paar Bücher über unsere Nationalheilige und hoffe, sie bringen mich irgendwie weiter.«

»Das wird nicht nötig sein. Ich habe eine bessere Idee.« Degglinger fischte ein Stück Papier und einen Füllfederhalter aus der Innentasche seiner Anzugjacke und notierte etwas darauf. »Dies hier ist der Kontakt von Heidelind Delius«, erklärte er. »Sie ist eine ausgewiesene Expertin für die heilige Elisabeth. Sie wohnt in Marburg. Dort, wo Elisabeth einst ihr Armenhospital unterhielt und wo sie auch gestorben ist.« Der Professor schraubte die Hülle auf seinen Federhalter und steckte ihn zurück in die Sakkotasche. Dann überreichte er Jonas das Papierstück. »Heidelind ist eine hochverehrte Kollegin. Und eine gute Freundin. Grüßen Sie sie von mir. Sie wird Ihnen weiterhelfen, da bin ich mir sicher.«

»Ich danke Ihnen.« Jonas nahm den Zettel mit dem Namen und der Telefonnummer von Heidelind Delius und verstaute ihn sorgfältig in seiner Geldbörse. Gerade als er sich von Degglinger verabschieden wollte, klingelte sein Smartphone. Er zog es hervor und sah auf das Display. »Anne Vareel«, stand in der Anruferkennung. »Entschuldigung. Da muss ich kurz rangehen«, meinte er und nahm das Gespräch an.

»Jonas?«, meldete sich die Kommissarin. »Sind Sie noch in Jena?«

»Ja. An meinem alten Institut.«

»Bitte nehmen Sie sich für morgen nichts vor. Wir benötigen Sie.«

Jonas wurde neugierig. »Wofür brauchen Sie mich denn?«, erkundigte er sich.

»Für einen Ausflug.« Anne Vareel ließ einen kurzen Augenblick verstreichen. Dann sagte sie: »Wir wissen jetzt, wo wir Leonhardt Cordes finden.«

# 14

Jonas schlug den Kragen seiner Jacke hoch. Der Morgenwind war kühl, und die Sonne hielt sich hinter einem Meer von grauen Schichtwolken versteckt. Eilig strebte er auf den Gebäudekomplex des Landeskriminalamtes zu. Seit er gestern Nachmittag aus Jena zurückgekehrt war, erfüllte ihn eine aufregende Neugier. Anne Vareel hatte ihm am Telefon nur mitgeteilt, dass sie heute Leonhardt Cordes aufsuchen und ihm auf den Zahn fühlen wollte. Und dass Jonas unbedingt dabei sein sollte. Doch er kannte weder den Aufenthaltsort des Bankiers, noch hatte die Kommissarin irgendwelche Einzelheiten verraten. Jonas sollte sich lediglich um acht Uhr an der Einfahrt zum LKA einfinden.

Da stand er nun.

Kaum hatte er sich mit einem Blick auf sein Handy vergewissert, dass er auch pünktlich war, öffnete sich das überdachte Metalltor neben der Wache des Polizeigeländes, und eine schwarze BMW-Limousine rollte heraus. Nur einen Moment später stoppte der Wagen neben Jonas. Die Scheibe an der Beifahrerseite glitt herab, und Marc Schätzele grinste ihm aufgeräumt entgegen. »Morgen, der Herr. Anhalter nehmen wir eigentlich keine mit, aber für Sie machen wir eine Ausnahme.« Er deutete mit dem Daumen über seine Schulter. »Machen Sie sich's hinten bequem.«

Jonas öffnete den Wagenverschlag, glitt auf die Rückbank und zog die Tür zu. »Guten Morgen«, sagte er.

»Hallo, Jonas«, begrüßte ihn Anne Vareel, die am Steuer saß. »Schön, Sie dabeizuhaben.«

Sie gab Gas, setzte den Blinker und bog auf die Hauptstraße. Die ersten Minuten herrschte Schweigen, während sie sich durch den morgendlichen Verkehr bewegten. Als sie die von Wald gesäumte Ausfallstraße erreicht hatten, die in südlicher Richtung aus der Stadt führte, hielt es Jonas nicht mehr aus.

»Wo fahren wir eigentlich hin?«, erkundigte er sich.
»Nach Eisenach«, gab Anne Vareel zurück. »Wir haben dort die Wohnadresse ermittelt, an der Cordes gemeldet ist.«
»Weiß er, dass wir kommen?«
»Nein. Wir haben es vorgezogen, auf eine Anmeldung zu verzichten.« Die Kommissarin ließ im Rückspiegel ein kurzes Lächeln aufblitzen. »Ein charmanter Überraschungsbesuch.«
»Und dann?«
»Dann reden wir.«
»Behandeln Sie ihn als Verdächtigen?«
»Dann hätten wir ihn schon abgeholt.« Die Kommissarin schüttelte den Kopf. »Nein, dazu ist es noch zu früh. Wir werden nur ein bisschen mit ihm plaudern. Über das Herz der Elisabeth. Über Genealogie. Und über Volker Rudloff und Ihren Freund Gotthold.«
»Sie wollen Cordes mit Samthandschuhen anfassen?«
»Eher mit Katzenpfötchen. Wir halten unsere Krallen noch versteckt. Aber sie sind immer bereit.«
»Was ist meine Aufgabe dabei?«
»Zuhören.« Anne Vareel warf Jonas im Rückspiegel einen ernsthaften Blick zu. »Sie sind unser Ohr für die Zwischentöne. Vor allem, was die Reliquie betrifft. Sie wissen um die Zusammenhänge, und sie kennen sich in Geschichte aus. Wenn Cordes irgendwelche Andeutungen macht, die mit Ereignissen in der Vergangenheit zu tun haben, fällt es Ihnen leichter als uns, das einzuordnen. Und Sie kannten Gotthold. Falls sich der Bankier zu ihm äußert, können Sie das am ehesten bewerten.«
»Ich werde mich bemühen.« Jonas ließ einen Moment verstreichen, dann fragte er: »Haben Sie die drei anderen Leute inzwischen erreicht? Die restlichen Nachfahren von Lorenz Enschütz?«
»Ja. Wir haben sie alle nacheinander aufgesucht.«
»Und? Gibt es da etwas Neues?«
»Das kann man wohl sagen.« Anne Vareel lachte freudlos auf. »Marc, erzähl du. Dann kann ich in Ruhe fahren.«

»Wird das eine so lange Geschichte?«, erkundigte sich Jonas.

»Vor allen Dingen eine interessante«, übernahm Schätzele. »Gotthold war nämlich nicht das zweite Opfer unseres Täters. Sondern das dritte.«

»Was?«, entfuhr es Jonas. »Gibt es noch einen Toten?«

»Zum Glück nicht. Aber wir gehen davon aus, dass die Sache verdammt knapp war.«

»Um wen geht es?«

»Franziska Enschütz. Die Frau aus Apolda. Eine Sportlehrerin.«

»Und wie kommen Sie darauf, dass sie auch ein Opfer ist?«

»Als wir bei ihr geklingelt haben, um sie zu befragen, da dachte sie, wir wären vom Einbruchsdezernat und hätten Neuigkeiten für sie. Jemand hatte sich nämlich fünf Wochen zuvor nachts Zugang zu ihrer hübschen Singlewohnung verschafft und die Räume von oben bis unten gefilzt. Die Nachbarn haben am nächsten Morgen die aufgeknackte Wohnungstür entdeckt und Franziska Enschütz angerufen. Sie war gerade an der Ostsee im Urlaub. Der hatte sich dann natürlich erledigt.«

»Trotzdem Glück gehabt.«

»Ja. Sie verbringt jedes Jahr die Sommerferien auf Poel und hilft dort als ehrenamtliche Rettungsschwimmerin. Dadurch ist sie dem Täter, ohne es zu wissen, entwischt.«

»Der Lohn der guten Tat.«

»Das kann man so sagen. Wir haben die Zeiten abgeglichen. Der Einbruch fand zwei Tage nach dem Mord an Volker Rudloff in Jena statt. Gotthold Enschütz ist laut Rechtsmedizin erst drei Tage später getötet worden. Wir gehen also davon aus, dass die Lehrerin die Zweite auf der Liste unseres Täters war. Hätte er sie damals angetroffen, wäre sie jetzt höchstwahrscheinlich tot.«

»Dann sind Sie sich sicher, dass das bei Gotthold und bei Volker Rudloff kalkulierte Morde waren? Kein zufälliges Resultat der Folter?«

»Das waren Morde. Daran gibt es keinen Zweifel. Die Obduktionsergebnisse sind eindeutig. Beide Männer wurden zuerst mit einem zangenähnlichen Gegenstand misshandelt. Und am Ende hat der Täter sie durch gezielte Messerstiche ins Herz getötet. Vermutlich, um sie als Zeugen auszuschalten und zu vertuschen, worum es eigentlich geht.« Schätzele blies die Luft aus. »Dasselbe hätte Franziska Enschütz auch geblüht, da sind wir uns sicher.«

»Haben Sie ihr das gesagt?«

»Nein. Es gab keinen Grund, sie zusätzlich zu verängstigen.«

»Und die anderen beiden Nachkommen von Lorenz Enschütz?« Jonas kramte im Gedächtnis nach den Namen. »Rüdiger Benradt und Irma Haberland, so hießen sie doch, oder?«

»Richtig. Bei denen waren wir auch. Irma Haberland ist eine Rentnerin kurz vor der Achtzig, die zusammen mit ihrem Mann in Seelingstädt lebt. Beide erfreuen sich bester Gesundheit. Bei Rüdiger Benradt handelt es sich um einen fünfundfünfzigjährigen Junggesellen aus Erfurt. Er hat keine Arbeit und wirkte auf mich ziemlich stieselig, aber auch er ist bislang unbehelligt geblieben.«

»Dann hatten die Leute also keine Ahnung, worum es geht.«

»Na ja ... Das stimmt nicht ganz.« Schätzele drehte sich zu Jonas um. »Bei unseren Befragungen kam heraus, dass sich eine Weile zuvor etwas Merkwürdiges ereignet hat. Die Nachfahren erhielten nämlich allesamt Besuch. Von einem Geschäftsmann mit besten Manieren, wie sie uns übereinstimmend berichtet haben.«

»Und was wollte dieser Geschäftsmann?«

»Er hat etwas angeboten. Jedem Einzelnen von ihnen.« Schätzele ließ eine kurze Pause, und ihm war anzusehen, dass er es genoss, Jonas auf die Folter zu spannen. Dann sagte er: »Er hat ihnen eine spektakuläre Summe in Aussicht gestellt: eine Million Euro.«

»Was?«, fuhr es aus Jonas heraus. »Eine Million? Wofür?«

»Für das Herz der Elisabeth von Thüringen.«

»Er wollte es ... kaufen?«

»Ja. Das war sein Angebot. Die Kohle gegen das Herz. Sofort und bar auf die Hand.«

»Und dann?«

»Er ist sein Geld nicht losgeworden. Keiner der Nachkommen wusste von solch einer Reliquie.« Schätzele zuckte mit den Schultern. »Außer natürlich Gotthold. Aber der ist augenscheinlich nicht auf den Deal eingegangen.«

»Sie denken, dass dieser ominöse Geschäftsmann auch bei ihm war?«

»Ja. Der Mann hat die Nachfahren schon Anfang August aufgesucht. Anderthalb Wochen bevor der erste Mord geschah. Deshalb gehen wir davon aus, dass er auch bei Gotthold Enschütz und Volker Rudloff vorbeigeschaut hat.«

»Na klar! Der Anruf in Mexiko.« Jonas fiel Gottholds Bitte wieder ein, ihn möglichst sofort zu treffen. Und er erinnerte sich, wie still der alte Mann geworden war, als er mitbekommen hatte, dass sich Jonas gar nicht in Erfurt aufhielt, sondern weit entfernt in Übersee. »Gotthold hat von einem Problem gesprochen, das er nur mit mir persönlich besprechen könne. Nicht am Telefon. Ich wette, der Anlass für seinen Anruf ist der Besuch dieses obskuren Geschäftsmanns gewesen. Wenn der ihm eine Million Euro für die Reliquie geboten hat, von deren Existenz außer den Hütern eigentlich niemand wissen konnte, wird sich Gotthold furchtbar erschrocken haben. Denn er musste davon ausgehen, dass das Geheimnis in ernster Gefahr war. Und damit auch das Herz.«

»Das ist anzunehmen«, meinte Schätzele.

Eine Weile sagte niemand etwas. Jonas stellte sich vor, wie aufgewühlt Gotthold ihrem Treffen entgegengesehnt haben musste. Er hatte Jonas als zukünftigen Hüter der Reliquie auserkoren. Da war es naheliegend, dass er sich mit ihm über die beunruhigende Lage beraten wollte. Aber Jonas war zu spät gekommen.

Mit trockener Stimme fragte er: »Und dieser Gregor Witte? Der Mann, dessen Namen ich gestern per SMS geschickt habe? Haben Sie über den schon etwas in Erfahrung gebracht?«

Diesmal antwortete Anne Vareel. »Wir haben seine Adresse. Er wohnt ebenfalls in Eisenach.«

»Merkwürdiger Zufall«, meinte Jonas. »Besuchen wir ihn heute auch?«

»Das haben wir fest vor. Gleich nach Leonhardt Cordes.« Die Kommissarin warf Jonas über den Rückspiegel einen listigen Blick zu. »Wir möchten ihn nämlich fragen, warum ihm Elisabeths Herz so wichtig ist, dass er eine Million Euro dafür springen lassen wollte.«

»Wie bitte?« Jonas glaubte, sich verhört zu haben. »Gregor Witte ist derjenige, der den Nachfahren das Geld angeboten hat?«

»Mit diesem Namen hat sich der Geschäftsmann bei den drei verbliebenen Nachkommen jedenfalls vorgestellt. Mit besten Manieren, wie schon gesagt.« Anne Vareel lächelte leicht. »Ihre SMS gestern war für uns eine passende Bestätigung.«

»Wie hat er die Leute gefunden?«

»Das wissen wir nicht. Vielleicht hat auch er einen Genealogen mit Recherchen beauftragt. Diese Frage werden wir ihm auf jeden Fall ebenfalls stellen.«

»Jetzt haben wir also zwei Interessenten für das Herz. Witte hat es mit Geld versucht. Und Cordes? Mit Gewalt?«

»Wer die Morde begangen hat, wissen wir nicht. Möglicherweise Cordes. Oder es gibt noch eine dritte Partei. Genau das müssen wir jetzt herausfinden.«

Die Kommissarin ordnete sich auf der rechten Spur ein und bog auf die Autobahn in Richtung Westen ab. Dann erhöhte sie die Geschwindigkeit, und der schwere Dienstwagen glitt gleichförmig in Richtung Eisenach.

Jonas nutzte die Fahrzeit, um Anne Vareel und Marc Schätzele über die Einzelheiten seines Besuchs in der Jenaer Anatomie zu unterrichten. Einen nennenswerten Fortschritt bei der Suche nach dem Herzen konnte er ihnen noch nicht verkünden. So blieb ihm nur, ein weiteres Mal darauf hinzuweisen, dass die Lösung des Rätsels keine einfache Angelegenheit werden würde. So, wie er es bei ihrem letzten Gespräch im Landeskriminalamt schon vorausgesagt hatte.

Den Rest der Fahrt legten sie mehr oder weniger schweigend zurück. Kurz vor neun Uhr erreichten sie Eisenach. Das eingebaute Navi lotste sie durch die dicht befahrenen Straßen der Innenstadt, bis sie ein Wohnviertel ganz im Süden erreichten. Vor einem idyllischen Teich bogen sie nach links, wo die Strecke in langen Mäandern einen Berg hinaufführte.

»Nobel, nobel«, ließ sich Schätzele vernehmen, während er die Grundstücke links und rechts ihres Weges betrachtete. Hinter Mauern und kunstvollen Zäunen reihten sich herrschaftliche Villen aneinander. Die meisten von ihnen mochten aus dem späten 19. oder beginnenden 20. Jahrhundert stammen, dachte Jonas, den die historischen Luxusbauten gleichfalls beeindruckten. Manche besaßen eine zeitlose Klarheit, andere wirkten mit ihren verspielten Türmchen, Balkonen und Erkern wie kleine Märchenschlösser.

»Sie haben Ihr Ziel erreicht«, säuselte die Frauenstimme des Navigationsgeräts aus dem Lautsprecher. Anne Vareel lenkte den Wagen auf eine Schotterfläche neben der Straße und stellte den Motor ab. Während sie ausstiegen, wanderte Jonas' Blick zu der hohen, mit Efeu bewachsenen Sandsteinmauer, die das vor ihnen liegende Grundstück von Leonhardt Cordes begrenzte. Es lag an einem steil emporsteigenden Hang, der sich auch hinter der Mauer fortsetzte, wo die riesige Villa des Bankiers wie ein Bergmonument über ihnen thronte.

Jonas folgte der Kommissarin und ihrem Kollegen hinüber zu einem steinernen Torportal. Anne Vareel drückte auf den Messingknopf der Wechselsprechanlage, die daneben angebracht war, und blickte herausfordernd in das darüberliegende Kameraauge.

»Sie wünschen?«, bellte ihnen eine metallische Stimme entgegen.

»Landeskriminalamt. Zu Herrn Cordes, bitte«, erklärte die Kommissarin mit amtlicher Knappheit.

»Einen Augenblick«, kam es zurück. Dann herrschte Ruhe.

Eine Weile geschah nichts. Anne Vareel hob gerade den Arm,

um ein weiteres Mal zu klingeln, da ertönte ein kurzes Summen, und die Torflügel wichen wie von Geisterhand zurück. Dahinter öffnete sich der Blick auf eine baumbeschattete Pflasterstraße, die sich in engen Bögen den Berg hinaufwand. In der Mitte der Einfahrt stand ein hochgewachsener, etwa vierzigjähriger Mann. Er wirkte sportlich und trug einen teuren dunkelblauen Nadelstreifenanzug. Sein schwarzes Haar war gegelt, und sein Gesicht trug markante Züge.

Jonas staunte. Wenn sie den ehemaligen Besitzer der Münchner Privatbank vor sich hatten, dann war er um einiges jünger als erwartet.

»Leonhardt Cordes?«, erkundigte sich die Kommissarin, die offensichtlich ebenso überrascht war.

»Nein, der bin ich nicht. Ich arbeite als Privatsekretär für Herrn Cordes.« Der Mann trat einen Schritt heran. »Mein Name ist Gregor Witte.«

## 15

Schweigend folgten sie dem Privatsekretär, nachdem er angekündigt hatte, sie zu Leonhardt Cordes zu geleiten. Wieder einmal bewunderte Jonas Anne Vareel für ihre Fähigkeit, Gelassenheit zu bewahren. Nachdem sich Witte vorgestellt hatte, war es ihr scheinbar mühelos gelungen, ihre Überraschung hinter einer professionellen Sachlichkeit verschwinden zu lassen. Als Grund ihres Besuches hatte sie lediglich angegeben, dass sie einige Fragen im Zusammenhang mit einer laufenden Ermittlung hätten, ohne auch nur mit einem Wort zu erwähnen, dass Gregor Witte längst ein Teil davon war.

Die Pflasterstraße führte steil aufwärts. Links und rechts breitete sich eine in den Berghang hineininszenierte Parklandschaft aus. Gekieste Terrassen, kleine Pavillons und eine reiche Anzahl von Skulpturen wechselten sich mit Ziersträuchern und Blumeninseln ab. Ein Netz aus Rasensprengern sprühte einen dezenten Wassernebel über die Pflanzenarrangements. Auf einem Hangabsatz war ein Mann im grünen Overall einer Gartenbaufirma damit beschäftigt, die Krone einer Akazie zu einer exakten Kugel zu trimmen. Jonas konnte sich vorstellen, dass die Unterhaltung der Außenanlagen ein kleines Vermögen kostete.

Die Villa, die sich über dem Park erhob, wirkte wie die Kulisse aus einem Historienfilm. Der dunkelrote Ziegelbau war von drei unterschiedlich hohen Türmen flankiert, deren Dachspitzen nadelgleich in den Himmel strebten. Aus der Fassade ragten mehrere mit Zinnen besetzte Balkons hervor, und die Einfassungen der Fenster waren mit gotischen Pflanzenornamenten verziert.

Gregor Witte führte ihre kleine Gruppe über eine Treppe bis zu einer mondänen Eingangstür und dann hinein in die Villa. Sie durchquerten das Foyer und betraten einen langen, holzgetäfelten Saal.

»Bitte gedulden Sie sich einen Moment. Herr Cordes wird gleich zu Ihnen kommen«, sagte der Privatsekretär und ließ sie allein.

Jonas sah sich um. Der Raum besaß eine geradezu aristokratische Ausstrahlung. Er wurde von einem großen Kamin dominiert, vor dem mehrere thronartige Stühle aufgebaut waren. An den Wänden ringsum hingen Ölgemälde, die historische Reiterszenen zeigten. Darunter reihten sich Ritterrüstungen wie eine stumme Garde aneinander. Die Fenster waren mit schweren Gardinen verhängt, und zwei Kronleuchter tauchten den Saal in golden schimmerndes Kunstlicht.

Langsam drehte sich Jonas um die eigene Achse und ließ seine Augen über die antike Pracht wandern. In diesem Moment entdeckte er das Kruzifix an der Stirnwand der Halle. Das Holzkreuz war fast zwei Meter groß. Ein Baldachin aus samtrotem Stoff beschirmte die kunstvoll geschnitzte Christusfigur wie einen König. Das ist keine bloße Dekoration, sinnierte Jonas. Das ist eine nachdrückliche Manifestation von Glauben.

Gerade als er Anne Vareel darauf hinweisen wollte, ertönte das Knarzen von Schritten, und ein etwa sechzigjähriger Mann betrat den Raum. Als Erstes fiel Jonas der stechende Blick auf, mit dem der Ankömmling zu ihnen herübersah. Sein hageres, fast raubvogelhaftes Gesicht stand in unnatürlichem Kontrast zu dem aufgeblähten Körper, der sich unter dem mit kostbaren Stickereien besetzten Hausmantel abzeichnete. Der Mann verharrte kurz, dann schritt er langsam auf sie zu, gefolgt von Gregor Witte, der jetzt trotz seiner Größe und seines teuren Anzugs wie ein Lakai anmutete.

»Soso. Sie sind also von der Polizei«, stellte der beleibte Mann mit leiser, aber messerscharfer Stimme fest, als er bei ihnen angelangt war. »Was verschafft mir die zweifelhafte Ehre Ihres Besuchs?« Misstrauisch zuckten seine Augen zwischen der Kommissarin, Schätzele und Jonas hin und her.

»Wir sind Hauptkommissarin Vareel und Oberkommissar

Schätzele vom Landeskriminalamt«, sagte Anne Vareel. Dann wies sie auf Jonas und ergänzte: »Herr Wiesenburg arbeitet als Berater für uns.« Sie neigte den Kopf ein winziges Stück zur Seite. »Und Sie sind Leonhardt Cordes, nehme ich an.«

»Sie nehmen richtig an.« Cordes schnaufte abfällig. »Aber das beantwortet nicht meine Frage. Weshalb stehlen Sie mir meine Zeit? Und das noch vor dem Frühstück?«

»Wir für unseren Teil haben bereits gefrühstückt«, gab die Kommissarin unbeeindruckt zurück. »Und unser Besuch erspart Ihnen eine Reise nach Erfurt. Wenn es Ihnen andersherum lieber ist, dann speisen Sie gern in Ruhe und finden sich heute pünktlich um vierzehn Uhr im Landeskriminalamt in der Kranichfelder Straße ein.«

»Ich gebe Ihnen fünfzehn Minuten«, entschied Cordes, ohne auf die Spitze einzugehen. »Und mein Sekretär bleibt dabei.« Unwirsch drehte er sich um und ging in Richtung des Kamins davon.

Witte bedeutete ihnen mit einer dezenten Geste, dem Hausherrn zu folgen. Zusammen liefen sie hinüber zu der Stuhlgruppe.

Nachdem Cordes Platz genommen hatte, ließen sich auch Anne Vareel, Marc Schätzele und Jonas nieder. Als Letztes drückte sich der Privatsekretär auf einen abseitsstehenden Sitz neben der Einfassung des Kamins.

Dieser Witte zeigt eine an Unterwürfigkeit grenzende Zurückhaltung, fuhr es Jonas durch den Kopf. Ganz im Gegensatz zu Cordes, der sich auf seinem hochlehnigen Stuhl aufrichtete wie ein Monarch.

»Also, ich höre. Worum geht es?«, ließ der ehemalige Bankeigentümer seine schneidende Stimme ertönen.

»Herr Cordes, würden Sie sich selbst als einen Verehrer der heiligen Elisabeth von Thüringen bezeichnen?«, erkundigte sich Anne Vareel, während sie ihrem Gegenüber ein gleichmütiges Lächeln schenkte.

»Wie bitte?« Für den Bruchteil einer Sekunde huschte ein

nervöses Zucken über das Antlitz des Mannes. Doch fast augenblicklich hatte er sich wieder im Griff. »Haben Sie den Weg von Erfurt bis hierher gemacht, um mich nach meinen geistlichen Überzeugungen zu fragen? Oder wollen Sie nur wissen, ob ich im Religionsunterricht aufgepasst habe?«

»Ich bitte Sie lediglich, mir meine Frage zu beantworten.«

»Natürlich ist mir die heilige Elisabeth ein Begriff. Und ich habe keinen Zweifel daran, dass uns ihre Mildtätigkeit auch heute noch ein Vorbild sein kann. Vermutlich teile ich diese Überzeugung mit Millionen von Menschen.«

»Vermutlich.« Die Kommissarin nickte langsam. Dann blickte sie auf. »Nur dass nicht Millionen von Menschen einen Genealogen beauftragt haben, die Nachfahren eines gewissen Lorenz Enschütz zu finden. Eines Studenten, von dem behauptet wird, er hätte einst Elisabeths Herz versteckt.«

Einen Moment herrschte Stille.

Dann erschien ein abfälliges Grinsen auf dem Gesicht des Bankiers. »Wegen dieser alten Geschichte sind Sie hier?«

»Alte Geschichte? Dafür haben Sie sich aber ganz schön ins Zeug gelegt, oder täuschen wir uns da?«

»Ich bin im letzten Jahr auf einen Presseartikel gestoßen. Es hörte sich interessant an, was da geschrieben stand. Dass vielleicht irgendwo eine alte Reliquie existiert, von der bis dato nichts bekannt ist. Also habe ich die Genealogie-Agentur beauftragt, der Sache einmal nachzugehen. Ich wollte wissen, ob es noch irgendwo Nachfahren von diesem Studenten gibt. Leute, denen er das erwähnte Herz vielleicht vererbt hat. Es war ein Spiel. Ich fand das reizvoll. Alte Sachen interessieren mich.« Mit einer saloppen Geste wies er auf die Ritterrüstungen und Gemälde, die sie umgaben. »Nennen Sie es eine Marotte.«

»Eine Marotte? Das klingt, als wäre Ihnen die Sache nicht sonderlich wichtig gewesen.«

»Es war ein Versuch. Ich wollte einfach sehen, was passiert. Warum interessieren Sie sich dafür?«

»Und? Was *ist* passiert?«, erkundigte sich Anne Vareel, ohne auf Cordes' Frage einzugehen.

»Nichts. Dieser Stölzel von der Agentur hat seine Arbeit gemacht und mir dann eine gepfefferte Rechnung geschickt.«

»Herr Cordes, haben Sie nicht etwas vergessen?«, warf Schätzele mit einem bissigen Unterton ein. »Da waren diese fünf Leute, die Stölzel für Sie ausfindig gemacht hat. Fünf Nachkommen von Lorenz Enschütz. Wollten Sie nicht wissen, ob einer von ihnen das Herz in seinem Besitz hat?«

»Natürlich wollte ich das. Sonst hätte ich mir das Ganze auch sparen können.«

»Und?«

»Mein Sekretär hat höflich bei ihnen angefragt. Leider ohne Erfolg.«

Jonas warf einen Blick hinüber zu Gregor Witte. Der Privatsekretär saß mit ausdrucksloser Miene auf seinem Stuhl und tat, als ginge ihn die Unterhaltung nichts an. Doch seine angespannte Körperhaltung verriet, dass dem nicht so war.

»Was haben Sie dann gemacht?«, übernahm Anne Vareel wieder die Gesprächsführung.

»Nichts. Keiner der Nachfahren wusste etwas von einem Herzen der Elisabeth. Was sollte ich machen? Es war ein Versuch. Ein Spiel, wie ich schon sagte.«

»Ein teures Spiel.«

»Ja, der Genealoge war nicht billig. Aber was soll's? Ich muss nicht auf den Cent schauen.«

»Ich meine die Million.« Anne Vareel nickte zu Gregor Witte hinüber. »Die Summe, die Ihr Mitarbeiter den Nachkommen von Lorenz Enschütz angeboten hat. Ich nehme an, die bezahlen auch Sie nicht mal eben aus der Portokasse.«

Der Bankier antwortete nicht, aber das Mahlen seines Kiefers ließ erkennen, dass nun auch ihn eine starke Anspannung erfasste.

Die Kommissarin ließ einen kurzen Moment verstreichen, dann blickte sie Cordes kühl an. »Wissen Sie, Herr Cordes, was ich glaube? Sie sind nicht aufrichtig. Diese Reliquie bedeutet Ihnen eine ganze Menge mehr, als Sie uns hier glauben machen wollen.«

»Das geht Sie doch überhaupt nichts an!«, fuhr Cordes so unvermittelt auf, dass Jonas zusammenschreckte. Der Körper des Bankiers verkrampfte sich, und für einen Moment schnappte er angestrengt nach Luft. Als er wieder zu Atem gekommen war, fügte er fauchend hinzu: »Ich habe nichts Verbotenes getan! Was schnüffeln Sie überhaupt in meinen privaten Angelegenheiten –«

»Herr Cordes«, erklang plötzlich eine helle Stimme von der Tür. »Sie dürfen sich nicht aufregen. Bitte.«

Jonas drehte sich um. Eine junge Frau in einem hellblauen Schwesternkittel eilte heran. Ihr von kurzen blonden Haaren gerahmtes Gesicht ließ eine Mischung aus Sorge und Bestimmtheit erkennen. In ihrer Hand hielt sie ein kleines Silbertablett mit einem Plastikschälchen und einem Wasserglas.

»Hannah, lassen Sie mich verdammt noch mal in Ruhe!«, herrschte Cordes die junge Frau an.

»Entschuldigung, Herr Cordes. Ich wollte Sie nicht stören. Aber es ist höchste Zeit für Ihre Tabletten.« Sie hielt das Tablett in die Höhe. »Ich muss leider darauf bestehen, dass Sie sie jetzt sofort einnehmen.«

»Dann geben Sie schon her.« Er nahm das Plastikschälchen vom Tablett und klaubte sich mit ungeduldigen Handbewegungen einige verschiedenfarbige Dragees heraus, die er nacheinander hinunterschluckte und mit Wasser nachspülte. »Jetzt gehen Sie!«, raunzte er dann und fuhr mit dem Arm durch die Luft, als wolle er ein lästiges Insekt verscheuchen.

»Entschuldigen Sie die Störung«, wiederholte die Frau im Kittel noch einmal und deutete einen Knicks an. Dann wandte sie sich um und glitt fast geräuschlos aus dem Saal.

Leonhardt Cordes lehnte sich auf seinem Stuhl zurück und blitzte Anne Vareel herausfordernd an.

»Wir waren bei der Million Euro stehen geblieben, die Sie

den Nachkommen von Lorenz Enschütz durch Herrn Witte angeboten haben«, bemerkte die Kommissarin ungerührt. »Was hat Sie zu dieser unglaublichen Summe bewogen?«

»Was stört Sie an der verdammten Million?«, blaffte Cordes. »Was ich mit meinem Geld mache, ist meine eigene Sache. Das hat die Polizei nicht zu interessieren.«

»Es geht uns auch nicht um die Million selbst. Sondern um das Begehren, welches sie illustriert.«

»Ich habe mich um die Reliquie bemüht. Das sagte ich bereits. Als niemand auf mein Angebot angesprungen ist, war die Sache für mich erledigt.«

»War sie das wirklich?« Anne Vareel hob die Augenbrauen.

»Was soll das heißen?« Der Bankier wechselte einen schnellen Blick mit seinem Sekretär. Er wirkte verunsichert. »Ihre ständigen Andeutungen gehen mir langsam auf die Nerven. Jetzt lassen Sie die Katze schon aus dem Sack. Weswegen sind Sie wirklich hier?«

»Die Namen Gotthold Enschütz und Volker Rudloff sagen Ihnen etwas?«

»Ja. Das sind zwei der Nachkommen, wenn ich mich richtig erinnere. Was ist mit ihnen?«

»Sie sind tot. Ermordet, um genau zu sein. Nachdem man sie grausam gefoltert hat.« Die Stimme der Kommissarin hatte eine eisige Schärfe angenommen. »Wir gehen davon aus, dass es dabei um Elisabeths Herz ging. Und dass es sich bei dem Täter um jemanden handelt, der es um jeden Preis haben will.«

Stille breitete sich aus. Gregor Witte senkte den Kopf, während Leonhardt Cordes unbewegt vor sich hin starrte.

»Und jetzt denken Sie, ich habe ein wenig nachgeholfen, nachdem ich mit meinem Geld nicht weitergekommen bin?«, sagte der Bankier schließlich tonlos.

»Das habe ich nicht behauptet. Wir finden nur, dass Sie ein außerordentlich großes Interesse an den Tag gelegt haben, diese Reliquie in Ihren Besitz zu bringen. Und wir fragen uns, weshalb.«

Leonhardt Cordes atmete lautstark aus. Dann nickte er langsam. »Gut, Frau Vareel. Diesbezüglich haben Sie recht. Mein Interesse an diesem heiligen Objekt ist tatsächlich größer, als ich bisher eingeräumt habe. Und ich werde Ihnen jetzt erklären, warum das so ist.«

Er sah auf und ließ noch eine kurze Spanne verstreichen, so als wolle er sich zunächst der vollen Aufmerksamkeit versichern. Dann begann er: »Ich stamme aus einem kleinen katholischen Dorf in Niederbayern. Aus einer sehr gläubigen Familie. Ich habe früh gelernt, dass die Hingabe zu Gott nicht nur Halt und Geborgenheit bedeutet. Sondern dass sie auch Klarheit, Unbeirrbarkeit und Disziplin verlangt. Diese Haltung hat mich geprägt. Sie begleitete mich durch die Schule, durch das Studium und durch meine ersten geschäftlichen Unternehmungen am Finanzmarkt. Dann wurde ich Teilhaber einer kleinen Münchner Privatbank und noch etwas später ihr alleiniger Eigentümer. Auch hier blieb der Glaube meine Maxime. Mit seiner ermutigenden Kraft und seiner reinigenden Strenge habe ich das Geldhaus geführt. Bis mich meine Gesundheit vor vier Jahren gezwungen hat kürzerzutreten. Ich habe die Bank verkauft, meine alte Heimat hinter mir gelassen und mich hierher zurückgezogen. Seither genieße ich jeden Tag in Dankbarkeit.«

Leonhardt Cordes verstummte und richtete seinen Blick nach oben. Fast sah es aus, als wanderten seine Gedanken in weite Ferne. Doch Jonas wusste instinktiv, dass der Punkt von Cordes' Aufmerksamkeit nur wenige Meter hinter ihnen lag. Dort nämlich, wo an der Stirnwand des Saales das große Kruzifix unter dem kostbaren Baldachin hing. Der Schmerzensmann in der Schaustellung größter Verehrung.

»Deswegen habe ich Elisabeths Herz gesucht«, meldete sich Cordes unvermittelt wieder zu Wort. Er richtete seine Augen auf Anne Vareel. »Es ist an der Zeit, etwas zurückzugeben. Sehen Sie, ich habe keine Ehefrau. Mir ist die Richtige nie über den Weg gelaufen. Oder ich habe sie nicht gesehen, weil mich meine Arbeit so vollends erfüllte. Deswegen bin ich auch ohne Kinder geblieben. Aber ich habe Gott, der mich geleitet und erfolgreich gemacht hat. Sehr erfolgreich. Als ich in diesem Artikel von der bislang unbekannten Reliquie las und über die kleine Chance, dass sie irgendwo existieren könnte, da habe ich alles unternommen, um sie aufzuspüren. Nicht für mich selbst. Ich wollte sie der Kirche zum Geschenk machen. Dem Erfurter Dom. Aus Dankbarkeit für das, was mir zuteilwurde. Das Herz der heiligen Elisabeth könnte Tausenden Christen Mut und Zuversicht spenden.« Cordes zuckte mit den Schultern. »Bedauerlicherweise waren meine Bemühungen vergebens. Ich habe das Herz nicht gefunden. Und seien Sie gewiss, ich würde niemals jemanden töten, um es an mich zu bringen. Das verbietet mir mein Gottesglaube. Wenn Sie Ihren Fall lösen wollen, dann empfehle ich Ihnen, nach jemandem zu suchen, der diesen Glauben nicht besitzt.« Leonhardt Cordes erhob sich von seinem Stuhl. »Kommissarin, die Herren. Die Zeit für unser Gespräch ist ausgeschöpft. Sollten Sie noch weitere Fragen haben, dann wenden Sie sich bitte an meine Anwälte.«

Ohne sich zu verabschieden oder ihnen auch nur einen weiteren Blick zuzuwerfen, ging Leonhardt aus dem Saal.

Die Audienz war beendet.

»Kommen Sie dann bitte? Ich bringe Sie hinunter zum Tor«, meinte Gregor Witte und stand ebenfalls auf. Mit einem Mal wirkte er wieder so selbstbewusst wie bei ihrer Begrüßung.

Schweigend und in zügigen Schritten führte er sie aus der Villa und zurück durch den Park, bis sie wieder am Mauerportal angelangt waren.

Bevor sie sich verabschiedeten, fragte Anne Vareel: »Herr Witte, eine Kleinigkeit hätte ich noch. Als Sie Gotthold Enschütz und Volker Rudloff besucht haben, welchen Eindruck hatten Sie von ihnen?«

Anstatt einer Antwort setzte der Privatsekretär ein unverbindliches Lächeln auf und erklärte: »Ich denke, die Ausführungen von Herrn Cordes waren mehr als erschöpfend. Ich habe dem nichts hinzuzufügen. Ich wünsche Ihnen noch einen schönen Tag.« Damit drehte er sich um und ging davon. Mit einem dezenten Summen schlossen sich die beiden Flügel des Tores, und die Verriegelung rastete ein.

»Netter Zeitgenosse«, kommentierte Schätzele den Abgang.

»Eher ein armes Schwein«, gab die Kommissarin zurück. »Der steht doch bei Cordes völlig unter der Knute.«

»Immerhin hat er einen pompösen Arbeitsplatz.« Schätzele blickte hinauf zur Villa und grinste schief. »Wir könnten den Jungen noch mal extra vorladen.«

»Das würde nichts bringen, vermute ich. Der sagt nichts, wenn sein Chef es nicht will.«

»Und Cordes selbst? Wie verfahren wir mit ihm weiter?«

»Im Moment müssen wir seine Aussage akzeptieren. Für mich ist sie übrigens durchaus glaubwürdig. Selbst wenn der Kerl nicht sonderlich sympathisch ist, so ist das, was er uns erzählt hat, stimmig. Und solange wir keine neuen Spuren oder Beweise haben, die explizit auf ihn oder seinen Sekretär hindeuten, müssen wir die beiden in Frieden lassen.«

»Schon irgendwie scheiße.« Schätzele schnaufte. »Da sind wir heute früh mit zwei möglichen Verdächtigen auf dem Zettel hergekommen, und jetzt fahren wir mit leeren Händen wieder nach Hause. Morgen können wir bei null anfangen.«

»Hmmm.« Anne Vareel nickte nachdenklich. Dann sah sie sich zu Jonas um. »Und, wie war Ihr Eindruck? Fanden Sie Cordes' Geschichte überzeugend?«

»Seinen Glauben halte ich für echt. Das riesige Kruzifix hat er nicht extra für uns aufgehängt.« Jonas dachte nach. »Seine Begründung für die Suche nach dem Herzen klingt mir allerdings ein bisschen zu selbstlos. Zumindest für einen Banker, der sich gerade noch gerühmt hat, dass er sein Geldhaus mit *reinigender Strenge* geführt habe. Aber wer weiß, vielleicht ist er durch etwas im Leben geläutert worden.« Er sah die Kommissarin an. »In seinen Kopf konnte ich leider nicht schauen.«

»Nein, leider. Wer kann das schon?« Anne Vareel schmunzelte. »Obwohl das in meinem Beruf eine äußerst vorteilhafte –«

Sie wurden vom Rasseln des Torschlosses unterbrochen. Noch einmal wichen die Flügel zurück, allerdings öffnete sich das Portal diesmal nur einen kleinen Spalt. Eine schlanke Gestalt schob sich heraus. Es war die junge Frau, die Leonhardt Cordes während ihrer Befragung die Tabletten gebracht hatte.

»Entschuldigen Sie«, rief sie ihnen mit gedämpfter Stimme zu und blickte sich unsicher um. »Kann ich Sie einmal kurz sprechen?« Sie trat zu ihnen und hielt ihren Kittel fest, der im lauen Wind zu flattern begann.

»Selbstverständlich«, antwortete Anne Vareel mit betont freundlicher Stimme. Augenscheinlich war ihr nicht entgangen, dass sich die junge Frau nicht wohl in ihrer Haut fühlte. »Ihr Name ist Hannah, nicht wahr?«, setzte sie nach.

»Ja. Hannah Bräutigam. Herr Cordes hat mich als Krankenschwester angestellt.«

»Weshalb möchten Sie uns sprechen?«

»Ich weiß nicht, was Sie von meinem Chef wollten«, sagte Hannah schnell, »aber ich hatte den Eindruck, Ihr Besuch hat ihn sehr aufgeregt. Haben Sie vor, noch einmal wiederzukommen?«

»Das kann ich nicht sagen. Möglich ist es schon.«

»Dann habe ich eine Bitte an Sie. Wenn Sie ihn das nächste Mal besuchen, gehen Sie schonungsvoll mit ihm um. Herr Cordes ist nämlich sehr krank. Ich mache mir ernsthafte Sorgen um ihn.«

»Er muss Tabletten nehmen, das haben wir gesehen. Aber ich hatte nicht den Eindruck, dass es ihm besonders schlecht ging.«

»Er hat sich zusammengerissen. Das tut er immer, wenn er Besuch hat.« Auf das Antlitz der jungen Frau legte sich ein sorgenvoller Schatten. »Er möchte seine Erkrankung nicht wahrhaben. Aber sie ist da. Wenn er wüsste, dass ich mit Ihnen darüber rede, würde er mich zurechtweisen. Aber er ist nicht der grobe Mensch, den Sie heute vielleicht erlebt haben. Die Krankheit hat ihn nur unleidlich gemacht.«

»Von welcher Erkrankung sprechen wir überhaupt?«

»Es ist sein Herz.« Hannah Bräutigam atmete tief durch. »Eine chronische Insuffizienz. Die Ärzte sagen, er hat nicht mehr lange zu leben.«

## 16

Die Regentropfen, die vom Wind gegen die Scheibe geweht wurden, verursachten ein Stakkato winziger Klopfgeräusche, die in Jonas ein Gefühl von Behaglichkeit auslösten. Für einen Moment beobachtete er die Wasserschlieren, die am Fenster seines Recherchekabinetts herabliefen und den Ausblick auf die unter der Krämerbrücke hervortretende Gera zu einem lebendigen Aquarell verwuschen.

Der Regen hatte eingesetzt, kaum dass sie am Vormittag Eisenach verlassen hatten und nach Erfurt zurückgefahren waren. Unterwegs hatte eine gedrückte Stimmung geherrscht, denn letztendlich war die Befragung von Leonhardt Cordes ohne nennenswertes Resultat geblieben. Zumindest, was die Suche nach dem Mörder betraf.

Gleich nach der Rückkehr auf die Krämerbrücke hatte Jonas sich in das Arbeitszimmer seiner Detektei begeben und damit begonnen, seine »Hausaufgaben« zu machen, wie er es im Stillen nannte. Und die bestanden darin, die Ergebnisse seines Ausflugs nach Jena in seine elektronische Rechercheakte zu übertragen. Eine Arbeit, die am Abend zuvor liegen geblieben war.

Eine Windbö ließ die Wasserbahnen auf der Scheibe wild auseinanderstieben. Noch eine kurze Weile sah Jonas zu, wie sich die winzigen Rinnsale neu formierten, dann wandte er sich wieder seinem Computer zu. Er stöpselte sein Smartphone an eine Buchsenleiste und schob die Fotos, die er in der Anatomischen Sammlung gemacht hatte, in einen Ordner der Falldatei. Danach klickte er sie nacheinander an: die Widmung von Werner Rolfinck im Stammbuch von Lorenz Enschütz, den Brief des Anatomen an seinen Rektor und schließlich die Tuschezeichnung der geheimnisvollen jungen Frau.

Würden ihn diese Fotos auf dem Weg zu Elisabeths Herz vielleicht doch noch irgendwie weiterbringen?

Seine Betrachtungen wurden von einem ihm wohlbekannten Geräusch unterbrochen. Die Mechanik der Geheimtür, die in sein Recherchekabinett führte, war ausgelöst worden. Schon fuhren die beiden Hälften des Vitrinenschrankes nach links und rechts zur Seite.

Im Eingang stand Fenja. Ihr Herbstmantel war vom Regen durchweicht, und auch ihr langes dunkles Haar funkelte nass. Aber ihre Miene strahlte, als stünde sie im hellsten Sonnenschein. »Hi«, sagte sie und grinste vergnügt. »Ich umarme dich mal lieber nicht, sonst bist du danach frisch gebadet.«

»Ich werde mich gedulden, auch wenn's schwerfällt«, gab er schmunzelnd zurück. »Trotz Dusche so gut gelaunt? Hast du was gewonnen?«

»So ähnlich.«

»Lass hören.«

»Warte kurz.« Fenja stellte ihren wasserdichten Rucksack ab. Sie schälte sich aus ihrem Mantel, ging hinaus und spannte ihn im Empfangsraum über zwei Stühlen auf. Dann kam sie zurück und drückte auf einen Knopf an der Rückwand der Vitrine. Die Schrankteile fuhren zusammen und verschlossen den Durchgang.

»Jetzt aber!«, sagte sie, umarmte Jonas fest und küsste ihn. Dann öffnete sie ihren Rucksack und zog mit einer schwunghaften Bewegung ihren Laptop daraus hervor. »Voilà.«

»Aha. Dein alter Laptop«, bemerkte Jonas trocken.

»Ja. Aber aus der Ente ist jetzt ein Ferrari geworden!« Fenja stellte das Gerät auf der Arbeitsplatte ab, klappte den Bildschirm nach oben und fuhr den Computer hoch. Dann klickte sie auf ein Icon, das Jonas bisher noch nie gesehen hatte, und eine neonfarben schimmernde Bedienoberfläche füllte das Display. Mit einem futuristischen Rauschen ploppte eine Überschrift auf: »Smart Geodata Analysis Booster«.

»Ein Analyseprogramm?«, fragte Jonas.

»Genauso ist es«, antwortete Fenja. »Aber nicht irgendeins. Es arbeitet mit künstlicher Intelligenz und beschleunigt die Datenanalysen, mit denen wir uns sonst wochenlang herumplagen, radikal. Das Programm ist der Hammer. Absolut neueste Technologie. Von CENTURICON. Wir hatten heute im Institut die Einführung dazu. Von Geschäftsführer Amadeo Valerian höchstpersönlich.«

»Amadeo Valerian? Der war bei euch? Das ist jetzt echt der Hammer!« Jonas kannte den innovativen und medienaffinen Unternehmer aus dem Fernsehen. Der Mann war ein Überflieger der Tech-Branche. Er hatte seine Jenaer Softwarefirma binnen weniger Jahre zu einem international erfolgreichen Konsortium ausgebaut, das auf komplexe Anwendungsprogramme für Wissenschaft und Forschung spezialisiert war. »Und euer kleines Institut kann sich das leisten? CENTURICON ist doch wahnsinnig teuer, wie ich gehört habe.«

»Das Programm ist eine Beta-Version. Sie haben uns eine Entwicklungspartnerschaft angeboten. Und weißt du, wer ausgewählt wurde, um das Ganze zu testen?« Fenja grinste spitzbübisch. »Ich! Wenn es gut läuft, darf ich das Projekt dann im nächsten Sommer auf dem Geologie-Symposium in Helsinki präsentieren. Gemeinsam mit dem smarten Amadeo.« Sie zwinkerte Jonas zu.

»Muss ich mir Sorgen machen?« Jonas zog ein gespielt kummervolles Gesicht.

»Ja, ich denke, ein wenig Vorsicht ist schon angesagt. Wenn du ab jetzt nicht fleißig Geschirr spülst, Wäsche bügelst und das Bad putzt, bin ich weg.« Fenja lachte hell auf. Dann gab sie Jonas einen Klaps. »Keine Sorge. Der Computerfreak ist nicht mein Typ. Aber das Symposium wäre eine Riesenchance für mich.«

»Die gönne ich dir von Herzen. Cool, dass die Auswahl auf dich gefallen ist. Glückwunsch!«

Jonas zog Fenja noch einmal zu sich heran und umarmte sie lange.

»Danke«, sagte Fenja dann leise. »Und das mit der Beschleunigung war kein Flachs. Das Programm kommt genau im richtigen Moment. Du weißt ja, diese aufwendige Geodaten-Analyse, die mir der Chef aufgedrückt hat. Ich brauche noch ein paar Tage, um mich in die KI einzufuchsen, aber dann spare ich mir einen Haufen Zeit, und wir beide können zusammen auf Herzsuche gehen.«

Das ist eine wirklich gute Nachricht, dachte Jonas und blinzelte Fenja glücklich an. »Das machen wir so!«

»Apropos. Von deinem Besuch in Jena hast du mir ja gestern Abend schon erzählt. Aber wie weit seid ihr denn heute mit eurer Mörderjagd gekommen? Habt ihr diesen Leonhardt Cordes tatsächlich getroffen?«

»Ja. Er wohnt in Eisenach. In einer historischen Villa im Südviertel. Wirklich weitergebracht hat uns das Gespräch leider nicht.« Jonas hob die Schultern. »Aber es gibt trotzdem ein paar interessante Neuigkeiten.«

»Erzähl.«

»Setz dich. Das dauert jetzt ein Stück.«

Sie nahmen in den englischen Ledersesseln Platz, und Jonas gab wieder, was er während der Autofahrt von Anne Vareel und Marc Schätzele über den Einbruch bei der Sportlehrerin und über die anderen beiden Nachkommen von Lorenz Enschütz erfahren hatte. Und über das Angebot von einer Million Euro für das Herz. Anschließend berichtete er Fenja von dem Besuch in der Villa des Bankiers.

»Also haben Leonhardt Cordes und Gregor Witte bei der Suche nach der Reliquie zusammengearbeitet«, resümierte sie, als er seinen Bericht beendet hatte. »Cordes als Kopf und sein Sekretär als Laufbursche.«

»Ja. Sie sind ein und dieselbe Partei.« Jonas zuckte mit den Schultern. »Aber vermutlich nicht die Mörder. Sie haben es mit Geld versucht.«

»Eine Million, um das Herz dann an den Erfurter Dom zu verschenken?«

»Leonhardt Cordes ist ein tiefreligiöser Mensch. Ich hatte nicht den Eindruck, dass das nur gespielt war. Und nach dem, was seine Krankenschwester uns erzählt hat, ist er todkrank. Da ist es nachvollziehbar, dass er sich am Ende seines Lebens noch ein Denkmal setzen will.«

»Bist du dir sicher, dass er und sein Adlatus nicht doch hinter den Morden stecken? Wenn sie nun den Nachfahren von Lorenz Enschütz nicht abgenommen haben, dass sie nichts von dem Herz wissen? Vielleicht sind sie zurückgekommen und haben noch einmal nachgefragt, diesmal auf die brutale Art.«

»Das glaube ich nicht. Zwei Menschen für eine Reliquie zu ermorden, um sie dann der Kirche zu stiften, wäre ziemlich absurd. Und obendrein dumm. So berühmt, wie Elisabeth ist, hätte solch eine Schenkung ein riesiges Tamtam zur Folge. Feierliche Messen. Dankesbezeugungen. Öffentliche Berichterstattung. Und die beschenkten Kirchenvertreter würden sich zweifellos für die Herkunft des kostbaren Objekts interessieren. Wenn Cordes das Herz durch Mord erlangt hätte, würde sein Verbrechen spätestens jetzt auffliegen.« Jonas sah Fenja an. »Nein. Ich bin sicher – wer auch immer die Morde begangen hat, will das Herz ganz für sich allein.«

»Und derjenige läuft jetzt immer noch irgendwo da draußen herum. Unerkannt und möglicherweise fest entschlossen, sein Ziel doch noch zu erreichen.«

»Das ist zu befürchten, ja.«

»Und wie geht es jetzt weiter?«

»Die Leute vom LKA werden die verbliebenen Nachkommen von Lorenz Enschütz im Blick behalten, um sie notfalls schützen zu können. Ansonsten stehen sie leider wieder ganz am Anfang.«

»Und du?«

»Ich konzentriere mich auf das, wozu ich engagiert wurde. Die Suche nach dem Herzen.«

Fenja deutete auf den großen Bildschirm von Jonas' Computer, auf dem noch immer die Zeichnung aus Enschütz' Stammbuch prangte. Die unbekannte junge Frau mit den anmutigen Gesichtszügen und den langen welligen Haaren. »Ich würde zu gerne wissen, wer sie war. Dieser Lorenz ist in sie verliebt gewesen.«

»Möglich. Aber einen Beleg dafür gibt es nicht.«

»Er war in sie verliebt. So, wie er sie gezeichnet hat. Vertrau meinem Urteil. Wir Mädels sehen so etwas.« Fenja zwinkerte Jonas verschmitzt zu. »Und ich könnte mir vorstellen, dass diese junge Frau bei den damaligen Ereignissen eine wichtige Rolle gespielt hat.«

»Leider kennen wir ihren Namen nicht. Und auch über Lorenz selbst haben wir bislang ziemlich wenige Informationen.«

»Du hast mir gestern Abend erzählt, dein alter Mentor Professor Degglinger hätte dich darauf gebracht, dass sich das Rätsel auf das Leben von Elisabeth bezieht. Heißt das, die Geschehnisse von 1670 in der Jenaer Anatomie spielen in deinen Überlegungen gar keine Rolle mehr?«

»Doch, natürlich tun sie das. Ich meine, solange wir noch nichts Konkretes haben, sollten wir beides im Blick behalten.«

»Dann haben wir es mit zwei Zeitepochen zu tun, die vierhundert Jahre auseinanderliegen.«

»Und mit zwei Menschen, die durch diese Reliquie miteinander verbunden sind.« Jonas ging zu seinem Computer und öffnete eine Textdatei aus dem Rechercheordner. Ganz oben standen zwei Zeilen.

»13. Jahrhundert – Elisabeth von Thüringen«.

»17. Jahrhundert – Lorenz Enschütz«.

Darunter folgte eine Liste mit Stichworten.

Er lehnte sich gegen seinen Arbeitstisch und erklärte: »Ich habe vorhin mal zusammengetragen, was wir bislang wissen oder vermuten, und daraus eine zeitliche Abfolge zusammengestellt. Einen Spiegel der Ereignisse.«

»Ich bin ganz Ohr.« Interessiert beugte sich Fenja im Sessel nach vorn.

»Elisabeth von Thüringen ist 1231 in Marburg gestorben«, begann Jonas. »Danach muss ihr jemand das Herz entnommen und so perfekt konserviert haben, dass es dauerhaft erhalten blieb. Das Ganze muss heimlich geschehen sein, denn in der Historie war bislang nichts von einer Herzreliquie der Elisabeth bekannt. Was wir nicht wissen, ist, warum man die Reliquie nie zur Anbetung präsentiert, sondern stattdessen vor den Menschen verborgen hat. Und wo sie die ersten vierhundert Jahre aufbewahrt wurde.«

»Vielleicht gab es damals auch schon eine Art Hüter. Menschen, die sich über Generationen um das Herz gekümmert haben«, warf Fenja ein.

»Das ist durchaus wahrscheinlich.« Jonas ließ seinen Blick nachdenklich über den Bildschirm wandern. »Aber dann ist irgendetwas passiert. Im Jahr 1670 taucht das Herz plötzlich in der Jenaer Anatomie auf, und um die Reliquie entbrennt ein erbitterter Streit, bei dem es zwei Tote gibt. Aus Sorge um den Ruf der Universität veranlasst der für die betroffene Fakultät zuständige Professor Rolfinck, dass die Ereignisse unter den Teppich gekehrt werden. Elisabeths Herz gibt er in die Obhut von Lorenz Enschütz, seinem zuverlässigsten Studenten.«

»Und der versteckt es erneut und begründet in seiner Familie eine neue Dynastie von Hütern, die während der nächsten dreihundertfünfzig Jahre darauf aufpassen«, spann Fenja den Faden weiter.

»Genau. Nur dass er jetzt eine zusätzliche Sicherheit eingebaut hat. Er vererbt nicht das Herz selbst, sondern ein Rätsel, welches auf einen verborgenen Ort verweist. Auf das Versteck, das er seinerzeit für das heilige Objekt eingerichtet hat.« Jonas streckte sich und schloss die Textdatei. »So weit die Vergangenheit.«

Fenja lehnte sich im Sessel zurück. Einen Moment blickte sie still vor sich hin, dann sagte sie: »Und im letzten Jahr bricht die Sache mit einem Mal wieder auf. Als Dr. Kobler zufällig Rolfincks Brief an Rektor Friderici findet und veröffentlicht, in dem der Vorfall von 1670 anklingt, wird jemand auf die Reliquie aufmerksam und nimmt sich die Nachkommen von Lorenz Enschütz vor. Überzeugt, dass es dieses Herz noch irgendwo gibt. Und entschlossen, es um jeden Preis in seinen Besitz zu bringen.«

»So sieht's aus.« Jonas lächelte schmal. »Und nun haben wir die Angelegenheit auf dem Tisch.«

»Was uns wieder zu dem Gedankenexperiment bringt, das du gestern mit Professor Degglinger gemacht hast …«

»Die heilige Elisabeth als Vorlage für den Rätseltext, ja. Wenn unsere Überlegungen zutreffen, liegt die Lösung irgendwo in ihrem Leben.«

»Ein weites Feld, nehme ich an. Das wird sicher nicht einfach.«

»Mit ein wenig Unterstützung geht es vielleicht.«

»Meinst du, Degglingers Kollegin wird dir weiterhelfen? Diese Heidelind Delius?«

»Wird sie. Ich habe vorhin mit ihr telefoniert. Sie ist bereit, mich zu treffen.«

»Ach. Das heißt, du gehst auf Reisen?« In Fenjas Miene mischte sich eine Spur von Wehmut.

»Ja. In drei Tagen fahre ich nach Marburg.« Jonas nickte langsam. »Dorthin, wo Elisabeth die letzten Jahre ihres Lebens verbracht hat. Und wo sie 1231 beerdigt wurde.«

## 17

Jonas war zeitig aufgestanden und hatte eine frühe Zugverbindung genommen. So war es noch nicht einmal zehn Uhr, als er aus dem Marburger Bahnhof hinaus in die Morgensonne trat. Die hellgrauen Betonplatten des Vorplatzes glänzten noch vom Regen der zurückliegenden Nacht, aber von den kräftigen Schauern war nichts mehr zu spüren. Stattdessen hatte das klare Rückseitenwetter ein Gemälde aus tiefem Blau und weiß leuchtenden Haufenwolken an den Himmel gezaubert. Ein kühler Septemberwind strich über den Platz, auf dem die Reisenden, die mit Jonas ausgestiegen waren, zu Bussen oder Taxis hasteten.

Als Erstes schickte er eine SMS an Heidelind Delius, um sie darüber zu informieren, dass er gerade angekommen war. Seine Erfahrungen mit der Bahn hatten ihn veranlasst, den Termin ihres Treffens variabel zu halten. Die Elisabeth-Expertin wohnte nicht weit entfernt von dem Ort, den sie für ihre Begegnung vorgeschlagen hatte, und würde vermutlich zur gleichen Zeit wie er dort eintreffen.

Dann ging er los. Er hielt sich an die Wegbeschreibung auf seinem Smartphone und folgte zunächst der Bahnhofstraße, die sich schnurgerade in Richtung Südwesten zog. Schon nach einer kurzen Strecke führte sein Weg mehrmals hintereinander über die Lahn. Der Fluss hatte sich hier in drei Arme aufgeteilt, die sich wie lange Finger durch das Stadtviertel zogen. Immer wenn Jonas eine der Brücken überquerte, nahm er sich die Zeit für einen kurzen Blick in den Wasserlauf, wo harte Sonnenreflexe wie auf einem Glitzerteppich tanzten. Verrückt, dachte Jonas. Vielleicht haben die Menschen im Mittelalter auch schon hier gestanden und auf den Fluss geblickt. Welche Gedanken sie damals wohl bewegt haben?

Bald stieß die Bahnhofstraße auf eine neue Trasse. Er bog nach links und passierte eine Häuserzeile mit Wohnungen und

Geschäften. Es dauerte jedoch nicht lange, da wich die Fassade zurück, und der Blick öffnete sich. Vor ihm erhob sich ein riesiges Bauwerk. Jonas blieb stehen. Obwohl er gewusst hatte, was ihn erwartete, zwang ihn der Eindruck der so unversehens aufgetauchten Kulisse wie automatisch zum Innehalten.

Er hatte sein Ziel erreicht. Er stand vor der Elisabethkirche.

Langsam ließ er seine Augen an ihren beiden mächtigen Türmen nach oben wandern. Mit ihren starken Strebepfeilern und den rötlich gelben Sandsteinblöcken verströmten sie eine Aura von Kraft und Beständigkeit, während ihre kegelartigen Dächer weit in den blauen Himmel stachen.

»Herr Wiesenburg, nehme ich an«, ertönte plötzlich eine angenehm sonore Stimme. Verdutzt senkte Jonas den Blick. Vor ihm stand eine kleine, vielleicht siebzigjährige Frau mit grauen Kräuselhaaren und einem faltigen, sonnengebräunten Gesicht. Ihre Augen blitzten wach, und ein verschmitztes Lächeln umspielte ihren Mund.

»Ich, äh ... Ja, der bin ich«, antwortete Jonas. »Frau Delius?«

»Ganz genau. Heidelind Delius. Willkommen in Marburg.« Sie gab ihm die Hand, und Jonas spürte dabei einen zupackenden Druck.

»Wie haben Sie mich erkannt?«, wollte er wissen.

»Ich habe gleich gesehen, dass Sie neu in der Stadt sind.« Die kleine Frau wies mit dem Arm vergnügt zu den Kirchtürmen. »Diejenigen, die staunend nach oben gucken, sind immer die Fremden.«

»Aha.« Jetzt musste auch Jonas lächeln.

»Und der Rest war nicht schwer zu erraten. Ich habe Sie ja erwartet. Hatten Sie eine gute Fahrt?«

»Ja, heute hat alles geklappt.«

»Das freut mich. Sie haben am Telefon gesagt, sie waren ein Student von Ludwig Degglinger. Wie geht es denn meinem alten Freund? Kann er noch immer nicht von seiner geliebten Universität lassen?«

»Nein, soweit ich weiß, hält er nach wie vor Gastvorträge.

Und die Leute an der Uni sind vermutlich froh, dass sie ab und zu auf seine Erfahrungen zurückgreifen können.«

»Das kann ich mir vorstellen. Er ist ein wunderbarer Kollege. Und ein richtiger Kavalier obendrein.« Heidelind Delius schmunzelte versonnen, und Jonas glaubte, in ihren Zügen eine mehr als große Sympathie für seinen alten Mentor zu lesen. »Nichts für ungut«, sagte sie dann, hob den Kopf und zwinkerte ihm aufgeweckt zu. »Sie sind ja nicht gekommen, um sich meine Schwelgereien anzuhören. Sie haben gesagt, Sie interessieren sich für Elisabeth?«

»Ja. Sie könnte der Schlüssel zur Lösung eines Problems sein, mit dem ich mich gerade herumschlage. Eine historische Recherche.« Jonas verschwieg, dass er im Auftrag der Polizei unterwegs war. Und dass er ein geheimnisvolles Rätsel lösen musste, welches eine wichtige Rolle in einem Mordfall spielte. Er wollte die ältere Dame nicht beunruhigen. Und nachdem er sich seinem Geschichtsprofessor anvertraut hatte, folgte er nun wieder der Prämisse, möglichst wenig von den Hintergründen seiner Mission preiszugeben.

»Na, dann kommen Sie mal mit. Lassen Sie uns auf den Kirchenplatz gehen«, meinte Heidelind Delius unternehmungslustig.

Gemeinsam stiegen sie die breite Steintreppe hinunter, die vom Bürgersteig auf den Vorplatz des Gotteshauses führte.

Unten angekommen, blieb Degglingers Bekannte stehen und sah Jonas an. »Elisabeth von Thüringen ist ein großes Thema. Was interessiert Sie denn dabei genau?«

»Vielleicht können Sie mir einfach etwas über ihr Leben erzählen. Was macht es so außergewöhnlich?«

Heidelind Delius dachte kurz nach. Dann nickte sie. »Wie Sie sicher wissen, hat Elisabeth ihr Dasein der Sorge für die Armen und Kranken gewidmet«, sagte sie. »Aber sie war auch darüber hinaus eine Frau mit einer bemerkenswerten Biografie. In ihrem Leben war sie, salopp gesagt, ganz oben. Und auch ganz unten.«

Delius ließ eine kurze Pause, dann erklärte sie: »Eigentlich war Elisabeth eine ungarische Königstochter. Aus machtpolitischem Kalkül schickten sie ihre Eltern im Alter von vier Jahren an den Hof des thüringischen Landgrafen, wo sie später mit dem zukünftigen Regenten verheiratet werden sollte. Damit sie sich in der Fremde nicht völlig einsam fühlte, gab man ihr ihre beste Freundin mit, die fünfjährige Guda. So kamen die beiden Mädchen auf die Wartburg, den wichtigsten Herrschaftssitz der Thüringer. Zusammen mit Guda lebte sich die kleine Elisabeth auf der Burg ein und lernte auch ihren zukünftigen Gemahl Ludwig kennen, der damals gerade elf war. Schon in dieser Zeit entwickelte sie eine auffällige Hinwendung zu Gott, eine Art geistliche Faszination, die sie sogar in ihre Kinderspiele einbaute.«

»Ist das nicht ungewöhnlich in diesem Alter?«

»Zumindest in dieser ausgeprägten Form. Nach den Berichten, die überliefert sind, war ihre Gottesliebe aber völlig ungezwungen. Eher wie eine Beschäftigung, die ihr Freude bereitete. Und vielleicht auch Trost spendete, so weit von ihren Eltern entfernt.« Auf den Lippen von Jonas' Gesprächspartnerin erschien ein feines Lächeln, dann sagte sie: »Ja, und schon in dieser Zeit entdeckte Elisabeth ihren Spaß am Schenken. Den Spielkameradinnen, die weniger hatten als sie, gab sie Essen ab oder ein paar Pfennige. Sie hatte ein Gespür dafür, wem es nicht so gut ging.«

»Und das blieb so, nehme ich an«, warf Jonas ein.

»Ja. Mit vierzehn heiratete sie Ludwig, der inzwischen die Regentschaft als Landgraf angetreten hatte. Jetzt war sie plötzlich die Landesmutter. Sie hatte Macht. Und wozu nutzte sie sie?« Die Elisabeth-Expertin hielt den Kopf schräg. »Zum Schenken. Sie half den Armen, wo sie konnte, versorgte sie mit Essen, gab ihnen heimlich Geld, errichtete unterhalb der Wartburg eine Station für mittellose Kranke. Die Liste mit ihren Wohltaten ist lang. Außerdem ermahnte sie den Hofstaat immer wieder zu Bescheidenheit, trug im Gottesdienst, wenn sich alle herausputzten, selbst nur schmucklose Kleider. Sie lehnte Speisen ab, die aus Fronarbeit stammten. Und sie wetterte gegen die allgegenwärtige Verschwendungssucht.« Heidelind Delius lachte auf. »Sie können sich vorstellen, dass sie damit die feine Gesellschaft auf der Wartburg innerhalb kürzester Zeit in den Wahnsinn trieb.«

»Und was sagte ihr Mann dazu?«

»Er ließ sie gewähren und hielt ihr den Rücken frei, wo er konnte, was bei Hofe sicher nicht ohne Konflikte abgegangen ist.«

»Erstaunlich, dass er ihr Handeln respektiert hat. In der damaligen Zeit nicht gerade selbstverständlich.«

»Ja. Das lag an ihrer besonderen Beziehung. Die beiden hatten sich, obwohl ihre Vermählung von anderen bestimmt worden war, tatsächlich heiß und innig ineinander verliebt. Sie waren ein Traumpaar, könnte man sagen. Elisabeth schenkte Ludwig drei Kinder. Und sie begleitete ihren Mann oft bei seinen Reisen durch das Land. Bei ihm war sie glücklich.«

»Aber dann ist etwas passiert«, mutmaßte Jonas.

»Ja. In seiner Verpflichtung dem Kaiser gegenüber hat sich Ludwig einem Kreuzzug angeschlossen. Noch bevor die Truppen das Heilige Land erreichten, brach unter ihnen ein Fieber aus, das viele Männer dahinraffte. Auch Elisabeths große Liebe.«

»Das muss ihr das Herz gebrochen haben.«

»So war es. In ihrem starken Glauben hatte sie eine Stütze, aber Ludwigs Tod war ein großes Unglück für sie. Und es kam noch schlimmer. Die Feinde, die sie sich durch ihre eigenwillige Mildtätigkeit bei Hofe gemacht hatte, begehrten jetzt offen gegen sie auf. Hals über Kopf musste sie von der Wartburg fliehen. Zusammen mit ihren kleinen Kindern und zwei getreuen Gefolgsfrauen, von denen eine ihre Freundin Guda war, die seit jeher immer an ihrer Seite gestanden hatte.«

»Und wo ist Elisabeth hingegangen?«

»Sie hat sich irgendwie durchgeschlagen, mittellos und vollkommen verzweifelt. Eine Weile ließ sie ein Schankwirt in einem halb verfallenen Schweinestall schlafen, aber auch dort konnte sie nicht lange bleiben. Schließlich brachte sie wenigstens ihre Kinder bei entfernten Verwandten unter, um sie vor der elendigen Tortur zu bewahren. Sie selbst zog mit ihren beiden Gefolgsfrauen noch eine Weile durch die Lande, kam hier und da eine Zeit unter, aber nirgends gab es einen Ort, der ihr eine glückliche Zukunft versprochen hätte.«

»Und so gelangte sie irgendwann nach Marburg …«

»Ja. Schon zu Lebzeiten von Ludwig hatte sich Elisabeth einen geistlichen Vormund gesucht, eine Art Beichtvater, der sie in ihrem Glauben zu Gott anleitete. Sein Name war Konrad von Marburg, ein Kreuzzugsprediger und Ketzerverfolger. Konrad war ein strenger und unerbittlicher Mann. Ihm hatte sie unbedingten Gehorsam geschworen. Jetzt folgte sie ihm in seine Heimatstadt. Er half ihr, das ihr zustehende Witwenvermögen vom Thüringer Hof zu erstreiten. Einen Teil davon nutzte sie, um ihr Armenhospital zu errichten.« Heidelind Delius hob die Arme und vollführte eine ausladende Bewegung. »Und zwar genau an der Stelle, an der wir jetzt stehen.«

Jonas sah sich um. Es fiel ihm schwer, sich in der quirligen Stadtumgebung den Wirkungsort der jungen Elisabeth vorzustellen.

Heidelind Delius, die seine skeptische Miene offenbar bemerkt hatte, erklärte: »Das Gebiet, in dem wir uns befinden, lag im Mittelalter außerhalb der Stadtmauern. Hier gab es damals nur sumpfige Wiesen und Erlenwälder. Und natürlich die Lahn. Elisabeths Anwesen war bescheiden. Es bestand aus ein paar einfachen Fachwerkbauten, in denen sich die Unterkünfte für sie selbst und die anderen Pflegeschwestern befanden, und einigen Stallungen. In der Mitte stand das eigentliche Hospitalgebäude, zu dem auch eine Kapelle gehörte.«

»Es heißt, Elisabeth hätte von da ab als einfache Hospitalschwester gelebt. Hat ihr das frühere Leben nicht gefehlt? Die Zeit auf der Wartburg?«

»Das können wir heute schwer sagen. Aber nach allem, was überliefert ist, hat sie sich vollkommen in ihre neue Aufgabe gefügt. Sie war tiefreligiös, und arm zu sein, betrachtete sie als das Ideal, nach dem sie immer gestrebt hatte. Was von ihrem Witwenvermögen übrig geblieben war, verschenkte sie. Die Pflege der Kranken war jetzt ihr Lebensinhalt. Und dem hat sie sich täglich von früh bis spät gewidmet, bis zur völligen Entkräftung. Konrad von Marburg soll sie dabei immer wieder gedemütigt und gezüchtigt haben, aber auch das hat sie geduldig hingenommen und nur ihren Dienst an den Bedürftigen gesehen. Eines Tages wurde sie selbst schwer krank. Und dann ist sie gestorben. Mit nur vierundzwanzig Jahren.«

Eine Weile herrschte Schweigen.

»Sie hatten recht«, sagte Jonas dann. »Das ist eine bemerkenswerte Biografie.«

»Ja. Heute wird Elisabeth als Heilige verehrt, was sie ein Stück unberührbar macht. Aber ich sehe immer diese junge, hart arbeitende Frau und die unglaubliche Kraft und Zuversicht, die sie besessen haben muss.«

»Sie muss ein toller Mensch gewesen sein.« Jonas dachte über das nach, was er erfahren hatte. Schließlich sagte er: »Ich habe gelesen, dass Elisabeth nach ihrem Tod auch hier in Marburg bestattet wurde.«

»Ja. Im November 1231. In der Kapelle ihres Hospitals, direkt vor dem Altar. Vier Jahre später wurde sie heiliggesprochen. Und dann hat man zu ihren Ehren die Kirche errichtet, vor der wir jetzt stehen.« Heidelind Delius deutete zu dem Eingangsportal hinüber. »Kommen Sie, ich zeige Ihnen die Stelle, an der sich das Grab befunden hat.«

Jonas folgte seiner Gastgeberin, die entschlossen auf das Portal zuhielt und dann im Inneren der Kirche verschwand. Als er nach ihr die gotische Halle betrat, verlangsamte er unversehens seine Schritte und ließ den Blick beeindruckt umherwandern. Der hohe Kirchensaal mit seinen Säulen, seinem Gewölbehimmel und den vom Hauptchor herüberleuchtenden farbigen Bleiglasfenstern verströmte eine Atmosphäre der Ruhe und Erhabenheit. Das milde Licht ließ die Sandsteinwände ringsum warm erstrahlen. In den Seitenschiffen entdeckte er jahrhundertealte Schnitzaltäre, und von einem Steinpfeiler blickte eine Marienskulptur auf ihn herab.

Heidelind Delius schritt zielstrebig durch die Mitte der Halle voran und bog links neben dem Kreuzaltar in den nördlichen Chorraum ab. Dort blieb sie stehen. Kurz darauf hatte Jonas sie eingeholt und trat neben sie.

Nur wenige Meter vor ihnen erhob sich ein mit einem Relief verzierter Sarkophag, der von einem auf Säulen ruhenden steinernen Baldachin überdacht war. Auf den abgewetzten Stufen davor brannten mehrere große Kerzen.

»Das ist die Stelle, an der Elisabeth drei Tage nach ihrem Tod beerdigt wurde«, erklärte die drahtige kleine Frau. »Unter der Sarkophagplatte führt ein schmaler Schacht in die Tiefe, mitten in ihre frühere Grablege hinein. Dieser Chorraum hier ist genau über der kleinen Kapelle von Elisabeths altem Hospital errichtet worden.«

»Vermutlich war ihr Grab damals nicht halb so prächtig.« Jonas betrachtete die kunstvolle Gestaltung des Überbaus, dessen himmelblau getönte Giebel mit Fresken, Inschriften und goldenem Blätterwerk ausgeschmückt waren.

»Nein. Man hat sie bestattet, wie sie in ihrem Hospital gelebt hatte – in Bescheidenheit und Armut. Sie wurde in ihrem grauen Schwesternkittel und in Tücher gehüllt in der bloßen Erde begraben. Die Stelle hat man mit einer einfachen Steinplatte abgedeckt. Das war's. Aber das hat die Leute nicht davon abgehalten, in Massen zu ihrer Ruhestätte zu kommen, um sie für ihr aufopferungsvolles Wirken zu ehren.« Heidelind Delius blickte zu Jonas. »Und dann fingen die Wunder an.«

»Die Wunder?« Jonas spürte eine spannungsvolle Unruhe in sich aufsteigen.

»Kaum dass Elisabeth beerdigt war, begann die Stelle, an der ihr toter Körper lag, eine heilende Wirkung auszustrahlen.

Lahme, die ihr Grab besucht hatten, konnten auf einmal wieder gehen. Blinde erlangten ihr Augenlicht zurück. Die Buckel und Geschwülste Entstellter schrumpften. Und dem Tode Geweihte erholten sich plötzlich.« Jonas' Führerin hob die Hände. »Natürlich sprachen sich die wundersamen Heilungen in Windeseile herum. Von überallher strömten die Menschen nach Marburg, von der Hoffnung getrieben, die tote Elisabeth würde sie heilen. Zum Teil brachte man die Leidenden auf Tragen oder Karren heran. Man legte sie auf die Grabplatte oder rieb sie mit der Erde ein, die man darunter hervorkratzte. Und viele wurden tatsächlich gesund.«

Jonas überkam ein Frösteln.

*Dem Tode Geweihte erholten sich plötzlich.*

Seit seine Führerin begonnen hatte, über die Heilungen zu sprechen, sah er Leonhardt Cordes vor sich. Nach dem, was ihnen dessen Krankenschwester anvertraut hatte, war der Bankier ein todkranker Mann. Und er war zutiefst religiös. Dachte Cordes etwa, das Herz von Elisabeth könnte ihn –«

»Sie glauben mir nicht, stimmt's?«, unterbrach die agile Frau seine Überlegungen. »Sie gucken so komisch. Das tun viele, wenn sie zum ersten Mal von den Heilungswundern hören. Natürlich kann es da Übertreibungen geben und sicher auch diese oder jene Verklärung. Aber die Fälle sind gut dokumentiert. Schriftlich aufgenommen auf Betreiben Konrad von Marburgs, der damit beim Papst seinen Antrag auf die Heiligsprechung Elisabeths untermauern wollte. Damals wurden mehr als einhundert Augenzeugenberichte zusammengetragen. Alle unter Eid bestätigt.«

Einen Moment herrschte Stille. Jonas beobachtete die Kerzen, die am Fuße des Sarkophags in einem leichten Luftzug flackerten, und dachte über das Gehörte nach. »Das mit der Heiligsprechung hat ja dann auch geklappt«, bemerkte er schließlich.

»Ja. Papst Gregor IX. fand Elisabeths aufopferungsvolles Leben und ihre bedingungslose Gottesliebe vorbildhaft, und mit den Zeugenprotokollen von den Genesungen waren auch die notwendigen Wunder nachgewiesen. 1235 nahm er Elisabeth in die Liste der Heiligen auf.«

»Eine große Ehrung, nur vier Jahre nach ihrem Tod.«

»Hmmm.« Heidelind Delius senkte den Blick. »Für die arme Elisabeth bedeutete das aber auch, dass es mit ihrer letzten Ruhe vorbei war.«

»Was meinen Sie damit?«

»Sie folgte dem Schicksal vieler Helden der Christenheit. Ihr Körper wurde zum Reliquienspender. Ein Jahr nach der Heiligsprechung grub man ihren Leichnam aus. Zur Erhebung ihrer Gebeine strömten Abertausende herbei. Ein Mega-Event, wie man heute sagen würde. Selbst der Kaiser kam. Er ließ es sich nicht nehmen, Elisabeths Schädel eigenhändig mit einer Krone zu schmücken. Für die restlichen Knochen gab man einen kostbaren Schrein in Auftrag. Er steht nebenan. Kommen Sie.«

Jonas' Führerin drehte sich um, bog um eine Ecke und hielt auf eine altertümliche rote Holztür zu, die mit schwarzen Eisenbeschlägen versehen war.

»Das ist die Sakristei«, erklärte sie. »Immer mir nach.«

Sie öffnete die Tür und verschwand in einem engen Gang. Jonas folgte ihr. Schon nach wenigen Schritten gelangten sie in einen quadratischen Gewölberaum, dessen Fußboden mit farbigem Mosaik ausgelegt war. Seine Aufmerksamkeit wurde jedoch sofort von einem golden glänzenden Gebilde gefesselt, das die Größe einer Truhe und die Form einer Kirche hatte. Es stand auf einem schweren roten Holzschrank, geschützt von einem Käfig aus verzierten Gittern.

»Darf ich?«, fragte Jonas und deutete auf das funkelnde Objekt.

»Natürlich.« Heidelind Delius lächelte. »Bis zum Gitter dürfen Sie. Danach geht vermutlich die Alarmanlage los.«

Jonas trat nach vorn. Langsam ließ er seine Augen über den Schrein wandern. Die Seiten der Schmucktruhe wurden von kleinen Figuren flankiert, in denen er Christus und die zwölf

Apostel erkannte. An den Giebelseiten erhoben sich Skulpturen von Maria und der heiligen Elisabeth selbst. In das vergoldete Blech des Dachaufbaus getriebene Bilder zeigten Szenen aus ihrem Leben. Und all diese kunstvollen Darstellungen waren von aufwendig gefassten Edelsteinen umgeben. Der Schrein musste einen unglaublichen Wert besitzen.

»Was für eine Pracht«, stieß er unvermittelt hervor. »Und das, um ein paar Knochen aufzubewahren.«

»Die Knochen einer Heiligen.« Heidelind Delius zwinkerte ihm zu. Dann wurde sie ernst. »Ja, es ist schon verrückt. Elisabeths ganzes Streben war auf Armut und Bescheidenheit ausgerichtet. Und nach ihrem Tod umgaben sie die Menschen mit den kostbarsten Materialien, die sie zusammentragen konnten.«

»Wenn sie das gewusst hätte …«

»Sie muss geahnt haben, was sie nach ihrem Tod erwartet. Sie kannte Konrad von Marburgs religiösen Eifer. Es stand zu erwarten, dass er nichts unversucht lassen würde, sie zu einer Heiligen zu machen. Und was mit den Leibern von Heiligen geschieht, wusste sie. Sich dagegen zu wenden, hätte nicht in ihrer Macht gelegen.«

»Und noch heute stehen wir vor ihrem Schrein.«

»Nur dass er jetzt leer ist.« Heidelind Delius zuckte die Schultern. »Lange wurden ihre Überreste hier angebetet. Dann kam die Reformation. Ein protestantischer Landesherr. Die Lutheraner fanden den Reliquienkult falsch. Elisabeths Knochen wurden entfernt und angeblich anonym bestattet. Später tauchten sie wieder auf. Wurden an andere Orte gegeben …« Die kleine Frau hob die Arme. »Suchen Sie im Internet. Dort finden Sie, was heute von Elisabeth übrig geblieben ist.«

Jonas erinnerte sich an den Tag, als er mit Gottholds verstörendem Testament nach Hause gekommen war und mit Fenja aufs Geratewohl zu recherchieren begonnen hatte. An die Elisabeth-Reliquien, auf die sie im Netz gestoßen waren. Bei denen das Objekt ihres größten Interesses gefehlt hatte.

»Und ihr Herz?«, fragte er aus einer spontanen Eingebung

heraus, wobei er sich um einen möglichst beiläufigen Tonfall bemühte. »Was ist mit ihrem Herzen passiert? Wurde das nicht auch als Reliquie aufbewahrt?«

»Wie bitte?« Heidelind Delius sah ihn verwundert an. Dann schüttelte sie den Kopf. »Nein, von ihrem Herzen ist mir nichts bekannt. Als ihr Grab damals geöffnet wurde, waren fünf Jahre vergangen. Da wird von den Organen nicht mehr viel erhalten gewesen sein. Um das Herz aufzubewahren, hätte man es ihr gleich nach dem Tode entnehmen müssen. Wer sollte das getan haben?«

»War nur eine Frage.« Jonas winkte ab und lächelte. »Man hört und liest ja so manches.«

»Ja, Reliquien sind ein großes Thema. Sie faszinieren die Menschen bis heute. Gläubige, Historiker, Künstler. Und inzwischen leider auch Sammler.« Auf den Zügen der kleinen Frau erschien ein Anflug von Bitterkeit. »Das ist eine schlimme Mode geworden. Menschen, die zu Geld gekommen sind, zahlen hohe Beträge, um sich mit den Heiligtümern der Vergangenheit zu schmücken.« Sie seufzte tief. »Sie kommen doch aus Thüringen, nicht wahr? Dort sitzt auch so ein Ganove.«

»Wie bitte?« Jonas war auf einmal wie elektrisiert. »Wen meinen Sie?«

»Er ist irgend so ein neureicher Computermensch. Wie er heißt, ist mir entfallen. Aber den Namen seiner Firma habe ich behalten, weil er irgendwie antik klingt.« Heidelind Delius hob den Kopf. »Sie nennt sich CENTURICON.«

# 18

*Jena, April 1670*

Heute würde ihr besonderer Glückstag werden, das spürte Caroline. Von freudiger Aufregung erfüllt, drängte sie sich durch die Menschenmenge, die wie immer den Marktplatz füllte. Philipp zur Linden wollte sie an diesem Nachmittag mit etwas Besonderem überraschen, das hatte er ihr am Abend zuvor gesagt und sie dabei geheimnisvoll angelächelt. Nun konnte sie kaum erwarten, zu erfahren, worum es sich dabei handelte.

Seit ihrer vom Schicksal so unerwartet herbeigeführten ersten Begegnung unter dem hölzernen Hans an der Rathausuhr waren schon einige Tage vergangen. Tage, die in Caroline einen wahren Sturm der Gefühle entfacht hatten. Tatsächlich war sie der Einladung des Junkers gefolgt und hatte ihn am Mittag nach ihrem ersten Treffen an der Pforte des Gasthauses »Zur Sonne« wiedergesehen.

Danach war sie unendlich froh gewesen, diese Entscheidung gewagt zu haben. Philipp hatte sie ebenso aufmerksam empfangen wie tags zuvor, und sie waren ein weiteres Mal über den Marktplatz flaniert, als wären sie ein frisch vermähltes Paar. Jedenfalls hatte sich Caroline so gefühlt, und auch wenn sie wusste, dass das Zusammensein mit einem Mann von Philipps Stand für ihresgleichen nur ein ferner Traum war, hatte sie die Vorstellung doch mit jeder Faser genossen.

Auch an den Tagen darauf hatten sie sich getroffen, mal am Morgen, mal am Abend, gerade so, wie es Caroline zwischen ihren Verpflichtungen im Hause Rolfinck und an der Universität einrichten konnte, ohne dass ihre Herrschaft Verdacht schöpfte. Lediglich die kleine Maria hatte sie nicht täuschen können, aber das gutherzige Mädchen schien ihr Abenteuer mit kindlicher Faszination zu verfolgen, ohne auch nur daran zu denken, sie bei ihren Eltern oder der neugierigen Mathilde anzuschwärzen.

»Caroline«, erklang plötzlich eine Stimme neben ihr. Sie drehte sich zur Seite. Und da stand er. Philipp zur Linden, in seinem stattlichen schwarzen Gewand und mit einem heiteren Funkeln in den Augen. Wie bei jeder ihrer Begegnungen zog er den federgeschmückten Hut vom Kopf und ließ ihn in einem weiten Bogen durch die Luft schwingen. »Ich grüße meine bezaubernde Begleiterin.«

»Philipp!« Caroline spürte, wie ihre Wangen zu glühen begannen. »Wie schön, dass Ihr … dass du da bist.« Der vertraute Ton, der während der letzten Treffen zwischen ihnen Einzug gehalten hatte, fühlte sich für das Dienstmädchen noch immer ungewohnt an.

»Komm, ich möchte dir etwas zeigen.« Beherzt ergriff der Junker Carolines Hand und zog sie durch die flanierenden Marktbesucher bis zu einem Verkaufsstand, der mit Blumen und kleinen Kunstwerken aus Stroh und Weidenruten gefüllt war. Sie entdeckte liebevoll geschmückte Puppen, Zierkränze für den Sonntagstisch und farbenfrohe Gestecke, die jede düstere Wohnstube zu einem erquicklichen Ort zu verzaubern versprachen.

»Wie hübsch die Sachen sind«, sagte sie. Der Marktstand war ihr zuvor nie aufgefallen. Vielleicht benötigte es erst den Blick eines Fremden, um die Kleinodien der Stadt zu entdecken.

Philipp trat an den Tisch und griff nach einer Rosenblüte, die mit Finesse auf einem kleinen Stern aus Stroh befestigt war. »Gefällt sie dir?«, fragte er.

»Sie ist wunderschön«, antwortete Caroline.

»Aber erst durch dich entfaltet sie ihre ganze Pracht«, erklärte Philipp im Flüsterton und befestigte den Blumenstern mit zarten Handgriffen in Carolines Haar.

»Euer Kavalier hat recht gesprochen«, krähte die hagere Marktfrau, die hinter dem Tisch stand und die Bemerkung des Junkers offenbar trotz seiner leisen Worte aufgeschnappt hatte.

»Seht nur, wie vorzüglich Euch die Blume kleidet.« Sie zog eine Spiegelscherbe hervor und hielt sie vor den beiden in die Höhe. Caroline musste schmunzeln. Sicher erhoffte sich die Frau mit ihrem Kompliment einen guten Preis und einen wohlwollenden Blick auf ihre anderen Offerten. Doch wie das Spiegelbild zeigte, brachte die leuchtend rote Rose Carolines ebenmäßiges Gesicht und ihr dunkles gewelltes Haar tatsächlich perfekt zur Geltung.

Während Philipp der Hageren einige Pfennige hinüberschob, raunte Caroline ihm zu: »Hab Dank. Deine Blume wärmt mir das Herz. War das die Überraschung, von der du gesprochen hast? Dass du mich glänzen lässt?«

»Oh nein. Der kleine Putz ist nur das Entree.« Im Gesicht ihres Begleiters erschien jetzt wieder das gleiche geheimnisvolle Lächeln wie schon am Abend zuvor. »Was ich meinte, ist etwas gänzlich anderes. Gedulde dich noch ein wenig. Nur ein kurzes Weilchen, ich bitte dich.« Beschwingt reichte er ihr seinen Arm. »Komm zuerst mit mir hinüber zur anderen Seite des Platzes.«

Sie hakte sich fest bei ihm ein, wie sie es schon die ganzen zurückliegenden Tage getan hatte. Mit einer fast kindlichen Drehung wandten sie sich wieder dem Marktgetümmel zu. Doch mitten in der Bewegung fuhr Caroline plötzlich zusammen und verharrte bewegungslos. Nur wenige Fuß vor ihnen stand ein junger Mann in einem glänzenden blauen Mantel.

Ein Mann, dessen Anblick ihr wohlvertraut war.

»Lorenz«, entfuhr es ihr unversehens. Sie war ihm nicht mehr begegnet, seit er sie mit seinem Brief zum Rathaus bestellt und dann versetzt hatte.

Der Medizinstudent war ebenso erstarrt wie sie. »Caroline?«, hauchte er tonlos. Dann zuckten seine Augen zu dem schwarz gewandeten Adligen an ihrer Seite, und auf seinem Antlitz erschien ein Ausdruck des Unglaubens.

Eine Spanne lang standen sie sich wortlos gegenüber.

»Caroline, möchtest du mir den jungen Herrn nicht vorstellen?«, fragte Philipp schließlich.

»Ich …« Das unerwartete Zusammentreffen hatte sie derart verwirrt, dass es ihr nicht gelang, den Satz zu Ende zu bringen.

Unterdessen wanderte Lorenz' Blick wieder zu Caroline zurück, und nun glaubte sie, in seinen Zügen eine tiefe Traurigkeit zu lesen. Oder bildete sie sich das nur ein?

Bevor sie sich ihres Eindrucks vergewissern konnte, drehte Lorenz sich um und stürmte durch die Menge davon.

»Ein merkwürdiger Bursche«, raunte Philipp. »Wer ist das?«

»Wer das ist?« Caroline atmete tief aus. Dann hatte sie sich wieder gefasst und setzte eine unbekümmerte Miene auf. »Niemand. Nur irgendein Student aus der Universität.«

»Wenn es sich so verhält, dann wollen wir die sonderliche Episode schnell vergessen.« Der Junker zuckte mit den Schultern. »Komm, deine Überraschung wartet.«

Gemeinsam überquerten sie den Marktplatz.

»Wohin gehen wir?«, erkundigte sich Caroline.

»Dorthin, wo ich Logis gefunden habe«, gab Philipp zurück. »In das Gasthaus ›Zur Sonne‹. Ich möchte dir etwas Wichtiges erklären. Und dabei können wir keine unberufenen Ohren gebrauchen.«

Erneut wurde Caroline von einer spannungsvollen Unruhe ergriffen. Womit würde sie der Adelsmann überraschen? Offenbar handelte es sich nicht um ein Geschenk wie den Rosenstern in ihrem Haar, sondern etwas, was er ihr mitteilen wollte. Etwas Wichtiges, wie er meinte. Doch was konnte so –

»Wir sind da«, unterbrach Philipp ihre Gedanken, und tatsächlich standen sie schon vor der hoch aufragenden Fassade des berühmten Gasthauses. Der Junker löste sich von ihrem Arm und deutete auf das steinerne Bogenportal. »Folge mir einfach.«

Hintereinander traten sie ein. Caroline musste kurz innehalten, um sich an das Halbdunkel zu gewöhnen, welches sie jetzt umgab. Noch nie zuvor hatte sie einen Fuß in dieses Haus gesetzt. Nun sah sie sich neugierig um. Vor ihnen öffnete sich eine längliche Halle. An der rechten Wand schälte sich ein großes Gemälde aus dem schummerigen Licht, auf dem Caroline den Saalefluss und die Berge in Jenas Umgebung erkannte. In einer Ecke erhob sich ein gelbbraun glänzender Kachelofen. Aus einer halb geöffneten Tür drang der unverkennbare Lärm einer Zechrunde herüber. Die Luft roch nach Rauch und Gebratenem.

Philipp zur Linden jedoch ließ das alles unbeachtet. Zielstrebig lenkte er seine Schritte zu einer hölzernen Treppe, die ganz hinten in der Halle nach oben führte. Seine Bewegungen wirkten jetzt fast fahrig, und Caroline erschien es auf einmal, als würde er ihrer Überraschung genauso ungeduldig entgegensehnen wie sie selbst.

Die Stufen ächzten unter ihren Schritten, während sie immer weiter emporstiegen. Im dritten Stockwerk schwenkte Philipp in einen von Talgkerzen erhellten Korridor. Sie passierten eine Reihe geschlossener Türen, bis der Junker schließlich vor der letzten Zimmerpforte stehen blieb.

»Meine Kammer«, erklärte er, zog einen Schlüssel unter seinem Umhang hervor, drehte ihn im Schloss und ließ das Türblatt aufschwingen. Er musste seinen Oberkörper beugen, um den niedrigen Eingang ohne Blessuren passieren zu können, und auch Caroline zog den Kopf unwillkürlich ein, während sie ihm nachfolgte.

»Willkommen in meiner bescheidenen Residenz!«, verkündete Philipp dann. Caroline deutete einen halb ernsten Knicks an und ließ ihren Blick schweifen. Sie befanden sich in einem Raum von mittlerer Größe. Die Einrichtung war sauber und schlicht. Es gab ein Bett, eine Anrichte mit einem Wasserkrug, zwei schmale Lehnstühle und einen kleinen Tisch. Durch ein Fenster drang warmes Nachmittagslicht herein.

»Setz dich«, sagte Philipp und deutete auf einen der beiden Stühle. »Du sollst es bequem haben, wenn ich endlich den Mut fasse, zu sagen, was nicht mehr zu verschweigen ist.«

Caroline folgte seiner Aufforderung. Ihr Herz begann, aufgeregt zu klopfen. Unversehens schoss ihr der Gedanke durch den Kopf, dass sie hier falsch war, dass es sich nicht geziemte, einem Herrn so einfach in sein Gemach zu folgen, noch dazu einem, den sie erst so kurze Zeit kannte. Doch all die Freundlichkeiten, die ihr Philipp entgegengebracht hatte, die wunderbare Aufmerksamkeit, die er ihr seit Tagen schenkte, die Selbstgewissheit und der Witz, den er dabei bewies, all das ließ sie verharren und dem entgegenfiebern, was nun kam.

Als würde er ihre Aufgeregtheit spüren, drang Philipp zunächst nicht weiter in sie, sondern legte in aller Ruhe Hut, Umhang und Degen ab. Dann ließ er sich schweigend auf dem zweiten Lehnstuhl nieder.

Erst als die Stille fast unerträglich geworden war, begann er zu reden. »Caroline, seit unserem ersten Zusammentreffen sind kaum ein paar Tage ins Land gegangen«, tastete er sich vor. »Ich zweifele nicht daran, dass du dich an die ersten Sätze erinnerst, die ich zu dir sagte, als wir drüben am Rathaus so plötzlich voreinanderstanden. Ich sprach von Geist und Anmut. Und davon, dass ich beides vom ersten Moment an in dir gesehen habe. Du entgegnetest, dass ich dich nicht kenne, und wolltest meine Lobesworte nicht ohne diesen sanften Widerspruch akzeptieren, was dir zu doppelter Ehre gereicht. Doch erlaube mir, dass ich mein Kompliment nun mit tausendfacher Kraft wiederhole. Die Zeit, die du mir seit unserer schicksalhaften Begegnung schenktest, hat in mir ein großes Glück entfacht, eine wärmende Unruhe, in der ich mich nach deiner Gegenwart verzehre. Das ist, ich muss es rundheraus gestehen, ein Gefühl, welches mir bislang nicht vertraut war. Ein Feuer, das kein anderes Weibsbild in mir zu entfachen vermochte. Aber du hast es wie im Spiel geschafft.«

Philipp atmete tief aus und ließ einen Moment verstreichen. Dann sah er Caroline an und fügte mit leiser, aber fester Stimme hinzu: »Deshalb möchte ich diese Stadt nicht ohne ihre schönste Perle verlassen. Nicht ohne dich. Die Überraschung, die ich für dich habe, ist kein Geschenk. Es ist eine einfache Frage: Möchtest du von nun ab dein Leben mit mir teilen?«

»Was sagst du da?«, fragte Caroline mit zittriger Stimme. Dann verstummte sie. Die Gedanken hämmerten in ihrem Kopf, und es fühlte sich so an, als wären es aufgescheuchte Rappen, die durch ein Labyrinth aus engen Gassen fegten. Hatte Philipp sie wirklich gerade gefragt, ob sie mit ihm fortgehen wolle? Um für immer an seiner Seite zu leben? In einer Welt, die so weit von dem, was sie kannte, entfernt war wie nur irgendetwas?

War das überhaupt möglich?

Manchmal hatte sie davon munkeln hören, dass Mägde von einfachem Stande die Liebe von Adelsmännern gefunden hätten und mit ihnen vermählt worden seien. Und dass es den Auserwählten von da ab nie wieder an etwas gefehlt habe. Caroline hatte nie viel auf dieses Gerede gegeben. Es waren die immer gleichen Geschichten, die sich die Mädchen in den armen Vierteln hinter vorgehaltener Hand zuraunten. Geschichten, die sie mit all den Träumen ausschmückten, die ihnen ihr hoffnungsvolles Gemüt einflüsterte. Und die sich doch niemals bewahrheiteten. Jedenfalls hatte Caroline noch keine einzige Dienstmagd kennengelernt, der ein solch schicksalhaftes Glück widerfahren wäre.

Und nun saß sie vor einem Mann, der ihr genau jenes wonnehafte Leben anheimgestellt hatte.

»Ich bitte dich, mach dich nicht lustig über mich«, sagte sie schließlich leise. »Die Stunden, die wir gemeinsam verbrachten, sind mir zu kostbar, um die Erinnerung daran an eine Scharade zu verlieren.«

»Caroline, das ist keine Scharade! Was redest du?« Philipp sprang auf, ergriff ihre Hände und zog sie ebenfalls auf die Beine. »Komm, sieh mich an!«

Behutsam blickte sie auf. Sie forschte in den Gesichtszügen des Adelsmannes, aber den Spott, den sie so fürchtete, konnte sie nicht darin erkennen.

»Dann hast du lauteren Herzens gesprochen?«, erkundigte sie sich vorsichtig.

»Was ich dir gestand, ist mein heiliger Ernst. Bei Gott, ich möchte mit dir zusammen ein rauschendes Fest der Vermählung feiern«, gab Philipp mit einem feierlichen Anklang in der Stimme zurück. Dann setzte er etwas leiser hinzu: »Nach meiner Rückkehr aus Jena. Wenn alles gut ausgegangen ist.«

Caroline spürte, wie sie ein unglaubliches Gefühl der Leichtigkeit durchdrang. Was Philipp da gesagt hatte, ließ all ihre kühnsten Träume verblassen. *Ein rauschendes Fest der Vermählung.* Für Sie? Die Dienstmagd, Tochter eines Badergehilfen und einer Leichenwäscherin? Im herrschaftlichen Eisenach? Erst nach einer kurzen Spanne drang auch der letzte Satz in ihr Bewusstsein.

»Wenn alles gut ausgegangen ist?«, fragte sie mit banger Stimme. »Was meinst du damit? Steht denn deinem Trachten noch etwas im Wege?«

Philipp schwieg und senkte langsam den Kopf. »Nicht meinem Trachten noch meinen Gefühlen. Was ich für dich empfinde, ist ohne alle Schranken. Die Nöte, die mich nach Jena geführt haben, sollen deine Sonne nicht mit Wolken verhängen. Heute ist ein Tag der Freude.« Er sah auf und lächelte, aber Caroline konnte sehen, dass nun ein Schatten der Kümmernis auf seinem Antlitz lag.

»Ich ahnte nicht, dass du mit einer Bürde in unsere Stadt gekommen bist. Sage ruhig, was dich bedrückt. Ich bin nicht aus Stroh gemacht. Ich halte viel aus. Auch die Sorgen eines vertrauten Kavaliers.« Sie schmunzelte Philipp frohgemut an und hoffte, ihm dadurch etwas von der Unbeschwertheit zu entlocken, die sie an ihm so sehr lieben gelernt hatte.

Doch sein Gesicht blieb ernst. »Deine Worte sind freundlich«, entgegnete er. »Doch was mich plagt, wiegt schwer und soll die kostbare Stunde unseres Zusammenseins nicht verderben.«

Caroline drückte die Hände des Junkers. »Vom Schweigen wird die Last nicht leichter. Auch wenn ich nur ein gewöhnliches Dienstmädchen bin, so kann ich dir vielleicht zur Seite stehen.«

Philipp schien nachzudenken. »Du könntest mir tatsächlich helfen«, sagte er nach einer Weile.

»Was kann ich tun?«

»Lass mich dir zuerst berichten, welch furchtbare Bedrängnis mich quält.« Er löste sich von ihren Händen und ließ sich auf seinen Stuhl niedersinken, als wäre er mit einem Mal von großer Müdigkeit erfasst.

Auch Caroline setzte sich und sah den Adelsmann erwartungsvoll an. »Nun sag schon. Frei heraus!«

»Ich muss dir zunächst ein Versprechen abnehmen. Nämlich, dass du über alles, was ich dir jetzt offenbare, Stillschweigen bewahrst. Denn es handelt sich um eine zutiefst vertrauliche Angelegenheit.«

»Mache dir darüber keine Gedanken. Ich kann schweigen wie ein Grab.«

»Schwörst du es bei Gott, dem Allmächtigen?«

»Ich schwöre.« Caroline nickte fest, aber sie gewahrte, wie sie zur selben Zeit ein beängstigendes Gefühl beschlich.

»Gut. Dann höre«, begann der Junker. »Seit vierhundert Jahren hütet meine Familie einen Schatz. Dass es ihn gibt, ist ein Geheimnis. Der Schatz wird von den Vätern an die Söhne weitergegeben, und jetzt sind es mein Bruder Melchior und ich, die jene Kostbarkeit in Verwahrung halten.«

»Was für eine Kostbarkeit?«

»Eine Reliquie.« Philipp hielt kurz inne, als wäre er unsicher, ob er weitersprechen solle. Doch dann sagte er: »Es ist das Herz der heiligen Elisabeth.«

»Was sprichst du da?« Caroline fuhr auf. »Ist das wirklich wahr? Das Herz unserer verehrten Elisabeth liegt in euren Händen?«

»So ist es. Und so war es immer schon.«

»Aber wie … Wie seid ihr dazu gekommen?« Die Aufregung ließ Carolines Stimme hell erschallen. »Wieso ist davon nichts –«

»Nicht so laut! Wenn dich jemand hört«, zischte Philipp, und sein Blick zuckte zur Tür. Dann wandte er sich wieder Caroline zu und sah ihr in die Augen. »Nach dem Tod der Wohltäterin kam es in die Obhut meiner Familie. Mehr darf ich nicht sagen.«

»Aber ... Wenn das so ist«, Caroline schluckte, »was ist die Bedrängnis, von der du sprichst? In welche Nöte bist du geraten?«

»Ich habe einen furchtbaren Fehler begangen. Es gab ein großes Fest am Eisenacher Hofe, mit Gästen von nah und fern. Unter ihnen war auch ein Edelmann aus Ungarn, Graf Sárospataky. Ein Mann von Macht und Einfluss. Wir hielten Konversation, und da ist es geschehen. Der Wein hat mir die Zunge gelöst, und in einem Moment der Schwäche habe ich dem Grafen von dem verborgenen Herzen erzählt. Da bekamen seine Augen plötzlich einen feurigen Glanz. Ich sollte es ihm heimlich zeigen, und ich Verdammter tat es auch. Danach nahm er mich beiseite und bot mir eine riesige Summe Gulden, wenn ich meine Familie bestehle und ihm die Reliquie verschaffe. Er stammt aus der ungarischen Stadt, aus der auch Elisabeth einst kam, und will das Herz in seiner Schlosskapelle verehren.«

Caroline wurde bleich. »Oh Philipp ... Solch eine dreiste Offerte hast du doch sicher sofort zurückgewiesen.«

»Ich wollte es ja. Aber es war zu spät. Sárospataky ließ keine Ausflucht gelten. Er drohte, mich auszulöschen, wenn ich ihm das Herz nicht bringe. Inzwischen hat er mir schon zweimal Botschaften zukommen lassen, die nichts an Deutlichkeit vermissen ließen. Das Herz oder mein Leben. Wenn ich nicht bald liefere, schickt er seine Schergen.« Philipps Schultern sanken herab. »So, meine liebe Caroline, steht es um mich.«

»Und dein Bruder? Melchior? Kann er dir nicht beistehen?«

»Melchior darf nichts davon erfahren! Er ist der Ältere von uns. Ein starrköpfiger Streiter für Recht und Moral. Über alle erhaben, die nicht so sind oder denken wie er.« Ein verächtlicher Zug umspielte Philipps Mund. »Er hasst jede meiner Schwächen, und einen solchen Fehler würde er mir nie verzeihen.«

Philipp schüttelte den Kopf. »Nein, ich muss eine andere Lösung finden.«

Für eine Weile herrschte Schweigen. Das Gebälk des Zimmers knarrte spitz. Die Fensterscheibe klingelte, als eine Windbö von außen dagegendrückte. Irgendwo in der Tiefe des Hauses wurde eine Tür zugeschlagen.

»Du sagst nichts mehr«, stellte Philipp schließlich fest, und in seinem Tonfall schwang ein schlecht bemäntelter Vorwurf mit.

»Verzeih, aber die Geschichte ist allzu befremdlich.« Caroline seufzte. »Fast fällt es mir schwer, sie zu glauben.«

Anstatt einer Antwort stand der Junker von einem Stuhl auf, schritt an Caroline vorbei und verriegelte die Zimmertür. Dann beugte er sich hinter das Bett und zog eine mit eisernen Beschlägen gesicherte Reisetruhe hervor. Er öffnete das schwere Schloss und klappte den Deckel zurück. »Du möchtest einen Beweis?«, fragte er. Behutsam hob er einen in ein graues Leinentuch gehüllten Gegenstand aus dem Inneren der Truhe, kam damit zum Tisch und stellte ihn vor Caroline ab. »Hier hast du ihn!« Mit einer raschen Bewegung wischte er das Tuch zur Seite.

Caroline entfuhr ein erstaunter Laut.

Vor ihr stand ein etwa zwei Fuß hohes, kunstvoll verziertes Behältnis. Es war aus vergoldetem Blech gearbeitet und hatte die Gestalt eines Hauses, das auf einem hohen, mit Ranken verzierten Fuß schwebte. Seine vier Ecken waren mit kleinen Türmchen verziert. In der Mitte des Gehäuses ruhte eine gläserne Kapsel.

Caroline beugte sich vor, um besser sehen zu können. In der Kapsel befand sich ein längliches Gebilde von der Größe einer Kinderfaust. Es war mit purpurnen Seidenbändern umwunden. Zwischen den Stoffstreifen lugte eine schwärzliche, lederartige Masse hervor.

»Ist das *ihr* Herz?«, flüsterte sie.

»Das ist es.«

Caroline wich zurück, senkte den Kopf und murmelte ein Gebet. Dann hob sie vorsichtig den Blick. Sie verehrte Elisabeth, ebenso wie es ihre Eltern taten, die durch ihre Arbeit an den Krankenlagern und Totenbetten der Stadt eine tiefe Ehrfurcht vor dem Wirken der heiligen Frau erlangt hatten. Und nun lagerte das Herz der Wohltäterin eine Armlänge vor ihr auf dem abgestoßenen Tisch eines Gasthauses.

»Warum hast du das Herz in die Stadt gebracht?«, fragte sie, nachdem sie sich von ihrem ersten Schrecken erholt hatte.

»Weil es in Jena einen Ausweg aus meiner Bedrängnis gibt«, entgegnete Philipp. »Und aus der Gefahr, in der ich schwebe.«

»Die Stadt kann dir keinen Schutz vor Sárospatakys Häschern gewähren. Wie soll sie dir also helfen?«

»Nicht die Stadt. Die Universität!« Philipp richtete sich auf, als würde allein die Erwähnung der ehrwürdigen Alma Mater seine Probleme schrumpfen lassen.

»Ich verstehe nicht.«

»Warte.« Wieder ging der Junker zu seiner Reisetruhe, und wieder brachte er einen verhüllten Gegenstand daraus hervor. Er setzte ihn auf dem Tisch ab und zog das Tuch herunter. Diesmal zuckte Caroline regelrecht zusammen. Auch bei dem zweiten Gebilde handelte es sich um ein vergoldetes Reliquienbehältnis. Es glich dem ersten wie ein Zwilling dem anderen. Sie hätte nicht vermocht, die beiden prächtigen Stücke auseinanderzuhalten, wäre da nicht dieser eine Unterschied gewesen: Die Glaskapsel des zweiten Gehäuses war gähnend leer.

Philipp musste nichts sagen. Caroline fröstelte. So sah also seine Lösung aus.

»Du willst Elisabeths Herz fälschen!«, stieß Caroline hervor.

»Ich will es retten!« Der Junker trat dicht an den Tisch heran. »Die Kopie des Schreins hat mich ein kleines Vermögen gekostet. Nun benötige ich nur noch ein Herz. Dann wird alles wieder gut. Der Graf erhält, ohne es zu wissen, das Duplikat. Und die echte Reliquie stelle ich zurück in ihre verborgene

Kammer, bevor mein ach so rechtschaffener Bruder auch nur ahnt, dass sein Schatz eine kleine Reise gemacht hat.«

»Damit der Schwindel nicht auffällt, brauchst du das Herz eines Menschen.«

»Zweifellos. Und es muss genau so präpariert sein wie jenes von Elisabeth. Sárospataky hat sich das echte Herz lange und genau besehen. Er ist ein mit allen Wassern gewaschenes Schlitzohr. Ihm eine Nachahmung unterzuschieben, bedarf größter Kunst.«

»Aber das Herz, woher …?« Noch bevor sie ihre Frage beendet hatte, riss sich Caroline die Hand vor den Mund. Denn gerade war ihr aufgegangen, wieso der Junker in den letzten Tagen ein so auffälliges Interesse an der Universität gezeigt hatte. »Die Anatomie. Du willst dich an einem Kadaver bedienen!«, platzte es aus ihr heraus.

»Nicht ich.« Philipp lächelte, aber zum ersten Mal wirkten seine Züge dabei merkwürdig kalt. »Du wirst das für mich tun.«

»Ich? Wie sollte ich –«

»Du bist Dienstmagd in der Medizinischen Fakultät. Du kennst die Gewölbe. Du reinigst die Toten. Du hilfst dem Anatomen, die Zergliederung der Kadaver vorzubereiten und hinterher sauber zu machen. Wer, wenn nicht du, ist in der Lage, ein verwaistes Herz an sich zu bringen?«

»Selbst wenn es mir gelänge, ohne Verdacht zu erregen … Was willst du mit einem rohen Herzen? Die Würmer würden es sofort auffressen. Solch ein Organ zu schützen und zu präparieren, dafür braucht es Kenntnis, Geschick und Zeit. Ich muss es wissen, denn ich war schon einige Male dabei.«

»Deshalb wirst auch du, Caroline, meine Künstlerin sein. Bringe mir das Herz und die Ingredienzien, die man für seine Erhaltung braucht. Du fertigst das Duplikat. Diese Kammer wird dein Laboratorium sein. Hier wird unser Plan gelingen.«

»Unser Plan?« Caroline sprang auf und wich einen Schritt zurück. Aber der Junker folgte ihr auf dem Fuße nach und ergriff ihren Oberarm.

»Du hast gesagt, du willst mir helfen. Caroline, es ist für uns!«, drang er in sie. »Wenn ich liefere, macht uns Sárospataky reich. Wir vermählen uns und leben sorglos bis ans Ende unserer Tage!«

»Du tust mir weh!« Mit einer heftigen Bewegung entwand sich Caroline dem Griff des Mannes. »Ich kann dir nicht helfen. Und ich will es auch nicht! Mein Professor ist ein ehrenwerter Mann. Nie würde ich ihn so schändlich hintergehen. Und Gott zu versuchen, indem ich das Herz seiner heiligen Elisabeth verspotte, verstößt gegen alles, woran ich glaube.« Sie blitzte den Junker kühl an. »Auch wenn ich nur eine unbedeutende Dienstmagd bin, so habe ich doch eine Ehre im Leib!«

»Willst du auf all das verzichten, was ich dir biete?« Philipp lachte höhnisch auf. »Dann heirate doch deinen erbärmlichen Studenten. Diesen Lorenz Enschütz, dem du schöne Augen machst, nur weil er dich in einer dunklen Gasse vor zwei Trunkenbolden ...« Er verstummte.

»Was hast du da gesagt?« Caroline spürte, wie ihr Hals trocken wurde. »Woher ... Woher kennst du Lorenz' vollen Namen? Und weshalb weißt du von den Männern in der Gasse?«

Sie erhielt keine Antwort. Als ihr bewusst wurde, was Philipps Worte bedeuten mussten, liefen ihr zwei dünne Tränen über die Wangen. »Du hast mich beobachtet! Schon die ganze Zeit. Wir sind uns gar nicht zufällig begegnet, nicht wahr? Die Briefbotschaft, die mich zum hölzernen Hans am Rathaus bestellt hat, war nicht von Lorenz, sondern von dir. Es war eine List, um mich zu treffen und ihn zugleich in ein schlechtes Licht zu rücken. Du hast alles vorher geplant. Und du bist auch nicht in mich verliebt. Es ging dir von Beginn an nur um dieses Herz!«

»Denkst du einfältige Trine wirklich, die Adelsleute laufen dir nach?« Er schnaubte verächtlich. »Du hast dich in unseren albernen Spaziergängen geweidet wie die Sau in der Suhle.«

»Es reicht!« Mit einer trotzigen Bewegung wischte sich Caroline die Tränen aus dem Gesicht. »Besorge dir dein Herz in einer anderen Stadt, und dann werde mit deinem ungarischen Grafen glücklich. Ich gehe jetzt.«

Sie wandte sich um und wollte aus dem Zimmer eilen, doch die Tür war noch immer verriegelt.

Der Junker schoss heran und baute sich vor ihr auf. Seine dunklen Augen bohrten sich in die ihren, und dann sagte er mit schneidender Stimme: »Meine liebe Caroline, höre mir jetzt genau zu. Ich weiß, dass dein Professor Rolfinck in zwei Tagen wieder einen Kadaver vor Studenten und Honoratioren zergliedern wird. Das Spektakel ist lange schon angekündigt. Du sorgst dafür, dass ich diesmal dabei sein werde. Als ehrenvoller Gast, wie es meinem Stand gebührt. Und wenn der Spaß vorüber ist, besorgst du mir das Herz des armen Schluckers. Und alles, was du brauchst, um es dem der Elisabeth gleichzumachen.«

»Das tue ich sicher nicht!« Es gelang ihr nur schwer, die Angst, die sie erfüllte, zu überdecken. »Für deine Dreistigkeit sollte ich dich beim Amtmann anzeigen. An mein Versprechen, zu schweigen, fühle ich mich nicht mehr gebunden.«

»Das solltest du aber.« Philipp rückte ganz dicht an sie heran, und jetzt wurde sein Tonfall kalt wie Eis. »Vergiss nicht, ich bin wie ein Geist. Ich sehe und höre alles. Wenn du nicht tust, was ich von dir verlange, oder wenn du auch nur ein einziges Wort davon verrätst, dann werde ich kommen und furchtbare Rache nehmen. Aber ich werde nicht dich töten. Sondern Lorenz, deinen tugendhaften Studentenfreund. Das schwöre ich dir beim wahren Herzen der Elisabeth!« Er trat zur Seite, riss den Riegel zurück und ließ das Türblatt aufschwingen. »Und nun hinaus. Deine Herrschaft wird schon auf ihr Putzmädchen warten.«

Caroline taumelte in den Flur. Lautstark fiel die Tür hinter ihr zu. Wie in Trance schritt sie den düsteren Gang entlang. Kurz vor der Treppe blieb sie stehen und fuhr sich mit einer verzweifelten Bewegung durch die Haare. Plötzlich hatte sie den Stern mit der Rosenblüte in der Hand. Einen Moment verharrten ihre Augen auf dem zarten Blütenkopf. Dann legte sie ihn still in einer Wandnische ab, wo er unversehens im Dämmer verschwand. Die märchenhafte Hoffnung, die sie noch vor einer Stunde verspürt hatte, war erloschen. Wenn sie das Leben von Lorenz retten wollte, musste sie eine Betrügerin werden.

# 19

*Gegenwart*

Die Sonne stand schon tief, als Jonas auf den Erfurter Wenigemarkt einbog. Die Freisitze der Cafés und Restaurants waren bis auf den letzten Platz gefüllt, und das vergnügliche Gemurmel der Gäste mischte sich mit den Violinenklängen eines Straßenmusikanten. Die Windlichter auf den Tischen schimmerten wie winzige Vorboten des Abends herüber. Jonas hielt auf die nordwestliche Ecke des Platzes zu, wo der Turm der Ägidienkirche den Zugang auf die Krämerbrücke markierte. Noch ein paar Schritte, dann war er wieder zu Hause.

Die dreieinhalbstündige Rückfahrt von Marburg hatte er genutzt, um seine Recherchen aufzuarbeiten und sich Notizen zu den Fakten und Eindrücken zu machen, die er während seines Gesprächs mit Heidelind Delius gesammelt hatte. Dann war er erschöpft eingeschlafen, sodass er um ein Haar den Ausstieg in Erfurt verpasst hätte. Jetzt jedoch fühlte er sich wieder putzmunter und konnte es kaum erwarten, Fenja von seiner Reise zu berichten.

Voller Vorfreude tauchte er in die Gasse, die über die historische Brücke führte, schloss die Tür zu seiner Geschichtsagentur auf und betrat wenig später sein Recherchekabinett. Als Erstes rief er in ihrer Wohnung im Obergeschoss an, um Fenja Bescheid zu sagen, dass er zurück war. Dann zog er sein Notizbuch hervor und überflog noch einmal, was er sich aufgeschrieben hatte.

Es dauerte nicht lange, da kam Fenja hereingestürmt. »Schön, dass du wieder da bist!«, rief sie ihm entgegen und umarmte ihn. Dann fragte sie mit überschwänglicher Neugierde: »Und? Wie sieht's aus? Hat dich Marburg klüger gemacht?«

»Ein wenig schon.« Jonas schmunzelte.

»Dann bist du jetzt Elisabeth-Experte?«

»Aber so was von.« Er lachte auf. »Außerdem gibt es noch ein paar andere spannende Nachrichten.«

»Lass hören!« Vergnügt ließ sich Fenja in einen der Ledersessel fallen.

Jonas setzte sich ebenfalls und begann zu erzählen. Zuerst von dem, was er über das wechselvolle Leben von Elisabeth in Erfahrung gebracht hatte. Dann von ihrer Grabstätte und den Heilungen, die dort nach ihrem Tod aufgetreten waren. Und auch davon, was Heidelind Delius über den Gründer von CENTURICON gesagt hatte.

Als er zum Schluss gekommen war, herrschte einen Moment lang Stille.

»Amadeo Valerian sammelt Reliquien?«, meinte Fenja schließlich. Die Überraschung über die Neuigkeit, mit der Jonas seinen Bericht beendet hatte, stand ihr noch immer ins Gesicht geschrieben.

»Ich war auch erstaunt, was dein neuer Freund so treibt, wenn er nicht gerade Computerprogramme entwickelt.«

»Er ist nicht mein ›neuer Freund‹.« Fenja grinste schief und knuffte Jonas in den Arm. Dann wurde sie wieder ernst. »Aber glaubst du das wirklich? Warum sollte ein Mensch, der sein Vermögen mit modernster Technologie gemacht hat, sich ausgerechnet für uralte Kirchenrelikte erwärmen?«

»Keine Ahnung. Die Leute haben die seltsamsten Hobbys.«

»Und woher weiß diese Heidelind überhaupt, dass Valerian Reliquiensammler ist?«

»Das habe ich sie kurz vor unserer Verabschiedung auch gefragt. Sie meinte, sie hätte es vor längerer Zeit mal irgendwo in Gemeindekreisen aufgeschnappt. Es scheint kein wirkliches Geheimnis zu sein.«

»Ist der private Besitz von Reliquien überhaupt erlaubt? Immerhin sind es religiöse Objekte.«

»Laut katholischem Kirchenrecht ist der Verkauf verboten. Aber wenn die Gegenstände jenseits der Kirche legal erworben werden, ist das wohl nicht strafbar.« Jonas zuckte mit den Schultern. »Nach dem, was mir Frau Delius am Schluss noch gesagt hat, muss es dafür sogar eigene Händler geben. Eine spezialisierte Szene. Wie bei Antiquitäten. Nur deutlich überschaubarer.«

»Ein merkwürdiges Sammelgebiet.«

Jonas nickte. Abwesend sah er aus dem Fenster des Recherchekabinetts. Mittlerweite hatte die Abenddämmerung eingesetzt, und in den Häusern links und rechts der Gera brannten die Lichter. Er drehte sich um und sah Fenja an. »Weißt du, was mir gerade durch den Kopf geht? Vielleicht hat Valerian im letzten Jahr ebenfalls diesen Artikel gelesen. Über das Herz von Elisabeth. Was, wenn die Meldung auch bei ihm Begehrlichkeiten geweckt hat?«

»Amadeo Valerian soll sich für das Herz von Elisabeth interessieren?« Fenja lachte auf. »Vielleicht denkst du jetzt auch noch, er ist unser Mörder.«

»Warum nicht?«

»Nur, weil er Sammler ist?« Fenja blickte Jonas spöttisch an. »Dann wären bei einem Gemälderaub auch alle Kunstsammler verdächtig.«

»Stimmt auch wieder. Aber immerhin wohnt er in Jena.«

»Macht ihn das gleich zum Verbrecher?«

»Natürlich nicht.« Jonas winkte ab. »Aber das bringt mich auf eine andere Idee. Es könnte nicht schaden, etwas mehr über diese Sammlerszene zu erfahren. Und über die Händler, die mit Reliquien ihr Geld verdienen. Mich macht das auf jeden Fall neugierig, und für Kommissarin Vareel wäre es zweifellos auch von Interesse.« Er sah auf. »Du arbeitest doch mit Valerian zusammen, bei eurem Softwareprojekt. Meinst du, du könntest uns einen Termin bei ihm verschaffen? Sozusagen auf dem kurzen Dienstweg?«

»Ich weiß nicht.« Fenja wiegte den Kopf. »Wir hatten erst ein einziges gemeinsames Meeting. Und ich will mir meine Chancen nicht gleich am Anfang vermasseln. Ich kann ihm nicht einfach mal so eine LKA-Ermittlerin auf den Hals hetzen.«

»Das verstehe ich.« Jonas dachte eine Weile nach. Dann meinte er: »Und ohne die Kommissarin? Ganz informell? Ein harmloses Gespräch zwischen Valerian, dir und mir?«

»Und was soll ich ihm sagen, was wir von ihm wollen?«

»Sag ihm einfach, du hättest gehört, dass er Reliquien sammelt. Erzähl ihm, dass wir uns dafür interessieren. Dass du so etwas Antikes supercool findest und ich sowieso, weil ich Historiker bin. Schmier ihm ein bisschen Honig ums Maul. Vielleicht lässt er uns einen Blick in seine Sammlung werfen. Alles andere ergibt sich dann.«

»Meinst du wirklich? Er ist ein Promi. Und die Sammlung ist ein Teil seines Privatlebens. Ich bin mir nicht sicher, ob er da so ohne Weiteres mitmachen wird.«

»Das schaffst du schon!« Jonas zwinkerte Fenja zu. »Bei deinem unvergleichlichen Charme kann er gar nicht Nein sagen.«

»Du musst es ja wissen.« Fenja atmete tief durch. »Gut, versuchen kann ich es ja. Es wird aber ein paar Tage dauern. Ich muss einen günstigen Moment erwischen, um ihn anzusprechen.«

»Da vertraue ich voll und ganz auf deine Intuition.« Jonas setzte ein Schmunzeln auf. »Ich freue ich mich schon auf den schönen Amadeo. Und falls er uns etwas Interessantes mitteilt, kann ich Anne Vareel immer noch Bescheid geben.«

»Die Kommissarin sollte sich lieber um diesen herzkranken Bankier aus Eisenach kümmern. Leonhardt Cordes. Was dir Heidelind Delius über die Heilungswunder an Elisabeths Grab berichtet hat, ist schon ganz schön verrückt. Vielleicht hat Cordes auch davon gehört. Was, wenn er das alles für bare Münze nimmt?«

»Das dachte ich auch gleich, als sie die Heilungen erwähnt hat. Ich habe vorhin im Zug mal ein bisschen mit dem Handy recherchiert. Es gibt mehrere medizinische Abhandlungen zu den *Miracula sancte Elyzabeth*, den Wundern der heiligen Elisabeth. Inklusive der Heilungsberichte, die die Zeugen damals zu Protokoll gegeben haben. Falls sich jemand dafür interessiert, ist es kein Problem, Material dazu zu finden. Und wenn man dann noch so religiös ist wie Cordes …«

»… dann glaubt man vielleicht, die tote Elisabeth würde diese Heilkraft noch immer besitzen.«

»Und ihr Herz in besonderer Weise.«

»Ich fand Cordes' Geschichte ohnehin wenig glaubhaft. Dass er eine Million ausgeben wollte, um die Reliquie der Kirche zu schenken. Ausgerechnet ein knallharter Bankier.« Fenja schüttelte den Kopf. »Nein, Jonas, ich bin mir sicher, der will das Herz für sich. Damit es ihn gesund macht.«

»So betrachtet hätte Cordes doch ein Motiv für die Morde.«

»Die vermeintliche Heilkraft des Herzens. Ich wette, das ist der wahre Grund, weswegen er den Genealogen beauftragt hat, die Nachfahren von Lorenz Enschütz zu finden. Als er bei ihnen mit seinem Geld nicht weitergekommen ist, könnte er es auf die harte Tour versucht haben. Mit Hilfe seines Adlatus Gregor Witte vielleicht.« Fenja hob die Schultern. »Der drohende eigene Tod ist eine starke Motivation. Cordes hat nichts mehr zu verlieren.«

»Das könnte heißen, dass er auch weiterhin nach dem Herzen sucht. Seine Krankheit schreitet voran. Da wird er nicht tatenlos zusehen.«

»Falls er nach eurem Besuch in seinem Haus nicht erst mal die Füße stillhält. Immerhin weiß er jetzt, dass ihn die Polizei auf dem Schirm hat. Da wird er vorsichtig sein.«

»Das wäre naheliegend.« Jonas hob die Arme. »Aber wie du schon sagtest: Er hat nichts mehr zu verlieren.«

Fenja lehnte sich im Sessel zurück. »Wie auch immer. Auf jeden Fall musst du Kommissarin Vareel so bald wie möglich sagen, was du in Marburg über die Heilungswunder erfahren hast. Und dass darin ein Motiv liegen könnte. Der Rest ist dann nicht mehr unser Job. Um Leonhardt Cordes muss sich das LKA kümmern.«

»Was uns zu unserem eigentlichen Auftrag zurückbringt: der Lösung des Rätsels.« Jonas stand auf, startete seinen Computer und öffnete die Rechercheakte. Er klickte auf ein Datei-Icon, und ein Textdokument öffnete sich. Vor ihnen prangte der mysteriöse Vierzeiler.

*Wo auf Felsen die Liebe erblüht*
*und der Weg aus Leid geboren,*
*ruht das Geheimnis des wahren Herzens*
*gefangen im Körper eines Riesen.*

Jonas ließ seine Augen über die Worte wandern, und auch Fenjas Aufmerksamkeit war jetzt vollkommen auf die Bildschirmfläche gerichtet. Dank Heidelind Delius besaßen sie inzwischen einen Einblick in das bewegte Leben von Elisabeth. Nun würde sich zeigen, ob sie damit das Rätsel knacken konnten, dachte Jonas.

»Wie es aussieht, gehören die oberen beiden Zeilen zusammen«, meinte er. »Ein Ort, an dem es sowohl Liebe als auch Leid gegeben hat. Fangen wir am besten mit der Liebe an.«

»Wo die Liebe erblüht ...« Fenja fuhr sich gedankenverloren durch die Haare. »Elisabeth war sehr in ihren Mann Ludwig verliebt. Und sie hat schon als kleines Mädchen ihre Liebe zu Gott entdeckt. Welche dieser beiden besonderen Beziehungen im Rätsel gemeint ist, wissen wir nicht.« Auf Fenjas Zügen erschien ein feines Lächeln. »Aber ich würde es zuerst mit der irdischen Liebe versuchen. Lorenz Enschütz war ein junger Mann. Und die Zeichnung in seinem Stammbuch lässt vermuten, dass er selbst verliebt war. Vielleicht sind seine Gefühle auch bei der Erfindung des Rätsels eingeflossen.«

»Also ist Gott draußen«, bemerkte Jonas trocken.

»Nur für den Moment.« Fenja schmunzelte.

»Gut. Probieren wir es mit Ludwig.« Jonas zeigte auf den Monitor, auf dem der Rätseltext leuchtete. »Wir suchen einen Ort, wo sich die beiden ineinander verguckt haben.«

»Und zwar auf Felsen. Also irgendwo auf einem Berg.«

»Heidelind Delius hat gesagt, Elisabeth ist ihrem zukünftigen Mann zuerst auf der Wartburg begegnet. Dem Hauptsitz der

Thüringer Landgrafen. Dort ist sie zusammen mit ihm aufgewachsen, bis sie schließlich geheiratet haben.«

»Die Wartburg. Na klar!« Fenjas Augen begannen zu leuchten. »Dort hat ihre Liebe angefangen. Auf einem Berg hoch über dem Land. Auf Felsen, im wahrsten Sinne des Wortes.«

»Bleibt noch die zweite Zeile.« Jonas sah wieder zum Bildschirm. »Wenn wir bisher richtigliegen, dann müsste auf der Wartburg auch ein Weg aus Leid geboren worden sein.«

»Das ist er auch. Der Weg, den Elisabeth für ihr weiteres Leben eingeschlagen hat, ihre Suche nach einer neuen Bestimmung, die Entscheidung, ein Hospital zu errichten und als einfache Pflegeschwester zu leben, dieser ganze Weg hat auf der Wartburg begonnen. Und zwar aus tiefem Leid heraus.«

»Der Tod Ludwigs. Die Anfeindungen vom Rest des Hofes. Elisabeths verzweifelte Flucht von der Burg.« Jonas blies hörbar die Luft aus. »Stimmt. Das ist mehr als ein leidvoller Neuanfang.«

»Also haben wir jetzt einen Ort.« Fenja richtete sich im Sessel auf. »Die Wartburg in Eisenach. Ein guter Platz, um ein Versteck einzurichten.«

»Aus Lorenz' Perspektive die perfekte Wahl«, stimmte Jonas zu. »Die Burg ist markant. Sie ist ein Bauwerk von Bestand. Und ein Symbol für Elisabeth.«

»Und es gibt dort tausend Möglichkeiten, ein kleines Herz zu verstecken.«

»Ja, leider. Die Nadel im Heuhaufen.«

»Ein Stück geht das Rätsel ja noch weiter. Es fehlt der Riese, in dessen Körper das Herz gefangen sein soll.« Fenja zog die Stirn kraus. »Gibt es auf der Wartburg einen Riesen?«

»Keine Ahnung.«

»Vielleicht in einer Legende?«

»Spontan wüsste ich keine. Aber das haben wir gleich.« Jonas zog die Tastatur zu sich heran, rief ein Suchprogramm auf und gab die Stichworte »Wartburg« und »Riese« ein. Dann drückte er auf die Entertaste.

»Nichts«, verkündete er, nachdem er die Resultate auf dem Bildschirm überflogen hatte. »Keine Legende von einem Riesen, der auf der Wartburg lebt.«

»War ein Versuch.« Fenja überlegte. »Und gibt es da eine große Statue oder ein Denkmal?«

»Puh. Sicher gibt es dort oben irgendwelche Figuren. Aber ich habe keinen Schimmer, welche. Und ob sie sich als Versteck eignen. Ich war ewig nicht auf der Wartburg.«

»Dann sollten wir das ändern!« In Fenjas Augen erschien plötzlich ein abenteuerlustiges Blitzen. »Lass uns einfach hinfahren. Vor Ort kommen einem die besten Ideen.«

»Du willst mitkommen?«

»Klar! Dieses Abenteuer lasse ich mir doch nicht entgehen.« Fenja klopfte beschwingt auf den Rucksack, der neben ihrem Sessel lehnte und in dem sie ihren Laptop aufbewahrte. »Dank des Analyseprogramms von CENTURICON komme ich mit meiner Arbeit zehnmal schneller voran als früher. Die Zeit für eine Fahrt nach Eisenach kann ich mir locker freischaufeln. Lass mich nur kurz nachsehen, wann.«

Sie zog ihr Smartphone hervor und öffnete den Kalender. »Heute ist Samstag. Der ist rum«, murmelte sie. »Morgen kommen meine Eltern nach Erfurt, da wird es eng. Montag habe ich ein Meeting im Institut, da geht's auch nicht. Aber der Dienstag ist noch frei. Wäre das okay für dich?«

»Dienstag ist super.«

»Also fahren wir am Dienstag auf die Wartburg!« Fenja sprang auf und drückte Jonas fest an sich. Dann verkündete sie. »Ich bin sicher, wir finden das Herz. Glaub mir. Ich kann kaum erwarten, dass es losgeht.«

Jonas lachte. Mit der Aussicht auf eine kleine Expedition konnte man Fenja von einer Sekunde auf die andere glücklich machen. Nicht umsonst war sie mit Leib und Seele Geologin. »Ich freue mich auch«, sagte er. »Und bis Dienstag kann ich –«

In diesem Moment ertönte ein schriller Summton, der sich mehrmals in schneller Folge wiederholte.

»Das ist die Geschäftsklingel. An der Außentür der Agentur«, meinte Jonas. »Da macht es aber jemand dringend.«

»Erwartest du noch Kundschaft?« Fenja zog die Augenbrauen zusammen und linste auf die Zeitanzeige ihres Smartphones. »Kurz vor halb acht? Am Samstag?«

»Nein, ich erwarte niemanden.« Jonas zuckte ratlos die Schultern. »Keine Ahnung, wer da so spät noch zu mir will. Am besten, du wartest hier. Ich schaue mal nach.« Er ließ die Geheimtür einen Spalt auseinanderfahren und schlüpfte hinaus in den Empfangsraum. Erst nachdem sich die beiden Teile des Vitrinenschranks wieder vollständig geschlossen hatten, ging er hinüber zur Eingangstür.

Wieder ertönte der durchdringende Summton der Klingel.

Er entriegelte das Schloss und öffnete die Tür.

Vor ihm erhob sich eine hochgewachsene Gestalt in einem dunklen Anzug. Jonas benötigte einen kurzen Moment, bis er das Gesicht des Mannes im flirrenden Gegenlicht der Krämerbrückenbeleuchtung erkennen konnte. Doch dann wusste er, wer da vor ihm stand. »Herr Witte?«, stieß er erstaunt hervor.

»Mein Chef möchte Sie sprechen«, entgegnete der Privatsekretär von Leonhardt Cordes. »Er wartet im Wagen.«

Schweigend ging Jonas hinter dem Sekretär her. Er hatte zuerst überlegt, das Treffen zu so ungewöhnlicher Stunde abzulehnen, doch Gregor Witte war in ihn gedrungen und hatte auf einer sofortigen Unterredung bestanden. Die Angelegenheit sei sehr wichtig und würde keinen Aufschub dulden. Schließlich war Jonas einverstanden gewesen, den Bankier anzuhören. Nun wuchs mit jedem Schritt seine Neugier.

Sie verließen die Krämerbrücke, durchquerten eine Schar beschwingt diskutierender Zechbrüder und bogen in eine schmale Seitenstraße ein. Ihre Schritte hallten als helle Schläge von den Fassaden wider, und die abendliche Beleuchtung ließ ihre Schatten wie schwebende Geister über das Pflaster wandern. Am Ende der Straße entdeckte Jonas die elegante Silhouette eines

Jaguar XF. Die matt glänzende Limousine bot einen merkwürdigen Kontrast zu den verschachtelten Fachwerkhäusern, die die Straße wie eine mittelalterliche Kulisse anmuten ließen.

Witte beschleunigte seine Schritte und steuerte auf den Jaguar zu. Als sie den Wagen erreichten, öffnete er die hintere Tür und wies mit dem Arm ins Innere der Fahrzeugkabine.

»Setzen Sie sich«, sagte er, und seine Aufforderung klang mehr wie ein Befehl als wie eine Einladung.

Jonas überging den unhöflichen Tonfall und nahm auf der weichen Lederbank Platz, während neben ihm die Tür mit einem satten Schmatzen ins Schloss fiel. Leonhardt Cordes saß ebenfalls auf der Rückbank. Der Bankier trug einen weißen Mantel und ein braunes, mit goldenen Fäden durchwirktes Halstuch. Sein wuchtiger Körper füllte fast die Hälfte des Wagenfonds aus. Ein paar Sekunden lang musterte er Jonas mit seiner raubvogelhaften Miene, als würde er eine Beute begutachten. Dann erschien ein schmales Lächeln auf seinen Lippen, und er sagte: »Herr Wiesenburg. Wie zuvorkommend von Ihnen, dass Sie meiner bescheidenen Einladung Folge geleistet haben.«

»Herr Cordes.« Jonas nickte knapp.

»So sieht man sich also wieder.« Der Bankier lachte glucksend auf. »Wer hätte das vermutet?«

Ich jedenfalls nicht, dachte sich Jonas, und dieses Treffen war auch nicht meine Idee. Doch diese Gedanken behielt er für sich. Stattdessen fragte er: »Weswegen wollen Sie mich sprechen?«

»Interessiert es Sie nicht, wie ich Sie gefunden habe? Auf Ihrer bezaubernden Krämerbrücke?«

»Sie haben es geschafft. Das genügt. Es wäre mir lieber, Sie kämen gleich –«

»Ich werde es Ihnen trotzdem erzählen«, unterbrach ihn der Bankier mit einem jovialen Grinsen und hob die Hand, als wolle er einen möglichen Widerspruch von Anfang an unterbinden. »Sehen Sie, ich habe über Ihren Besuch in meiner Villa nachgedacht. Die beiden Schnüffler vom LKA haben sich mit Dienstrang vorgestellt. Aber Sie, Herr Wiesenburg, besaßen solch einen Dienstrang nicht. Sie wurden als *Berater* bezeichnet.« Er neigte den Kopf zur Seite, und seine dunklen Augen blitzten. »Was für ein Berater das wohl sein könnte, habe ich überlegt und ein wenig recherchiert. Sie können sich mein Erstaunen vorstellen, als ich auf Ihr außergewöhnliches Geschäftsmodell gestoßen bin. Eine Detektei für historische Ermittlungen. Mit spektakulären Erfolgen im Portfolio. Das hat mich beeindruckt.«

»Das ehrt mich«, gab Jonas trocken zurück. »Aber was wollen Sie nun von mir?«

»Zuerst habe ich mich gefragt, was wohl das LKA von Ihnen will. Von einem Detektiv, dessen Domäne die Vergangenheit ist. In einem Fall wie diesem. Dass Sie den Mörder fangen?« Cordes schüttelte den Kopf. »Nein. Das ist die Arbeit der Polizei. Dafür benötigt man keinen Experten, wie Sie einer sind. Es musste also etwas anderes sein.« Er sah auf, und sein Blick wurde durchdringend. »Und dann, Herr Wiesenburg, ist mir plötzlich klar geworden, wozu die Sie brauchen. Sie sollen ihnen Elisabeths Herz besorgen! Das Corpus Delicti des Falles.«

Jonas erstarrte. Der Mann hatte den Nagel auf den Kopf getroffen, und er schien nicht im Geringsten daran zu zweifeln, dass er richtiglag.

Für einen Moment herrschte im Fond des Luxuswagens absolute Stille. Die Spannung war fast mit Händen zu greifen.

Schließlich räusperte sich Jonas und sagte: »Sie irren sich, Herr Cordes. Ich soll das Landeskriminalamt lediglich zu den historischen Zusammenhängen beraten. Ganz allgemein. Mehr ist dazu nicht zu sagen.«

»Sie mögen ein ausgezeichneter Historiker sein.« Der Bankier ließ ein maliziöses Kichern hören. »Aber Sie sind ein verdammt schlechter Lügner.«

»Sitzen wir hier, weil Sie mir Ihre Mutmaßungen zu meinem Vertrag präsentieren wollten?« Jonas richtete sich auf. »Das haben Sie nun getan. Dann kann ich ja jetzt gehen.«

»Ich denke, das können Sie nicht.« Cordes ließ seine Augen

nach draußen wandern, und Jonas folgte seinem Blick. Der Sekretär des Bankiers hatte sich vor der Wagentür aufgebaut wie ein Leibwächter und starrte durch die Scheibe herein. Er vermittelte nicht den Eindruck, als würde er die Blockade des Ausstiegs aufgeben, bevor sein Chef ihm nicht den Befehl dazu gab.

»Schauen Sie mich an«, ließ sich Leonhardt Cordes wieder vernehmen. »Es wäre sehr unhöflich von Ihnen, meine Gastfreundschaft durch einen zu frühen Aufbruch zu beleidigen. Da geben Sie mir sicher recht.«

Gezwungenermaßen richtete Jonas seine Aufmerksamkeit wieder auf den Bankier.

»Was wollen Sie?«, presste er hervor.

»Ich möchte Ihnen ein Angebot machen.« Cordes beugte sich nach vorn, was ihm angesichts seines aufgeschwemmten Leibes nur langsam gelang. Dann angelte er ein in durchsichtige Folie eingeschlagenes Päckchen aus dem Fußraum und ließ es auf die Sitzbank fallen.

Jonas stockte. Vor ihm lag ein Quader aus dicken Geldstapeln, die aus Fünfhundert-Euro-Scheinen bestanden.

»Ich denke, Sie können die Summe erraten«, meinte Cordes und atmete schwer. Der Handgriff hatte ihn sichtlich angestrengt.

»Eine Million, vermute ich.« Jonas überkam eine üble Vorahnung. »Was ist damit?«

»Das ist Ihr Honorar.«

»Mein Honorar?«

»Besorgen Sie mir Elisabeths Herz. Dann gehört das Geld Ihnen.« Cordes griente. »Eine ehrenhafte Aufgabe für einen Fachmann wie Sie. Sie tun damit nicht nur mir einen Gefallen, sondern auch der Kirche Ihrer Stadt. Sie wissen ja, die Stiftung für den Dom.«

»Sie haben gesagt, ich wäre ein schlechter Lügner.« Jonas lächelte kühl zurück. »Sie sind ein noch viel schlechterer.«

»Was soll das heißen?«

»Ich war in Marburg. An Elisabeths Grab. Ich habe von den Heilungen gehört. Und ich weiß, dass Sie ein sehr kranker Mann sind. Dieses Herz ist nicht als Geschenk für die Kirche bestimmt, Herr Cordes. Sie wollen es als persönliche Lebensversicherung.«

»Chapeau.« Der Bankier nickte unmerklich. »Sie sind noch besser, als ich dachte. Ja, Sie haben recht. Ich benötige das Herz für mich. Es ist meine letzte Chance. Die Ärzte haben mich aufgegeben. Aber Gott hat es nicht.« Er hob den Zeigefinger. »Dieser Presseartikel aus Jena war das Zeichen, auf das ich so verzweifelt gewartet hatte. Der Wink, den mir der Herrgott auf mein Flehen gesandt hat.«

»Sie denken, eine fast achthundert Jahre alte Reliquie kann Sie retten?«

Die Augen des Bankiers begannen, wie im Fieber zu glühen. »Ja, Herr Wiesenburg. Diese Reliquie kann mich retten. Elisabeths Herz wird das meine heilen. So wie der Leichnam der Heiligen schon viele andere Menschen geheilt hat. Deshalb muss ich das Herz haben! Bringen Sie es mir und vergeuden Sie keine Zeit!«

Jonas überfuhr ein kalter Schauer. Leonhardt Cordes glaubte tatsächlich, was er da sagte. Er schien regelrecht besessen. Jonas erinnerte sich, wie sie am Anfang ihrer Recherchen gerätselt hatten, warum außer ihnen noch jemand von der Echtheit des Herzens überzeugt war, obwohl es Dr. Kobler in dem Artikel als vermutliche Fälschung abqualifiziert hatte. Jetzt hatte er die Begründung. Wenn Cordes den Artikel für ein göttliches Zeichen ansah, dann konnte er beim Lesen der Meldung keinen Zweifel gehabt haben, dass die Reliquie wirklich von Elisabeth stammte. Und instinktiv hatte er recht behalten. Für einen Augenblick schoss Jonas der Gedanke durch den Kopf, dass er womöglich gerade einem Mörder gegenübersaß. Doch würde der einen Historiker beauftragen, um sein Ziel zu erreichen?

»Herr Cordes, ich kann Ihren Auftrag nicht annehmen«, sagte er schließlich. »Und auch nicht Ihr Geld.«

»Was soll das heißen, Sie können nicht?« Der Bankier sah ihn entgeistert an, so als hätte Jonas etwas vollkommen Undenkbares geäußert.

»Ich bin Berater der Polizei.«

»Na und? Was zahlen Ihnen diese Pfennigfuchser? Tausend Euro? Jagen Sie die Mischpoke zum Teufel! Sie arbeiten für mich!«

»Sie irren sich. Ich arbeite für das LKA.« Jonas sah sein Gegenüber fest an. »Und das ist keine Frage des Geldes.«

»Das akzeptiere ich nicht.«

»Sie werden es müssen. Es ist mein letztes Wort.«

»Sie wagen es, sich gegen mich zu stellen?«, brüllte der Bankier unversehens los, und seine Stimme schnappte fast über. »Sie denken, Sie können einen Leonhardt Cordes einfach in die Wüste schicken? Das, Herr Wiesenburg, werden Sie noch bitter bereuen. Ich schwöre es Ihnen!«

Die Drohung hallte wie ein Fluch durch das Innere des Wagens. Cordes lehnte sich zurück. Der Ausbruch hatte ihm für einen Moment die Luft genommen, und nun rang er rasselnd nach Atem. Aber seine Augen funkelten noch immer wach und lauernd.

»Ich kann Ihnen nicht helfen«, sagte Jonas leise. »Es tut mir leid.«

Er öffnete die Autotür und stieg aus. Erstaunlicherweise hinderte ihn Gregor Witte nicht daran. Ohne sich noch einmal umzusehen, ging Jonas davon. Bis zum Ende der Straße glaubte er die bohrenden Blicke des Bankiers in seinem Rücken zu spüren.

# 20

Als Jonas den Land Rover durch die Innenstadt von Eisenach in Richtung Süden steuerte, kam er sich vor wie in einer Zeitschleife. Es war gerade einmal eine Woche vergangen, seit er diese Strecke mit Anne Vareel und Marc Schätzele absolviert hatte. Nur lag diesmal sein Ziel außerhalb der Stadt, und statt der Polizisten war Fenja seine Begleiterin.

Das Wetter an diesem Dienstagvormittag gab sich so freundlich wie die ganzen letzten Tage. Und die Temperaturen hatten sogar noch einmal angezogen. Beste Voraussetzungen für ihre kleine Expedition.

Als sie das südliche Viertel erreicht hatten, setzte Jonas den Blinker und bog nach rechts ab, wo die lang gezogene Bergstraße begann, die aus der Stadt hinaus in Richtung Wartburg führte.

»Wenn wir weiter geradeaus gefahren wären, hätten wir Leonhardt Cordes einen Besuch in seiner Villa abstatten können«, sagte er mit einem fatalistischen Grienen. Das unangenehme Gespräch im Fond des Jaguars steckte ihm noch immer in den Knochen, und obwohl er das Landeskriminalamt umgehend über den Vorstoß des Bankiers informiert hatte, bereitete ihm der Gedanke an Cordes' bedrohliche Äußerungen nach wie vor Sorge.

»Haben die Leute vom LKA inzwischen etwas unternommen?«, erkundigte sich Fenja.

»Ja. Anne Vareel hat heute früh angerufen und mir Bescheid gegeben. Gestern war sie noch einmal bei Cordes zu Hause und hat ihn mit seiner Drohung gegen mich konfrontiert.«

»Und? Wie hat er reagiert?« Fenja, die auf dem Beifahrersitz saß, blickte neugierig zu Jonas herüber.

»Völlig entspannt. Er hat der Kommissarin gesagt, er hätte im Auto lediglich sein Bedauern über meine Absage geäußert. Ich müsse da etwas missverstanden haben.«

»Aber das stimmt nicht! Er hat dich eindeutig bedroht.«

»Leider kann ich das nicht beweisen. Da steht Aussage gegen Aussage. Cordes weiß genau, dass ihm deswegen niemand etwas kann.«

»Arschloch.«

»Anne Vareel hat sich ähnlich ausgedrückt.«

»Und jetzt? Was, wenn er wirklich etwas gegen dich unternimmt?«

»Die Kommissarin hat ihm klargemacht, dass sie ihn im Blick behält. Und dass sie jetzt weiß, wofür er Elisabeths Herz wirklich braucht. Mehr konnte sie nicht tun.«

»Und wenn er der Mörder ist, zusammen mit diesem unheimlichen Witte?«

»Dafür gibt es keinen Beweis. Solange das so bleibt, sind dem LKA die Hände gebunden.«

»Na prima.«

»Ich bin mir sicher, die Polizei bleibt an Cordes dran. Wir sollten ihnen vertrauen. Lassen wir uns den Tag nicht von düsteren Gedanken verderben. Immerhin haben wir etwas vor.« Jonas deutete aus der Frontscheibe des Land Rovers. »Schau mal, dort oben. Da ist sie schon, die Schöne!«

Von einem bewaldeten Berggipfel, der sich vor ihnen erhob, leuchtete der sonnenbeschienene Umriss der Wartburg herab. Wie eine Postkarte, dachte Jonas und richtete seine Aufmerksamkeit wieder auf die Straße.

»Leider sind wir nicht die Einzigen, die die Burg so schön finden«, stellte Fenja fest und zeigte auf den Rückspiegel. »Hinter uns hängt eine Schlange von Autos.«

»Das war klar. Die Wartburg zieht einen Haufen Besucher an, auch außerhalb der Ferien. Aber die sollen uns nicht stören. Man sieht uns ja nicht an, was wir suchen.«

Sie tauchten in den Wald ein, der bereits eine herbstliche Färbung angenommen hatte. Die Sonne warf funkelnde Blitzer durch das Blätterdach, während sich die Straße in weiten Bögen den Berg hinaufwand. Nach einigen Minuten erreichten sie einen Parkplatz unterhalb der Bergkuppe, auf dem sie den Geländewagen neben etlichen anderen Autos und zwei bunt lackierten Reisebussen abstellten.

Voller Tatendrang zogen sie ihre Wetterjacken über, und Jonas schulterte seinen Rucksack, in dem sich neben einem Tablet und einer Fotokamera auch der alte Schlüssel befand, der zu Gottholds Vermächtnis gehörte. Und der nach der Beschreibung ihres getöteten Freundes zum Auffinden des Herzens notwendig sein sollte.

»Auf geht's!«, verkündete Jonas gut gelaunt.

Sie gingen am Rand der Straße zurück bis zu einem kleinen Weg, der zum Gipfel des Berges führte. Ab hier wurde der Aufstieg steil. Die Bäume rückten dicht an den Pfad heran. Der rötliche Schotter auf dem Boden war von Adern aus Felsgestein durchzogen. Ein Geländer aus einfachen Rundhölzern wies die Marschrichtung. Schließlich ging der Steig in eine Treppe über, und kurz darauf lag das Gipfelplateau vor ihnen.

»Geschafft«, rief Fenja aus, als sie das Plateau erreichten. »War doch gar nicht so schlimm.« Sie grinste, als sie sah, dass Jonas außer Atem geraten war.

»Wahnsinn.« Er holte zweimal tief Luft, dann ließ er seinen Blick schweifen. Ringsum breitete sich die weite Berglandschaft des Thüringer Waldes aus. In einem Tal unter ihnen funkelten die Ausläufer von Eisenach, als wären sie Teil einer entfernten Spielzeugstadt. Der größte Blickfang jedoch war die Wartburg, die wie ein gewaltiges Schiff vor ihnen lag. Mit ihren alten Mauern, den Fachwerkbauten und dem zinnenbewehrten Bergfried strahlte sie Dauer und Erhabenheit aus.

»Dann stürzen wir uns mal in unser Abenteuer«, meine Jonas. Sie überquerten die Zugbrücke, die dem Torhaus vorgelagert war, und betraten den ersten Burghof. Der Weg führte wie ein Schluchtpfad zwischen Bauten hindurch, die geradezu mit dem natürlichen Gestein des Berges verwachsen schienen. »Wo auf Felsen die Liebe erblüht …«, zitierte Jonas die erste Zeile des Rätseltextes.

Fenja nickte. »Es ist schon eine komische Vorstellung, wenn man sich überlegt, dass Elisabeth vor achthundert Jahren genau hier entlanggegangen ist.«

»Und vierhundert Jahre später Lorenz Enschütz, um ihr Herz zu verstecken. Der Urahn unseres alten Freundes Gotthold.« Jonas blickte sich um. »Das ist wirklich ein ergreifender Ort.«

Der lang gestreckte Innenhof weitete sich. Überall standen oder gingen Touristen, einzeln oder als Pärchen, oft auch in kleinen Gruppen. Manche Besucher lärmten aufgekratzt, andere richteten ihre Blicke schweigend auf die verträumten Fassaden, wieder andere posierten für Selfies.

»Hast du schon einen Riesen gesehen?«, erkundigte sich Fenja verschmitzt.

»Nein. Nicht mal einen Halbriesen«, gab Jonas zurück. Bisher war ihm noch nichts aufgefallen, das dem letzten Hinweis im Rätsel entsprach.

»Dann gehen wir am besten weiter in den nächsten Hof.«

Sie durchquerten eine Torhalle. Dahinter öffnete sich eine deutlich größere Fläche, deren linke Flanke von einem hohen romanischen Sandsteinbau mit bogigen Arkaden dominiert wurde.

Auch auf dem zweiten Burghof tummelten sich Scharen von Menschen. Jonas blickte sich langsam um. »Guck mal, da drüben«, sagte er dann und deutete auf eine aschblonde Mittvierzigerin, die an einen Treppenaufgang lehnte und gedankenverloren an einem Kaffee nippte.

»Nicht gerade eine Riesin«, bemerkte Fenja trocken.

»Das nicht. Aber nach ihrer Bekleidung zu urteilen, gehört sie zu den Frauen, die hier die Führungen machen. Vielleicht können wir ihre Kaffeepause nutzen, um uns ein wenig Arbeit zu ersparen.«

»Gute Idee.«

Sie schlenderten zu der Treppe hinüber. Die Frau bemerkte die beiden erst, als sie direkt vor ihr standen. Erschrocken fuhr sie auf, schaffte es aber im Handumdrehen, ein freundliches Lächeln auf ihr Gesicht zu zaubern. »Kann ich Ihnen helfen?«, erkundigte sie sich.

»Hallo«, meinte Jonas und lächelte zurück. »Sie machen hier Führungen?« Er deutete auf das Schildchen an der Jacke der Frau, auf dem das Logo der Burg und der Name Sadowski aufgedruckt waren.

»Das ist richtig. Die Karten dafür müssten Sie sich aber vorn an der Kasse kaufen.«

»Ich habe nur eine Frage. Sie kennen sich doch hier aus. Gibt es auf dem Burggelände oder in den Innenräumen irgendwo etwas, das man als ›Riesen‹ bezeichnen könnte? Eine große Statue vielleicht? Oder irgendeine andere Figur?«

»Nee.« Die Gästeführerin schüttelte den Kopf. »Ein Riese als Figur … Das wüsste ich. Es gibt die Säle mit den großen Wandbildern und Mosaiken und dann natürlich die Stube, in der Luther das Neue Testament übersetzt hat, aber da ist nichts in der Richtung dabei. Nein, so etwas, wie Sie meinen, fällt mir nicht ein.«

»Schade.« Jonas zog ein enttäuschtes Gesicht.

»Es tut mir sehr leid, wenn ich Ihnen nicht helfen konnte.« Die Frau hob bedauernd die Arme. »Aber hier oben gibt's nur einen Riesen. Und der steht genau neben ihnen.« Sie legte den Kopf in den Nacken und sah nach oben.

»Was sagen Sie da?« Jonas folgte ihrem Blick. An der Seite des Treppenaufgangs, an dessen Fuß sie standen, ragte der mächtige Bergfried in die Höhe. Der viereckige Turm war das weithin sichtbare Wahrzeichen der Burg. Ein wirklicher Riese. Jonas presste die Lippen aufeinander. Wie hatte er das übersehen können?

Er wechselte einen schnellen Blick mit Fenja, deren Augen siegesgewiss aufblitzten. Wir haben das Rätsel gelöst, verkündeten sie stumm.

*Gefangen im Körper eines Riesen …*

»Kann man den Turm besichtigen?«, fragte er.

»Leider nicht.« Die Gästeführerin hob die Schultern. »Der Turm gehört nicht zum Ausstellungsrundgang. Da sind nur technische Anlagen drin. Rohrleitungen und ein Sammelbehälter für die Wasserversorgung der Burg.«

»Gibt es vielleicht trotzdem eine Möglichkeit, mal kurz reinzuschauen?« Er linste noch einmal schnell auf das Namensschild am Revers der Führerin. »Frau Sadowski?«

»Bedauerlicherweise darf ich da keine Ausnahme machen.«

»Ich bin gewissermaßen dienstlich hier«, versuchte er es noch einmal. »Mein Name ist Wiesenburg. Ich bin Historiker und muss –«

»Jonas Wiesenburg?« Auf dem Gesicht der Frau erschien ein begeistertes Leuchten. »Der mit den alten Kriminalfällen?«

»Ja.« Er beeilte sich zu nicken.

»Ich lese alle Ihre Bücher. Ich habe sie auch schon überall in der Familie verschenkt. Wir sind Fans von Ihnen.«

Jonas spürte ein aufgeregtes Kribbeln. Was für eine glückliche Fügung, dachte er. Wenn die Frau seine Veröffentlichungen kannte, würde sie ihnen vielleicht doch helfen, in den Turm zu gelangen.

»Sind Sie wegen eines neuen Buches hier?«, wollte Sadowski wissen, bevor Jonas seine Bitte noch einmal wiederholen konnte.

»Ja, genau. Es geht um einen alten Mordfall, bei dem ein Riese, also der Bergfried, eine wichtige Rolle gespielt hat. Um 1670«, improvisierte Jonas. »Und deswegen müsste ich mir die Örtlichkeiten einmal im Original ansehen, verstehen Sie?« Er deutete auf den Turm.

»1670, sagen Sie? Ach, da haben Sie jetzt aber wirklich Pech«, seufzte die Führerin, und in ihren Zügen erschien ein Ausdruck echten Bedauerns.

»Wieso … Pech?« Ein taubes Gefühl ergriff von Jonas Besitz.

»Der Bergfried, den Sie hier sehen, ist erst im 19. Jahrhundert erbaut worden. Als man die halb verfallene Burg von Grund auf restauriert hat. Damals ist vieles umgebaut und neu gestaltet worden.«

»Und was war davor?«

»Da gab es auch schon einen Bergfried. Er stand an derselben Stelle. Aber er war baufällig und wurde abgerissen. Tut mir leid.«

Jonas spürte, wie ihm der kalte Schweiß auf die Stirn trat. Wenn es stimmte, was die Frau da sagte, und wenn sich das Versteck von Elisabeths Herz irgendwo im Gemäuer des früheren Turmes befunden hatte, dann war die kostbare Reliquie für alle Zeiten verloren. »Existiert vom Originalbau nicht wenigstens noch ein Rest?«, fragte er fast flehentlich. »Ein Keller vielleicht?«

»Nein, Herr Wiesenburg. Der ursprüngliche Turm wurde komplett abgebrochen.« Sadowski zuckte mit den Schultern. »Davon sind nur noch ein paar alte Steinfragmente übrig. Die stehen jetzt drüben in der Ausstellung. Der Elisabeth-Stein zum Beispiel.«

»Der Elisabeth-Stein?« Jonas blickte ruckartig auf.

»Ja. Das ist ein Block aus einem ehemaligen Turmschacht. Mit einer Inschrift, in der die heilige Elisabeth erwähnt wird. Deswegen hat man den Stein so genannt. Elisabeth von Thüringen ist Ihnen ja sicher ein Begriff.«

»Können wir diesen Elisabeth-Stein einmal sehen?«

»Klar, warum nicht? Mein Kaffee ist inzwischen ohnehin kalt.« Die Gästeführerin schüttete den Rest des Tasseninhalts durch ein Abflussgitter. »Kommen Sie am besten gleich mit. Dann können wir noch vor der nächsten Führung reinschauen.«

Zielstrebig hielt sie auf ein Portal am Ende des Sandsteinbaus zu, der den Hof auf der linken Seite begrenzte. Jonas und Fenja folgten ihr.

»Es ist nett, dass Sie uns helfen«, sagte Jonas, als sie den Eingang erreicht hatten.

»Das mache ich doch gerne.« Sadowski fischte einen Schlüsselbund aus ihrer Hosentasche und öffnete die Tür. »Folgen Sie mir einfach. Wir müssen nicht weit.«

Sie durchquerten einen kurzen Gang und gelangten in einen gedrungenen Gewölbesaal.

»Das ist der Ausstellungsraum, in dem die Fragmente vom alten Bergfried aufbewahrt werden«, erklärte die Gästeführerin.

Jonas und Fenja ließen ihre Augen umherwandern.

Die Wände des Saals waren aus massiven Felsquadern errichtet, und kleine Fenster durchbrachen die meterdicken Mauern wie Schießscharten. Auf einer Reihe von grauen Metallstelen lagerten Bruchsteine mit verwitterten Reliefs.

»Der Elisabeth-Stein ist dort ganz hinten. In der Mauernische«, sagte Sadowski, die die suchenden Blicke der beiden offenbar bemerkt hatte.

Jonas ging zum anderen Ende der Halle und trat vor die bezeichnete Nische. Auf einem Stahlgestell ruhte ein massiver Sandsteinblock. Er musste sehr alt sein. Seine Flächen waren dunkel und fleckig und die Kanten schroff und abgeschlagen. Auf der Vorderseite des Quaders erkannte Jonas eine in großen Lettern eingehauene Schriftzeile: »DOMUS CORDIS SANCTAE ELYZABETH«.

»Das Haus des Herzens der heiligen Elisabeth«, murmelte er die Übersetzung und sah zu Fenja, die inzwischen neben ihm stand. »Das würde perfekt passen.«

»Ja. Nur dass das Herz leider nicht mehr da ist«, flüsterte sie betrübt und musterte den Stein. »Aber schau mal, da ist noch eine zweite Inschrift.« Sie zeigte auf eine Stelle ein Stück unterhalb der Buchstabenzeile.

»Tatsächlich. Die Schrift ist viel kleiner – und auch anders. Es sieht fast so aus, als hätte jemand der Überschrift später noch eine Notiz hinzugefügt.« Jonas beugte sich weit vor. »Das ist ein Vierzeiler. Auch in Latein.«

»Eine Notiz, sagst du?«

Jonas vertiefte sich in den Text. »Nein, warte. Das gibt's doch nicht. Das ist ein … Rätsel.«

»Was?«

»Der Text ähnelt in seinem Stil dem Vierzeiler aus Gottholds Brief.« Jonas drehte sich zu Fenja um. »Es ist ein Wegweiser. Ein Hinweis auf ein neues Versteck!« Er konnte seine Aufregung kaum unterdrücken und musste sich zwingen, leise zu sprechen, damit ihn die Gästeführerin am Eingang der Halle nicht hören konnte. »Ich glaube, wir haben Glück. Das Herz ist nicht verloren. Sein Versteck befindet sich gar nicht auf der Wartburg, sondern ganz woanders. Hier hat Lorenz Enschütz nur einen neuen Rätseltext hinterlassen, und den haben wir gerade gefunden.«

»Aber in dem ersten Vierzeiler stand doch, dass das Herz hier verborgen sein soll. Im Körper des Riesen.«

»Wir haben in unserer Euphorie den Text nicht genau genug gelesen. Dort steht: Hier ruht ›das Geheimnis‹ des wahren Herzens. Also nicht zwingend das Herz selbst.«

»Dann ist das Ganze also eine Schnitzeljagd?«

»So sieht es aus.«

»Wie lautet die Übersetzung des neuen Vierzeilers?«

»Sage ich dir draußen. Das ist sicherer.« Er wandte sich zu der Gästeführerin um und sagte laut: »Ich würde gern ein paar Fotos machen. Ist das möglich?«

»Machen Sie ruhig«, gab die Gefragte vom Halleneingang zurück. »Wenn Sie der olle Stein so interessiert.«

Jonas holte seine Spiegelreflexkamera aus dem Rucksack und schoss ein paar hochauflösende Aufnahmen von dem Steinblock und den beiden Inschriften. Dann bedankte er sich bei der Museumsmitarbeiterin für ihre Hilfe, und sie verabschiedeten sich. Kurz darauf standen sie wieder auf dem Burghof.

»Und nun?«, fragte Fenja.

»Lass uns einen Tee trinken.« Jonas deutete auf ein Fachwerkgebäude, an dessen Ecke ein schmiedeeisernes Nasenschild darauf hinwies, dass sich hier das Burgcafé befand. »Dabei können wir uns beraten.«

Sie holten sich zwei große Tassen Schwarztee und ließen sich an einem der Tische nieder, die neben dem Fachwerkhaus unter zwei großen Bäumen standen. Jonas übertrug die Fotos, die er gemacht hatte, auf sein Tablet.

Fenja trank einen Schluck von ihrem Tee. Dann beugte sie

sich über den Bildschirm und betrachtete die erste Aufnahme, die den gesamten Stein zeigte.

»Das ist sonderbar. Die Inschriften sind tatsächlich sehr unterschiedlich. Was, meinst du, ist hier passiert?« Sie sah Jonas an. »Wenn der Rätseltext von Lorenz Enschütz erst nachträglich ergänzt worden ist, dann hat schon vorher jemand von dem Herzen gewusst. Jemand, der die erste Schriftzeile geschrieben hat. ›Das Haus des Herzens der heiligen Elisabeth‹. Das klingt für mich wie ein Aufbewahrungsort.«

»Wer weiß? Vielleicht war das Herz früher wirklich einmal im Bergfried verborgen? Bevor es 1670 in der Jenaer Anatomie aufgetaucht ist, muss es ja vierhundert Jahre lang irgendwo gewesen sein.«

»Du denkst, Lorenz hat das ursprüngliche Versteck nur benutzt, um sein zweites Rätsel zu platzieren? Warum hat er das Herz nicht gleich dort gelassen?«

»Er muss einen wichtigen Grund gehabt haben.« Jonas zuckte mit den Schultern. »Vielleicht war das Versteck nicht mehr sicher.«

»Dann wäre es auch kein guter Ort für das zweite Rätsel gewesen.«

»Stimmt auch wieder. Also gab es wohl einen anderen Grund. Fraglich, ob wir das jemals herausbekommen.« Jonas klopfte sacht auf das Tablet. »Aber immerhin haben wir den nächsten Hinweis für unsere Suche.« Er vergrößerte die zweite Inschrift und schrieb den lateinischen Vierzeiler in eine neu angelegte Datei. Anschließend fügte er seine Übersetzung hinzu:

*Wo der erste Spross entsprungen*
*und Zuflucht über Wassern sich erhebt,*
*geht der Lahme unter den Frommen*
*auf dem Pfad des wahren Herzens.*

Jonas schob das Tablet zu Fenja. Sie las den Text, dann lehnte sie sich zurück.

»Fast so mysteriös wie das erste Rätsel«, stellte sie fest. »Aber der Anfang klingt einfach. Der erste Spross … Ein Spross ist eindeutig ein Kind. Hast du nicht gesagt, Elisabeth hatte drei Kinder?«

»Ja. Ich schau mal nach, welches ihr Erstgeborenes war.« Er aktivierte den Internetzugang des Tablets und öffnete eine Suchmaschine. Nach einer kurzen Recherche verkündete er: »Das erste Kind war ein Junge namens Hermann. Er wurde 1222 auf der Creuzburg geboren.«

»Was ist die Creuzburg?«

»Das war einer der Herrschaftssitze der Thüringer Landgrafen. Sie besaßen neben der Wartburg noch mehrere andere Burgen. Zwischen denen sind sie herumgereist, um ihr Land zu regieren.«

»Und wo befindet sich diese Creuzburg?«

Jonas gab den Begriff in die Suchmaschine ein. Kurz darauf erklärte er. »In einem Ort gleichen Namens. Knapp dreißig Autominuten nordwestlich von hier.« Er hob den Kopf. »Creuzburg liegt übrigens an der Werra.«

»… und Zuflucht über Wassern sich erhebt.« Fenja grinste. »Na prima. Nur eine halbe Stunde mit dem Auto, sagst du? Das schaffen wir heute noch.«

»Dann lass uns gleich aufbrechen.« Jonas trank seinen Tee in großen Schlucken aus, packte Tablet und Fotoapparat zusammen und erhob sich. »Den Lahmen finden wir vor Ort.«

# 21

Jonas rangierte den Land Rover vom voll besetzten Parkplatz unterhalb der Wartburg und bog zurück auf die Strecke, die sie vor zweieinhalb Stunden zum vermeintlichen Versteck des Herzens geführt hatte.

»Was für ein Wahnsinn«, meinte Fenja. »Einen Moment lang dachte ich, unsere Suche wäre hier zu Ende.«

»Das dachte ich auch«, gestand Jonas ein. »Wir haben echt Schwein gehabt, dass man den Elisabeth-Stein aufbewahrt hat. Allem Anschein nach, ohne zu wissen, was die eingemeißelten Worte für eine Dimension haben.«

»Ich nehme an, man hat die Überschrift einfach als Verweis auf Elisabeths Zeit auf der Wartburg gelesen. Die Burg war das ›Haus ihres Herzens‹. Ihre geliebte Wohnstätte. Hier hat sie mit Ludwig ihre glücklichsten Jahre verbracht. Dass der Stein auf ein herausgenommenes Organ verweisen könnte, hat mit Sicherheit niemand geahnt. Ohne Gottholds Vermächtnis wäre es uns sicher ebenso ergangen.«

»Und dem Inhalt des Vierzeilers hat man vermutlich keine große Bedeutung beigemessen. Wer nicht weiß, dass es sich um ein Rätsel handelt, nimmt die Inschrift als historisches Geschwurbel.«

»Hoffentlich können wir selber mehr damit anfangen.«

»Immerhin haben wir diesmal sofort den neuen Ort herausgefunden. In spätestens einer halben Stunde werden wir mehr wissen. Ich habe ein ziemlich gutes Gefühl. So weit, wie wir jetzt schon gekommen sind, wäre es doch gelacht, wenn uns das Glück auf einmal verlässt.«

Eine Weile hingen die beiden ihren Gedanken nach, während Jonas den Geländewagen langsam über die baumbeschatteten Straßenbögen den Berg hinuntersteuerte.

»Komisch«, murmelte Fenja auf einmal. Ihr Blick war auf

den Rückspiegel gerichtet. »Das Auto war vorhin auch schon hinter uns. Als wir gekommen sind.«

»Welches Auto?«

»Der schwarze Kleintransporter. Er hält Abstand, und die Kurven verdecken ihn meist, aber manchmal holt er ein bisschen auf, und dann ist er zu erkennen. So wie jetzt. Irgendwie klebt er an uns. Als ob er uns verfolgt.«

Jonas sah in den Spiegel. »Ich sehe ihn. Aber denkst du wirklich, er verfolgt uns? Was bleibt ihm hier anderes übrig, als uns hinterherzufahren? Das ist die einzige Straße. Und überholen geht bei den Kurven schlecht.«

»Ist nur seltsam, dass er genauso lange auf der Wartburg gewesen ist wie wir.«

»Das kann Zufall sein. Bist du dir sicher, dass es vorhin derselbe Transporter war?«

»Ja. Die stumpfe Lackierung und der hässliche Bullenfänger sind mir heute Vormittag schon aufgefallen. Nach dem Abzweig in Eisenach. Als ich gesagt habe, dass sich hinter uns eine Schlange gebildet hat.«

»Dann schauen wir mal, was passiert, wenn wir wieder unten in der Stadt sind.«

Jonas gab ein wenig mehr Gas, und es dauerte nicht lange, da hatten sie das Tal erreicht und tauchten in die Straßen Eisenachs ein. Es war schon nach vierzehn Uhr, und der Nachmittagsverkehr hatte bereits eingesetzt. Im Zuckeltempo passierten sie das Zentrum. Regelmäßig warfen sie Blicke in den Rückspiegel, aber der schwarze Transporter war nicht mehr zu sehen.

»Der ist weg«, stellte Fenja fest, nachdem sie die Stadtgrenze fast erreicht hatten. »Dann war es wohl wirklich ein Zufall, dass er uns zweimal hinterhergefahren ist.«

»Das denke ich auch.« Jonas zuckte mit den Schultern. »Na dann: Auf zur Creuzburg.«

Sie verließen Eisenach in nordwestlicher Richtung und folgten einer Fernverkehrsstraße, die durch eine Landschaft aus Feldern, milden Hügeln und bewaldeten Bergkuppen führte.

Nachdem ihnen der Stadtverkehr einiges an Zeit geraubt hatte, kamen sie jetzt zügig voran. Es dauerte keine fünfzehn Minuten, da sahen sie ihr Ziel vor sich liegen. Die ehemalige Landgrafenburg thronte auf einem Hügel, um den sich die Häuser des Ortes scharten, als wollten sie sich noch immer des Schutzes der befestigten Residenz versichern. Die Werra umgab die Ortschaft in einem weiten Halbkreis, der einer sanften Umarmung glich.

»Eine Zuflucht über Wassern«, erinnerte Fenja an den Wortlaut ihres neuen Rätsels. »Besser hätte man es nicht beschreiben können.«

»Ja. Die Landgrafen haben sich für ihre Wohnsitze schon ein paar nette Fleckchen Erde ausgesucht, das muss man ihnen lassen.«

Sie durchquerten den Ort und gelangten an eine steile Pflasterstraße, die direkt hinauf zur Burg führte. Im Schritttempo fuhren sie nach oben. Sie parkten den Land Rover auf einer Schotterfläche vor der hohen Ringmauer, die die alte Residenz der Thüringer vollständig umgab. Dann traten sie durch das mächtige Torhaus.

»Was für eine Idylle«, stieß Fenja aus, als sich der Blick vor ihnen öffnete. Das Innere der Anlage glich einem riesigen Garten. Ein antiker Brunnen und eine urige alte Linde ließen ihn wirken, als wäre hier die Zeit stehen geblieben, und die mittelalterlichen Steingebäude ringsum verstärkten diesen Eindruck.

»Keine Menschenseele zu sehen«, stellte Jonas fest. »Lass uns mal herumgehen und schauen, was es hier alles gibt.«

Langsam schlenderten sie über das Gelände.

»Ein Museum«, meinte Fenja und zeigte auf ein Hinweisschild. »Und ein Hotel. Dort rechts. In dem großen Burgflügel.«

»Ich glaube, da vorn ist jemand.« Jonas deutete auf einen länglichen Bau, hinter dessen großen Bogenfenstern sich schemenhafte Bewegungen abzeichneten. »Das ist die Museumskasse.«

Sie öffneten die Glastür und gelangten an einen Tresen, hinter dem eine zierliche Mittfünfzigerin mit sorgfältig frisierten

Haaren auf und ab ging und Prospekte in verschiedene Regale verteilte.

»Hallo«, begrüßte Jonas die Frau. »Ich habe eine Bitte. Wir interessieren uns für die heilige Elisabeth. Vielleicht können Sie uns eine Empfehlung geben, was wir uns anschauen sollten.«

»Hallo. Schön, dass Sie uns besuchen«, grüßte die Frau zurück und legte den Prospektstapel beiseite. »Wenn Sie sich für die Landgräfin interessieren, dann besichtigen Sie am besten zuerst die Elisabeth-Kemenate. Sie befindet sich nebenan im alten Wohnturm. Dort hat Elisabeth immer Quartier genommen, wenn sie hier auf der Burg war. Aber sehen Sie sich auch gern die anderen Abteilungen an. Wir haben eine sehr schöne Schau zur Geschichte der Creuzburg. Außerdem eine Wechselausstellung mit zeitgenössischer Kunst und die Heimatstube. Und eine Sammlung von alten Folterinstrumenten. Auch sehr interessant.«

»Danke. Das machen wir.« Jonas musste schmunzeln. Er fand es sympathisch, mit welchem Enthusiasmus die Angestellte für ihr Museum warb. »Dann zwei Karten für alles, bitte.«

Nachdem ihnen die Frau gezeigt hatte, wo sich die unterschiedlichen Ausstellungsräume befanden, steuerten sie die Elisabeth-Kemenate an. Der Raum in dem alten Wohnturm erwies sich als weiß getünchte Gewölbehalle mit kleinen Fenstern. Eine Ecke wurde von einem großen Kamin ausgefüllt. Außerdem gab es eine urtümliche Truhe, die aus einem einzigen Holzstamm geschnitten zu sein schien. Einen Wandteppich. Eine steinerne Sitzbank. Alles wirkte archaisch.

»In der zweiten Hälfte des Rätsels steht, dass wir nach einem Lahmen suchen sollen, der auf einem Pfad unter den Frommen geht.« Jonas drehte sich langsam um die eigene Achse. »Hast du schon etwas in dieser Richtung entdeckt?«

»Nein.« Fenja runzelte die Stirn. »Hier ist nichts dergleichen.«

»Dann schauen wir am besten weiter.«

Zwei Stunden lang durchkämmten sie die restlichen Ausstellungsräume, betrachteten Exponate, Fotos und Gemälde, arbeiteten sich durch Beschreibungen und Zeittafeln. Aber der Lösung ihres Rätsels kamen sie nicht einen Schritt näher. Als sie die Frau von der Kasse schließlich darauf hinwies, dass sie das Museum jetzt schließen müsse, sahen sie sich ratlos an.

»Wir könnten uns den Innenhof noch einmal vornehmen. Und die Gartenanlagen«, versuchte Fenja, Jonas zu trösten.

»Ja. Ein paar Ecken gibt es noch, in denen wir bisher nicht gewesen sind.« Er zuckte mit den Schultern.

»Hat ihnen unser Museum nicht gefallen?«, mischte sich die Kassenfrau ein. In ihrer Miene erschien ein trauriger Zug.

»Das Museum ist toll«, beeilte sich Fenja zu versichern. Sie lächelte die Frau an. »Sogar sehr. Deswegen sind wir ja auch so lange geblieben. Es ist nur so, dass wir den Spuren der heiligen Elisabeth folgen und dabei so viel wie möglich mitnehmen wollen.«

Die Miene der Museumsmitarbeiterin entspannte sich. »Wenn das so ist, dann hätte ich noch einen Tipp für Sie. Dazu müssten Sie allerdings eine kleine Wanderung machen.«

»Eine Wanderung? Wohin?«

»Hinunter zum Fluss. Zur alten Werrabrücke. Landgraf Ludwig hat sie 1223 erbauen lassen. Man sagt, aus Freude darüber, dass seine Frau Elisabeth hier ein Jahr zuvor ihr erstes Kind zur Welt brachte.«

Jonas wechselte einen raschen Blick mit Fenja. Die Erwähnung von Elisabeths erstem Spross ließ ihn schlagartig hellwach werden.

»Ende des 15. Jahrhunderts hat man an der Brücke eine steinerne Wallfahrtskapelle errichtet, die Liboriuskapelle«, sprach die Kassenfrau weiter. »Sie wurde komplett mit Wandbildern ausgemalt. Viele davon handeln vom Leben der heiligen Elisabeth.« Sie strahlte stolz. »Die Bilder existieren bis heute. Wenn Sie sich so sehr für die Landgräfin interessieren, dann gehen Sie doch einmal hin. Die Kapelle könnte gerade noch offen sein.«

Jonas und Fenja bedankten sich und brachen sofort auf. Für den Weg hinab in den Ort benötigten sie nur wenige Minuten.

Sie schlängelten sich durch einige Gassen, bis die Häuser zurücktraten und den Blick auf eine beschauliche Aue freigaben.

»Sieh mal, da vorn«, meinte Fenja. »Da ist die Brücke. Und das dahinter muss die Kapelle sein.«

Tatsächlich führte ein Stück vor ihnen eine gepflasterte Straße über eine uralte Steinbrücke, die in mehreren Bögen die leise dahinrauschende Werra überspannte. Am jenseitigen Ende des Flussübergangs ragte ein heller Sandsteinbau auf. Er nahm nur eine kleine Fläche ein, aber seine hohen Mauern und sein spitzes Dach ließen ihn erhaben und feierlich wirken.

»Hoffen wir, dass die Kapelle noch geöffnet ist«, sagte Jonas mit angespannter Stimme. »Und dass wir hier finden, was wir suchen.«

Sie überquerten die Brücke und traten vor das steinerne Portal des Gebäudes. Jonas legte seine Hand auf die Klinke der alten Holztür. Einen kurzen Moment zögerte er, dann drückte er sie nach unten. Die Tür war nicht abgeschlossen. Sie traten ein.

Sofort umfing sie ein kühler Dämmer. Die Kapelle bestand nur aus einem einzigen Raum. Unter den drei hohen Chorfenstern befand sich ein Altar, von dem eine lebensgroße Figur des gekreuzigten Jesus auf sie herabblickte.

Langsam schritten sie durch die Halle und ließen ihre Augen über die Wände wandern. Wie die Frau vom Burgmuseum gesagt hatte, waren sie mit jahrhundertealten Gemälden versehen. Die Farben der Bilder schimmerten blass, und an einigen Stellen fehlten ganze Teile. Aber die verbliebenen Gemäldeflächen erzeugten einen geradezu mystischen Sog.

»An der linken Wand geht es um Christus. Das ist die Darstellung seines Leidensweges«, stellte Jonas fest. »Die Elisabeth-Szenen sind auf der rechten Seite. Darauf sollten wir uns konzentrieren.«

»Stimmt. Dort taucht sie immer wieder auf.« Fenja wandte den Kopf hin und her. »Mit einem Glorienschein um den Kopf.«

Schweigend betrachteten sie die Lebensbilder der Heiligen, die sich wie eine zarte Haut über das alte Gemäuer legten.

»Ich habe ihn!«, rief Fenja plötzlich aufgeregt. »Den Lahmen. Dort, ganz vorn. Das zweite Bild von unten.«

Jonas sah in die bezeichnete Richtung. »Tatsächlich. Ein Bettler auf zwei Krücken.« Er trat einen Schritt näher an die Wand. »Elisabeth steht neben ihm und reicht ihm ihren Mantel. Und auf den Bildern ringsum gibt es reihenweise gottesfürchtige Menschen.« Still betrachtete er die altertümlichen Malereien.

*Der Lahme unter den Frommen.*

Sie hatten auch das zweite Rätsel gelöst. Nur besaß Jonas nicht die geringste Vorstellung davon, wie sie das weiterbringen sollte.

»Es muss hier irgendwo einen Hinweis auf das Herz geben«, sagte er schließlich. »Laut dem Rätsel geht der Lahme auf dessen Pfad. Aber da ist nichts.«

»Warte.« Fenja griff in ihre Jackentasche und zog eine Taschenlampe hervor. »Wir brauchen mehr Licht.«

Sie schaltete die Lampe ein und richtete ihren scharfen Strahl direkt auf den Bettler. Die Konturen des gebeugten Mannes hoben sich jetzt viel deutlicher von der Mauer ab.

»Da ist doch etwas!«, stieß Jonas plötzlich aus. »Direkt vor seinen nackten Füßen. Ganz schwach. Ich glaube, das ist wieder eine Inschrift.«

»Auf seinem Pfad, wenn man so will. Das würde hinkommen.«

»Ja. Aber leider ist die Schrift vollkommen verblasst.«

»Was machen wir?«

»Zuerst ein paar Bilder. Dann sehen wir weiter.« Jonas ließ den Rucksack von seinen Schultern gleiten. Er nahm seine Spiegelreflexkamera heraus und fotografierte die Fläche vor den Füßen des Bettlers, wobei er die Belichtung mehrmals variierte. Dann betrachtete er die Ergebnisse auf dem Suchermonitor.

»Und? Kannst du etwas entziffern?«, erkundigte sich Fenja.

»Leider nicht. Die Schrift ist einfach zu schwach. Ich kann nur erkennen, dass es sich wieder um einen Vierzeiler handelt.«

»Und nun?«

»Vielleicht gelingt es mir, die Aufnahmen so nachzubearbeiten, dass die Worte lesbar werden. Ich habe ein paar Grafikprogramme, die dafür hilfreich sein könnten. Allerdings sind die auf dem Rechner in meinem Recherchekabinett. Hier kommen wir jetzt nicht weiter. Leider.«

»Kopf hoch!« Fenja legte Jonas ihre Hand auf die Schulter. »Wir sollten uns freuen, dass wir etwas gefunden haben. Alles andere wird sich fügen.«

Sie verließen die Kapelle. Die späte Nachmittagssonne strich flach über die Landschaft und warf ein warmes Licht auf die entfernt liegende Creuzburg.

»Weißt du was?«, meinte Fenja plötzlich und blitzte Jonas vergnügt an. »Das war heute ein erlebnisreicher Tag. Auf der Burg gibt es doch dieses Hotel. Warum bleiben wir nicht einfach hier und genießen den Abend? Wir können ebenso gut morgen früh zurückfahren.«

»Hast du morgen keine Termine in deinem Institut?«

»Doch. Wir müssten ziemlich zeitig aufbrechen, damit ich es pünktlich schaffe. Aber das ist mir die Sache wert.«

»Eigentlich ist das eine tolle Idee.« Ein fröhlicher Zug erschien auf Jonas' Gesicht. »Dann machen wir es so.«

Beschwingt wanderten sie zurück zur Burg, holten die kleine Reisetasche aus dem Land Rover, die sie für solche Gelegenheiten immer im Wagen bereithielten, und checkten ein. Nachdem sie ihre Sachen aufs Zimmer gebracht hatten, gönnten sie sich ein ausführliches Essen im Restaurant des Hotels. Dann ließen sie sich zwei Gläser Rotwein geben, überquerten den Hof und traten vor die Ringmauer.

Der Zeitpunkt konnte nicht besser gewählt sein. Gerade ging die Sonne unter und verwandelte die Landschaft vor ihnen in ein natürliches Gemälde. Der Flusslauf der Werra schlängelte sich wie ein silbernes Band durch das Tal, während sich die Berge an die Erde duckten, als wären sie schlafende Riesen. Und über allem erstrahlte der gelbrote Himmel wie ein Dach aus Licht.

Eine Zeit blickten Jonas und Fenja schweigend in die Ferne. Ab und zu tranken sie einen Schluck von ihrem Wein, während sich die Dunkelheit langsam über Creuzburg herabsenkte.

»Ob sich Elisabeth damals genauso an diesem Blick erfreut hat?«, unterbrach Jonas schließlich die Stille.

»Bestimmt. So ein Sonnenuntergang hat die Menschen sicher auch schon früher in seinen Bann gezogen.« Fenja schmunzelte. »Aber jetzt sind wir es, die hier stehen, und nicht Elisabeth. Lass uns für ein paar Stunden die Vergangenheit vergessen. Und auch das Landeskriminalamt, die Reliquie und all jene, die sie unbedingt besitzen wollen. Das ist unser Abend.« Sie küsste Jonas zart auf die Lippen. Dann sagte sie: »Das wirkliche Herz bist du! Jedenfalls für mich. Jetzt und für alle Zeit.«

»Und du für mich«, antwortete Jonas leise. »Du hast recht. Heute Abend gibt es nur uns.«

Sie schmiegten sich eng aneinander und genossen das letzte Licht des Tages, bis sich das matte Leuchten des Himmels ganz und gar im Blau der Nacht verloren hatte. Dann kehrten sie zurück in den Hof der Burg.

»Noch ein Glas Wein?«, kam es fröhlich vom Eingang des Hotels. Der Restaurantchef, der ihnen zuvor auch den Zimmerschlüssel ausgehändigt hatte, deutete auf ihre leeren Gläser. »Ich bringe Ihnen gern noch zwei Schoppen raus.«

»Nein, danke«, entgegneten Jonas und Fenja unisono. Fenja fügte hinzu: »Aber der Rotwein war einfach wunderbar. Geradezu göttlich. Woher haben sie den?«

»Von einem kleinen Gut in Frankreich. Ich habe dort einmal Urlaub gemacht und war genauso begeistert wie Sie jetzt. Seitdem lassen wir uns den Wein liefern. Ich kann Ihnen gern eine Kiste verkaufen. Allerdings befinden sich meine letzten Reserven unten im Ort.« Er sah zwischen Jonas und Fenja hin und her. »Sie beide sind ja morgen sicher noch hier. Dann könnte ich Ihnen den Wein mitbringen, wenn Sie mögen.«

»Ich würde Ihr Angebot gern annehmen. Aber ich glaube, daraus wird nichts«, antwortete Fenja ein wenig betrübt. »Wir müssen morgen sehr früh los. Spätestens um sechs fahren wir ab. Schade.«

»Ich mache Ihnen einen Vorschlag. Sie zahlen jetzt, und ich bringe Ihnen die Flaschen heute Abend noch vorbei, wenn ich hier Feierabend gemacht habe.« Der Restaurantleiter deutete auf einen Treppenschacht neben dem Torhaus. »Sehen Sie den alten Kellerabgang? Dort unten stelle ich die Kiste hin. Morgen früh, bevor Sie abreisen, können Sie sie dort einfach wegnehmen. Da haben Sie es nicht so weit bis zu Ihrem Auto. Einverstanden?«

»Einverstanden«, sagte Fenja freudig. »Das ist sehr nett von Ihnen.«

Jonas musste grinsen. Er trank gern einen guten Wein, aber Fenja war die absolute Genießerin. Scheinbar spielend gelang es ihr immer wieder, einen besonderen Tropfen aufzutreiben.

»Glückwunsch«, raunte er ihr zu. »Du hast es wieder mal geschafft.«

»Liebe geht eben auch durch die Kehle«, erwiderte Fenja mit einem verführerischen Lächeln.

Sie bezahlten die Übernachtung und den Wein. Dann gingen sie auf ihr Zimmer, und ein bisschen fühlte sich Jonas dabei wie ein Burgherr mit seinem Burgfräulein.

Ohne jedes Erbarmen schmetterte der Weckton des Smartphones los. Jonas wälzte sich im Bett herum und tastete schlaftrunken nach dem Gerät. Er benötigte einige Anläufe, bis es ihm endlich gelungen war, den Alarm abzustellen. Schnaufend sank er zurück in sein Kissen. Während er sich den Schlaf aus den Augen rieb, erwachte auch seine Erinnerung. Er befand sich in einem Hotelzimmer auf der Creuzburg. Fenja und er hatten ihre Recherchetour um eine Nacht verlängert. Im ersten Moment bereute er diese spontane Entscheidung. Doch dann besann er sich auf den schönen Abend, den sie hier zusammen verbracht hatten, und das versöhnte ihn mit der frühen Stunde.

Fenja räkelte sich im Halbschlaf. »Liebste, aufstehen. Es ist kurz nach fünf«, flüsterte er ihr ins Ohr und rüttelte sie sanft an der Schulter. Dann schwang er sich aus dem Bett, ging ins Bad und nahm eine heiße Dusche. Als er zurück in das Zimmer kam, war Fenja schon aufgestanden und hauchte ihm ein sanftes »Guten Morgen« entgegen, bevor auch sie im Bad verschwand.

Zwanzig Minuten später waren sie beide putzmunter, packten ihre wenigen Sachen zusammen und verließen das Hotelzimmer. Die Stufen des altehrwürdigen Treppenhauses knarzten laut, als sie nach unten in die Lobby stiegen. Sie legten ihren Zimmerschlüssel auf den Empfangstresen und traten hinaus in den Burghof.

Sofort umfing sie die kühle Schwärze der Nacht. Die Morgendämmerung stand an diesem späten Septembertag noch längst nicht in den Startlöchern. Nur der zarte Schein einer Hoflaterne verströmte ein wenig Licht.

Am Kellerabgang neben dem Torhaus stoppten sie. Jonas drückte Fenja die Reisetasche in die Hand. »Mal sehen, ob der Chef Wort gehalten hat«, raunte er leise.

»Hier, nimm meine Taschenlampe. Sonst brichst du dir noch die Knochen.« Fenja reichte Jonas die Lampe. Er schaltete sie ein, dann stieg er die durchgetretenen Stufen hinab. Der Treppenschacht war nicht breit, und ein wenig kam es ihm vor, als würde er in die Unterwelt hinabsteigen. Am Ende des Abgangs hielt er inne. Die Kellertür vor ihm wurde von einem breiten Gewölbebogen aus Feldsteinen überspannt. Und an dessen Fuß stand eine Kiste aus dunklem Holz. Der Restaurantleiter hatte den Wein tatsächlich noch gebracht. Jonas legte die Lampe auf den Deckel, hob die Kiste mit beiden Händen an und stieg die Treppe wieder nach oben.

»Ihre Lieferung, Madame«, verkündete er in einem vergnüglichen Tonfall.

»Leise!«, zischte ihm Fenja entgegen und hielt sich den Finger vor den Mund. Ihre Miene war angespannt. Aufmerksam beobachtete sie die Umgebung.

»Was ist denn los?«, erkundigte sich Jonas flüsternd.

»Ich glaube, da ist jemand. Da waren so komische Geräusche. Wie Schritte. Aber nur kurz.«

Jonas sah sich ebenfalls um. Doch außer den schwarzen Schemen der Gebäude, die sich vor dem tiefblauen Nachthimmel abzeichneten, konnte er nichts erkennen.

»Bist du dir sicher?«, fragte er.

»Ich weiß nicht. Vielleicht habe ich mich auch getäuscht. Oder es war irgendein Tier.« Fenja lauschte noch eine kurze Weile, dann winkte sie ab. »Nicht so wild. Eine alte Burg im Dunkeln regt wahrscheinlich die Phantasie an.«

»Hmmm.« Jonas ließ den Blick noch einmal über den Burghof kreisen. Aber dort gab es weder Bewegungen noch verdächtige Töne. »Sei's drum. Lass uns losfahren«, meinte er schließlich.

Sie gingen hinaus auf den Parkplatz, verstauten den Wein, ihre Rucksäcke und die Reisetasche im Land Rover und rollten los. Der Pflasterweg, der den Burghügel hinunterführte, war nur mäßig beleuchtet. Jonas steuerte den Wagen vorsichtig bis in die Ortschaft. Die Straßen lagen wie ausgestorben vor ihnen. Langsam bewegten sie sich durch die still ruhende Gemeinde.

»Anscheinend sind wir die Einzigen, die schon wach sind«, bemerkte Jonas.

»Das stimmt nicht.« Fenjas Stimme klang plötzlich wieder angespannt. Jonas war sofort alarmiert.

»Was meinst du?«, fragte er.

»Da ist ein Auto. Ein Stück hinter uns. Ein schwarzer Kleintransporter.« Fenjas Augen fixierten den Rückspiegel. »Er fährt ohne Licht. Wie ein Schatten.«

»Was?« Jonas blickte ebenfalls in den Spiegel. »Tatsache. Mattschwarz, mit einem Bullenfänger. Unser Freund von der Wartburg.«

»Ja. Eindeutig.«

»Das ist ein Zufall zu viel. Sehen wir zu, dass wir Land gewinnen.«

Jonas trat aufs Gas, und der Land Rover beschleunigte. In

diesem Moment flammte das Fernlicht ihres Verfolgers auf, und der schwarze Transporter rauschte mit hoher Geschwindigkeit heran. Jetzt gab es keinen Zweifel mehr. Wer auch immer das war, hatte es auf sie abgesehen.

»Vorsicht, der will uns rammen!«, schrie Fenja, die sich auf ihrem Sitz herumgeworfen hatte und durch die Heckscheibe starrte.

Wie ein übermächtiger Schemen hing der Kastenwagen hinter ihnen. Der Motor röhrte laut, und die Scheinwerfer füllten die Kabine des Land Rovers mit gleißendem Licht.

»Halt dich fest!«, rief Jonas und drückte das Gaspedal bis zum Boden durch. Der Geländewagen machte einen Satz nach vorn, und der Abstand zu ihrem Bedränger vergrößerte sich ein wenig.

Die letzten Häuser von Creuzburg flogen vorbei. Mit quietschenden Reifen schlitterten sie auf die leere Fernverkehrsstraße, die in Richtung Eisenach führte. Verbissen holte Jonas alles an Geschwindigkeit heraus, was der Motor ihres Wagens zu leisten vermochte. Doch es reichte nicht. Schon nach wenigen hundert Metern hatte der Transporter wieder aufgeholt. Erbarmungslos schob er sich ganz nahe an ihr Heck. Dann gab es einen heftigen Stoß, und der Geländewagen erzitterte.

Fenja schrie auf. Jonas umklammerte das Lenkrad und versuchte, die Spur zu halten. In einem verzweifelten Kraftakt gelang es ihm, zwischen den weiß leuchtenden Fahrbahnmarkierungen zu bleiben. In diesem Moment rammte sie der Transporter ein zweites Mal. Das Heck des Land Rovers brach aus. In Schlangenlinien schleuderte er über die Piste, dann schoss er über den Straßenrand hinaus. Jonas konnte gerade noch erkennen, wie eine Buschgruppe heranrauschte, dann traf ihn ein jäher Schlag, und alles um ihn herum wurde schwarz.

# 22

*Jena, April 1670*

Die Kerze flackerte sacht und ließ die Schatten der kargen Möbel hin und her tanzen. Caroline stand still in ihrer Kammer und hielt die Augen fest auf das kleine Heiligenbild gerichtet, welches an der Wand über ihrem Bett hing. Das Bild war nicht größer als ihre Handfläche und zeigte die heilige Elisabeth. Ihre Mutter hatte es ihr geschenkt, als Caroline vor etwas mehr als zwei Jahren die Wohnung ihrer Eltern verlassen hatte, um sich im Hause der Rolfincks zu verdingen.

Das Dienstmädchen trat einen Schritt näher und forschte in den gemalten Zügen der Heiligen. Das blasse, gütige Gesicht schien ihr direkt entgegenzublicken. Aber seit Caroline am Tag zuvor von ihrem verhängnisvollen Treffen mit Philipp zurückgekehrt war, fiel es ihr schwer, im Antlitz der Wohltäterin Trost zu finden.

»Ach, Elisabeth«, flüsterte sie tonlos. »Was soll ich nur machen?«

Die Bedrängnis, in die sie Philipps unverhohlene Drohung gebracht hatte, verengte ihr die Brust, als lägen geschmiedete Eisenringe darum. Sie hatte furchtbare Angst vor den Dingen, die nun geschehen würden, und gleichzeitig wusste sie, dass der einzige Weg darin bestand, die Forderung des Junkers zu erfüllen und ihm ein frisches Herz zu beschaffen. In ihrem Inneren verdammte sie den Tag, an dem sie Philipp das erste Mal begegnet war. Dem Mann, der sie so zauberhaft betört hatte und der nun seinen düsteren Schatten über sie breitete, als wäre er der Leibhaftige selbst.

Fahrig strich sie sich mit der Hand über die Stirn. Die Zeit lief ihr davon. Morgen schon würde Professor Rolfinck im Anatomischen Theater der Fakultät die lange anberaumte Zergliederung eines Kadavers durchführen. Die Studentenschaft sprach von nichts anderem mehr. Aber es war Caroline noch nicht gelungen, im Vertrauen mit dem Mediziner zu sprechen, um Philipp entsprechend seinem Wunsch einen Platz als Zuschauer zu verschaffen. Wenn der Professor dem überhaupt zustimmte.

Sie ging zur Tür ihrer Kammer, öffnete sie einen Spalt und schlüpfte hinaus in den Gang, der zur Stiege führte. Mit vorsichtigen Schritten schlich sie nach vorn und blickte hinab in das dunkle Treppenhaus. Der Abend war schon weit vorangeschritten. Die kleine Maria lag längst in ihrem Bett, und auch Sophia Rolfinck, die Frau des Mediziners, hatte sich bereits zur Nachtruhe begeben. Die alte Köchin war gleich nach dem Abendessen gegangen; sie wohnte bei ihrer Schwester in einer Nebengasse.

Einzig der Hausherr schien keine Müdigkeit zu kennen. Er hatte wieder einmal einen Pulk Studenten in sein Kabinett im Untergeschoss eingeladen. Dort saßen sie nun schon seit dem Sonnenuntergang und betrieben chemische Experimente, die der Professor bei jeder sich bietenden Gelegenheit als »dem Fortkommen der Studenten äußerst dienlich« beschrieb, die ihn in seiner unermüdlichen Neugier auf die Dinge der Natur aber auch selbst in höchstem Maße begeisterten. Jedenfalls schloss Caroline das aus der Häufigkeit, mit der er seine abendlichen *Exercitationes* anberaumte.

In diesem Moment ertönte unten das Knarren einer Tür, und kurz darauf erschallte ein Gewirr aus gedämpften Stimmen. Der Schein einer Öllampe drang in das Treppenhaus und wanderte unruhig über die Lehmwände. Unwillkürlich wich Caroline einen Schritt zurück. Ihr Herz begann, aufgeregt zu klopfen. Sie wusste, was der Lärm bedeutete. Die Studenten gingen nach Hause. Gleich würde der Professor allein sein. Das war der Moment, auf den Caroline gehofft hatte. Und der sie gleichzeitig unendlich bekümmerte. Denn jetzt galt es, Philipp die Tür in die Anatomie zu öffnen. Es war der erste Schritt auf dem Weg ihres Betrugs.

Als die Stimmen verklungen waren, straffte sie sich und stieg die Treppe hinunter bis in den Hausflur, von dem das Arbeitszimmer des Professors abzweigte. Die Tür zu seinem Kabinett stand weit offen, und das Klappern von Glas und Metall verriet ihr, dass der Mediziner noch zugange war. Sie trat in die Türöffnung und räusperte sich vernehmlich.

Werner Rolfinck, der gerade einen großen Glaskolben zurück in eine Kiste setzte, sah auf. »Caroline«, sagte er. »Gut, dass du kommst. Jeden Moment kann der wackere Dittrich an unsere Tür klopfen. Er bringt den Kadaver von der Weimarer Richtstätte. Du musst mit ihm hinüber zur Fakultät und helfen, alles für morgen vorzubereiten.«

»Sehr wohl, Professor. Ich bin bereit.« Caroline hatte schon vermutet, dass diese Aufgabe heute noch auf sie zukommen würde. Die Toten für die Zergliederung brachte man immer des Nachts in die Stadt. Heimlich und in aller Verschwiegenheit, um das Straßenvolk nicht zu beunruhigen. Es waren die Körper Hingerichteter, welche die Obrigkeit der Universität von Zeit zu Zeit überließ. Sie mussten frisch sein, weswegen die Exekution der ausgewählten Delinquenten lange im Voraus geplant wurde. Die Prozedur hatte zur Folge, dass die Betroffenen ahnten oder wussten, dass sie nach ihrem Tode »gerolfinckt« werden sollten, was sie in schlimmeren Schrecken versetzte als der Galgen oder das Richtschwert selbst.

»Dann hole deinen Mantel. Die Nacht ist kühl«, unterbrach der Professor Carolines Gedanken. »Oder hast du noch etwas auf dem Herzen? Du stehst in der Tür wie ein bleicher Geist.«

»Es ist nichts Schlimmes. Nur eine Frage, die mich bewegt.« Caroline versuchte, ein unverfängliches Lächeln aufzusetzen. »Da wäre eine Gefälligkeit, um die ich Euch bitten möchte. Nicht für mich. Für einen edlen Herrn.«

»Für einen edlen Herrn? Wie interessant.« Der Mediziner richtete sich auf, und ein neugieriger Zug erschien auf seinem Gesicht. »Nur zu, Caroline. Heraus damit.«

»Ein Adelsmann aus Eisenach weilt in der Stadt. Er interessiert sich sehr für die Wissenschaften und auch für unsere berühmte Universität. Nun hat er erfahren, dass Ihr morgen vor Euren Studenten einen Leib öffnen wollt, und da lässt er höflichst anfragen, ob er Eurer Demonstration wohl beiwohnen dürfte.«

»Hört, hört. Ein Adelsmann aus Eisenach also.« Rolfinck hob die Augenbrauen. »Wie ist sein Name?«

»Philipp zur Linden.« Caroline schluckte. Dann fügte sie mit trockener Stimme hinzu: »Ein Herr von vorzüglichem Charakter und bestem Benehmen.«

»Und woher rührt sein Interesse für die Medizin?«

»Sein Oheim war Arzt. Er ist gestorben«, log Caroline. »Um ihm Respekt zu erweisen, möchte er mehr über diese Kunst erfahren.«

»Soso. Aber warum wendet er sich dann nicht an Rektor Friderici oder an mich selbst? Warum der Umweg über dich?«

»Durch einen Zufall traf er mich. Erkundigte sich über unsere Alma Mater. Ich gab ihm Auskunft, wie es mir der Anstand gebot. Als er erfuhr, dass ich Dienstmagd in der Fakultät der Mediziner bin, bat er mich, für ihn zu fragen.« Sie blickte auf. »Verzeiht, wenn er damit die Gepflogenheiten verletzt. Sicher war ihm nicht bewusst, dass er den falschen Weg beschritt.«

»Na, ganz falsch war der Weg ja nicht. So eifrig, wie du dich für den Herrn einsetzt.« Der Professor schmunzelte hintersinnig. »Wer weiß? Am Ende ist er mehr an dir interessiert als an meinem Toten?« Er neigte den Kopf kaum merklich zur Seite. »Mir ist nicht entgangen, dass du deine Dienstgänge in den letzten Tagen hin und wieder ein wenig ausgedehnt hast. Du bist doch nicht etwa dabei, dein Herz an diesen Philipp zu verlieren?«

Ein Schauer fuhr über Carolines Rücken. »Nein, nein!«, rief sie schnell aus. »Gewiss nicht. Es ist einzig die Höflichkeit, die mich für das Anliegen dieses Mannes sprechen lässt. Nur die Höflichkeit. Nichts weiter.«

»Wenn das so ist ...« Der Mediziner schwieg eine Weile und

musterte sie belustigt. »Nun gut«, sagte er dann. »Sei's drum. Dann wollen wir dem Herrn von vorzüglichem Charakter und bestem Benehmen seine anatomische Lektion nicht verwehren. Sag ihm, er möge sich morgen pünktlich zur zehnten Stunde im Kollegienhof neben der Anschlagtafel einfinden.«

»Habt vielen Dank.« Caroline senkte den Kopf und vollführte einen Knicks. Sie hatte es geschafft. Die Tür für den ersten Teil von Philipps düsterem Plan stand offen. Im selben Moment wurde ihr Gemüt von Scham überflutet. Mit welch vergnüglicher Freundlichkeit ihr der Professor entgegengekommen war. Und wie schändlich sie ihn hintergangen hatte. Nein, das konnte nicht sein! Das war nicht sie. Sie musste das hier und jetzt beenden. Musste sich offenbaren. Mit Hilfe des Professors konnte sie Philipp vor den Amtmann bringen.

Caroline holte tief Luft. »Professor, entschuldigt, aber da gibt es noch eine Sache ...« Sie stockte. Plötzlich sah sie die hämische Fratze des Junkers vor sich. Hörte seine Drohung in ihrem Ohr. Was, wenn es nicht gelang, ihn festzusetzen? Und wenn er sich rächte, so wie er es angekündigt hatte. Wenn er Lorenz etwas antat. Dann war sie ... Nein, nein, sie durfte nicht reden!

»Was ist los, Caroline?«, erkundigte sich der Mediziner, und in seinem Tonfall lag Sorge. »Du schwitzt ja. Bist du krank?«

»Es geht mir gut«, entgegnete sie schnell, während sie angestrengt nach einer Ausflucht suchte.

»Was wolltest du mir sagen?«

Caroline presste die Lippen zusammen.

*Denk dir was aus!*

Sie zeigte auf den Boden des Arbeitszimmers. »Was ich meinte, war ... Eure Experimente. Ich stehe hier herum wie eine schnatternde Gans, während ich meine Pflichten vernachlässige. Ich muss doch sauber machen!«

Rolfincks Blick wanderte zu den Bodendielen, über die sich ein wirres Muster aus schwarzen Pulverschlieren zog. Er winkte ab. »Ach, deswegen bist du so aufgeregt. Das ehrt dich. Aber hab keine Sorge. Den Unrat, den meine *Exercitationes* hervorgerufen haben, kannst du getrost morgen früh zusammenfegen. Es wird jetzt ohnehin nicht mehr lange dauern, bis –«

Er wurde von zwei lauten Schlägen unterbrochen, die von der Haustür herüberhallten.

»Aufs Stichwort!« Der Professor hob den Finger. »Das muss Dittrich sein. Geh hin und öffne ihm!«

Caroline nickte. Der beklemmende Moment war vorüber. Und mit ihm die Gelegenheit, dem Übel noch Einhalt zu gebieten. Zügig wandte sie sich um und ging hinaus in den Flur. Sie zog den Riegel zur Seite und öffnete die Tür.

Ein feuchter Nebelschwall zog vorüber, während sich aus dem Dunkel der Nacht eine stämmige Gestalt mit bleich leuchtendem Gesicht löste.

»Dittrich«, begrüßte Caroline den späten Besucher. »Komm herein. Du wirst schon erwartet.«

Der Hüne trat in den Hausflur. Er war in einen rabenschwarzen Kutscherumhang gehüllt, und auf seinem Kopf saß ein Filzhut mit breiter Krempe.

»Caroline. Professor«, brummte der Anatomieknecht, während seine schweren Stiefel dumpf auf den Dielen polterten.

Werner Rolfinck, der Caroline in den Vorraum gefolgt war, hob seinen Kopf. »Nun, Dittrich? Ist alles zur Zufriedenheit vonstattengegangen?«, erkundigte er sich.

»Sehr zur Zufriedenheit. Ist 'ne schöne Leiche. Ein Mannsbild von dreißig Lenzen.« Der Knecht bleckte die Zähne. »Hab ihn mit dem Büttel vom Galgen geschnitten. Alles noch dran, was dran sein muss. Wollt Ihr den Kadaver sehen? Der Wagen steht nicht weit entfernt.«

»Das wird nicht nötig sein. Ich sehe ihn ja morgen. Von außen und von innen.« Die Augen des Professors leuchteten wohlgemut. »Gut gemacht, Dittrich. Sieh jetzt zu, dass du ihn ohne Aufsehen in die Fakultät bringst. Caroline kommt mit und geht dir zur Hand.«

»Wie der Herr Professor wünschen.« Der Knecht verneigte sich ungelenk.

Caroline eilte hinauf in ihre Kammer. Dort hüllte sie sich in ihren Straßenumhang und verbarg ihr Haar unter einem grauen Nesseltuch. Sie vermied es, noch einmal zu der Wand mit Elisabeths Bildnis hinüberzusehen. Stattdessen löschte sie die Kerze auf dem Tisch und stieg wieder hinunter ins Erdgeschoss.

Zusammen mit Dittrich trat sie hinaus in die Nacht. Stumm folgte sie dem Knecht, der hinter dem Haus der Rolfincks in eine leere Gasse bog. In einer Durchfahrt zwischen zwei Fachwerkhäusern kam ein einspänniger Leiterwagen zum Vorschein. Die braune Stute der Fakultät stand angeschirrt an der Deichsel und kaute gleichmütig Heu aus einem Weidenkorb. Als sie Dittrich herannahen sah, hob sie den Kopf und schnaufte rasselnd. Der Knecht strich dem Pferd liebevoll über die Nüstern, nahm den Korb zur Seite und löste das Seil, mit dem die Stute an einen Balken gebunden war.

»Bist gleich zu Hause, Prinzessin«, raunte er dem Pferd zu. Dann stieg er auf den Wagen, nahm die Zügel auf und kurbelte die Bremse lose. Caroline zog sich ebenfalls nach oben und zwängte sich neben dem Hünen auf die Holzbohle, die als Kutschbock diente. Dittrich schnalzte mit der Zunge. Sofort stemmte sich die Stute in ihr Kummet, und der Wagen rollte los.

Der Anatomieknecht mied die belebten Wirtshausstraßen und lenkte den Wagen stattdessen durch dunkle Nebengassen. Die Öllaterne an der Seite ihres Gefährts schwankte hin und her und warf ihre fahle Lichtwolke in den dichter werdenden Nebel.

Um diese späte Stunde begegneten ihnen kaum Menschen. Ab und zu sah Caroline eine oder zwei graue Gestalten, die wie verlorene Seelen durch den feuchten Dunst huschten. Doch beim Anblick der Kutsche verschwanden sie im Nichts.

Nach einer Weile wandte sie sich um und warf einen Blick auf die Ladefläche des Leiterwagens. Dort lag ein großer Stoß Decken übereinander, gerade so, als wären sie in ein Waschhaus unterwegs. Doch Caroline wusste, dass unter diesem leinenen

Haufen ihre eigentliche Fracht verborgen war. Der Leichnam vom Weimarer Galgenberg.

»Sag, Dittrich«, unterbrach sie das Schweigen mit gedämpfter Stimme. »Was ist das für einer, der hinten auf dem Wagen liegt?«

»Cyriax Schramm ist sein Name. Hat im Weimar'schen zwei Mägde totgemacht. Eine in Gelmeroda, Osanna hat sie geheißen. Die andere, Rebecca, in Nohra. Hätte wohl noch mehr zu Schanden gebracht, wenn sie ihm nicht auf die Spur gekommen wären. Der Büttel hat's mir erzählt.« Der Anatomieknecht schnaufte. »Muss ein übler Bursche gewesen sein, dieser Cyriax.«

»Jetzt ist er gerichtet.«

»Ist er. Am Halse aufgehängt.« Eine Weile schwieg Dittrich, dann sagte er: »Er hatte sogar eine Frau, der Cyriax. Sie war noch beim Galgen, als wir ihn abgeschnitten haben. Hat bitterlich um ihn geweint. Als ob er die Unschuld selbst gewesen wär. Und angefleht hat sie mich, dass wir ihn nicht zerschneiden mögen, weil seine Seele dann nie mehr Frieden finden täte. Oder Vergebung. Immer wieder hat sie mich um Gnade angerufen, wie den Herrgott selbst.«

»Was hast du ihr gesagt?«

Der Knecht seufzte. »Nix hab ich ihr gesagt«, murmelte er. »Was hätte ich auch sagen sollen? Ich habe sie fortgehen heißen. Ich fahre nur den Kadaver. Mit der Vergebung hab ich nichts zu schaffen.«

Auf Carolines Lippen erschien ein trauriges Lächeln. Dittrich war ein herzensguter Kerl. Aber dafür, jemanden zu trösten, fehlte ihm das Talent. Die Frau tat ihr leid. Wahrscheinlich hatte sie ihren Mann wirklich geliebt. Auch wenn er zum Monster geworden war.

Wieder schwiegen sie, während der Leiterwagen durch die nebelverhangenen Gassenschluchten Jenas rumpelte. Gerade als die Rathausglocke zur Mitternachtsstunde schlug, bogen sie in die Kollegiengasse ein, die die Alma Mater im Norden begrenzte. Vor der Einfahrt in den Universitätshof stoppte Dittrich das Fuhrwerk. Er sprang hinab und führte das Pferd samt Wagen durch das offene Torhaus. Die eisenbeschlagenen Räder knirschten hell, als sie wenig später über das Hofpflaster schlingerten. Irgendwo über ihnen stoben krächzende Rabenvögel auf. Für kurze Augenblicke riss das Licht der schwankenden Laterne die Fassaden der Lehrgebäude und der Kollegienkirche aus der Schwärze der Nacht.

»Fein gemacht, Prinzessin«, ließ sich der Knecht vernehmen, und der Wagen stoppte. Der Hüne zog die Bremse an. Sie standen an der Rückseite des langen Hauses, das die Räume der Medizinischen Fakultät beherbergte.

Während Caroline fröstelnd den Kragen ihres Mantels nach oben schlug und vom Fuhrwerk kletterte, zog Dittrich bereits den Totenkarren heran. Er bestand aus einer Bahre mit zwei großen Speichenrädern. Mit einer harschen Bewegung stieß der Knecht den Karren von hinten unter das Ende des Leiterwagens und hängte die Laterne an das kleinere Gefährt.

»Wohlan«, sagte er. Caroline half ihm, die Decken vom Pferdewagen zu werfen. Es dauerte nicht lange, da kam ein bleicher Körper zum Vorschein, der mit nichts als einem sackartigen Kittel bekleidet war.

»Cyriax Schramm«, bemerkte Dittrich ohne erkennbare Gefühle. »Er hat schwere Knochen. Wir müssen gut zupacken.«

Sie ergriffen den Körper an den Beinen, und auf ein Kommando des Knechts zerrten sie ihn nach hinten auf den Karren. Dann schoben sie die Bahre zu einer schrägen Rampe, die hinunter zu den Kellergewölben führte. Ächzend bugsierten sie ihre Fuhre in die Tiefe, bis sie vor einer Eisentür anlangten. Dittrich angelte einen Schlüssel aus dem Innenfutter seines Kutscherumhangs und öffnete das Schloss.

»Hinein mit unserem Gast«, brummte er und drückte die Tür auf. Mit einem lauten Scheppern schlug das Metall gegen die Kellermauer. Während sie den Karren vorwärtsbewegten, hob das Licht der Laterne die höhlenartigen Gewölbe aus der Dunkelheit.

Die Räume waren verwinkelt wie ein Labyrinth, und ein schwerer, säuerlicher Geruch hing in der Luft. Hier lagerten die Dinge, die der Professor für seine Demonstrationen der menschlichen Anatomie benötigte. In den Nischen standen mit Weingeist gefüllte Bottiche, von deren Grund die blassen Umrisse abgetrennter Gliedmaßen heraufschimmerten. In einer Kiste lagen ledrig getrocknete Hände und Füße. Und zwischen den Gewölbesäulen drängten sich Regale voller gebleichter Knochen.

Caroline und Dittrich manövrierten den Leichenkarren an das Ende eines langen Holztisches und zogen den Körper des Hingerichteten auf die Tischplatte. Dann entzündete der Knecht eine zweite Öllampe und setzte sie am Kopfende des Toten ab.

»Jetzt gehört er dir«, sagte er. »Wenn du ihn sauber gemacht hast, komm nach oben und sag Bescheid, dass ich abschließen kann. Ich bin derweil in der Stallung und kümmere mich um die Stute.« Damit drehte er sich um und verschwand mitsamt dem leeren Karren aus dem Keller. Stille senkte sich über das unterirdische Gewölbe.

Caroline betrachtete den Kopf des Toten. Seine gebrochenen Augen starrten ihr aus tiefen Höhlen entgegen. Die Gesichtshaut schimmerte bleich, und der Mund war verzerrt wie zu einem stummen Klageseufzer. Eine tiefe, violette Furche am Hals zeigte, wo der Strick des Henkers dem Leben des Sünders ein Ende gesetzt hatte.

Cyriax Schramm. Der Mörder zweier Frauen. Jetzt lag er hier und war ebenso dem Diesseits entrissen wie seine Opfer, sinnierte Caroline. Im Gegensatz zu ihnen hatte er Gottes Gnade verwirkt. Seine Seele würde nicht auferstehen. Seinen Körper würde man zerteilen. Nicht einmal ein Grab würde von ihm bleiben.

Caroline legte ihre Hand auf die Brust des Toten. Dorthin, wo sich sein erkaltetes Herz befand. Morgen, nachdem die Sektion vorüber war, würde sie es an sich bringen. Um die Reliquie einer Heiligen zu fälschen. Mit dem Seelenhort eines Verbrechers.

Bittere Tränen liefen über ihre Wangen.

Schließlich riss sie sich aus ihrer Erstarrung. Dittrich erwartete, dass sie ihre Arbeit tat. Sie nahm sich einen Eimer und füllte ihn mit Wasser. Dann schnitt sie den Büßerkittel auf und begann, den Leib des Toten zu waschen.

Zehnmal ertönte der helle Klang der Kollegienglocke vom Dach des Senatsgebäudes. Im Hof der Universität drängten sich die Medizinstudenten in ihren farbenfrohen Roben und geschmückten Hüten. Neben ihnen standen die geladenen Honoratioren der Stadt beisammen: der Bürgermeister, einige seiner Ratsherren und eine Handvoll hoher herzoglicher Beamter. Allenthalben herrschte ein lebhaftes Schwadronieren. Johann Friderici, der Rektor, stolzierte mit salbungsvoller Miene um die aufgekratzte Schar herum.

Caroline schob sich vorsichtig noch etwas näher an das Fenster im Treppenhaus des Fakultätsgebäudes und ließ ihre Augen über das bunte Getümmel gleiten. Unwillkürlich fuhr sie zusammen, als sie Philipp zur Linden erblickte. Er lehnte an der Wand neben der Anschlagtafel und schien sich in der Gesellschaft der versammelten Respektspersonen ausgesprochen wohlzufühlen. Wie immer trug er seine schwarze Tracht, und seine Haltung verriet ein unerschütterliches Selbstvertrauen.

Dass er hier war, musste Caroline nicht verwundern. Sie selbst hatte ja dafür gesorgt. Am Morgen war sie zum Gasthaus am Markt gelaufen und hatte dem Junker vom Sonnenwirt ausrichten lassen, wann er im Kollegienhof erscheinen solle. Danach war sie zur Universität geeilt und hatte zusammen mit Dittrich den Leib von Cyriax Schramm hinauf in das Anatomische Theater gebracht. Nun war alles für den großen Auftritt von Professor Rolfinck vorbereitet. Und die Schläge der Kollegienglocke hatten soeben das Signal für den Beginn gegeben.

Rektor Friderici hob die Arme in die Höhe und schritt mit gemessenen Bewegungen zum Eingang des Fakultätsgebäudes.

Augenblicklich verstummten die Gespräche, und die Menge folgte seiner Magnifizenz ins Innere des Baus.

Schnell verließ Caroline ihren Platz am Fenster, denn schon hörte sie das Stampfen der Stiefel auf den Stufen des Treppenhauses.

Sie lief an der Bretterwand entlang, die das Anatomische Theater vom Rest des Stockwerks abtrennte, und schlüpfte durch die Flügeltür hinein. Geschickt schlängelte sie sich zwischen den kreisförmig angeordneten Holztribünen hindurch, in deren Mitte der Tisch mit dem abgedeckten Leichnam stand. Dittrich erwartete sie schon. In seiner schweren Schürze wirkte er noch hünenhafter als sonst. Stolz aufgerichtet wie ein herzoglicher Gardist harrte er seiner Aufgaben.

Kaum hatte sie sich neben ihn gesellt, schwang die Flügeltür auf, und die Studenten und Würdenträger marschierten herein. Ein lautes Poltern erfüllte den Raum, als sie die dreistufigen Ränge der Stehtribünen erklommen. Die vorderste Reihe war den Ehrengästen vorbehalten, während die Studenten die Plätze dahinter einnahmen. Als das Publikum des verhüllten Körpers von Cyriax Schramm gewahr wurde, erhob sich ein ahnungsvolles Getuschel.

Behutsam hob Caroline den Blick. Philipp zur Linden hatte eine Lücke zwischen zwei beleibten Stadträten ergattert und starrte unverhohlen zu ihr herüber. Auf seinen Lippen lag ein kaltes Lächeln, und für einen winzigen Moment zwinkerte er ihr zu. Schnell wandte sie den Kopf ab, nur um geradewegs in das Gesicht von Lorenz Enschütz zu schauen, der schweigsam inmitten seiner aufgeregten Kommilitonen stand. Auch er hatte die Augen auf Caroline gerichtet. Seine Züge zeigten den gleichen traurigen Ausdruck wie bei der Begegnung auf dem Markt. Der Begegnung, bei der er den Adelsmann an ihrer Seite entdeckt hatte.

Am liebsten wäre Caroline auf der Stelle davongerannt. Doch das hätte ihr der Professor niemals nachgesehen. Also drückte sie den Rücken durch und verharrte tapfer an ihrem Platz.

In diesem Moment ertönte das Klingeln einer Handglocke, und Werner Rolfinck trat hinter der Balustrade an der Stirnseite des Saales hervor. Er trug einen seidig glänzenden Talar, und seinen Hals zierte eine radförmige Krause aus gestärktem weißem Leinen. Erhobenen Hauptes schritt er bis hinter den Tisch mit dem Leichnam und blieb stehen. Auf den Rängen wurde es still.

Der Professor verneigte sich. Dann sah er in die Runde. »Magnifizenz. Exzellenzen. Herr Bürgermeister. Hochzuverehrende Herren Stadträte. Geschätzte Studenten der Medizinischen Fakultät«, begann er mit feierlicher Stimme. »Wir haben uns heute in unserer respektablen Alma Mater versammelt, um ein Fest des Wissens zu feiern. Um der Gelehrsamkeit ein Lob auszubringen. Um zu ergründen, wie die anatomische Gestalt jener Geschöpfe Gottes beschaffen ist, die wir stolz Menschen nennen. Diese Einsichten zu erlangen, werde ich vor Ihrer aller Augen nun den frischen Leib eines Dahingeschiedenen öffnen. Mögen wir von dem Toten lernen, den Lebenden zu helfen. Denn ohne die Vertrautheit mit des Körpers innersten Geheimnissen ist die Medizin eine blinde Wissenschaft.«

Der Professor ließ eine Pause und fixierte das Publikum. Dann rief er: »So lasst uns unser Abenteuer beginnen! Es ist eine Reise in eine wunderbare Welt. Eine Reise in uns selbst hinein.«

Er ergriff das Tuch, mit dem Cyriax Schramms Leichnam bedeckt war, und riss es mit einer einzigen schwungvollen Bewegung zur Seite. Wieder ging ein Raunen durch den Saal, diesmal noch lauter.

Caroline, die die wirkungsvollen Eröffnungen des Anatomen schon kannte, fing das Tuch geschickt auf und legte es zur Seite. Dann reichte sie dem Professor eine weiße Schürze und half ihm, den schützenden Überwurf anzulegen. Unterdessen brachte Dittrich einen flachen Mahagonikasten heran, in dem der Professor seine Instrumente aufbewahrte, und klappte ihn neben dem Kadaver auf.

Werner Rolfinck stellte sich mittig hinter den Tisch, nahm ein Skalpell aus dem Kasten und hielt es in die Höhe.

»*Secabo!*«, tönte er vernehmlich. Caroline wusste, dass dies die lateinische Ankündigung war, mit dem Aufschneiden des Toten zu beginnen. Von nun an würde der Anatom seine Erläuterungen ausschließlich in der alten Sprache der Gelehrten vortragen, wie es bei den Vorlesungen an der Universität Gepflogenheit war. Bis auf wenige Worte war Caroline das Lateinische fremd. Doch das störte sie nicht. Die Handreichungen, die von ihr verlangt wurden, verstand sie auch so.

Unter den neugierigen Blicken seines Publikums ließ Rolfinck das scharfe Skalpell durch die Haut auf Cyriax Schramms Oberkörper gleiten. Dann zog er sie in großen Lappen nach links und rechts herunter. Eine Landschaft aus rotem Fleisch und gelbem Fett kam zum Vorschein, was auf den Rängen ein erneutes Raunen auslöste.

Der Anatom löste die kräftigen Muskeln von der Brust, wobei er jeden seiner Handgriffe erklärte. Dann tauschte er das Skalpell gegen eine Säge und begann damit, die Rippenbögen aufzutrennen, die gleich einem schützenden Harnisch über den darunter befindlichen Organen lagen. Wie auf ein unsichtbares Kommando trat Dittrich hinzu und hielt den Leichnam fest, der unter den Sägestrichen hin und her schlotterte, als wäre er eine übergroße Puppe.

Caroline linste vorsichtig hinüber zu den Rängen der geladenen Würdenträger. Einige der Honoratioren waren zurückgewichen oder wandten ihren Kopf zur Seite. Ein Ratsherr riss sich beide Hände vor den Mund und stürmte mit einem kehligen Würgelaut aus dem Saal. Philipp jedoch hielt den Blick fest auf den geöffneten Leib des Mörders gerichtet, und das schaurige Leuchten in seinen Augen ließ vermuten, dass er die Vorführung genoss.

Schnell drehte sich Caroline wieder zu dem Professor um, der nun erneut sein Skalpell ergriff. Während Dittrich die Lungen des Toten zur Seite drückte, fuhr der Anatom mit den Händen in die Brusthöhle und schnitt Cyriax' Herz heraus. Er hob den faustgroßen Klumpen in die Höhe und ging damit langsam vor den Tribünen entlang. Immer wieder blieb er stehen, um Erläuterungen abzugeben oder Fragen seiner Studenten zu beantworten.

Caroline hatte einmal gehört, dass der Professor die neuartigen Ideen eines Engländers namens William Harvey vertrat, wonach das Blut immer im Kreise durch den Körper ströme. Und dass es das schlagende Herz sei, welches den Saft des Lebens durch die Adern drücke wie einen dahinrauschenden Bach. Daran musste sie seitdem immer denken, wenn sie ihren eigenen Herzschlag spürte.

Als der Anatom mit dem herausgelösten Organ an der Stelle vorüberkam, an der Philipp stand, gewahrte Caroline im Antlitz des Junkers ein kaum merkliches Grinsen. Für einen winzigen Moment traf sie sein Blick. Die Siegesgewissheit, die darin lag, ließ sie erschaudern.

»Caroline, schläfst du?«, drang plötzlich Dittrichs vorwurfsvolle Stimme an ihr Ohr. »Sieh zum Boden! Der Professor wird noch ausrutschen.« Er nickte hinunter zu den Dielenbrettern, die nach dem Herumtragen des Herzens mit schwärzlich rotem Blut beträufelt waren.

»Entschuldige. Ich war in Gedanken«, presste sie hervor. Eilig holte sie einen Packen frischer Leinentücher aus einem Sack und wischte die zähklebrige Flüssigkeit auf. Es gehörte zu ihren Aufgaben während der Sektion, die Umgebung des Kadavers so gut es ging sauber zu halten. Werner Rolfinck legte darauf großen Wert.

Gerade als sie fertig war, kehrte der Professor zum Tisch zurück. »Dittrich, den Topf«, zischte er. Der Knecht brachte ein irdenes Gefäß herbei und nahm den glockenartigen Deckel ab. Rolfinck ließ das frische Herz hineingleiten.

»Pass gut darauf auf.« Der Anatom zog ein strenges Gesicht. »Ich möchte morgen noch ein paar Experimente damit machen.«

»Sorgt Euch nicht«, brummte Dittrich. »Ich schaffe es nachher gleich in den Keller. Dort steht es kalt und sicher.« Er setzte den Deckel wieder auf den Topf und stellte das Behältnis unter den Tisch.

Rolfinck wandte sich wieder dem Leichnam zu. Unter wortreichen Erklärungen führte er seine Zergliederung fort. Er entnahm weitere Organe. Legte die Muskeln eines Armes frei. Öffnete die Kopfdecke. Die Studenten verfolgten seine Demonstration mit aufmerksamen Gesichtern, und auch die Honoratioren der Stadt zeigten Interesse. Oder sie versuchten wenigstens, Haltung zu bewahren.

Caroline fiel auf, dass Philipp von Zeit zu Zeit verstohlen hinüber zu Lorenz spähte. Und dass der Student hin und wieder einen misstrauischen Blick in Richtung des Junkers warf. Die beiden belauern sich gegenseitig, dachte sie. Das stumme Schauspiel machte ihr Angst.

Nach zwei Stunden beendete Werner Rolfinck seine Sektion. Der Schweiß lief ihm über die Stirn. Die Zerteilung des Toten hatte ihn sichtlich erschöpft. Seine Miene jedoch zeigte eine fast kindliche Glückseligkeit. Er legte seine Schürze ab und verneigte sich mehrmals und tief in Richtung der Tribünen. Dann schritt er unter dem lauten Beifall des Publikums aus dem Saal.

Schon sprangen die ersten Studenten von den Podesten und folgten laut debattierend ihrem Meister. Und auch die Honoratioren strebten dem Ausgang zu. Es dauerte nicht lange, da hatte sich der Raum geleert. Nur Caroline und Dittrich blieben zurück. Der Anatomieknecht klaubte die freigelegten Innereien des Toten zusammen und schüttete sie in einen hölzernen Eimer. Er würde sie später am Tage an einem verschwiegenen Ort vor der Stadtmauer vergraben. Der Rest des Toten sollte nach dem Willen des Professors zur weiteren Unterweisung der Studenten aufbewahrt werden. Auf die Gliedmaßen wartete ein Bad im Weingeist, und die verbliebenen Knochen kamen zum Bleichen aufs Dach.

»Ich bringe das Herz in den Keller«, erklärte Dittrich und

streckte sich. »Hinterher komme ich zurück und erledige den Rest.« Er holte den Topf unter dem Tisch hervor, hob ihn vor sich in die Höhe und verschwand damit nach draußen. Als seine schweren Schritte verklungen waren, breitete Caroline ein frisches Laken über das, was von Cyriax Schramm geblieben war, und begann damit, die fleckigen Tücher und die Schürze des Anatomen für die Wäsche einzusammeln.

»Bravo. Fein gemacht, meine Perle!«, erklang plötzlich eine Stimme, und ein einsames Klatschen setzte ein.

Caroline fuhr erschrocken herum.

Philipp zur Linden trat aus einem dunklen Winkel hinter dem Tribünenaufbau hervor und ging langsam auf sie zu. Auf seinem Gesicht lag ein selbstgefälliges Grinsen. Immer wieder schlug er die Hände zusammen, aber die Geste hatte nichts Wertschätzendes. Eher wirkte sie wie die ausgestellte Eitelkeit eines Siegers.

»Was willst du?«, zischte Caroline erschrocken. »Wenn dich jemand mit mir sieht …«

»Ich bin ein Geist, schon vergessen?« Philipp legte seinen Finger unter Carolines Kinn und drückte es nach oben. Dann schob er sich dicht an sie heran. »Ich möchte mein Täubchen nur wissen lassen, dass ich es immer im Blick habe. Und ihren jungen Galan ebenso.« Er neigte den Kopf zu der Stelle, an der während der Vorführung Lorenz gestanden hatte. »Wie er dich angesehen hat. So verletzlich.« Der Junker ließ ein boshaftes Kichern hören.

»Lass Lorenz aus dem Spiel! Ich habe getan, was du verlangt hast. Du durftest der Zergliederung beiwohnen.«

»Du weißt ganz genau, dass das noch gar nichts gilt. Das Herz ist mein Begehr. Und diese Schuld hast du noch nicht eingelöst.«

»Dittrich hat es weggebracht. Wenn du mich belauert hast, konntest du es selber sehen. Er hat's im Keller eingeschlossen. Einen Schlüssel besitzt nur er. Und der Professor.«

»Dann sieh zu, dass du ein Schlüsselchen bekommst. Heut

Nacht will ich mit dir in das Gewölbe hinein. Dann holen wir das Herz.«

»Das kann ich auch allein!«, fauchte Caroline trotzig. »Ich bin es, die sich hier auskennt, nicht du. Du würdest mir nur hinderlich sein.«

Philipp lachte auf. Dann wurde seine Miene hart. »Das könnte dir so passen. Ich trau dir nicht, mein Täubchen. Besorg den Schlüssel. Zur Mitternachtsstunde bin ich wieder da. Dann krönen wir unseren Pakt!« Damit drehte er sich um und huschte hinaus.

Caroline senkte den Kopf. Eine Weile stand sie wie verloren in der Mitte des Tribünenrondells. Schließlich raffte sie sich auf. Sie durfte sich von ihrer Verzweiflung nicht überwältigen lassen. Sie musste stark bleiben. Bis jetzt ist alles gut gegangen, rief sie sich in Gedanken zu. Der Rest wird dir auch noch gelingen.

Entschlossen sammelte sie die letzten Tücher zusammen und warf sie in einen Tragekorb. Mit Schwung hievte sie sich die Kiepe auf den Rücken. Dann verließ auch sie den Saal. Als sie sich dem Treppenhaus näherte, sah sie Lorenz am Fenster stehen. Sie runzelte die Stirn. Was tat er hier? Wenn er nach dem Vortrag des Professors nicht mit seinen Kommilitonen nach unten gegangen war, was hatte er dann gemacht? Die ganze Zeit nur aus dem Fenster gesehen? Dann musste Philipp an ihm vorübergekommen sein. Oder war Lorenz gar zum Anatomischen Theater zurückgekehrt? Das würde bedeuten …

Bis zur Treppe waren es nur noch ein paar Schritte. Lorenz musste sie längst herannahen hören. Aber er sah sich nicht nach ihr um. Unverkennbar mied er ihren Blick.

Schnell drückte sich Caroline hinter seinem Rücken vorbei und eilte die Stufen hinab. Sie spürte, wie ihr Herz aufgeregt zu schlagen begann. Auf dem Weg in die Waschküche beschäftigte sie nur noch ein einziger Gedanke. Hatte Lorenz etwas von ihrem Gespräch mit Philipp mitbekommen?

## 23

*Gegenwart*

Es klopfte leise an der Tür, und eine blonde Krankenschwester lugte ins Zimmer. »Herr Wiesenburg, Besuch für Sie«, verkündete sie mit gedämpfter Stimme. Dann verschwand sie wieder.

Jonas richtete sich im Bett auf.

Fenja kam herein. In ihrer Hand hielt sie eine große Sonnenblume. »Hi, du Invalide!«, sagte sie, trat zu ihm und gab ihm einen behutsamen Kuss. Dann lehnte sie die Sonnenblume in eine Ecke neben dem Nachttisch.

»Hi«, antwortete Jonas. »Sehe ich so schlimm aus?«

»Nein, eigentlich nicht. Bis auf den Kopfverband.« Fenja grinste, aber ihre Besorgnis war nicht zu übersehen. »Und? Wie geht's dir?«

»Gut. Die Wunde an der Stirn brennt noch ziemlich, aber ansonsten ist alles so weit okay.« Jonas lächelte zurück. »Eine Nacht wollen sie mich zur Beobachtung hierbehalten, aber morgen früh schmeißen sie mich raus. Spätestens am Mittag hast du mich wieder.« Dann wurde sein Gesicht ernst, und er fügte hinzu: »Wir sind echte Glückspilze. Das hätte auch anders ausgehen können.«

Sie hatten tatsächlich Glück gehabt. Nachdem sie der schwarze Kleintransporter gerammt und von der Straße katapultiert hatte, waren sie von einer Buschgruppe gebremst und schließlich gestoppt worden. Fenja war gänzlich unbeschadet davongekommen, während sich Jonas den Kopf an der Seitenscheibe angestoßen hatte und für einen kurzen Moment ohnmächtig geworden war.

Weil der provozierte Unfall an einer Fernverkehrsstraße stattgefunden hatte, waren trotz der frühen Stunde schon nach kurzer Zeit Helfer zur Stelle gewesen und nicht viel später der

Rettungswagen aus Eisenach. Das Ganze lag jetzt fast zwölf Stunden zurück. Wegen des Verdachts auf eine Gehirnerschütterung hatte man Jonas in die Eisenacher Klinik gebracht, aber die Befunde zeigten inzwischen, dass es keinen Anlass zur Sorge gab.

»Ja, wir hatten wirklich verdammtes Schwein. Nicht auszudenken, wenn dort anstatt des Gebüschs massive Bäume gewesen wären. Oder wenn wir uns überschlagen hätten.« Fenja atmete tief aus. »Der Landy hat allerdings ein bisschen mehr abgekriegt als wir. Aber das ist jetzt zweitrangig. Hauptsache, dir ist nichts Schlimmeres passiert.«

»Danach sieht es nicht aus.« Jonas schmunzelte. »Anscheinend habe ich einen ziemlich harten Schädel.«

»Fühlst du dich in der Lage, Kommissarin Vareel ein paar Fragen zu beantworten?«

»Klar. Soll ich sie anrufen?«

»Sie sitzt draußen. Sie möchte uns gern zusammen vernehmen. Das LKA hat die Ermittlungen übernommen, weil sie denken, dass der Angriff des Transporters mit dem aktuellen Fall zusammenhängt.«

»Denken wir doch auch, oder?«

»Es kann eigentlich nicht anders sein.«

»Dann hol sie rein.«

Fenja ging hinaus und kam kurze Zeit später mit der Kommissarin zurück.

»Hallo, Jonas. Was machen Sie bloß für Sachen?«, fragte Anne Vareel mit gespielt vorwurfsvoller Miene.

»Die Actioneinlage war nicht unsere Idee.« Jonas hob kapitulierend die Arme.

»Fenja meint, Sie fühlen sich gut genug, dass wir uns über die Sache heute früh unterhalten können?«

»Unbedingt.« Er sah die Kommissarin entschlossen an.

Die LKA-Frau holte einen Stuhl von dem kleinen Tisch heran, mit dem das Einzelzimmer ausgestattet war, und setzte sich. Fenja ließ sich auf der Bettkante nieder.

»Dann fragen Sie mal los«, sagte Jonas.

»Als Erstes würde mich interessieren, warum Sie überhaupt in Creuzburg waren«, begann Anne Vareel.

»Die Suche nach Elisabeths Herz hat uns hingeführt. Wir haben das Rätsel aus Gottholds Brief gelöst. Mit dem Versteck ist es allerdings komplizierter, als wir dachten. Es scheint sich um eine Art Schnitzeljagd zu handeln.« Jonas erzählte, wie sie auf der Wartburg auf den Elisabeth-Stein mit dem neuen Rätseltext gestoßen waren und was sie dann in Creuzburg gefunden hatten.

»Glückwunsch«, sagte die Kommissarin, als er mit seinem Bericht zu Ende war. Sie nickte anerkennend. »Da sind Sie ja schon ziemlich weit gekommen.«

»Das Herz haben wir trotzdem noch nicht.«

»Aber der Weg ist offenbar der richtige.«

»Ja.« Jonas schniefte verdrießlich. »Unser Freund im Kleintransporter scheint das auch so zu sehen. Offenbar will er uns aus dem Rennen haben.«

»Ist Ihnen im Vorfeld des Angriffs irgendetwas Verdächtiges aufgefallen? Haben Sie sich vielleicht beobachtet gefühlt?«

»Da gab es tatsächlich etwas. Als wir gestern auf die Wartburg gefahren sind, ist uns der Kleintransporter bereits gefolgt.«

»Ach so?« Die Kommissarin hob die Augenbrauen.

»Fenja hat ihn zuerst bemerkt. Bei der Hinfahrt schon. Und als wir die Wartburg gerade wieder verlassen hatten, habe ich ihn auch gesehen. In Eisenach war er dann plötzlich weg. Dachten wir jedenfalls. Deswegen waren wir nicht sonderlich beunruhigt.«

»Können Sie das Fahrzeug genauer beschreiben?«

»Mattschwarz. Rundlich und bullig. Könnte ein Chevrolet gewesen sein. Ein geschlossener Kasten. Mit einem Bullenfänger.«

»Haben Sie zufällig das Nummernschild erkannt?«

»Darauf haben wir nicht geachtet.«

»Und im Transporter? Am Steuer? War das ein Mann oder eine Frau? Und saß vielleicht noch eine zweite Person drin?«

»Das konnte man nicht sehen. Die Scheibe war schwarz und

hat gespiegelt. Und bei dem Angriff haben uns die Scheinwerfer geblendet. Tut mir leid.«

»Sie brauchen sich nicht zu entschuldigen.« Die Kommissarin seufzte. »Immerhin haben wir schon mal die Beschreibung des Fahrzeugs.«

»Da war noch etwas«, schaltete sich Fenja ein. »Ich weiß nicht, ob es wichtig ist, aber als wir heute früh das Hotel verlassen haben, da dachte ich für einen Moment, es wäre noch jemand da. Da waren Schritte. Irgendwo im Dunkeln. Aber wir konnten niemanden sehen.«

»Und wann haben Sie danach den Transporter bemerkt?«

»Gleich nachdem wir losgefahren sind, kam er hinterher.«

»Dann ist es durchaus möglich, dass Ihnen schon am Hotel jemand aufgelauert hat. Wahrscheinlich sind Sie seit Ihrem Besuch auf der Wartburg durchgehend beschattet worden.«

»Der Gedanke ist unheimlich.« Fenja legte sich die Arme um die Schultern.

»Gab es in dem Hotel noch andere Gäste?«

»Das Restaurant war am Abend zuvor ziemlich voll«, sagte Jonas. »Da können natürlich auch Leute aus dem Ort dabei gewesen sein. Aber nachts habe ich auf unserem Flur mehrmals Türen schlagen hören. Wir waren mit Sicherheit nicht die Einzigen im Haus.« Er sah die Kommissarin an. »Meinen Sie, der Täter hat ebenfalls dort übernachtet?«

»Auf jeden Fall werden wir die Gäste befragen.« Anne Vareel machte sich eine Notiz in ihrem Smartphone. »Selbst wenn der oder die Täter nicht eingecheckt waren, finden wir vielleicht Zeugen, die irgendetwas beobachtet haben.«

»Den Transporter hätte man dort oben übrigens leicht verstecken können. Die Gegend rund um den Burghügel ist ziemlich verwinkelt. Und es war dunkel.«

»Wir hören uns trotzdem mal um, ob ihn jemand gesehen hat. Man weiß ja nie.« Sie steckte das Telefon zurück in ihre Jacke. »Kommen wir zum heutigen Morgen. Zum Anschlag. Wie ist der genau abgelaufen?«

»Wir sind kurz vor sechs aufgebrochen, weil Fenja zur Arbeit musste. Wie sie schon berichtet hat, war der Transporter gleich nach dem Losfahren hinter uns. Am Anfang ohne Licht. Als wir ihn bemerkt haben und schneller gefahren sind, hat er voll aufgedreht.« Jonas beschrieb die kurze Verfolgungsjagd und wie sie schließlich gerammt worden waren. »Von dem Crash in das Gebüsch habe ich nicht mehr viel mitgekommen.«

»Und Sie?« Die Kommissarin drehte sich zu Fenja um.

»Ich kann bestätigen, was Jonas gesagt hat. Das war einfach furchtbar.« Sie fuhr sich nervös durch die Haare. Die Erinnerung an die Geschehnisse wühlten sie auf. »Als wir von der Fahrbahn abgekommen sind, ist der Land Rover in die Buschgruppe gerauscht und dann ruckartig drin hängen geblieben. Ich habe, glaube ich, geschrien. Und eine Zeit lang war ich auch benommen. Nicht ohnmächtig, aber ziemlich verwirrt. Wie gelähmt. Ich weiß nicht, wie lange genau. Das können Sekunden oder auch Minuten gewesen sein. Dann habe ich Jonas gesehen. Er hat am Kopf geblutet und nichts mehr gesagt. Ich habe immer wieder seinen Namen gerufen, und dann ist er langsam aufgewacht.« Fenja hielt inne und atmete mehrmals tief durch. »Sorry, das war nur so …«

»Machen Sie langsam, Fenja.« Anne Vareel beugte sich ihr entgegen und legte ihr für einen Moment die Hand auf den Arm.

»Es geht schon wieder.« Fenja richtete sich auf. »Jedenfalls war ich total erleichtert, als Jonas plötzlich wieder reagiert hat. Und dann sind auch schon Leute gekommen. Andere Autofahrer. Sie haben geholfen, Jonas aus dem Land Rover zu holen. Die haben sich echt super um uns gekümmert und auch den Krankenwagen gerufen. Und die Polizei.«

Die Kommissarin nickte. »Den Bericht von den Kollegen habe ich erhalten.«

»Was passiert jetzt mit unserem Landy? Und mit den Sachen, die noch drin waren?«

»Ihr Geländewagen steht bei uns in Erfurt in der Kriminaltechnik. Die Untersuchungen werden noch eine Weile dauern. Es ist aber schon klar, dass wir genügend Lackspuren von dem Kleintransporter haben, um seine Beteiligung an dem Crash nachzuweisen. Falls wir ihn finden.« Anne Vareel hob die Hände. »Die Rucksäcke von Ihnen und Jonas hatten Sie ja schon mitgenommen. Und Ihre Reisetasche habe ich unten im Dienstwagen. Das ist alles, was im Land Rover war.«

»Und noch unsere schöne Kiste Wein.« Jonas grinste schief. »Den können wir auf unseren Schutzengel trinken. Falls eine Flasche heil geblieben ist.«

»Eine Weinkiste?« Die Kommissarin sah Jonas überrascht an. »Die war nicht dabei.«

»Sie muss im Wagen gewesen sein.«

»Meines Wissens nicht.«

»Komisch. Das heißt, warten Sie ... Die Hecktür stand offen. Das habe ich gesehen, bevor sie mich zum Krankenwagen gebracht haben. Vielleicht wurde die Kiste bei dem Crash auch herausgeschleudert.«

»Dann hätten wir sie trotzdem gefunden. Das ganze Gebiet wurde gründlich abgesucht. Es ist schließlich ein Tatort.« Anne Vareel schüttelte den Kopf. »Da war mit Sicherheit keine Weinkiste. Die hätte im Bericht gestanden.«

»Das ist jetzt echt schräg.« Jonas runzelte die Stirn. »Wie kann die Kiste verschwinden? Hat sich einer der Ersthelfer bedient?«

»Wenig wahrscheinlich. Die wurden alle noch vor Ort als Zeugen vernommen. Es wäre schon extrem dreist, den Land Rover quasi unter den Augen der Kollegen auszuräumen. Nein, es muss eine andere Erklärung geben.«

Eine Weile sagte niemand etwas.

»Dann habe ich mich vielleicht doch nicht getäuscht«, unterbrach Fenja schließlich die Stille. Ihre Stimme klang unsicher. Fast so, als würde sie dem, was sie aussprach, selbst nicht trauen.

»Was wollen Sie damit sagen?«, erkundigte sich die Kommissarin.

»Ich habe da so eine komische Erinnerung. Unmittelbar nach

dem Crash, als ich selber noch völlig durch den Wind war, da hatte ich den Eindruck, jemand wäre an unserem Auto.«

»Jemand von den Helfern?«

»Nein. Die waren da noch nicht da. Das war vorher. Aber ich bin mir nicht sicher, ob ich mir die Sache nicht nur eingebildet habe. Der Gedanke daran ist irgendwie unscharf. Wie ein Schatten.«

»Bis jetzt lagst du immer richtig, wenn du dachtest, du hättest etwas Merkwürdiges gesehen oder gehört«, meinte Jonas. Er sah zu Anne Vareel. »Wir sollten das ernst nehmen. Was, wenn es der Angreifer war? Vielleicht hatte er es genau auf die Kiste abgesehen.«

»Jemand drängt Sie von der Straße, um eine Kiste Wein zu stehlen?« Die Kommissarin zog eine ungläubige Miene.

»Nicht, um Wein zu stehlen.« Jonas hob den Kopf. »Sondern die Reliquie.«

»Wie kommen Sie denn darauf?«

»Wir haben den Wein vom Hotel bekommen. Der Wirt hat ihn im Außengelände deponiert, und heute früh haben wir ihn geholt«, erklärte er. »Wenn uns morgens am Hotel wirklich jemand beobachtet hat, dann hat derjenige gesehen, wie ich im Dunkeln mit einer Taschenlampe bewaffnet in den Abgang zu einem alten Kellergewölbe gestiegen bin und eine dunkle Holzkiste heraufgeholt habe. Heimlich und verstohlen. Auf einer Burg, zu der wir gefahren waren, um Elisabeths Herz zu suchen. Was unser Verfolger ja offenbar wusste.« Jonas hob die Schultern. »Er könnte gedacht haben, wir wären erfolgreich gewesen. Und die Reliquie befände sich in der Kiste.«

»Das ist tatsächlich ein interessanter Gedanke.« Die Kommissarin nickte langsam.

»Die Frage ist nur, warum er uns dann so rabiat von der Fahrbahn gedrängt hat«, gab Fenja zu bedenken. »Immerhin hätte Elisabeths Herz dabei zerstört werden können.«

»Vielleicht war das Ganze eine spontane Entscheidung«, meinte Anne Vareel. »Die Nutzung einer vermeintlich einmaligen Gelegenheit, Ihnen die Reliquie abzujagen, bevor Sie damit verschwinden. Vielleicht sogar zur Polizei. Dort wäre sie für den Täter für immer verloren gewesen.« Die Kommissarin überlegte kurz. Dann fügte sie hinzu: »Außerdem war das Risiko kalkulierbar. Ich möchte Jonas' Verletzung nicht verharmlosen. Aber dort, wo man Sie angegriffen hat, gab es gute Chancen, dass es nicht zum Schlimmsten kommt.«

»Also ging es nur um die Reliquie? Nicht um uns?« Fenjas Stimme bekam einen hoffnungsvollen Klang. »Der Angreifer wollte uns gar nicht umbringen?«

»Vermutlich nicht. Und nach dem Crash wäre es auch extrem dumm gewesen, es zu versuchen. Schon die Kiste zu holen, war ein Risiko. Mitten an einer Fernverkehrsstraße. Der Täter musste jeden Moment damit rechnen, dass jemand vorbeikommt und ihn oder sein Auto sieht.« Die Kommissarin lehnte sich zurück. »Außerdem konnte er sich nicht sicher sein, ob Elisabeths Herz tatsächlich in der Kiste war. Wenn er Sie verfolgt hat, damit Sie es für ihn aufstöbern, dachte er vielleicht, dass er Sie möglicherweise noch braucht.«

»Also hat sich jemand an uns drangehängt, damit wir für ihn die Reliquie finden?« Jonas lachte freudlos auf.

»Bis jetzt ist das nur eine Theorie.« Die Kommissarin wiegte den Kopf. »Aber es könnte eine Erklärung für das sein, was Ihnen passiert ist.«

»Da fällt mir gleich jemand ein«, schnaufte Jonas. »Ihnen auch?«

»Sie meinen Leonhardt Cordes.«

»Oder seinen Handlanger Witte.«

»Der Gedanke liegt nahe.« Anne Vareel nickte. »Nachdem Sie Cordes' Angebot abgelehnt haben, die Reliquie für ihn ausfindig zu machen, könnte er versucht haben, Sie auf andere Weise zu benutzen.«

»Er will das Herz um jeden Preis haben. Er denkt, sein Leben hängt davon ab. Das würde auch eine gewisse Risikofreudigkeit erklären.«

»Wir haben ihn ohnehin auf dem Zettel. Nach der Drohung gegen Sie und den Ereignissen von heute Morgen wird er uns einige Fragen beantworten müssen. Und diesmal lassen wir ihn nicht so leicht vom Haken.« Die Kommissarin machte eine kurze Pause. Dann sah sie zu Jonas und sagte: »Jetzt habe ich nur noch eine letzte Frage. Allerdings eine wichtige. Angesichts der jüngsten Ereignisse – möchten Sie weiterhin für uns arbeiten?«

Jonas blickte überrascht auf. Auf die Idee, hinzuschmeißen, war er noch gar nicht gekommen. »Natürlich«, sagte er mit fester Stimme. »Ich mache weiter. Jetzt erst recht. Ich lasse mich nicht einschüchtern.«

»Und ich helfe Jonas«, erklärte Fenja in ebenso klarem Ton. »Wir sind ein gutes Team. Und wir werden unseren Teil zur Lösung des Falles beitragen. Das sind wir auch Gotthold schuldig.«

»Danke, dass Sie an Bord bleiben. Darauf hatte ich gehofft.« Die Kommissarin lächelte, und in ihren Zügen erkannte Jonas eine Mischung aus Erleichterung und Entschlossenheit. »Sie sind im Moment die Einzigen, die eine realistische Chance haben, das Versteck von Elisabeths Herz zu finden. Aber gehen Sie bei Ihren nächsten Recherchen kein Risiko ein. Sprechen Sie alle Schritte, die Sie unternehmen, mit mir ab. Zumindest dann, wenn Sie sich in einem Bereich bewegen, den Sie nicht für hundertprozentig sicher halten.«

»Tun wir.« Jonas nickte.

»Dann lasse ich Sie jetzt in Ruhe. Werden Sie schnell gesund. Und danke, dass ich Sie unter diesen Umständen so schnell befragen durfte. Bis bald.«

»Bis bald.«

Anne Vareel stellte ihren Stuhl zurück an den Tisch. Danach wandte sie sich an Fenja. »Kommen Sie noch kurz mit nach unten? Da kann ich Ihnen gleich Ihre Reisetasche zurückgeben.«

Fenja nickte und winkte Jonas zu. »In spätestens zwanzig

Minuten bin ich wieder hier. Ich habe nämlich noch eine Überraschung für dich. Das heißt, eigentlich sind es sogar zwei.«

Und damit verschwanden Fenja und die Kommissarin aus dem Raum. Jonas lehnte sich im Bett zurück und sah zum Fenster. Draußen hatte die Abenddämmerung eingesetzt. Das Licht der untergehenden Sonne flutete herein und tauchte das Krankenzimmer in einen rötlichen Schein. Für einen Moment dachte er daran, wie sie vor genau einem Tag auf dem Hügel der Creuzburg gestanden und in einem ganz ähnlichen Licht die Landschaft genossen hatten. Und er fragte sich, was die Suche nach dem Herz der heiligen Elisabeth wohl noch alles für sie bereithalten würde.

Fenja hielt Wort. Es dauerte kaum mehr als fünfzehn Minuten, da kehrte sie zurück, behängt mit der Reisetasche und ihrem Rucksack. Nachdem sie die Sachen auf dem Tisch abgestellt hatte, wandte sie sich zu Jonas um. Die Anspannung, die während der Befragung noch in ihren Zügen gelegen hatte, war mittlerweile dem unternehmungslustigen Blitzen gewichen, das Jonas so sehr an ihr mochte. Eine Weile lächelte sie ihn nur schweigend an.

»Nun spann mich nicht auf die Folter«, sagte er schließlich lachend. »Was sind die zwei Überraschungen?«

»Es sind zwei Nachrichten. Eine gute und eine gute. Welche möchtest du zuerst hören?«

»Hmmm.« Jonas verzog das Gesicht, als müsse er eine schwere Entscheidung treffen. »Na dann … zuerst die gute, bitte.«

»Also: Ich habe heute noch einiges erledigen können, bevor ich hierhergekommen bin. Die Werkstatt, die den Landy reparieren wird, hat uns einen Ersatzwagen gegeben. Damit war ich am Nachmittag kurz im Geo-Institut, um meine geplatzten Termine neu zu organisieren. Und weißt du, wen ich da getroffen habe?«

»Weiß ich nicht. Deinen Chef?«

»Den auch. Aber ich meine jemand anderen.«

»Wen?«

»Rate. Zwei Versuche hast du noch.«

»Komm schon. Lass mich nicht verhungern.« Jonas freute sich, Fenja wieder so schalkhaft zu sehen. Aber er platzte fast vor Ungeduld. Dann fiel ihm ein, wen sie meinen könnte.

»Etwa deinen neuen Freund? Den smarten Amadeo?«

»Erraten. Amadeo Valerian war heute im Institut.« Sie griente.

»Und? Was ist die gute Nachricht? Können wir etwa …?«

»Ja. Wir dürfen seine Reliquiensammlung besichtigen. Komischerweise hat er sich sogar gefreut, als ich ihn danach gefragt habe. Es war überhaupt kein Problem, seine Zustimmung zu erhalten.«

»Er scheint dich wirklich zu mögen.«

»Und seine Sammlung zweifellos auch. Seine Augen haben richtig geleuchtet, als er darüber gesprochen hat. Er scheint mächtig stolz darauf zu sein. Am kommenden Dienstag haben wir einen Termin für eine Privatführung. In seinem Haus in Jena.«

»Das ist wirklich eine gute Nachricht.« Jonas nickte beifällig. Er konnte Fenja ansehen, dass sie stolz darauf war, was sie erreicht hatte. Auch wenn es angeblich ganz einfach gewesen war. »Und die zweite gute Nachricht?«, fragte er.

»Die hat auch mit Valerian zu tun.«

»Jetzt machst du mich wirklich neugierig.« Jonas legte den Kopf schief. »Was ist es?«

»Du weißt, dass er sein Geld mit Software für spezielle Anwendungen verdient. Und da habe ich überlegt, ob er nicht vielleicht eine Lösung für unser Problem hat. Die unlesbare Schrift aus der Liboriuskapelle.« Fenja zog ihren Laptop aus dem Rucksack und hielt ihn nach oben. »Und er hat.«

Jonas wurde bleich. »Hast du ihm etwa von dem Rätsel –«

»Nein, natürlich nicht!« Sie schüttelte den Kopf. Dann erschien ein verschwörerischer Zug auf ihrem Gesicht. »Ich habe ihm erzählt, dass ich die alten Bilder aus dem Album meiner Oma digitalisieren will. Dass aber viele davon leider schon verblasst sind. Ich habe ein bisschen auf die Tränendrüse gedrückt, wie wichtig mir die Erinnerungen sind und wie verzweifelt ich bin, weil die Originale so schlecht aussehen. Da hat er mir ganz gentlemanlike eins von seinen Grafikprogrammen auf den Laptop gespielt. Mit einem speziellen Tool zur Rekonstruktion verblichener Bilder. Genau was wir brauchen. Ich glaube, er mag mich tatsächlich.«

»Na, hoffentlich nicht zu sehr.«

»Eifersüchtig?«

»Ich doch nicht.« Jonas schmunzelte, aber ein ganz klein wenig wurmten ihn die offensichtlichen Sympathien des Starunternehmers für seine Lebensgefährtin schon. Allerdings musste er sich eingestehen, dass es seine Idee gewesen war, Valerian anzusprechen. Zumindest in Bezug auf die Reliquiensammlung. »Und nun? Was machen wir jetzt?«, fragte er.

»Ganz einfach. Wir probieren das Programm aus. Es sei denn, du bist nach dem Gespräch mit der Kommissarin zu groggy. Dann verschieben wir es auf morgen.«

»Auf keinen Fall. Mir geht es gut. Und ich kann kaum erwarten, das nächste Rätsel zu kennen.« Jonas wurde wieder von dem Jagdfieber gepackt, das immer dann einsetzte, wenn sich bei seinen Recherchen eine neue Spur auftat.

»Also los.« Fenja klappte den Laptop auf und fuhr ihn hoch.

»Was ist mit meiner Spiegelreflex?«

»Habe ich mitgebracht. Sie hat den Crash übrigens gut überstanden.« Sie holte die Kamera aus ihrem Rucksack und kam mit den beiden Geräten zum Bett. Jonas übertrug die Bilder, die er in der Liboriuskapelle von dem unleserlichen Vierzeiler vor den Füßen des lahmen Bettlers gemacht hatte, auf Fenjas Computer.

»Hat dir Valerian auch gezeigt, wie das Programm funktioniert?«

»Ja. Warte kurz.« Sie öffnete die Anwendung, schob ein Foto

von der Inschrift in den Arbeitsbereich und startete das Rekonstruktionstool. Es dauerte nicht lange, da schälte sich die alte Schrift wie von Geisterhand aus dem Untergrund. »Voilà«, rief sie aus.

»Das ging schnell«, bemerkte Jonas anerkennend und ließ die Augen über die lateinischen Wörter wandern, die jetzt problemlos lesbar waren. Er rief ein Schreibprogramm auf und übersetzte den Vierzeiler. Wie nicht anders zu erwarten, klang auch der dritte Text rätselhaft und geheimnisvoll:

*Wo der Schnitter sich erzürnt*
*und die letzte Maske fällt,*
*dort ruht das wahre Herz*
*demütig unter den Gleichen.*

»Irgendwelche Ideen?«, fragte Fenja, nachdem sie Jonas' Übersetzung des alten Rätseltextes gelesen hatte.

»Ehrlich gesagt … nein.« Jonas wiegte den Kopf. »Der Schnitter ist eine Allegorie für den Tod. Das ist sehr allgemein.«

»Die ersten beiden Zeilen waren bisher immer ein Verweis auf den Ort, an dem man suchen muss. Und der Rest auf die konkrete Stelle. Wenn das hier genauso ist, dann geht es vielleicht um den Ort, an dem Elisabeth gestorben ist. Also Marburg. Ihr altes Hospital. Oder die Kirche, die man später darüber erbaut hat.«

»Hier steht, es wäre dort, wo ›der Schnitter sich erzürnt‹. Wann erzürnt man sich? Wenn man sauer ist, dass etwas nicht so läuft wie erhofft.«

»Ein Platz, an dem jemand dem Tod die Tour vermasselt hat.« Fenja hob die Hände. »Das würde *auch* auf Marburg passen.«

»Wieso? Elisabeth ist gestorben. Mit vierundzwanzig Jahren. Der Tod hatte seinen Willen. Und zwar ziemlich frühzeitig.«

»Ich meine die Heilungswunder. An Elisabeths Grab. Wenn dort Todgeweihte wieder gesund geworden sind, dann ist das ein echter Grund für den Sensenmann, sauer zu sein.«

»Stimmt.« Jonas deutete auf den Bildschirm des Computers. »Aber was ist mit der zweiten Zeile? Wo ›die letzte Maske fällt‹. Das klingt mir eher nach einem Schauspiel. Wie passt das zu Marburg? Zu Elisabeths Tod? Das war alles andere als ein Spiel.«

»Das kann ich nicht sagen.« Fenja sah Jonas an. »Weißt du was? Lass uns das vertagen. Immerhin sind wir heute schon einen großen Schritt weitergekommen. Wir haben den dritten Text entziffert. Und ein paar Ideen, was er bedeuten könnte. Wir müssen heute Abend nicht alle Fragen beantworten.«

»Du hast recht«, sagte Jonas. Dann schmunzelte er. »Aber jetzt habe *ich* noch eine gute Nachricht.« Er zeigte auf den Bildschirm des Laptops. »Schau dir die vorletzte Zeile an. Da steht: ›Dort ruht das wahre Herz.‹ Es *ruht* da. Das bedeutet, dass die Schnitzeljagd an diesem Ort beendet ist. Wo auch immer uns dieses Rätsel hinführt – wenn wir es gelöst haben, dann haben wir auch das Herz.

# 24

»Nur noch über die Saale und den Berg hinauf, dann sind wir da.« Fenja strahlte erwartungsvoll und lenkte den kompakten Mitsubishi Pajero, den ihnen die Autowerkstatt als Ersatz für ihren lädierten Land Rover zur Verfügung gestellt hatte, auf die Brücke.

Jonas blickte zu dem bebauten Hang hinauf, der sich jenseits des Flusslaufes über der Jenaer Talsenke erhob. Auch ihn erfüllte eine spannungsvolle Neugier. Es war Dienstagvormittag, und sie befanden sich auf dem Weg zum Privathaus von Amadeo Valerian. Dorthin, wo der gefeierte Tech-Unternehmer seine Sammlung historischer Reliquien hütete.

Seit Jonas' Entlassung aus der Eisenacher Klinik waren fünf Tage vergangen. Tage, an denen er sich vor allem erholt hatte, während Fenja mit der Auswertung ihres Geodaten-Projekts beschäftigt gewesen war. Bei der Entschlüsselung des letzten Rätseltextes hatten sie trotz einiger Grübelei noch keine neuen Fortschritte gemacht, und Jonas überlegte hin und her, ob er mit Fenja an einem der nächsten Tage einfach nach Marburg fahren sollte, um vor Ort nach weiteren Hinweisen zu suchen. Ein Vorgehen, das auf der Wartburg und in der Liboriuskapelle immerhin zu Erfolgen geführt hatte.

Was die Ermittlungen zu dem Angriff in Creuzburg betraf, so gab es inzwischen einige Resultate, aber noch keinen wirklichen Durchbruch. Anne Vareel hatte Jonas angerufen und ihn darüber informiert, dass Leonhardt Cordes in der betreffenden Nacht zur Überwachung auf einer Eisenacher Krankenstation gelegen hatte, nachdem er am Abend zuvor mit einem Schwächeanfall eingeliefert worden war. Damit schied er als direkter Täter aus. Gregor Witte hatte seinen Chef am Morgen des Crashs um acht Uhr von der Station abgeholt, wofür es auch Zeugen gab, aber für die Stunden davor konnte der Privatsekretär kein Alibi vorweisen. Zeitlich hätte er den Anschlag in Creuzburg also verüben können. Natürlich stritt er jegliche Beteiligung kategorisch ab. Die Frage nach seiner Täterschaft blieb bis auf Weiteres offen. Derzeit wurde er von der Polizei observiert.

Das Tatfahrzeug war noch nicht gefunden, aber vermutlich identifiziert worden. Mit hoher Wahrscheinlichkeit handelte es sich um einen schwarzen Chevrolet G 10, der Anfang August von einem Mitglied des Eisenacher Chevy-Fanclubs als gestohlen gemeldet worden war – eine Woche bevor die Morde begonnen hatten. Die Beschreibung passte, und inzwischen wurde nach dem Auto deutschlandweit gefahndet.

Die Überprüfung der Hotelgäste von der Creuzburg dauerte noch an.

Am Ende ihres Telefonats hatte Jonas die Kommissarin über den für heute geplanten Besuch bei Amadeo Valerian in Kenntnis gesetzt. Anne Vareel war überrascht gewesen, wie leicht es Fenja geschafft hatte, Zugang zum privaten Bereich des prominenten Unternehmers zu erhalten. Und sie hatte sich durchaus interessiert gezeigt, auf diese Weise etwas über die Sammler- und Händlerszene für Reliquien zu erfahren. Immerhin musste sie ihre Ermittlungen in alle Richtungen offenhalten. Jonas hatte versprochen, sie später über das Resultat des Besuchs bei dem CENTURICON-Chef zu informieren.

»Hier muss es irgendwo sein«, verkündete Fenja plötzlich und bog in eine Straße, die weit oben am Berghang entlangführte.

»Wow, nicht schlecht!« Jonas blickte sich um. Auf dem terrassenförmigen Areal standen mehrere Reihen moderner Stadtvillen. Ihre hellen Fassaden leuchteten in der Sonne, und die großen Panoramafenster reflektierten den blauen Himmel wie riesige Spiegel.

Fenja ließ den Pajero in Schrittgeschwindigkeit an den eleganten Häuserfronten entlangrollen, während ihre Augen über die Hausnummern wanderten. »Na, wer sagt's denn? Punktlandung«, rief sie unversehens aus und hielt vor einem großen, würfelartigen Gebäude, dessen klare Formen eine Affinität des Architekten zu den Künstlern des Bauhaus erahnen ließen.

»Coole Hütte. Und gut motorisiert ist er auch, der smarte Amadeo«, meinte Jonas und deutete auf den feuerroten Porsche, der vor ihnen neben dem Hauseingang parkte. »Alles vom Feinsten.«

»Dann schauen wir mal, wie es drinnen weitergeht.«

Sie stiegen aus und gingen zur Tür. Es überraschte sie nicht, dass es hier statt einer normalen Klingel ein matt leuchtendes Touchscreen-Display gab. Ein Stück darüber prangte ein Kameraauge.

Fenja hob den Arm, doch noch bevor ihr Finger das Klingel-Icon des Bildschirms erreichte, ertönte ein leiser Summton, und die Haustür sprang auf.

»Nehmen wir das mal als Einladung«, meinte Jonas.

Sie betraten das Haus und gelangten in ein großes quadratisches Foyer mit blendend weißen Wänden. In seiner Mitte erhob sich eine frei stehende Wendeltreppe aus Stahl und Eichenholz.

In diesem Moment hörten sie Schritte, und der Hausherr kam die Stufen herab. Jonas hob den Kopf und musterte ihren Gastgeber. Amadeo Valerian mochte die vierzig gerade erreicht haben. Er wirkte sportlich und elegant. Sein schmales Gesicht wurde von offenem braunem Lockenhaar umrahmt, das ihm bis auf die Schultern reichte. Zusammen mit dem beigen Flanellhemd und der weißen Stoffhose wirkte der Starunternehmer auf Jonas ein wenig wie eine moderne Ausgabe von Albrecht Dürer.

»Fenja, meine Verehrung«, flötete Valerian, trat auf sie zu und deutete eine Umarmung an. »Wie schön, dass Sie mich einmal besuchen.«

»Hallo, Amadeo. Ich freue mich auch«, gab Fenja zurück.

Die Begrüßung gegenüber Jonas fiel weniger euphorisch aus. »Und Sie sind also der Historiker«, sagte Valerian nur zu ihm, so als wäre er gar nicht Fenjas Lebensgefährte.

»Ich bin Jonas. Hallo«, entgegnete er knapp.

»Am besten, wir gehen gleich nach oben.« Der Unternehmer lächelte wieder in Fenjas Richtung. »Willkommen in meinem Heim.«

Er stieg die Wendeltreppe hinauf, und Jonas und Fenja folgten ihm. Valerian führte sie in ein großes Wohnzimmer in der dritten Etage. »Cappuccino? Latte Macchiato? Espresso?«, fragte er dann.

»Gerne einen Latte Macchiato«, antwortete Fenja.

»Für mich auch, bitte«, sagte Jonas.

Mit selbstgewisser Gelassenheit ging Valerian zu einer Wandtheke mit einer futuristischen Kaffeemaschine und bereitete die Getränke zu.

Jonas nutzte die Zeit, um sich umzusehen. Wie schon das Foyer, so war auch dieser Raum in einem leuchtenden Weiß gestrichen. Die vordere Front bestand komplett aus Glas und eröffnete einen weiten Blick auf die Jenaer Innenstadt, die das unter ihnen liegende Tal der Saale wie ein farbenfroher Teppich auskleidete. Die Zimmereinrichtung war sparsam, aber teuer. Vor der Fensterfront stand eine lange Couch aus weißem Leder. Sie wurde von zwei dazu passenden Sesseln flankiert. Ein Stück dahinter erhob sich eine Säule mit einem riesigen Design-Fernseher. Außerdem gab es einen quadratischen Esstisch mit Marmorplatte und vier dazugehörige Chromrohr-Stühle. Pflanzen, Bilder oder Wohnaccessoires fanden sich nirgends.

»Bitte. Ihr Kaffee«, ließ sich Valerian vernehmen und stellte ein Tablett mit gefüllten Tassen auf dem Marmortisch ab.

»Danke, das ist nett«, entgegnete Fenja und nahm sich einen Latte Macchiato. Jonas tat es ihr gleich. Ihr Gastgeber hatte sich für einen Espresso entschieden. Während sie ihren Kaffee austranken, unterhielten sich Fenja und Valerian über Belanglosigkeiten aus dem Geo-Institut, und Jonas blieb nur, ab und zu beifällig zu nicken. Dann stellten sie das Geschirr zurück.

»Sie teilen also mein Interesse für heilige Reliquien«, kam Valerian auf das Thema ihres Besuches zu sprechen. »Das freut mich. Es gibt nicht viele Menschen außerhalb der Kirche, die solche Dinge heute noch schätzen. Dazu so jugendhafte, wie Sie es sind.« Er zwinkerte Fenja zu. »Dann will ich Sie nicht länger auf die Folter spannen. Öffnen wir die Schatzkammer.«

Er ging zu der Wand, die dem Panoramafenster gegenüberlag. In ihrer Mitte zeichnete sich eine massive weiße Tür ab. Valerian trat davor und schob eine unscheinbare Abdeckung in der Rahmenverkleidung zur Seite, hinter der sich ein weiteres Touchscreen-Display befand. Mit schnellen Fingerbewegungen gab er einen Code ein, wobei er darauf zu achten schien, dass weder Jonas noch Fenja den Zahlenschlüssel erkennen konnten. Es ertönte ein langer Piepton, dann sprang die Tür geräuschvoll auf.

Ihr Gastgeber verschwand in dem dahinterliegenden Raum, und zögerlich gingen sie ihm hinterher. Fast gleichzeitig verharrten sie. Das Bild, das sich ihnen bot, war geradezu überwältigend.

Der Raum war nur etwa halb so groß wie der Wohnsalon, aus dem sie kamen. Doch im Gegensatz zu der kühlen Klarheit draußen herrschte hier eine überbordende Fülle. Schweigend sahen sie sich um. Die Mitte der Stirnwand wurde von einem großen Ölgemälde eingenommen. Es war von einem schweren Schnitzrahmen umgeben und zeigte die mittelalterliche Krönungsmesse eines Papstes. Das Bild musste einige hundert Jahre alt sein, aber die pompöse Zeremonie leuchtete ihnen auch jetzt noch in kräftigen Farben entgegen. Links und rechts von dem Gemälde gruppierten sich mehr als zwei Dutzend Podeste mit dunkelrotem Samtbezug. Auf jedem von ihnen stand ein goldener oder silberner Reliquienbehälter. Die üppige und kunstvolle Gestaltung der Reliquiare verströmte eine sakrale Pracht.

Valerian hat nicht übertrieben, dachte Jonas. Sie befanden sich in einer wirklichen Schatzkammer. »Wahnsinn«, meinte er schließlich. »Das ist unglaublich beeindruckend!«

»Nicht wahr?« Die Gesichtszüge ihres Gastgebers drückten unverhohlenen Stolz aus. »Der Kreis derer, die diesen Raum vor

Ihnen betreten haben, ist nicht besonders groß. Aber diejenigen, die es taten, waren genauso bewegt, wie Sie es offensichtlich sind.«

Jonas trat näher an die Podeste und betrachtete die antiken Behältnisse. Sie hatten die Form von Kreuzen, Kelchen, kleinen Altären oder menschlichen Körperteilen. Er sah goldene Arme, Hände und Köpfe. Viele der Kunstwerke waren mit Edelsteinen besetzt. Überall funkelte und glitzerte es.

»Was beinhalten die Gefäße?«, fragte Fenja in andächtigem Ton. Offenbar war sie genauso gefangen von all dem Prunk wie er.

»Das ist ganz unterschiedlich«, antwortete Valerian. »Was wissen Sie über Reliquien?«

»Es sind Teile von Heiligen.« Fenja sah auf. »Reste von ihrem Leichnam.«

»Nicht nur«, gab der Tech-Unternehmer zurück. »Reliquien sind Hinterlassenschaften von Heiligen, das ist richtig. Aber das muss nicht zwingend ein Stück ihres Körpers sein. Es kann sich auch um Gegenstände handeln, die sie berührt oder getragen haben. Mit denen sie eng verbunden waren. Kleidungsstücke. Schmuck. Ein Schweißtuch. Oder, falls sie gekreuzigt wurden, ein Nagel davon.«

Er ließ eine kurze Pause, wie um ihnen Gelegenheit zu geben, das Gehörte zu verinnerlichen. Dann fuhr er fort: »Es gibt Reliquien erster, zweiter und dritter Klasse. Erste Klasse heißt, es ist der Körper oder ein Teil des Körpers. Die zweite Klasse bezeichnet Gegenstände, die die Heiligen besessen haben oder die ihnen direkt zugeschrieben werden. Und die dritte Klasse meint Dinge, die eine Reliquie erster Klasse nur berührt haben, wobei die Heiligkeit auf sie übergesprungen ist.«

Valerian wies mit einer großen Geste auf seine Sammlung. »Alles, was hier steht, sind Reliquien erster und zweiter Klasse. Die Originale, gewissermaßen.«

»Das ist ja spannend!« Fenja blickte neugierig zu den schimmernden Behältern. »Und was haben Sie für Originale?«

Der Unternehmer hob eine silberne Hand von ihrem Sockel, deren Zeigefinger gestreckt war wie zu einer deutenden Geste. Darin war ein längliches Glasfenster eingelassen, hinter dem ein bräunlich-ledriger Gegenstand hervorschimmerte. »Das zum Beispiel ist der Zeigefinger des heiligen Francesco de Otrasél. Eines spanischen Missionars, der im 16. Jahrhundert in Lateinamerika gewirkt hat, um die Einheimischen zum christlichen Glauben zu bekehren. Als er sich mit einer Gruppe Soldaten der Krone im Urwald verirrt hatte, konnten sie durch seine von einer Engelserscheinung inspirierte Wegweisung gerettet werden. 1683 wurde er von Papst Innozenz heiliggesprochen.«

»Aha.«

»Oder hier ...« Valerian stellte die Hand zurück und präsentierte ihnen stattdessen einen filigranen Goldrahmen, hinter dessen Scheibe ein gefaltetes Tuch eingelegt war. »Das ist eine Träne der heiligen Barbara. Sie wurde mit diesem Leinentuch aufgefangen und bewahrt.«

Jonas beugte sich über den Rahmen. Tatsächlich schien da ein blasser Fleck auf dem Stoff zu sein. Es konnte sich aber auch um einen bloßen Reflex auf der Glasscheibe handeln. »Interessant«, sagte er trotzdem, um ihren Gastgeber bei Laune zu halten.

»Und das Kreuz dort?«, erkundigte sich Fenja und zeigte auf ein mit Edelsteinen übersätes Kruzifix.

»Sehen Sie das kleine ovale Fenster in der Mitte?«, fragte Valerian.

»Ja. Da ist auch etwas drin.« Sie trat dicht an das Podest, auf dem das Kleinod stand. »Sieht aus wie eine Nadel aus Holz.«

»Dieses kleine Fragment gehört zu meinen wertvollsten Stücken. Es handelt sich um einen Splitter von dem Kreuz, an das Jesus Christus geschlagen wurde.«

»Ehrlich? Wie wollen Sie wissen, ob der echt ist?«, entfuhr es Fenja.

»Das ist keine Frage des Wissens, sondern der Überzeugung«, antwortete der Unternehmer pikiert. »Die Gegenstände hier sind sehr alt. Sie stammen aus der Zeit, in der die Heiligen, denen sie zugerechnet werden, gelebt haben. Ich zweifele nicht an deren Authentizität.«

»Das ist faszinierend, Amadeo«, sagte Fenja schnell und strahlte Valerian an. »Und ich finde es wirklich wundervoll, dass Sie so eine außergewöhnliche Sammlung zusammengetragen haben. Wie sind Sie überhaupt darauf gekommen? Wo Ihr Metier doch eigentlich die digitale Welt ist.«

Valerian senkte den Kopf, als müsse er sich für die nächste Antwort sammeln. Dann blickte er auf. »Sehen Sie zum Fenster hinaus, Fenja. Hinunter in die Stadt.« Er zeigte durch die offen stehende Tür zu der großen Panoramascheibe in seinem Wohnzimmer. »Dort unten, im Jentower, habe ich vor nicht einmal zwanzig Jahren mit einer Handvoll computerbegeisterter Freunde CENTURICON gegründet. Inzwischen besitzen wir Niederlassungen auf dem ganzen Globus. Und wir expandieren weiter. Unsere Branche entwickelt sich in einer atemberaubenden Geschwindigkeit. Die Zukunft ist nicht nur digital. Sie ist virtuell. Eine Welt aus Einsen und Nullen.«

Er verstummte und ließ einige Sekunden verstreichen. Dann schwenkte er mit seinem Arm in einem weiten Bogen über die Reliquien, und seine Gesichtszüge bekamen etwas Andächtiges. »Und deshalb habe ich das hier aufgebaut. Es ist meine andere Welt. Mein Rückzugsort. Ich bin kein gläubiger Christ. Aber diese heiligen Gegenstände verleihen mir Kraft. Es ist das Echte an ihnen, was mich fasziniert. Das Dauerhafte. Sie vermitteln Stabilität und Bestand. Und das seit vielen Jahrhunderten, in manchen Fällen sogar seit beinahe zwei Jahrtausenden.« Er fixierte Fenja. »Die Daten in einer Cloud vermögen das nicht.«

Einen Moment herrschte Stille im Raum.

Jonas betrachtete ihren Gastgeber und sann über seine Worte nach. Es war unverkennbar, welch tiefe Bedeutung die Sammlung für ihn hatte. So, als hätte er sich damit einen geistigen Schutzraum geschaffen. Einen Anker in dem digitalen Universum, das er draußen mit seiner eigenen Firma erschuf. Wie eine private Zeitkammer, verborgen hinter einer Tür mit elektronischem Zugangscode.

»Die Vorstellung, dass diese Dinge schon so lange existieren und verehrt werden, ist irgendwie … cool. Denken alle Sammler so ähnlich wie Sie?«, erklang Fenjas Stimme unversehens.

Jonas staunte, wie unverfänglich sie nachfragte. Er wich einen kleinen Schritt nach hinten und überließ seiner Partnerin das Feld. Mit ihrer frischen Art hatte sie zweifellos bessere Chancen als er, Valerian aus der Reserve zu locken.

»Ich sehe mich nicht unbedingt als Sammler«, antwortete Valerian und sah Fenja nachsichtig an. »Eher als Gestalter. Als Initiator eines Ensembles von Gegenständen, die durch ihre Auswahl und ihr Zusammenwirken eine inspirierende Aura entfalten.« Seine Stimme bekam einen etwas kühleren Klang, als er hinzufügte: »Die Sammler, von denen Sie sprechen, haben andere Gründe, Reliquien zu kaufen. Für die einen ist das Behältnis der eigentliche Schatz. Das geschmückte Reliquiar. Wie eine gewöhnliche Antiquität. Andere mögen rein religiöse Motive haben.«

»Wo kriegt man diese Dinge eigentlich zu kaufen? Ich habe noch nie gesehen, dass so etwas angeboten wird.«

»Manches im Internet. Auf herkömmlichen Online-Marktplätzen. Schauen Sie gern mal nach.« Er grinste, und ein verächtlicher Zug umspielte dabei seine Lippen. »Aber das ist Kleinkram. Die wahren Schätze erhalten sie dort nicht. Dafür gibt es Händler, die auf heilige Objekte spezialisiert sind. Über ganz Europa verteilt. Sie kennen die Szene. Und sie haben ihre Tippgeber, um von Kirchenauflösungen oder Nachlässen zu erfahren, bei denen sie attraktive Stücke auftreiben können.«

»Wie muss ich mir das vorstellen? Was passiert, wenn eine bedeutende Reliquie frisch auf den Markt kommt? Sagen wir mal …«, Fenja sah zur Decke und tat so, als überlege sie sich ein zufälliges Beispiel, »… vielleicht das Herz der heiligen Elisabeth von Thüringen. Wie erfahren die Sammler –«

»Es gibt kein Herz der heiligen Elisabeth!«, fiel ihr Valerian laut ins Wort. Sofort kniff er die Lippen zusammen, als würde er seine heftige Reaktion bereuen.

Interessant, dachte Jonas, der den Tech-Unternehmer still beobachtete.

»Das war nur ein Beispiel.« Fenja zuckte mit den Schultern und lächelte entwaffnend. »Ich meine, wie würden Sie davon erfahren, dass ein Händler ein neues Stück im Angebot hat?«

Valerian seufzte unwillig. »Wenn es eine bedeutende Reliquie ist, spricht sich das in der Szene herum. Es gibt Foren, und viele der Sammler kennen sich untereinander. Und dann bieten die Interessenten. Manchmal sprechen die Händler auch Kunden gezielt an, von denen sie wissen, dass sie das entsprechende Stück interessieren könnte. Und dass sie es auch bezahlen können. Das ist alles vollkommen normal. Wie bei jedem anderen Sammelgebiet auch.«

»Erfährt man hinterher, wer die betreffende Reliquie gekauft hat?«

»Kommt darauf an. Manche Sammler prahlen mit ihren Errungenschaften. Andere möchten nicht, dass ihre neue Anschaffung publik wird. Der Kunde ist König. Wenn der Erwerber wünscht, dass der Kauf anonym bleibt, wird der Händler das akzeptieren. Er will ja keinen potenten Geschäftspartner verlieren.«

»Könnten die angebotenen Reliquien nicht auch gestohlen sein?«

»Wie kommen Sie jetzt darauf? Nein. Seriöse Händler handeln mit seriösen Stücken. Alles andere gehört ins Reich der Phantasie.« Valerian winkte gereizt ab, und seine Geste wirkte, als wolle er damit das unangenehme Thema beiseitewischen. »Haben Sie denn noch Fragen zu meiner Sammlung?«, erkundigte er sich dann. »Sonst würde ich nämlich jetzt zusperren. Ich muss wieder in meine Firma.«

»Nein, wir möchten Ihnen nicht noch mehr Zeit stehlen. Vielen Dank, dass Sie uns Ihre Schatzkammer gezeigt haben. Damit haben Sie uns sehr beeindruckt.« Fenja zeigte auf die Podeste. »Wirklich toll, das alles.«

»Dann bringe ich Sie jetzt nach unten.«

Ihr Gastgeber verschloss die Reliquienkammer und begleitete sie bis hinunter ins Foyer. Dort verabschiedeten sie sich, was deutlich schneller vonstattenging als die Begrüßung, und verließen das Haus.

Als sie wieder am Auto standen, blies Jonas hörbar die Luft aus und sagte: »Ich glaube, das letzte Thema hat unserem Freund nicht sehr gefallen. Dass die Stücke auch gestohlen sein könnten.«

»Stimmt. Überhaupt schien er beim Thema Reliquienhandel zunehmend genervt zu sein. Wahrscheinlich sollten wir nur staunen und nicht so viel fragen.«

»Das hast du übrigens gut gemacht da oben.« Jonas warf Fenja einen anerkennenden Blick zu. »Ich hätte viel weniger aus ihm herausbekommen. Mich hat er die ganze Zeit nicht mit dem Arsch angeguckt.«

»Talent halt.« Fenja grinste breit. Dann wurde sie wieder ernst. »Aber einen Spleen hat der Kerl schon, findest du nicht? Diese Sammlung, der Zeigefinger des heiligen Francesco … Ich will nicht wissen, was in den Kopfbüsten drinsteckte. Möchtest du so etwas in der Wohnung rumstehen haben?«

»Eher nicht.« Jonas blickte an der Fassade von Valerians Haus hoch. Zu der spiegelnden Panoramascheibe, in deren blauem Karree jetzt weiße Wolken vorüberzogen. »Auf jeden Fall ist der smarte Amadeo ein wenig ambivalenter, als er bei seinen öffentlichen Auftritten vermittelt. Und was das Herz der Elisabeth betrifft … Du hast ja mitbekommen, wie komisch er auf deine Frage danach reagiert hat.«

»Ja. Diese harsche Bemerkung, dass es das Herz nicht gibt. Als wollte er ein Interesse abstreiten, das ich ihm gar nicht unterstellt hatte.«

»Meinst du, er weiß von dem Online-Artikel?«

»Hundertprozentig. Wenn er derartig auf Reliquien fixiert ist, kann ihm so eine Meldung gar nicht entgangen sein. Noch dazu in Jena. Aber ich glaube, das wollte er unbedingt verbergen.«

»Das Herz wäre die Krönung seiner Sammlung.« Jonas nickte versonnen. »Ich könnte mir vorstellen, dass er dafür einiges investieren würde.«

In diesem Moment schmetterte Jonas' Smartphone los. Er zog das Gerät aus der Jacke und nahm das Gespräch an.

»Herr Wiesenburg?«, kam es aus dem Lautsprecher. »Hier ist Dr. Kobler. Von der Anatomischen Sammlung in Jena. Sie waren kürzlich bei mir.«

»Hallo, Herr Dr. Kobler«, antwortete Jonas verwundert. »Das ist ja eine Überraschung. Worum geht es denn?«

»Interessieren Sie sich noch für Lorenz Enschütz? Den Studenten von Werner Rolfinck?«

»Das tue ich, natürlich. Warum?«

»Ich habe vor ein paar Tagen mit einer alten Freundin über Ihre Recherchen gesprochen. Bettina Jakobsen. Sie leitet das Jenaer Stadtarchiv. Heute früh hat sie mich angerufen. Es gibt da ein paar alte Dokumente. Dokumente über genau diesen Lorenz Enschütz.«

»Was?« Jonas spürte, wie ein spannungsvolles Kribbeln in ihm aufstieg. »Kann ich sie sehen?«

»Deswegen rufe ich an. Die Unterlagen liegen schon bereit.«

## 25

Die Fahrt von Valerians Haus bis zu ihrem neuen Ziel hatte nur wenige Minuten in Anspruch genommen. Sie parkten den Pajero, überquerten die Hauptstraße und liefen zu dem mächtigen Gebäuderiegel, in dem das Jenaer Stadtarchiv untergebracht war. Der Bau stammte aus dem vorangegangenen Jahrhundert, und seine hellgraue Fassade mit ihren langen Fensterreihen leuchtete ihnen matt entgegen. Ein sandfarbenes Wandbild aus den fünfziger Jahren zeigte einen Dreiklang aus zuversichtlichen Arbeitern, Sportlern und Musikschaffenden und wirkte wie eine Ikone der frühen DDR. Das daneben vorspringende Treppenhaus wartete mit einem mächtigen Eingangsportal auf.

»Wir müssen in den Keller«, stellte Jonas fest, nachdem er ein entsprechendes Hinweisschild gelesen hatte. Sie betraten das Gebäude, durchquerten die Empfangshalle und stiegen die Steintreppe ins Souterrain hinab. Nach einem kurzen Marsch durch einen schummrigen Korridor gelangten sie an eine offen stehende Bürotür.

Jonas lugte um die Ecke und entdeckte eine Frau mit schwarzen Haaren und lindgrüner Samtbluse, die an einem Schreibtisch saß und ihnen den Rücken zuwandte.

»Entschuldigung?«, sagte er und klopfte gleichzeitig leise an den Türrahmen.

»Oh!« Die Frau fuhr herum. Als sie Jonas und Fenja erblickte, stand sie auf und kam mit fragendem Gesicht heran. »Guten Tag. Hatten wir einen Termin?«

»Hallo. Nein, hatten wir nicht.« Jonas lächelte entschuldigend. »Wir sind zufällig in der Stadt, und gerade hat uns Dr. Kobler von der Medizinischen Fakultät angerufen und ermuntert, mal vorbeizuschauen. Wir suchen die Archivleiterin, Frau Jakobsen.«

»Das bin ich.« Auf dem Gesicht der Frau erschien ein sympathisches Schmunzeln. »Dann müssen Sie der junge Historiker sein.«

»Jonas Wiesenburg, ja.« Er nickte und deutete auf Fenja. »Und das ist meine Partnerin, Frau Wolff.«

»Sehr angenehm.« Die Archivarin sah vergnügt zwischen den beiden hin und her. »Winfried … Also, Herr Kobler hat gesagt, Sie recherchieren über Lorenz Enschütz?«

»Das stimmt. Deswegen ist es großartig, dass Sie nach Ihrem Gespräch mit ihm extra für mich in Ihrem Archiv nachgesehen haben.«

»Na ja, eigentlich habe ich das gar nicht. Es hat sich genau andersherum abgespielt. Ich war gerade dabei, im Auftrag eines Nutzers nach Unterlagen über Lorenz Enschütz zu suchen, da hat mich Dr. Kobler darauf angesprochen. Und heute früh habe ich ihn dann angerufen und ihm gesagt, dass ich tatsächlich fündig geworden bin.«

»Im Auftrag eines Nutzers?« Jonas zog seine Stirn in Falten. »Es gibt noch jemanden, der sich nach Lorenz Enschütz erkundigt hat?«

»Ja. Ein Herr aus Erfurt. Er ist übrigens gerade da. Nebenan im Lesezimmer.« Sie zeigte durch ein Sichtfenster hinter ihrem Schreibtisch in den Nachbarraum, der mit schmalen Holztischen vollgestellt war. In einer Ecke saß ein dünner Mann und beugte sich über eine Mappe mit vergilbten Papieren. Er mochte Mitte fünfzig sein und hatte ein strenges, abgehärmtes Gesicht. Seine Haare waren schütter und seitlich über den Kopf gekämmt. In seinem altmodischen mausgrauen Anzug sah er ein wenig aus wie ein aus der Zeit gefallener Dorflehrer.

»Hat der Mann gesagt, warum er sich für Lorenz Enschütz interessiert?«, fragte Jonas, nachdem er die erste Überraschung überwunden hatte.

»Ja. Es geht um seine Familiengeschichte. Die beiden sind wohl irgendwie verwandt. Aber Sie können ihn gleich selbst danach fragen. Er müsste mit den Unterlagen langsam durch sein.« Jakobsen hob den Kopf. »Sein Name ist Benradt.«

»Etwa Rüdiger Benradt?«, rief Jonas unvermittelt aus. Er kannte den Namen von der Liste des Genealogen. Benradt war einer der fünf Nachkommen des Jenaer Studenten. Der Mann, den Marc Schätzele vom LKA einen ›stieseligen Junggesellen‹ genannt hatte.

»Ja, so heißt er. Kennen Sie sich?«

»Nicht persönlich.« Jonas schüttelte den Kopf. »Der Name ist mir nur bei meinen Recherchen untergekommen.«

»Dann mache ich Sie am besten gleich bekannt.« Ehe Jonas Einspruch erheben konnte, hatte sich die Archivleiterin an ihm vorbei in den Flur geschoben und war im Nachbarzimmer verschwunden. Fenja zuckte die Schultern und griente.

»Herr Wiesenburg?«, ertönte da schon Jakobsens fröhliche Stimme aus dem Leseraum. »Kommen Sie doch herein.«

Jonas und Fenja traten in das Zimmer. Der Enschütz-Nachkomme hatte sich mittlerweile erhoben und stand neben der Archivarin. Der Kontrast zwischen dem gräulichen Mittfünfziger und der aufgeweckten Frau in ihrer leuchtend grünen Bluse konnte kaum größer sein.

»Also, das ist der Herr Benradt«, sagte sie und deutete auf den Mann an ihrer Seite. Dann zeigte sie auf Jonas. »Und das ist Herr Wiesenburg. Er ist Historiker und interessiert sich auch für Lorenz Enschütz.« Und mit einem Anflug von Stolz fügte sie hinzu: »Herr Wiesenburg recherchiert übrigens für das Landeskriminalamt. Das hat mir Dr. Kobler verraten.«

Sie zwinkerte Jonas zu, der bei der Erwähnung der Behörde innerlich zusammengefahren war. Es wäre ihm lieber gewesen, die Archivarin hätte seine polizeilichen Auftraggeber nicht hinausposaunt. Aber nun war es zu spät, und er mochte der netten Frau keinen Vorwurf machen. Deswegen nickte er Benradt zu und setzte ein freundliches Gesicht auf.

»Dann lasse ich Sie mal alleine«, verkündete Jakobsen und ging zur Tür. Dort drehte sie sich noch einmal um und erklärte an Jonas gewandt: »Die Unterlagen liegen da hinten auf dem Lesetisch. Herr Benradt kann Ihnen vielleicht noch ein paar

Tipps dazu geben. Plauschen Sie ruhig ein bisschen miteinander.« Damit verließ sie den Raum und schloss hinter sich die Tür.

Jonas drehte sich wieder zu Benradt um. »Hallo«, brachte er ein wenig zögerlich hervor. »Sie sind ein Nachkomme von Lorenz Enschütz, nicht wahr?«

Der Mann sah ihn misstrauisch an. Er schien von der unerwarteten Begegnung ebenso überrascht zu sein wie Jonas. Eine Weile sagte er nichts. Dann meinte er mit leiser, aber durchdringender Stimme: »Schicken sie jetzt schon einen Historiker, um mir nachzustellen?«

»Wie bitte?« Der feindselige Ton seines Gegenübers irritierte Jonas. »Was meinen Sie damit?«

»Genau das, was ich gesagt habe. Aber auch Sie werden scheitern!«

»Scheitern? Womit?« Jonas zog verständnislos die Augenbrauen zusammen. »Ich stelle Ihnen nicht nach. Ich weiß nicht, wie Sie darauf kommen. Mein Erscheinen hier hat absolut nichts mit Ihnen zu tun. Ich bin für eine eigene Recherche gekommen. Dass wir uns hier begegnen, ist purer Zufall.«

»Pah. Meinen Sie, ich bin dumm? Sie sind jetzt schon der Dritte. Der Dritte, den sie geschickt haben. Das hier ist alles andere als ein Zufall.« Benradt hob den Finger, und seine Stimme wurde schneidend. »Hütet euch vor den falschen Propheten, die in Schafskleidern zu euch kommen. Inwendig aber sind sie reißende Wölfe!«

Jonas schluckte und wechselte einen schnellen Blick mit Fenja, die den Worten des Enschütz-Nachfahren ebenso perplex folgte wie er selbst.

»Entschuldigung, Herr Benradt«, wandte er sich an den Mann und ließ den Ton nun auch etwas schärfer werden. »Das ist ein Missverständnis. Mich hat niemand zu Ihnen geschickt. Und ich bin auch nicht irgendein ›Dritter‹. Lassen Sie uns das hier einfach beenden. Wir müssen uns nicht unterhalten.«

»Der Erste, der kam, war dieser Witte«, sprach Benradt weiter, als hätte er Jonas nicht gehört. »Wollte mich mit seinem feinen Anzug und seinen schmeichelnden Worten betören und mit dem Mammon, den er mir auf den Tisch gelegt hat. Hochkant habe ich ihn hinausgeworfen, zusammen mit seiner Million.« Er lachte höhnisch auf. »Als Zweites erschien der Polizist. Hat versucht, mich auszufragen, und so getan, als ginge es dabei um mein Wohl. Aber auch er konnte mich nicht täuschen.« Benradt hob den Kopf und richtete seinen Finger auf Jonas. »Und jetzt kommen Sie und wollen es auch. Aber ich habe es nicht.«

»Was will ich?«, erkundigte sich Jonas, obwohl er langsam ahnte, worauf das hier hinauslief.

»Das Herz!«, zischte der Mann vor ihnen. »Das verfluchte Herz der Elisabeth.«

Eine Weile sagte niemand etwas.

Nach dem letzten Satz hatte Benradt sich wie unbewusst die Hand an den Hemdkragen gelegt und einige Sekunden dort belassen. Als er sie jetzt wieder herunternahm, gewahrte Jonas das kleine silberne Kreuz, das an einer Kette um den Hals seines Gegenübers hing.

»Sie sind ein Mann des Glaubens, Herr Benradt?«, meinte er so ruhig und verbindlich er konnte. »Ich möchte Sie wissen lassen, dass ich Sie keinesfalls bedrängen möchte und dass ich nichts von Ihnen will. Auch nicht das Herz der Elisabeth. Aber ich würde mich sehr freuen, wenn Sie mir sagen könnten, was Sie da gerade gemeint haben, von wegen ›verflucht‹.«

Benradt musterte Jonas. In seinen Zügen lag noch immer Misstrauen, aber zumindest hatte er sich etwas beruhigt. »Das Herz ist ein Frevel! Ein Irrweg. Wie all die anderen Reliquien auch, die von den Verführten angeschmachtet werden wie dereinst das goldene Kalb. Es ist ein falscher Kult. Eine listige Einflüsterung des Satans, um die Schwachen vom wahren Glauben abzubringen.« Er hob ein weiteres Mal den Finger. »Es steht geschrieben, wir sollen Gott lieben. Und Jesus Christus, seinen eingeborenen Sohn. Zu ihnen sollen wir aufblicken, und zu ihnen sollen wir beten. Und nicht zu den in Prunkgefäße gesteckten Überresten von ein paar Sterblichen, von denen man uns weismachen will, sie würden im Himmel für uns sprechen.«

»Das also haben Sie gemeint. Ich verstehe.« Jonas nickte langsam. »Aber ist das wirklich so schlimm? Vielleicht gibt es Menschen, die auf dem Weg zu Gott eine Hilfe brauchen. Etwas, das sie betrachten können. Oder berühren. Wenn ihnen die Entfernung zu groß erscheint. Denken Sie nicht, dass –«

»Das ist ja gerade die Verführung!«, stieß Benradt hervor. »Der infame Trick Satans. Den Zauderern und Verunsicherten einen schimmernden Köder vorzuwerfen, der sie anlockt und animiert, vom rechten Weg abzuweichen. Die Zuversicht in den Herrn fahren zu lassen und stattdessen einem Schmuckgefäß voll irdischer Devotionalien zu vertrauen.« Er schnaufte zornig, und seine Augen bekamen einen fiebrigen Glanz. »Der Leibhaftige kann frohlocken. Denn mit seiner List hat er ganz nebenbei noch viel größeres Übel angezettelt. Reliquien gerierten sich zu Symbolen der Macht. Um sie wurden Kriege geführt. Raubzüge vom Zaun gebrochen. Mit ihnen wurde Reichtum gescheffelt. Die Kirchen, in denen sie gezeigt wurden, lockten Jahr für Jahr Abertausende Pilger an, die sattsam Geld daließen. Soll das alles der Wille Jesu sein?« Er schüttelte angewidert den Kopf. »Niemals!«

Jonas atmete unhörbar aus. In Benradts Worten hatte ein fast fanatischer Eifer mitgeschwungen. Er schien den Glauben, den er zweifelsohne besaß, in eine unerbittliche Reinheitslehre gegossen zu haben. Und die Reliquien störten diese Reinheit. Fragte sich nur, was er dann hier machte.

»Sie halten Elisabeths Herz also für Teufelswerk«, meinte Jonas nach einer Weile vorsichtig. »Warum sind Sie dann hier und forschen Lorenz Enschütz nach?«

»Das Herz interessiert mich nicht. Gott hat mich gewappnet vor der Versuchung. Aber das können Leute wie Sie nicht verstehen. Satan hat Sie blind gemacht in Ihrer Gier auf diese unheilige Reliquie. Genau wie diesen Witte mit seiner Million. Und den Polizisten.«

»Aber Sie haben die alten Dokumente gelesen. Sehr aufmerksam, wie ich bei unserer Ankunft durch das Glasfenster von Frau Jakobsens Büro sehen konnte.« Jonas wies auf den Holztisch, an dem Benradt zuvor gesessen hatte. Auf den Stapel historischer Folianten, der dort lag. »Weil Sie die Reliquie nicht interessiert?«

»Herr Wiesenburg, Sie verstehen nichts.« Benradt schenkte Jonas ein schmales, mitleidsvolles Lächeln. »Lorenz Enschütz war mein Vorfahr. Mein Blutsverwandter. Ein hochgeschätzter Arzt. Ich hätte nie von seiner Existenz erfahren, wenn mich dieser Ketzer Witte nicht aufgesucht hätte. Nun kann ich dem Ganzen am Ende noch etwas Gutes abgewinnen. Nach einigem Zögern habe ich beschlossen, ein wenig über die Geschichte meiner Familie zu forschen. In Ruhe und Demut. Und ich merke, dass ich darin Erfüllung finde.«

»Das freut mich.« Jonas nickte und linste zu Fenja, der Benradt während ihres ganzen Gesprächs keinerlei Aufmerksamkeit gewidmet hatte. Sie zwinkerte Jonas unmerklich zu und nickte in Richtung der Akten. Wir haben noch etwas zu tun, sollte das heißen.

»Herr Benradt, es war interessant, sich mit Ihnen zu unterhalten«, sagte er deshalb. »Aber wenn es Ihnen nichts ausmacht, würden wir jetzt gern mit dem Lesen beginnen.«

»Also hatte ich doch recht«, entgegnete Benradt, und seine Stimme war jetzt wieder schneidend. Sein Blick bohrte sich in Jonas' Augen, als wollte er ihn damit bannen. Fast flüsternd setzte er hinzu: »Sie sind noch jung. Wenn Sie nach dem Herzen suchen, lassen Sie ab! Noch können Sie umkehren.«

Dann ging er mit schnellen Schritten an Jonas vorbei und verschwand aus dem Lesezimmer. Mit einem Schlag fiel die Tür hinter ihm ins Schloss.

Zurück blieb eine bedrückende Stille.

»Puhhh. Was für ein Auftritt«, meinte Fenja schließlich mit gedämpfter Stimme. Sie sah sich nach der Tür um, als würde sie befürchten, Benradt könnte noch draußen stehen und lauschen. Dann setzte sie hinzu: »Absolut spooky, der Typ.«

»Kein Reliquienfan wie Amadeo.«

»Nein. Das ganze Gegenteil. Außerdem leidet er anscheinend unter Verfolgungswahn.« Fenja sah Jonas an. »Woher will er überhaupt so sicher wissen, dass du das Herz suchst? Nur weil du dich für Lorenz Enschütz interessierst?«

»Na ja. Nachdem mich die gute Frau Jakobsen vorhin als Rechercheur des Landeskriminalamts vorgestellt hat, wird er eins und eins zusammengezählt haben. Wenn er Schätzele und Witte schon als Gesandte des Bösen betrachtet, dann bin ich jetzt die Nummer drei. Aus seiner Sicht logisch.«

»Immerhin hat er dir Umkehr angeboten.« Fenja lächelte verschmitzt, was Jonas nach dem düsteren Gespräch mit Benradt als äußerst heilsam empfand.

»Das hat er. Ein guter Rat von einem strengen Mann.«

»Den du aber hoffentlich nicht annimmst. Es wartet Arbeit auf uns.« Sie sah auf die Wanduhr, die rechts neben den beiden Souterrainfenstern angebracht war. »Benradts Show können wir später noch auswerten. Jetzt sollten wir uns ranhalten. Nicht, dass der Laden hier dichtmacht, bevor wir alles durchgesehen haben.«

»Wie immer hast du recht.« Jonas drückte Fenja einen Kuss auf die Lippen. Dann gingen sie zu dem Tisch mit den Akten und setzten sich. Jonas zog den Stapel zu sich heran. Es handelte sich um drei dicke, vergilbte Folianten.

»Was ist das?«, fragte Fenja, nachdem er sich die Deckelbeschriftungen in der alten Kurrentschrift angesehen hatte. Einer Schrift, die er als Einziger von ihnen zu entziffern vermochte.

»Das Oberste ist ein Sterbebuch der Stadt Jena über die Jahre 1718 bis 1723«, erklärte er. »Das Zweite ein Hochzeitenverzeichnis von 1673. Und das Dritte eine Sammlung von Berichten über ärztliche Behandlungen.« Er hob die Schultern. »Womit sollen wir anfangen?«

»Mit den Hochzeiten.« Fenja schmunzelte sacht. »Nach Benradts Tirade brauche ich erst einmal was Schönes.«

»Dann sehe ich mal, ob ich unseren guten Lorenz finde.«

Er musste nicht lange suchen. An der entsprechenden Seite war bereits ein Zettel mit einem Stempel des Archivs und der handschriftlichen Notiz »L. Enschütz« eingelegt. Bettina Jakobsen hat gründliche Arbeit geleistet, dachte Jonas dankbar. Schnell überflog er die Eintragung, die sich in zierlichen Federschwüngen zwischen zwei Linien einer Tabelle presste.

»Treffer«, verkündete er dann. »Wir haben echt Glück, dass es diese Verzeichnisse hier gibt. Offenbar hat die Stadt sie parallel zu den Kirchenbüchern geführt. Ansonsten müssten wir jetzt noch durch die Gemeindearchive tingeln.«

»Ja, und? Was steht da? Spann mich nicht so lange auf die Folter!« Fenja beugte sich erwartungsvoll über den Folianten.

»Lorenz Enschütz hat am 10. August 1673 eine gewisse Caroline Dreissigacker geheiratet. Sie war Dienstmagd an der Medizinischen Fakultät. In der Anatomie.«

»Wusste ich's doch! Die unbekannte junge Frau mit den langen gewellten Haaren. Auf der Zeichnung in seinem Stammbuch. Das muss sie sein!« Fenjas Augen blitzten. »Hab ich's nicht gesagt? Er war verliebt in sie.«

»Ja. Bestimmt hast du recht. Alles passt. Er hat sie vermutlich während des Studiums kennengelernt. Nach dem, was Dr. Kobler im Uni-Archiv herausgefunden hat, war Lorenz bis 1673 eingeschrieben. Und nach seinem Abschluss hat er sie dann zur Frau genommen.«

»Wenn diese Caroline in der Anatomie angestellt war, dann hat sie vielleicht auch mitbekommen, was mit Elisabeths Herz passiert ist. Dieses mysteriöse Drama, das Professor Rolfinck später unter den Tisch gekehrt hat.«

»Womöglich hat sie Lorenz sogar beim Verstecken der Reliquie geholfen …«

»Wahrscheinlich werden wir das nie erfahren«, bemerkte Fenja, und in ihrer Stimme lag eine Spur von Traurigkeit.

Die Geschichte von Lorenz und Caroline scheint sie sehr zu packen, dachte Jonas. Vielleicht konnten sie wenigstens noch etwas mehr Licht in deren Schicksal bringen.

»Lass uns weiterlesen. Zwei Bücher haben wir ja noch«, meinte er und sah zu ihr. »Welches als Nächstes?«

»Die Krankheiten. Besser als der Tod.«

»Dann schauen wir mal.«

Jonas öffnete den Folianten mit den Behandlungsberichten, blätterte durch die braungelben Seiten und überflog ihren Inhalt. »Das sind Aufzeichnungen über die Versorgung von Patienten. Und Abrechnungen«, erklärte er nach einer Weile.

»War Lorenz etwa krank?«

»Nein. Er war der Arzt, der die Berichte geschrieben hat. Offenbar ein sehr erfolgreicher. Er hatte viel zu tun. Es gibt auch mehrere überschwängliche Dankesschreiben von Genesenen. Lorenz Enschütz war augenscheinlich ein sehr geachteter Mediziner.«

»Diesbezüglich hatte Benradt recht.« Fenja betrachtete die geöffnete Mappe. »Und wo hat Lorenz praktiziert?«

»Hier in Jena. Er besaß eine eigene Praxis. Direkt am Markt. Seine Frau ist ihm bei den Behandlungen zur Hand gegangen. Sie wird hin und wieder erwähnt.«

»Dann hatten sie vermutlich ein glückliches Leben.« Fenja lächelte still. »Irgendwie freut mich das. Obwohl wir die beiden gar nicht kennen.«

»Mich auch.« Jonas holte tief Luft. »Trotzdem sollten wir auch in das dritte Buch schauen. Das Sterbebuch.« Er nahm den letzten Band zur Hand. Hier hatte die Archivarin wieder Lesezeichen eingelegt. Diesmal waren es zwei.

Jonas schlug die vordere markierte Seite auf. »Lorenz Enschütz ist im Januar 1719 gestorben«, bemerkte er dann. »Da war er genau siebzig Jahre alt.«

»Er ist als Erster gegangen.«

»Ja.« Jonas nickte. Dann blätterte er zum zweiten Lesezeichen vor. »Und hier haben wir Caroline. Sie starb mit dreiundsiebzig. Im Juli 1723.«

»Für die damalige Zeit ein respektables Alter. Die beiden hatten also eine ganze Menge Zeit miteinander.«

»Hier steht, dass sie drei Kinder hinterlassen haben. Zwei Töchter, Dorothea und Clara. Und einen Sohn, Julius.«

»Der erste Erbe des Vermächtnisses. Er hat den Namen Enschütz weitergetragen.«

»Ja. Am Ende bis zu unserem Gotthold.« Jonas nickte und schlug den Folianten zu. »Wir sollten uns jetzt aber wieder auf Elisabeth konzentrieren. Auf unser Rätsel. Denn hier finden wir, glaube ich, nichts mehr, was uns in die Nähe –«

In diesem Moment klopfte es kurz an die Tür, und die Archivleiterin kam herein.

»Na, haben Sie sich noch schön mit Herrn Benradt unterhalten?«, erkundigte sie sich. »Ein netter Mann, nicht wahr?«

»Ja. Sehr nett.« Jonas verkniff sich eine bissige Bemerkung. Dort, wo sie vorhin gestanden hatten, waren sie außerhalb des Sichtfeldes von Jakobsens Schreibtischfenster gewesen. Und es gab keinen Grund, ihr von den grimmigen Anwürfen des Enschütz-Nachfahren zu berichten.

»Wie schön, dass Sie sich kennenlernen konnten.« Die Archivarin nickte zufrieden. »Ich habe gerade noch einmal drüben im Magazin nachgeschaut und tatsächlich noch etwas zu Lorenz Enschütz gefunden. Sehen Sie hier.« Sie öffnete eine dünne Mappe, die sie mitgebracht hatte, und entnahm ihr ein einzelnes Blatt Papier. Es war fleckig und vergilbt. »Vielleicht interessiert es Sie. Das scheint eine Art Handwerkerabrechnung zu sein. Über eine Arbeit, die Enschütz im Herbst 1670 bei Gerardus Weck bestellt hat.«

»Wer ist Gerardus Weck?« Jonas nahm das Blatt und blickte neugierig darauf.

»Das war damals ein bekannter Mechanikus in Jena. Er hat alles Mögliche ausgetüftelt und gebaut. Torschlösser, Uhrwerke, Schmuckpodeste für Heiligenfiguren. Ein Hansdampf in allen Gassen, würde man heute sagen.« Die Archivleiterin zuckte mit den Schultern. »Schauen Sie einfach, ob Sie etwas mit der Rechnung anfangen können.« Und damit verschwand sie wieder nach draußen.

»Hmmm.« Jonas legte das Blatt behutsam auf die Tischplatte und ließ seine Augen über die dicht beschriebene Seite gleiten. »Das ist merkwürdig«, murmelte er.

»Merkwürdig?« Fenjas Stimme klang plötzlich neugierig. »Was hat er Lorenz berechnet?«

»Eine vier Fuß hohe Sandsteinsäule.«

»Vier Fuß? Wie hoch ist das?«

»Ungefähr ein Meter zwanzig. Aber das Spannende ist, was oben auf der Säule drauf war.« Jonas deutete auf eine Beschreibung in geschwungener Federschrift. »Hier steht, es war ein bronzener Schmuck-Baldachin von weiteren zwei Fuß Höhe. Zur Aufnahme eines Ziergegenstandes.«

»Und?«

»Was meinst du, wozu Lorenz solch eine Säule brauchte? Als angehender Arzt?«

»Ein Baldachin zur Aufnahme eines Ziergegenstandes.« Fenja richtete sich auf. »Du meinst, das könnte für …«

»… die Reliquie gewesen sein. Wofür benötigte er es sonst? Vermutlich wollte er das heilige Herz von Elisabeth auch in seinem Versteck angemessen unterbringen.«

»Klingt einleuchtend.«

»Die Rechnung hat noch einen zweiten Teil. Über die Miete eines Ochsenfuhrwerks. Die Säule wurde von Gerardus Weck nämlich auch angeliefert.«

»Aha.« Fenja zog die Augenbrauen zusammen. »Steht da auch, wohin.«

»Ja. Du wirst es nicht glauben.« Jonas blickte auf. »In die Jenaer Anatomie.«

# 26

Die Nachmittagssonne hüllte die umliegenden Berge in ein warmes Licht, während die beiden das Jenaer Tal verließen und Kurs auf Erfurt nahmen. Wie schon am Vormittag fuhr Fenja den Wagen, und Jonas hatte es sich auf dem Beifahrersitz bequem gemacht. Eine Weile saßen sie still nebeneinander und hingen ihren Gedanken nach.

»Die Rechnung von diesem Mechanikus ist schon ein ziemlicher Hammer«, unterbrach Fenja schließlich das Schweigen. »Falls diese Sandsteinsäule von Gerardus Weck wirklich für das Herz-Reliquiar bestimmt war und wenn sie in die Anatomie geliefert wurde, dann würde das heißen, dass sich das Versteck dort befinden muss.«

»Erst mal ist das nur eine Vermutung. Ein Indiz. Aber es liegt im Bereich des Möglichen.« Jonas nickte nachdenklich.

»Aber kann das überhaupt sein? Die bisherigen Rätsel haben uns zu Orten geführt, die mit der Lebensgeschichte von Elisabeth verbunden waren. So wie du es vorausgesagt hast, nach dem Brainstorming bei deinem Mentor Degglinger. Für Jena gilt das nicht. Warum sollte Lorenz am Ende von seinem Schema abweichen?«

»Vielleicht, weil er noch cleverer war, als wir denken. Bis jetzt hat sich das ganze System des Vermächtnisses als extrem kluge Konstruktion erwiesen. Denke allein an die Regel, das Geheimnis mit dem letzten Willen weiterzugeben, damit sich keine Generation vor ihrer Aufgabe drücken kann. Oder an die Idee mit der Schnitzeljagd. Lorenz hat das Herz ausgesprochen gut geschützt. Da würde es mich nicht wundern, wenn er vor der Auflösung noch diese oder jene Raffinesse eingebaut hätte.«

»Zuzutrauen wäre es ihm, das stimmt.« Fenja warf Jonas einen kurzen Seitenblick zu. »Aber der Beginn des dritten

Vierzeilers verweist doch auf Elisabeth. Auf ihren Tod und die Geschehnisse an ihrer Begräbnisstätte. Und damit auf Marburg.«

»Können wir uns da wirklich sicher sein?«

»Wie meinst du das?«

»Was, wenn der Text bewusst eine falsche Fährte gelegt hat?«

»Gut und schön. Aber wenn die Beschreibung in die Irre führt, dann reißt die Spur an dieser Stelle ab. Dann findet niemand die Reliquie.«

»Oder es werden nur diejenigen ausgesiebt, die es sich nach dem Lösen der ersten beiden Rätsel zu einfach machen. Weil sie sich sicher sind, dass sie das Prinzip durchschaut haben. Weil sie sich schon kurz vor dem Ziel wähnen.« Jonas lächelte sacht. »Und dabei gehen sie Lorenz auf den Leim.«

»Das würde nur Sinn ergeben, wenn der Text noch eine zweite Bedeutung hätte.«

»Genau. Und immerhin haben wir durch die Rechnung von Gerardus Weck schon eine Ahnung, wo es hingehen könnte. Wollen wir den Test machen? Ich habe mein Tablet dabei.«

»Dann los.«

Jonas angelte sich seinen Rucksack von der Rückbank und zog das Tablet heraus. Danach öffnete er die Datei mit dem übersetzten Text des Rätsels. Auf dem Bildschirm leuchteten ihm die geheimnisvollen vier Zeilen entgegen.

*Wo der Schnitter sich erzürnt*
*und die letzte Maske fällt,*
*dort ruht das wahre Herz*
*demütig unter den Gleichen.*

»Dann fangen wir am besten wieder mit Gevatter Tod an. Dem Schnitter, der sauer ist, weil ihm irgendjemand die Tour vermasselt«, meinte er.

»Bisher dachten wir, damit wären die Heilungswunder am Grab von Elisabeth gemeint. Wenn Marburg aber eine Denkfalle ist, dann suchen wir eine ebenso passende Erklärung, die auf unsere neue Hypothese zutrifft. Auf die Anatomie in Jena.«

»Diese Erklärung gibt es. Und die ist mindestens so gut wie die Wunder.« Jonas ließ eine kurze Pause, dann sagte er: »Erinnerst du dich an die Widmung, die Werner Rolfinck seinem Studenten Lorenz ins Stammbuch geschrieben hat?«

»Nicht wörtlich. Aber sinngemäß hieß es da, dass die Lebenden die Toten studieren sollen und dass sie ihnen zu Dank verpflichtet sind.«

»Genau. ›Die Toten zeigen uns den Weg zum Leben‹, stand unter anderem in seinem Sinnspruch. Rolfinck war überzeugt, dass das Studium der Leichname in der Anatomie dabei hilft, gute Ärzte auszubilden und die medizinische Wissenschaft voranzubringen. Und damit viele Leben zu retten.«

»Ein guter Weg, dem Schnitter ins Handwerk zu pfuschen.«

»Ja. Damit ist die Anatomie ein Ort, auf den unser Rätsel mindestens genauso passt wie auf Marburg.«

»So ist es.«

»Dann machen wir weiter. Zeile Nummer zwei. ›Wo die letzte Maske fällt‹.«

Fenja dachte kurz nach. Dann rief sie: »Bei der Leichensektion. Im wahrsten Sinne des Wortes. Hier ist man mehr als nackt.«

»Eben. Und zu Lorenz' Zeit nannte man den Saal, in dem die Sektionen stattfanden, ›Anatomisches Theater‹. Wer dort auf den Tisch kam, konnte wirklich nichts mehr verbergen. Die letzte Maske fiel.«

»Dann haben wir jetzt einen bestätigten Ort«, frohlockte Fenja. »Die Jenaer Anatomie.«

»Glücklicherweise befindet sich das Anatomische Institut heute noch im selben Gebäude wie schon 1670«, sagte Jonas. »Das hat mir Dr. Kobler erklärt, als ich in seiner Lehrsammlung war. Allerdings ist der Komplex nicht gerade klein.«

»Es gibt ja noch die dritte und vierte Zeile. ›Dort ruht das wahre Herz demütig unter den Gleichen.‹ Wo könnte das sein?«

»Ich habe mir nur die Sammlung angesehen. Die anderen Räume kenne ich nicht.«

»*Die Gleichen* … Das klingt irgendwie eigentümlich.«

»Ich denke, damit sind die Gestorbenen gemeint. Es heißt doch, im Tod sind alle gleich.«

»Und wo werden die Toten dort aufbewahrt?«

»Das kann ich dir nicht genau sagen. Aufgeschnitten werden sie von den Studenten im Präparationssaal. Aber ruhen? Außerdem gab es so einen Saal zu Lorenz' Zeiten noch nicht.«

»Irgendwo wird man sie aber lagern.«

»Ich gehe davon aus, im Keller. In einer Art Kühlzelle.«

»Die gab es aber auch noch nicht, als Lorenz studiert hat.«

»Umso mehr muss der Keller gemeint sein. Damals der einzige halbwegs kalte Raum.«

»Damit hätten wir ein überschaubares Suchgebiet.« Über Fenjas Gesicht huschte ein zufriedenes Strahlen. »Schade, dass wir vorhin nicht gleich bei Dr. Kobler vorbeigefahren sind.«

»Der hatte wahrscheinlich ohnehin schon Feierabend.« Jonas klopfte auf seinen Rucksack. »Außerdem habe ich heute Gottholds alten Schlüssel nicht dabei. Laut seinem Vermächtnis brauchen wir den aber, um zu Elisabeths Herz zu gelangen.«

»Also morgen?«

»Ja. Morgen schauen wir nach.« Jonas rieb sich die Hände. Dann meinte er: »Es ist vielleicht sogar ganz gut, dass wir bis dahin noch ein bisschen Zeit haben. Ich hatte nämlich gerade eine Idee. Zu Hause werde ich versuchen, online an die Baugrundrisse zu kommen. Die Pläne vom Anatomiegebäude. Die sollte es irgendwo im Netz geben. Vielleicht sogar die historischen.«

»Gute Idee. Und ich köpfe dazu eine Flasche Schampus. Schließlich haben wir gerade das dritte Rätsel gelöst.«

»Was für ein Tag!«

Fenja bog von der Landstraße auf die Autobahn in Richtung Erfurt. Es würde nicht mehr lange dauern, dann waren sie in ihrem Refugium und konnten die letzte Aufgabe des Tages in Angriff nehmen.

Ein paar Minuten lang betrachteten sie wortlos die Landschaft vor ihnen. Die Wolken waren vom späten Nachmittagslicht gelb und orange verfärbt, und die Sonnenstrahlen stachen wie Lichtfinger durch sie hindurch. Das Fahrgeräusch des Pajero drang als monotones Rauschen in die Kabine, als wollte es das Schweigen mit dem Timbre steten Vorankommens untermalen.

»Mir geht dieser Benradt nicht aus dem Kopf«, meinte Fenja unversehens. »Irgendwie war der verdammt düster. Glaubst du, er hat im Stadtarchiv wirklich nur nach seinem Vorfahren recherchiert, weil er plötzlich die Familiengeschichte für sich entdeckt hat?«

»Er ist Junggeselle, hat Marc Schätzele gesagt. Vielleicht versorgt er sich auf diese Weise mit einem Stück Verwandtschaft.« Jonas schmunzelte. Dann wurde er wieder ernst. »Wer weiß? Das Herz scheint er jedenfalls nicht zu suchen. So, wie er Reliquien verabscheut.«

»Und wenn er uns das nur vorgespielt hat?«

»Glaube ich nicht. Diese Aversion kannst du nicht spielen. Die war echt. Der Hass auf alles, was den vermeintlich reinen Glauben beschädigt, dringt ihm aus allen Poren.«

»Ehrlicherweise muss ich zugeben, dass er mit einigen Argumenten nicht ganz falschliegt. Dieser ganze Reliquienkult hat wirklich heftige Blüten getrieben.«

»In der Vergangenheit auf jeden Fall. Da gibt es keinen Zweifel.«

»Er scheint sich mit alldem genau beschäftigt zu haben.«

»Ja. Dumm ist der Mann mit Gewissheit nicht. Nur ein bisschen verbohrt.«

»Weißt du eigentlich, was er beruflich macht?«

»Schätzele hat gesagt, er wäre arbeitslos. Ob er früher irgendwo beschäftigt gewesen ist, etwas gelernt oder sogar studiert hat … Ich habe keinen Schimmer. Da müsste ich nachfragen.«

»Mach das mal. Das würde mich interessieren. Irgendwo muss sein religiöser Eifer ja herkommen.«

»Das werde ich.« Jonas blieb eine Weile still, dann sah er zu Fenja und sagte: »Und Amadeo Valerian … Je länger ich über ihn nachdenke, desto mehr schleicht sich bei mir so eine seltsame Vorstellung ein. Was, wenn er etwas mit der Jagd nach Elisabeths Herz zu tun hat? Du kennst ihn besser als ich. Traust du ihm das zu?«

»Du meinst, den Angriff in Creuzburg? Und die Morde?«

»Ja, die meine ich.«

»Puhhh. Keine Ahnung.« Fenja runzelte die Stirn. »Hättest du mich das vor unserem Besuch in seinem Haus gefragt, dann hätte ich dir einen Vogel gezeigt. Aber nach der Besichtigung seiner merkwürdigen Sammlung weiß ich ehrlich gesagt nicht mehr, was ich denken soll. Die ganze Sammlerszene finde ich extrem befremdlich und Amadeos Faszination für diese Überreste auch. Allerdings hat er auf mich auch nicht wie ein Mörder gewirkt.«

»Er ist extrem eloquent und medienerfahren. Es würde ihm garantiert nicht schwerfallen, uns etwas vorzumachen. Und er hat uns ja tatsächlich fast keinen Anlass gegeben, ihn irgendwie verdächtig zu finden. Bis auf den winzigen Moment, als du Elisabeths Herz erwähnt hast.«

»Ja. Das war wirklich sonderbar. Wie ein Ausrutscher.«

»Auf jeden Fall halte ich ihn für clever genug, ein Verbrechen zu planen und durchzuziehen. Die Gelegenheit dazu hätte er auch. Er lebt offenbar allein. Und als Chef kann er in seiner Firma kommen und gehen, wann er will. Niemand kontrolliert, was er tut. Und wann.«

»Aber warum hätte er uns dann heute zu sich einladen sollen? Und uns sein Allerheiligstes zeigen?«

»Vertrauensbildende Maßnahme.« Jonas zuckte die Schultern. »Wir hatten herausgefunden, dass er diese Sammlung besitzt. Durch den Hinweis von Heidelind Delius aus Marburg. Als du ihn darauf angesprochen und gefragt hast, ob wir uns die Reliquien mal anschauen dürfen, da war das Kind für ihn bereits in den Brunnen gefallen. Er musste gute Miene zum bösen Spiel machen. Sich offen und harmlos geben. In dem Moment war Angriff die beste Verteidigung.«

»Aber nur mal rumgesponnen: Wenn er wirklich etwas mit der ganzen Sache zu tun hat, dann wären Cordes und Witte unschuldig.«

»Ihre Schuld ist bis heute nicht bewiesen. Cordes will das Herz. Unbedingt. Aber wie weit er dafür wirklich zu gehen bereit ist, wissen wir nicht.«

»Irgendwie glaube ich trotzdem nicht, dass Amadeo der Mörder ist. Er hätte viel zu verlieren, wenn die Sache auffliegt. Dieses ganze Risiko nur für ein neues Stück in seiner Sammlung?«

»Immerhin das Herz der Elisabeth von Thüringen. Die ultimative Reliquie.«

»Etwas ganz Besonderes, ohne Frage. Aber ich halte ihn nicht für so brutal, dass er Gotthold und das andere Opfer so grausam zurichten würde. Da müsste ich mich schon sehr in ihm getäuscht haben.« Fenja schüttelte den Kopf. »Und Cordes hat dich direkt bedroht. Er denkt, dass ihm nur noch dieses Herz das Leben retten kann. Wenn du mich fragst, ist der unser Mann. Und Witte sein Werkzeug.«

»Wahrscheinlich hast du recht.« Jonas nickte und lehnte sich auf dem Sitz zurück. »Letztlich muss das Kommissarin Vareel mit ihrem LKA-Team herausbekommen. Wir haben eine klare Arbeitsteilung. Sie sucht den Mörder. Unser Part ist das Herz.«

»Stimmt. Und das holen wir uns morgen.«

Schon kündigte die Schilderreihe am Rand der Strecke die herannahende Landeshauptstadt an. Wenig später verließen sie die Autobahn und rollten gemächlich in die Erfurter Innenstadt.

Sie begannen den Abend mit einem kleinen Essen, das sie zusammen in der Küche ihrer Wohnung aus ein paar Resten gezaubert hatten. Wie angekündigt, öffnete Fenja dann eine Flasche Sekt, und sie stießen auf den Erfolg dieses Tages an. Viel mehr Zeit ließen sie jedoch nicht verstreichen. Der Ausblick auf das Abenteuer am nächsten Tag erfüllte sie schon jetzt mit einer rastlosen Vorfreude. Und so dauerte es nicht lange, und sie stiegen nach unten und betraten das Recherchekabinett in Jonas' Geschichtsagentur.

»Womit willst du anfangen?«, fragte Fenja, nachdem Jonas den Computer auf seinem Arbeitstisch hochgefahren hatte.

»Ich schaue mal, ob sich ein aktueller Grundriss vom Gebäude des Anatomischen Instituts finden lässt.

Er öffnete eine Suchmaschine und begann mit seiner Recherche. Auf der Website der Stadt Jena fand er nur Bebauungspläne für kommunale Entwicklungsvorhaben, die für ihre Zwecke nicht detailliert genug waren und auch nicht die Anatomie betrafen. Dann jedoch gelangte er auf die Archivseite eines Designbüros, das offensichtlich vor einigen Jahren eine große Sonderausstellung zur Geschichte der Universität betreut hatte.

»Na super!«, rief er aus.

»Hast du etwas gefunden?«, erkundigte sich Fenja. Sie saß nach vorn gebeugt in einem der englischen Ledersessel und hielt ihre Augen neugierig auf Jonas gerichtet.

»Ja. Sogar mehr, als ich mir zu wünschen gewagt hätte.«

»Sag!«

»Hier gibt es Unterlagen zu einer früheren Ausstellung über das Collegium Jenense. Das ist der alte Gründungskomplex der Universität, zu dem auch die Anatomie gehört. Und da sind eine ganze Menge Grundrisse dabei. Neue und historische.«

»Zeig mal.« Fenja stand auf und trat an den Arbeitstisch, während Jonas einen Plan des Anatomischen Instituts aus dem Jahr 2009 aufrief. Das lang gestreckte Gebäude am Teichgraben war in mehrere Etagen aufgeteilt.

»Hier ist die unterste Ebene«, stellte er fest und vergrößerte eine der Zeichnungen. »Das sind die Keller.«

»Oh! Nicht gerade wenig Räume. Und alles ziemlich verwinkelt.« Fenja fuhr mit dem Finger über die schwarzen Linien, die die Wände markierten und sich in viele kleinere und größere Karrees verzweigten.

»Ja. Fast wie ein Labyrinth.«

»Und das wollen wir morgen alles durchsuchen?«

»Dr. Kobler wird uns helfen.«

»Aber wo das Versteck sein könnte, weiß er auch nicht.«

»Warte. Wir haben die historischen Pläne noch nicht gesehen. Die könnten sich als hilfreich erweisen, um den Suchbereich ein wenig einzugrenzen.«

Jonas ging zurück in das Verzeichnis des Ausstellungsarchivs. Längere Zeit scrollte er durch die Bilderlisten, und immer öfter schnaufte er dabei missmutig, während seine anfängliche Euphorie einer tauben Ernüchterung wich. Er fand eine ganze Reihe Unterlagen aus dem 17. und 18. Jahrhundert, doch dabei handelte es sich ausschließlich um Skizzen der oberen Räume. Zu den Kellern gab es aus dieser Zeit nicht ein einziges Blatt. Schon wollte er resigniert aufgeben, da stieß er am Ende des Verzeichnisses auf eine separat eingeordnete Bilddatei.

»Schauen wir, was das ist«, murmelte er und überflog die Beschreibung, die zu der Abbildung hinterlegt war.

»Ein Kloster?«, fragte Fenja erstaunt, die von der Seite mitgelesen hatte.

»Ja. Bevor die Universität gegründet wurde, befand sich an gleicher Stelle ein Dominikanerkloster. Nach seiner Auflösung zog die Uni in die Gebäude ein.« Er zeigte auf das Symbol für das dazugehörige Bild. »Wie es aussieht, haben wir hier einen Plan der alten Klostergewölbe.«

»Dann nichts wie her damit.«

»Da kommt er.« Jonas klickte auf das kleine Viereck, und der sepia schimmernde Scan einer antiken Zeichnung ploppte auf. »Die Gewölbe liegen genau unter der späteren Anatomie.«

»Der Grundriss scheint derselbe zu sein wie bei dem Plan von 2009.«

»Es ist dasselbe Gebäude.«

»Die einzelnen Kellerräume wird man aber inzwischen umgebaut haben.«

»Das wissen wir gleich.« Jonas kopierte beide Zeichnungen

in den Fallordner, den er sich für die Suche nach der Reliquie angelegt hatte. Dann öffnete er ein Grafikprogramm, verringerte die Deckkraft der Bilder und schob die zwei Grundrisse genau übereinander.

»Nicht schlecht«, sagte Fenja. »Guck mal. Die Hauptmauern wurden nicht verändert. Es sind nur ein paar zusätzliche Trennwände hinzugekommen. Aber ich sehe keinen wesentlichen Unterschied.«

»Bis auf diese Kammer.« Jonas zeigte auf einen quadratischen Gewölberaum am Ende eines tunnelartigen Ganges. »Scheint ein alter Vorratskeller gewesen zu sein. Ziemlich abgelegen. Es gibt ihn nur auf dem Klosterplan. Auf dem Grundriss von 2009 existiert weder der Tunnel noch dieser Raum.«

»Du hast recht.« Fenja deutete auf eine dünne schwarze Linie, und ihre Stimme bebte vor Aufregung. »Dort, wo der Tunnel begonnen hat, ist jetzt nur noch eine Wand!«

»Bingo.« Jonas grinste über das ganze Gesicht. »Wenn ich nach dem Eingang zu einem Versteck suchen müsste, dann genau dort.«

»Nicht ›müsste‹.« Jetzt grinste auch Fenja. *»Werde.«*

Jonas markierte die Stelle, an der die Wand den historischen Kellergang verdeckte, mit einem kleinen roten Balken. Dann speicherte er den neu entstandenen Plan in seine Fallakte. Anschließend druckte er ihn aus.

»Bitte schön.« Er legte das Blatt vor Fenja auf den Arbeitstisch. »Unsere Schatzkarte für morgen.«

Fenja atmete tief ein und aus. Dann schüttelte sie versonnen den Kopf. »Es ist schon verrückt. Da sind wir auf die Wartburg und nach Creuzburg gefahren, um dort die versteckte Reliquie zu finden. Und dabei hat das Herz Jena vermutlich nie verlassen.«

# 27

*Jena, April 1670*

Das tranige braune Rüböl in dem kleinen Glaszylinder war viel schneller abgesunken, als sie es sich erhofft hatte. Die Flamme brannte mit unerbittlichem Hunger, und der abnehmende Füllstand war unbestechlich. Mit erschrockenen Augen blickte Caroline auf die eingravierte Anzeige der Öllampenuhr. All ihr Flehen, die Zeit möge einfach stehen bleiben oder wenigstens langsamer vergehen, war nicht erhört worden. Nun dauerte es nicht mehr lange bis Mitternacht. Unbarmherzig nahte ihre Schicksalsstunde heran. Die Stunde, die sie zu einer gemeinen Diebin machen würde.

Es war Zeit, aufzubrechen. Caroline zog ihren braunen Umhang über und verbarg ihr Haar unter dem Nesseltuch. Dann verließ sie ihre Kammer und lauschte ins Treppenhaus.

Kein Geräusch störte die nächtliche Stille. Alle im Haus schliefen schon, auch der Professor, der heute nach dem Zergliedern von Cyriax Schramms Körper völlig erschöpft und müde nach Hause gekommen war. Wenigstens darin hatte sie das Glück nicht verlassen.

Sie schlich bis ganz an die Stiege heran und begann, Schritt für Schritt hinabzusteigen. Dabei bewegte sie sich dicht an der Wand entlang, denn dort knarrten die hölzernen Stufen am wenigsten. Sie durfte keinesfalls riskieren, dass die Hausherrin erwachte, und die hatte einen leichten Schlaf.

Die zweite Öllampe, die in der Nische neben der Haustür auf kleiner Flamme brannte, wies ihr den Weg bis hinunter in den Flur. Bevor sie sich zur Fakultät begab, musste sie noch eine letzte Aufgabe lösen. Sie brauchte den Schlüssel, der ihr Zutritt in die Kellergewölbe der Anatomie verschaffte. Dorthin, wo Dittrich das Herz von Cyriax Schramm eingeschlossen hatte.

Sie wusste, dass Professor Rolfinck sein Exemplar in seinem Kabinett aufbewahrte, und da sie dort immer sauber machte, kannte sie auch das genaue Versteck.

Behutsam nahm sie die Öllampe aus der Wandnische und schob sich in das Arbeitszimmer des Mediziners. Dann trat sie vor das Regal, in dem er die Zutaten für seine chemischen Experimente aufbewahrte, und holte das hölzerne Kästchen hervor, das dort mehr schlecht als recht verborgen war. Ohne zu zögern, klappte sie den Deckel nach oben. Sie atmete erleichtert aus. Der Schlüssel war da. Schnell ließ sie ihn unter ihrem Umhang verschwinden. Dann setzte sie das Kästchen wieder ins Regal und stellte die Lampe zurück in den Flur.

Ein letztes Mal lauschte sie in die Tiefe des Hauses. Alles war still. Niemand hatte sie bemerkt. So leise sie konnte, zog sie den Türriegel zur Seite. Dann glitt sie hinaus in die Nacht.

Wie der Anatomieknecht, mit dem sie vor genau einem Tag den Kadaver vom Weimarer Galgenberg zur Universität gebracht hatte, wählte auch sie verschwiegene Nebengassen. Der Nebel war heute ausgeblieben. Doch allein die Finsternis der Nacht genügte, um ihr den Weg schwer zu machen und den Kummer zu verstärken, der auf ihrem Gemüt lastete wie ein riesiger Block aus Eis.

Was tat sie hier? Cyriax' Herz für eine Reliquienfälschung zu stehlen und damit den Kerker zu riskieren, war das eine. Doch dabei die Menschen zu hintergehen, die sie mochte, wog fast noch schwerer. Dass sie damit Lorenz vor einem weit grausameren Schicksal bewahrte, als es ihr möglicherweise selbst drohte, verschaffte ihr den einzigen Trost. Ohnehin gab es längst keine Umkehr mehr.

Wie ein Schatten huschte Caroline durch die düsteren Gassen. Ihre Schuhe schmatzten in den Lachen stinkenden Wassers, die den Lehmboden bedeckten. Die Schemen herrenloser Hunde kreuzten ihren Weg, und Rabenvögel thronten gleich Unheilsboten auf den Mauersimsen.

Tapfer kämpfte sie sich voran. Und genau wie am Tag zuvor

war es das Schlagen der Mitternachtsglocke, welches ihre Ankunft am Torhaus der Alma Mater begleitete.

Sie durchquerte das offene Portal und eilte über den Universitätshof. Kurz darauf stand sie vor dem vertrauten Gebäude der Medizinischen Fakultät.

Sie hatte es geschafft. Sie war zur geforderten Zeit am verlangten Ort. Verstohlen sah sie sich um. Niemand weit und breit. Sie war die einzige Seele auf dem Hof.

Merkwürdigerweise verlieh ihr diese Einsamkeit Ruhe. Philipp zur Linden war nicht gekommen. Was sein Erscheinen verhindert hatte, war ihr egal. Ohne seine bedrohliche Nähe würde es ihr leichterfallen, das Herz aus den Gewölben zu holen. So konnte sie sich ganz auf ihr Tun konzentrieren.

Noch einmal blickte sie sich um. Dann entzündete sie einen Kienspan, den sie eigens mitgebracht hatte, und hielt ihn vor sich in die Höhe. Mit vorsichtigen Schritten bewegte sie sich die Rampe hinab, die zu den Kellergewölben führte. Je tiefer sie kam, desto stärker wurde das nervöse Stechen in ihren Eingeweiden. Sie war diesen Weg schon oft gegangen, noch nie jedoch mit solch einem unlauteren Ansinnen.

Für einen kurzen Moment blieb sie stehen, dann gab sie sich einen Ruck und setzte ihren Abstieg fort. Das kleine Flämmchen an der Spitze des Kienholzes flackerte unruhig und entfaltete kaum genügend Kraft, um die Finsternis vor Carolines Gesicht zu vertreiben. Nach ein paar weiteren Schritten stand sie vor der eisernen Tür, die in die Gewölbe führte. Hastig tastete sie nach der Innentasche ihres Umhangs, wo sie den Schlüssel des Professors verborgen hatte.

»Fein, mein Täubchen!«, raunte plötzlich eine Stimme dicht neben ihr. Dann ertönte ein leises, boshaftes Lachen.

Caroline fuhr zusammen und wich drei Schritte zurück. Angsterfüllt starrte sie in die Dunkelheit. In diesem Moment löste sich eine schwarze Gestalt aus einer Mauernische neben dem Kellereingang und glitt heran.

»Philipp!«, stieß Caroline aus, als sie das Gesicht des Junkers im Lichthauch des Kienspans erkannte. Dann holte sie mehrmals tief Luft, um ihren Schrecken niederzuringen.

»Hast wohl geglaubt, ich hätte unser Stelldichein vergessen!« Wieder ließ er ein Lachen hören, und diesmal troff es vor Häme. »Keine Angst, mein Liebchen, ich bin schon lange zur Stelle. Ich werde doch unsere ergötzliche Partie nicht versäumen.« Er zeigte auf die Kellertür. »Jetzt steh nicht herum wie ein zauderndes Weib und sperr endlich auf!«

Ihre Hand zitterte, als Caroline den Schlüssel aus der Umhangtasche zog und das Schloss öffnete. Dann drückte sie das schwere Türblatt nach innen und trat in das Gewölbe, dicht gefolgt von Philipp, der jede ihrer Bewegungen zu verfolgen schien.

Als Erstes entzündete sie die Öllampe, die auf einem Sims an der Innenmauer bereitstand und deren Schein die unterirdischen Räume aus ihrer einsamen Finsternis riss.

»Gar nicht übel, euer Totenreich«, bemerkte Philipp, während er seinen Blick über die allenthalben aufgestapelten Gebeine schweifen ließ. »Vielleicht sollten wir dem neuen Herzen der Elisabeth bald noch ein paar andere Reliquien folgen lassen, was meinst du? An Zutaten herrscht jedenfalls kein Mangel, wie ich sehe.« Er kicherte verschlagen.

Caroline antwortete nicht, sondern senkte den Kopf und trug die Lampe tiefer in den vor ihnen liegenden Gewölbesaal. Dann blieb sie stehen und sah sich um. Sie musste nicht lange suchen, bis sie den Topf mit Cyriax' Herz entdeckt hatte. Er stand auf dem großen Holztisch, auf dem sie in der vorangegangenen Nacht den Leib des Mörders gewaschen hatte. Jetzt ruhte das Gefäß mit dem herausgeschnittenen Organ wie ein Menetekel in der Mitte der Tischplatte.

»Dort ist dein verdammtes Herz«, presste Caroline hervor und warf Philipp einen frostigen Blick zu. »Damit hast du deinen Willen.«

Der Junker erwiderte ihre Bemerkung mit einem kalten Lächeln. Mit betont gelassenen Schritten ging er zum Tisch. Dann beugte er sich über das irdene Behältnis und hob den Deckel ab.

»Zum Gruß, Elisabeth, du Heilige«, höhnte er. »Noch liegt dein neues Herz ganz frisch und rot am Grunde dieses Topfes, doch bald schon wird es mir ein selbiges Gefäß ganz bis zum Rand mit Gulden füllen!«

Caroline zog unwillkürlich die Schultern zusammen, und ein kalter Schauer fuhr ihr über den Rücken. Von der Furcht des Junkers vor diesem ungarischen Grafen war lange nichts mehr zu spüren. Er wollte die falsche Reliquie nicht, um sich von dessen Häschern freizukaufen, da war sie sich inzwischen ganz sicher. So gierig, wie Philipps Augen leuchteten, ging es ihm einzig und allein um das Geld. Der Adelsmann war ein Täuscher, das hatte Caroline schon leidvoll erfahren müssen. Am Ende war auch seine Bedrängnis eine Lüge gewesen, und Graf Sárospataky hatte ihn gar nicht bedroht, sondern für Elisabeths vermeintliches Herz nur ein lukratives Angebot gemacht.

»Ich benötige noch ein paar Dinge für das Präparieren. Die muss ich zusammentragen, bevor wir gehen«, sagte sie, stellte die Lampe auf einer Kiste ab und nahm sich einen der Weidenkörbe, die sie hier unten für verschiedene Besorgungen aufbewahrte.

Der Junker achtete nicht auf ihre Worte, sondern stand einfach nur am Tisch, den Blick wie verklärt auf das Herz des Mörders gerichtet. Wie es schien, malte er sich in Gedanken schon eine prächtige Zukunft aus und fand ihre banalen Belange nicht der Beachtung wert. Caroline sollte es recht sein. So konnte sie ungestört die Ingredienzien zusammensuchen, die Professor Rolfinck gewöhnlich benutzte, um vergängliches Fleisch haltbar zu machen. Und die sie in den nächsten Tagen und Wochen selbst zur Anwendung bringen musste, um die Fälschung von Elisabeths heiliger Reliquie ins Werk zu setzen.

Langsam bewegte sie sich an den Nischen und Verschlägen vorüber, in denen der Anatom seine Vorräte lagerte. Zuerst fiel ihr Blick auf die großen Bottiche, die bis zum Rand mit

Weingeist gefüllt waren. Sie schüttelte den Kopf. Wohl war der Spiritus geeignet, die weichen Teile des Körpers für eine gewisse Zeit vor dem Verfaulen zu bewahren, doch verlangte dieses Verfahren ein dauerhaftes Bad in der Flüssigkeit, was im Falle der Reliquie nicht hilfreich sein konnte. Vielmehr musste sie sich der alten Techniken bedienen, die dem Verfall des Fleisches auch im trockenen Zustand Einhalt geboten.

Hinter einer dicken Gewölbesäule stand das Regal, das sie suchte. Sie setzte ihren Weidenkorb ab und ließ ihre Augen über die Flaschen, Dosen und Kästchen gleiten, welche die groben Etagenbretter füllten. Der erste Grundstoff für die Präparation war das Salz, das dem Fleisch die Feuchte entzog. Das würde sie hier unten jedoch nicht finden, denn es musste trockener lagern als in einem Keller. Stattdessen entdeckte sie die große bauchige Glasflasche, die Rolfincks »Wunderelixier« enthielt. So nannte der Professor scherzhaft seine Mischung aus ätherischen Ölen, mit der er das getrocknete Gewebe einbalsamierte, um das Gewürm fernzuhalten.

Caroline tastete im Regal herum, bis sie eine leere Phiole fand, die sich für ihre Zwecke eignete. Sie würde sich nur so viel von der kostbaren Ölmischung abfüllen, wie sie für ihr unseliges Unterfangen unbedingt benötigte. Gerade wollte sie den Glasstopfen der Vorratsflasche abziehen, da vernahm sie ein metallenes Geräusch. Es klang, als hätte jemand mit Macht die Tür aufschwingen lassen, die ins Gewölbe führte. Doch das konnte nicht sein. Nicht um diese Stunde. Sie waren doch allein!

Vorsichtig lugte sie um die Ecke der Säule. In diesem Augenblick trat ein hochgewachsener Mann in den Keller. Er trug einen ockerfarbenen, mit feinen Zierborden besetzten Mantel. Dazu einen dunkelbraunen Dreispitz, an dem eine buschige Feder prangte. Das Gesicht des Fremden strahlte eine kühle Entschlossenheit aus.

Er ging einige Schritte in den Raum hinein, dann blieb er stehen. Sein Blick war ausschließlich auf Philipp gerichtet, der jetzt wie erstarrt neben dem Tisch mit Cyriax' Herzen stand und den Ankömmling fixierte, als wäre er ein Geist.

Eine Weile herrschte absolute Stille, und Caroline hielt fast den Atem an, um kein eigenes Geräusch zu verursachen. Gebannt beobachtete sie die beiden Männer, die sich schweigend gegenüberstanden.

»Guten Abend, Philipp«, sagte der Fremde schließlich mit leiser, aber fester Stimme.

»Melchior ...« Die Entgegnung des Junkers war nicht mehr als ein Flüstern, und Caroline glaubte, selbst in dem einen Wort ein Zittern wahrgenommen zu haben.

»Du hast nicht erwartet, mich hier zu sehen, nicht wahr, Bruder?«

Philipp antwortete nicht.

»Und trotzdem bin ich da.« Der Fremde lächelte freudlos.

Das ist also Melchior, dachte Caroline. Philipps Bruder, der mit ihm gemeinsam das Geheimnis um das Herz der Elisabeth hütete. Und den der Junker als starrköpfigen Streiter für Recht und Moral geschmäht hatte. Auf Caroline wirkte er jedoch keineswegs starrköpfig. Eher zornig. Und gleichzeitig von einer tiefen Enttäuschung gezeichnet.

»Was tust du hier?«, fragte Philipp.

»Ich habe dich gesucht. Eine ganze Weile schon. Dann wurde mir zugetragen, dass man dich in Jena sah. Ich besitze viele Freunde, wie du weißt. Sie waren meine Augen und meine Ohren. Seit der Abenddämmerung bin ich in der Stadt. Seitdem folge ich dir wie ein Schatten.«

»Warum bloß gehst du mir nach?« Philipp setzte eine gekränkte Miene auf.

»Muss ich auf diese Frage wirklich antworten?«

»Gewiss. Ich kann mir selbst bei bestem Bemühen nicht vorstell–«

»Ich war im Bergfried«, unterbrach ihn Melchior hart. »In dem verborgenen Schacht. Dort, wo das Herz der Heiligen ruht. Ich wollte nach dem Rechten sehen, wie ich es von Zeit zu Zeit tue. Eine Gepflogenheit, von der du nichts weißt.« Er blickte Philipp geradewegs in die Augen. »Aber der Platz war leer. Das Herz – verschwunden.«

»Oh nein!«, rief Philipp. »Sag das nicht! Wie kann das möglich sein?« Er riss sich beide Hände an die Wangen. »Und nun begehrst du also meinen Beistand, diesem furchtbaren Verlust nachzuspüren? Natürlich helfe ich dir. Gemeinsam werden wir es finden, sei ganz sicher.«

»Schweig still!«, schnitt Melchiors Stimme durch das Gewölbe. »Dein Schmierentheater kannst du dir sparen. Nur du und ich wissen von dem Versteck der Reliquie. Und Johanna, mein Weib. Sie hat sie nicht genommen, bei Gott. Dann bleibst nur du.«

»Ich?«

»Ich kenne dich, Philipp. Ein Tunichtgut bist du. Verprasst den Gewinn unserer Güter, ohne dich auch nur einen Deut um Arbeit und Verwaltung zu scheren. Schreitest wie ein eitler Gockel durch die Straßen. Ziehst durch die Schänken, liegst bei den Huren. Denkst du, ich weiß nichts davon? Das alles habe ich dir durchgehen lassen. All die Jahre. Aber jetzt bist du zu weit gegangen.« Er trat einen Schritt auf Philipp zu. »Das Geheimnis zu hüten, ist die heilige Pflicht unserer Familie, seit Elisabeth für immer ihre Augen geschlossen hat. Mehr als vier Jahrhunderte haben unsere Ahnen diese Pflicht erfüllt. Und nun legst ausgerechnet du Hand an der Wohltäterin Herz? Was hast du damit vor? Willst du es verkaufen?«

»Melchior, was sprichst du da? Du irrst. Ich war das nicht.« Philipp hob den Arm wie zu einer feierlichen Geste. »Ich schwöre es, beim heiligen –«

»Schwöre nicht! Es gibt nichts, das dir heilig ist«, fuhr der Bruder des Junkers dazwischen. »Aber gut. Wenn du es nicht warst, der das Herz gestohlen hat, dann muss ich mich wohl damit abfinden.« Er hielt den Kopf schräg. »Wie hieß das Gasthaus noch, in dem du hier logierst? ›Zur Sonne‹ ist der Name, habe ich recht? Das noble Haus, aus dem ich dich heut Abend kommen sah.« Er ließ eine kurze Pause, dann sagte er: »Genau dorthin gehe ich jetzt zurück und sehe mir deine Kammer an. Finde ich nichts, was deine Schuld belegt, werde ich dich hernach mit Freuden um Vergebung bitten. Sollte ich jedoch etwas entdecken, das dich als Dieb entlarvt, dann gnade dir Gott!«

Melchior drehte sich um und ging mit zügigen Schritten zum Ausgang des Kellers.

Caroline, die im tiefen Dämmer des Gewölbes die gesamte Szene verfolgt hatte, tat einen zittrigen Atemzug. Bisher hatte Melchior ihr keinerlei Beachtung geschenkt, obwohl er doch um ihre Anwesenheit wissen musste, wenn er seinem Bruder wie ein Schatten gefolgt war. Aber all sein Sinnen und Trachten schien einzig Philipp zu gelten. Gleich würde der zornige Mann verschwunden sein. Sollte sie ihn um Beistand anrufen, bevor sie wieder mit dem durchtriebenen Junker allein war? Jetzt, wo sein Plan vor der Aufdeckung stand, würde er noch gefährlicher sein.

Ja, sie musste es tun! Es war ihre einzige Chance.

Gerade als sie ihre Stimme erheben wollte, rief Philipp kreischend: »Bruder, so warte doch! Ich muss dir etwas sagen.«

Melchior, der eben die Tür erreicht hatte, blieb stehen und drehte sich langsam um.

»Ja? Was willst du mir sagen, Bruder?« Sein Tonfall war leise, aber von eisiger Schärfe.

»Du hast recht, Melchior. Ich habe es genommen. Das heilige Herz. Es steht gut verwahrt in meiner Kammer«, bekannte Philipp. Er senkte den Kopf. »Aber sei gewiss, ich würde es niemals verkaufen! Ich lud schwere Schuld auf mich, das ist wahr. Doch ich verspreche dir, bei unserem Herrn, ich wollte es zurückstellen. Sofort nachdem ich eine Nachbildung gefertigt hätte, die in Art und Aussehen nicht vom Original zu unterscheiden wäre.«

»Eine Nachbildung?« Melchior verfiel in Schweigen, und für einen Moment wich seine Selbstgewissheit fassungslosem Erstaunen.

»Wenn du mir gefolgt bist, was meinst du, warum du mich am Ende ausgerechnet hier fandest?«, fragte Philipp. »Im Gewölbe der Anatomie?« Er verharrte kurz, als müsse er sich sammeln, dann meinte er: »Siehst du den irdenen Topf auf dem Tisch? Darin liegt ein frisches Herz. Damit sollte das Werk gelingen. Eine zweite Reliquie zu schaffen, gleich der, die uns anvertraut ist. Ein gläubiger Graf aus Ungarn wollte sie erwerben, um Elisabeth in seinem Schloss zu huldigen. Warum sollte man ihm das verwehren?« Philipp hob die Schultern. »Das frische Herz stammt von der Zergliederung eines Verbrechers. Niemandem wird es fehlen. Und so ist allen gedient.«

»Allen gedient?«, flüsterte Melchior. »Du verhöhnst unsere Elisabeth mit dem Herzen eines Verbrechers und sagst es so, als verkündest du eine Ehrentat? Ich erkenne meinen Bruder nicht mehr. Wie konntest du nur –«

»Sie ist es gewesen!«, brüllte Philipp plötzlich los und zeigte mit dem ausgestreckten Arm auf Caroline, die vor Schrecken zusammenfuhr. »Dieses Weib dort hat den Betrug angezettelt! Vor langer Zeit schon, als ich das erste Mal in Jena weilte. Trunken hat sie mich gemacht, mit Wein und ihren Reizen. Und als ich ihr in einem schwachen Augenblick von Elisabeths Herz erzählte, da wurde sie ganz gierig. Sagte, sie hätte eine Anstellung bei einem Anatomen und könnte spielend leicht ein Herz besorgen. Und das sollten wir dann nehmen, die heilige Reliquie zu fälschen und unser Leben zu vergolden. Ganz wehrlos hat sie mich gemacht mit ihrem steten Locken und Drängen, bis ich ihrem heimtückischen Zauber schließlich erlegen bin. Eine Hexe ist sie!«

Als er zum Ende gekommen war, senkte sich eine frostige Stille über das Gewölbe. Philipp fuhr sich mit den Händen über das Gesicht, als wolle er sich eine unverdient zugeschriebene Sünde abwaschen. Melchior sah seinem Bruder eine Spanne lang mit ausdruckslosem Gesicht zu, dann wandte er den Blick zu Caroline.

»Komm her«, sagte er streng.

Caroline schluckte. Wie gelähmt starrte sie auf die beiden Männer. Die Anschuldigungen Philipps, die sie doch eigentlich in Zorn hätten versetzen müssen, hatten stattdessen ein ungläubiges Entsetzen in ihr wachgerufen. Mit der letzten Kraft, die sie noch besaß, löste sie sich aus ihrer Verharrung und ging auf die Brüder zu. Dann blieb sie stehen.

»Wie heißt du?«, fragte Melchior.

»Caroline. Caroline Dreissigacker«, antwortete sie tonlos.

»Und deine Anstellung ist hier?«

»Jawohl, Herr. Ich bin Dienstmagd in der Medizinischen Fakultät. Die Anatomie gehört dazu.«

»Und stimmt es, was mein Bruder sagt? Hast du ihn angestiftet, das Herz des Verbrechers zu stehlen und zum Fälscher zu werden.«

»Nein.« Caroline hob den Kopf und blickte Melchior geradewegs in die Augen. »Das habe ich nicht.«

»Sie lügt!«, plauzte Philipp los. »Glaube ihr kein Wort! Sie ist eine verfluchte Natter. Lass du dich nicht auch noch von ihrer Tücke vergiften!«

»Still!« Melchior hob die Hand. »Ich befrage das Weib. Nicht dich.«

»Verzeih, Bruder, ich wollte dich nur warnen.« Philipp zog die Schultern ein und wich einen Schritt zurück.

Melchior sah wieder zu Caroline. »Sag, wenn du an alldem keine Schuld trägst, wie du behauptest, warum bist du dann hier und verschaffst meinem Bruder Zugang zu diesen Gewölben?«

»Er hat mich gezwungen, ihn einzulassen und noch weitere Gewissenslast auf mich zu laden. Gegen meinen Willen bin ich sein Instrument.«

»Er hat dich gezwungen? Wie kann das sein? Davon sah ich nichts.«

»Er hat mit Mord gedroht. Aber nicht mir wollte er dieses Leid antun, sondern einem geliebten Studenten, der unschuldig und reinen Herzens ist. Und der nichts von alledem hier weiß.

Sein Name ist Lorenz. Ich musste ihn schützen, um seines Lebens und meiner Seele willen.«

»Soso.« Melchior musterte sie einen Moment. Dann meinte er: »Nun, Caroline Dreissigacker, sage mir eines: Warum sollte ich deinen Worten Glauben schenken? Welchen Beweis kannst du mir erbringen?«

»Einen Beweis kann ich Euch nicht liefern, denn er befindet sich nicht in meiner Hand. Aber es gibt ihn wohl.« Carolines Stimme gewann an Festigkeit. »Und er ist nicht sehr fern.«

»Wie meinst du das? Wo befindet er sich denn?«

»Bei Euch.« Sie deutete auf Melchiors Brust. »Er liegt in Eurem eigenen Herzen.«

»Was sagst du da?«

»Ihr liebt Euren Bruder, nicht wahr? Daran kann kein Zweifel bestehen. Aber Ihr kennt ihn auch. Er ist Euch lange und eng vertraut. Sein Charakter. Seine Worte. Und seine Taten. Besinnt Euch darauf. Ihr müsst in Euer Innerstes blicken. Und dabei kann ich Euch nicht helfen.« Sie straffte den Rücken. »Dann entscheidet, wem Ihr glaubt.«

Eine Weile sagte niemand ein Wort.

Schließlich nickte Melchior langsam, und in seinen unbeugsamen Zügen erkannte Caroline nun eine tiefe Traurigkeit. Er drehte sich zu Philipp und musterte ihn lange. »Hast du dem Weib mit dem Tod des Studenten gedroht?«, fragte er dann.

»Nein. Das habe ich nicht.« Philipp zog die Arme fest an den Körper und beugte sich nach vorn, ganz wie jemand, der voll des Grames ist. Seine Stimme wurde leiser, als er hinzufügte: »Und wenn du mich wirklich lieben würdest, Bruder, wüsstest du das.«

»Nein, das weiß ich nicht. Caroline Dreissigacker hat recht. Auch wenn ich es nicht wahrhaben will. Du hast eine verdorbene Seele. Warum sollte ich dir also diesmal glauben, Philipp?«

»Wenn du mir schon nicht aus der Tiefe deines Herzens glaubst, dann wenigstens, weil ich im Gegensatz zu ihr einen wirklichen Beweis für meine Worte habe.« Jetzt wisperte er nur noch und sank noch ein bisschen weiter in sich zusammen. »Es ist der reinste, den es gibt. Höre ihn dir an, und du wirst sehen, dann wird alles wieder gut zwischen uns.«

Melchior, auf dessen Gesicht sich ein Wechselspiel der Gefühle abzeichnete, trat dicht vor seinen Bruder und neigte sich ihm zu, wie um dessen Flüstern besser zu verstehen, aber vielleicht auch, um ihn in den Arm zu nehmen, das konnte Caroline nicht genau ausmachen. Behutsam breitete er seine Arme aus.

In diesem Moment wich Philipp mit einer katzenhaften Bewegung zurück, riss seinen Degen aus der Scheide und stach ihn Melchior bis zum Heft in die Brust.

Für einen Moment schien die Zeit stillzustehen.

Dann sackte der große Mann in die Knie. Ein pfeifendes Geräusch entwich seinem Mund, während sich auf seinem Antlitz ein ungläubiges Staunen ausbreitete. Doch dieses letzte Gefühl verlor sich ebenso schnell, wie es erschienen war, in einer unendlichen Ferne. Seine Augen brachen, und sein Körper schlug hart auf dem Boden auf.

Caroline stand einfach nur da, zu keiner Bewegung fähig, noch nicht einmal zu einem Schrei. Während ihr Gemüt noch zu ergründen suchte, was da gerade wenige Fuß von ihr entfernt geschehen war, richtete sich Philipp zu voller Größe auf. Unversehens brach ein gellendes Gelächter aus ihm heraus. Sein Gesicht verzog sich zu einer hämischen Fratze, und seine Augen glänzten wie im Fieber. Immer weiter lachte er, aber mit einem Male hielt er inne und starrte Caroline an.

»Jetzt haben wir zwei Herzen. Eines von einem Mörder und eines von einem Toren.« Wieder lachte er laut und krächzend auf. Dann zog er seinen Degen aus Melchiors totem Leib, kam zu Caroline heran und strich in einem engen Kreis um sie herum. »Und du, mein Täubchen?«, zischte er. »Was mache ich jetzt nur mit dir? Deinen Professor kannst du vielleicht verraten. Aber nicht einen Philipp zur Linden. Niemals! Was hast du dir bloß dabei gedacht, mein geliebtes Brüderchen so gegen mich aufzuhetzen? Sieh hin, jetzt liegt der Arme mausetot am Boden, und du bist schuld.«

Er schnalzte mit der Zunge und schob den Kopf wie ein Reptil nach vorn. »Eigentlich müsste ich dich dafür gleich hier an Ort und Stelle bestrafen. Aber da ist ja noch unsere geliebte Elisabeth. Du schuldest mir ihr neues Herz. Beweise mir, dass du das Präparieren wohl beherrschst. Dann werden wir weitersehen.« Er hob den Arm und stieß Caroline in die Tiefe des Raumes. »Nun husch, fahre fort! Suche deine Ingredienzien zusammen. Und säumst du auch nur einen Wimpernschlag, dann …« Er hob drohend seinen Degen.

»Halt!«, ertönte plötzlich eine laute und glasklare Stimme.

Philipp riss den Kopf herum, und auch Caroline spähte erschrocken zur Kellertür, von wo der Ruf gekommen war. Was sie dort sah, erfüllte sie mit einem Sturm der Erleichterung, während gleichzeitig Besorgnis in ihr aufbrandete.

Im Bogen des Gewölbeeingangs stand Lorenz. In seinen jungen Zügen lag eine unerschütterliche Entschlossenheit. Sein blauer Umhang schimmerte matt, während die Klinge seines gezogenen Degens blitzte, als verhieße sie ein herannahendes Gewitter.

»Ah, der junge Galan«, spottete Philipp, der die erste Überraschung augenscheinlich schnell überwunden hatte. Mit wiegenden Schritten schlenderte er dem Studenten entgegen. »Ich erinnere mich zwar nicht, dich zu unserem Stelldichein geladen zu haben, aber gut. Sei's drum. Nun bist du einmal hier, da können wir gerne ein Tänzchen wagen.« Er ließ seine Klinge in einem eleganten Schwung über seinem Kopf kreisen.

Lorenz entgegnete nichts. Er stand da, als wäre er eine unverrückbare Statue. Aber sein Körper war gespannt wie eine Feder, und seine wachen Augen folgten jeder Bewegung des Junkers.

»Nun? So stumm? Hast du Angst bekommen?«, tönte Philipp weiter, während er sich beständig auf den Gewölbeeingang zubewegte. »Sag wenigstens der treulosen Caroline Lebewohl.

Dann folge meinem Bruder. Vielleicht holst du ihn noch ein.« Kaum dass er die letzte Silbe ausgesprochen hatte, stürmte er los.

Sein Degen schnitt mit einem singenden Ton durch die Luft und traf die Stelle, an der Lorenz eben noch gestanden hatte. Doch da befand er sich längst nicht mehr. Mit ein paar schnellen Ausfallschritten war er aus dem Sichtfeld des Junkers verschwunden, nur um Augenblicke später hinter dessen Rücken aufzutauchen. Aber auch Philipp war schnell. Er wirbelte herum, und als die Klinge des Studenten auf ihn niederfuhr, parierte er den Schlag mit seinem eigenen Degen. Gleichzeitig trat er Lorenz so unvermittelt mit dem Stiefel gegen das Knie, dass der zwei Schritte rückwärtstaumelte und sich gerade noch an einer Säule abstützen konnte. Sofort setzte Philipp nach und stieß den Degen nach vorn, doch ein weiteres Mal scheiterte seine Attacke an der Behändigkeit des Studenten, der unerwartet nach unten abtauchte und zur Seite verschwand.

Caroline, die etwas abseits stand, verfolgte den Kampf mit ringenden Händen. Immer heftiger schlugen die beiden Kontrahenten nun aufeinander ein, während ihre Schatten von der Öllampe wie übergroße Dämonen an die Wände der Kellergewölbe gezeichnet wurden. Lorenz gelang es ein ums andere Mal, den zorniger werdenden Angriffen des Junkers mit gewitzten Ausweichmanövern zu entgehen und dessen Klingenstreiche mit seinen eigenen Degenschwüngen abzuwehren. Im Stillen dankte Caroline dem Fechtlehrer der Universität für die unerbittlichen Übungsstunden, die er den Studenten auferlegt hatte. Doch der Junker war offensichtlich ebenfalls ein gut geschulter Kämpfer, und so hatte auch Lorenz bisher keinen erfolgreichen Treffer landen können.

Nach einer wilden Runde, bei der sich die beiden Männer gegenseitig quer durch die Hallen und Nebengewölbe des unterirdischen Terrains gejagt hatten, gelangten sie unversehens wieder in Carolines Nähe. Mit einem beherzten Sprung rettete sie sich im letzten Moment zwischen zwei Weingeist-Bottiche, bevor die durch die Luft fauchenden Klingen sie treffen konnten. Sofort zog sie sich wieder nach oben, nur um gerade noch zu sehen, wie Lorenz rücklings über Melchiors toten Körper stolperte und zu Boden fiel. Sein Degen entglitt ihm und schlitterte scheppernd davon.

Philipp, vollends außer Atem, blieb stehen und beugte seinen Oberkörper nach vorn, um Luft zu holen. Dann richtete er sich auf, nahm den Griff seiner Waffe in beide Hände und schickte sich an, den unter ihm liegenden Studenten mit einem kraftvollen Stich zu Tode zu bringen.

Caroline stieß einen kehligen Schrei aus. Sie sprang vor eines der Regale, in denen die gebleichten Gebeine lagerten, ergriff einen mächtigen Oberschenkelknochen und schleuderte ihn mit der Kraft der Verzweiflung auf den verhassten Junker.

Laut prasselte der Knochen gegen Philipps Nacken. Ein kurzes Zittern erfasste seinen Körper, doch dann neigte er den Kopf ein paarmal schnell hin und her, als wolle er ein lästiges Insekt abschütteln, und wandte sich um. Als er Caroline sah, erschien ein teuflisches Grinsen auf seinem Gesicht. »Hast du noch nicht genug, dich einzumischen? Sieh zu, was jetzt passiert, du Schlange. Und wisse, es ist wieder nur deine Schuld!«

Damit hob er wie zuvor seinen Degen mit beiden Händen in die Höhe, um zum letzten Stich gegen Lorenz auszuholen. Doch dann blickte er nach unten und erstarrte. Sein vermeintliches Opfer war verschwunden. Noch während er versuchte, sich von der Überraschung zu erholen, flog Lorenz wie ein Schatten von der Seite heran und bohrte seine Klinge tief in die Flanke des Junkers.

Ein Beben ging durch den Körper des Adelsmannes. Er drehte sich langsam um die eigene Achse, als wollte er die Welt um sich herum noch ein letztes Mal ansehen. Dann brach er mit einem kehligen Röcheln zusammen und rollte neben den Leichnam seines Bruders. Einen Moment noch war sein ersterbender Atem zu hören, ehe sich Stille über die Gewölbe der Anatomie senkte.

Caroline stand starr vor Anspannung an ihrem Platz und betrachtete die beiden Toten, die nun wie in falscher Eintracht nebeneinanderlagen. Die Flamme der Öllampe bewegte sich in dem leichten Luftzug, der von der Tür in den Keller strömte, und warf einen tanzenden Schimmer auf die maskenhaften Gesichter der Brüder, aus denen bereits alles Diesseitige verschwunden war. Als wollten sie sich mit aller Macht der Bestimmung des Gewölbes anpassen, in dem sich ihr Schicksal auf so dramatische Weise erfüllt hatte.

Nach einer Weile hob Caroline den Blick. Lorenz verharrte erschöpft in der Mitte des Raumes. Sein Atem ging stoßweise. Glänzender Schweiß rann ihm über das Gesicht, und seine Züge waren von der Unerbittlichkeit des Kampfes gezeichnet.

»Lorenz«, fragte sie leise, »geht es dir gut?«

Erst nach einem Moment schien er ihre Stimme wahrzunehmen. Doch dann sah er zu ihr herüber, und alle Härte verschwand aus seinem Antlitz.

»Caroline«, antwortete er nur.

Langsam ging sie auf ihn zu. Als sie ihn erreicht hatte, strich sie ihm sanft über die Haare. »Danke.«

Er nickte versonnen. »Dir auch«, flüsterte er. »Das stand auf Messers Schneide.«

»Ja.« Sie atmete langsam aus. »Philipp. Sein Plan. Woher wusstest du …?«

»Ich habe euer Gespräch mit angehört. Heute Mittag. Im Anatomischen Theater. Wie er dir gedroht hat. Und dass du ihn um die Mitternachtsstunde hier treffen sollst.« Ein verunglücktes Lächeln huschte über sein Gesicht. »Da konnte ich dich doch nicht alleine lassen.«

»Ich habe ein großes Unrecht begangen. Ich –«

»Nein, Caroline. Das hast du nicht. Ich war die ganze Zeit draußen an der Rampe. Gleich neben der Tür. So wurde ich Zeuge von allem, was hier gerade geschehen ist. Und was gesprochen wurde.« Er berührte mit der Hand sacht ihre Wange. »Melchior konnte ich nicht helfen. Aber deine Ehrhaftigkeit kann ich wohl bezeugen. Dich trifft keine Schuld. Du bist die tapferste Frau, der ich je begegnet bin.«

»Aber der Professor. Seine Gemahlin. Die kleine Maria. Dittrich. Sie alle habe ich getäuscht. Schau dich nur um …« Jetzt konnte sie ihre Tränen nicht mehr halten.

»Um mich zu retten. Sie werden das verstehen. Da bin ich mir sicher. Ich kenne den Professor. Und die anderen auch. Den Rest überlasse mir.« Behutsam zog Lorenz Caroline an seine Schulter. »Jetzt sorge dich nicht mehr. Niemand wird dir noch Böses tun. Es ist vorbei.«

Dann standen sie nur noch still und hielten sich fest in den Armen.

## 28

*Gegenwart*

Es war Mittwochnachmittag. Der kräftige Wind, der durch die Jenaer Innenstadt fegte, ließ die bernsteingelb gefärbten Blätter der Platanen wie verspielte Tänzer durch die Luft wirbeln. Jonas und Fenja eilten den gepflasterten Bürgersteig entlang, der zum Anatomischen Institut führte. Als Jonas ein Stück vor ihnen das hohe Sandsteinportal erblickte, musste er für einen kurzen Moment dem Impuls widerstehen, einfach loszurennen, so stark rumorte die Anspannung in seinem Inneren. Gleich würde sich erweisen, ob ihre so wendungsreiche Suche nach dem Versteck von Elisabeths Herz von Erfolg gekrönt war.

Schon zu Dienstbeginn am Morgen hatte er Dr. Kobler angerufen und ihn um einen dringenden Termin gebeten. Obwohl er am Telefon noch nicht sonderlich konkret geworden war, was den genauen Grund seines Anliegens betraf, hatte ihm der Anatomieprofessor ein Treffen noch für den heutigen Tag zugesagt. Nicht sofort, denn er war gerade auf dem Weg in eine Vorlesung gewesen. Aber für den Nachmittag hatte er ihnen ein Zeitfenster frei gemacht. So waren Jonas und Fenja kurz nach zwei ins Auto gestiegen und in die Saalestadt gefahren.

»Hier ist es schon«, sagte Jonas, als sie vor dem ehrwürdigen Eingangsportal eintrafen. Er musste nicht klingeln, denn das neue Semester hatte begonnen, und an der Pforte war ein ständiges Kommen und Gehen. Mit einem Pulk Studenten schlüpften sie ins Foyer.

Dr. Kobler stand an der Tür zu seiner Lehrsammlung. Wie beim letzten Mal, so trug er auch heute unter seinem Kittel eine leuchtend rote Fliege. Bevor sich Jonas bemerkbar machen konnte, hatte Kobler sie schon erspäht und kam auf sie zu.

»Herr Wiesenburg, heute in so reizender Begleitung?«, rief

er ihnen mit einem verschmitzten Lächeln entgegen. »Guten Tag. Willkommen in der Anatomie!«

»Hallo.« Jonas stellte Fenja vor, was ihr einen galanten Handkuss ihres Gastgebers eintrug.

»Nun, Herr Wiesenburg, womit kann ich Ihnen heute dienen?«, erkundigte er sich.

»Zuerst sollen wir Ihnen viele Grüße von Frau Jakobsen aus dem Stadtarchiv ausrichten«, sagte Jonas. »Sie hat uns sehr geholfen. Danke noch einmal für Ihre Vermittlung.«

»Keine Ursache. Es freut mich, wenn ich Sie ein bisschen unterstützen konnte. Doch deswegen sind Sie nicht extra aus Erfurt angereist, nehme ich an.« Kobler schmunzelte, aber Jonas glaubte, bei ihrem Gegenüber auch eine unterschwellige Neugier zu spüren. Kein Wunder, dachte er. Schließlich hatte er den Mann mit seinem spontanen Besuchswunsch ziemlich überrascht.

»Wir haben ein Anliegen, das möglicherweise etwas seltsam klingt«, begann er vorsichtig. »Wir müssten nämlich einmal einen Blick in Ihren Keller werfen. Wenn das möglich ist.«

»In unseren Keller? Das ist mal eine interessante Bitte.« Kobler neigte den Kopf. »Was wollen Sie denn in unseren ehrwürdigen Katakomben?«

»Wir suchen einen … Gegenstand.« Jonas atmete einmal tief durch. »Falls wir mit unseren Überlegungen richtigliegen, befindet sich dieses Objekt schon seit sehr, sehr langer Zeit da unten.«

»Ach was?« Der Anatomieprofessor hob die Augenbrauen. »Jetzt machen Sie mich aber richtig neugierig. Worum geht es denn dabei genau?«

»Die Sache hat mit meiner Recherche für das Landeskriminalamt zu tun.«

»Die Angelegenheit, wegen der Sie vor vierzehn Tagen bei mir gewesen sind?«

»So ist es.«

»Sie suchen bei uns aber nicht nach dem Herzen der heiligen

Elisabeth?«, feixte Kobler, und sein Gesicht verriet, dass er überzeugt war, einen besonders guten Witz gemacht zu haben. Als Jonas jedoch nicht lachte, sondern stattdessen langsam nickte, wurde er blass. »Das ist jetzt nicht Ihr Ernst.«

»Doch, Herr Dr. Kobler. Ist es.« Jonas sah den Professor an. »Es ist mein voller Ernst. Wir haben zu dem Thema aufwendig recherchiert. Und nun weisen alle Zeichen auf Ihren Keller. Auf die alten Gewölbe aus der Zeit des Dominikanerklosters, die unter diesem Gebäude liegen.« Er gab Kobler eine Kurzfassung ihrer Schlussfolgerungen. Am Ende zog er den Ausdruck mit dem Grundriss hervor, in dem er die Wand markiert hatte, die den Tunnel zu dem historischen Vorratskeller verdeckte. »Dort könnte der Eingang sein.«

Kobler nahm den Plan, drehte ihn in seinen Händen und betrachtete das Gewirr aus schwarzen Linien. »Mein lieber Herr Gesangverein. Ich habe ja schon viel erlebt. Aber das hier ist ...«

»Werden Sie uns helfen?«

»Nichts lieber als das!« Das Leuchten in der Miene des Anatomieprofessor zeigte Jonas, dass der Mann Feuer gefangen hatte.

»Und der Plan? Können Sie etwas damit anfangen?«, fragte er.

»Natürlich. Ich kenne doch unseren Keller«, kam es fast beleidigt zurück. »Die Stelle, die Sie markiert haben, befindet sich ganz hinten im alten Teil der Gewölbe. Da werden wir wohl ein bisschen herumklettern müssen.«

»Das sollte kein Hindernis sein«, antwortete Jonas aufgekratzt, und ein schneller Blick zur Seite zeigte ihm, dass auch Fenjas Augen vor Abenteuerlust blitzten.

»Dann wollen wir es nicht zerreden.« Kobler hob unternehmungslustig den Kopf. »Steigen wir in unseren Hades. Bitte mir nach!« Er zwinkerte Fenja zu, dann steuerte er mit schnellen Schritten auf eine unscheinbare graue Tür im Treppenhaus zu.

Dahinter führten schmucklose Steinstufen in die Tiefe. Sie

folgten Kobler bis hinunter in die Kelleretage. Dort durchquerten sie einen verwinkelten Vorraum, an dessen Mauern technische Schaltschränke angebracht waren, und betraten eine niedrige Halle. Sie wurde von hell strahlenden Neonlampen erleuchtet. Die Wände ringsum waren weiß und taubenblau verputzt und an mehreren Stellen von beigen Metalltüren unterbrochen.

In der Mitte der Halle blieb Kobler stehen und wandte sich zu Jonas und Fenja um. »Hier befinden wir uns im sanierten Teil der Kelleranlage«, erklärte er im Habitus eines Museumsführers. »Das ist der Bereich, den wir heute nutzen. Die Türen, die Sie hier sehen, führen in die Kühlräume, in denen wir die Leichen der Körperspender aufbewahren und für die Präparation vorbereiten. Ein Teil der Räume beinhaltet auch technische Anlagen. Der Bereich, der Sie interessiert, ist noch ein ganzes Stück entfernt.« Er fuhr mit dem Finger über den Ausdruck des Grundrisses. »Wir sind jetzt hier. Und dort müssen wir hin.«

Jonas warf einen Blick auf den Plan, dann sah er sich in der Halle um. »Und wo genau geht es weiter?«

Kobler hob den Arm. »Dort hinten ist ein Schacht für die Heizungsrohre. Das ist die Verbindung zu den alten Kellern. Da müssen wir durch.«

Jonas folgte dem Fingerzeig. »Oh!«, sagte er dann. An der Decke war ein Bündel Rohre zu sehen, die in einem etwa anderthalb Meter breiten Korridor verschwanden. Doch der Zugang zu dem Schacht war bis in Kopfhöhe von einem mächtigen Stapel weißer Kartons versperrt.

»Unsere Tücherreserven für den Präparationssaal«, sagte Kobler, der offenbar Jonas' konsternierte Miene bemerkt hatte. »Daran hatte ich jetzt gar nicht mehr gedacht. Tut mir leid, aber diesen Durchgang benutzt schon lange niemand mehr. Deswegen wird er auch nicht frei gehalten.«

»Heißt das, wir kommen da gar nicht durch?«

»Doch, das schon. Wir müssten nur –«

»Na, dann wollen wir mal.« Jonas ging beherzt auf den Stapel zu und griff nach dem ersten Karton.

»Halt, warten Sie, nicht so hastig! Ich hole noch jemanden dazu, der uns hilft. Sonst brauchen wir ewig. Außerdem bin ich letzten Monat dreiundsechzig geworden. Ich möchte keinen Bandscheibenvorfall riskieren. Hab schon mehrere davon freipräpariert. Sehen nicht gut aus.« Der Anatomieprofessor winkte ab. »Ich schau mal schnell nach oben, ob ich nicht eine oder zwei von unseren studentischen Hilfskräften auftreiben kann.« Damit drehte er sich um und verschwand aus der Halle.

»Na, das geht ja gut los«, raunte Jonas Fenja zu. »Am Ende müssen wir uns noch durch die Keller graben.«

»Bist wohl auch nicht mehr der Jüngste, was? Hast du dir etwa eine *Schatzsuche light* erhofft?«, flachste Fenja und grinste frech. »Nix da! Kein Abenteuer ohne Abenteuer!«

»Na, warte mal ab, was noch kommt.«

Schneller als gedacht kehrte Kobler zurück. In seinem Schlepptau befand sich ein kräftiger junger Mann mit Bürstenhaarschnitt, der einen blauen Handwerkeranzug trug. »Der Kollege hier ist so freundlich, uns unter die Arme zu greifen«, verkündete der Leiter der Anatomischen Sammlung vergnügt. »Da muss ich nicht erst meinen Studis nachlaufen. Das wird uns Zeit sparen.«

Der verdrießliche Blick des Handwerkers verriet, dass er wohl nicht ganz freiwillig zu diesem Arbeitseinsatz mitgekommen war. »Hallo«, grüßte er knapp und schniefte. »Die Kartons da drüben?«

»So ist es.« Kobler strich seine Hände ein paarmal gegeneinander, als könne er es kaum erwarten zu beginnen. Dann jedoch hielt er sich mit einem feinen Grienen zurück und überließ Jonas, Fenja und dem Handwerker das Umstapeln.

Nach zehn Minuten hatten sie alle Kartons zur Seite geräumt. Jonas lief der Schweiß über das Gesicht, und auch Fenjas Stirn glänzte matt. Ihr Helfer verdrückte sich mit einem gemurmelten Gruß aus der Halle.

Düster glotzte ihnen der Rohrschacht entgegen.

»Bitte schön!«, rief Kobler munter aus, als hätte er den Stapel selbst aus dem Weg geschafft. »Dort entlang.«

Fenja zog ihre Taschenlampe aus der Jackentasche, schaltete sie an und verschwand in dem unverputzten Gang. Jonas und der Anatomieprofessor gingen mit geringem Abstand hinterher. Im schwankenden Schein des Lichtkegels bewegten sie sich vorwärts. Meter für Meter drangen sie tiefer in die unterirdische Welt. Von Zeit zu Zeit rieselte ihnen Staub ins Genick, und feine Spinnweben verfingen sich in ihren Haaren. An mehreren Stellen mussten sie über kniehohe Mauerabsätze steigen. Aber sie kannten kein Zögern. Zu groß war ihre Anspannung, jetzt, da sie sich mit jedem Schritt ihrem Ziel näherten.

Dann öffnete sich der Korridor.

»Einen kleinen Moment«, ließ sich Kobler vernehmen. »Hier müsste es wieder Licht geben.« Ein altmodisches Schaltgeräusch erklang, und eine Kette rötlicher Kellerlampen flammte auf.

»Wow«, entfuhr es Jonas. »Ist ja cool.«

Vor ihnen lag eine lang gestreckte Gewölbehalle. Ihre Decke wurde von einer Reihe gedrungener Säulen getragen. Die Wände bestanden aus grob behauenen Feldsteinen. Überall zweigten Nischen und kleine Nebengewölbe ab. Die Luft roch nach Erde und Staub.

»Ich finde es ein bisschen gruselig«, meinte Fenja. »Hat das früher auch zur Anatomie gehört?«

»Ja. Noch bis vor zwanzig, dreißig Jahren. Deswegen gibt's hier überhaupt Licht. Am Schluss war das ein Lager für Gläser, Schalen und solche Dinge. Verbrauchsmaterial«, antwortete Kobler. »Zu Rolfincks Zeiten befand sich hier der Leichenkeller. Da lagerten auch die Überbleibsel von den Sektionen. Abgetrennte Körperteile, in Zubern mit Weingeist. Gebleichte Knochen. Alles, was man zu Demonstrationszwecken für den Unterricht brauchte.«

»So richtig mag ich mir das gar nicht ausmalen.« Fenja zog die Schultern zusammen.

»Können Sie uns helfen, diese eine Wand zu suchen?«, bat Jonas. »Die Stelle, die ich in meinem Ausdruck rot markiert habe?«

»Das dürfte überhaupt kein Problem sein. Rechts ist die Flucht zur Straße. Daran können wir uns orientieren.«

Er hielt den Plan so, dass alle einen guten Blick darauf hatten. Dann drehte er das Papier ein, bis es mit ihrer Umgebung übereinstimmte. »Wenn Ihr Plan korrekt ist, dann müssen wir ganz hinten nach links. In den letzten Seitenraum. An dessen Stirnseite ist die Wand, die Sie suchen.«

»Hoffen wir, dass es dort irgendeine Art von Tür gibt.« Unbewusst presste Jonas seine Hand gegen den Brustteil seiner Jacke. Dorthin, wo sich in einer Innentasche Gottholds alter Schlüssel befand. »Dann los«, sagte er.

Zielstrebig marschierten sie bis zum Ende der Gewölbehalle. Die elektrischen Wandleuchten endeten hier, sodass Fenja ihre Lampe wieder einschaltete. »Hinter der Ecke kommt der Seitenraum, den wir suchen«, verkündete sie. »Schauen wir mal, was uns erwartet.«

Sie bogen nach links und betraten den Raum. Fenja hob die Taschenlampe.

Und alle erstarrten.

»Ach du Scheiße!«, rief Jonas aus.

In dem harten Lichtkegel zeichnete sich ein Haufen wild durcheinandergeworfener Feldsteine ab. Darüber klaffte eine Öffnung in der Mauer, hinter der ein ovaler Tunnel in ein schwarzes Nichts führte.

Die Wand, die sie gesucht hatten, war aufgebrochen worden. Und der Zustand der herausgerissenen Steine zu ihren Füßen legte nahe, dass dies erst vor kurzer Zeit geschehen war.

»Jemand ist uns zuvorgekommen«, sagte Fenja mit trockener Stimme.

»Ist das wirklich die Stelle, die wir suchen?«, fragte Jonas in dem hoffnungslosen Versuch, das Offensichtliche zu verdrängen.

»Leider ja.« Der Anatomieprofessor tippte auf den Plan. »Genau dort, wo Sie Ihre rote Markierung gemacht haben, ist das Loch. Wie Ihre Freundin meinte – da war jemand schneller.«

»Das gibt's doch nicht!« Jonas schüttelte den Kopf. »Wie kann das sein?«

»Warten wir erst mal ab, wie es hinter der Wand weitergeht. Wir sollten nicht gleich die Flinte ins Korn werfen.« Fenja sah zu Jonas. »Wir werden jetzt nicht resignieren. Das machen wir doch nie.«

»Nein. Sehen wir uns die Sache an.«

Nacheinander stiegen sie in den Tunnel. Er war nur etwas mehr als einen Meter breit und so niedrig, dass darin lediglich der Anatomieprofessor aufrecht gehen konnte. Jonas und Fenja mussten ihre Köpfe einziehen und ständig darauf achten, nicht an die kantigen Steine zu stoßen, mit denen der Röhrengang ausgemauert war.

Langsam drangen sie voran. Der Tunnel führte stetig abwärts. Die Luft um sie herum wirkte dick und abgestanden. Der Geruch nach Erde und Staub, den sie schon in dem großen Gewölbe verspürt hatten, wurde deutlich stärker. Die Tritte ihrer Schuhe verursachten schabende Geräusche. Jonas kam sich vor, als wären sie mittelalterliche Bergleute, die in einen Schacht einfuhren. Fern von Sonne, Wind und dem Rest der Welt.

Sie mochten sich vierzig oder fünfzig Meter voranbewegt haben, da endete die Tunnelröhre plötzlich. Sie gelangten in einen quadratischen Gewölberaum. Er war von einer archaischen Ursprünglichkeit.

Fenja schwenkte die Lampe herum.

»Jonas«, flüsterte sie. »Da ist etwas …«

In einer Wandnische auf der gegenüberliegenden Seite des Raumes schälte sich ein hoch aufragendes Objekt aus dem Dunkel. Es bestand aus gelbbraunem Sandstein und war von einem Gebilde aus matt schimmernder Bronze gekrönt.

»Die Säule!«, stieß Jonas aus. »Genau wie sie in der Rechnung von Gerardus Weck beschrieben ist.«

Er trat näher und ließ seine Augen über Wecks Schöpfung gleiten. Die Säule selbst hatte einen Durchmesser von vielleicht siebzig Zentimetern, und ihre Höhe entsprach den vier Fuß, die in dem historischen Dokument benannt waren. Der bronzene Baldachin, der sich auf dem runden Sockel erhob, war kunstvoller, als Jonas erwartet hatte. Sein Dach ruhte vorn auf zwei mit Ornamenten verzierten Streben und hinten auf einer gewölbten Wandung, in die ein Bildrelief eingearbeitet war – eine Darstellung der heiligen Elisabeth. Die junge Frau trug ein einfaches Schwesterngewand, und ihr aufmerksamer Blick war auf einen Bettler gerichtet, der zu ihren Füßen kniete. Über ihrem Kopf schwebte ein Spruchband, in dem drei lateinische Worte standen: »COR SANCTEA ELYZABETH«.

Das Herz der heiligen Elisabeth, übersetzte Jonas in Gedanken. Dann trat er einen Schritt zurück. Der Baldachin war zweifellos beeindruckend. Er besaß nur einen einzigen Schönheitsfehler. Der Platz unter dem prunkvollen Dach war leer. Die Reliquie befand sich nicht mehr an ihrem Platz.

»Wir sind zu spät gekommen«, flüsterte er nur.

Niemand fügte dem noch etwas hinzu. Alle konnten es sehen. Ihre Suche hatte sie am Ende zum richtigen Ort geführt. Und doch waren sie gescheitert.

»Lassen Sie uns nach oben gehen«, sagte Kobler schließlich. »Ich denke, wir sollten jetzt die Polizei rufen.«

Schweigend verließen sie die alten Gewölbe und kehrten in den modernisierten Teil der Kelleranlage zurück. In dem Saal, von dem die Kühlkammern und Technikräume abzweigten, blieb der Anatomieprofessor stehen und drehte sich zu Jonas und Fenja um. In seinen Zügen lag echtes Bedauern.

»Herr Wiesenburg, Frau Wolff, es tut mir leid, dass unsere kleine Expedition so enden musste. Und dass Sie Ihr Ziel nicht erreichen konnten. Die Vorstellung, dass es das Herz von Elisabeth tatsächlich gibt und dass es ausgerechnet hier in den Gewölben unter unserer Anatomie verborgen war, ist geradezu atemberaubend. Und der Gedanke, es in den Händen zu halten ... Ich hätte Ihnen, hätte uns diesen Erfolg gewünscht. Wirklich. Das wollte ich Ihnen noch einmal sagen.«

»Danke«, murmelte Jonas. Das taube Gefühl, das ihn seit der Entdeckung der frisch aufgebrochenen Wand erfasst hatte, ließ sich auch durch die freundlichen Worte ihres Gastgebers nicht vertreiben.

»Etwas habe ich aber noch für Sie. Sicher kann es Sie im Moment nicht trösten. Aber vielleicht trägt es dazu bei, dass Sie Ihr Ziel am Ende doch noch erreichen.«

»Wie bitte?« Jonas blickte auf.

»Sehen Sie die breite Metalltür da drüben?«

Jonas blickte in die angegebene Richtung. »Ja, sehe ich.«

»Dahinter befindet sich eine unserer Kühlkammern. Wo wir die Leichen aufbewahren, mit denen die Studierenden arbeiten.«

»Das hatten Sie uns schon erklärt. Was ist damit?«

»Vor zwei Jahren hatten wir einen Studenten, der dachte, er wäre ganz besonders lustig. Ist hier heruntergekommen und hat vor Beginn eines neuen Präparationskurses mehreren der Toten Pappnasen aufgesetzt.« Der Anatomieprofessor grunzte missmutig. »Niemand hat gelacht. Wir haben den Kerl erwischt, und er wurde exmatrikuliert.«

»Warum erzählen Sie uns das?«

»Die Würde der Toten steht bei uns an erster Stelle. Bei unseren Körperspendern verstehen wir keinen Spaß. So etwas darf nicht noch einmal passieren. Und deshalb hat unsere Institutsleitung damals einen Entschluss gefasst.« Er zeigte hinter sich an die Decke, wo auf einem Blechgatter mehrere dünne Rohre entlangliefen. »Sehen Sie den kleinen schwarzen Kasten zwischen den Leitungen?«

Mit Mühe konnte Jonas den Schemen eines zigarettenschachtelgroßen Kästchens erkennen. »Ja, sehe ich«, antwortete er. »Was ist damit?«

»Das ist eine Kamera. Sie überwacht die Kühlkammern. In einem der Technikkästen im Vorraum befindet sich eine Aufzeichnungseinheit. So schützen wir die Toten. Eine vorbeugende Maßnahme. Die Studierenden wissen das, und unsere Mitarbeiter auch. Aber niemand, der von außen kommt.«

»Sie meinen …«

»Der Gang zu den alten Kellern liegt noch im Sichtbereich der Kamera. Wenn sich hier jemand Zutritt verschafft hat, um diese Reliquie zu stehlen, dann wurde er gefilmt.«

# 29

Der dunkle BMW rauschte mit aufgesetztem Blaulicht heran und hielt direkt vor dem Eingang der Anatomie. Anne Vareel und Daniel Kempfer stiegen aus, dann fuhr der Wagen wieder an, um sich ein Stück entfernt zu den bereits eingetroffenen Funkwagen der Polizei zu gesellen.

Jonas, der vor dem Gebäude gewartet hatte, winkte der Kommissarin und ihrem Kollegen zu.

»Hallo, Jonas«, begrüßte die LKA-Frau ihn. »Nicht so ein schöner Anlass, was? Es tut mir wirklich leid. Sie waren so knapp davor, das Herz zu finden.« Sie schenkte ihm ein anerkennendes und gleichwohl bedauerndes Lächeln.

»Ja. Das war heute die perfekte Illustration des Satzes ›Wie gewonnen, so zerronnen‹«, gab er mit fatalistischer Miene zurück.

Bevor Fenja und er nach Jena aufgebrochen waren, hatte er die Polizistin in einem Telefonat über ihre gestrigen Besuche bei Amadeo Valerian und im Stadtarchiv informiert und euphorisch mitgeteilt, dass sie endlich zu wissen glaubten, wo Elisabeths Herz verborgen war. Dass ihnen nun jemand zuvorgekommen war, erfüllte ihn mit tiefer Enttäuschung.

»Was Sie tun konnten, haben Sie getan«, sagte Anne Vareel. »Und so frustrierend der Diebstahl der Reliquie auch ist, vielleicht bietet er uns auch eine unerwartete Chance. Wenn der Täter wirklich auf frischer Tat gefilmt wurde, dann ist das der Durchbruch.«

»Gehen wir am besten gleich zu Dr. Kobler.«

»Wo ist er?«

»Immer noch im Keller. Kommen Sie mit. Ich bringe Sie runter.«

Jonas führte die Kommissarin und ihren Kollegen in das Gebäude und dann hinunter in die Kelleretage. Dr. Kobler stand in der Halle und unterhielt sich mit den beiden Streifenbeamten, die den Durchgang zu den alten Klostergewölben bewachten. Als er Jonas und seine Begleitung sah, kam er ihnen entgegen.

»Dr. Kobler mein Name«, sagte er und nickte den LKA-Beamten zu. »Herr Wiesenburg hat Sie schon angekündigt.«

»Hauptkommissarin Vareel, Oberkommissar Kempfer«, stellte Anne Vareel sich und ihren Kollegen vor. »Sie haben den Einbruch in das Kellergewölbe zusammen mit Herrn Wiesenburg und Frau Wolff entdeckt?«

»Das ist richtig. Ungefähr vor einer Stunde.« Er zeigte auf den Eingang des Verbindungsschachts, der jetzt mit einem rot-weißen Flatterband versperrt war. »Dort hinten in dem alten Teil der Kelleranlage.«

»Herr Dr. Kobler, was uns jetzt vorrangig interessiert, ist das Überwachungsvideo. Wo genau befindet sich das Aufzeichnungsgerät?«

»Gleich hier unten. In dem Vorraum, durch den Sie gerade gekommen sind. In einem der Schaltschränke. Es ist eine Festplatte.«

»Kommen wir da jetzt ran?«

»Ja. Ich habe mir vorhin den Schlüssel aus dem Sekretariat geholt.« Kobler zog einen kleinen Metallschlüssel mit einem beschrifteten Plastikanhänger aus seiner Kitteltasche und hielt ihn hoch. »Hier ist er.«

»Und können wir hier unten gleich in das Material reinschauen?«

»Nein, hier haben wir keinen Monitor. Aber oben in meinem Büro steht ein Computer. Den können wir benutzen.«

»Prima. Dann holen wir uns mal die Platte.«

Sie folgten dem Anatomieprofessor in den Vorraum. Er wies auf drei graue Blechkästen, die ein Stück versetzt an die Mauer montiert waren.

»Der hinterste dort ist es. Wo der kleine Aufkleber mit der Videokamera drauf ist.« Er ging zu dem bezeichneten Schrank und steckte den Schlüssel in das Drehschloss.

Plötzlich stutzte er.

»Halt. Hier ist irgendetwas nicht in Ordnung.« Er ruckelte an dem Schlüssel. »Das Schloss ist kaputt. Ich kann den Schlüssel nicht bewegen.«

»Wie bitte?« Die Kommissarin runzelte die Stirn. »Wie kann das denn –«

»Oh, der Schrank ist ja offen!«, unterbrach sie Kobler und zog die graue Blechtür zu sich heran. Dann wich er einen Schritt zurück, sah die Kommissarin ungläubig an und sagte: »Die Festplatte ist weg!«

Jonas schluckte. Das konnte kein Zufall sein!

»Kann ich mal, bitte?« Anne Vareel ging zu Kobler und spähte in den Schrank.

»Da oben an der kleinen Box hat sie drangehangen«, erklärte der Anatomieprofessor. »Da, wo jetzt das schwarze USB-Kabel raushängt.«

Anne Vareel warf Kempfer einen ernsten Blick zu. »Scheiße! Da hat jemand hinter sich aufgeräumt.«

»Lass mal sehen.« Kempfer trat neben sie, zog eine kurze Stablampe aus seiner Gürteltasche und leuchtete auf das Schloss. »Da ist 'ne fette Schramme. Eindeutig geknackt.«

»Geht das so einfach?«

»Klar. Das kannst du auch. Bei so einem Pillepalle-Schloss genügt es, einen halbwegs passenden Schraubenzieher in den Schlitz zu stecken und hinten einmal beherzt mit dem Handballen draufzuhauen. Dann drehst du ein bisschen hin und her, rüttelst noch mal kräftig, und der Kasten ist offen. Kinderspiel.«

»Wie gewonnen, so zerronnen«, murmelte die Kommissarin leise.

»Habe ich etwas falsch gemacht?«, fragte Kobler verunsichert, der ihre Worte offenbar nicht einordnen konnte.

»Nein, gar nichts. Das hat nichts mit Ihnen zu tun. Ist nur gerade unser Spruch des Tages.« Sie lächelte den Professor freudlos an. »Ich würde Sie bitten, ab jetzt nicht mehr an den Schrank zu gehen. Lassen Sie alles, wie es ist. Da müssen nachher unsere Kriminaltechniker ran. Die sollten ohnehin gleich da sein.«

»Gut, ich lasse die Finger davon.« Kobler trat zwei Schritte nach hinten. »Übrigens wird das hier Ihrem Täter nicht wirklich helfen.«

»Wieso? Das Video hätte es uns deutlich leichter gemacht.«

»Die Aufzeichnung ist ja nicht verloren.«

»Was?« Anne Vareel sah ruckartig auf.

»Es gibt ein Backup. Das System legt automatisch eine Kopie auf dem Zentralserver der Universität ab. Ist für unseren täglichen Gebrauch hier nicht von Belang, passiert aber trotzdem.« Er räusperte sich. »Da müssten wir uns an das Universitätsrechenzentrum wenden.«

»Könnten Sie das bitte für uns tun? Und sagen Sie, es ist dringend.«

»Klar.« Kobler sah auf seine Uhr. »Zwanzig nach fünf. Da wird jetzt niemand mehr sein. Ich rufe trotzdem mal an. Vielleicht haben wir ja Glück.«

Damit verschwand er nach oben.

An seiner Stelle traf nur wenige Minuten später ein Pulk von Kriminaltechnikern in weißen Overalls ein. Nach einer kurzen Besprechung mit Anne Vareel und Daniel Kempfer verschwanden sie mit ihren Alukoffern und auf Stativen montierten Flutscheinwerfern in Richtung der alten Kellergewölbe. Die ruhige, aber zielstrebige Maschinerie kriminalistischer Tatortarbeit lief an.

Jonas konnte hier unten im Moment nichts Sinnvolles mehr beitragen, im Gegenteil, eigentlich stand er nur im Weg. So verzog er sich nach oben ins Foyer des Instituts, wo Fenja an einem Tisch saß und mit ihrem Smartphone E-Mails erledigte. Er setzte sich dazu und berichtete ihr von der verschwundenen Festplatte und dem Backup auf dem Universitätsserver. Jetzt blieb ihnen nur, zu warten. Halb dösend, halb ihren Gedanken nachhängend, ließen sie die Zeit verstreichen.

Nach etwa einer Stunde schaute Anne Vareel vorbei.

»Na, Sie zwei?«, sagte sie und zeigte ein ermunterndes Lächeln. »So langsam kommen wir voran. Dr. Kobler hat einen IT-Techniker vom Rechenzentrum der Uni aus dem Feierabend geholt. Der überspielt sich gerade die Daten von der Überwachungskamera und kommt danach hierher.«

»Klingt gut«, meinte Jonas und fuhr sich durch die wirren Haare.

»Ja. Das Video wird uns hoffentlich weiterbringen. Inzwischen haben wir auch die Stelle entdeckt, an der der Täter ins Haus eingedrungen ist.« Die Kommissarin deutete hinter sich, wo durch ein Treppenhausfenster der Hof hinter dem Anatomiegebäude zu sehen war. »Es gibt noch einen zweiten Kellerzugang. Mit einer Tür zu dem Karree da hinten. Er wird selten benutzt, eigentlich nur zur Anlieferung der Toten. Die Tür ist nicht besonders stabil. Der Täter hat sie einfach aufgehebelt. Simple Nummer.« Sie zuckte mit den Schultern. »Da der Zugang so wenig frequentiert wird, ist bisher niemandem etwas aufgefallen.«

»Und unten, in den Gewölben? Gibt es da schon etwas Neues?«

»Unsere Techniker sind immer noch fleißig dabei, die geheime Kammer zu untersuchen, vor allen Dingen die aufgebrochene Mauer. Dort, wo der Täter sich verausgabt hat, ist die Chance am größten, dass wir verwertbare Spuren finden.« Die Kommissarin seufzte. »Die Säule mit dem Baldachin habe ich mir angesehen. Ich kann mir jetzt vorstellen, wie Sie sich heute Nachmittag gefühlt haben. So dicht vor dem Ziel. Und dann dieses leere Podium.«

»Ja. Das war deprimierend.« Jonas sah Anne Vareel an. »Aber was soll's? Jetzt müssen wir wieder nach vorn blicken. Konnten Ihre Leute schon etwas dazu sagen, wann ungefähr die Wand aufgebrochen wurde?«

»Genau wissen sie es ohne weitere Tests noch nicht. Aber die erfahreneren Kollegen meinen, aufgrund der Raumfeuchte und der fast nicht vorhandenen Benetzung oder Verfärbung der

Trümmerflächen muss der Einbruch absolut frisch sein. Ein bis höchstens drei Tage, sagen sie.«

»Dann haben wir den Wettlauf nur sehr knapp verloren.« Jonas schnaufte. »Von dem wir nicht einmal wussten, dass es ein Wettlauf war. Wir hatten bisher außer Acht gelassen, dass der Mörder bei Gotthold die Silbertafel mit dem ersten Rätseltext erbeutet hat. Ich war mir sicher, dass er damit nichts anfangen kann. Dass dieser brutale Täter nicht zufällig auch noch eine historische Ausbildung und die entsprechende Routine besitzt. Und die war vonnöten. Selbst wir haben uns mit den Rätseln ziemlich gequält.« Er blickte betrübt auf. »Hochmut kommt eben vor dem Fall. Der Mörder hat selbst recherchiert, und er war besser als wir.«

»Es ist nicht gesagt, dass er das wirklich allein geschafft hat. Immerhin hat man Sie beschattet.«

»Aber spätestens hier in Jena war uns der Täter voraus.«

»Dieser Benradt, gestern im Stadtarchiv«, warf Fenja ein. »Ich nehme ihm einfach nicht ab, dass er dort nur Familienforschung betrieben hat. Was ist, wenn er dahintersteckt? Er schien ziemlich intelligent zu sein. In historischen Dingen bewandert.« Sie sah zu Anne Vareel. »Jonas sagt, der Mann wäre arbeitslos. Wissen Sie mehr über ihn?«

»Ein wenig schon. Marc Schätzele hat alle verbliebenen Nachfahren von Lorenz Enschütz überprüft. Rüdiger Benradt war logischerweise dabei. Benradt hat Religionsgeschichte studiert. Wollte in die Kirchenverwaltung, weil er sehr gläubig ist. Anfangs hat er auch ein paar Anstellungen in dieser Richtung gehabt, sich aber mit seinen merkwürdig dogmatischen Ansichten regelmäßig unbeliebt gemacht. Das deckt sich mit dem, was Sie mir über seinen Auftritt gestern im Stadtarchiv berichtet haben. Am Ende ist er jedes Mal rausgeflogen. Niemand wollte mehr etwas mit ihm zu tun haben. Die Kirche schon gar nicht. Benradt hat dann noch eine Weile als freier Redner und Publizist gearbeitet, dabei aber ähnlich verbrannte Erde hinterlassen wie bei den Tätigkeiten zuvor. Seitdem ist er ohne Job.«

»Mit seiner Ausbildung hätte er gute Chancen, die Rätsel zu knacken«, stellte Fenja fest. Sie drehte sich zu Jonas. »Was denkst du?«

»Ohne jeden Zweifel. Aber er weiß nichts von der Rechnung des Mechanikus. Gerardus Weck und seine Säule. Das Dokument dazu hat uns die Archivarin erst gezeigt, als er schon gegangen war.«

»Und wenn er auf anderem Wege auf die Lösung gekommen ist? Einfach nur über die drei Rätsel?«

»Möglich.« Jonas wiegte den Kopf. »Aber warum sollte er das alles getan haben? Mit welchem Motiv?«

»Fenjas Hinweis ist auf jeden Fall bedenkenswert«, meinte Anne Vareel. »Bisher haben wir Rüdiger Benradt nicht für verdächtig gehalten. Zumal er sich während des ersten Mordes auf Kur in Bad Sulza befunden hat. Aber das wäre jetzt noch einmal genau zu hinterfragen. Wir sollten den Mann auf jeden Fall ein zweites Mal abchecken. Morgen früh werde ich gleich veranlassen, dass –«

»Entschuldigung?«, ertönte plötzlich eine Stimme von der Tür her. »Ich suche eine Hauptkommissarin Vareel.« Ein schlaksiger junger Mann in ausgewaschenen Jeans und Kapuzenshirt kam auf sie zu. Unter dem Arm trug er einen zusammengeklappten Laptop.

»Das bin ich«, erklärte die Kommissarin. »Und Sie sind?«

»Tobias Fischer. Vom Rechenzentrum. Ich bringe das Backup von der Kellerkamera.«

»Prima. Wir haben schon auf Sie gewartet.« Die Stimme der Kommissarin verriet jetzt Anspannung, und auch Jonas und Fenja waren mit einem Schlag putzmunter.

»Möchten Sie gleich mal reinschauen?«, fragte Fischer.

»Unbedingt.«

»Kleinen Moment.« Der IT-Techniker stellte seinen Laptop auf den Tisch und fuhr ihn hoch. Dann erkundigte er sich: »Wir haben hier knapp dreihundertvierzig Stunden Material. Das sind zwei Wochen Laufzeit. Rückwärts gerechnet von heute achtzehn Uhr. Können Sie schon eingrenzen, welcher Zeitraum Sie interessiert?«

»Wenn wir davon ausgehen, dass der Einbruch wegen des Studienbetriebs kaum während des Tages stattgefunden haben dürfte, dann würde ich sagen, wir konzentrieren uns vorerst auf die letzten drei Nächte.«

»Okay.« Die Finger des Technikers galoppierten über die Tastatur. »Fangen wir mit der vergangenen Nacht an. Ich bin auf den gestrigen Abend zurückgesprungen. Achtzehn Uhr. Und jetzt fahre ich schnell vorwärts.«

Er tippte mit dem Finger sacht auf eine Taste.

Konzentriert starrten Anne Vareel, Jonas und Fenja auf den Bildschirm, der das immer gleiche Bild der unterirdischen Halle zeigte. Lediglich das Zappeln des Timecodes in der Ecke verriet, dass sie sich in der Zeit vorwärtsbewegten. Dann wurde das Bild auf einmal dunkler.

»Zwanzig Uhr. Die Notbeleuchtung«, kommentierte Fischer. »Die schaltet sich automatisch ein.«

»Aha«, grummelte die Kommissarin.

Wieder tat sich lange nichts. Jonas stellte sich vor, sie müssten die ganzen dreihundertvierzig Stunden durchsehen. Das wäre sicher kein Vergnügen. Das monotone Bild wirkte jetzt schon einschläfernd.

»Stopp!«, rief Anne Vareel unversehens. »Jetzt langsam.«

In dem Raum war wieder die volle Beleuchtung eingeschaltet worden.

Der Techniker drückte eine andere Taste. Die Zeitangabe lief nun in normaler Geschwindigkeit. »Jetzt ist es ungefähr halb eins«, sagte er.

Gebannt beobachteten sie, wie eine Gestalt in den Sichtbereich der Kamera kam. Sie trug einen Overall und ein unförmiges Kopftuch. Über ihrer Schulter hing ein großer Rucksack, aus dem Stiele von Werkzeugen herausragten. Am ausgestreckten Arm hielt die Person ein Blatt Papier, augenscheinlich einen Plan, welcher ihr als Orientierung diente. Zögerlich trat sie vor den Stapel Kartons, der den Durchgang zu den alten Gewölben verstellte.

Jonas lachte kurz auf. »Es geht den Menschen wie den Leuten«, meinte er.

Die Gestalt legte den Rucksack ab und begann damit, die Kartons beiseitezustapeln. Durch die Position der Kamera war sie bislang immer nur von hinten zu sehen gewesen. Das würde sich vermutlich erst auf dem Rückweg ändern. Dann hätten sie auch ein Gesicht.

»Soll ich vorspulen?«, wollte Fischer wissen.

»Ja, vorsichtig.« Die Kommissarin nickte abwesend.

Im Zeitraffer räumte der Eindringling die Pappkästen aus dem Weg, und er wirkte dabei ein wenig wie in einer Slapstickkomödie. Dann war der Durchgang frei.

»Dreiundzwanzig Minuten. Alle Achtung.« Der Techniker grinste.

Der Einbrecher schulterte den Rucksack und schlüpfte in den Gang. Dann blieb er verschwunden.

»Sie können gerne noch ein bisschen schneller fahren.« Die Kommissarin wischte sich über die Stirn, als hätte sie die Kisten selbst umgeschichtet. Aber sicher war die Geste ihrer Aufregung geschuldet, dachte Jonas. Er fühlte sich ja selbst ganz aufgewühlt.

Fischer erhöhte die Vorlaufgeschwindigkeit.

Die Uhrenanzeige lief und lief. Nichts passierte.

Zwei Uhr.

Drei Uhr.

Vier Uhr.

»Halt! Da ist er wieder!«, platzte es mit einem Mal aus Anne Vareel heraus. »Ein Stück zurück, bitte.«

Der dunkle Schemen, den der Gang unversehens ausgespuckt hatte, zappelte wie von Geisterhand zurück ins Dunkel.

»Vier Uhr achtundzwanzig«, verkündete Fischer und startete erneut die Wiedergabe. Die Person trat abermals aus dem Gang, diesmal in normaler Geschwindigkeit. Sie lief gebeugt und wirkte erschöpft. Den Rucksack hatte sie wie zuvor dabei. Aber alle blickten auf ihre Hände. Auf das golden glänzende Behältnis. Es war vielleicht fünfzig oder sechzig Zentimeter groß und sah aus wie ein Häuschen mit vier Türmen an den Ecken, das auf einem dünnen Mittelpfeiler ruhte.

»Ein Reliquiar!«, stieß Jonas aufgeregt aus. »Darin muss das Herz sein.«

In diesem Moment blickte die Gestalt auf, und jetzt war auch das Gesicht zu sehen.

Der Techniker stoppte das Video. Alle starrten gebannt auf das eingefrorene Bild.

»Deshalb das hässliche Kopftuch.« Fenja lachte freudlos auf. »Damit von seiner schicken Mähne keine Haarspuren zurückbleiben.«

»Ja. Einmal hat er auf alle Eitelkeiten verzichtet«, entgegnete Jonas.

»Und trotzdem haben wir ihn erwischt.«

Schweigend betrachteten sie das schweißverschmierte Gesicht des Täters. Jeder kannte es, denn es war weit über Jena hinaus berühmt.

Sie blickten in das Antlitz von Amadeo Valerian.

# 30

Der Nachthimmel lastete schwer und wolkenverhangen auf dem Berg. Der Wind frischte auf und trieb den Nebel in zerrissenen Schwaden über den terrassenförmigen Siedlungshang. Die Lichter der Straßenlaternen pulsierten wie Geisteraugen im vorüberwehenden Dunst. Einzig die lang aufgereihten Villen ruhten wie eherne Bastionen in dem gespenstischen Schauspiel.

Es war ein Uhr morgens.

Jonas saß auf der Rückbank des dunklen BMW, der in einer Parkbucht hinter drei verwaisten Anwohnerfahrzeugen stand. Auf den beiden vorderen Sitzen hatten sich Marc Schätzele und Anne Vareel eingerichtet. Das Innere der Kabine war unbeleuchtet. Von Zeit zu Zeit quäkten die Meldungen der Einsatzleitung aus einem Sprechfunkgerät.

Ungefähr hundert Meter entfernt schälte sich das modernistische Haus von Amadeo Valerian aus den Nebelschleiern. Sämtliche Fenster waren dunkel. Der rote Porsche vor der Haustür schimmerte im unsteten Straßenlicht.

Nicht mehr lange, dann würde es losgehen. Jonas lehnte sich in die Polster zurück und rieb sich die Augen.

Nach der Untersuchung des Anatomiekellers hatte ihn die Kommissarin gebeten, sie und ihr Team bei der Verhaftung von Valerian zu begleiten. Sie wollte Jonas dabeihaben, damit er ihr bei der Identifizierung und Sicherstellung der Herzreliquie helfen konnte. Des Beweismittels Nummer eins. Die direkte Festnahme sollte ein Spezialeinsatzkommando vornehmen, aber gleich danach würde die Spurensicherung anrücken und das Haus des Tech-Unternehmers auseinandernehmen. Trotz seiner Erschöpfung hatte Jonas zugesagt. Um kurz nach Mitternacht waren Schätzele und Anne Vareel an der Krämerbrücke vorbeigekommen und hatten ihn abgeholt. Und seit ein paar Minuten standen sie nun hier und blickten in die Nacht.

»Was passiert jetzt?«, fragte Jonas schließlich in gedämpftem Ton.

»Wir warten auf die Freigabe für den Zugriff«, antwortete die Kommissarin ebenso leise. »Die Einsatzleitung will erst noch einmal checken, ob ringsum wirklich alles ruhig ist. Wir sind hier mitten in einem Wohngebiet. Da möchte man keine überraschenden Nachtschwärmer auf der Straße haben, falls die Lage irgendwie eskaliert. Außerdem wollen sie sichergehen, dass Valerian fest schläft, wenn das SEK reingeht. So ist es für alle am ungefährlichsten.«

»Wissen Sie denn verlässlich, dass er in seiner Villa ist?«

»Ja. Die Kollegen vom MEK observieren seit zwanzig Uhr sein Haus. Bis kurz vor Mitternacht hatte er noch Licht brennen. Seine Firmensekretärin hat uns gesagt, dass er sich gestern komplett nach Hause abgemeldet hat. Meinte, er wolle Steuerunterlagen aufarbeiten. Ich nehme aber an, dass er sich nach dem Einbruch in das Kellergewölbe erst mal ausruhen musste. Immerhin hat er laut Videoaufzeichnung fast bis früh um fünf gerackert. Erst die Kartons vor dem Durchgang weggeräumt, dann die steinerne Wand zum Reliquienversteck eingerissen und zum Schluss die Kartons wieder fein säuberlich zurückgestapelt, damit sein Bruch nicht gleich auffällt. Bemerkenswert, dass er nach diesem Arbeitseinsatz noch daran gedacht hat, die Festplatte mitzunehmen.«

»Ob er vorher von der Kamera wusste?«

»Glaube ich nicht. Wahrscheinlich hat er einfach den Kameraaufkleber auf dem Schaltschrank gesehen und spontan reagiert. Ist ja kein Dummer.«

»Immerhin hat sich die Plackerei für ihn gelohnt. Und ohne das Backup auf dem Zentralserver hätte er gute Chancen gehabt, davonzukommen.«

»Zumindest fürs Erste.« Anne Vareel zuckte die Schultern. »Irgendwann hätten wir ihn trotzdem gekriegt. Mordermittlungen sind sehr komplex. An dieser oder jener Stelle wären wir auf einen Hinweis gestoßen, der ihn mit den Taten in Verbindung gebracht hätte. Davon bin ich überzeugt. Außerdem möchte ich wetten, dass er im Gewölbe DNA-Spuren hinterlassen hat.«

»Gut, dass er nichts von der Videokopie weiß. Wahrscheinlich wiegt er sich in absoluter Sicherheit.«

»Davon gehe ich aus«, ließ sich Schätzele vernehmen. »Ich denke mal, der wird schlafen wie ein Baby.«

»Achtung an alle Einsatzkräfte«, schnarrte es mit einem Mal aus dem Funkgerät. »Wir gehen in fünf Minuten rein. Ich wiederhole: Zugriff in fünf Minuten.«

Wie auf ein geheimes Zeichen richteten sich Anne Vareel und Schätzele in ihren Sitzen auf, und auch Jonas straffte sich. Ohne jeden Übergang herrschte im Fahrzeug eine fast mit Händen zu greifende Anspannung.

»Da sind die Jungs schon«, meinte Schätzele und zeigte nach vorn. Jonas konnte in der Ferne eine Gruppe von SEK-Männern ausmachen, die sich dicht hintereinander an der Wand von Valerians Haus entlangbewegten. In ihren schwarzen Kampfanzügen, den Panzerhelmen und den schweren Schutzwesten wirkten sie auf ihn wie unheimliche Krieger. Ein Eindruck, der durch die schummrige Nachtbeleuchtung und die vorüberziehenden Nebelfetzen noch verstärkt wurde. Als die Kette den Eingang erreichte, verharrte sie.

Der vorderste Mann heftete etwas an die Tür, dann hoben die Kommandopolizisten ihre Maschinenpistolen und drückten sich gegen die Hauswand. Plötzlich ertönte ein scharfer Knall, und an der Tür blitzte ein gleißendes Licht auf. Unmittelbar danach drängten die SEK-Männer in das Gebäude. Anfangs bildete sich Jonas ein, ein paarmal den laut herausgebrüllten Ruf »Polizei!« vernommen zu haben, aber nachdem die Formation komplett in der Villa verschwunden war, senkte sich Stille über die Straße. Eine trügerische Stille, dachte Jonas, als er sich vorstellte, dass drinnen im Haus gerade in diesem Moment ein Trupp Schwerbewaffneter dabei war, den Hausbesitzer aus Schlaf und Bett zu reißen.

Jonas wusste nicht, wie viel Zeit vergangen war, vielleicht eine

Minute, vielleicht weniger, da flammte hinter dem großen Panoramafenster in der dritten Etage Licht auf. Dort, wo sich, wie er wusste, der Wohnsalon befand. Und die Reliquienkammer. Weitere Sekunden verstrichen. Dann drang ein kurzes Piepen aus dem Funkgerät und danach eine harte Stimme.

»Haus gesichert. Zielperson ex.«

Weiter kam nichts. Nur ein abgehacktes Rauschen.

Im Auto herrschte betretenes Schweigen.

»Zielperson … ex?«, brachte Jonas schließlich hervor und schluckte. »Heißt das etwa …?«

»Ja. Exitus«, entgegnete die Kommissarin ernst. »Das heißt, Amadeo Valerian ist tot.«

Jonas spürte, wie seine Hände zitterten, als er sich den weißen Schutzanzug überstreifte. Der dünne Stoff spannte und raschelte, und der lange Reißverschluss an der Vorderseite gab beim Zuziehen ein helles Surren von sich. Klingt fast wie das Summen einer Mücke, dachte Jonas absurderweise, der versuchte, die Vorstellung von dem, was nun folgen würde, noch so lange wie möglich zu verdrängen.

»Jonas, das wird jetzt nicht schön«, sagte Anne Vareel, die wartend neben ihm stand. »Aber wir müssen uns möglichst zügig ein klares Bild verschaffen.«

»Ich weiß. Ich bin gleich so weit.« Ihm war bewusst, dass die neue Lage alle hier unter Druck setzte. Die Untersuchungen liefen auf Hochtouren. Und die Kommissarin wünschte, dass auch er den Tatort besichtigte.

Amadeo Valerian lebte nicht mehr. Aber er war nicht bei der Erstürmung seines Hauses ums Leben gekommen, wie Jonas im ersten Moment geglaubt hatte. Der Tech-Unternehmer war schon seit Stunden tot. Auf brutale Weise ermordet. Und das Herz der Elisabeth war verschwunden.

»Fertig«, vermeldete Jonas, nachdem er sich auch noch die Kapuze über den Kopf gezogen hatte.

»Gut.« Kommissarin Vareel, die ebenfalls einen weißen Tatort-Schutzanzug trug, sah ihn ernst an. »Wir gehen jetzt nach oben in den dritten Stock. Das Opfer befindet sich im Wohnzimmer. Dort müssen wir uns nicht lange aufhalten. Mich interessiert vor allem, was Sie uns zu Valerians Reliquiensammlung sagen können. Ob außer dem Herzen noch etwas fehlt. Und ob es dort vielleicht etwas gibt, das auf den Täter hinweisen könnte. Das ist nur ein Strohhalm, an den wir uns klammern, aber wir müssen ihn nutzen. Der Mörder hat jetzt mehrere Stunden Vorsprung. Uns läuft die Zeit davon.«

»Okay.« Jonas nickte, während sich in seinem Bauch ein mulmiges Gefühl ausbreitete. »Dann gehen wir nach oben.«

Er folgte der Kommissarin ins Gebäude. Als sie das Foyer betraten, bemerkte Jonas zuerst den großen Rußfleck an der lädierten Haustür. Die Stelle, an der die Sprengladung dem SEK-Trupp beim Eindringen in Valerians Residenz einen wohlkalkulierten Überraschungseffekt verschafft hatte. Einen Überraschungseffekt, der am Ende überflüssig gewesen war.

Langsam stiegen sie die Wendeltreppe empor. Unvermittelt schoss Jonas die Erinnerung an ihren letzten Besuch bei dem Tech-Unternehmer ins Hirn. Als Fenja und er über genau diese Treppe gegangen waren, voller Neugierde auf das, was sie in Valerians Reliquiensammlung erwarten würde. Seitdem waren noch nicht einmal zwei volle Tage verstrichen. Nun lief er wieder über diese Stufen. Doch wie sehr hatten sich die Vorzeichen verändert!

Sie erreichten die dritte Etage und bogen in das Wohnzimmer ein. Der Raum war jetzt hell erleuchtet. Überall wuselten Kriminaltechniker herum, sodass Jonas zuerst nur weiß gewandete Gestalten vor weißen Wänden und Möbeln sah. Wie ein Bild, aus dem man die Farben verbannt hat, dachte er. Dann jedoch traten zwei Männer im selben Moment zur Seite, und Jonas stockte.

Mitten im Raum stand einer der Chromrohr-Stühle, die zu dem marmornen Esstisch gehörten. Auf dem Stuhl hing eine zusammengesunkene Gestalt. Die Arme und Beine waren mit

Kabelbindern an die glänzenden Röhren gefesselt. Auf Gesicht und Oberkörper klafften blutverschmierte Wunden, und auch das ehemals braune Lockenhaar war von der rotbraunen Flüssigkeit verklebt. Der Tote war unverkennbar Amadeo Valerian, aber sein Körper glich jetzt einer zerstörten Puppe. Er musste furchtbare Qualen gelitten haben.

»Scheiße«, entfuhr es Jonas. Einen Moment fixierte er den wie im Krampf erstarrten Leichnam, dann drehte sich zu Anne Vareel um. »Er sieht genau aus wie Gotthold«, sagte er mit trockener Stimme. »Als ich ihn gefunden habe. Im Keller seines Hauses.«

Die Kommissarin nickte. »Und wie Volker Rudloff. Der andere ermordete Nachfahre.« Sie schnaufte. »Es ist exakt dieselbe Vorgehensweise.«

»Dann war das hier …«

»… der Mörder, von dem wir dachten, es wäre Valerian. Aber diesbezüglich lagen wir offenbar vollkommen falsch. Wir müssen noch die Obduktion und die genauen Spurenanalysen abwarten, aber die Kollegen hier sind schon jetzt überzeugt, dass Valerian ein Opfer desselben Täters geworden ist, der auch Gotthold und Rudloff umgebracht hat. Der Mörder hat noch einmal zugeschlagen.«

»Brutal und gnadenlos.« Jonas presste die Lippen zusammen.

»Und diesmal hatte er Erfolg.« Anne Vareel zeigte zu der Wand gegenüber dem Panoramafenster. Dorthin, wo sich Valerians Reliquienkammer befand. Das Touchscreen-Display leuchtete schwach, und die Tür klaffte weit auf.

»War dort Elisabeths Herz drin?«

»Wir gehen davon aus. Der Täter hat Valerian vermutlich so lange gequält, bis er verraten hat, in welchem Raum er seine Reliquien aufbewahrt. Und welches der Zahlencode ist, um hineinzugelangen.«

»Danach hat sich der Mörder bedient …«

»Und den Zeugen beseitigt. Erstochen. Genau wie bei den beiden anderen Opfern.«

»Es ist einfach furchtbar.« Jonas atmete stoßweise. »Vielleicht können wir jetzt in den Raum mit der Sammlung schauen.« Er konnte es kaum erwarten, das Wohnzimmer mit dem grausam zugerichteten Leichnam von Amadeo Valerian zu verlassen.

»Ja. Gehen Sie bitte an der Seite entlang.« Die Kommissarin zeigte auf einige kleine Hütchen am Boden. »Wir haben hier einen markierten Weg, der schon untersucht worden ist. Da riskieren wir nicht, irgendwo Spuren zu zerstören.«

Vorsichtig bewegten sie sich an den Wänden entlang bis zum Eingang der Reliquienkammer.

Anne Vareel ging hinein, und Jonas folgte ihr. Dann blickte er sich um. Das große Gemälde von der Papstkrönung hing an seinem angestammten Platz, und auch die Podeste mit den funkelnden Reliquienbehältern standen auf den Positionen, die er in Erinnerung hatte. Langsam bewegte er sich zwischen ihnen hindurch und musterte jedes einzelne Reliquiar. Er sah den Zeigefinger des spanischen Missionars, das Tränentuch der heiligen Barbara, den Splitter vom Kreuz Christi und all die anderen Reliquien. Nach ein paar Minuten zuckte er die Schultern und sagte: »Soweit ich es in Erinnerung habe, ist alles noch da, was wir bei unserem Besuch gesehen haben.«

»Und was ist mit den Sachen im Wandschrank?«, erkundigte sich die Kommissarin.

»Welcher Wandschrank?« Jonas zog ein verständnisloses Gesicht. »Davon weiß ich nichts.«

»Hinter dem Bild.« Sie deutete auf das Krönungsgemälde. »Man kann es einfach zur Seite klappen.«

»Oh.« Jonas hob die Augenbrauen. »Darf ich?«

»Ja. Die Kriminaltechnik ist hier schon fertig.«

Er griff vorsichtig unter den mächtigen Schnitzrahmen und zog daran. Tatsächlich ließ sich die Bildtafel ganz leicht nach vorn ziehen und zur Seite wegdrehen. Dahinter kam ein voluminöses Fach zum Vorschein, das tief in die Wand eingelassen war. Auf schmalen Regalbrettern standen mehrere Reliquiare, die Jonas vollkommen neu waren. Und genau in ihrer Mitte klaffte eine augenfällige Lücke.

»Den Schrein hat uns Valerian vorenthalten«, meinte er und zeigte auf den leeren Platz. »Denken Sie, die Stelle hier war für Elisabeths Herz reserviert?«

»Ja. Wir vermuten, dass es dort auch aufgestellt war, nachdem Valerian es sich aus dem Keller der Anatomie geholt hatte. Als unsere Kollegen den Raum betreten haben, war das Bild aufgeklappt. Der Mörder muss das Herz dort herausgeholt haben.«

Jonas trat näher an den Wandschrank und betrachtete die restlichen Reliquienbehälter, die darin verwahrt wurden. »Wie es aussieht, hat Valerian das Fach für ganz besondere Stücke reserviert.«

»Können Sie mir etwas dazu sagen?«

Er hob ein bronzenes Abbild heraus, das eine Papstfigur zeigte, und drehte es vorsichtig in den Händen. Durch ein eingelassenes Fensterchen war ein Stoffstückchen zu sehen, auf dem sich Flecken einer dunkelbraunen Flüssigkeit befanden. Daneben prangte eine kleine Inschrift.

»Das hier ist Blut«, erklärte er. »Von Papst Johannes Paul II. Er wurde 2014 heiliggesprochen. Von seinen Blutreliquien existieren weltweit nur wenige Exemplare. Ich habe gelesen, dass in den letzten Jahren einzelne davon gestohlen worden sind. In Italien zum Beispiel. Und auch aus dem Kölner Dom.«

Er stellte das Reliquiar zurück und wies auf die restlichen Behältnisse. »Bei den anderen kann ich es ad hoc nicht einschätzen, die müsste man einmal mit internationalen Fahndungslisten abgleichen. Aber ich glaube, in diesem Schrein hinter dem Gemälde hat Valerian Exponate versammelt, die er sich auf illegalem Wege besorgt hat.«

»Also ist er schon länger in kriminellen Sphären unterwegs?«

»Davon würde ich ausgehen. So hat er seine Sammlung mit Stücken bereichert, die auf dem offiziellen Markt nicht zu haben waren.«

»Dann hat seine Ermordung vielleicht mit illegalem Reliquienhandel zu tun. Und der Mörder ist ein Teil dieses Systems.«

»Das glaube ich nicht.«

»Warum nicht?«

»Derjenige, der Valerian, Gotthold und Rudloff umgebracht hat, will um jeden Preis dieses Herz.« Jonas sah die Kommissarin an. »Und zwar *nur* dieses Herz. Alles andere in dieser Schatzkammer hat er stehen gelassen. Wenn der Täter ein illegaler Händler wäre, warum hat er sich nicht einfach bedient? Valerians Sammlung ist spektakulär. Schon die edelsteinbesetzten Behälter stellen einen ungeheuren Wert dar. Dazu kommt die Bedeutung der Reliquien selbst. Aber all das hat den Mörder nicht die Bohne interessiert.«

»Da haben Sie recht.« Die Kommissarin nickte nachdenklich.

»Ich bin überzeugt, unser bisheriger Eindruck hat uns nicht getrogen«, setzte Jonas noch einmal nach. »Es geht dem Täter aus irgendeinem Grund genau um diese eine Reliquie. Um Elisabeths Herz. Um nichts anderes. Das Motiv für all diese furchtbaren Taten muss eng damit verknüpft sein.«

»Und wie passt Valerian in das alles hinein?«

»Ich denke, wir müssen uns an den Gedanken gewöhnen, dass hier zwei konkurrierende Player im Spiel sind. Beziehungsweise waren.« Jonas hob die Arme. »Amadeo Valerian hat das Herz aus der Anatomie gestohlen. Aber er ist, wie wir jetzt wissen, nicht der Mörder. Er hat sein eigenes Süppchen gekocht.«

»Weil er das Herz für seine Sammlung wollte.«

»So ist es. Er hat vermutlich den Online-Artikel darüber gelesen und sich selbstständig auf die Suche begeben.«

»Ja, offensichtlich.«

»Ich kann mir nur nicht vorstellen, wie er es geschafft hat, das Herz auch zu finden.« Jonas hielt den Kopf schräg. »Er hatte den Einstieg nicht. Den ersten Rätseltext, mit dem die Schnitzeljagd beginnt. Den besitzt nur der Mörder, weil er bei Gotthold die Silbertafel erbeutet hat. Und ich, aus Gottholds Brief.«

»Auf diese Frage werden wir hoffentlich eine Antwort erhalten, wenn wir Valerians Unterlagen durchforsten.« Anne Vareel hob die Schultern. »Vor allem müssen wir uns jetzt darauf konzentrieren, seinen Mörder zu finden. Im Moment ist der uns einen deutlichen Schritt voraus.«

»Und eine Sache ist dabei geradezu unheimlich.« Jonas sah zu dem leeren Platz in dem Reliquienschrank. »Wie zum Teufel konnte er wissen, dass Valerian Elisabeths Herz gefunden hatte?«

# 31

Gedämpftes Gemurmel und das Klappern von Kaffeetassen erfüllten das Besprechungszimmer im zweiten Stock des Landeskriminalamtes. Jonas hob eine der Tassen von dem Tablett, das die Sachbearbeiterin eben hereingebracht hatte, und ließ sich an dem grauen Tisch nieder. Gegenüber saßen bereits Marc Schätzele und Daniel Kempfer sowie eine junge Frau, die Jonas nicht kannte. Sie hatte ihre blonden Haare zu einem Pferdeschwanz zurückgebunden und trug einen grellbunt bedruckten Hoodie, der eine ungewohnte Farbigkeit in den schmucklosen Dienstraum brachte. Ihr Alter schätzte Jonas auf fünfundzwanzig, eher weniger.

Es war Freitagmittag. Die Entdeckung des ermordeten Tech-Unternehmers lag jetzt sechsunddreißig Stunden zurück. Nachdem die ersten Spuren ausgewertet waren, hatte Anne Vareel zu einer dringenden Besprechung geladen, bei der sie Jonas ausdrücklich dabeihaben wollte. Wie sie am Telefon angedeutet hatte, gab es interessante Neuigkeiten. Nun wartete er gespannt, worum es sich dabei handelte.

»Hallo an alle«, ertönte da die energiegeladene Stimme der Kommissarin. Sie nickte in die Runde, schob eine Aktenmappe auf den Tisch und nahm an der Stirnseite Platz.

Sofort verstummte das Gemurmel, und alle wandten ihre Blicke nach vorn.

»Ich muss nicht erwähnen, unter welchem Dampf wir stehen, nachdem wir mit Amadeo Valerian nun schon das dritte Opfer unseres unbekannten Täters haben. Noch dazu solch ein prominentes. Sein Tod prangt auf allen Titelseiten«, begann die LKA-Frau. »Während die Kollegen der erweiterten Ermittlungsgruppe im Hintergrund arbeiten, möchte ich, dass wir uns im Kernteam jetzt zum aktuellen Sachstand abstimmen und mögliche Maßnahmen ableiten. Es gibt inzwischen eine ganze

Reihe neuer Informationen, vor allem zu unserem aktuellen Toten. Deswegen werden wir uns zuerst mit Amadeo Valerian befassen, bevor wir dann als Zweites zu den Erkenntnissen kommen, die es mittlerweile über das Vorgehen des Täters gibt.«

Am Tisch wurde beifällig genickt.

»Die Informationen, von denen ich gesprochen habe, betreffen auch Herrn Wiesenburg, weswegen ich ihn heute dazugebeten habe. Außerdem sind die Suche nach der Reliquie und die nach dem Täter inzwischen so eng verschränkt, dass ich ihn mit seinem Sachverstand ab jetzt dauerhaft bei unseren Ermittlungen dabeihaben möchte. Ist das für Sie in Ordnung, Jonas?«

»Vollkommen. Ich habe nichts anderes vor.«

»Gut.« Anne Vareel nickte zufrieden. Dann wandte sie sich wieder an die Runde. »Zuerst möchte ich feststellen, dass Amadeo Valerian als unabhängiger Player zu betrachten ist. Er hat offenbar komplett allein nach der Reliquie gesucht, parallel zu unserem Mörder. Vermutlich wollte er mit dem Herzen der heiligen Elisabeth seine Sammlung krönen.« Sie sah zu der jungen Frau im bunten Hoodie. »Und weil er dabei sehr speziell vorgegangen ist, habe ich unsere Kollegin Lina Fürst von der Cyber-Fahndung ins Team geholt. Sie hat sich in einer Sonderschicht Valerians persönlichen Computer vorgenommen und dabei Erstaunliches gefunden.« Sie lächelte. »Bitte, Lina. Am besten, Sie fangen ganz von vorne an.«

»Hi«, sagte die Angesprochene und grinste verschmitzt. »Also. Das Gerät, das ich untersucht habe, stammt aus dem Arbeitszimmer im zweiten Stock von Valerians Villa. Ein Rechner, den er offenbar nur für private Zwecke genutzt hat. Es war nicht ganz leicht, den Zugangscode zu knacken, aber am Ende habe ich es geschafft.« Über Linas Gesicht huschte ein stolzes Strahlen. »Als Erstes habe ich dann nach einer Spur zu dem Online-Artikel gesucht, der im September vergangenen Jahres in Jena erschienen ist. Der Artikel, in dem das Herz von Elisabeth zum ersten und einzigen Mal erwähnt wird. Und in dem steht, dass der Student Lorenz Enschütz es 1670 verborgen hat.« Sie hob den Blick. »Und tatsächlich gibt es diese Spur. Valerian hat den Artikel gelesen. Auf seinem Rechner befindet sich eine Kopie der Meldung. Wir können davon ausgehen, dass diese Lektüre sein Interesse geweckt hat. Zwar hat dieser Dr. Kobler die Reliquie in dem Beitrag als mögliche Fälschung abgetan, trotzdem wollte Valerian der Sache offenbar nachgehen. Zuerst ganz spielerisch und unverbindlich. Er hatte ja nichts zu verlieren, und eine große Investition war nicht nötig.«

»Wie meinst du das, ›eine große Investition war nicht nötig‹?«, erkundigte sich Kempfer.

»Valerian war IT-Experte.« Lina sah zu ihrem Kollegen. »Er hat einfach seine Software für sich arbeiten lassen. CENTURICON entwickelt Programme für spezielle Anwendungen. Eines dieser Produkte ist ein professionelles Recherchetool für die Familienforschung. Für Genealogen.«

»Er hat die Nachfahren von Lorenz Enschütz selbst ermittelt?«

»Nein. Das wäre viel zu aufwendig gewesen. Das Programm ist eine gute Suchhilfe. Es ersetzt aber nicht die Fachkenntnisse eines erfahrenen Familienforschers.« Sie schüttelte den Kopf. »Nein, Valerian hat es sich viel einfacher gemacht. Jedes seiner Programme besitzt eine verborgene Hintertür. Eine Möglichkeit, mit der er als Entwickler in die Rechner der Anwender schauen kann. Wie ein Spion.« Sie hob die Handflächen, als wollte sie eine ganz selbstverständliche Lösung präsentieren. »Er hat sich vermutlich ausgerechnet, dass es nach dem Erscheinen des Online-Artikels über das Herz Leute geben könnte, die dem nachgehen würden. Also hat er auf den Rechnern der Thüringer Genealogen, die übrigens alle mit seiner Software arbeiten, über sein Hintertürchen ein kleines Spionageprogramm installiert. Ein Programm, das ihn automatisch benachrichtigt, wenn irgendwo der Name Lorenz Enschütz auftaucht. Und bingo. Bei der Agentur von Moritz Stölzel am Domplatz wurde er fündig. Als Stölzel im Auftrag von Leonhardt Cordes die fünf

Nachfahren des Studenten ermittelt hat, wurde Valerian von seinem Programm informiert. Der Genealoge hat den gesamten Auftrag über seinen Firmenrechner abgewickelt. Und Valerian konnte einfach mitlesen.«

Lina zeigte auf den Laptop, der vor ihr auf dem Tisch stand. »Ich habe mir den Vorgang von seinem Rechner auf mein Notebook kopiert. Er hatte ihn sauber und ordentlich archiviert. Wer möchte, kann gerne reinschauen.«

»Das heißt, er hat die Sache jetzt ernst genommen«, stellte Kempfer fest.

»Ja, durch Cordes' großen Auftrag an Stölzel war er überzeugt, dass an der Kunde vom Herzen der Elisabeth mehr dran sein muss als eine harmlose Fälschungsgeschichte.«

»Und durch sein Spionagetool besaß er nun auch die Namen der fünf Nachfahren.«

»So ist es. Ganz ohne Aufwand und Gebühren. Inklusive der Wohnadressen. Und dazu die Daten des Auftraggebers, Leonhardt Cordes.«

»Nicht schlecht.« Marc Schätzele lachte auf. »Und dann? Was hat er mit diesen Informationen angefangen?«

»Letztlich dasselbe wie Cordes und Witte auch. Er hat versucht, sich an die Nachkommen heranzumachen, um rauszukriegen, ob einer oder eine von ihnen im Besitz des Herzens ist«, antwortete Lina. »Nur nicht persönlich und mit einer Million Euro im Gepäck. Sondern wiederum auf seine eigene Art. Nach den Aufzeichnungen, die ich in seinem elektronischen Notizbuch gefunden habe, hat er allen Beteiligten einen als Werbegeschenk getarnten USB-Stick geschickt. Mit einem versteckten Spionageprogramm darauf, das die Rechner der Beschenkten infizieren sollte und über deren WLAN auch ihre Handys. Damit wollte er die Leute vermutlich so lange überwachen, bis irgendwo ein Hinweis auf das gesuchte Herz aufgetaucht wäre. Bei einem der Nachkommen oder bei Cordes.«

»Aber?« Schätzele hob den Kopf.

»Wie ›aber‹?«

»Du hast ›wollte‹ gesagt. Hat er sie denn nicht überwacht?«

»Na ja«, meinte Lina. »Bei Franziska Enschütz, der Sportlehrerin aus Apolda, hat es geklappt. Und anfangs bei Volker Rudloff, bevor der umgebracht wurde. Von beiden finden sich Dateien auf Valerians Rechner. Aber das war's auch schon. Bei den anderen kam nie eine Rückmeldung seines Spionageprogramms.«

Sie zuckte die Achseln. »Warum nicht, da bin ich überfragt. Cordes und Witte sind vermutlich zu erfahren, um einen geschenkten USB-Stick, dessen Herkunft sie nicht kennen, an ihr System zu stecken. Rüdiger Benradt ist ohnehin misstrauisch. Irma Haberland als Rentnerin hat vielleicht gar keinen Computer. Und bei Gotthold Enschütz wissen wir das sogar. Da hatte ein digitaler Platzhirsch wie Amadeo Valerian null Chancen.«

»Das heißt, seine tolle Strategie ist an dieser Stelle gescheitert«, resümierte Kempfer. »Mit dem Ausspionieren der Nachfahren ist er nicht weitergekommen.«

»Richtig.«

»Trotzdem war er es, der am Ende das Herz gefunden hat.« Kempfer zog die Brauen zusammen. »Wie kann das sein?«

»Sein Spionagetool bei den Genealogen war weiterhin aktiv«, sagte Lina. »Auch das auf dem Rechner von Moritz Stölzel.«

»Und?«

»Am Donnerstag, dem 14. September, schickte Stölzel eine E-Mail an einen in Erfurt sehr bekannten Historiker. Darin wünschte er ihm viel Erfolg bei seinen Recherchen und hängte eine Liste mit fünf Namen an. Die Nachfahren von Lorenz Enschütz. Valerians Spionageprogramm schlug sofort Alarm.« Die junge Cyber-Polizistin grinste über beide Ohren. »Dieser Historiker heißt übrigens Jonas Wiesenburg.«

Alle drehten sich zu Jonas um, und er selbst blickte ungläubig zu Lina.

»Na, überrascht?«, fragte sie und grinste noch breiter. Sie schien sein verdutztes Gesicht zu genießen.

»Das war die Mail, die mir Moritz nach meinem Besuch

in seiner Agentur geschickt hat. Ich hatte ihn um die Namen gebeten.« Er schüttelte den Kopf. »Und Valerian hat das mitgelesen? Sind Sie da sicher?«

»Du.«

»Wie bitte?«

»Wir können ruhig Du sagen.« Lina neigte den Kopf. »Und ja, ich bin mir sicher.«

»Gut. Du.« Jonas nickte gedankenverloren. Die Nachricht, dass Valerian Stölzels E-Mail an ihn abgefangen hatte, konsternierte ihn. »Und was hat er mit diesem Hinweis gemacht?«

»Er hat angefangen, sich für dich zu interessieren. Hat im Internet deinen Hintergrund recherchiert. Deine Arbeiten angeschaut. Presseartikel über deine Erfolge bei der Lösung von Kriminalfällen studiert. Solche Dinge.« Sie hob die Schultern. »Er scheint zu der Überzeugung gelangt zu sein, dass du gerade dabei bist, nach Elisabeths Herz zu suchen. Warum sonst hättest du dir von Stölzel die Nachkommen schicken lassen? Und offenbar hat er dir auch zugetraut, es zu finden. Anderenfalls hätte er sich nicht an dich drangehängt.«

»Er hat sich an mich drangehängt? Wie das?«

»Virtuell, wie bei den anderen.«

»Ich habe keinen USB-Stick geschenkt bekommen. Und eine Mail mit einem Spionageprogramm kann er mir auch nicht geschickt haben. Meine Firewall ist top. Da bin ich höllisch vorsichtig.« Jonas richtete sich auf. »Von außen gelangt niemand in mein System. Da müsste schon jemand direkt bei mir ins Büro oder in die Wohnung kommen. Und offiziellen Zugriff auf mein WLAN haben.«

»Genau.«

»Da war aber niemand.«

»Sicher?«

»Da bin ich ganz sicher.«

»Aha.« Lina nickte, und ihre Augen blitzten wieder verschmitzt auf. »Sagt dir ein Programm namens ›Smart Geodata Analysis Booster‹ etwas?«

Jonas schrak auf. »Ach du liebe Scheiße!«

»Habe ich gerade etwas verpasst?«, ließ sich Kempfer vernehmen. »Was ist das für ein Programm?«

»Es ist eine Software zur Analyse von Geodaten. Fenja nutzt sie seit einiger Zeit auf ihrem Laptop«, erklärte Jonas zerknirscht.

»Aha. Und was ist daran scheiße?«

»Das Programm ist eine Neuentwicklung von CENTURICON. Fenja hat es von Amadeo Valerian bekommen. Er ist kürzlich eine Kooperation mit ihrem Institut eingegangen und hat sie persönlich für die Zusammenarbeit ausgewählt.«

»Na wunderbar«, grunzte Kempfer. »Ich nehme an, Fenja arbeitet mit diesem Laptop auch zu Hause?«

»Ja, das tut sie.« Jonas atmete tief aus. »Dann war das Programm wahrscheinlich verseucht.«

»Das kannst du laut sagen«, bestätigte Lina. »Es hat über dein WLAN eine Überwachungssoftware auf all deine Geräte gespielt. Alles, was an deinem Netz hängt. Dein Computer. Eure Handys. Alle Internetgeräte. Ab diesem Moment war Amadeo Valerian über alles informiert, was ihr getan habt. Deine Recherchedatei hat er komplett übernommen, inklusive aller Aktualisierungen. Ich habe sie auf seinem Rechner gefunden. Und abhören konnte er euch über die Handys auch.« Sie lehnte sich zurück. »Aber das musste er gar nicht. Du führst deine elektronische Fallakte sehr gründlich. Er konnte entspannt abwarten, bis du alle drei Rätsel gelöst hattest.«

»Der Plan!« Jonas schlug sich die Hand vor die Stirn. »Wenn er Zugriff auf meinen Computer hatte, dann konnte er den Grundriss von den Klostergewölben sehen. Und meine rote Markierung dazu. Genau an der Stelle, wo der Tunnel zum Versteck führte.«

»So sieht es leider aus.« Anne Vareel zog ein mitleidvolles Gesicht. »Sie haben den Plan am Dienstagabend fertiggestellt und in Ihrer Recherchedatei abgelegt. Er hat ihn sich ausgedruckt und ist noch in derselben Nacht in die Anatomie eingebrochen, um das Herz aus der verborgenen Kammer zu holen. Er wusste, dass er schnell sein musste, um Ihnen zuvorzukommen.«

Jonas presste die Lippen zusammen. Er erinnerte sich an die Aufnahme der Überwachungskamera. Daran, wie der Eindringling mit einem Blatt Papier am gestreckten Arm den Kellerraum durchquert hatte. Mit Jonas' eigener Karte, wie er nun wusste. Das also waren die »interessanten Neuigkeiten«, die Anne Vareel heute Vormittag am Telefon angedeutet hatte.

Die Erkenntnis, dass Fenja und er von Amadeo Valerian ausgenutzt worden waren, schmerzte ihn. Kaltblütig hatte sich der smarte Tech-Unternehmer Fenjas Vertrauen erschlichen. Und besonders bitter war der Gedanke, dass der Mann sie beide zu einer Zeit in seine Villa eingeladen hatte, zu der er sie schon längst überwachte. Wahrscheinlich hatte Valerian es genossen, mit seinen Schätzen zu prahlen, während er sich bereits überlegte, wie er ihnen am Ende Elisabeths Herz abjagen konnte. Sein Plan war voll aufgegangen, das musste Jonas zugeben.

»Eins zu null für Valerian«, murmelte er frustriert.

»Nimm's nicht so schwer.« Lina zwinkerte ihm aufmunternd zu. »Er war einer der fähigsten IT-Entwickler. Eine Koryphäe auf seinem Gebiet. Gegen seine Softwaretricks hätte kaum jemand eine Chance gehabt. Und dass deine Freundin ihm Vertrauen entgegengebracht hat, war doch kein Fehler. Im Gegenteil. Was wäre unser Leben, wenn sich alle nur misstrauisch belauern würden?«

»Am Ende hat Valerian sein Coup nicht viel genützt«, stellte die Kommissarin fest. »Er besaß das Herz für ein paar wenige Stunden. Dann war er tot.« Sie blickte in die Runde. »Was uns zu unserem zweiten Programmpunkt bringt: dem Mord und den Schlüssen, die sich daraus ergeben. Und da haben wir bisher mehr Fragen als Antworten.« Sie sah auf ihre Armbanduhr. »Fünfzehn Minuten Pause. Dann nehmen wir uns unser Phantom vor.«

# 32

Sie fuhren mit dem Fahrstuhl hinunter und traten hinaus auf den großen Hof hinter dem Gebäudeblock des LKA, um im kühlen Oktoberwind ein wenig frische Luft zu schnappen. Jonas beteiligte sich nicht an dem Pausengespräch, das sich sofort entspann, sondern spazierte zwischen Kantinenwürfel und Garagenhaus hin und her, um im Rahmen der Möglichkeiten ein wenig Abstand zu gewinnen. Doch die Bitterkeit über Valerians Vorgehen ließ sich nicht so ohne Weiteres verdrängen, und er fragte sich, wie er es bewerkstelligen konnte, Fenja die Nachricht von ihrer Überwachung möglichst schonend beizubringen. Die Minuten verrannen wie im Flug. Ohne dass ihm etwas Kluges eingefallen wäre, ging die Sitzungsunterbrechung zu Ende, und gemeinsam kehrten sie zurück in den zweiten Stock.

Wenig später saßen sie in derselben Runde wie zuvor zusammen. Jonas ließ seinen Blick schweifen und sah in die Gesichter der Beamten, deren ernste Mienen bereits ankündigten, dass die nun folgenden Details zur Ermordung des Jenaer Tech-Unternehmers düster ausfallen würden.

»Kommen wir zum Obduktionsbericht«, sagte Anne Vareel. »Daniel, du hast ihn gelesen. Kannst du bitte das Wesentliche für uns zusammenfassen?«

Kempfer öffnete eine dünne Aktenmappe und zog einige zusammengeheftete Papierbögen hervor. »Also«, begann er. »Was wir uns bezüglich der Todesursache von Amadeo Valerian schon dachten, wurde von Frau Dr. Neidhardt in der Leichenschau bestätigt. Todesursächlich waren drei Messerstiche gegen das Herz, wobei zwei den Herzbeutel perforierten. Der dritte Stich wurde von einer Rippe abgelenkt und ging neben dem Herzen in die Lunge.«

Er räusperte sich. »Die Tatwaffe ist ein Messer mit einer Klingenlänge von zirka zwölf Zentimetern. Die größte Breite ist mit zwei Komma acht Zentimetern angegeben. Vermutlich ein kleineres Outdoor-Messer mit feststehender Klinge und ohne besondere Schikanen. Dr. Neidhardt geht davon aus, dass es sich um dieselbe Tatwaffe handelt wie bei Gotthold Enschütz und Volker Rudloff.«

Er sah kurz auf, dann fügte er hinzu: »Eine Übereinstimmung gibt es auch bei dem Instrument, mit dem der Täter Amadeo Valerian zuvor die Foltermale zugefügt hat. Ein zangenähnlicher Gegenstand. Die Abdrücke im Gewebe entsprechen exakt den Druckmustern an den Körpern von Enschütz und Rudloff. Damit haben wir, abgesehen vom allgemeinen Modus Operandi, auch einen Spurenbeweis dafür, dass wir es in allen drei Fällen mit ein und demselben Täter zu tun haben.«

»Steht im Bericht der Pathologin etwas darüber, wie lange die Tortur in etwa gedauert hat?«, erkundigte sich Schätzele.

»Nein, steht nicht. Ich habe Dr. Neidhardt deswegen noch einmal angerufen. Sie wollte sich nicht auf eine genaue Spanne festlegen, sagte aber, dass es wohl relativ schnell gegangen sein muss. Die Verletzungen gleichen sich in ihren Merkmalen stark. Unregelmäßige Wundränder, teils mit dem Ausriss ganzer Gewebepassagen, was für eine eher grobschlächtige Vorgehensweise spricht. Sie meint, der Täter hat sein Tun vermutlich nicht ausgekostet. Er wollte zügig zu Ergebnissen kommen. Also kein sadistischer Psychopath, sondern eher ein Pragmatiker. Soweit der Begriff in diesem Zusammenhang erlaubt ist.«

»Wenn wir die Schmerzen in Betracht ziehen, die solche Wunden hervorrufen, dürfte das Opfer relativ schnell mit dem herausgerückt sein, was der Täter von ihm wollte«, sagte Anne Vareel. »Was ist denn als Todeszeitpunkt angegeben?«

»Nach der Obduktion und unter Berücksichtigung der Parameter vor Ort hat Dr. Neidhardt sich auf ein Zeitfenster am Mittwochabend zwischen achtzehn und neunzehn Uhr festgelegt.«

»Also eine Stunde oder etwas mehr, bevor unser MEK die Observation von Valerians Haus begonnen hat.« Marc Schätzele lachte freudlos auf. »Schwein gehabt, der Mann.«

»Oder die Frau«, warf Anne Vareel ein. »Das ist nicht entschieden. Auch wenn die brutale Vorgehensweise eher für einen männlichen Täter spricht.«

»Klar. Trotzdem Schwein gehabt.« Schätzele sah die Kommissarin an. »Der Täter konnte nicht wissen, dass wir dort am Abend mit der Kavallerie auftauchen. Wäre er später gekommen, hätten wir ihn gleich vor der Tür abgefangen. Schon, um den Zugriff auf Valerian nicht zu gefährden. Dann befänden sich jetzt beide in sicherem Gewahrsam.«

»Ja. Aber leider ist es anders gelaufen. Und das ist jetzt auch nicht mehr zu ändern. Machen wir mit den Fakten weiter.« Anne Vareel schlug die Mappe auf, die vor ihr auf dem Tisch lag. »Vorhin ist ein erster Bericht von der KT gekommen. Die Spuren aus Valerians Villa sind noch in der Auswertung. Es gibt zahlreiche Fingerabdrücke und DNA-Spuren in den Zimmern. Eine Antwort darauf, wem sie zuzuordnen sind, steht noch aus. In der unmittelbaren Umgebung des Opfers und am Körper selbst war recht wenig zu finden, und die Kollegen fürchten, dass sich der Täter wie schon bei den ersten beiden Morden gut vorgesehen hat, möglicherweise auch geschützt mit einem Anzug, Overall oder Ähnlichem. Mit Handschuhen sowieso. Aber, wie gesagt, die Auswertung läuft noch.« Die Kommissarin blickte kurz auf, dann fuhr sie fort: »Die Reliquien aus dem Sammlungszimmer wurden mittlerweile sichergestellt. Die Kollegen gleichen sie in den nächsten Tagen mit den Fahndungslisten und Diebstahlsanzeigen ab, besonders die Exemplare aus dem Schrank hinter dem Gemälde. Jonas hatte ja schon darauf hingewiesen, dass es sich dabei vermutlich um gestohlenes Gut handelt.« Sie nickte ihm kurz zu, dann konzentrierte sie sich wieder auf die Papiere, die vor ihr lagen. »Wir haben jetzt übrigens auch die Erklärung dafür, warum die Kollegen vom MEK bei Valerian zu einer Zeit, zu der er schon längst tot war, das Licht in den Zimmern an- und ausgehen sahen. Es handelt sich dabei um eine Zeitschaltautomatik, die in der Villa aktiviert war. So etwas erfreut sich vor allem bei wohlhabenderen Hausbesitzern großer Beliebtheit, vorrangig zur Abschreckung von Dieben, denen die wechselnde Beleuchtung auch bei Abwesenheit der Besitzer ein belebtes Heim vorgaukelt. Ob der Täter die Automatik eingeschaltet hat, um Valerians Tod noch eine Weile zu verschleiern, oder ob sie voreingestellt war, kann niemand sagen. Letztlich spielt das aber auch keine Rolle mehr. Hauptsache, wir können die Jungs und Mädels vom MEK beruhigen und ihnen sagen, dass sie keine Gespenster observiert haben.« Anne Vareel schmunzelte etwas bemüht. Dann wurde sie wieder ernst und meinte: »Auf etwas haben mich die Kollegen von der KT noch hingewiesen: Sie konnten die Festplatte nicht finden. Die von der Überwachungskamera im Keller der Anatomie, die Valerian nach dem Einbruch mitgenommen hat. Sie haben die Villa komplett auf den Kopf gestellt. Aber sie war einfach nicht da.«

»Kein Wunder. Er wird sie gleich nach dem Bruch entsorgt haben«, entgegnete Schätzele. »Zeit genug hatte er. Und als IT-Experte war ihm klar, dass nur die physische Vernichtung der Daten wirkliche Sicherheit gibt. Auf der Platte befand sich immerhin der Beweis für seinen Diebstahl. Und den wollte er bestimmt nicht für die Nachwelt aufheben.«

»Vermutlich liegst du damit richtig. Ich finde es trotzdem merkwürdig.« Die Kommissarin trank einen Schluck aus ihrer Kaffeetasse. Dann hob sie den Kopf. »Nun gut. Kommen wir zu unseren bisherigen Verdächtigen. Wissen wir, was sie zur Tatzeit so getrieben haben? Daniel?«

»Ich habe heute Vormittag mit den Kollegen telefoniert, die Gregor Witte seit dem Angriff in Creuzburg observieren«, antwortete Kempfer. »Nach deren Angaben war er am Mordabend zu einem Konzert am Eisenacher Landestheater. Sein Alibi ist damit quasi polizeilich bestätigt und absolut zuverlässig. Er ist nicht unser Mörder.«

»Hmmm.« Anne Vareel wiegte den Kopf. »Leonhardt Cordes persönlich können wir wahrscheinlich auch ausschließen. Was man so hört, geht es mit seiner Gesundheit rapide bergab. In dem Zustand sind ihm keine größeren körperlichen Anstrengungen mehr zuzutrauen. Ich hätte echt gewettet, dass er Witte mit dem Mord beauftragt hat, um das Herz in die Hände zu kriegen. Aber diesbezüglich müssen wir wohl neu denken.«

»Und Rüdiger Benradt?«, fragte Jonas. »Haben Sie noch einmal mit ihm gesprochen?«

»Wollten wir«, antwortete Schätzele anstelle der Kommissarin. »Ich war gestern zweimal an seiner Erfurter Wohnung. Fehlanzeige. Beide Male habe ich ihn nicht angetroffen. Die Kollegen vom Wach- und Wechseldienst schauen seitdem regelmäßig bei ihm vorbei und informieren mich sofort, wenn er wieder auftaucht. Bis jetzt kam diesbezüglich jedoch noch nichts rein.« Er zuckte die Schultern. »Insofern wissen wir noch nicht, ob er für die Tatzeit ein Alibi hat.«

»Okay. Danke für die Info.« Jonas nickte. Er war sich sicher, dass Fenja ihn gleich nach seiner Rückkehr über mögliche Ermittlungen zu Benradt ausfragen würde. Sie hielt den religiösen Eiferer für extrem verdächtig. Und offensichtlich war die Polizei zumindest versucht, ihn zu überprüfen.

»Gut. Dann kommen wir jetzt zu einer Schlüsselfrage im Zusammenhang mit dem Mord.« Die Kommissarin ließ eine Pause, bis sie die volle Aufmerksamkeit der Runde hatte. Dann fragte sie: »Woher wusste der Täter, dass Amadeo Valerian Elisabeths Herz in seinen Besitz gebracht hatte?«

Niemand sagte etwas.

»Unser Mörder hat ungeheuer schnell reagiert«, gab Anne Vareel zu bedenken. »Zwischen dem Zeitpunkt, zu dem Valerian mit seiner Beute das Anatomische Institut verlassen hat, und seiner Tötung sind gerade einmal dreizehn Stunden vergangen. Woher hatte der Täter seine Informationen?«

»Vielleicht hat er Valerian schon länger observiert?«, schlug Kempfer vor. »Und dabei ist er ihm nachts zur Anatomie gefolgt. Er hat gesehen, dass der Raubzug des Unternehmers erfolgreich war. Und am darauffolgenden Abend ist er in dessen Villa marschiert und hat ihm das Herz abgenommen.«

»Eine Möglichkeit.« Anne Vareel nickte.

»Setzt aber voraus, dass er von Valerians konkretem Interesse an dem Herzen wusste«, meinte Schätzele. »Wie hat er davon Wind bekommen? Der hat das ja nicht herumposaunt, nehme ich mal an.«

»Und wenn er den Tech-Unternehmer mit dessen eigenen Waffen geschlagen hat?« Kempfer sah auf. »Ihn ebenfalls elektronisch observiert?«

»Das kann ich ausschließen«, schaltete sich Lina Fürst ein. »Auf Valerians Computer existieren keinerlei Spuren, die auf ein unbefugtes Eindringen durch ein externes System hindeuten. Der war extrem gut geschützt.« Sie lachte kurz auf. »Was bei einem Mann, der sein ganzes Geld mit Software verdient hat, nicht verwunderlich ist.«

»Dann muss der Mörder doch auf herkömmliche Weise von Valerians Plänen erfahren haben.« Anne Vareel kratzte sich an der Schläfe. »Das ist die einzige Option.«

»Es gibt noch eine ganz andere Möglichkeit.« Marc Schätzele lehnte sich nach vorn. »Was, wenn er nicht Valerian, sondern Jonas gefolgt ist? Der schwarze Transporter auf der Wartburg und in Creuzburg, das muss der Täter gewesen sein. Dort hat er schon bewiesen, dass er über die Mission unseres jungen Beraters im Bilde ist. Und dass er sich nicht scheut, in diese Mission einzugreifen. Nur hatte er bisher keinen Erfolg erzielt. Außer einer Kiste Wein.« Er sah Jonas an. »Jonas, kann es sein, dass Sie auch danach noch verfolgt wurden? Wahrscheinlich nicht von dem schwarzen Van, das wäre für den Täter zu riskant gewesen. Aber vielleicht von einem anderen Wagen? Ist Ihnen da irgendetwas aufgefallen?«

»Nein, aufgefallen ist mir nichts.« Jonas schüttelte den Kopf. »Wir haben seit der Sache in Creuzburg öfter als sonst in den Rückspiegel geguckt, aber da war nichts. Oder wir haben es nicht bemerkt.«

»Und als Sie im Anatomischen Institut waren? Ist Ihnen da etwas merkwürdig vorgekommen? Jemand, der da nicht hingehörte?«

»Auch nicht. Es gab natürlich ein ziemliches Gewusel von Studenten, wegen des Semesterbeginns. Aber die kamen nicht in den Keller. Dort waren wir nur mit Dr. Kobler unterwegs. Sonst befand sich da niemand.«

»Hmmm. Schade.« Schätzele lehnte sich zurück und senkte den Kopf.

»Das heißt … Das stimmt nicht ganz. Ein Handwerker war da noch.« Jonas zuckte die Achseln. »Er hat uns geholfen, die Kartons beiseitezuräumen.«

»Ein Handwerker?« Anne Vareel blickte alarmiert auf. »Was hat der dort gemacht? Außer, mit Ihnen Kartons umzustapeln?«

»Weiß ich nicht.« Jonas sah zu der Kommissarin. »Dr. Kobler hat ihn angeschleppt. Er muss ihn dort irgendwo aufgegabelt haben.«

»Kannte Kobler den Mann? War das ein Angestellter des Instituts?«

»Das kann ich nicht sagen. Er hat ihn ›Kollege‹ genannt. Dann gehörte er sicher dazu.«

»Muss nicht.« Schätzele winkte ab. »Das kann auch nur so ein Spruch gewesen sein. Er hätte auch ›Kumpel‹ sagen können. Oder ›Kamerad‹. Oder ›Freundchen‹.«

»Möglich.«

»Ich kläre das. Ich rufe kurz an.« Daniel Kempfer erhob sich, zog sein Handy aus der Tasche und verließ den Besprechungsraum.

»Wie schätzen Sie das ein, Jonas, hätte der Handwerker mitbekommen können, was Sie da unten gemacht haben?«, wollte Anne Vareel wissen.

»Sicher.« Jonas dachte nach. Dann fügte er hinzu: »Der Keller ist hellhörig. Und Deckung gibt's da genug. Er hätte uns tatsächlich leicht verfolgen können. Und hören, was wir sprechen.«

»Auch, was Dr. Kobler über die Videoüberwachung gesagt hat? Vielleicht sogar, wo sich das Aufzeichnungsgerät befindet?«

»Ja. Auch das.« Jonas schluckte. »Heißt das, wir haben da

unten gemeinsam mit dem Mörder von Gotthold und den anderen Kartons gestapelt?«

»Das müssen wir jetzt herausfinden.«

Eine Weile herrschte Schweigen im Raum.

»Er kennt ihn nicht«, erklang es plötzlich von der Tür, und Kempfer kam wieder ins Zimmer. »Ich habe gerade mit Dr. Kobler gesprochen. Er hat den Handwerker vorher noch nie gesehen. Er hat den Typen einfach angesprochen, weil der im Vorraum rumstand und entsprechende Klamotten trug.«

»Das kann trotzdem ein echter Monteur gewesen sein«, warf Lina ein.

»Kann es nicht. Kobler hat gleich seine Sekretärin gefragt. An dem Tag waren keinerlei Arbeiten vorgesehen.«

»Scheiße«, flüsterte Jonas.

»Dann wissen wir jetzt, wie es gelaufen ist.« Schätzele richtete sich auf. »Der Typ ist Ihnen bis in die Uni gefolgt. In den Handwerkerklamotten fiel er nicht sonderlich auf. Wahrscheinlich ist er mit den Studenten reingerutscht. Im Keller hat er dann beobachtet, wie Sie das ausgeräumte Reliquienversteck entdeckt haben. Da wusste er, dass Ihnen jemand zuvorgekommen ist und dass derjenige jetzt das Herz hat. Und nebenbei konnte unser Freund mithören, dass es von dem ganzen Spaß ein Video gibt. Als Sie den Keller verlassen hatten, um die Polizei zu rufen, brauchte er sich nur noch die Festplatte zu greifen.« Schätzele hob die Arme. »Und schon hatte er eine rattenscharfe Aufnahme des Reliquiendiebes. Eines Mannes, der durch Presse, Funk und Fernsehen bekannt ist wie ein bunter Hund.«

»Amadeo Valerian.« Anne Vareel nickte sacht. »Seine Adresse ist auch kein Geheimnis. So konnte der Mörder am Abend problemlos seinen Hausbesuch machen.«

»Dann war es also gar nicht Valerian, der die Festplatte mitgenommen hat. Die Kamera ist ihm komplett entgangen.« Kempfer hüstelte. »Kein Wunder, dass sich unsere Kriminaltechniker in seiner Villa totgesucht haben.«

»So sieht's aus.«

»Wenn wir geahnt hätten, dass uns im Keller jemand gefolgt ist …«, murmelte Jonas. Er erinnerte sich, wie sie durch die alten Gänge gedrungen waren. Die Vorstellung, dass der Mörder die ganze Zeit irgendwo hinter ihnen im Dunkeln gelauert hatte, jagte Jonas noch im Nachhinein einen kalten Schauer über den Rücken. Was, wenn sie es gewesen wären, die die Reliquie gefunden hätten? Lägen sie dann jetzt anstelle von Valerian tot im Leichenschauhaus? Schnell verscheuchte er den Gedanken.

»Unser Mann ist clever«, sagte Schätzele. »Indem er die Festplatte mitgenommen hat, konnte er nicht nur Valerian identifizieren. Er hat auch seine eigenen Spuren verwischt. Denn er ist ebenfalls auf dem Video. Die Aufnahme lief noch, als er im Keller war.« Ein Grinsen erschien auf seinem Gesicht. »Aber etwas hat er nicht einkalkuliert. Dass es auf dem Zentralserver der Uni eine Sicherungskopie gibt.«

»Und die besitzen wir«, stellte Anne Vareel trocken fest. »Bisher haben wir uns nur auf die Nacht des Diebstahls konzentriert. Dann lasst uns jetzt mal den nächsten Tag anschauen.«

»Kleinen Moment.« Linas Finger flogen über die Tastatur ihres Laptops. »Ich öffne unsere Fallakte. Und – simsalabim – da ist das Video schon.« Sie drehte den Laptop ein, sodass alle auf den Bildschirm blicken konnten.

Jonas sah wieder den altbekannten Bildausschnitt von der Kellerhalle der Anatomie. Lina sprang auf den Nachmittag ihres Besuches. Es dauerte nicht lange, da liefen Fenja, Dr. Kobler und er in den Sichtbereich der Kamera. Ein kleines Stück später verschwand der Anatomieprofessor wieder und kehrte kurz darauf mit dem Handwerker zurück. Dem kräftigen jungen Mann mit dem Bürstenhaarschnitt. Gemeinsam räumten sie die Kartons beiseite. Dann verdrückte sich der unbekannte Helfer. Aber kaum waren sie in dem Verbindungsgang zu den alten Gewölben verschwunden, tauchte er wieder auf und schlich ihnen hinterher.

»Verdammt, es stimmt tatsächlich«, sagte Jonas und pustete die Luft aus. »Er war unser Schatten.«

»Dann hole ich den Guten mal zurück ins Licht«, meinte Lina. Sie fuhr das Video so lange hin und her, bis sie eine deutliche Aufnahme vom Gesicht des Unbekannten gefunden hatte. Sein Antlitz war bartlos und bleich. Völlig unauffällig, dachte Jonas, der dem Mann bei ihrer Stapelaktion nur wenig Beachtung geschenkt hatte. Sah so ein dreifacher Mörder aus?

Lina kopierte ein Standbild des Konterfeis in eine eigenständige Datei. Dann zog sie den Laptop wieder zu sich heran und erklärte: »Ich gleiche das Porträt mal mit unserer Datenbank ab.«

Alle blickten angespannt auf die junge Cyber-Polizistin. Sie gab einige Befehle ein. Es dauerte nicht lange, da hellten sich ihre Züge auf. »Da haben wir ihn schon«, verkündete sie. »Sören Glowacki. Achtundzwanzig Jahre. Wohnhaft in Eisenach. Seit seiner Jugend mehrfach vorbestraft wegen Diebstahls und Körperverletzung. Hat mit zwanzig eine zweijährige Gefängnisstrafe verbüßt. Deshalb ist er auch bei uns im System. Nach der Haft wurde er mit einer guten Prognose entlassen. Vor vier Jahren hat er sich selbstständig gemacht. Ich suche gleich mal nach dem Gewerbeeintrag.«

Wieder hämmerten ihre Finger über die Tastatur. Dann sagte sie: »Aha. Glowacki betreibt eine Firma für Hauswirtschaftsdienste. Gebäudereinigung, Hausmeisterservice, Gartenarbeiten. Nach den Unterlagen hier hat er nur einen einzigen Klienten, für den er ausschließlich tätig ist.« Lina hob den Kopf. »Und das ist ein Leonhardt Cordes.«

# 33

Mit zuckenden Blaulichtern raste der Konvoi über die Autobahn. An der Spitze fuhr die dunkle Limousine der Ermittler, dahinter folgten die Fahrzeuge des Spezialeinsatzkommandos. Es war kurz nach sechzehn Uhr. Die Einsatzleitung hatte sich dazu entschlossen, mit der Verhaftung diesmal nicht bis zur Nacht zu warten, sondern Sören Glowacki und Leonhardt Cordes noch an diesem Nachmittag zeitgleich zu überraschen. Glowacki als Hauptverdächtigen für die Morde würden die Leute vom SEK übernehmen, Cordes als mutmaßlichen Auftraggeber die Kommissare. Jonas, der zusammen mit Anne Vareel, Daniel Kempfer und Marc Schätzele im Führungsfahrzeug saß, spürte ein aufgeregtes Kribbeln in der Magengegend. Es war das Gefühl, dass sich alle Bemühungen der letzten Wochen nun auf einen einzigen Punkt konzentrierten. Ein Finale, das hoffentlich einen Schlussstrich unter die aufwühlende Reise setzen würde, die für ihn mit der Entdeckung seines ermordeten Freundes Gotthold begonnen hatte.

Nach dem Ende ihrer Beratung war für die LKA-Beamten eine Stunde hektischer Vorbereitungen angelaufen. Jonas, der das Team wegen der erwarteten Beschlagnahmung des Elisabeth-Herzens begleiten sollte, hatte währenddessen allein in dem verwaisten Besprechungsraum gewartet. Kurz vor der Abfahrt des Konvois war Marc Schätzele vorbeigekommen und hatte ihn abgeholt. Nun saßen sie still und konzentriert auf ihren Sitzen, während der Fahrtwind monoton um den Wagen donnerte.

»Wie wird das jetzt genau ablaufen?«, erkundigte sich Jonas schließlich, der die angespannte Ruhe vor dem Einsatz deutlich weniger gut ertragen konnte als die erfahrenen Polizeibeamten.

»In Eisenach teilen wir uns auf«, antwortete Schätzele. »Eine

Einsatzgruppe vom SEK fährt zu Glowackis Wohnsitz, einem Bungalow am Stadtrand. Die andere Gruppe nimmt sich seine Firma vor, eine alte Lagerhalle in einem Gewerbegebiet. Und wir rauschen direkt hinauf zur Villa unseres gottesfürchtigen Bankiers. Die kennen Sie ja schon.«

»Und wenn Glowacki auch dort ist?«

»Ist er nicht. Lina hat vor einer Stunde bei Leonhardt Cordes angerufen und sich als frischgebackene Immobilienbesitzerin ausgegeben. Hat gefragt, ob sie Sören Glowacki mal kurz sprechen kann, weil sie einen neuen Hausmeister bräuchte. Dabei kam raus, dass Glowacki heute nicht auf dem Grundstück beschäftigt ist. Und gleichzeitig haben wir die Bestätigung, dass Cordes selbst in seiner noblen Residenz weilt.«

»Ein Testanruf. Clever.«

»Keine große Nummer. Machen wir häufiger so.«

»Aber wo Glowacki genau ist, wissen wir nicht, oder?«

»Nein. Deswegen teilt sich das SEK auch auf. Sie stürmen seinen Wohnbungalow und die Firmenhalle synchron. Und wenn er nicht da ist, tauchen sie ab und warten auf ihn.« Schätzele zuckte mit den Schultern. »Ein bisschen Glück müssen wir natürlich haben. Unabhängig davon ist Glowacki aber auch schon in der bundesweiten Fahndung.«

»Und Cordes? Ich bin mal gespannt, was passiert, wenn er mich nachher sieht.« Jonas blies erneut die Luft aus. »Ein bisschen mulmig ist mir dabei schon. Das letzte Mal, als wir uns getroffen haben, hat er mich bedroht.«

»Entspannen Sie sich und genießen Sie die Show.« Schätzele drehte sich auf dem Beifahrersitz um und zwinkerte Jonas zu. »Sie gehören zu den Guten. Und diesmal haben Sie uns dabei.«

»Ja. Das sollte mich beruhigen.« Jonas nickte dem Polizisten zu. Der Aufruhr, der in ihm brandete, legte sich jedoch auch nach den freundlich gemeinten Worten des LKA-Mannes in keiner Weise. Zumal es noch eine zweite Besorgnis gab, die ihn nicht loslassen wollte: Wenn sie mit ihren Schlussfolgerungen richtiglagen, dann würde er gleich von Angesicht zu Angesicht dem Mann gegenüberstehen, der den Mord an Gotthold in Auftrag gegeben hatte. Der das Leben dieses gutherzigen Alten beenden ließ, weil er glaubte, er könne mit einer geraubten Reliquie sein eigenes retten. Jonas wusste nicht, ob er das so einfach wegstecken konnte. Aber diese Überlegung behielt er für sich.

Fünfunddreißig Minuten nach ihrem Start erreichten sie Eisenach. Nachdem sie die Autobahn verlassen hatten, nahmen die Fahrer des Konvois die aufgesetzten Rundumleuchten von den Dächern der Wagen. Bei der Annäherung an ihre Ziele tauschten sie Geschwindigkeit gegen Unauffälligkeit.

Als sie in das Südviertel einfuhren, sah sich Jonas um. Die Fahrzeuge des Spezialeinsatzkommandos waren sämtlich verschwunden. Unterwegs zu den Orten, die man ihnen zugewiesen hatte. Er hoffte, die Männer in den dunklen Kampfanzügen würden Sören Glowacki schnell verhaften können.

»Achtung. Wir sind gleich da«, raunte Kempfer. Jonas blickte auf. Jetzt wirkten auch die LKA-Leute im Auto angespannt.

In langsamer Fahrt folgten sie der gewundenen Straße, die den Villenberg hinaufführte. Die sonnenbeschienenen Prachtbauten in ihren vom Herbstlaub bunt gefärbten Gartenanlagen bildeten einen merkwürdigen Kontrast zum ernsthaften Anlass ihrer Visite. Anne Vareel, die am Steuer saß, parkte die Limousine auf der Schotterfläche, auf der sie auch das letzte Mal gestanden hatten. Sie stiegen aus und gingen zu der efeubewachsenen Sandsteinmauer, die Cordes' Hanggrundstück begrenzte. Aus den Augenwinkeln konnte Jonas sehen, wie sowohl Schätzele als auch Kempfer mit unauffälligen Bewegungen die Schutzriemen ihrer Gürtelholster lösten, um im Bedarfsfall zügig die Waffen ziehen zu können.

Die Kommissarin tauschte einen schnellen Blick mit ihren Kollegen, dann drückte sie auf den Klingelknopf neben dem steinernen Torportal. Die Wechselsprechanlage blieb stumm, aber nach einer kurzen Spanne ertönte das bekannte Summen, und die Torflügel wichen nach innen zurück.

Genau wie bei ihrem letzten Besuch war es der in einen Nadelstreifenanzug gewandete Gregor Witte, der ihnen entgegentrat. In seinen Zügen lag ein Ausdruck echter Verblüffung.

»Wie um Himmels willen haben Sie das denn gemacht? Können Sie fliegen?«, fragte er ohne Begrüßung. »Ich habe doch erst vor fünf Minuten angerufen …«

»Wen haben Sie angerufen?«, fragte die Kommissarin.

»Na, Sie … Das heißt, die Polizei. Die Eins Eins Null.«

»Wieso?« Anne Vareel straffte sich sichtbar. »Ist etwas passiert?«

»Das kann man wohl sagen!« Witte schnaufte. »Wir haben Ihre Arbeit gemacht.«

»Und das bedeutet was genau?«

»Herr Cordes und ich, wir haben die Person gestellt, die für die Reliquien-Morde verantwortlich ist.«

»Sören Glowacki ist hier?«, rief die Kommissarin aus.

Schätzele und Kempfer zogen blitzartig ihre Waffen und spähten an dem Privatsekretär vorbei ins Grundstück. Und auch Anne Vareel hatte plötzlich eine Pistole in der Hand.

Witte wich erschrocken zurück. »Glowacki? Nein, da irren Sie sich«, sagte er schnell. Dann blickte er auf die Waffen der Polizisten. »Und keine Angst, wir haben die Frau sicher. Oben im Kaminsaal. Mein Chef passt auf sie auf.«

»Die Frau?« Anne Vareel zog die Augenbrauen zusammen.

»Ja. Wir waren ebenso überrascht wie Sie jetzt.« Auf dem Gesicht des Sekretärs erschien ein kurzes, überlegenes Lächeln. »Kommen Sie einfach mit und sehen Sie selbst.«

Ohne eine Antwort abzuwarten, drehte er sich um und eilte die Pflasterstraße hinauf, die zu Cordes' schlossartiger Backsteinvilla führte.

Der Kommissarin, Kempfer und Schätzele blieb nichts anderes übrig, als dem Sekretär mit argwöhnischen Blicken und schussbereiten Waffen hinterherzulaufen. Jonas folgte der kleinen Gruppe, hielt sich aber immer hinter den Polizisten. So, wie sie es zuvor verabredet hatten.

Zügig folgten sie der Hangstraße. Nicht lange, und sie hatten den Eingang der Villa erreicht.

»Herr Witte, stopp!«, ertönte in diesem Moment Anne Vareels schneidende Stimme. »Wir gehen zuerst rein! Haben wir uns verstanden?«

Witte, der bei der energischen Ansprache zusammengeschrocken war, verharrte. Nachdem er einen Blick in das entschlossene Gesicht der Kommissarin geworfen hatte, nickte er und ließ die Polizisten vor. Die Waffen im Anschlag, schlüpften sie in das Foyer des Gebäudes.

Jonas und der Privatsekretär ließen einen Augenblick verstreichen, dann betraten auch sie die Villa.

Als sie in das Vestibül gelangten, sahen sie die LKA-Beamten bereits durch die nächste Tür in die Kaminhalle vorrücken. Nur wenige Sekunden später hallten von drinnen laut gebrüllte Kommandos heraus.

»Keine Bewegung! Die Waffe runter!« Schätzele, wie Jonas erkannte.

»Haben Sie nicht gehört? Nehmen Sie die Waffe runter! Sofort!« Anne Vareel.

»Auf *sie* sollten Sie aufpassen!«, krächzte unversehens die wutschnaubende Stimme von Leonhardt Cordes dazwischen. »Nicht ich bin Ihr Feind! *Sie* ist es! Verstanden?«

»Die Waffe runter! Jetzt!« Wieder Schätzele.

Jonas lugte um die Ecke in den holzgetäfelten Saal. Erst mit einem kurzen Zeitverzug erfasste sein Bewusstsein das Bild, das sich ihm bot.

Die Polizisten standen versetzt nebeneinander und richteten ihre Dienstwaffen auf die Sitzgruppe vor dem großen Kamin.

Auf einem der Stühle thronte Leonhardt Cordes. Sein Gesicht war zornesrot angelaufen, und sein Atem ging hastig. In seiner Hand hielt er eine kantige Pistole. Damit zielte er auf eine junge Frau, die ein Stück von ihm entfernt auf einem zweiten Stuhl saß. Sie trug einen hellblauen Schwesternkittel.

Jonas erkannte die Frau mit den kurzen blonden Haaren

sofort wieder. Es war Hannah, die persönliche Krankenpflegerin des Bankiers. Diejenige, die ihnen bei ihrem ersten Besuch zum Tor nachgeeilt war und voller Sorge von Cordes' schwerer Herzerkrankung berichtet hatte. Doch jetzt war alles Weiche und Mitfühlende aus ihrem Antlitz verschwunden. Stattdessen starrte sie in einer Mischung aus Groll und verständnislosem Entsetzen auf ihren Arbeitgeber.

Erst zuletzt fiel Jonas der hohe Pappkasten auf, der etwas zurückgesetzt zwischen den Stühlen auf einem niedrigen Beistelltisch stand und mit seiner schmuddeligen grauen Oberfläche in dem mondänen Empfangssaal wie ein Fremdkörper wirkte.

»Herr Cordes, nehmen Sie die Waffe herunter!«, verlangte Anne Vareel noch einmal mit ruhiger, aber entschiedener Stimme. Der Lauf ihrer Pistole zielte genau auf den Bankier. »Und zwar augenblicklich!«

»Und was ist mit ihr?«, ereiferte sich Cordes und nickte zu Hannah. »Sie ist die Verbrecherin. Nicht ich. Ich will Ihnen nur helfen, verdammt!«

»Wir kümmern uns um sie. Machen Sie sich darüber keine Sorgen. Aber zuerst –«

»Sie müssen sie verhaften!« Der Bankier schnaufte.

»Herr Cordes, zum letzten Mal«, zischte die Kommissarin. »Die. Waffe. Runter!«

Endlich senkte der Bankier den Arm. Schätzele ging mit ein paar schnellen Schritten auf ihn zu und nahm ihm die Pistole ab. Dann trat er wieder zurück.

Auch Kempfer und Anne Vareel senkten ihre Waffen.

»Und jetzt atmen wir alle einmal kurz durch und beruhigen uns!«, sagte die Kommissarin.

Leonhardt Cordes setzte zu einer Erwiderung an, hielt sich aber im letzten Moment zurück.

Eine Weile herrschte Schweigen.

Jonas betrachtete den Bankier. Er hatte den Eindruck, dass dessen Gesicht noch hagerer und der restliche Körper noch aufgedunsener war als bei ihrer letzten Begegnung im Fond des Jaguars. Die Haut des Mannes schimmerte fahl.

»So, Herr Cordes«, durchbrach die Kommissarin schließlich die Stille. »Jetzt erzählen Sie uns bitte, was passiert ist.«

»Meine Krankenschwester hat mir urplötzlich ihre Liebe gestanden, das ist passiert«, entgegnete der Angesprochene mit einem verächtlichen Seitenblick auf Hannah, die reglos auf ihrem Stuhl kauerte. »Vor einer halben Stunde ist sie zu mir gekommen und hat mir eröffnet, wie lange sie mich schon heimlich vergöttert. Und dass sie jetzt den Mut gefasst hätte, mir zu sagen, wie viel ich ihr bedeute. Pah!« Er lachte bitter auf.

»Ein Liebesgeständnis von einer jungen, attraktiven Frau? Ist das so schlimm, Herr Cordes? Was stört Sie daran?«

»Der *Liebesbeweis*.« Der Bankier streckte den Arm zu dem kleinen Tisch aus. Mit einer harschen Bewegung hob er den Pappkasten wie eine Haube in die Höhe. Darunter kam ein etwa sechzig Zentimeter hohes Objekt zum Vorschein. Es verstrahlte einen matten goldenen Glanz und hatte die Gestalt eines Hauses, das auf einem hohen, mit Ranken verzierten Fuß schwebte. Seine vier Ecken waren mit kleinen Türmchen verziert. In der Mitte des Gehäuses schillerte eine gläserne Kapsel, in der sich ein kinderfaustgroßes, mit purpurnen Bändern umwundenes Gebilde abzeichnete.

Jonas wusste sofort, worum es sich bei dem prunkvollen Gefäß handelte. Das war Valerians Beute aus dem Keller der Anatomie. Das Reliquiar, das er auf dem Video in seinen Händen gehalten hatte.

Wie zur Bestätigung schnaubte Cordes: »Das Elisabeth-Herz. Sie hat es mir gebracht. Als Beweis für die Ernsthaftigkeit ihrer Zuneigung.« Er warf die leere Papphülle von sich. Mit einem lauten Zischen schlitterte sie über den Parkettboden.

Anne Vareel trat nach vorn und beugte sich über den Tisch. Ein paar Sekunden lang betrachtete sie das golden leuchtende Gefäß. »Ist es nicht genau das, was Sie die ganze Zeit ersehnt haben? Die Reliquie, die Sie rettet?«, fragte sie dann spitz und hob den Kopf. »Oder sind Sie auf einmal nicht mehr von ihren Heilkräften überzeugt?«

»Doch, das bin ich«, stieß Cordes aus, und ein tiefer Schmerz mischte sich in seinen Ausruf. »Aber doch nicht so! Ich wollte das Herz finden. Ich wollte es *kaufen.*« Er streckte seinen Arm aus und zeigte auf die Krankenschwester. »Aber sie hat dafür getötet! Um mir das Herz zu schenken, hat sie mehrere Leben ausgelöscht. Wie sonst soll sie in seinen Besitz gelangt sein?« Er lehnte sich zurück und holte ein paarmal tief Luft. Dann fügte er tonlos hinzu: »Ich habe nie gewollt, dass für meine Errettung das Blut anderer vergossen wird. Damit habe ich nichts zu tun. Das müssen Sie mir glauben!«

Die Kommissarin nickte langsam. »Sie haben das Herz nicht angenommen«, sagte sie.

»Nein. Nicht um diesen Preis. Ich rief meinen Sekretär, und zusammen haben wir die Frau festgesetzt. Dann hat Witte sofort die Polizei informiert.«

»›Die Frau‹ ... Wie das klingt«, flüsterte Hannah plötzlich. Ihre Stimme hörte sich merkwürdig entrückt an. Als wäre ihr das alles hier vollkommen unverständlich, sinnierte Jonas. Das Gesicht der jungen Krankenpflegerin bekam plötzlich etwas Maskenhaftes. »Ich wollte, dass du lebst, Leonhardt. Wollte dich überraschen. Und du? Du rufst die Polizei. Wieso nur?«

»Wieso? Du hast schwere Schuld auf dich geladen. Du bist eine Mörderin! Ist dir überhaupt klar, was du da getan hast?«

»Nichts.« Hannah schüttelte heftig den Kopf. »Nichts habe ich getan. Ich bin keine Mörderin. Ich wollte nur helfen. Dir, mein Liebster.«

»Frau Bräutigam? Hannah?«, schaltete sich Anne Vareel ein, und sie fixierte die Krankenschwester. »Woher haben Sie die Reliquie?«

»Was?« Hannahs Kopf ruckte herum.

»Elisabeths Herz.« Die Kommissarin wies auf den Schmuckbehälter. »Woher haben Sie es?«

»Von einem guten Freund. Er hat es mir besorgt.«

»Wie heißt dieser Freund?«

»Sören. Sören Glowacki.« Hannah sprach jetzt ganz ruhig, fast heiter. »Er kann das gut. Dinge besorgen. Da habe ich ihn gebeten, ob er mir nicht das Herz von dieser Elisabeth verschaffen kann. Er meinte, er tut es. Wie gesagt, er ist ein guter Freund.«

»Wie sind Sie dann daran gelangt?«

»Er hat es mir heute vorbeigebracht.«

»Und was wollte er dafür haben?«

»Weiß nicht. Wir haben noch nicht darüber gesprochen.«

»Das glaube ich Ihnen nicht, Hannah.« Die Kommissarin ging einen Schritt auf die Krankenschwester zu. »Das Herz ist sehr wertvoll. Das wissen Sie. Und er hat es Ihnen einfach so überlassen?«

»Er ist –«

»Ein guter Freund, ich weiß.« Anne Vareel atmete hörbar aus. Gerade als sie die nächste Frage stellen wollte, erklang ein kurzes Trällern. Jonas blickte zur Seite und sah, wie Marc Schätzele verstohlen sein Smartphone aus der Tasche fischte. Er las etwas auf dem Display, dann nickte er Anne Vareel unmerklich zu und ließ das Telefon wieder in die Tasche zurückgleiten.

»Hannah, sagen Sie, wo hat Sören Glowacki das Herz herbekommen?«, nahm die Kommissarin den Faden wieder auf.

»Weiß ich nicht.« Die Krankenschwester zuckte wie unbescholten die Achseln, aber Jonas konnte erkennen, dass sie ein wenig in sich zusammensank.

»Darüber müssen Sie doch gesprochen haben«, setzte Anne Vareel nach.

»Nein. Es ist mir auch egal.« Hannah sah zu Cordes, der das Gespräch mit ausdruckslosem Gesicht verfolgte. »Ich wollte doch nur Leonhardt helfen. Er hat sich das Herz so sehr gewünscht. So sehr.« Ein sanftes Lächeln erschien auf ihrem Gesicht. »Leonhardt, ich liebe dich doch.«

»Du liebst mich? So plötzlich? Einen zweiundsechzigjährigen Mann, der derart krank ist, dass er sich kaum noch ohne

Begleitung aus dem Haus getraut?«, entgegnete Cordes bissig. »Nein. Das tust du gewiss nicht! Ich kann mir gut vorstellen, was du liebst. Du liebst dieses Haus. Den Park drum herum. Und vor allem liebst du das Geld auf meinem Konto.«

Er wurde von einem Hustenkrampf geschüttelt, ließ sich davon aber in seiner Empörung nicht bremsen. »Glaubst du, ich durchschaue das nicht? Ich habe fast vier Jahrzehnte im Bankgeschäft gearbeitet. Meinst du, ich erkenne nicht, wenn jemand nur hinter meinem Vermögen her ist? Wolltest du dir das mit einem Geschenk erkaufen, an dem Blut klebt?«

Eine Weile sagte niemand etwas. Cordes sank erschöpft an die Lehne seines Sessels. Hannah blickte starr geradeaus. Anne Vareel und ihre beiden Kollegen beobachteten die Szene und warteten ab.

Jonas drehte sich nach Gregor Witte um. Der Privatsekretär stand unbeweglich hinter ihm neben der Tür. Seine Miene ließ keine Gefühlsregung erkennen. Ein wenig wirkte es, als gehöre er zu der Reihe von Ritterrüstungen, die sich an den Wänden des Saales aufreihten wie stumme Zeugen.

»Du erbärmlicher alter Mann«, schnitt mit einem Mal eine eiskalte Stimme durch den Raum. Erschrocken wandte Jonas den Kopf wieder zur Sitzgruppe. Dorthin, von wo die Worte gekommen waren. Er sah, wie sich Hannah langsam von ihrem Stuhl erhob. Ihre Augen waren fest auf Leonhardt Cordes gerichtet, und ihr Antlitz hatte sich zu einer verächtlichen Grimasse verzogen. »Denkst du, dich würde überhaupt jemand lieben?«, fauchte sie. »Nicht einmal mit deinem ganzen verfluchten Geld könntest du dir ein wenig Zuneigung erkaufen. Du hast recht. Ich liebe dich nicht. Ich hasse dich, seit ich in diesem Haus arbeite! Ich hasse deinen aufgeschwemmten Körper. Deine boshafte Visage. Den Gestank nach Schweiß und Krankheit, den du verströmst.«

Sie ging wie in Zeitlupe auf Cordes zu. Schätzele spannte sich und wollte einschreiten, aber Anne Vareel hielt ihn mit einer kurzen Handbewegung zurück.

»Aber weißt du, was ich am meisten hasse, Leonhardt Cordes?«, drang es weiter aus Hannah heraus. »Deine grenzenlose Arroganz. Wie du mich behandelt hast. Herumgescheucht und abgekanzelt, als wäre ich Dreck. Ganz der reiche Banker, der vom Glauben tönt und denkt, dass er zu den Auserwählten gehört. Dass er über allen anderen steht.« Sie lachte hysterisch auf. »Wirklich schade, Leonhardt, dass aus unserer Liebe nichts geworden ist. Ich hätte mit deinen Millionen auf deinem Grab getanzt!«

»Du falsche Schlange!« Jetzt erhob sich auch Cordes. Für einen Moment dachte Jonas, die beiden würden aufeinander losgehen, aber sie blieben dicht voreinander stehen und fixierten sich mit unerbittlichen Mienen.

»Du wirst nie wieder irgendwo einen Fuß auf die Erde bekommen, das schwöre ich dir!«, zischte der Bankier. »Ich sorge dafür, dass alle erfahren, was für ein erbärmliches Flittchen du bist.«

»Du drohst mir?«, schrie Hannah. »Sören wird dir die Fleischstücke einzeln aus deinem fetten Wanst reißen, wie er den anderen ihre jämmerlichen Körper zerpflückt hat! Du wirst darum winseln, dass er dich endlich absticht!«

Jonas nahm wahr, wie die Polizisten vielsagende Blicke tauschten. Was Hannah gerade hinausgebrüllt hatte, konnte sie nur wissen, wenn sie mit dem Mörder unter einer Decke steckte.

»Das wird schwierig«, warf Schätzele trocken ein.

Hannah fuhr zu ihm herum. »Was willst du von mir, he?«

»Ich sagte, das mit Sören wird schwierig.« Der Polizist blieb vollkommen ruhig. Ein schmales Lächeln erschien auf seinem Gesicht. »Ich habe gerade eine Textnachricht erhalten. Ihr *guter Freund* wurde vor fünfzehn Minuten von unseren Spezialkräften verhaftet. Er hat Sie als seine Auftraggeberin bezeichnet. Für die Folter und für die Tötungen. Der Ofen ist aus.«

»Nein … dieses elende Schwein! Das kann er nicht …«

Ohne Vorwarnung stürzte sie sich auf Schätzele.

Doch der schien die Attacke schon vorausgesehen zu haben. Mit einem blitzartigen Ausfallschritt wich er zur Seite, griff nach Hannahs Arm und drehte ihn auf ihren Rücken. Mit der gleichen Bewegung drückte er ihren Oberkörper nach unten. Im selben Moment sprang Kempfer von der anderen Seite heran und half seinem Kollegen, die in unbändigem Zorn tobende Frau festzuhalten.

»Hannah Bräutigam, Sie sind verhaftet«, presste Kempfer heraus.

Leonhardt Cordes war wieder auf seinen hohen Lehnstuhl zurückgesunken und musterte die Krankenschwester mit versteinerter Miene.

»Wir bringen sie nach draußen«, rief Schätzele der Kommissarin zu. »Sag Bescheid, dass sie abgeholt wird.«

Während ihre beiden Kollegen Hannah aus dem Saal eskortierten und mit Gregor Witte zusammen ins Freie verschwanden, führte Anne Vareel ein kurzes Telefonat. Dann trat sie zu Jonas, schenkte ihm ein abgespanntes, aber zufriedenes Lächeln und sagte: »Kommen Sie. Es ist Zeit, dass wir einen Blick auf das Herz von Elisabeth werfen.«

Wortlos gingen sie zu dem Tisch, auf dem das Reliquiar stand. Jonas ließ seine Augen über das liebevoll gearbeitete Behältnis gleiten. Über das kleine Haus mit dem spitzen Dach und den Türmchen, das an einen bescheidenen Palast erinnerte. Er betrachtete die ziselierten Ornamente, die das vergoldete Gefäß überzogen. Und schließlich das in Purpurbänder gebundene Herz. Er war am Ziel seiner Suche angekommen. Doch die Dramatik der letzten Minuten und die Abgründe, die dabei zutage getreten waren, hielten ihn noch immer gefangen. Sosehr er sich auch bemühte – einen Triumph vermochte er nicht zu empfinden.

»Das Herz hat kein Glück gebracht«, ertönte da die gebrochene Stimme von Leonhardt Cordes, als hätte er Jonas' Gedanken erraten. »Stattdessen brachte es den Tod.«

Jonas sah sich um. Der Bankier saß kraftlos auf seinem thronartigen Stuhl. Er wirkte unendlich müde.

»Das Herz hat niemandem den Tod gebracht«, sagte Jonas still. »Es waren Menschen, die getötet haben. Sie sind etwas nachgejagt, das sie nicht im Geringsten verstanden haben.«

Ein schmerzlicher Ausdruck erschien im Gesicht des Bankiers. »Meinen Sie, Hannah hat die Wahrheit ausgesprochen? Hasst sie mich zu Recht? Bin ich wirklich ein so verachtenswerter Mensch?« Er atmete tief durch. »Habe ich das hier alles verdient?«

Jonas schwieg eine Weile. Dann sagte er: »Ich weiß es nicht, Herr Cordes. Diese Fragen kann ich Ihnen nicht beantworten.«

Der Bankier schluckte. Dann nickte er langsam.

In diesem Moment kehrten Schätzele und Kempfer zurück in den Saal. Im Schlepptau hatten sie mehrere Polizisten und die Besatzung eines Rettungswagens.

Schätzele trat zu dem Bankier. »Herr Cordes, die Sanitäter checken Sie jetzt durch und kümmern sich weiter um Sie. Elisabeths Herz ist als Beweismittel beschlagnahmt. Meine Kollegen nehmen es gleich mit.«

Er gab zwei Beamten einen Wink. Sie zogen sich weiße Schutzhandschuhe über. Dann hoben sie das Reliquiar vorsichtig an und trugen es zügig aus dem Saal.

Bevor Jonas ihnen folgte, warf er einen letzten Blick auf Leonhardt Cordes. Der Bankier atmete schwer, und Schweiß lief über sein Gesicht. Oder waren es Tränen?

## 34

Ein kühler Herbstwind wehte durch das geöffnete Fenster in das Recherchekabinett auf der Krämerbrücke und ließ die historischen Landkarten und Skizzen an den Wänden leise rascheln. Jonas räumte den Tisch und die drei Sessel frei, auf denen sich schon wieder Packen von Papieren angesammelt hatten, und suchte nach einer Stelle in dem überladenen Raum, an der er sie halbwegs gut unterbringen konnte. Dann schloss er das Fenster und begann damit, Kaffeetassen, Wassergläser und kleine Teller mit Kuchenstückchen auf dem Tisch zu verteilen.

Es war Freitagnachmittag. Die Verhaftung von Hannah Bräutigam und Sören Glowacki lag inzwischen genau eine Woche zurück. Das aufwühlende Finale in Eisenach, das von der Beschlagnahmung von Elisabeths Herz gekrönt worden war. Direkt nach der Rückfahrt ins Landeskriminalamt hatte Jonas Gelegenheit erhalten, die Reliquie noch einmal genau in Augenschein zu nehmen und auch eine Reihe von Fotos zu machen, bevor man sie in ein auf Materialanalysen historischer Artefakte spezialisiertes Labor brachte. Dann war er nach Hause gefahren und hatte, endlich von seiner inneren Anspannung befreit, mit Fenja auf den erfolgreichen Abschluss des Falles angestoßen.

Die darauffolgenden Tage waren ruhig, fast langweilig verlaufen. Lediglich Lina, die Cyber-Fahnderin, hatte dieses gleichförmige Einerlei unterbrochen und an zwei langen Abenden Jonas' und Fenjas sämtliche Geräte von Valerians Spionageprogramm befreit, wofür sie der sympathischen jungen Frau noch immer sehr dankbar waren.

Ansonsten hatten sie aus dem Landeskriminalamt fast nichts gehört. Die Polizisten waren mit Vernehmungen und der Auswertung der verbliebenen Spuren und Beweise beschäftigt gewesen. Für heute jedoch hatte Kommissarin Vareel ihren Besuch angekündigt, um Jonas und Fenja über die Resultate ihrer Ermittlungen zu informieren.

Gerade als Jonas die letzten Geschirrteile auf der Tischplatte zurechtgeschoben hatte, setzte das Schnarren der Öffnungsmechanik ein. Die zwei Hälften des Vitrinenschranks, der den Zugang zu dem Recherchekabinett verbarg, fuhren zur Seite. Fenja und Anne Vareel betraten den Raum.

»Hallo, Jonas, wie immer gut gesichert«, begrüßte ihn die LKA-Frau, während sie schmunzelnd auf die historische Geheimtür deutete. Sie kannte Jonas' kleine Marotte bereits von früheren Besuchen und amüsierte sich jedes Mal darüber.

»Gegen Valerians Spionageprogramm hat sie leider nicht geholfen«, antwortete Jonas und lächelte zurück. »Hallo, Kommissarin.«

Die beiden gaben sich die Hand.

»Schöne neue Welt«, bemerkte Anne Vareel und zuckte mit den Schultern. »Oh, es gibt Kuchen?«

»Der gelöste Fall muss doch gefeiert werden.« Jonas griente. »Nehmen Sie Platz.«

Leise rasselnd schob sich der Vitrinenschrank wieder zusammen.

Sie setzten sich in die drei Ledersessel und bedienten sich. Eine kurze Weile plauderten sie über Belanglosigkeiten. Dann lehnte sich die Kommisssarin zurück. »Nun will ich Sie nicht länger auf die Folter spannen«, sagte sie. »Ich denke, Sie beide verdienen zu erfahren, wie sich alles zugetragen hat.«

»Haben denn Hannah und dieser Sören Glowacki gestanden?«, fragte Jonas.

»Vollumfänglich.« Anne Vareel nickte, und ein zufriedener Zug umspielte ihren Mund. »Zuerst konnten sie nicht aufhören, sich gegenseitig zu beschuldigen. Aber als wir sie dann mit den Darlegungen des jeweils anderen konfrontiert haben und mit den Aussagen von Cordes und Witte, dazu mit unseren ganzen Beweisen, da haben sie alles zugegeben.« Die Kommissarin hob die Arme in einer darbietenden Geste. »Die Mordfälle sind komplett gelöst. Und auch die Frage, wie es dazu gekommen ist.«

»Dann sind wir gespannt.«

Anne Vareel straffte sich. »Wie wir ja schon wussten, hat alles mit dem Jenaer Online-Artikel begonnen. Der todkranke Leonhardt Cordes hat ihn gelesen, und er war überzeugt, dass Gott ihm damit ein Zeichen gesandt hatte. Als eingefleischter Katholik kannte er die Berichte von den Heilungswundern an Elisabeths Grab, und er war überzeugt, das Herz der Heiligen würde seine Krankheit kurieren, wenn er es nur in seiner Nähe hätte. Von diesem Moment an wollte er die Reliquie unbedingt besitzen. Er ließ den Genealogen Stölzel die Nachkommen von Lorenz Enschütz ermitteln und schickte Witte mit seiner Million los, um die Reliquie zu kaufen. Wie wir ebenfalls wissen, erfolglos.«

Jonas nickte. »Cordes muss völlig verzweifelt gewesen sein. Erst die neue Hoffnung auf die Rettung seines Lebens. Und dann endet die Spur im Nichts.«

»Richtig.« Anne Vareel nippte an ihrem Kaffee. »Und da kommt Hannah Bräutigam ins Spiel. Sie hat das ganze Drama hautnah mitbekommen, die meisten Gespräche zwischen dem Bankier und Witte sogar direkt gehört. Als Krankenschwester war sie immer ganz dicht an Cordes dran. Und gleichzeitig wie unsichtbar. Für ihren Arbeitgeber war sie ein Niemand.« Die Kommissarin hob die Augenbrauen. »Aber dieser Niemand besaß Augen und Ohren. Und einen vergifteten Geist. Genährt von steter Demütigung und einem tiefen Neid auf den Reichtum ihres Arbeitgebers.«

»Also wollte sie Cordes' Zwangslage für sich nutzen und die Reliquie auf eigene Kappe besorgen …«

»Ja. Sie hat alles eiskalt geplant. Sie glaubte, wenn sie dem in Todesangst erstarrten Bankier Elisabeths Herz zu Füßen legte, würde er ihr bis in alle Ewigkeit dankbar sein. Und wenn sie ihn dabei nur geschickt genug umgarnte, könnte er sie vielleicht sogar heiraten. Oder gleich als Erbin einsetzen. Sie wollte nicht die Prämie von einer Million. Sie wollte das gesamte Vermögen. Cordes hat ja keine Familie. Und Witte steht ihm nicht wirklich nahe. Als Untergebener ja, aber nicht als Mensch. Sie hätte also keine Konkurrenz gehabt.« Die Kommissarin sah auf. »Aber zuerst musste sie die Reliquie irgendwie heranschaffen.«

»Und dazu brauchte sie einen Helfer, der möglichst keine Skrupel hatte«, folgerte Jonas.

»Sören Glowacki.«

»Und wie ist er an Bord gekommen?«

»Er war Hannahs Freund. Ihr Geliebter. Sie arbeiteten beide für Cordes, und dabei haben sie sich kennengerlernt. Glowacki war ihr vollkommen hörig. Er hätte alles für sie getan. Also hat sie ihn beauftragt, die Reliquie für sie aufzutreiben. Koste es, was es wolle. Und sie hat ihm versprochen, nach dem Coup das Geld des Bankiers mit ihm zu teilen und gemeinsam ein neues Leben anzufangen. Ohne Cordes, der vermutlich ohnehin nicht mehr lange zu leben hätte. Denn an die Heilwirkung des Herzens glaubte Hannah keineswegs. Das war auch egal, solange nur ihr Arbeitgeber von dessen wundersamen Kräften überzeugt war.«

»So hat Glowacki die Nachfahren von Lorenz Enschütz noch einmal besucht«, stellte Jonas bitter fest. »Nur nicht mit einer Million in der Tasche wie Gregor Witte, sondern stattdessen mit Folterzange und Messer.«

»Exakt. Hannah selbst war nie dabei. Die Drecksarbeit hat sie ihrem Freund überlassen. Sie war der Kopf und er ihr Werkzeug.« Die Kommissarin atmete hörbar aus. »Zuerst hat Glowacki sich Volker Rudloff vorgenommen. Aber der wusste von keiner Reliquie und starb vollkommen ahnungslos. Als Zweites suchte er Franziska Enschütz auf, aber die Sportlehrerin war gerade an der Ostsee, sodass er nur ihre Wohnung filzen konnte. Wieder ohne Erfolg.«

»Und dann ging er zu Gotthold ...« Jonas senkte den Kopf.

»Ja. Laut Glowackis Aussage hat sich Gotthold unerwartet tapfer gegen die Schmerzen gewehrt. Aber am Ende hat er geredet. Hat verraten, dass er der Hüter des Herzens ist. Dass die Reliquie sich aber nicht in seinem Besitz befindet, sondern in einem unbekannten Versteck. Und dass das Rätsel auf der Silbertafel in seinem Tresor den Weg dorthin weist.«

»Von mir hat Gotthold dabei offenbar nichts erzählt«, sagte Jonas tonlos.

»Nein. Ihre Existenz als möglicher nächster Hüter, das Vermächtnis, das für Sie bei der Notarin hinterlegt war, den alten Schlüssel, den er Ihnen zuvor geschenkt hatte, all das behielt er für sich. Er hat Glowacki etwas gegeben, aber nicht alles. Sie hat er geschützt, Jonas. Sonst hätten Sie noch am selben Tag Besuch bekommen.«

»Damit hat er mir wahrscheinlich das Leben gerettet. Gotthold, er …« Jonas versagte die Stimme.

Einen Moment herrschte Schweigen. Der Wind rüttelte sacht an den Fensterflügeln, und die Sonnenstrahlen, die durch die schnell ziehenden Wolken drangen, warfen ein wechselndes Licht in den Raum.

»Und wie ging es dann weiter?«, fragte Fenja schließlich leise.

»Nachdem Glowacki Gotthold heimgesucht hatte, waren die verbliebenen Nachfahren sicher. Er hatte den Erben des Herzens ja gefunden. Aber nicht das Herz selbst. Als er seiner Freundin nach Gottholds Ermordung stolz die Silbertafel präsentierte, ist sie ausgerastet. Mit dem Rätsel konnte sie nichts anfangen. Und Glowacki schon gar nicht. Sie hatten keinen blassen Schimmer, wie es weitergehen sollte. Ähnlich wie zuvor bei Witte mit seiner Million drohte auch ihre Spur für immer zu erkalten.«

Die Kommissarin nippte noch einmal an ihrem Kaffee. »Und dann kam den beiden der Zufall zu Hilfe. Als wir mit Ihnen zusammen bei Cordes zu unserer ersten Befragung aufgetaucht sind, hat Hannah Sie wiedererkannt.«

»Mich? Wiedererkannt?« Jonas runzelte die Stirn. »Von wo?«

»Von einem Foto. Von einer Aufnahme, die Glowacki von Ihnen gemacht hatte. Ich habe eine Kopie mitgebracht.« Die LKA-Frau griff in ihre Jackentasche und zog einen Fotoabzug hervor. Kommentarlos reichte sie ihn Jonas.

»Das gibt's doch nicht«, entfuhr es ihm, als er auf das Bild blickte. Die Aufnahme war auf dem Friedhof gemacht worden. Jonas und Fenja standen mit gesenkten Köpfen an Gottholds offenem Urnengrab. Daneben lag das Blumengesteck mit dem mexikanischen Tukan, das sie mitgebracht hatten.

»Was ist das?«, erkundigte sich Fenja.

»Gottholds Beerdigung.« Er hielt das Foto hoch. »Du hattest recht damals. Der Fotograf neben dem Gebüsch. Von dem wir dachten, er wäre vom LKA. Oder von der Presse. Ich habe ihn danach völlig vergessen.«

»Das war Sören Glowacki«, erklärte Anne Vareel. »Hannah hatte ihn zur Bestattung geschickt, weil sie sehen wollte, wer Gotthold nahestand. Und vielleicht etwas von dem Herzen wusste, das der alte Enschütz ihrem Freund nicht gesagt hatte. Es war ein völliger Schuss ins Blaue. Aber sie konnten nicht wählerisch sein. Sie wussten nicht, was sie sonst tun sollten.«

»Und dann? Was haben sie mit dem Foto gemacht?«

»Sie haben versucht herauszukriegen, wer Fenja und Sie sind. Aber damit kamen sie nicht wirklich weiter. Das Bestattungsinstitut hat Ihre Namen nicht herausgegeben. Und andere Hinterbliebene existierten nicht, die sie hätten fragen können. Es war nur eine weitere kalte Spur.«

»Und dann bin ich mit einem Pulk LKA-Beamter bei Cordes in der Villa aufgetaucht …«

»Von diesem Tag an wusste Hannah, wer Sie sind. Dass Sie mit dem Fall zu tun haben. Dass Sie eng damit verknüpft sind. Cordes und Witte haben sich nach dem Besuch über Sie ausgetauscht. Als der Bankier so treffend mutmaßte, dass Sie für uns nach dem Herzen suchen, und nachdem er sogar versucht hatte, Sie für sich zu rekrutieren – in der vollen Überzeugung, dass Sie fähig wären, das Herz auch zu finden –, da reifte in ihr ein neuer Plan.« Die Kommissarin zuckte bedauernd die Schultern. »Sie wurden zum Beobachtungsobjekt. Hannah beauftragte ihren Freund Glowacki, sich an Sie dranzuhängen, damit Sie ihn zum Herzen führen. Sein Job als selbstständiger Hauswart und Parkpfleger hat ihm genügend Freiraum gelassen, unauffällig zu verschwinden, wann immer er wollte. Seit Ihrer Fahrt auf die Wartburg war er Ihr Schatten.«

Fenja räusperte sich. »Und damit auch in Creuzburg«, meinte sie ausdruckslos.

»Ja. Als Sie nach dem Lösen des ersten Rätsels spontan dorthin weitergefahren sind, ist er an Ihnen drangeblieben. Wie wir jetzt wissen, hat er tatsächlich in dem Burghotel übernachtet, in dem Sie auch abgestiegen sind. Unter falschem Namen. Auf demselben Flur. Sein Auto hatte er gleich unterhalb der Anlage in einer Einfahrt versteckt. Und als Sie am frühen Morgen aufgebrochen sind, ist er Ihnen wieder gefolgt.«

»Das Geräusch, das ich im Burghof gehört habe …«

»War er. Glowacki hat beobachtet, wie Jonas die Weinkiste aus dem Kellerabgang heraufgeholt hat. Und wie wir vermutet haben, hielt er sie für die verpackte Reliquie. Da hat er spontan beschlossen, sie Ihnen auf der Fahrt abzujagen.«

»Warum nicht gleich im Burghof? Es war dunkel. Eine günstige Gelegenheit.«

»Sie waren zu zweit. Sie hätten sich wehren können. Oder losschreien. Das Hotel war voller Gäste. Die wären schnell zur Stelle gewesen.« Die Kommissarin schüttelte den Kopf. »Nein. Er wollte lieber die Fahrt nutzen. Den ultimativen Überraschungseffekt. Die brachiale Variante, sozusagen.«

»Hat Glowacki etwas dazu ausgesagt, ob er uns an diesem Morgen umbringen wollte?«, fragte Fenja.

»Ja, dazu hat er sich auch geäußert. Wenn Sie es im Nachhinein beruhigt: Er wollte Sie nicht töten. Das hatte ihm seine Freundin strikt verboten. Sie war überzeugt, dass Sie als Einzige in der Lage wären, die Reliquie zu finden. Bis sie das Herz in den Händen hielt, mussten Sie leben.«

»Auch wenn der Unfall am Ende relativ glimpflich ausgegangen ist … Wir hätten trotzdem dabei draufgehen können.«

»Das hat Hannah auch so gesehen.« Anne Vareel lächelte freudlos. »Sie hat Glowacki wegen seiner unüberlegten Aktion gehörig den Kopf gewaschen. War stocksauer, dass er mit dem Angriff ihr Projekt gefährdet hatte.«

»Aber sie haben weitergemacht mit der Beschattung, nicht wahr?«, forschte Jonas nach.

»Mit anderen Autos, ja. Von Kumpels unter einem Vorwand geliehen. Der Chevy-Transporter war Ihnen ja seit dem Angriff bekannt.«

»Und so ist Glowacki in unserem Fahrwasser nach Jena in das Anatomische Institut gekommen …«

»Es war genau, wie wir vermutet haben. Was diesen Tag betrifft, hat sich alles bestätigt.« Die Kommissarin neigte den Kopf. »Er hat übrigens einen riesigen Schrecken gekriegt, als Dr. Kobler plötzlich im Vorraum auf ihn zugekommen ist. Hat gedacht, jetzt hätte man ihn ertappt. Doch der Professor hat ihn nur gebeten, beim Wegstapeln der Kartons zu helfen.«

»Und dann ist er uns gefolgt, wie es auf dem Video zu sehen war.«

»Ja. Er hat alles belauscht, die Festplatte gestohlen, Valerian darauf erkannt und ihn am Abend umgebracht.«

»Dann habe ich Glowacki mit meinen Recherchen gewissermaßen zu seinem Opfer geführt.« Jonas schluckte. »Letzten Endes habe ich eine Mitschuld an seinem –«

»Nein, das haben Sie nicht!«, unterbrach ihn Anne Vareel energisch. Sie sah Jonas fest an. »Sie konnten von alledem nichts ahnen. Sie müssen sich verbieten, so etwas auch nur zu denken, hören Sie, Jonas? Sie haben einen tollen Job für uns gemacht. Haben das Herzversteck gefunden, wie es Ihr offizieller Auftrag war. Wenn sich Glowacki oder auch Valerian auf Ihre Spur gesetzt haben, dann ist das nicht Ihr Verschulden. Die haben das gemacht, weil sie Straftäter sind. So klar liegen die Verhältnisse. Und daran dürfen Sie keinen Zweifel zulassen.«

Einen Moment schwieg Jonas und dachte über die Worte der Kommissarin nach. Natürlich wusste er, dass sie recht hatte. Ihn traf keine Schuld. Jedenfalls keine direkte. Keine vorwerfbare. Trotzdem war es ein extrem bedrückendes Gefühl, dass sie die ganze Zeit über zwei Schatten gehabt hatten. Einen digitalen und einen menschlichen. Und dass sie auf der Spur von Elisabeths Herz von diesen Schatten begleitet worden waren, bis am Ende ein Mensch sein Leben verloren hatte.

»Und Leonhardt Cordes? Hat er wirklich nichts von Hannahs Plänen geahnt? Dass sie auf der Jagd nach der Reliquie war?«, erkundigte sich Fenja schließlich.

Die Kommissarin blickte auf. »Nein, das hat er tatsächlich nicht. Da sind wir uns sicher.«

»Aber dann, als Hannah ihm das Herz brachte, warum hat er es nicht einfach genommen? Wenn es nach seiner Überzeugung die einzige Möglichkeit ist, sein Leben zu verlängern?«

»Leonhardt Cordes ist ein skrupelloser Mensch. Das zeigt auch sein früheres Geschäftsgebaren als Bankier, wie wir inzwischen wissen«, entgegnete Anne Vareel. »Aber am Ende gab es für ihn doch eine Grenze. Eine moralische rote Linie, die er nicht zu übertreten bereit war.« Sie sah Fenja an. »Hannah hat das bis heute nicht verstanden. Sie war zutiefst überzeugt, dass Cordes verkommen genug ist, um das Herz anzunehmen, selbst wenn sie es durch Mord erlangt hatte. Sie hielt ihn für jemanden, der absolut egoistisch denkt. So wie sie selbst. Als wir Hannah verhaftet haben, war sie regelrecht geschockt. Nicht weil wir da waren. Sondern weil Cordes das Herz abgelehnt hatte. Eine Entscheidung, die sie einfach nicht begreifen konnte.«

»Deshalb hat sie die Kontrolle verloren und ist ausgerastet«, stellte Jonas fest.

»Ja.« Die Kommissarin grinste schwach. »Gut für uns. In dem Moment hat sie sich selbst ans Messer geliefert.«

»Und Cordes? Was passiert jetzt mit ihm?«, erkundigte sich Fenja.

»Von unserer Seite nichts. Dass er Hannah festgesetzt hat,

ist ihm nicht vorzuwerfen. Die Pistole besitzt er als Hobbyjäger legal. Und die Bedrohung von Jonas müssen wir nicht so hoch hängen. Vermutlich hat er ja wirklich nicht mehr lange zu leben.«

»Und Hannah und Glowacki gehen für lange Zeit hinter Gitter«, meinte Jonas. »Der einzige Lichtblick in dieser traurigen Geschichte.«

»Ja. Für wie viele Jahre, entscheidet natürlich das Gericht. Aber wir übergeben einen sauber ausermittelten Fall. Mit vollen Geständnissen und eindeutigen Beweisen. Bei seiner Verhaftung haben die Kollegen in Glowackis Firmenhalle alles gefunden. Das Tatmesser. Die Storchenschnabelzange, mit der er seine Opfer gefoltert hat. Den Overall, den er dabei trug. Den gestohlenen Chevrolet mit falschen Nummernschildern. Und auch die Silbertafel aus Gottholds Wandtresor.« Die Kommissarin drehte sich zu Jonas um. »Die erhalten Sie übrigens zurück, dafür ist gesorgt. Ich könnte mir vorstellen, dass Ihnen das wichtig ist. Und immerhin haben Sie die Tafel ja offiziell geerbt.«

»Ja.« Jonas nickte langsam. Dann sagte er: »Eine Frage habe ich noch. Warum ist uns Hannah damals nachgelaufen? Als wir das erste Mal bei Cordes in der Villa waren. Warum hat sie uns auf seine Herzerkrankung hingewiesen? Immerhin liegt darin die Begründung für alles.«

»Diesbezüglich war sie naiv. Sie dachte, wenn sie ihren Arbeitgeber als hinfällig und fragil darstellt, würden wir ihn für unverdächtig halten und in Ruhe lassen. Und damit auch sie und ihren geheimen Plan.« Die Kommissarin biss in ein Kuchenstück. Dann fügte sie hinzu: »An diesem Tag sind wir übrigens, ohne es zu wissen, auch Hannahs Freund begegnet. Als wir mit Witte durch den Park zur Villa hinaufgelaufen sind, hat Glowacki eine Baumkrone beschnitten. Eine kleine Akazie.«

Dunkel erinnerte sich Jonas an den Mann in dem grünen Arbeitsoverall. »Ich weiß. Ich habe damals auch kurz hingeschaut«, murmelte er wie für sich selbst. »Wenn wir immer wüssten, was wir sehen ...«

Fenja goss Kaffee nach. Dann sagte sie: »Um einmal über etwas Erfreuliches zu sprechen: Was passiert jetzt eigentlich mit Elisabeths Herz? Wenn die Untersuchungen beendet sind und es als Beweismittel nicht mehr gebraucht wird, gibt es doch sicher eine feierliche Präsentation. Wissen Sie schon etwas darüber?« Neugierig blickte sie zu Anne Vareel.

Doch die LKA-Frau antwortete nicht. Stattdessen strich sie sich mit spitzen Fingern durch die Haare. Eine Verlegenheitsgeste, die Jonas von der taffen Kriminalistin bisher gar nicht kannte.

Einen Moment herrschte Stille im Raum.

Schließlich meinte die Kommissarin ernst: »Es gibt da etwas, was ich Ihnen heute eigentlich nicht sagen wollte. Nicht, bis wir die Sache bereinigt haben.« Sie hob die Arme zu einer kapitulierenden Geste. »Aber ich möchte Sie auch nicht anlügen. Jetzt, wo Fenja gefragt hat.«

Jonas wurde sofort hellhörig. »Ist etwas mit dem Herzen?«, stieß er erschrocken aus.

»Es ist verschwunden.« Auf dem Gesicht von Anne Vareel erschien ein freudloser Zug.

»Seit wann?«

»Gestern Nachmittag.«

»Was genau ist passiert?«

»Sie wissen, dass die Reliquie gerade genauer untersucht wird. In einem Labor, das auf Analysen historischer Artefakte und Materialien spezialisiert ist. Bevor wir das Herz freigeben, wollen wir das Beweisstück in allen Details dokumentieren. Schließlich handelt es sich um das Corpus Delicti unseres Falles.«

»Das weiß ich. Aber wie konnte es da verschwinden?«

»Das Labor gehört nicht zum Landeskriminalamt. Mit antiken Objekten besitzen wir zu wenig Erfahrung. Dafür braucht es Fachleute, die wir nicht im Hause haben.« Die Kommissarin sah auf. »Deshalb wurde das Herz für die Dauer der Untersuchung in eine externe Einrichtung gegeben.«

»Hat man dort nicht ebenso gut darauf aufgepasst wie beim LKA? Bei der Bedeutung, die die Reliquie besitzt?«

»Doch, hat man. Aber gestern ist ein hochrangiger Kunstexperte des Bistums Erfurt erschienen, mit einer vom LKA autorisierten Genehmigung, das Herz für eine kirchenhistorische Bewertung auszuleihen.« Anne Vareel seufzte missmutig. »Er hat es mitgenommen.«

»Ist das ein Problem?« Jonas hob die Hände. »Der Mann gibt seine Einschätzung ab und bringt die Reliquie zurück. So etwas kann ja nicht ewig dauern.«

»Es ist ein Problem.«

»Wieso?«

»Ein Mitarbeiter des Labors bekam nach der Übergabe ein ungutes Gefühl und hat bei den beteiligten Institutionen nachgefragt. Und dann kam das böse Erwachen. Im Bistum kennt man diesen Kunstexperten nicht. Und das LKA hat auch keine Autorisierung ausgestellt. Bei dem Dokument handelte es sich um eine Fälschung. Und der Überbringer war ebenfalls nicht echt.«

»Oh!«

»Leider kam die Nachfrage zu spät. Der ominöse Experte war längst mit dem Herzen auf und davon.«

»Und was passiert jetzt?«

»Es wird mit großem Kräfteeinsatz nach dem Mann gefahndet. Und gleichzeitig versuchen wir, die Sache irgendwie unter der Decke zu halten. Immerhin weiß die Öffentlichkeit seit der Verhaftung von Bräutigam und Glowacki von der Existenz des Herzens. Die Entdeckung der Reliquie der heiligen Elisabeth ist eine Pressesensation. Das wird Ihnen nicht entgangen sein.«

»Ist es nicht. Die Zeitungen waren voll davon.«

»Wir hoffen, den Dieb zu erwischen und das Herz zurückzubekommen, bevor die Tat publik wird. Deshalb möchte ich Sie beide auch bitten, die Information darüber vorerst vertraulich zu behandeln.«

»Okay.« Jonas blies hörbar die Luft aus. »Dann hoffen wir mal, dass Sie den großen Unbekannten bald kriegen.«

»Ja.« Die Kommissarin nickte. »Nur dass es inzwischen kein Unbekannter mehr ist.«

»Sie wissen, wer das Herz gestohlen hat?«, fragte Jonas verblüfft.

»Mit Namen und Adresse. Am Empfangstresen des Labors gab es eine Kameraüberwachung. Er wurde eindeutig identifiziert.«

»Und? Nun sagen Sie schon, wer ist es?«

»Einer der Enschütz-Nachfahren. Rüdiger Benradt.«

»Was? Benradt hat sich das Herz geholt?«

»So sieht es aus. Seitdem suchen wir ihn. Aber er ist wie vom Erdboden verschluckt.«

Jonas schüttelte verständnislos den Kopf. »Was will er mit dem Herzen? Er schien ja das Gegenteil eines Reliquienverehrers zu sein. Und so wenig ich ihn leiden konnte, das habe ich ihm abgenommen.«

»Wenn wir das wüssten, wären wir schon einen großen Schritt weiter.« Anne Vareel zuckte die Achseln. »Es nützt alles nichts. Wir müssen die Fahndung abwarten.«

»Dann hoffen wir mal, dass Sie ihn bald erwischen.«

Eine Spanne lang schallte nur der leise Geräusche-Mix der Stadt durch das Recherchekabinett. Jonas sank in seinem Sessel zurück. Die Nachricht vom Verschwinden des Herzens drang erst langsam so richtig zu ihm durch. Dass nach dem Abschluss des Falles noch einmal jemand nach der Reliquie greifen würde, war nicht zu erwarten gewesen. Und dann dieser merkwürdige Benradt. Wenigstens war die Identität des Diebes bekannt. Jetzt blieb ihnen nur, auf die Routine des Polizeiapparates zu vertrauen.

»Ich muss allmählich wieder los«, erklärte die Kommissarin nach einer Weile. Während sie sich erhoben, fragte sie Fenja: »Wie ist eigentlich die Sache bei Ihnen ausgegangen? Das Gemeinschaftsprojekt Ihres Geo-Instituts mit Valerians Firma?

War jetzt Ihre ganze Arbeit umsonst, die Sie da hineingesteckt haben?«

»Nein, ich hatte Glück«, antwortete Fenja. »CENTURICON wird von Valerians Partnern weitergeführt, und sie wollen auch die Kooperation mit dem Institut fortsetzen, für das ich tätig bin. Die GEO-Software ist gut. Sie hatten schon Jahre daran gearbeitet. Valerian hat sie nur für seine Zwecke entfremdet. Aber jetzt soll sie sogar noch ausgebaut werden. Natürlich ohne das Spionagetool.« Sie lächelte. »Und ich bleibe bei uns die Projektleiterin.«

»Glückwunsch!« Jetzt lächelte auch Anne Vareel. »Das freut mich. Wirklich.« Sie deutete zum Tisch. »Und Ihnen beiden danke für den Kuchen!«

In diesem Moment ertönte ein Klingelton. Die Kommissarin zog ihr Smartphone aus der Tasche, trat zur Seite und führte ein kurzes Gespräch. Dann kam sie zurück an den Tisch. Ihr Gesicht war blass, als sie sagte: »Das waren die Kollegen. Benradt ist aufgetaucht. Mit Elisabeths Herz. Auf dem Domplatz.« Die Ermittlerin blickte Jonas und Fenja beunruhigt an. »Sie sagen, er hätte dort irgendetwas Unheimliches vor.«

## 35

*Wald bei Eisenach, Mai 1670*

Jetzt, da der Anstieg steiler wurde, schnaubten die beiden Rappen und stemmten sich mit doppelter Kraft in ihr Geschirr, beinahe so, als wollten sie auf dem letzten Abschnitt der Fahrt noch einmal ihre Treue unter Beweis stellen. Die Räder des leichten Reisewagens rumpelten knirschend über die ausgewaschene Straße, die von der Stadt Eisenach hinauf auf den Berg führte.

»Sieh, Caroline, dort oben. Da ist sie, die Wartburg. Jetzt dauert es nicht mehr lange, und wir sind da.« Lorenz zeigte auf die Silhouette der mächtigen Wehranlage, die schräg über ihnen zwischen den Baumwipfeln aufblitzte.

»Ja, ich sehe sie. Sie ist schön, aber mir erscheint sie auch ein wenig beängstigend«, entgegnete Caroline. Das nahende Ziel ihrer Reise ließ die Bedenken in ihrem Inneren wieder aufflammen. »Bist du dir wirklich sicher, dass es eine gute Idee ist, diese Johanna aufzusuchen? Und ihr alles zu offenbaren?«

»Melchior zur Linden war ihr Mann. Wir müssen ihr die Wahrheit sagen. Das schulden wir Gott und auch Johannas ehrenhaftem Gemahl. Sorge dich nicht, wir haben doch alles gut bedacht.«

»Und der Professor? Er verlässt sich auf unser Schweigen.«

»Ich habe keinen Zweifel, dass unser Weg hierher der richtige ist. Vertraue mir, Caroline, wie du mir bisher vertraut hast.«

»Das will ich tun, Lorenz. Und ich bete zu Gott dem Herrn, dass er dich und mich in dieser Sache recht anleiten möge. Nach all der Bedrängnis, die wir in Jena erleben mussten.«

Noch immer wurde ihr Gemüt schwer, wenn sie sich an die dramatische Nacht in den Gewölben der Anatomie erinnerte. An den heimtückischen Brudermord, den Philipp an Melchior begangen hatte, und an die Gier in den Augen des Junkers. Am

Ende waren zwei Menschen tot gewesen. Zwei Männer, die niemals in diesem Keller gewesen wären, wenn sie Professor Rolfinck nicht hintergangen hätte.

Zusammen mit Lorenz hatte Caroline die beiden leblosen Leiber in einem Seitenverschlag der unterirdischen Räume versteckt. Am Morgen danach war sie mit dem Studenten vor den Mediziner getreten und hatte ihren Frevel und dessen düsteren Ausgang ohne alles Beschönigen eingestanden. Werner Rolfinck war zuerst entsetzt gewesen, aber am Ende hatte er die Nöte ihrer Entscheidungen verstanden und ihr vergeben.

Doch damit war es noch nicht vorbei gewesen. Viel größere Besorgnis hatte dem Professor der Skandal bereitet, den die versuchte Reliquienfälschung in der Jenaer Bevölkerung heraufbeschwören würde. Und außerdem gab es da noch die Leichen der beiden Eisenacher Brüder. Schließlich hatte der Mediziner entschieden, die düsteren Ereignisse vor aller Augen zu verbergen, wozu einige diskrete und gleichwohl entschlossene Schritte notwendig gewesen waren.

Lorenz hatte den Auftrag erhalten, unbemerkt in das Zimmer des Junkers im Gasthaus »Zur Sonne« einzudringen und das Herz der Elisabeth samt dem verräterischen falschen Reliquiar aus der Reisetruhe des Junkers zu holen, was ihm auch gelungen war.

Dittrich, der treue Anatomieknecht, war vom Professor ins Vertrauen gezogen worden und hatte nach dessen Order die Leiber von Philipp und Melchior im Schutze der Nacht vor die Stadtmauern gebracht. Dort hatte er sie an einem bekanntermaßen von Duellanten bevorzugten Ort abgelegt, und zwar auf eine Weise, dass man an eine für beide Brüder tödlich verlaufene Fehde glauben musste. Bei seinem nächtlichen Ausflug war dem Knecht zugutegekommen, dass der stets mit Tüchern abgedeckte Pferdewagen der Anatomie von allen gefürchtet und gemieden wurde, auch von den Wachen an den Stadttoren, die Dittrich seit Jahren kannten und ihn im Wissen um sein unheimliches Gewerbe stets unbehelligt passieren ließen.

So war es dem verschworenen Zirkel um Werner Rolfinck am Schluss tatsächlich gelungen, den Mantel des Schweigens über die unseligen Ereignisse im Keller der Fakultät zu breiten. Lediglich seinen Rektor Johann Friderici hatte der Anatom in einem vertraulichen Schreiben unterrichtet, begleitet von der dringenden Empfehlung, die Verschleierung der Tragödie im Interesse des guten Rufes der Universität abzusegnen, was Ihre Magnifizenz aus ebendiesem Grunde auch widerspruchslos getan hatte.

Am Ende war nur noch eine bedeutungsvolle Frage offengeblieben. Nämlich die, was nun aus dem Corpus Delicti werden sollte. Dem heiligen Herzen. Wollten sie sein Geheimnis wahren und damit auch ihr eigenes, so durfte das Herz niemals in Erscheinung treten. Die Reliquie besaß jedoch einen so unermesslichen Wert, dass die Eingeweihten es als oberste Pflicht betrachteten, sie zu bewahren. Schließlich hatte der Professor entschieden, dass es von nun an die ehrenhafte Aufgabe seines vertrauten Studenten Lorenz sei, auf alle Zeiten für die Sicherheit von Elisabeths Seelenhort Sorge zu tragen.

»Ho, langsam, ihr Ungestümen!«, rief Lorenz und zog die Zügel der beiden Rappen an. Die Straße nahm eine letzte Biegung, während die Bäume zu beiden Seiten zurückwichen und den Blick auf den Bergrücken freigaben, auf dem die mächtige Wartburg thronte. Instinktiv schienen die Pferde das nahende Ende der Fahrt vorauszuspüren und damit auch die Aussicht auf das labende Futter, das ihnen nach jeder mühseligen Etappe zugestanden wurde. Nervös trippelten sie voran.

»Ruhig, geduldet euch doch, ihr habt es gleich geschafft«, setzte Lorenz noch einmal nach, während er versuchte, ein Ausbrechen des ächzenden Reisewagens zu verhindern.

Caroline griff in den eisernen Bügel, der den Kutschbock wie eine Armlehne umfing, und hielt sich nach Leibeskräften daran fest. Nicht lange, und sie erreichten das kleine Hochplateau vor der Burg. Inzwischen hatte Lorenz die Rappen wieder vollends im Griff. Langsam rollte der Wagen auf das Torhaus zu, das den Zugang zu den Anlagen schützte wie ein großes verschließbares Maul. Noch bevor sie die heruntergelassene Zugbrücke erreichten, kamen ihnen zwei waffenstarrende Torwächter entgegen.

»Halt, Fremder!«, tönte der Größere von ihnen, ein beinahe sieben Fuß messender Hüne mit einem wirren Vollbart. »Wer seid Ihr, und was ist Euer Begehr?«

Lorenz hielt das Gespann an. »Zum Gruß!«, rief er unbeeindruckt und nickte dem Riesen munter zu. »Ich bin Lorenz Enschütz aus Jena, und die Frau neben mir heißt Caroline Dreissigacker. Wir kommen, um die Adelsdame Johanna zur Linden zu sehen. Eine Depesche hat unseren Besuch schon vor zwei Tagen angekündigt. Schickt nach ihr, und sie wird Euch die Visite zweifellos bestätigen.«

Der Hüne grummelte eine unverständliche Erwiderung in seinen Bart. Dann drehte er sich um und pfiff einen schmächtigen Burschen herbei, der bis eben im Schatten des Torhauses herumgelungert hatte. Eiligen Schrittes kam der Gerufene heran. »Lauf zur Witwe Johanna und bestelle ihr, ein Lorenz aus Jena fragt nach ihr«, blaffte der Wächter. »Aber beeil dich, sonst setzt es was!«

Wie ein Blitz wieselte der Junge davon.

»Bekümmere dich nicht, es wird alles gut werden«, flüsterte Lorenz Caroline zu und lächelte sanft. Er spürt meine Beklommenheit, dachte sie, wie er alles spürt, was ich fühle. Die Worte des Studenten ließen ihren inneren Aufruhr ein wenig schwächer werden. Aber ein Rest davon blieb. Noch immer fürchtete sie sich vor der Begegnung mit der Frau, deren Angetrauter im Keller der Anatomie vor ihren Augen gestorben war.

Es dauerte nicht lange, dann kehrte der Bursche zurück. Er stellte sich auf die Zehnspitzen und raunte dem hochgewachsenen Wächter etwas ins Ohr. Dann verschwand er wieder in den dämmerigen Winkeln des Torhauses.

Unterdessen wandte sich der Hüne zu Lorenz um. »Die Witwe erwartet Euch!«, rief er. »Fahrt mit Eurem Wagen in die

Vorburg, dort wird man sich der Rappen annehmen. Johanna zur Linden harrt Eurer im Garten.«

»Habt Dank!«, entgegnete Lorenz überschwänglich, aber der Wächter winkte nur harsch ab und trat zusammen mit dem zweiten Bewaffneten zur Seite.

Lorenz ließ die Zügel etwas nach und schnalzte mit der Zunge. Die Rappen zogen an und hielten auf den hohen Torbogen zu. Während die Hufe laut über die mächtigen Holzbohlen der Zugbrücke donnerten, blickte Caroline ängstlich in den schartigen Abgrund, den der schmale Plankenweg überspannte. Dann tauchten sie in den Schatten des tunnelhaften Torgebäudes ein.

An dessen Ende öffnete sich der erste Hof der Burg. Das Knirschen ihrer Wagenräder hallte spitz von den steinernen Gemäuern wider, die links und rechts in die Höhe ragten wie die Felswände eines engen Tales. In der Mitte der Vorburg kam ihnen ein kräftiger Geselle in einer ledernen Schürze entgegen, der sich als Stallmeister vorstellte. Lorenz überließ die Pferde samt Wagen dessen Obhut, lediglich seinen Reisetornister nahm er von der Kutsche und schulterte ihn.

Einem Fingerzeig des Stallmeisters folgend, durchquerten sie den Hof und ein weiteres Torhaus, bis sie schließlich auf ein weites, umfriedetes Plateau gelangten. Zu ihrer Linken erhob sich der hohe, von einem spitzen Dach gekrönte Bergfried. Gleich daneben schloss sich ein mächtiger Bau mit langen Reihen von Bogenfenstern an.

»Lorenz, schau nur, dort vorn. Der Garten!«, rief Caroline und zeigte an das andere Ende des Plateaus. »Und siehst du die Frau, die neben dem Wasserbecken steht? Das muss sie sein.«

»Du hast recht. Lass uns zu ihr hinübergehen«, antwortete Lorenz.

Gemeinsam betraten sie das mit einem niedrigen Holzzaun umgebene Karree, in dem Gemüse, Blumen und Kräuter wild durcheinanderwuchsen wie in einem den Burgmauern entrückten Paradies.

Die Frau blickte auf und kam ihnen entgegen. Sie war noch

jung. Ihr Körper war schlank und das von schwarzem Haar gerahmte Gesicht schmal und anmutig. Eine wahre Schönheit, sinnierte Caroline. Die Adelsdame verstrahlte eine höfische Noblesse. Lediglich das schlichte dunkle Trauerkleid mit der kapuzenartigen Haube und der traurige Ausdruck in ihren Augen standen dieser Wirkung entgegen.

»Gott zum Gruß. Seid Ihr Johanna zur Linden?«, fragte Lorenz in respektvollem Ton.

»Ja, die bin ich. Melchior zur Linden war mein Gemahl«, entgegnete die Frau. Ihre Stimme hatte den gleichen betrübten Ausdruck wie ihre Augen.

»Ich bin Lorenz Enschütz, Student der Medizin aus Jena. Meine Begleiterin ist Caroline Dreissigacker. Sie steht in Diensten unserer Fakultät.«

»Ich grüße Euch auch«, fügte Caroline still hinzu. »Und seid Euch unseres Mitgefühls gewiss.«

»Habt Dank und willkommen auf der Wartburg.« Johanna musterte sie für einen kurzen Moment, dann erkundigte sie sich: »Was führt Euch zu mir? In Eurer Depesche schriebt Ihr nur, Ihr wäret Melchior vor seinem Tod in Jena begegnet. Ihr könnt Euch vorstellen, dass ich jede Kunde von den letzten Tagen meines geliebten Gemahls ersehne. Denn ich habe bis heute keine rechte Gewissheit, was ihm dort widerfahren ist. Und seinem Bruder, Philipp.«

»Was hat man Euch denn überhaupt berichtet?«

»Nicht viel. Der Jenaer Amtmann ließ mir ihre Körper überstellen. Man hätte sie vor der Stadt gefunden, an einem Platz, der bekannt für die Austragung von Waffengängen sei. Beide mit Klingen im Leib. Melchior und Philipp, getötet jeweils von der Hand des anderen.« Sie schüttelte behutsam den Kopf. »Sie waren sich nicht immer einig, das mag ich wohl sagen. Aber ein Duell? Eine Verabredung auf Leben und Tod? Ich kann es einfach nicht glauben.«

»Sagten die Brüder Euch zuvor, warum sie nach Jena gingen?«

»Philipp nicht. Es gehörte nicht zu seinen Gepflogenheiten, andere an seinen Plänen teilhaben zu lassen. Er war … ein eigener Geist.« Johanna holte tief Luft. »Melchior ist von hier aufgebrochen, weil er seinen Bruder suchte. Weil er ihm eine Frage stellen wollte. Nach einer Sache, von der er glaubte, Philipp wisse etwas über ihren Verbleib. Die Reise war ein kurzer Entschluss gewesen.«

Lorenz blickte auf. »Wonach wollte er Philipp denn fragen?«

Für die Länge eines Wimpernschlags huschte ein Schatten des Misstrauens über das Antlitz der Witwe. Dann sagte sie: »Nichts von Belang. Eine geschäftliche Angelegenheit. Es hatte mit unseren Gütern zu tun.«

»Mit Euren Gütern also.« Lorenz ließ einen Moment verstreichen, dann erkundigte er sich mit gesenkter Stimme: »Nicht vielleicht mit einer Landgräfin, die vor weit mehr als vierhundert Jahren genau hier gelebt hat, wo wir jetzt stehen? Auf dieser Burg?«

»Was sagt Ihr da?« Johanna wich einen Schritt zurück, und eine matte Blässe erschien in ihrem Gesicht.

»Ich meine Elisabeth. Die heilige Wohltäterin.«

»Elisabeth …?«

»Ihr Herz.« Lorenz hatte das Wort ganz sacht ausgesprochen. »Bewahrt von Eurer Familie. Seit langen Zeiten. In Ehre und Verschwiegenheit.«

»Ihr wisst davon?« Die junge Frau sah nun ganz und gar erschrocken aus.

Caroline konnte sehen, wie sie ihre schlanken Hände rang, als wäre sie in größter Bedrängnis. Aus einer inneren Regung heraus trat sie auf die Witwe zu und drückte sacht ihren Arm. »Sorgt Euch nicht«, sagte sie. »Das Geheimnis ist sicher. Und das Herz gerettet.«

Johanna ergriff Carolines Hände und hielt sich daran fest. Ihr Blick irrte zwischen ihr und Lorenz hin und her. »Dann berichtet mir, was geschehen ist. Ich bitte Euch«, flüsterte sie.

»Deswegen sind wir gekommen«, erwiderte Lorenz. Er fasste

sich, dann erzählte er ohne jede Bemäntelung, was in Jena geschehen war. Von dem abgefeimten Plan Philipps, Elisabeths Herz zu fälschen. Von den Drohungen, mit denen er sich Caroline gegen ihren Willen zur Komplizin gemacht hatte. Und schließlich von seinem heimtückischen Mord an Melchior. Als er mit seinem Bericht zu Ende gekommen war, fügte er noch hinzu: »Euer Gemahl hat sein Leben für die Wahrung des Geheimnisses gegeben, welches Eure Familie schon so lange hütet. Er war bis zu seinem letzten Atemzug ein ehrenhafter Mann. Und so solltet Ihr ihn auch in Erinnerung behalten.«

Eine Weile sagte niemand etwas. Der milde Maiwind fuhr durch die Büsche und Stauden des Gartens und ließ die frisch ausgetriebenen Blätter sachte auf und nieder wiegen.

»Habt Dank für Eure offenen Worte«, sagte Johanna schließlich, und Caroline meinte zu spüren, wie viel Kraft die junge Witwe das Sprechen kostete. »Philipp war ein selbstsüchtiger Mann«, fuhr die Adelsfrau fort. »Melchior hat ihn geliebt, dennoch war es schwer zwischen ihnen. Aber dass der Bruder meines Gemahls solch einen niederträchtigen Plan ersonnen und diesen feigen Mord begangen hat, lädt eine bedrückende Last auf mein Gemüt.« Sie sah zu Caroline. »Und auch was Euch widerfahren ist, erfüllt mich mit Leid. Das müssen wahrlich schwere Tage gewesen sein.«

Caroline schlug die Augen nieder. Dann sagte sie kaum vernehmlich: »In diesen Tagen habe ich schwere Schuld auf mich geladen. Hätte ich nicht den Schlüssel des Professors gestohlen und Philipp in die Anatomiegewölbe gelassen, wäre Euer Gatte heute wahrscheinlich nicht tot. Ich habe sein Unglück heraufbeschworen und meine Fakultät auf das Schändlichste verraten.«

»Gebt nicht Euch die Schuld.« Die Adelsfrau schüttelte sanft den Kopf, und ihr Blick wurde von einer warmen Milde erfüllt. »Für Philipps Untaten konntet Ihr nichts. Und was Ihr auf Euch genommen habt, um Herrn Enschütz vor dessen Todesdrohungen zu schützen, erforderte großen Mut. Ihr habt Euer eigenes Wohl und Wehe in die Waagschale geworfen, um Euren Bekannten vor dem möglichen Meucheltod zu bewahren. Auch wenn Ihr es anders empfinden mögt – was Ihr tatet, war kein Verrat an Eurer Fakultät, sondern das Gegenteil. Die höchste Form der Loyalität. Denn die Medizin ist dem Leben verpflichtet, und diese Verpflichtung habt Ihr auf Eure Weise zu erfüllen getrachtet.«

»Seid bedankt für Eure Worte. So habe ich es noch gar nicht gesehen. In mir drinnen, da ist ... Ich ...« Caroline verstummte, und eine tiefe Ergriffenheit bemächtigte sich ihrer.

Ein schwaches Lächeln erschien in den Zügen der Adelsdame. »Caroline, Eure Courage erinnert mich an eine junge Frau, die vor sehr langer Zeit gelebt hat. Ihr Name war Guda. Sie war eine Gefolgsfrau unserer geliebten Elisabeth. Die beiden kannten sich seit frühen Kindertagen, und Guda hat ihrer Herrin ein Leben lang treu gedient. Auch sie war sehr tapfer. So tapfer, dass sie Elisabeth selbst ihren letzten Wunsch erfüllt hat. Obwohl es ein Dienst war, der ihr unendlich viel abverlangte.«

»Was war das für ein Dienst?«, erkundigte sich Caroline, die ihre Stimme langsam wiederfand.

»Zusammen mit einem treuen Gefährten hat sie ihrer geliebten Herrin das Herz aus der Brust geschnitten. In einer kalten Winternacht, als die dahingeschiedene Elisabeth in der Kapelle ihres Hospitals aufgebahrt lag. Es war der letzte Wille der Wohltäterin. Kurz vor ihrem Tode hatte sie ihn Guda anvertraut.«

»Warum dieser Wunsch?«

»Elisabeth wusste um ihre Beliebtheit bei den Armen. Aber auch vom begehrlichen Trachten der Geistlichkeit. Ihre Heiligsprechung war nur eine Frage der Zeit gewesen. Und damit die Erhebung ihrer Gebeine, um sie zum Ruhme der Mutter Kirche auszustellen. Es lag ihr ganz und gar fern, sich dagegen aufzulehnen, das verbot schon ihr Treuegelübte.« Johanna sah Caroline an. »Doch etwas von ihr sollte nach Thüringen zurückkehren. Dorthin, wo sie einst mit ihrem Gemahl Ludwig so verliebt und glücklich gelebt hatte. Ihr Herz.«

Caroline nickte unmerklich. So fremd ihr Elisabeths letzter Wunsch im ersten Augenblick vorgekommen war, so tief begann sie nun zu verstehen, was die junge Hospitalgründerin angetrieben hatte. Die Frau, die für den Dienst an Gott und den Kranken dem weltlichen Leben so vollständig entsagt hatte. Es war die Liebe zu ihrem gestorbenen Gemahl gewesen, die in ihrem Innersten noch immer einen Platz gehabt hatte. Die nie erloschen war. Und der sie für alle Zeiten ihr Herz widmen wollte.

Nach einer Weile blickte Caroline auf und fragte: »Und wie ist Eure Familie zu den Hütern der Reliquie geworden?«

»Es gehörte zum letzten Willen der Wohltäterin, dass ihr Herz an einem verborgenen Ort aufbewahrt werden sollte. Beschützt von einer liebenden Familie, die das Geheimnis von Geschlecht zu Geschlecht weitertrüge.« Johanna hob ihre feingliedrigen Hände wie zu einer Geste des Bedauerns. »Das war etwas, das die getreue Guda aus eigenem Vermögen nicht zu erfüllen vermochte. Sie hatte schon lange zuvor ein Gelübde abgelegt, das sie allein dem Herrgott verpflichtete. Sie würde nie eigene Kinder haben. Also übergab sie das von ihr zuvor mit den Mitteln der Natur haltbar gemachte Herz einem vertrauten Freund. Jenem Manne, der sie in der kalten Novembernacht begleitet hatte, um das kostbare Fleisch aus Elisabeths Brust zu schneiden. Sein Name war Richard. Richard zur Linden. Der Urahn meines Gemahls.«

Johanna sah zu dem großen Turm hinüber, der alle Gebäude weit überragte. »Er brachte das Herz auf die Wartburg und richtete dort drüben im Bergfried eine verborgene Kammer ein. An deren innerer Wand ließ er eine Inschrift in den Stein schlagen: ›Das Haus des Herzens der heiligen Elisabeth‹. Dort hat die Reliquie mehr als vier Jahrhunderte unversehrt geruht. Bis Philipp kam und sie stahl. Jetzt ist die Kammer leer, und Melchior, mein geliebter Gemahl, ist tot.«

Die junge Adelsfrau senkte den Kopf und sank in sich zusammen, als müsste sie die Last von Philipps Verrat allein auf ihren Schultern tragen. Und eigentlich stimmt das sogar, dachte Caroline. Johanna war als Einzige von den Hütern übrig geblieben.

»Sie sollte nicht leer bleiben, diese Kammer«, ließ sich Lorenz unversehens vernehmen. Er öffnete die Schnallen seines Reisetornisters und schlug den ledernen Überwurf zurück. Vorsichtig lüftete er die Nesseldecke, die sich darin befand. Darunter blitzte ein goldener Gegenstand auf. Er hatte die Form eines Hauses mit vier kleinen Türmchen an den Ecken.

»Das Herz!« Johanna riss sich die Hände an die Wangen. »Ihr habt es bei Euch?« Sie fixierte Lorenz mit einem ungläubigen Blick.

»So ist es. Mein Professor hat seinen Schutz in meine Hände gelegt. Doch es war Euer Gemahl, der sein Leben verlor, als er es auf die Wartburg zurückholen wollte. Und so soll es nun auch heimkehren. In sein ursprüngliches Versteck.«

Für eine Weile herrschte Stille.

Eine Wolke wurde vom hohen Himmelswind zur Seite getrieben, und für einen kurzen Augenblick blitzte die Sonne dahinter hervor. Ihre Strahlen ließen das goldene Gehäuse in Lorenz' Tornister hell aufleuchten.

»Nein.«

Das Wort war ganz leise gesprochen. Leise, aber bestimmt.

Caroline sah überrascht auf.

»Nein«, wiederholte Johanna noch einmal. »Das Herz hat hier keine Heimat mehr.«

»Was meint Ihr damit?«, fragte Lorenz.

»Wie ich es sage. Es kann nicht zurück in die verborgene Kammer.«

»Ist das Versteck nicht mehr sicher? Wurde es verraten?«

»Das nicht. Aber es gibt hier niemanden mehr, der auf Elisabeths Herz aufpassen würde.«

»Und Ihr?« Lorenz sah die junge Frau verständnislos an.

»Was seht Ihr dort drüben, Lorenz?«, fragte sie statt einer Antwort und zeigte in einen Winkel des Hofes, der sich ein Stück entfernt von dem Garten befand.

»Ich sehe zwei kleine Kinder, die vergnügt spielen«, antwortete Lorenz. Auch Caroline hatte die beiden Knaben schon bemerkt.

»Das sind Erasmus und Caspar.« Ein sanftes Lächeln wehte über Johannas Antlitz. »Unsere beiden … *meine* beiden Söhne.« Sie sah Lorenz an. »Zwei Brüder von fünf und sechs Lenzen. Sie würden nach mir die nächsten Hüter des heiligen Herzens sein. Sollen auch sie eines Tages darüber in Zwist geraten? Sollen auch sie sich umbringen?« Sie schüttelte traurig den Kopf. »Ich bin ihre Mutter. Ich muss sie schützen. Das ist meine Aufgabe und meine Verpflichtung, vor allen anderen.« Sie blickte auf den Reisetornister mit dem schimmernden Reliquiar. »Das Herz hat schon einmal Unglück über uns gebracht. Dieses Unglück darf sich nicht wiederholen.«

Sie kniete nieder, schlug den ledernen Überwurf über den Reisebehälter und verschloss sorgfältig die Schnallen daran. »Nehmt das Herz wieder mit. Das Schicksal hat Euch nun die Obhut über Elisabeths Seelenhort anbefohlen.« Sie stand auf. »Verzeiht, aber meine Entscheidung ist unumstößlich.«

Sie drehte sich um und ging ein paar Schritte. Dann kam sie plötzlich zurückgeeilt und drückte Caroline fest an sich. »Passt gut auf das Herz auf, ich bitte Euch.« Sie sah ihr noch einmal fest in die Augen und fügte hinzu. »Tief in meinem Inneren weiß ich: Eines fernen Tages wird es hierher zurückkehren.«

Ohne ein weiteres Wort ging sie aus dem Garten, rief ihre Kinder zu sich und verschwand im unergründlichen Gemäuerlabyrinth der Burg.

Die letzte Hüterin des Herzens war verschwunden.

Ein neuerlicher Windschwall wehte über den Garten, dann kamen die Zweige und Blätter zur Ruhe.

»Und nun?«, fragte Caroline, nachdem sie eine Zeit lang geschwiegen hatten.

»Das Herz … Ich dachte, sein Platz wäre hier. Aber das ist jetzt nicht mehr möglich«, sagte Lorenz. »Komm, lass uns ein paar Schritte gehen.«

Lorenz nahm den Tornister auf. Gemeinsam überquerten sie den Hof. Ohne ein festes Ziel zu haben, betrachteten sie die Gebäude und Wehranlagen der Burg. An einer steinernen Brüstung, von der sich ein weiter Blick über die umliegenden Bergzüge bot, blieben sie stehen. Unter ihnen erstreckten sich dichte Waldungen, deren kräftiges Grün sich in der Ferne mehr und mehr verlor, bis es sich am Horizont mit dem Blaugrau des Himmels mischte.

»Meinst du, Elisabeth und ihr Ludwig haben auch manchmal an dieser Brüstung gestanden und in die Ferne gesehen? So wie wir jetzt?«, fragte Caroline nach einem Moment.

»Ja.« Lorenz sah zu ihr herüber und lächelte. »Ich bin mir sicher, das haben sie.«

»Es ist ein bisschen wie vor unserer Reise hierher. Als wir auf dem Berg standen und über die Saale geblickt haben. Und über Jena. Unsere Stadt.«

»Das war noch viel schöner.« Lorenz zwinkerte ihr zu.

Für einen kurzen Moment flogen Carolines Gedanken zurück zu jener glücklichen Stunde. Drei Tage nach der bedrückenden Nacht in den Kellern der Anatomie hatte Lorenz sie unversehens zu einem Ausflug mit dem Reisewagen eingeladen, den er sich als Sohn eines wohlhabenden Weimarer Hofrats umstandslos leihen konnte. So waren sie im Schein der Frühjahrssonne zuerst durch die Flussaue vor der Stadt und dann hinauf auf einen der umliegenden Berge gefahren.

Dort hatte Lorenz die Pferde einhalten lassen und ihr seinen Lieblingsort gezeigt, ein kleines Plateau, von dem sich ein zauberhafter Blick über Jena bot. Von der Höhe mutete die Stadt in ihren Mauern wie der fröhliche, bunte Hort eines Zwergenreichs an, jedenfalls kam es Caroline so vor. Alles war so winzig klein. Und doch so vertraut. Sie stand regungslos da und konnte sich gar nicht sattsehen.

»Schau nur! Der Turm der Stadtkirche. Und da drüben, das muss das Collegium sein. Unsere Universität«, rief sie staunend aus. »Stell dir vor, wir würden in diesem Augenblick dort unten durch die Straßen laufen und könnten uns dabei von hier aus zusehen.«

»Deswegen mag ich diesen Platz so sehr. Weil man die Schönheit unseres Lebens sieht, während das Ungemach zugleich im Tal zurückbleibt.« Lorenz schmunzelte verschmitzt.

»Der Ort hat wahrlich einen guten Geist.« Caroline sah ihren Begleiter an. »Alle, die du hier heraufführst, müssen gleichermaßen angetan sein von so viel Zauber.«

»Nein, das sind sie nicht«, antwortete Lorenz vergnügt.

»Was sagst du da? Du machst Scherze.« Sie forschte in seinem Gesicht. »Warum sollten alle anderen nicht auch so empfinden?«

»Weil es keine anderen gibt.«

»Du meinst …«

»Diesen Ort habe ich noch nie zuvor jemandem gezeigt.«

»Aber warum nicht?«

»Weil ich mir damals, als ich die Stelle entdeckte, geschworen habe, dies kleine Paradies für mich zu behalten. So lange, bis es einen Menschen gäbe, der mir etwas Besonderes bedeutet.«

»Und dieser Mensch …« Caroline durchfuhr ein aufregendes Kribbeln. »… das bin ich?«

»Ja. Das bist du.«

Behutsam nahm er sie in den Arm und gab ihr einen sanften Kuss. Und dann endlich gestand er ihr seine Liebe. Die Gefühle, die er ihr bisher aus ritterlicher Zurückhaltung oder, wie Caroline vermutete, wegen seiner der Weiblichkeit gegenüber etwas schüchternen Wesensart nie bekannt hatte.

Und sie stellte glücklich fest, dass ihre eigenen Empfindungen für Lorenz von ihrem ersten Treffen an richtig gewesen waren. Jetzt würde alles gut werden. Das Leben wartete auf sie. Da war sie sich mit einem Male ganz sicher. Und sie fragte sich, was die kommenden Jahre wohl alles für sie bereithielten …

»Caroline? Was ist mit dir? Du lächelst, aber du hörst mich nicht. Haben dich deine Gedanken davongetragen?«

Die Worte ließen sie aufschrecken. Sie riss ihren Blick aus der Ferne und sah Lorenz an, der mit einem verschmitzten Grinsen an der Mauerbrüstung im Hof der Wartburg stand. »Ich hatte gefragt, ob du bereit bist, aufzubrechen.«

»Gewiss doch, das bin ich«, sagte sie schnell. »Sieht man das nicht?« Sie grinste zurück.

»Dann lasse ich jetzt anspannen. Eine kleine Etappe schaffen wir heute noch.«

Sie kehrten in den ersten Hof zurück. Der Stallmeister brachte die gefütterten und getränkten Pferde aus den Stallungen und schirrte sie an. Dann stiegen sie auf. Lorenz ließ die Rappen anziehen, und kurz darauf rumpelte der Reisewagen über die Zugbrücke. Das mächtige Torhaus der Wartburg blieb hinter ihnen zurück.

Caroline warf einen Blick auf den Reisetornister, der gleich hinter dem Kutschbock mit breiten Lederriemen festgezurrt war, und sagte: »Ich kann sie verstehen. Johanna. Und ich wünsche ihr, dass sie zusammen mit ihren Kindern den Frieden findet, den sie sich wünscht.« Sie legte ihre Hand auf das derbe Leder des Tornisters. »Jetzt sind wir die Hüter von Elisabeths Seelenhort. Und wir müssen mit allem ganz neu beginnen.«

»Der Professor wird uns helfen, da bin ich mir sicher«, entgegnete Lorenz. »Wenn wir etwas brauchen, wird er uns seinen Rat nicht verwehren.«

»Aber wir sind es, die einen neuen Ort für das Herz finden müssen. Und diesmal muss er anders sein. Geschützt vor dem Vergessen. Aber auch der Gewalt der Hüter entzogen. Nur so können wir in Zukunft Verrat und Bruderzwist vermeiden, wie er Melchior zum Verhängnis wurde.«

»Es wird uns gewiss etwas Kluges einfallen.«

»Ja. Etwas ganz Besonderes. Geistvoll und fintenreich. Wir tun es schließlich für unsere Kinder.« Caroline schenkte Lorenz ein frohgemutes Lächeln. Dann schmiegte sie sich an seine Seite und fügte hinzu: »Und für die Kinder unserer Kinder. Und für deren Kinder. Und für die Kinder von deren Kindern.«

Während der Reisewagen mehr und mehr zwischen den Bäumen des Bergforstes verschwand, verlor sich Carolines Stimme in den Geräuschen des Waldes, bis auf dem Gipfel des Berges nur noch ein sanftes Rauschen zurückblieb.

## 36

*Gegenwart*

Sie verzichteten auf den Dienstwagen. Ihn von seinem Parkplatz in einer verwinkelten Nebenstraße zu holen, hätte viel zu lange gedauert. So wie die Kommissarin es beschrieben hatte, zählte jede Sekunde. Der Weg von der Krämerbrücke bis zu ihrem Ziel war nicht weit, und die Distanz zu Fuß zu bewältigen, erschien als die beste Option. Jonas, Fenja und Anne Vareel rannten über den Fischmarkt und dann weiter in die Marktstraße, die schnurgerade bis zum Domplatz führte. Dorthin, wo sich laut der letzten Meldung Rüdiger Benradt mit dem Herzen Elisabeths aufhalten sollte.

Noch dreihundert Meter. Sie spurteten den Bürgersteig entlang. Erreichten den Platz. Blieben kurz stehen, um sich zu orientieren.

Gegenüber der großen freien Fläche erhob sich der Hügel mit dem Dom und der Severikirche. Wie eine Insel ragte das historische Ensemble empor. Vorn führten die Domstufen hinauf zu den beiden Gotteshäusern. Auf der mächtigen, breiten Treppe gab es einen Tumult, der von ihrem Standpunkt aus nur schwer einzuschätzen war. Fast sah es aus, als würde dort jemand mit Fackeln in den Händen wilde Kunststücke aufführen. Wie ein Akrobat oder Feuerkünstler. Die Gestalt rannte hin und her. Auf und ab. Schräg wieder zurück. Immer blitzten die Flammen an anderen Stellen auf.

Dann gab es da noch Polizisten. Uniformierte, die sich der Person mit den Fackeln zu nähern versuchten, dabei aber immer wieder auf Abstand gingen.

Und schließlich wogte eine amorphe Menge Schaulustiger um das Geschehen herum.

»Zu den Einsatzwagen«, stieß die Kommissarin atemlos hervor und deutete auf drei Funkstreifenwagen, die mit zuckenden Blaulichtern am Fuße der Domstufen standen.

Hundertfünfzig weitere Meter. Ein kurzer Sprint.

Sie hetzten über den Platz. Erreichten die Polizeifahrzeuge.

Keines von ihnen war besetzt. Die sechs Streifenbeamten hatten alle Hände voll zu tun, den Fackelschwinger einzukreisen und gleichzeitig die Schaulustigen fernzuhalten.

Jetzt, da sie direkt vor der Treppe standen, erkannte Jonas Rüdiger Benradt. Der dünne Mann war es, der die beiden Fackeln in seinen Händen hielt. Und was er damit tat, war keine Akrobatik, sondern das bislang erfolgreiche Unterfangen, seiner Festnahme zu entgehen.

»Haut ab! Lasst mich in Ruhe! Weg von der Treppe!«, brüllte er immer wieder. Dabei stieß er mit den brennenden Stäben nach den Polizisten. Seine Bewegungen waren aggressiv und unberechenbar. Keiner der Beamten traute sich näher als vier oder fünf Meter an ihn heran. Die Versuche der Uniformierten, mit bemüht ruhigen Worten auf den Enschütz-Nachfahren einzuwirken, beantwortete dieser mit nur noch dröhnenderem Gebrüll.

In diesem Moment fiel Jonas' Blick auf das Gebilde, das sich genau hinter Benradt auf einem Absatz der Domstufen befand und das er wie ein Löwe zu verteidigen schien. Es handelte sich um eine Art Podest. Ein etwas unförmiger Würfel von knapp einem Meter Kantenlänge. Er war mit grobem Sackstoff umhüllt. Als Benradt einen Schritt zur Seite tänzelte, entdeckte Jonas den glänzenden Gegenstand, der oben auf dem Würfel stand. Es war das inzwischen vertraute goldfarbene Häuschen mit den vier Ecktürmen.

»Das Herz!«, stieß er hervor und sah erschrocken zu Anne Vareel, die einen Meter neben ihm stand. »Dort oben, direkt hinter ihm.«

»Schon gesehen«, gab die Kommissarin zurück. »Aber da kommen wir jetzt nicht ran.«

»Verdammt, ich habe ein ganz ungutes Gefühl.«

Wie zur Bestätigung für Jonas' Worte machte Benradt mehrere schnelle Schritte nach vorn und ließ die Fackel in seiner rechten Hand wie ein Schwert durch die Luft fahren. Den beiden Polizisten, die ihm am nächsten standen, entfuhren Schreie des Erschreckens. Es gelang ihnen gerade noch, der Flamme auszuweichen, doch dabei rempelten sie sich gegenseitig an und stürzten mehrere Stufen die Treppe hinab.

Benradt nutzte die Verwirrung der Beamten sofort aus. Blitzartig drehte er sich um, stürmte die Treppe nach oben und positionierte sich genau hinter dem Podest mit der Reliquie. Er warf eine Fackel zur Seite, griff nach dem Sackstoff und riss ihn weg.

»Scheiße!«, rief Anne Vareel.

Jonas sah sofort, was die Kommissarin zu diesem für sie untypischen Ausdruck hatte hinreißen lassen.

Der gesamte Würfel unter der Reliquie bestand aus übereinandergestapelten roten Kunststoffkanistern. Die eingeprägten Symbole ließen keinen Zweifel daran, was sich in den Behältern befand. Benzin!

»Zurück oder ihr werdet brennen!«, schrie Benradt aus voller Kehle und ließ seine verbliebene Fackel bedrohlich nahe an den Kanistern vorbeischwingen.

»Vorsicht! Alle weg da!«, kam es von mehreren der Polizisten gleichzeitig.

Durch die Menge der Schaulustigen ging ein kollektiver Entsetzensschrei. Rempelnd und schubsend wich die Masse zurück.

Jonas zog Fenja ein Stück weiter hinaus auf den Domplatz. Im Augenwinkel sah er Anne Vareel, die hektisch in ihr Mobiltelefon sprach.

Die Uniformierten auf der Treppe hatten sich bereits von der ersten Überraschung erholt und begannen, die verbliebenen Gaffer und Handyfilmer nach oben und unten von den Domstufen zu drängen. Nachdem ihnen das gelungen war, sperrten sie die Zugänge mehr schlecht als recht ab.

Rüdiger Benradt stand jetzt allein auf der riesigen Treppe. Starr wie eine antike Skulptur, die brennende Fackel hoch über seinem Kopf erhoben. Vor ihm ruhte der Kanisterstapel mit dem Reliquiar. Eine Wolke schob sich vor die Sonne und verdunkelte den Domberg, so als wollte sie der Situation ein eigenes dramatisches Element hinzufügen.

In den umliegenden Straßen waren jetzt schnell lauter werdende Sirenen zu hören, und kurz nacheinander rauschten mehrere Polizeifahrzeuge, zwei Rettungswagen und ein Löschzug der Feuerwehr heran.

Die zusätzlichen Polizisten schwärmten aus, verstärkten die Absperrketten ihrer Kollegen und drängten die Menge weiter zurück. Gleichzeitig bereiteten sich Löschtrupps auf die Bekämpfung eines möglichen Feuers vor. Aber wie alle anderen hielten auch sie eine sichere Distanz zur Treppe.

Anne Vareel steckte ihr Smartphone weg und kam zu Jonas und Fenja zurück.

»Gibt es keine Möglichkeit, Benradt dort oben wegzuholen?«, fragte Fenja.

»Solange er mitten auf der Treppe steht, kommen wir nicht an ihn ran. Mit der Fackel und den Kanistern hat er eindeutig die besseren Karten. Das ist eine ziemliche Menge Benzin. Wenn sich das auf einen Schlag entzündet …« Die Kommissarin zog ein sorgenvolles Gesicht. »SEK und Verhandlungsgruppe sind alarmiert, aber die brauchen noch. Vielleicht bekommen wir dann eine Chance, ein Gespräch mit Benradt aufzubauen. Wenn er dazu überhaupt gewillt ist. Im Moment sieht es eher so aus, als verfolge er einen eigenen Plan.«

»Die Domstufen sind die perfekte Bühne.« Jonas seufzte. »Mehr Aufmerksamkeit bekommt er in Erfurt nirgendwo. So schnell und mit so wenig Aufwand. Ich glaube, das ist es, was er sucht. Ein Publikum.«

»Ja. Und ich habe den Eindruck, die Leute hier werden immer mehr.« Fenja zeigte zur Seite. Tatsächlich füllte sich der Domplatz außerhalb der Absperrung langsam, aber kontinuierlich mit Menschen. Offensichtlich hatte sich die Nachricht, dass es hier etwas zu sehen gab, rasend schnell verbreitet. Viele der Schaulustigen reckten Handys in die Höhe, um zu fotografieren oder zu filmen. Sogar ein Fernsehteam drängte sich schon durch die Menge.

Wie aufs Stichwort hallte plötzlich Benradts durchdringende Stimme von der Treppe herunter.

»Ihr Menschen da unten! Ihr von den Banalitäten des Alltags Getriebenen. Ihr vom schillernden Strass des Konsums Verführten. Ihr, die ihr den rechten Glauben verleugnet. Haltet ein! Verstummen sollt ihr in Demut. Hebt eure Blicke. Seht mich an. Und hört! Denn ich werde euch Worte der Wahrheit verkünden.«

Er ließ eine kurze Pause, dann rief er noch lauter: »Ihr wandelt auf dem falschen Weg! Ja. Ihr geht fehl. An jedem eurer Tage. Denn selbst jene unter euch, die da meinen, sie würden Gott folgen, weichen immer aufs Neue vom rechten Pfad ab. Lassen sich ablenken von der reinen Liebe zu unserem Herrn.«

Benradt drehte sich zur Seite und zeigte mit dem ausgestreckten Fackelarm zum gewaltigen Dom hinauf. »Und jene dort droben sind es, die euch wie blinde Lämmer auf die falsche Fährte locken. Mit Zeichen und Bildern, die eure Sicht auf Gott verstellen wie trügerisches Blendwerk. Vergesst ihre Altäre! Den goldenen Prunk! Die Spiele, die sie mit euch treiben! Fallt barhäuptig auf die Knie und richtet eure Seele allein auf Gott!«

»Was wird das?«, flüsterte Jonas. Die missionarischen Sätze und der fanatische Ton des Enschütz-Nachkommen verwirrten ihn. Der Auftritt wirkte abstoßend und fesselnd zugleich. So als hörte er mitten in Erfurt einem religiösen Eiferer aus längst vergangenen Jahrhunderten zu. Behutsam sah er sich um. Viele der Menschen lachten. Manche wirkten geschockt und angewidert. Einige wenige hörten mit leuchtenden Gesichtern zu. Wer bisher noch nicht gefilmt hatte, hob spätestens nach Benradts ersten Sätzen sein Mobiltelefon in die Höhe, um sich aus den unterschiedlichsten Motiven etwas von diesem außergewöhnlichen Moment zu sichern.

Ein kurzer Blickwechsel mit Fenja und Anne Vareel zeigte Jonas, dass sie dem Geschehen ebenso ratlos folgten wie er.

»Ihr Menschen auf diesem Platz«, setzte Benradt mit schneidender Stimme seine Ansprache fort. »Ihr alle seid Kinder Gottes. Ein jeder und eine jede von euch. Doch ihr habt euer Zutrauen verloren. Der Blick auf den Herrn ist euch verstellt, als trüget ihr eine schwarze Binde vor euren Augen. Heute werde ich diese Binde lösen. Ich werde euch wieder sehend machen. Und ich werde euch ein Zeichen schenken, das euren Blick wieder klar werden lässt für die Liebe zu Gott, unseren Herrn. Und für Jesus Christus, seinen Sohn.«

Benradt ergriff mit seiner linken Hand das golden glänzende Reliquiar und reckte es ebenso nach oben wie seine Fackel.

Jonas zuckte unwillkürlich zusammen.

»Seht!«, rief der Enschütz-Nachkomme aus. »Dies ist das Herz der heiligen Elisabeth. Die Zeitungen haben in diesen Tagen viel darüber geschrieben. Doch was es wirklich ist, haben sie euch verschwiegen.«

Er drehte sich im Halbkreis hin und her, als wollte er allen die Gelegenheit geben, seine Worte und das funkelnde Behältnis zusammenzubringen. »Genauso, wie das liebende Wirken Elisabeths Gottes Gefallen findet, so erzürnt ihn der falsche Kult, der mit ihren Reliquien getrieben wird. Denn es steht nicht geschrieben, dass ihr euch vor dem goldenen Kalbe verneigen sollt. Sondern ausschließlich vor der allmächtigen Gegenwart des Herrn!«

Die letzten beiden Sätze hatte er zornig herausgeschrien. Er setzte die Reliquie wieder auf den Tisch aus Benzinkanistern. Dann griff er hinter den Stapel und holte einen einzelnen Kunststoffbehälter hervor. Ohne auch nur einen Augenblick innezuhalten, goss er die Flüssigkeit daraus über das Reliquiar und das ganze Podest. Dann schleuderte er den leeren Behälter die Domstufen hinab.

Ein lautes Raunen ging durch die Menge.

Einige der Polizisten riefen Benradt etwas zu, was Jonas

nicht verstehen konnte. Benradt jedoch schien die Einwürfe der Beamten ohnehin vollkommen zu ignorieren.

»Die Zeit ist gekommen!«, rief er stattdessen. »Ich werde das Herz Elisabeths nun von der Erde tilgen. Ich werde Satans Verführung Einhalt gebieten und euer Sinnen und Trachten wieder auf die rechte Bahn lenken. Und damit eure eigenen Herzen reinigen. Soll zu Asche werden, was irdisch ist. Und wieder sichtbar, was göttlich ist!«

Ein weiteres Raunen ging durch die Menge. Manche der Zuschauer wichen ängstlich zurück, während andere versuchten, eine günstigere Position zum Filmen zu ergattern.

Jonas hielt vor Anspannung die Luft an.

Benradt schritt gemessen und aufrecht die Stufen hinab, und ganz kurz sah es so aus, als wollte er aufgeben. Doch dann drehte er sich ruckartig um und schleuderte die Fackel im weiten Bogen hinauf auf das Podest. Sofort züngelten rund um die Reliquie Flammen auf und hüllten im Handumdrehen auch das goldene Häuschen mit den vier kleinen Türmen ein. Für einige Sekunden beschränkte sich das Feuer auf die Oberfläche des Würfels. Doch dann ertönte plötzlich ein lautes Fauchen. Nur einen Wimpernschlag später brach ein ohrenbetäubender Schlag los, und das Podest zerstob in einem riesigen grellroten Feuerball, der wie ein flammender Pilz in die Höhe schoss.

Jonas spürte selbst auf seiner Position noch die warme Luftwelle, die von den Domtreppen herunterwehte. Die Menschen schrien und liefen wild durcheinander. Zwei Uniformierte stürmten zum Fuß der Treppe und rissen Benradt zu Boden. Feuerwehrmänner in Schutzanzügen und mit Schläuchen drängten an ihnen vorbei und begannen, den Brandherd auf den Stufen mit Löschschaum einzunebeln.

Ringsum war alles in Bewegung. Ein Rufen, Lärmen, Kreischen. Weiter hinten Gejohle und Beifall.

Anne Vareel lief nach vorn zur Sperrkette, und Jonas und Fenja folgten ihr. Ein scharfer Geruch lag in der Luft. Knappe Befehle wurden gerufen. Funkgeräte spuckten blecherne Sätze aus.

Jonas sah nach oben. Die Steintreppe und das Domgemäuer daneben waren in einem mehrere Meter großen Kreis von Ruß geschwärzt, der jetzt zunehmend vom sprudelnden weißen Schaum aus den Schläuchen der vorrückenden Feuerwehrleute abgedeckt wurde. Die Flammen waren bereits vollständig erstickt, aber nach dem explosionsartigen Wüten des Feuers hätte es ohnehin nichts mehr gegeben, was noch brennen könnte. Das Podest aus Kanistern war komplett verschwunden. Und auch von dem kostbaren Reliquiar war nichts mehr zu sehen. Als hätte es nie existiert. Nur eine Wolke aus schwarzem Rauch war übrig geblieben. Wie ein riesiges Gespenst stand sie über dem Domberg.

Die unwirkliche Szene erfüllte Jonas mit einem tauben Gefühl.

Rüdiger Benradt wurde von zwei Uniformierten zu einem Rettungsfahrzeug geführt. Er leistete keinerlei Widerstand und wirkte unversehrt. Und auch sonst schien es keine Verletzten zu geben. Die ersten Schaulustigen verloren bereits das Interesse und schlenderten davon.

Zusammen mit der Kommissarin gingen Jonas und Fenja hinüber zum Krankenwagen. Benradt saß in der Seitentür. Links und rechts von ihm hatten die beiden Polizisten Position bezogen. Ein Rettungsassistent versuchte, den religiösen Eiferer nach Beschwerden abzufragen, aber der dünne Mann kicherte nur. Auf seinem Gesicht lag ein Ausdruck von Verzückung. Als er Jonas und Fenja herannahen sah, hob er den Kopf, und in seinen Augen blitzte für einen winzigen Moment ein Wiedererkennen auf. Doch er sagte nichts, sondern setzte stattdessen sein seliges Glucksen fort.

»Herr Benradt, was sollte diese verrückte Aktion? Warum haben Sie das getan?«, fragte Anne Vareel und musterte Benradt mit einem strengen Blick.

Er hielt inne und neigte den Kopf. »Waren Sie schon da, als ich meine Rede gehalten habe?«, gab er unbeeindruckt zurück.

»Das war ich, Herr Benradt.« Die Kommissarin atmete tief

durch. »Sie haben meine Frage nicht beantwortet. Warum haben –«

»Dann wissen Sie es ja schon«, fiel ihr Benradt ins Wort und lächelte mild. »Dem habe ich nichts hinzuzufügen.«

Mit einer demonstrativen Kopfbewegung wandte er sich ab. Anne Vareel stellte noch einige weitere Fragen, doch von nun an antwortete der Nachkomme von Lorenz Enschütz nur noch mit Schweigen, wobei ihm seine vergnügliche Miene in keinem Moment abhandenkam.

Das ist das Lächeln eines Siegers, sinnierte Jonas. Was auch immer sich Benradt für diesen Auftritt vorgenommen hatte – er war allem Anschein nach mit dem Ergebnis zufrieden. Und nach seinen Maßstäben konnte er das auch sein. Die Reliquie war vernichtet. Die Botschaft verkündet. Bezeugt von Hunderten. Und über unzählige Handyfilmchen wahrscheinlich schon längst im Netz verbreitet.

»Kommen Sie«, sagte Anne Vareel schließlich und nickte Jonas und Fenja resigniert zu. »Lassen Sie uns zurückgehen. Hier bleibt für uns nichts mehr zu tun.«

Langsam liefen sie über den Domplatz, der sich bis auf ein paar standhafte Neugierige schon wieder fast geleert hatte. Das Event war vorüber, der Alltag dieses Freitagnachmittags nahm wieder seinen Lauf.

Eine Weile sagte niemand etwas.

»Es tut mir leid, dass es so enden musste«, unterbrach Anne Vareel schließlich das betretene Schweigen. »Wir haben Benradt einfach unterschätzt.«

»Streng genommen gehörte er ja auch nicht zum Mordfall.« Jonas zuckte müde die Schultern. »Wenigstens nicht im engeren Sinne.«

»Er war ein dritter Player. Ein Trittbrettfahrer.« Die Kommissarin senkte im Gehen den Blick, als würde sie im Pflaster vor ihr nach Antworten suchen. »Ich nehme an, er hat erst durch den Besuch von Witte von dem Herzen erfahren. Und davon, dass er ein Nachkomme von Lorenz Enschütz ist. Wahrscheinlich hat er den Hinweis auf die Reliquie ähnlich wie Cordes als Schicksalswink verstanden. Nur mit einer gänzlich anderen Ausrichtung.«

»Ja. Als einmalige Gelegenheit, seine verquaste Ideologie mit einem Paukenschlag in die Öffentlichkeit zu bringen.«

»Er hat wohl selbstständig nach dem Herzen recherchiert. Dabei haben Sie ihn getroffen, im Jenaer Stadtarchiv. Aber auf diese Weise kann er nicht weit gekommen sein ohne die Rätseltexte. So konnte er die Reliquie nicht finden.« Anne Vareel räusperte sich. »Also hat er sie uns nach Abschluss des Falles mit einem billigen Trick abgejagt. Eine bittere Bilanz.«

Jonas schwieg eine Weile. Dann meinte er: »Das ist schon eine verrückte Welt, in die wir da geraten sind. Wie viele Emotionen dieses Herz immer noch ausgelöst hat. Fast achthundert Jahre nach Elisabeths Tod.« Er schüttelte den Kopf. »Da ist ein todkranker Bankier, der der festen Überzeugung ist, es könnte ihm sein Leben retten. Ein Sammler, der es begehrt, um seiner eigenen digitalen Welt etwas entgegenzusetzen. Und ein christlicher Fanatiker, der es für Teufelswerk hält und um jeden Preis vernichten will.«

»Nur unserem Mörderpärchen war die Bedeutung des Herzens egal. Ein reines Mittel zum Zweck. Auf das Brutalste ausgenutzt.« Die Kommissarin blieb stehen und wies hinter sich zu den Domstufen. »Wie auch immer. Ich glaube, es wird Leute geben, die sagen, dass es so die beste Lösung ist. Dass die Sache mit diesem Feuerball einen akzeptablen Abschluss gefunden hat. Das Herz hat viel Aufruhr ausgelöst in den letzten Wochen. Vielleicht wäre dieser Aufruhr noch weitergegangen.« Anne Vareel sah Jonas an. »Womöglich gehöre auch ich zu diesen Leuten.«

Jonas erwiderte den Blick der LKA-Frau. »Ich für meinen Teil sehe das anders. Es wäre schön gewesen zu wissen, dass ein Teil von Elisabeth noch irgendwo im Diesseits bewahrt ist.«

»Die Erinnerung an sie ist nicht verloren. Alles andere können wir nun nicht mehr ändern, egal wie wir es finden. Lassen

Sie uns nach vorn blicken. Es kommen andere Dinge. Neue Aufgaben.«

»Ja, Sie haben recht.« Jonas nickte langsam. »So wird es wohl sein.«

Noch einmal blickte er sich um. Fast schon unsichtbar wehte ein letzter dünner Rauchschwaden vom Domberg herüber. Er wurde vom Wind in die Höhe getragen. Dann verlor er sich im Himmel über der Stadt.

## Epilog

Behutsam rangierte Jonas den Geländewagen in die enge Parklücke. Sie hatten Glück gehabt, diesen Platz zu finden. Die Jenaer Innenstadt war voller Menschen, die ihren nachmittäglichen Einkäufen nachgingen. Überall herrschte ein ausgelassenes, herbstliches Gewusel.

Gut gelaunt ließ sich Fenja vom Beifahrersitz nach draußen gleiten, dann schloss Jonas die Türen ab und klopfte dem Land Rover freundschaftlich auf die Motorhaube. Seit drei Tagen war das Auto aus der Werkstatt zurück. Nichts erinnerte mehr an den provozierten Crash bei Creuzburg.

Mit dem vertrauten Fahrzeug war auch ein Stück Normalität zurückgekehrt. Der Abstand zu ihren letzten Erlebnissen tat gut. Der Verlust von Elisabeths Herz schmerzte Jonas zwar noch immer sehr. Aber die dunkle Seite menschlichen Denkens und Tuns, die ihm bei seiner Zusammenarbeit mit dem LKA wieder einmal begegnet war, vermisste er nicht im Geringsten.

In der Öffentlichkeit jedoch hatte der Fall hohe Wellen geschlagen. Rüdiger Benradts spektakulärer Auftritt auf den Domstufen war noch tagelang durch die Zeitungen und Fernsehsendungen gegangen. Hatte das unerwartete Auftauchen des Herzens der heiligen Elisabeth schon für enormen Wirbel gesorgt, so war seine Zerstörung Anlass für einen wahren Mediensturm gewesen. Einen Sturm, der sich bis heute nicht gelegt hatte.

Währenddessen war eine kleine Meldung aus Eisenach fast untergegangen. Nach dem unscheinbaren Artikel, den Jonas eher zufällig entdeckt hatte, war am vergangenen Wochenende ein gewisser Leonhardt Cordes, Münchner Bankier mit Alterssitz in der Wartburgstadt, seinem schweren Herzleiden erlegen. Sein Tod hatte es einzig deswegen in die Zeitung geschafft, weil Cordes sein gesamtes Vermögen, das auf einen höheren zweistelligen Millionenbetrag geschätzt wurde, einer katholischen Krankenhausstiftung vermacht hatte.

Zwei Tage nach Erscheinen dieser Meldung schließlich war ein Anruf gekommen, der Jonas und Fenja bewogen hatte, noch einen letzten Ausflug in Sachen Elisabeth zu machen. Der Anrufer war Dr. Kobler gewesen, der Leiter der Anatomischen Sammlung in Jena. Er hatte Jonas und Fenja darüber informiert, dass der kleine Gewölberaum, in dem sich die Herz-Reliquie befunden hatte, beräumt und umgebaut werden würde. Sollten sie Interesse haben, die Kammer noch einmal zu betreten und vielleicht einige Fotos vom alten Zustand zu machen, dann bestünde nur noch kurze Zeit die Gelegenheit dazu.

Diese Gelegenheit wollten sie sich keinesfalls entgehen lassen, zumal Jonas plante, mit etwas zeitlicher Distanz ein neues Buch zu schreiben. Ein Buch, das von Elisabeths Herz handelte.

»Guck mal, Dr. Kobler erwartet uns schon«, sagte Fenja, als sie auf den Fußweg zum Anatomischen Institut einbogen. Tatsächlich stand der Anatomieprofessor vor dem Eingangsportal und winkte ihnen vergnügt zu.

Es dauerte nicht lange, da standen sie vor dem Sammlungsleiter. Die Begrüßung fiel herzlich aus, fast wie unter alten Bekannten.

»Schön, dass Sie gekommen sind«, sagte Kobler erfreut. »Morgen rücken nämlich schon die Handwerker für den Umbau an.«

»Warum solche Eile?«, fragte Jonas.

»Die Sache wächst uns langsam über den Kopf. Das ehemalige Herzversteck ist der reinste Publikumsmagnet. Es gibt immer noch unzählige Presseanfragen. Außerdem bekommen wir ständig Anrufe von Elisabeth-Fans und Kirchengruppen, ob die Kammer zu besichtigen sei. Unsere Studierenden schleichen sich reihenweise nach unten und machen Selfies. Einmal wurde das Gewölbe sogar schon für eine Halloween-Party angefragt.« Kobler schüttelte verständnislos den Kopf. »Das alles bringt eine enorme Unruhe ins Haus. Also haben wir uns entschlossen, die Säule, auf der das Herz gestanden hat, an das Stadtmuseum zu geben und die Gewölbekammer zu einem Lagerraum umzubauen. Danach ist hoffentlich endlich Frieden, und wir können uns wieder auf unsere eigentliche Arbeit konzentrieren.«

»Es ist nett von Ihnen, dass wir vorher noch einmal reinschauen dürfen.«

»Leider kann ich Sie heute nicht begleiten.« Kobler sah auf die Uhr. »In fünf Minuten beginnt meine Vorlesung. Den Weg in die alten Gewölbe kennen Sie ja. Dort haben wir jetzt sogar zusätzliches Licht. Wegen der geplanten Arbeiten. Ein paar Baulampen. Falls Sie Bilder machen möchten.«

»Das ist super. Dann wollen wir Sie nicht länger aufhalten.« Jonas nickte dem Anatomieprofessor freundlich zu. »Und haben Sie noch einmal vielen Dank für alles!«

»Keine Ursache. Viel Spaß da unten!« Kobler nahm sie noch mit ins Foyer. Dort trennte er sich von ihnen und eilte die Treppen hinauf. Wenige Augenblicke später waren seine Schritte verklungen.

Sie steuerten die graue Tür im Treppenhaus an, dann gingen sie hinunter in den Keller. Beim Durchqueren der bekannten Räume erfasste Jonas ein merkwürdiges Gefühl. Ein bisschen war es so, als würden sie sich einen bekannten Film ein zweites Mal anschauen. Nur dass diesmal ein Teil der Darsteller fehlte.

Es dauerte nicht lange, da hatten sie die alten Gewölbekeller erreicht. Jonas entdeckte eine improvisierte Steckleiste mit einem großen Kippschalter. Als er ihn umlegte, flammte überall das gelbe Halogenlicht der Baulampen auf. Sie passierten den Mauerdurchbruch und drangen durch den engen Tunnel vor, der sie schräg abwärts bis in die archaische Gewölbekammer führte. Den Ort, wo seit 1670 Elisabeths Herz versteckt gewesen war.

Selbst hier gab es jetzt einen Halogenstrahler.

Wie bei ihrem letzten Besuch sprang ihnen gleich die Sandsteinsäule von Gerardus Weck ins Auge. Ehern erhob sie sich in ihrer Wandnische.

Eine Weile standen sie still und in ihre eigenen Gedanken

versunken in der uralten Steinkammer. Schließlich holte Jonas die Spiegelreflexkamera aus seinem Rucksack und auch Gotthold alten Schlüssel. Mit einem Anflug von Wehmut hob er ihn in die Höhe.

»Du hast ihn mitgenommen?«, fragte Fenja erstaunt.

»Ja. Ich hatte das Gefühl, er sollte uns bei unserem letzten Besuch im Versteck von Elisabeths Herz begleiten«, entgegnete Jonas. »Als Reminiszenz an Gotthold. Auch wenn wir den Schlüssel am Ende gar nicht gebraucht haben.«

»Warum eigentlich nicht?« Fenja hob die Augenbrauen. »Bei dem ganzen Trubel haben wir darüber gar nicht mehr nachgedacht. Es hieß doch in Gottholds Vermächtnis, man benötige den Schlüssel, um zu Elisabeths Herz zu gelangen.«

»Die Mauer war aufgebrochen. Damit hatte sich die Sache von selbst erledigt.«

»Aber für eine Mauer braucht man keinen Schlüssel. Hast du da irgendwo eine Tür gesehen?«

»Ich nehme an, dort ist eine gewesen. Man hat sie nur mit Mauersteinen verblendet.« Jonas zuckte die Schultern und verstaute den Schlüssel wieder sorgfältig in seinem Rucksack. »Jetzt spielt es ohnehin keine Rolle mehr.«

»Du hast recht.«

»Ich mache mal ein paar Fotos. Vielleicht kannst du mir helfen und die Lampe ein wenig verrücken. Ich beginne am besten mit der Säule.«

Fenja positionierte das kurze Lampenstativ etwas seitlich von der Wandnische, in der Gerardus Wecks Säule stand.

Nachdem Jonas einige Übersichtsaufnahmen geschossen hatte, trat er näher heran und begann damit, die Details des bronzenen Baldachins zu fotografieren.

Fenja betrachtete das flache Bildrelief an dessen Rückwand. »Die Darstellung von Elisabeth ist wirklich beeindruckend. Und dabei so einfach. Eine schöne junge Frau, die ihren Blick nicht vor dem Bettler verschließt, der zu ihren Füßen leidet. Sie hat Augen für die Nöte der Armen.«

»Nur dass sie dabei schielt«, warf Jonas schmunzelnd ein, der gerade eine Nahaufnahme der Heiligen machte.

»Quatsch.« Fenja versetzte ihm einen spielerischen Klaps auf den Rücken. »Kannst du nicht einmal ernst bleiben, wenn ich etwas Poetisches sage?«

»Das finde ich ja auch schön.« Jonas grinste. »Aber guck doch selbst. Wenn du genau hinsiehst, schaut Elisabeth an dem Bettler vorbei. Ihr Blick endet im Nichts.«

Fenja trat näher an den Baldachin heran. »Tatsächlich. Sie sieht vorbei.« Eine Weile betrachtete sie das Relief. Dann murmelte sie: »Aber warte mal. Ihr Blick endet gar nicht im Nichts. Sie schaut zu diesem komischen Loch dort. Dieser Aussparung. Unten in der Grundplatte.«

»Wo?« Jonas fixierte die bronzene Fläche. Plötzlich durchfuhr ihn ein merkwürdiges Kribbeln. »Das gibt's doch nicht …«

»Was ist denn?« Fenja sah Jonas an. »Was hast du?«

»Das kann kein Zufall sein.« Er hob den Kopf. »Das ist nicht einfach nur eine Aussparung. Das sieht aus wie ein Schlüsselloch!«

»Du meinst –«

Bevor Fenja zu Ende sprechen konnte, drehte sich Jonas um und ging zu seinem Rucksack. Eilig zog er Gottholds Schlüssel daraus hervor, kam zurück zur Säule und steckte das uralte Metall in die kleine längliche Öffnung. Der Schlüssel passte genau. Der Bart verschwand sieben oder acht Zentimeter im Inneren der Bodenplatte, dann stieß er auf Widerstand.«

»Soll ich?«, fragte Jonas voller Anspannung.

Fenja nickte.

Jonas drehte den Schlüssel.

Nichts passierte.

Doch mit einem Mal ertönte ein metallisches Rasseln, und dann erklangen Geräusche, als würde ein Uhrwerk anlaufen. Die bronzene Bodenplatte begann zu vibrieren. Von ihrem runden Rand rieselte Staub über die Kante der Säule. Dann hob sich die Platte an. Darunter kam eine Konstruktion aus vier einfachen Eckstützen zum Vorschein, die sich jetzt wie ein Fahrstuhl nach oben bewegte. Im Inneren des Fahrstuhls stand ein golden schimmerndes Gefäß. Es bestand aus einem kleinen Haus mit spitzem Dach, das auf einem mit Ranken verzierten Fuß ruhte. An den Ecken des Häuschens erhoben sich vier kleine Türme, und in seinem Inneren ruhte ein Glaszylinder. Er beherbergte einen ovalen Gegenstand, der die Größe einer Kinderfaust hatte und von purpurnen Bändern umwunden war. Sie besaßen einen matten, seidigen Glanz.

Ein kurzes Schnarren ertönte, dann blieb der Fahrstuhl stehen. Er füllte den Platz unter dem Baldachin exakt aus.

»Aber das ist doch nicht möglich«, flüsterte Jonas. Er konnte seine Augen nicht von dem kunstvoll gearbeiteten Gefäß lassen.

Eine Weile herrschte absolute Stille.

»Denkst du auch, was ich denke?«, fragte Fenja dann leise. »Dass das hier ...«

»... das eigentliche Herz von Elisabeth ist?« Jonas schluckte. »Dieser Aufwand. Ein Geheimfach in der Säule. Wozu sollte es dienen, wenn nicht für die Aufnahme von etwas sehr Kostbaren?« Er fühlte sich von einer merkwürdigen Wärme durchdrungen. »Das muss das echte Herz sein. Gottholds Schlüssel ... Nur er war in der Lage, den verborgenen Mechanismus auszulösen.«

»Du hast recht.« Fenjas Augen strahlten. »Ich kann nicht glauben, was wir da gerade entdeckt haben.« Sie betrachtete das Reliquiar. Danach sah sie Jonas an. »Aber was ist dann mit dem anderen Herzen?«

»Das muss ein Ablenkungsmanöver gewesen sein. Falls die Kammer einmal von den falschen Leuten entdeckt wird.«

»Von Leuten, die nicht im Besitz des Schlüssels sind.«

»Ja.« Jonas nickte. Dann stutzte er. »Da liegt noch etwas darunter.« Er zeigte auf einen schmalen Packen zusammengefalteter Papierbögen, die hinter dem Fuß des Behälters hervorlugten. Vorsichtig zog er sie hervor.

»Sieht aus wie ein Brief«, meinte Fenja.

»Schauen wir ihn uns an.« Jonas faltete die wenigen vergilbten Bögen auseinander. Sie waren mit einer geschwungenen Federschrift bedeckt. Behutsam besah er sich die Blätter.

»Und?« Fenja fuhr sich unruhig mit der Hand durch die Haare.

»Das ist ein Bericht. Und er trägt eine Unterschrift. Hier.« Er deutet auf einen einzelnen Namenszug am Ende der letzten Seite. »Lorenz Enschütz. Er hat ihn geschrieben.«

Fenja beugte sich über die Seiten. Ihre Miene glühte vor Neugier. »Wieder diese Kurrentschrift.«

»Warte.«

Jonas trat näher zum Lichtstrahler und begann, den Text zu überfliegen. Lange Minuten vergingen. Dann blickte er auf, und in seiner Stimme lag eine Spur von Rührung. »Fenja, es stimmt tatsächlich. Vor uns steht Elisabeths wahres Herz. Lorenz hat es in diesen Zeilen eindeutig bezeugt. Und auch erklärt, was damals passiert ist.«

»Die Ereignisse in der Anatomie, die in dem Online-Artikel angedeutet werden …«

»Dr. Kobler hatte mit seiner Vermutung recht. Es ging um Reliquienfälschung. Aber nicht um die Erschaffung einer wertlosen Neuschöpfung, wie er dachte. Sondern um eine Kopie des wahren Herzens der Elisabeth. Der Täter war selbst einer der Hüter, ein Eisenacher Adliger namens Philipp zur Linden. Er hat die Reliquie 1670 aus ihrem ursprünglichen Versteck auf der Wartburg gestohlen, um eine Replik davon an einen reichen ungarischen Grafen zu verkaufen.«

»Aber das Ganze ist aufgeflogen …«

»Ein zweiter Hüter kam dazu. Der Bruder des Diebes. Am Ende waren beide tot. Sie starben hier in diesen Kellern.«

»Die dramatische Nacht, die Werner Rolfinck unbedingt vertuschen wollte, um einen Skandal von seiner Universität abzuwenden.«

»Und so kamen sein Student Lorenz und dessen spätere Frau Caroline zu ihrem außergewöhnlichen Job. Sie wurden die neuen Hüter. Und weil sie erlebt hatten, dass die Reliquie auch unter ihren Beschützern nicht unbedingt sicher ist, haben sie sich die Sache mit den Rätseln ausgedacht. Damit war das Herz vor jedem direkten Zugriff geschützt, aber eine Spur zu ihm blieb trotzdem erhalten.«

»Und die falsche Reliquie war ihr letzter Clou.«

»Ja. Das Sahnehäubchen auf ihrem Sicherheitskonzept.«

»Was war das eigentlich für ein Herz, das falsche? Steht das auch in dem Bericht?«

»Es stammte von einer Sektion, die Werner Rolfinck im April 1670 durchgeführt hat. Am Leichnam eines Mannes namens Cyriax Schramm. Er hatte zwei Frauen umgebracht und war dafür hingerichtet worden.« Jonas sah Fenja an. »Es war das Herz, das dieser Philipp eigentlich stehlen wollte, um es für die Fälschung zu verwenden. Nachdem alles aufgeflogen war, hat Rolfinck es präpariert und später Lorenz und Caroline überlassen. Sie haben es einfach in das zweite Reliquiar gepackt, das der Betrüger hatte anfertigen lassen.«

»Rüdiger Benradt hat das Herz eines Mörders vernichtet. Das ist echt verrückt.« Fenja schüttelte versonnen den Kopf. »Und wir sind die Einzigen, die es wissen.«

»In Lorenz' Bericht steht noch viel mehr, als ich dir auf die Schnelle gesagt habe. Er ist spannend und voller Emotionen. Und er beginnt damit, dass eine treue Gefolgsfrau namens Guda ihrer Herrin Elisabeth einen letzten großen Dienst erweist.« Jonas hielt die dicht beschriebenen Papierbögen hoch. »Heute Abend machen wir eine Flasche Wein auf. Und dann lese ich dir alles in Ruhe vor.« Er lächelte. »Es ist eine achthundert Jahre lange Geschichte.«

Fenja blickte auf. »Und wir sind jetzt ein Teil davon.« Sie sah hinüber zu Gerardus Wecks Säule. Dorthin, wo das matt glänzende Reliquiar wie ein Gruß aus fernen Zeiten unter dem bronzenen Baldachin stand. »Stellt sich nur noch eine Frage: Was machen wir mit Elisabeths Herz?«

Die Blätter raschelten unter ihren Schuhen, und die sperrigen Zweige der Büsche ringsum streiften surrend und kratzend über ihre Outdoorjacken. Unbeirrt kämpften sie sich durch das dichte Unterholz, das den Grund des Tales wie eine Mauer aus Wächtern ausfüllte. Fenja ging voran, denn nur sie kannte den Weg. Wenn man in dieser Wildnis überhaupt von einem Weg sprechen kann, dachte Jonas, der dicht hinter ihr ging. Er zog die Schulterriemen seines Trekkingrucksacks noch einmal nach. Mittlerweile dauerte der Marsch schon mehr als eine Stunde, und Jonas hoffte, dass sie ihr Ziel bald erreichten.

Unterdessen wurde das Tal immer düsterer. Die von hohen Bäumen bestandenen und von Felsen durchzogenen Bergwände rückten von Minute zu Minute dichter an sie heran. Endlich hielt Fenja inne und drehte sich zu Jonas um.

»Wir sind da. Dort drüben ist der Einstieg«, sagte sie und zeigte auf ein unscheinbares schwarzes Loch unter einem hohen Hang.

»Das ist die Höhle?«, erkundigte er sich skeptisch.

»Ja. Sie liegt genau in dem Bergmassiv, auf dem die Wartburg steht.«

Jonas betrachtete den Eingang. Die Öffnung war nicht einmal einen Meter hoch und auch nicht sonderlich breit. Fenja hatte die Höhle schon vor Monaten zufällig bei einer geologischen Erkundung des Tales entdeckt und bisher niemandem davon erzählt. Außer ihm, was ihn auf die Idee gebracht hatte, heute hierherzukommen. Aber jetzt fragte er sich, ob das eine gute Entscheidung gewesen war.

»Bist du dir wirklich sicher, dass wir da reinkriechen sollten?« Argwöhnisch begutachtete er den Hang über der Öffnung. Die verwitterten Felsnasen und die Erdmassen, die zwischen halb entwurzelten Bäumen merkwürdige Überhänge bildeten, muteten wenig vertrauenerweckend an. »Das wirkt nicht gerade sehr stabil.«

»Ist es auch nicht«, gab Fenja mit einem etwas bemühten Lächeln zurück. »Aber der Einstieg ist der einzige kritische

Moment. Die Höhle selbst ist bombenfest. Die hält seit Jahrtausenden stand.«

»Sicher?«

»Ich war schon einmal drin und bin heil wieder herausgekommen. Davor habe ich alles genau untersucht. Wir müssen uns nur vorsichtig und diszipliniert bewegen. Und uns ein bisschen schmal machen.« Sie zwinkerte ihm zu. »Bleib am besten immer genau hinter mir.«

Jonas hatte eigentlich keine Angst vor engen Räumen, allerdings war das immer eine Frage des Maßes, und hier schien dieses Maß recht knapp bemessen zu sein. Dennoch vertraute er Fenjas Erfahrung als Geologin.

»Dann bringen wir es hinter uns«, sagte er und griente schief. »Immerhin wollten wir ja einen Ort haben, der abschreckend wirkt. Das haben wir schon mal eingelöst.«

Sie setzten ihre Stirnlampen auf und schalteten sie ein. Dann kniete sich Fenja auf den Boden und krabbelte langsam vorwärts. Nach zwei Minuten war sie komplett in der schwarzen Öffnung verschwunden.

Jonas hockte sich ebenfalls auf den Boden. Er legte seinen Rucksack in die Einstiegsöffnung und schob ihn behutsam vor sich her. Auf allen vieren und mit eingezogenem Kopf bewegte er sich in der schartigen Felsröhre vorwärts, während er versuchte, alle Gedanken an zusammenbrechende Bergmassen zu verdrängen. Stattdessen zwang er sich, ruhig zu atmen und das schwankende Licht von Fenjas Lampe nicht gänzlich aus den Augen zu verlieren. Die scharfen Steine auf dem Boden drückten ihm schmerzhaft in Knie und Ellenbogen, aber er arbeitete sich tapfer voran. Nach etwa zwanzig Metern öffnete sich der natürliche Tunnel zu einem breiten und mehrere Meter hohen Gang.

»Das Schlimmste haben wir hinter uns«, erklärte Fenja, die am Ende der Kriechstrecke auf ihn gewartet hatte. »Ab hier können wir aufrecht gehen.«

Er erhob sich, und zusammen liefen sie immer tiefer in den

Berg hinein. Das rötliche Felsgestein warf die kalten Strahlen ihrer Stirnlampen als warmen Schein zurück.

Nach einigen Minuten endete der Gang, und sie gelangten in einen fast zehn Meter breiten Höhlenraum.

»Ich hab gedacht, das hier wäre ein guter Ort«, meinte Fenja und deutete auf einen großen, flachen Steinblock, der sich ein paar Schritte vor ihnen erhob. »Es ist nicht gerade die Säule eines Gerardus Weck, aber dafür hat der Block etwas von einem Altar. Ist vielleicht auch nicht schlecht.«

»Das ist perfekt!« Jonas öffnete seinen Rucksack und schob die Schutzfüllung beiseite. Vorsichtig hob er seine kostbare Fracht heraus – das Reliquiar, in dem Elisabeths wahres Herz ruhte. Mit einer feierlichen Bewegung platzierte er es genau in der Mitte des urwüchsigen Felsentisches. Das Haus mit den vier Türmchen blitzte im Licht der bewegten Stirnlampen auf immer neue Weise auf. Beinahe so, als wollte es mit ihnen in einen stummen Dialog treten.

»Jetzt hat es seinen neuen Platz«, bemerkte Jonas. »Der Berg wird es schützen.«

»Ja.« Fenja schaute nach oben zur Höhlendecke. »Und irgendwo über uns steht die Wartburg. Das Herz müsste jetzt genau darunter sein.«

»Dann ist es am Ende an den Ort zurückgekehrt, den der allererste Hüter ihm zugedacht hatte. Eigentlich eine schöne Vorstellung.«

Einen Moment lang genossen sie die absolute Stille, die im Inneren der Höhle herrschte.

»Jetzt hast du es doch noch geschafft«, sagte Fenja schließlich.

»Was meinst du?« Jonas sah sie an.

»Gottholds Vermächtnis zu erfüllen.« Fenja schmunzelte. »Zwar ein wenig anders als vorgesehen. Aber das Herz wurde bewahrt, und seine Existenz ist wieder zu einem Geheimnis geworden. Und das mit einem riesigen Knall.«

»Ja. Ich glaube, das hätte ihm gefallen.«

Nach ihrer Rückkehr von der Krämerbrücke hatten sie kurz darüber nachgedacht, ob sie die Entdeckung des echten Herzens bekanntmachen sollten. Doch dann war ihnen bewusst geworden, dass ihnen der spektakuläre Auftritt von Rüdiger Benradt auf den Domstufen eine unwiederbringliche Gelegenheit eröffnet hatte, die Reliquie ein für alle Mal im Nebel des Verborgenen verschwinden zu lassen. So, wie es zuvor gewesen war. Und wie es Elisabeth dereinst bestimmt hatte.

Nur ein letztes kleines Problem war zu lösen geblieben. Und das betraf die Säule von Gerardus Weck. Zwar hatten sie das leere Geheimfach wieder verschlossen, aber sie konnten sich nicht gewiss sein, ob es im Jenaer Stadtmuseum nicht doch eines Tages entdeckt werden würde und dann möglicherweise Fragen aufwarf. Deshalb hatten sie die Museumsleitung gebeten, die Säule als ihre Entdecker noch einmal für »historische Zwecke« untersuchen zu dürfen, eine Bitte, die ihnen ohne Umschweife zugestanden worden war. Diese Gelegenheit hatten sie genutzt, um die geheime Mechanik für immer zu entfernen. Ansonsten gab es außerhalb dieser Höhle nichts und niemanden mehr außer ihnen selbst, der das Überdauern der echten Reliquie verraten könnte. Und hier im Berg würde sie niemand vermuten.

»Wir sollten gehen«, sagte Fenja. »Du weißt, wir haben draußen noch etwas zu tun.«

»Du hast recht. Brechen wir auf.«

Sie warfen noch einen letzten Blick auf das purpurumwundene Herz in der Mitte des Reliquiars. Für einen Wimpernschlag blitzte es wie zu einem letzten Gruß seidig auf. Dann wandten sie sich entschlossen um und kehrten ohne weiteres Zögern ans Tageslicht zurück.

Bevor sie das enge Tal verließen, brachten sie am Hang oberhalb des Höhleneingangs mit Hilfe eines losen Baumstammes eine Ansammlung von Geröll in Bewegung. Kurz darauf rauschte eine riesige Lawine aus Gesteinsbrocken und Erde in die Tiefe und verschüttete den Zugang zum neuen Versteck des Herzens.

»Da kommt niemand mehr rein«, stellte Fenja zufrieden fest, als sie ihr Werk betrachteten. »Und im Frühjahr wächst hier alles vollends zu. Die Natur lässt noch die allerletzten Spuren verschwinden.«

»Ja. Das war ein endgültiger Abschied.« Jonas legte den Arm um seine Partnerin, und sie schmiegten sich sanft aneinander. Eine Weile standen sie einfach nur schweigend da.

»Wir haben das Richtige getan«, sagte Fenja schließlich. Dann erschien ein verschmitztes Lächeln auf ihrem Gesicht. »Jetzt müssen wir uns nur noch ein Rätsel ausdenken.«

## Nachwort und Danksagung

Die Geschichte, die in diesem Kriminalroman erzählt wird, ist gänzlich fiktiv. Dennoch gibt es historische Begebenheiten und bis heute existierende Orte, an denen sich Dichtung und Wirklichkeit begegnen und von denen ich einige erwähnen möchte.

Das Leben der heiligen Elisabeth von Thüringen, ihr mutiger und hingebungsvoller Einsatz für die Belange der Armen und Kranken, ist durch Überlieferungen von Zeitzeugen und die Vergangenheitsforschung umfassend belegt und Gegenstand zahlreicher detaillierter Biografien. Auch ihre wahrhaftige Liebe zu ihrem Ehemann Ludwig und die Gründung des Armenhospitals in Marburg gehören dazu.

Nach ihrem Tod im November 1231 wurde Elisabeth im Boden der Hospitalkapelle beerdigt. Tatsächlich gibt es aus dieser Zeit eine Vielzahl dokumentierter Heilungswunder, die sich an ihrer Grabstätte oder kurz nach einem Besuch derselben ereignet haben sollen. Die Protokolle der Zeugenvernehmungen, die damals im Zuge des Verfahrens zur Heiligsprechung angefertigt wurden, sind bis heute überliefert. Ob die Genesungen tatsächlich auf den Besuch des Grabes zurückgingen, bleibt eine Glaubensfrage.

1235, nur vier Jahre nach ihrem Tod, wurde Elisabeth durch Papst Gregor IX. zur Heiligen erhoben. Ein weiteres Jahr später erfolgte die feierliche Entnahme ihres Leichnams aus dem Grab, um ihre Überreste fortan als Reliquien zu verehren. Auch dieses Ereignis vom 1. Mai 1236 entspricht den historischen Tatsachen. Abertausende Gläubige (zeitgenössische Quellen sprechen gar von eins Komma zwei Millionen) und eine Abordnung des deutschen Hochadels und bedeutender kirchlicher Würdenträger fanden sich zu dieser enormen Massenveranstaltung in Marburg ein. Kein Geringerer als Kaiser Friedrich II. führte die Zeremonie an und schmückte das abgetrennte Haupt der Heiligen mit einer von ihm gestifteten Krone. Der Schädel wurde in einem kelchartigen Reliquiar aufbewahrt, während der Rest der Knochen seine neue Ruhestätte in einem prächtigen Reliquienschrein fand. Über dem ehemaligen Grab errichtete man die mächtige Elisabethkirche, die in Marburg noch heute besichtigt werden kann, ebenso wie der vergoldete und mit Edelsteinen besetzte Schrein.

Elisabeths sterbliche Überreste wurden in der Folge der Reformation und der protestantischen Ablehnung des Reliquienkults aus der Kirche entfernt. Einige davon haben in den Wirren der Zeiten abenteuerliche Wege genommen. In unseren Tagen werden an verschiedenen Orten der Welt Gebeine aufbewahrt, die man der ehemaligen Landgräfin und Hospitalschwester zuschreibt.

Die im Roman erzählte Geschichte von Elisabeths Herz jedoch ist ein komplettes Produkt der Phantasie. Recherchiert man im Internet, so finden sich einige sparsame Einträge zu einem der Heiligen zugeordneten Herzen in der Kathedrale von Cambrai im Norden Frankreichs. Über die Entnahme und Provenienz dieser Reliquie ist bisher wenig öffentlich bekannt. Ihren Werdegang zu erforschen, wäre eine spannende Aufgabe für die Zukunft.

Guda, Elisabeths fast gleichaltrige Kinderfreundin und spätere Hofdame, ist eine historisch verbriefte Persönlichkeit. Sie hat ihre Herrin ein Leben lang durch Freud und Leid begleitet. Erst in den allerletzten Jahren wurde sie von Elisabeths Beichtvater Konrad von Marburg aus ihrer Gefolgschaft verbannt, besuchte die spätere Heilige jedoch regelmäßig bis zu deren Tod in ihrem Hospital.

Ein wichtiger Handlungsort des Romans, den es auch in Wirklichkeit gibt, sind die Räumlichkeiten der Anatomie an der Jenaer Universität. Bis heute befinden sie sich im historischen Gebäudekomplex des Collegium Jenense, in dem sie auch schon im 17. Jahrhundert beheimatet waren. Werner Rolfinck, Professor für Anatomie, Chirurgie, Botanik und Chemie, hat dort von 1629 bis 1673 gewirkt. Seine wegweisende Arbeit, die sich unter anderem der Verbreitung von William Harveys Entdeckung des Blutkreislaufs widmete, erfährt weithin hohe Beachtung und Wertschätzung.

Nach wie vor gibt es in dem geschichtsträchtigen Quartier zahlreiche Hörsäle und Unterrichtsräume. Auch die Anatomische Sammlung, die den Studierenden der Medizinischen Fakultät als Lehrkabinett dient und zudem an bestimmten Tagen für das öffentliche Publikum zugänglich ist, hat hier ihren Platz. Und selbst die alten Gewölbekeller, die auf das frühere Dominikanerkloster zurückgehen, existieren noch immer.

Die Verknüpfung von Elisabeths Herz mit den Geschicken der Medizinischen Fakultät ist jedoch eine reine Romanerfindung. Meines Wissens hat es in der Anatomie der ehrwürdigen Alma Mater Jenensis nie den Versuch einer Reliquienfälschung gegeben.

Die ersten beiden Stationen, zu denen Jonas und Fenja durch die Rätseltexte geführt werden, sind authentisch beschrieben. Die Wartburg als Wirkungsort der heiligen Elisabeth bietet eine Vielzahl von Entdeckungen und vermittelt die Thüringer Geschichte gleichermaßen erhaben wie hautnah. Einzig den im Roman dargestellten Elisabeth-Stein wird man in der Ausstellung vergeblich suchen; der Sandsteinquader ist samt seiner Inschrift ein erdachtes Relikt. Die Relieffragmente auf den Stelen entstammen anderen Gebäudeteilen.

Die romanische Creuzburg und die Liboriuskapelle an der mittelalterlichen Werrabrücke liegen nicht weit von Eisenach entfernt und laden ebenfalls zu einer spannenden Zeitreise ein. Die Wandmalereien in der Kapelle entstanden 1520, einundzwanzig Jahre nach ihrem Bau. Sie wurden liebevoll restauriert und bringen dem Betrachter Elisabeths Leben mit dem Blick des frühen 16. Jahrhunderts nahe. Unter den dargestellten Personen findet sich übrigens auch der lahme Bettler. Lediglich der verblasste Vierzeiler zu seinen Füßen fehlt, denn Lorenz Enschütz und sein mysteriöses Rätsel hat es nie gegeben.

Wie in den vorangegangenen Kriminalromanen habe ich mir

auch diesmal erlaubt, die authentischen Orte und Begebenheiten dort, wo es für das Handeln der Romanhelden erforderlich war, ein wenig zu verändern. Dennoch hoffe ich, dass die Geschichte hier und da eine kleine Pforte aufstößt, die Sie, liebe Leserinnen und Leser, zum eigenen Nachforschen und Entdecken anregt. Die Geheimnisse der Vergangenheit lohnen es allemal.

Dieser Roman wäre nicht möglich gewesen ohne die zahlreichen Menschen, die mich bei den Recherchen und im Prozess des Schreibens mit Freundlichkeit und Tatkraft unterstützt haben. Ihnen schulde ich herzlichen Dank.

Prof. Dr. Dr. Christoph Redies, der Kustos der Anatomischen Sammlung der Friedrich-Schiller-Universität Jena, und die wissenschaftliche Mitarbeiterin Dr. Ulrike Lötzsch gaben mir ausführliche Einblicke in die Lehrsammlung und in die faszinierende Historie der Jenaer Anatomie. Hannah Bittorf, Emily Könnecke und Ricardo Apolinario Oliveira, Studierende an der Medizinischen Fakultät, berichteten mir von ihren Erfahrungen und Eindrücken vom Studium und aus dem Präparationssaal. (Das Verteilen von Pappnasen in den Kühlkammern gehörte nicht dazu.) Dr. Stefan Gerber, der Leiter des Universitätsarchivs, machte mir authentische Dokumente zur Jenaer Anatomiegeschichte zugänglich und beantwortete meine Fragen zum Stadt- und Studienalltag im 17. Jahrhundert. Das Team des Jenaer Stadtarchivs stellte weitere Recherchematerialien über die Vergangenheit der Saalestadt und ihrer Alma Mater zur Verfügung.

Bedanken möchte ich mich auch bei den Vertretern des Bistums Erfurt. Weihbischof Dr. Reinhard Hauke vermittelte mir in bewährter Form die Unterstützung seines Hauses. Dr. Falko Bornschein, der Kunstgutbeauftragte des Bistums, gewährte mir Einsichten in die Bedeutung und den Gebrauch von historischen Reliquien. Und Dr. Michael Matscha, der Direktor des Erfurter Bistumsarchivs, gab mir eine Einführung in die spannende Welt der genealogischen Forschung.

In Marburg möchte ich mich sehr herzlich bei den Mitarbeiterinnen und Mitarbeitern der Elisabethkirche und des Stadtarchivs für die Bereicherung mit kostbaren Informationen, Eindrücken und Schriften zum Wirken der heiligen Elisabeth bedanken.

Eine besondere Entdeckung waren auch die geschichtsträchtigen Orte in Creuzburg. Insbesondere möchte ich hier Dr. Rudolf Sienhold meinen Dank aussprechen, der mich an einem stürmischen Winternachmittag weit außerhalb der Öffnungszeiten in die Liboriuskapelle ließ und mir ganz nebenbei viele wertvolle Hinweise zur Geschichte und Gegenwart des Ortes gab.

Susanne und Prof. Dr. Jürgen Stückrad berichteten Fakten und bemerkenswerte Episoden rund um die Entstehung der denkmalgeschützten Villenkolonie des Eisenacher Südviertels.

Einige Menschen unterstützten das Buchvorhaben auch mit Ratschlägen und Gedanken zu speziellen Themen. So erklärte der Dresdner Restaurator Jakob Fuchs, der zu historischen Präparationstechniken forscht, welche Kenntnisse und Möglichkeiten den Zeitgenossen des Mittelalters zu Verfügung standen, um ein menschliches Herz für eine längere Zeitdauer haltbar zu machen.

Bruder Athanasius Polag von der Benediktinerabtei St. Matthias in Trier, mit dem mich schon frühere gemeinsame Projekte, Korrespondenzen und Gespräche verbinden, bot mir eine beeindruckende Führung durch die Krypta der Basilika, in der die Gebeine des Apostels Matthias verehrt werden. Am Rande des Besuchs führten wir einen offenen und erhellenden Diskurs über die unterschiedlichen Haltungen der Menschen zu den Reliquien der Heiligen.

Große Anerkennung gebührt auch diesmal wieder dem Kollegium des Emons Verlags in Köln für die ausgezeichnete Betreuung des Buchprojekts sowie dem Lektor Lothar Strüh für seine sorgfältige und auf die Intentionen des Textes ausgerichtete Arbeit.

Mein größter Dank jedoch gilt meiner Familie, die über eine geraume Zeitspanne hinweg mit einem Unsichtbaren vorliebnehmen musste und mir trotzdem kräftige Flügel verlieh.

Rolf Sakulowski

Rolf Sakulowski

**DIE GLORIOSA-VERSCHWÖRUNG**

Broschur, 416 Seiten
ISBN 978-3-7408-0424-4

Unter dem Erfurter Domberg wird bei Bauarbeiten eine verborgene Grotte entdeckt. Um eine steinerne Tafel sitzen zwölf Mumien in jahrhundertealten Roben, die alle ein mysteriöses Zeichen tragen: eine Glocke, aus der sich eine Schlange windet. Und noch etwas ist äußerst rätselhaft: Eine der Leichen befindet sich erst seit Kurzem in der Grotte. Historiker Jonas Wiesenburg wird vom LKA als Fachberater verpflichtet. Er ahnt nicht, dass er einem gefährlichen Geheimnis um die berühmte Glocke Gloriosa und einem perfiden Racheplan auf die Spur kommen wird ...

*»Wenn er schreibt, dann ist Spannung garantiert.«* Potsdam TV

Rolf Sakulowski
**JÄGERSTEIN**
Broschur, 448 Seiten
ISBN 978-3-7408-0817-4

Im Thüringer Wald wird ein Erfurter Investor Opfer eines Heckenschützen. Als sich herausstellt, dass die tödliche Kugel aus dem Blei eines gestohlenen Kirchenkreuzes gegossen wurde, ist der junge Historiker Jonas Wiesenburg gefragt. Denn die Indizien erinnern an die jahrhundertealte Legende von den sogenannten Freikugeln, die um Mitternacht im Pakt mit dem Teufel gegossen werden und die ihr Ziel niemals verfehlen. Doch die Zeit drängt: Der Täter schlägt erneut zu, und schnell wird klar, dass niemand vor ihm sicher ist …

*»Geschickt und lehrreich verknüpft Rolf Sakulowski Geschichte und Gegenwart zu einem anspruchsvollen Roman.«* MDR Thüringen

www.emons-verlag.de

Rolf Sakulowski

**VERLORENWASSER. DAS SCHATTENKOMMANDO**

Klappenbroschur, 368 Seiten

ISBN 978-3-7408-1444-1

Als Privatermittler Werner Holland zu ahnen beginnt, dass sein jüngster Auftrag aus dem Ruder läuft, ist es bereits zu spät: Die russische Botschaftsangestellte Alina, die er eigentlich beschützen soll, richtet plötzlich eine Waffe auf ihn. Sie beschuldigt ihn eines lange zurückliegenden Mordes – begangen an ihrem Bruder, einem jungen sowjetischen Deserteur. Für Holland beginnt ein Psychoduell auf Leben und Tod. Und eine Reise in eine andere Zeit, als er noch Kommandeur einer Anti-Terror-Einheit der DDR war, die offiziell nicht existierte ...

www.emons-verlag.de